U0121033

幻灭

三部曲

 后浪

[巴西]马沙多·德·阿西斯 著

翁怡兰 李淑廉 井勤荪 译

江苏凤凰文艺出版社
JIANGSU PHOENIX LITERATURE AND
ART PUBLISHING

目录

1 ── 布拉斯·库巴斯
死后的回忆

翁怡兰　李淑廉　译

我将这死后的回忆作为留恋的怀念
献给首先吞噬我尸体的冰冷肌肉的蛆虫

致读者

愿司汤达承认曾为一百个读者写过一本书，这是令人惊奇和气馁的。既不使人惊奇，也可能不使人气馁的是不知本书是否有司汤达的一百名读者；连五十、二十也不到，最多十个，十个？可能五个。实际上，这是本冗长的著作，在这部著作中，我，布拉斯·库巴斯，是否采取了一种斯特恩[1]或格扎维埃·德迈斯特[2]式的自由体，我不知是否在书中流露出某种悲观的哀怨。这是可能的。死者的作品。作品是以讽刺的笔法、忧伤的色调写成的，不难预见这两者的结合所产生的效果。另外，严肃者将在书中看到某些纯属浪漫的场面，而轻浮者却无法找到他们所熟悉的浪漫。因此，它既得不到严肃者的喜爱，也得不到轻浮者的垂青，而他们又是舆论的两根重要支柱。

然而，我仍然希望能骗得舆论的同情，首要的办法便是避免一个清晰和长篇大论的序言。最好的序言是内容空泛，或将内容写得含糊和紊乱。因此，我避免讲述进行这些回忆时我在另一个世界所经历的奇特过程，这种过程或许是有趣的，但过于冗长，而且对理解本书也没有必要。书的本身就是一切，若它使你满意，细心的读者，我感到自慰；若你不满意，我回报一个弹指，再见。

布拉斯·库巴斯

1　指英国作家劳伦斯·斯特恩。

2　法国作家（1763—1852）。

1 作者之死

这部回忆应该从头还是从尾开始，我曾犹豫再三；也就是说，首先说我的生还是说我的死。若说惯例是从出生开始，权衡两种出路我采取了不同于寻常的方式：第一，确切说，我不是一个死去的作家，而是一个写作的死者，墓地是我的另一个摇篮；第二，作品会更加幽雅、新奇。摩西也曾讲过他的死，但不是在开始，而在结束：这就是本书与摩西五经的根本差别。

这样，一八六九年八月一个星期五的下午两点钟，在秀丽的卡桐毕庄园，我咽了气。我度过了大约六十四个坎坷和兴隆的年头；我独身一人，拥有三百康托[1]上下的财产，由十一个好友陪同到了公墓。十一个好友！实际上，既没发邀请，也未登广告。另外，还下着雨——雨很小——凄凉和绵绵的蒙蒙细雨；雨是如此绵绵和凄凉，致使那些挚友中的一位在我墓前致辞的最后一刻增添了这样一席话："你们，所有熟悉他的人，我的先生们，你们可以对我说，大自然好像在为无可挽回地失去一位曾为人类增光生色的最伟大的人物而哭泣。这阴沉的气氛，这天空的水滴，那如挽幛一样遮盖着蓝天的乌云，这一切都是撕裂大自然肺腑悲哀和凄楚的痛心，这一切都是对我们尊贵的死者最高尚的赞颂。"

善良和忠诚的朋友！不，我不后悔为您留下的二十张股票！我就是这样到达了生命的终点，就这样走到了哈姆雷特的未知王国，毫无年轻王子的渴望和疑虑，然而是缓慢的、蹒跚的，像剧院迟迟离去的观众，迟迟离去的和烦恼的观众。九个或十个人目送我离去，他们当中有三个女人，我那嫁给科特林的妹妹萨毕娜，女儿——一朵山间的百合花——和……请勿着急！过一会儿我再告诉你们第三个女人是谁。当得知这位无亲无故的匿名者要比亲属更为伤心时，愿你们感到满意。的确，她更伤心。我并没说她号啕大哭，没说她满地抽搐着打

---

1 巴西货币，二十世纪四十年代被克鲁塞罗代替。

滚。我的死也并不是件值得高度悲痛之事……一个六十四岁死去的老光棍的事实似乎不能把一幕悲剧的所有成分完全包括。所以，把死者当作亲属对这位匿名者更为不妥。她站在床头，傻瞪着眼，半张着嘴，悲痛的女人简直不相信我的去世。

"死了！死了！"她自语着。

她的想象犹如一个高贵的旅行者在伊利索斯[1]所看到的振翅飞向非洲之滨的白鹳，越过废墟和时间——这位妇人的想象也从面前的废墟之上飞到一个年轻的非洲之滨……让她去吧，我们以后也要去；当我回到孩提时代时，我们也去那儿。现在，我愿意安然、规矩地死去，听着妇人的啜泣、男人的低语、外面皮革店门口磨刀人的尖利磨刀声。我向您发誓，这支死亡的乐曲远远不像想象的那样悲哀，从某一时刻起，它甚至变得有些悦耳。生命在胸中挣扎，如汹涌大海的浪涛；我的意识在消失，身体和思维失去了功能，身躯化作植物、石头、烂泥、乌有。

我死于肺炎；然而，我若对您说我的死因与其说是肺炎倒不如说是一个伟大和有益的念头，读者可能不会相信，但这确是事实。我把事情简单向您陈述一下，请君自己去判断。

2 膏 药

真的，一天早晨，当我在庄园散步时，一个念头悬挂在了我脑海中的秋千上。一旦悬挂上去，它便开始伸手动脚，像走钢丝者一样大胆地翻滚起来；这是可信的。我静静地观察它。突然，它进行了一个大的跳跃，伸长臂与腿，直至形成一个 X 形：或者您猜透了我的心，或者我将您吃掉[2]。

---

1 希腊阿提卡地区的河流。
2 希腊神话故事。狮身人面怪物斯芬克斯在忒拜城的路边向行人出谜语，猜不着的便被吃掉。

这个念头只不过是发明一种神圣的药品，一种抗臆想症的膏药，以解脱我们忧伤的人类。在我申请专利时，我唤请政府注意这一真正基督的目的。当然，我对朋友也不否认由于推广这一有着巨大和深刻效果的药品所应得到的金钱利益。然而现在，我已处在生命的另一侧，我可以坦白一切：我的主要出发点是希望看到报纸上、橱窗里、书本上、交叉路口，以至小药盒上印上这样几个字：布拉斯·库巴斯膏药。为什么要否认？我酷爱喧嚣、标语、催泪弹。也许谦恭之人会反对我这一弱点，但我相信，精明者将会承认我的这一才能。这样，我的念头就有了两个侧面，像一个奖章，一面对着公众，另一面对着我自己；一面是慈善和利益，另一面是渴望荣誉。也就是说：对荣誉之爱。

我的一个叔父、富有的红衣教士，经常说对短暂的荣誉的爱意味着丧失灵魂，应当追求永恒的荣誉。另外一个叔父、原陆军团的军官，针锋相对地主张对荣誉的爱是人所具有的最真实的人性，因此，也是最纯正的一面。

请读者在军官和红衣教士之间做出选择，我仍回到膏药。

3 宗　谱

我已讲到我的两位叔父，现在请允许我简单叙述一下宗谱。

我家的创始人是个在十八世纪显赫一时的叫达米昂·库巴斯的人。他以制桶为生，原籍里约热内卢。他若继续此业，可能早已贫困、悲惨地死在那里。但他没有这样，他成了农夫，种田、收获，用他的产品换取了充足、体面的金钱，临终时留给退役的儿子路易斯·库巴斯丰厚的财富。这个青年真正派生了我的几个祖父——因为达米昂·库巴斯说到底是个制桶匠，也许是个蹩脚的制桶匠，而路易斯·库巴斯却就读于科英布拉¹，功名卓著，曾是库尼亚伯爵总督的私人朋友。

由于库巴斯²这个名字有着浓厚的木桶味，我的父亲——达米昂的重孙——辩解说此名原是对非洲之战中的一个英雄骑士的赐名，以褒奖他从摩尔人手中夺取三百只木桶的功绩。我父亲是个想入非非的人，他乘着一朵浮云的翅膀摆脱了制桶生涯。我父亲性情温和，一个难得的名副其实耿直的男子汉。当然，他也有几分傻气；但这个世界上谁没有点傻气？特别应当看到的是，他只是在经过了捏造的尝试后才进行了发明；起初，他同那个与我的大名相同、圣维森特村的创始人，并于一五九二年死于该村的布拉斯·库巴斯将军家攀上亲，由此给我起名叫库巴斯。但将军一家对他表示反对，于是他便夺取了摩尔人的三百只木桶。

我的家庭成员还有几个在世，如侄女维楠西亚——山谷的百合花，当时的花魁；还有其父科特林，一个……先不要吹嘘效果如何，让我们将膏药彻底结束吧。

4 固执的念头

经过无数次游荡之后，我的念头固定了下来。愿上帝将您从固执的念头中解脱出来，亲爱的读者；那是比眼中钉、肉中刺还难受的东西。加富尔³就是这样，统一意大利的固执念头害了他。然而，俾斯麦却没死。但应当指出，大自然是个伟大、反复无常的女人，历史是永恒的荡妇。例如，苏维托尼乌斯⁴给我们塑造了克劳狄——一个呆子，

1　葡萄牙第二大城市，此城的科英布拉大学是欧洲最古老的大学之一。
2　"库巴"在葡萄牙文中意为木桶，库巴斯为木桶的复数。
3　加富尔（1810—1861），意大利政治家、首相，主张君主立宪。
4　罗马帝国时期历史学家，著有《罗马十二帝王传》，下文提到的克劳狄、提图斯均为此书所记述的罗马帝王。

或如塞内加 [1] 称的"傻瓜"——和堪称罗马之粹的提图斯。有一位现代的教师巧妙地表明两个恺撒的粹中之粹还是塞内加的"傻瓜"。而你，卢克雷齐娅夫人——博尔贾家族 [2] 之花，若有一个诗人将你描绘成信奉天主教的梅萨莉娜 [3]，就会出现一个无信仰的格雷戈罗维乌斯 [4] 大大抹杀你的这一品德；但你即便不是百合花，也绝不是污泥。我愿做诗人与学者之间的人。

历史万岁，万能易变的历史；按我的固执念头，它造就了坚强的男子汉和傻瓜，而灵活、模糊易变的念头造就克劳狄——这是苏维托尼乌斯的公式。

我的念头是固执的，固执得像……对我来说，世界上没有完全一成不变之物：可能月亮是，可能埃及的金字塔是，可能德国倒台的议会是。请读者自己选择更恰当的比喻；请选择，但切莫仅仅因为我们还没涉及本回忆录的正文而对我不满。总会涉及的。我相信您同其他读者、其他同僚一样，更喜欢有趣的故事而不是思考，我看这样很好。总之，我们是要涉及的，然而，应当指出，本书的写作进度迟缓，是一种脱离了时间仓促感之人的迟缓；本书是一部富于高度哲理的著作，一种不寻常的，先是深沉，继而是荒唐的哲学；它既不破，也不立，使人既不感到热，也不感到冷；可以说，它胜似消遣，但还不成为宗教。

书归正传吧，请不要厌烦，我们仍回到膏药，还是把那变幻无常的历史放一放。我们当中无人参加过萨拉米 [5] 战役，无人写过《奥格斯堡信纲》[6]。就我来讲，如果说我想到过克伦威尔，只是由于国王陛下可能用关闭议会的那只手将布拉斯·库巴斯药膏强加给了英国人。请

---

1 哲学家，尼禄的老师。

2 博尔贾是祖籍为西班牙的意大利著名权势家族。其成员中出现过罗马最荒淫无耻的教皇亚历山大六世，卢克雷齐娅（1480—1519）是他的女儿，以美丽著称。

3 罗马皇帝克劳狄的第四位妻子，以挥霍著称。

4 德国历史学家（1821—1891）。

5 希腊岛屿。公元前 480 年，希腊军队在此击败波斯皇帝薛西斯的进犯。

6 基督教新教路德宗的信仰纲要。

勿讥笑这一药物和清教主义的共同胜利，谁不知道在每一杆巨大、高耸、醒目的大旗下往往有些不起眼的小旗，在大旗的庇护下摇摆飘扬，而且往往比大旗有更强的生命力？做一个不恰当的比喻，犹如封建城堡下栖息的穷人，城堡倒塌了，而穷人却继续生存。真理才是伟大的、坚固的……不，比喻毫无意义。

5 一位女士的耳朵出现在哪里

恰恰在我忙于思考和完善我的发明时，我着实被一股冷风所袭击，立即病了，但我并没去治疗。我脑海里有膏药，我有疯子和强者的固执念头。我远远看到自己在人群中腾空而起，如一只永生的雄鹰，直上云霄；即使在那样一幅壮丽的景象面前，一个人也能感到伤痕的疼痛。过了一天，病情加重，我终于去治疗，然而这是一种不彻底的、不对症的、不尽心的、不经常的治疗；这便是我长眠的原因。大家已经知道，我死在一个不吉祥的星期五，我相信，无疑是我的发明杀害了我。有些行为算不上明智，却也不无值得赞美之处。

然而我却无法逾越一个世纪的顶点，作为长寿者载入史册。我一向健康而强壮。假如我不是为某种医药发明而操心，也会为筹划一个政治机关，或一项宗教改革而奔波。一阵风吹来，便有效地战胜了人们的幻想，于是一切完结。人类的命运便是如此。

带着这种思想我辞别了那个女人，那个不能说是最贤惠，但肯定也是当时最美丽的、第1章中提到的无名氏女人；她，其想象如伊利索斯的鹳……她那时五十四岁，已是一座废墟，一座庄严的废墟。请读者想象一下，许多年前她同我曾经相爱，而有一天，我正病着，看到她出现在卧室的门口……

6 *Chimène, qui l'eût dit? Rodrigue, qui l'eût cru?* [1]

　　我见她出现在卧室门口；她脸色苍白，心情激动，身着皂服，在那里站了一分钟，毫无进来的勇气，这或者是因为在场的还有一个男人。那段时间，我躺在床上端详着她，想不起该对她说点什么，或表示点什么。我们已有两年没见面，现在我所看到的她不像两年前的她，而像更远的过去的她，像我们在一起时的她，因为一位神秘的希西家[2]将太阳拉回到年轻的日子。太阳落了，我抖掉所有的痛苦。这痛苦如一小撮尘土。死亡在虚无的永恒中散布了一小撮尘土便越过主宰死亡的时光。任何恢复青春的泉水[3]此时也不能与朴实的怀念相比拟。

　　请相信我的话，回忆总不是坏事，无人会满足眼前的幸福，这幸福包含着该隐[4]的苦衷。随着时间的流逝，激动的平息，于是乎，于是乎才有可能真正感到享受，因为在这两种幻觉之间，最好的还是那种无痛苦的享受。

　　回忆并未持续多久，现实便立即统治了一切，当今排斥了过去。或许在本书的某个角落，我会将我对人类的出版理论向读者阐述。现在必须交代的是维吉丽亚——她叫维吉丽亚——走进卧室，坚定的、带着服装和岁月所赋予的庄重，来到我的床前。陌生人站起身，走了出去。此人每天必来，同我谈兑换率、移民及发展铁路的必要性，这对一个行将入土的人来说毫无意义。他走了。维吉丽亚仍站着，好大一会儿我们彼此对视，没说一句话。谁能先开口？二十年后的今天，两个伟大的情人，两种疯狂的热恋已经一无所剩，只有两颗枯萎了的、被生活所损害和对生活厌倦了的心；我不知是否程度一样，但总之是厌倦了的心。此时的维吉丽亚仍显露着暮年之美、严峻和母性的神情，

1　法文，意为"希曼纳，谁说过此事？罗德里格，谁相信此事？"出自高乃依的悲剧《熙德》。

2　犹太国王，据《以赛亚书》记载，他身患绝症，向上帝祷告，得到上帝的怜悯，上帝为他增寿十五年，使日晷上的日影后退十度。

3　主神丘比特曾将一个仙女化为泉水，人在其中沐浴后，可恢复青春。

4　亚当与夏娃的长子，因嫉妒其弟而将其杀死。

她比我最后一次在蒂茹卡的"圣约瑟节"时所见到的略胖些，因为她属于那种饱经磨难之人，只是她的黑发之中已开始出现缕缕银丝。

"你喜欢看望死人？"我问她。"哦，死人！"维吉丽亚不满地回答，"我一直在看我是否能把混世虫赶到马路上去。"

她已没有昔日那种悲怆的温存，但声音是友好和甜美的。她坐下。家中只有我同一个朴实的看护，我们可以无所顾忌地交谈。维吉丽亚滔滔不绝地向我讲述了社会新闻，她讲得津津有味，但舌头不大灵活，这倒增加了谈话的风趣。行将离开尘世的我讥笑这世界，并相信身后无所牵挂，我感到一种恶魔的快意。

"你怎么这样想！"维吉丽亚颇为生气地打断我，"这样我就不再来了。死！我们都会死的，我们现在还活着，这就够了。"

她看看表：

"圣主！三点了，我该走了。"

"就走？"

"就走，明天或以后再来。"

"我不知你来是否合适，"我说，"病人是个老光棍儿，家中也没有其他女人……"

"你的妹妹？"

"她要来待几天，但星期六以前来不了。"

维吉丽亚思忖片刻，耸耸肩，深沉地说：

"我老了！谁也不会再看我一眼。但是，为免招惹是非，我同少爷一起来。"

少爷是位学士，是她婚后唯一的儿子，在五岁那年，他就盲目地成了我们相爱的牵线人。两天后，他们一起来了。我承认，一见他出现在我的卧室，我感到局促，连小伙子热情的问候也无言以对。维吉丽亚看透了我的心思，对儿子说：

"孩子，不要老盯着那个老滑头。他不说话，是要装出副快要死的样子。"

儿子笑了，我想，我一定也笑了。一切都以嘲笑结束。维吉丽亚神色泰然，面带笑容，一副洁身自好的样子。没有任何疑惑的目光和不满的表情，语言与心灵的一致。自我的控制，这似乎或真的是不常见的。当我们偶尔谈及某些非法的、半明半暗的爱情，我发现他的话中对这种女人充满了厌恶，甚至颇为气愤——女友除外。儿子对那种正义和鲜明的表示感到满意。我却自问，假若布封[1]生来是只雄鹰的话，不知雄鹰对我们将如何评价……

这是我开始昏厥的表现。

7 昏 厥

据说，还没有人能讲述出自己的昏厥，我却要讲讲，科学将为此而感谢我。若读者对这种精神状态不感兴趣，可以跳过本章看下面的叙述部分。然而，尽管您没有什么好奇心，我还是告诉您，了解一下我在二三十分钟内的思想活动是饶有兴味的。

首先，我变作一个中国剃头匠，挺着大肚子，正熟练地为一个官员刮胡子，而他给我的工作报酬是拍拍肩膀和几个蜜饯：中国官员的怪癖。

接着，我感到化作一篇圣托马斯的《神学大全》印在一本皮书套银别子的插图书中，这种念头使我的身体处于完全的静止状态。现在我们记得，我将两只化作书别子的手交叉在腹部上面，有人将它拿开（肯定是维吉丽亚），因为这种姿势给她以死人的感觉。

最后，我又恢复了人的形态，我看到一头河马过来，将我拖走。我不说话，任其所为，不知是出于害怕还是信任。但是，很快地，那种行走方式使我眩晕得迷失了方向。

---

1 法国博物学家，作家（1707—1788）。他以四十年时间写成巨著《自然史》，其中《自然的分期》是一部史诗，他对狮、虎、豹等动物用形象的语言作拟人的描写，语法中的"文如其人"即来自他的名言"风格则是属于个人的"。

"你错了，"动物反驳说，"我们要到世纪之源去。"

我暗示那个目的极其遥远，但河马不理解，或没听见，如果它不是假装的话。我便问它是阿喀琉斯之马还是巴兰[1]之驴的后代，它用一种特殊动作——摇耳朵——向我表示否定这两种四脚动物。而我，闭上了眼，任凭命运的摆布。现在我无法说清是否有这种或那种强烈的好奇心去了解世纪之源在何处，是否像尼罗河之源那样神秘，特别是，是否有着如世纪的流逝那样相类似的重要性：这是一个病人大脑的活动。由于我合目而行，看不见道路，我只记得越走越感到寒冷，有时，我好像进入了一个永冻地带。于是，我睁开眼，看到我的动物正驰骋在一个白雪皑皑的平原上，上面有一两座雪山，雪的植物，几头巨大的雪的动物。一切都是雪，甚至一个雪的太阳将我们冻僵。我想开口，但仅仅哼出了这样一个焦灼的疑问：

"我们到了哪里？"

"我们正经过伊甸园。"

"好了，我们在亚伯拉罕的帐篷停下吧。"

"如果我们走回去呢！"它嘲弄我的愚蠢。

我羞愧不安。旅行开始使我感到厌倦和荒唐，难受的寒冷、坐骑的颠簸和渺茫的结果。另外——病态的思维——我们即使到达了预定的目的地，由于其发源地被窥测而狂怒的世纪，并非没有可能用它那如自身一样古老的指甲将我碾碎。我这样想着，道路被我们甩在后面。平原在我们脚下飞过，直到动物停止了行走，我才平静地望望四周。仅仅是望望而已，但什么也没看到，除了那无垠的、一直伸延到蓝色天空的白雪。或许，偶尔也出现一两株巨大的植物，形状奇怪，迎风摇曳着它那宽大的叶子。那个地带如墓穴一样寂静：可以说，万物在人的面前失去了声息。

自天而降的？从地面升起的？不知道。我只知道那时一个巨大而

---

[1] 《圣经》故事人物、术士。摩押王巴勒率军同以色列人对阵，自知不敌，以重金聘巴兰去诅咒以色列人。巴兰骑驴南下时，上帝使驴吐人言阻之。

模糊的东西，一个女人的形象出现在我的面前，用太阳一样明亮的眼睛盯着我。整个形象如浩瀚的原始体，一切都超越了人类目光所及的限度，因为它的轮廓消失在空间，看上去厚厚的东西却往往是种透明体。我傻愣愣的，什么也说不出，甚至连呼喊一声也不能。但是，过了会儿，短促的一会儿，我问她是谁，叫什么名字：昏厥中的好奇。

"我叫大自然或潘多拉[1]，我是你的母亲和敌人。"

听到这最后一个字，我惊诧地往后一退，那个女人形象发出一声大笑，笑声在我们周围所产生的效果犹如一阵飓风。植物弯曲了，一声长长的呻吟打破了空间万物的沉寂。

"不要害怕，"她说，"我的敌意不会致人死命，特别是对于坚强的生命。你活着吧：我不想制造一场新的灾难。"

"我活？"我问道，我将指甲掐进手掌，似乎是想证实我的存在。

"是的，蛀虫，你活下去。不要担心丢掉那件破衣，即你的骄傲。你还要体验几小时痛苦的面包和贫困的酒浆。你活下去：即使成了疯子，你也要活下去；如果你的意识能够恢复少许理智，你将说愿意活下去。"

说完，她的眼中伸出手臂，抓住我的头发，像牵一根羽毛一样，将我拉到空中。只有那时我才凑近看清她那张巨型的脸。没有更平静的神色，没有任何剧烈的抽搐，没有任何憎恨和可怕的表情；唯一的、全部的、整个的面目是自私的麻木不仁、永恒的置若罔闻和无动于衷。暴怒，如果她有的话，也深深地锁在了心中，同时在这张表情冰冷的脸上有种混合着力量与活力的青春的神态，在它的面前，我感到自己是生物之中最孱弱、最苍老的。

"理解我吗？"在相互审视一会儿后她说。

"不。"我回答，"我也不想理解你；你是荒谬的，你是神奇的，我在做梦，肯定。或者，如果我真的疯了，你也只不过是个癫狂的概念，也就是一种无用的东西，当失去了理智后，它即变得无法支配也无法

---

1 希腊神话中，主神宙斯命火神用黏土制成的人类第一个女性。

触摸。大自然，是你？我所知道的大自然只是母亲而不是敌人；它不将生命变作灾祸，也不像你一样，带着一脸漠然的苦丧相。你为什么又是潘多拉？"

"因为我的盒子里装着善与恶，而其中最大的，便是人类的希望和安慰。你发抖吗？"

"是的，你的目光使我迷惑。"

"这可能；我不仅是生命，也是死亡，而你马上就要将我借给你的一切归还予我。伟大的浪子，虚幻的逸乐在等待着你。"

当这句话像雷一样在那辽阔的峡谷回荡时，我似乎觉得这是我听到的最后一个声音，我似乎感到自己突然分崩离析。于是，我向她射出祈求的目光，请求再活几年。

"可怜的匆匆流逝的时间！"她高呼，"为什么需要再活那么一会儿？为了先吞噬，而后被吞噬？你还没有厌烦人间的戏剧和斗争？你十二分地理解我所给予你的一切包含着最小的邪恶，或最少的悲凉：天之黎明、黄昏之忧伤、夜之宁静、大地之面貌，我所拥有的最大的财富。你还需要什么，高贵的白痴？"

"除了生存，我对你再无所求。若非你，谁能将这种生命的爱投入我的心中？既然我爱生命，你为什么自食其言，将我杀死？"

"因为我已不再需要你。流逝的瞬间对时代无关紧要，重要的是未来；未来的瞬间是强大的，是宜人的；假若它本身带来了永恒，那也就带来死亡；它似乎与时代一样，但时代总是继续生存着。自私，是你说的？是的，自私，我没有其他法则。自私、生存。美洲虎吃掉牛犊，因为美洲虎认为它应当活着，而牛犊越嫩越好：这是普遍法则。上来吧，请看。"

说完，她将我提到山顶。我的目光俯视山坡，透过雾气，久久地凝望着远方唯一的东西，请想象一下，亲爱的读者，时代之微缩，所有时代的展现，所有的种族，所有的追求，纷乱的帝国，充满欲望和仇恨的战争，人类和物质的相互毁灭。那就是呈现在眼前的景象，严酷和令人好奇的景象。人类和大地之历史的紧凑性无论是想象还是科学都是力所不能及的，因为科学较缓慢，想象又较空泛，而我在那里所望到的是所有时代的生动浓缩。要描绘这种浓缩，大概需要将闪电固定住。纷乱的时代匆匆而过，尽管昏厥者的眼光是异样的，我仍看到了从我眼前掠过的一切——灾难与逸乐，从称之为胜利的东西直到称之为穷困的东西；我也看到爱加剧了贫困，看到贫困加重了虚弱。于是便产生了凶残的贪婪、膨胀的愤怒、红眼的妒忌、被汗水浸透的锄与笔、欲望、饥饿、傲慢、惆怅、财富、爱情，这一切强烈地摇撼着人们，直到将他们像破布一样撕碎。邪恶的形式是多样的，它忽而嚼噬肉体，忽而吞噬心灵，在人类的周围永远以丑角的形象出现。有时，痛苦也会减轻，但这是麻木不仁的结果，而麻木不仁是一种无梦的酣睡；或由于逸乐，而逸乐是一种变态的痛苦。于是，人，灾难深重而又不驯服的人，便在事物的面前奔跑，跟着一个模糊和野蛮的形象，一个由碎片组成的形象——一片无法触摸，另一片无法考证，还有一片是无形的；然后用想象的针将脆弱的碎片缝在一起；而这个形象——只不过是虚幻的幸福——或永远逃离你，或被衣襟兜住；于是，人便将它搂在胸前，而它却在嘲笑，像幻影一样消失。

当目睹了如此多的灾难之后，我无法抑制痛苦的喊叫。大自然或潘多拉听到了它，既不抗议，也不笑；不知是什么大脑故障作怪，我却笑了起来——一种无节奏的痴笑。

"说得好，"我说，"这是一种消遣，消遣有其价值——可能是无聊的，但总是有价值的。约伯诅咒他的生日[1]，因为他有种俯瞰奇观的欲望。我们到那里去吧，潘多拉，打开肚子，将我消化；这是种消遣，请将我消化。"

得到的回答是强烈地迫使我向下望去，望着那不停急速喧闹着闪过的时代，望着那一代新人换旧人；有的忧伤得像希伯来囚徒，有的喜悦得如康茂德[2]的逸乐民，他们都准时来到墓地。我想逃跑，但一种

1　《圣经》故事。约伯因屡遭灾难，便诅咒自己的生日："愿我出生的那日变为黑暗……"
2　罗马皇帝（161—192），以残暴著称。

神秘的力量阻挡住我的脚；于是我自语道："好啊，时代在流逝，我的时代也会到达，会流逝，直到最后一个向我解开永恒之谜的时代。"我凝神而视，继续望着到达和过去的光阴。我平静而坚定，不知是否高兴，可能是高兴的，每个时代都带来它的阴暗与光明，冷酷与斗争，真理与谬误，带来它的习惯、新的意识和新的幻觉，春天的青翠便在其中萌芽，然后变黄，继而又返青。随着生命的这种严格的步调，产生了历史和文明；而人，赤裸裸的和手无寸铁的人，也就武装起来，穿戴起来，建起茅草房和宫殿、原始的村庄和百门之城底比斯[1]，发展了研究科学、崇高的艺术，成了演说家、机械师、哲学家，漫游世界，深入地腹，升入云端，共同建造产生生活的需要和孤独的忧伤的神秘大厦。我那恍惚和茫然的目光终于看到当代的来临，它的背后便是未来。它行踪敏捷、矫健、欢跃、自信，有点散漫、大胆、聪慧，然而到头来它是那样可怜，像过去的一样。当代过去了，接踵而来的时代也过去了，以同样的速度、同样的单调。我瞪大了眼睛，凝神而视，终于看到了最后一个时代——最后一个！但它的前进速度是那样快，快得连思维也跟不上，思维的瞬间便是一个世纪。可能正是由于这个原因，物质发生变化；有的增大，有的变小，有的消失在空间，雾霭掩盖了一切——除了将我驮来的河马。然而，它也开始缩小、缩小、缩小，直到变得像一只猫那样大小。的确是一只猫。我仔细地看它，是我的猫苏丹，正在卧室的门口玩弄一个纸球……

8 排斥愚昧的理性

　　读者已经理解是理性回到了家，请愚昧出去，理所当然地高呼着达尔杜弗[2]的话："家是属于我的，你必须离开它。"

1　埃及古代尼罗河畔的古城。

2　莫里哀五幕剧的主人公。

然而，对他人的家庭产生感情是愚昧的老习惯，所以，一旦来了，也就难以将它赶走。这是习惯，它不走，长期以来它已失去了羞耻的感觉。现在，若我们注意到它所占据的大量房舍——有的是永久性的占领，其余的只是在夏季——我们便可得出结论，这种友好的旅行就是房主的灾祸。对于我们所讲的房产，我的脑海门前几乎发生了争执，因为外来户不想让出房舍，而主人也不想放弃夺回那原属自己之物的念头。最后，愚昧愿意只占据阁楼的一角。

"不，女士，"理智反驳说，"我再也不愿向你出让阁楼；我厌烦了，我有了经验，你的企图是悄悄地从阁楼到餐厅，从餐厅到客厅，直到全部。"

"好，再让我待一会儿，我正走在一条神秘的大道上……"

"什么神秘？"

"两个，"愚昧补充说，"一个是生，一个是死；我只请求十几分钟。"

"你还是老一套……老一套……老一套……"

说完，理智抓住它的手腕，将它拉到外面，回转身，关上了门。愚昧又呻吟着哀求了一会儿，嘟哝了几句怨言，但它很快明白了，于是伸伸舌头，做了个嘲弄表情，走了……

9 转 折

现在请看我是如何巧妙地、艺术地进行本书最大的转折。请注意：我是当着维吉丽亚的面神志开始糊涂的。维吉丽亚是我青年时代罪恶的种子。没有幼年便没有青年；从幼年回溯到出生。我们就这样毫不费力地来到我出生的一八〇五年的十月二十日。看到了吗？无需任何的过渡，读者那沉静的注意力也无须受到任何干扰：一切都不需要。这样一来，本书的写作方法便显得十分自然，毫不生硬。的确，是时候了，写作方法是必不可少的，但不应拘泥，也不应一本正经，而应清新和自由一些，就如一个人对邻居、对督军那种不以为然的样子。口才也是这样，有的是真正的口若悬河，有着自然而动人的艺术，有的却僵化、生硬、死气沉沉。我们还是说十月二十日。

10　那一天

那一天，库巴斯家族的大树萌发了一朵娇丽的花朵：我出生了。米尼奥的优秀接生婆帕斯科拉用双臂迎接了我，她夸耀说她为整整一代贵族打开了世界之门。我的父亲并非不可能听到那一宣告，但我相信，是父爱使他两次用半个道布拉¹奖励了她。将我洗完澡，放入襁褓，我立即成了全家的英雄。每个人以自己所喜爱的方式表达对我的敬意。我的叔父若昂——原步兵军官——认为我的眼神像波拿巴，对此，我父亲不能不表示反感；我的叔父伊德丰索——一个忠厚的神父——预感我将要做红衣教士。

"他一定会做红衣教士，我不必为此而炫耀，然而，若上帝注定要他当主教，我将毫不惊奇……是的，主教，这并非不可能。你说什么来着，本托兄弟？"

我父亲对众人说我将成为上帝所需要的人，并把我高高举起，似乎要将我在全城和世界面前炫耀一番。他问大家我是否像他，是否聪明、英俊……

根据后来我所听到的，就简略地交代这几点。对赫赫有名的那一天的大部分细节我是无知的，我只知道邻居或登门或派人对新生儿祝贺。最初几个星期，我们家宾客盈门。没有一个小小的座位不被动用起来，来访者络绎不绝。我没有赘述礼品、亲吻、赞叹、祝愿，因为若一说起来，本章将难以结束，但必须结束。

同样，关于洗礼我也无可奉告，因为对我来说，那只不过是第二

1　葡萄牙古货币。

年——即一八〇六年——中最热闹的节日之一。三月的一个星期二，我在圣多明哥斯教堂洗礼。天气晴朗、灿烂、清澈，教父教母是罗德里格斯·德·马托斯上校夫妇。作为北方的名门之后，他们确实为在抗荷战争中流过血的先辈增了光。我记得他们的名字是我最先学会的东西之一。我叫得肯定很有意思，或显示出某种天赋，因为他们逢人便要我重复他们的名字。

"少爷，告诉这些先生们你的教父叫什么。"

"我的教父？叫保罗·瓦斯·劳波·塞萨尔·德·安德拉德·索萨·罗德里格斯·德·马托斯上校阁下；我的教母是玛利亚·卢伊萨·德·马塞多·莱森德·索萨·罗德里格斯·德·马托斯夫人阁下。"

"这孩子真聪明。"听众惊叹不已。

"很聪明。"我父亲表示同意，眼中泛着骄傲的神采，并用手抚摸着我的头，久久地凝视着我，充满感情与自信。

于是，我开始走路，记不清是什么时候，但比一般人早。或许为了加速自然成长的步伐，他们早早地强迫我扶着椅子，拉着我的衣角，给我小木车。"来，来，少爷；来，来。"女仆说。我被站在面前摇铃的母亲所吸引，向前走去；这儿跌一跤，那儿跌一跤；我走着，可能我走得不好，但仍然走着，我终于会走了。

11 孩子是长者之父

我长大了，这一点，家庭未予干涉。我顺其自然地长大了，就如玉兰花和猫一样。与童年的我相比，猫或许没有那么机敏，玉兰花也肯定没有那么活泼。一位诗人曾说孩子是长者之父，若是真的，让我们看看孩子的样子。

从五岁起，我便获得了"鬼东西"的绰号，而实际上，我也不是别的。我是同代人中最喜欢恶作剧的一个。机灵、放任、顽皮、固执。

例如，有一天，将一个女奴的脑袋开了瓢，因为她拒绝给我一勺她在制作的椰子酱。对此劣行我仍不满足，我将一把灰撒在了锅里。我还是不甘心，又告诉我母亲女奴"使坏"弄糟了甜食。当时我只有六岁，布鲁滕西奥——家中的男黑奴——是我每天骑的马。他双手撑在地上，下巴勒一条绳子，当作笼嘴；我骑在他的背上，手中拿一根棍子，打着他不停地转圈。他忍受着——有时也呻吟——但仍无言地忍受着，最多说句"哎哟，少爷！"我呵斥道："闭上嘴，畜生！"藏客人的帽子，向一本正经的人扔纸屑，揪假发的发辫，捏妇女的胳膊，诸如此类的本事显示出一种难以驯服的天赋。我相信，这也是一种日渐成熟的表现，因为我的父亲对此十分赞赏。有时，他也当着别人的面斥责我，这只不过是做做样子而已：私下里，他却亲吻我。

请勿由此得出结论，我的一生都是在敲别人的脑袋和藏他们的帽子中度过的。然而，固执、自私和对他人的某种蔑视倒是我的写照。我虽没有天天藏别人的帽子，但有几次确实揪了假发辫。

另外，我喜欢观察人间的不平，容忍它，解释它，将其分类，理解它，不是按僵硬的程式，而是根据时间和地点的不同。我的母亲按她的要求训导我，让我背诵格言和祷词，但我感到，主要支配我的不是祷词，而是神经和血，而好的规矩便失去了其真实意义，它的存在也只是一种没有用的公式。清晨——早饭前，晚上——就寝前，我祈求上帝宽恕我，就如我宽恕我的债务人一样。但在早与晚之间，我却无恶不作，而我的父亲，在兴奋之余，轻轻弹弹我的脸，笑着说："啊！小淘气！啊！小淘气！"

是的，我的父亲十分喜欢我，我的母亲是个懦弱的女性：心计不多，感情丰富，十分朴实，让人由衷地怜悯。她美丽而勤劳，富有而谦恭，惧怕喧闹和丈夫。丈夫是她人间的上帝。在这两个人的合作之下，形成了我的教育，虽有些好的，但总的说来是不良的和不健全的，部分是恶劣的。我那红衣神父的叔父有时提醒他的兄弟，说他给予我的自由多于教育，慈爱多于约束，而我的父亲回答说对我的教育实行的是较之通常绝对高级的办法。他的话没有说服兄弟，却把自己弄糊涂了。

除了遗传与教育，还有一种外界的影响，即家庭环境。我们已谈到了父母，再看一下叔父们。一个是叔父若昂，此人夸夸其谈，潇洒幽默。从我十一岁起，他便向我灌输真真假假的轶事，其中无不充满了黄色和污垢的斑点。他毫不顾忌我还是个少年，便如不介意兄弟的教袍。不同的是，当他一谈起粗俗之事，后者却抽身避开，而我却不。我一动不动地听着，起初什么也不懂，尔后慢慢懂了一些，最后感到了兴趣。没过多久，主动找他的是我了，而他又很喜欢我，给我糖果，带我散步。当他到我家盘桓几天的时候，我经常见他在花园深处的水池旁，同洗衣的女奴扯皮。那是个大摆奇闻怪事、寻根究底的场所，而别人谁也无法听到，因为那里离住宅很远。黑女人们在腰间缠一围裙，将裙子撩起一段，有的在水中，有的在外面，俯身在衣服上，捶打、上皂、拧水，同时听着、询问着若昂叔叔的趣闻，时而这样评论着：

"基督，魔鬼！……这位若昂先生是个魔鬼！"

红衣神父叔父却截然不同。他很严肃、单纯，然而，这种品德并未显示出高尚情操，只不过是相当平庸的思想。他不是那种对教会的本质有所认识的人，他只看到了表面，看到了僧侣统治、特权、白法衣、修身。他首先来自圣器所，而不是祭坛。宗教礼仪书中的一处空白较之违反戒条更会使他不安。现在，时隔多年，我无法肯定他是否还能轻而易举地背诵德尔图良[1]的著作，或毫不犹豫地讲述尼西亚[2]城象征的含义。然而，在祝典仪式上，谁也不会比他更加熟悉神父所担负的职责。红衣神父是他毕生唯一的愿望，是他所追求的至高无上的荣耀。他慈善、谨慎、虔诚、懦弱、胆怯、温顺，他有些堪称楷模的品德，然而，绝对缺乏用这种品德教诲他人、灌输给他人的力量。

对我的姑母，我不予置评，埃梅伦西安娜太太对我拥有最大的权

---

1 基督教父（160—240），著有《辨惑论》和《论灵感》等。
2 小亚细亚古城，以在四世纪和八世纪两次召开世界性基督教主教会议而著称；一次是关于阿利乌主义，另一次是关于圣像破坏运动。

威。她大大地有别于其他人，但同我生活在一起的时间很短——两年左右。其他的亲戚和近人不值得耗费笔触一一述说，我们的生活不是连贯的，而是断断续续的，有着巨大的间隔。重要的是家庭环境的概况，而这一点已经讲清了——品质低劣、追求虚荣、热闹、意志脆弱、任性，等等。在这种土地和肥料中产生了我这朵花。

12 一八一四年的风流事

不简单地讲一下一八一四年的一桩风流事，我很难继续写下去。那年我九岁。

我出生的时候，拿破仑已经趾高气扬，威震四海。他已当了皇帝，并得到人们的一致崇敬。我的父亲本想说服其他贵族接受这一点，最后却自己说服了自己，对拿破仑产生了一种纯粹是心理上的仇恨，这便成了我们家庭激烈争吵的原因，因为我的叔父若昂不知是出于阶级感情还是职业的同情心，就像崇拜领袖一样宽容了独裁者的一切，而我的神父叔父是个坚定的反暴力者。其他的亲属各占一边，于是发生了辩论和争执。

拿破仑第一次倒台的消息传到里约热内卢，自然在我们家中引起剧烈震动，但没有任何谩骂或嘲弄。失败者目睹了群众的欢腾场面，彬彬有礼地保持着沉默，有的甚至鼓起了掌。热情、兴奋的群众对皇室所表示的同情不加仇视。到处是张灯结彩、礼炮齐鸣、赞美诗、游行、欢呼。在圣安东尼纪念日的那一天，我的教父送我一柄小剑；说实在的，我对小剑的兴趣比对波拿巴倒台的兴趣更大。我从未忘记这种现象，我永远认为我们的小剑比拿破仑的剑还大。请注意，我生前听过许多演讲，读过许多激进的伟大思想和言辞，但不知为什么，在我口中喝彩的深处，曾荡起过这种世故之人的念头。

"你去吧，你只想着小剑。"

我的家庭不满于默默无声地分享大众的欢乐，认为应该，也有必要用一个晚宴庆祝皇帝的废黜，那一晚宴的欢呼声最好能传到殿下，至少是他的部长们的耳朵里。事实正是如此。我的祖父路易斯·库巴斯传下来的所有古老的银器都用上了，佛兰德的餐巾和印度的大花瓶，宰杀了一只阉羊，在阿茹达女修道院订购了糖果、甜食，洗刷、擦净了厅堂、台阶、烛台、烛柱、巨大的玻璃喷水管——全部古典豪华的器具。

时间一到，一个精心选举的社团聚集在了一起；法官、三四个军官、几个商人、文人和公职大员；有的带着妻儿，有的没带，但所有的人都希望将对波拿巴的怀念埋进一只火鸡嗉子。不是一次晚宴，而是一次颂诗会——在座的一位文人大概就是这么说的。维拉萨博士是著名的诗人，他将艺神的美味添加在家宴的菜肴中。我还记得，像昨天发生的事一样清楚地记得他站起身，披着长长的假发，穿着丝质外套，手指上闪着宝石，请我的神父叔叔跟他念一个字谜。念完，他两眼盯着一个妇女的前额，然后咳嗽着，举起右手，紧紧握着，伸出食指，指着天花板。他就以这么一副姿势，对字谜进行解析。谜底不是一个，而是三个。然后他指天发誓地说能解出无数个谜底。他请别人出字谜，一出口，他立即便填上谜底，马上又要求另一个、另一个，以至在座的一位女士无法抑制她的惊叹。

"夫人这样说，"维拉萨谦虚地说，"是因为你没有像我一样曾于本世纪之交在里斯本听过波卡热[1]解谜。那才叫绝！不费吹灰之力！多美的诗句！在尼科拉咖啡店里，我们曾在喝彩声中较量过一两个小时。波卡热才华横溢！前几天卡达瓦尔侯爵夫人[2]曾对我这样说……"

最后这个十分强调的名字在整个会场引起了羡慕和惊奇的震动。的确，这样一个和善、质朴的人，除了同诗人吟咏外，同侯爵夫人也能搭上话！波卡热和卡达瓦尔！同维拉萨在一起，贵妇们感到体面，

---

1 波卡热（1765—1805），葡萄牙天才的浪漫主义诗人，生活放纵。
2 葡萄牙侯爵世家，与皇族布拉冈萨联姻。

男人们刮目相看；有的人妒忌，不少人疑惑。而他却旁若无人，堆积着一个又一个形容词，一个又一个副词，用"独裁者"和"篡权者"押着所有诗章的韵脚。饭后甜食上来了，无人再有进食的欲望。在猜谜中间休息时，洋溢着愉快气氛和酒足饭饱后的空谈。柔和、激动或活泼、热情的目光从摆满甜食和水果的桌面的一边徘徊或跳跃到另一边。这里是成片的菠萝，那里是成块的西瓜，水晶盘里是蛋黄色的细椰丝点心，在芝士和洋芋旁边还摆着褐色、黏稠的蜜糖。一种欢乐、柔和、畅快的笑声——家庭的笑声——不时打破宴会严肃的政治气氛。在大家共同的巨大兴致中，也弥漫着微小的、个人的兴致。姑娘们谈论着流行的钢琴伴唱，胖太太们少不了要跳八组舞，这是为了显示她们美好的少女岁月曾是多么消闲。我身旁的某君正向另一个人提供黑人即将到达的消息，这些消息是他从罗安达的来信中得知的。佚儿在一封信中说已经达成一笔四十名的交易，另一封信中说……信正好在他的口袋里，但在那种场合他无法宣读，但他可以有把握地说，这一次来的黑人至少有一百二十余名。

"啪……啪……啪……"维拉萨拍着手掌，喧哗突然停止，像乐队的一个停顿，所有的目光转向猜谜者。远处的人将手放在耳后，合成蚌壳形，以免漏听任何一句话。在猜谜开始前，大多数人都已流露出欢迎、专注、天真的微笑。

而在场的我，无人理会，被人忘却，我贪恋的是我所喜欢的糖果。每结束一个谜语，我总感到很高兴，希望是最后一个；却不是，饭后甜食仍然无人动一下，也无人想起为此张罗。我父亲坐在案头，津津有味地品尝着来宾的兴味，审视着一张张喜悦的脸庞、菜肴、点心、鲜花，为一顿美餐在性格迥异的人之间产生了友爱而感到欣慰。我发现了这一点，因为我的目光从甜食转向他，又从他转向甜食，像是恳求他让我吃一点。但这是徒劳。他什么也没看见。他只看到自己。谜语一个接一个，像是不断的水滴，迫使我收回欲望和恳求。我以最大的耐心忍受着，但耐心却有限。我低声讨要甜食，最后，我大叫起来，咆哮起来，用力跺着脚。如果我要求，连太阳也会给我的父亲召来一个奴隶为我拿甜点心，但晚了。姑母埃梅伦西娜已从椅子上弄走了我；不管我如何呼喊和挣扎，她还是将我交给一个女奴。

猜谜者的罪行不是别的：耽误了我的甜食并将我赶走。我真想策划一种报复，无论什么样的，但要厉害和出色，能在某种程度上出他的丑。幸亏维拉萨博士是个严肃、小心、谨慎的人。他四十七岁，已婚并做了父亲。无论是纸屑还是假发，我都不感兴趣；应该用更坏的手段。下午以后的整个时间，我都在盯着他，在众人散步的花园跟着他。我见他同军士长多明盖斯的姐姐欧塞毕亚搭上了话。这个健壮的老姑娘，若她算不上美的话，也不能说丑。

"我很生你的气，"她说。

"为什么？"

"因为……不知道为什么……因为我的命运……有时我想还是死了的好……"

他们进入一个小丛林。已是黄昏时分，我跟上了他们。维拉萨的眼中放着酒意和逸乐的火花。

"让我走吧。"她说。

"谁也看不到我们。死，我的天使？这是什么念头？你知道，我也要死的……刚才我说的什么？……我每天都被爱和怀念折磨得要死……"

欧塞毕亚将手帕放在眼上。猜谜人搜肠刮肚要寻找一句文绉绉的话，而且真的找到了，后来我发现是"犹太人"[1]的一个剧本中的话：

"你不要哭，我亲爱的；不要希望一天有两个黎明。"

说完，他将她拉向自己，她稍稍挣扎了一下，便顺从了。

脸贴在了一起，我听到轻轻的一声吻，一声最可怕的吻。

"维拉萨博士和欧塞毕亚太太亲嘴了！"我边喊边在花园中跑。

我的呼喊犹如一声爆炸。大家惊呆了，互相对视着，悄悄地、暗暗地笑着。母亲们拉走了女儿。我的父亲扭住我的耳朵，虽然只是做

---

1 指葡萄牙著名喜剧作家安东尼奥·达席尔瓦（1705—1739），以信奉犹太教罪名被判处火刑。

个样子，但对我的冒失却真的生了气。但在第二天午饭时，他又想到此事，便笑着揪揪我的鼻子说："呵！淘气鬼！呵！淘气鬼！"

13 一　跳

我们现在并齐双脚，跳过学校，那沉闷的学校，我在那里学会了读书、写字、算术、弹脑袋、调皮捣蛋——无论在山上，在海滨，还是在其他任何适合游手好闲的场所。

那时，我很苦恼，受人斥责、惩罚，课程又难又长；若说还有别的，也是微不足道，十分微不足道。只是戒尺太沉，尽管如此……啊，戒尺，我童年的恐惧，你就如"强迫他们进来"[1]，一个年迈、瘦骨嶙峋、秃顶的教师谆谆教会了我发音、作诗、句法和他所知道的一切。神圣的戒尺，你是那样被现代人所诅咒，我却愿在你的统治下连同我年少的心灵、我的无知、我的小剑——那柄一八一四年的小剑、比拿破仑的剑好得多的小剑！说到底，你需要什么，我的启蒙老教师？背课文，做规矩；生活恰恰就是如此，就是终生的学习；所不同的是，若说你曾使我生畏，却从未使我烦恼。现在我们好像看到你走进教室，穿着白皮拖鞋、大衣，拿着手绢，露着秃顶，胡子光光的。我看到你坐下、发怒、吼叫，开始吸鼻烟，然后让我们读书。你这样度过了二十三年，无声地、默然地、准时地，关在皮奥约大街的一间小屋里，从不以自己的平凡打搅外界，直到有一天，你一跃沉入黑暗中，没有人哭你，除去一个老黑人——没有一个人，包括我；我的写作基础还得归功于你。

教师叫卢德热罗。在这一章里，我要用他的全名：卢德热罗·巴拉塔——一个不吉祥的名字，既能充当孩子们的终生格言，又能作为

1　福音书中的话，引申为只要目的是好的，任何暴力都是需要的。

嘲弄工具。我们当中的一个——金卡斯·博尔巴——这小子对可怜的老师很残酷，每周有两三次，他一定要将一只死蟑螂放入老师的裤袋——一条裤腿肥大的裤子——或是抽屉里，或是墨水瓶旁。他若在课堂上发现了它，一下便跳起来，发亮的眼睛转动着，向我们流露着以下含义：我们是暴徒、骗子、坏蛋、流氓。有的发抖，有的私语，而金卡斯·博尔巴却坦然而平静，眼睛仰望着。

金卡斯·博尔巴已是出类拔萃的。无论在我的童年，还是在我整个一生之中，我从没见过比他更有趣、更有才干、更淘气的孩子。他是出类拔萃的，不仅是学校的，也是全城的。母亲是寡妇，有点私房钱；她崇拜儿子，溺爱他，把他打扮得干净、整齐，让一个穿着讲究的仆人跟着他。仆人任凭我们逃学、捣鸟窝，任凭我们在留拉明托和贡赛松山追逐蜥蜴，或像两个无业游民闲逛。金卡斯·博尔巴像个皇帝！在圣灵节装扮皇帝是他的享受。另外，在我们的儿戏中，他选举的角色不外是国王、大臣、将军或其他至高无上的人物；他矜持，风度潇洒大方。谁说……我们还是将笔刹住，停止炫耀，让我们跨入一八二二年——我们政治独立和我获得第一个俘虏的年代。

14 初 吻

那时我十七岁。我尽力将唇上的软毛修饰成唇髭。活泼而坚定的目光是我真正的男性标志。由于经常流露着傲慢神气，很难分清我是小大人还是带有稚气的成人。说到底，我是个英俊少年，英俊而鲁莽，我穿着皮靴，带着马刺，手持马鞭，血管里沸腾着热血，骑一头剽悍、强健的千里马闯入生活，一匹古代歌谣所吟咏的、浪漫作品在中世纪的城堡中寻的、出现在现代大街上的骏马。最坏的是它已经疲惫不堪、一钱不值，被灾难和痛苦所蚕食；出于同情，现实将它带进了书中。

是的，我可以说是个标致、得意、富裕的少年，很容易想象到不止一个女郎在我的面前脉脉含情地低下头，或向我射出追求的目光。但众多的高贵女郎中首先将我俘获的是一个……一个……我不知如何说。本书是正经的，起码其用意是正经的。极其正经。好了；或者说出一切，或者什么也不说。俘获我的是一个西班牙女郎——玛尔塞拉。"美丽的玛尔塞拉"，当时的小伙子们就是这样称呼她的。他们叫得好。她是阿尔图里亚斯[1]一个园丁的女儿，这是她亲自郑重其事地对我讲的。传说，她出生在马德里的一个书香之家，由于法国人侵，父亲受伤、坐牢、被处决。当时她只有十二岁。这仅是传说。但不管她父亲是谁，文人也好，园丁也好，实际情况是玛尔塞拉不粗俗不无知，也不大理解法典上的道德。她是个好姑娘；开朗、直爽，时代的严峻使她稍有拘谨，限制了她的轻率和出风头。她富有、好动，喜欢金钱和小伙子。那一年，她热恋上一个叫沙维尔的人，一个有钱的肺痨患者——一个翩翩少年。

我第一次见到她是在罗塞约格朗德广场的灯火节之夜，刚刚发表了独立宣言。那是春天的节日，民众心灵的黎明。我们都还年轻，就如年轻的人民与我；我们都经过了童年，怀着青年所有的想入非非。我见她从一乘小轿中出来，满面春风，花枝招展，纤细的身材线条起伏，不同凡响，有种在其他纯真的女性中从未见过的东西。"跟我来。"她对仆人说。我紧跟着她，就好像是她的另一个仆人，似乎命令是向我发出的。我痴情地、激动地、不由自主地走着，充满了黎明的曙光。半路上，人们叫她"美丽的玛尔塞拉"，我记得那个名字是从我叔父若昂口中说出的，而我，说实在的，我眩晕了。

三天后，我的叔父私下问我是否想去卡茹埃鲁斯大街参加姑娘们的夜宴。我们去了，是在玛尔塞拉家中。沙维尔带着他所有的结核菌主持晚宴。我吃得很少，几乎什么也没吃，因为我的目光只盯着女主人。多么优雅的西班牙女郎！在场的还有六个女人——都是她的知心

1　西班牙北部地区。

好友——个个漂亮，招人喜爱。然而，西班牙姑娘……热情、嗜酒、鲁莽的天性、轻浮，这一切只能促使我干一件事：在临街的大门口，我告诉叔父稍等一下，我转身又登上台阶。

"丢了什么东西吗？"玛尔塞拉站在楼梯平台上问。

"手绢！"

她让开路，以便我能走到大厅；我握住她的手，拉到身边，给了她一个吻。我不知她是否说了点什么，是否叫喊过，是否召唤过人。我什么也不知道，我只知道我又重新跑下台阶，快得像飓风，张皇得像醉汉。

15　玛尔塞拉

我费了三十天的时间才从罗塞约格朗德走到玛尔塞拉的心中；骑的已不是盲目的骏马，而是耐心的蠢驴，费尽心机同时又锲而不舍。实际上，有两种取悦女性的方法：猛烈的，如欧罗巴的牛；诱惑的，如丽达的天鹅和达那厄的金雨[1]。主神宙斯的三项发明，由于过时，换成了马和驴。我不想讲述我的谋划或奉承，也不讲信心和恐惧的更迭，以及徒劳的妄想，或任何其他诸如此类的初级东西。我只告诉你们驴子抵得上骏马，一头桑乔[2]的驴子，真的哲学家，是它过了不久将我引到她的家。我下了驴，拍拍它的屁股，让它去吃草。

我青年时代的首次冲动是多么甜蜜！在圣主制造的万物中，它有着第一个太阳的作用。请想一下，第一个太阳普照初生大地之时的作用是何其大。作用完全是一样的，亲爱的读者；若您曾有过十八岁，

1　欧罗巴为希腊神话的腓尼基公主，被宙斯化作白牛劫走。丽达为希腊神话中的斯巴达王后，主神宙斯化为天鹅与她亲近，生美人海伦。达那厄为希腊神话中阿尔戈斯国王之女，宙斯化作金雨与她相会。

2　堂吉诃德的仆人。

应该记得就是这样。

我们的感情，或叫联系，或其他名称——我对名称实在无知——有两个阶段：一个是执政官阶段，另一个是帝国阶段[1]。第一阶段很短，当政者是沙维尔同我，而他从未想到与我分治罗马政府。但是，当现实变得无可争议时，沙维尔便放弃了招牌，我便把大权独揽在手中。这是恺撒阶段，世界成了我的。然而，那是多么困难！绝非轻而易举。我需要筹划钱，大批的钱。招摇撞骗地筹划。首先，我充分利用父亲的慷慨，他满足我的一切要求，毫无责备，毫不拖延，毫无不悦之意。他到处说我有本事，说他过去也是这样。然而。面对如此的挥霍无度，他的慷慨也紧缩了，越来越紧、越紧。于是，我便求救于母亲，骗她藏起点东西，再偷偷地给我。数量不多。我采取了最后的措施：提取父亲的遗产，进行每天需要付利的典当。

"真的，"当我把丝绸或首饰给她时，玛尔塞拉总是说，"真的，你想同我闹别扭。……怎么能做这种事……多么贵重的礼品……"

如果是首饰，她说此话的同时便在手中欣赏着它，仔细地寻找光线最好的地方，试戴着，笑着，热烈而恳切地反复吻我。同时，她的眼中放射着幸福的光彩，看到她这样我也感到幸福。她喜欢我们的古老金币，我把能得到的全部给了她。玛尔塞拉把金币都放在一个铁匣里，而钥匙谁也不知道在哪里。她藏起来是为了提防奴隶。她在卡茹埃鲁斯的房子是自己的，家具完好而美观，一色雕花紫葳木，其他物件一应俱全，镜子、花瓶、餐具——漂亮的印度餐具，是一个法官送给她的。这套鬼餐具对我是极大的精神刺激。此事我对女主人讲过几次，我毫不掩饰对她昔日爱情猎物的厌恶。她听着、笑着，表情天真——天真或别的什么。那时我还弄不懂。然而现在重新回想起来，我感到的是种混合的微笑，一种莎士比亚的女巫[2]与克洛卜施托克[3]的六翼天使的混合人物所具有的笑。不知道这能否自圆其说。她深知我的

---

1 指罗马历史上恺撒建立独裁统治以前和以后的两个时期。
2 《麦克白》一剧中的人物。
3 克洛卜施托克（1724—1803），德国狂飙运动的先驱之一，其诗作表现人文主义和反封建思想。

迟到的热情，好像对待这种热情更加认真。有一天，我未能把她在一个珠宝商处见到的项链给她，她便说我只不过是个牛皮匠，说我们的爱情根本不需要那种庸俗的刺激。

"如果你对我有这种可悲的思想，我不能宽恕你。"她用手指威胁我说。

接着，她突然变得像个小鸟一样，伸开手，捧住我的脸，将我拉到她面前，做了个优雅的鬼脸，一个稚气的鬼脸。然后在背椅上，继续诚挚而坦率地说着那件事。她永远不允许用感情做交易。许多次她给人以假象，而把真心实意留给少数人。例如杜阿尔特，两年前她真心爱过的杜阿尔特少尉，像我一样费了好大劲才把几样值钱的东西给了她。她只乐于接受他的微不足道的馈赠，就像在一个节日给她的那个金十字架。

"这个十字架……"

说着，她用手贴胸取出一个精致的金十字架，系着一根蓝带子，挂在脖子上。

"可这个十字架，"我说，"你不是对我说过是你的父亲……"

玛尔塞拉怜悯地摇摇头。

"你不知道这是撒谎，我这样说是为了不惹你生气？过来，亲爱的，不要这样对我疑心重重……我爱过别人，现在结束了，有什么了不起？一天，当我们分离时……"

"不能说这种话！"我大叫起来。

"一切结束！一天……"

不能结束。啜泣哽咽了她的声音。她伸出手，拉住我的手，依偎在我的胸前，对我低声耳语道："永远不，永远不，我亲爱的！"我以湿润的眼睛感谢了她。第二天，我便把曾经拒绝给她的项链带给了她。

"为了我们分离后，你能记得我。"我说。

玛尔塞拉第一次嗔怒地沉默了；然后，她做出一个非凡的表示：要把项链扔到马路上。我拉住她的胳膊，连连求她不要给我这种难堪，求她收下首饰。她笑了，收下了。

于是，她慷慨地回报我的牺牲，她窥测我最隐蔽的思想；在某种下意识和心灵需要的支配下，对我的任何要求她无不以其灵魂毫不费力地予以满足。要求从来都不是合理的，而是种纯粹的任性、淘气，想看她的某种穿着，佩戴这样或那样的首饰，这件而不是那件裙子，散步或别的诸如此类的事情；而她一概让步，笑容可掬，满口应允。

"你真像阿拉伯商人那样机灵。"她对我说。

于是，她以迷人的温顺去穿衣、戴花饰、耳环。

16　一个不道德的念头

我产生了一个不道德的念头，同时也是个性的改变。我在第14章里已有交代，玛尔塞拉对沙维尔爱得要死。但她没死，仍然活着。活着不同于死。这个世界上所有的珠宝商——经常出现在文人笔下的珠宝商——都是这么说的。可爱的珠宝，若你们的珠宝和信任不是爱，爱还能是什么？它占有了世间感情交易的三分或五分之一。这就是我所要产生的不道德的念头，这一念头模糊的成分比不道德的成分更大，因为我要说什么谁也不清楚。我要说的是，世界上最美丽的前额，当加上一顶宝石王冠后，不会影响它的漂亮；不会影响它的漂亮，也不会影响对它的爱。例如，玛尔塞拉很漂亮，玛尔塞拉爱上了我。

17　关于秋千和其他

玛尔塞拉爱了我十五个月并爱去了我十一个康托。一点儿也不少。我的父亲一得知十一个康托，着实吃了一惊，感到事情超出了青年任性的界线。

"现在，"他说，"你应去欧洲，去上大学，可能是科英布拉大学。我愿你成为一个正经人，而不是二流子和小偷。"看到我的惊异表情，他继续说："是的，先生，是小偷。一个这么对待我的孩子不是别的……"

他从衣袋里掏出已被他还清的我的账单，并用它拍着我的脸说："看到了吗，花花公子？一个青年就该这样为家庭争光？你以为我和我的前辈是在赌场或在马路上闲逛得来的钱？穷大手！现在，要么改邪归正，要么你一无所有。"

他生了气，但这种气愤温和而短促。我默默地听着，无法像过去一样反对远行的命令。我想与玛尔塞拉同行。我去找她，把危机告诉她，向她提出了建议。玛尔塞拉眼望天空听完我的话，没立即回答我；我仍坚持问她，她说不能走，不能去欧洲。

"为什么不能？"

"不能，"她痛苦地说，"我不能呼吸那种空气，因为我还记得我那被拿破仑杀死的可怜父亲……"

"哪个父亲：园丁还是律师？"

玛尔塞拉蹙蹙眉，哼起了西班牙小调；然后抱怨天太热，吩咐上杯冷饮。女奴端了来，用的是银托盘，那是我的十一个康托的一部分。玛尔塞拉客气地把清凉饮料给我，我的回答是用手将杯子打翻，并打着了女仆；液体洒了她满怀，黑女人大叫一声，我把她喝走。我说她是一个魔鬼，说她从未爱过我，说她让我付出了一切代价，而没得到起码的至诚相待。我加给她许多难听的名字，做出许多不成体统的表示。玛尔塞拉一动不动地坐着，用牙嗑着指甲，冰冷像块大理石。我恨不得掐死她，起码要辱骂她，迫使她在我的脚下屈服。我可能做得出，但行动却走了样。是我扑倒在她的脚下，痛悔欲绝，哀求乞怜。我吻了她的脚，我记起了我们幸福的日子，我重新呼唤起往昔的爱称；那时我坐在地上，将头埋在她的膝间，紧紧握着她的手。我喘息着，失魂落魄地满含泪水求她不要不管我……玛尔塞拉看了我一会儿，双方默然相对，直到她慢慢地移开目光，带着厌烦的神色说：

"不要惹我生气。"她说。

她站起身，抖抖仍然湿漉漉的衣服，向卧室走去。"不，"我大叫道，"不要进去，我不要……"我向她伸出手时已晚了，她走进去，关上了门。

我茫然地走出去。我在最僻远、荒凉和难以发现我的城区失魂地游荡了两个小时。我以一种过度的病态咀嚼着我的失望，回忆着我癫狂的每一天、每一小时及每一瞬间。我忽而高兴地相信那些日子和时刻是永恒的，那一切是一场噩梦；忽而又自我欺骗，试图把过去像无用的衣服一样扔掉。于是，我决定立即动身，将生活切割成两半，并得意地认为玛尔塞拉得知我离去时，会被怀念和后悔所折磨。她既狂热地爱过我，应当感到点什么，某种留恋，像对杜阿尔特少尉那样……此刻，妒忌的牙齿插入我的心中，整个大自然在高呼我应当与玛尔塞拉同行。

"不管她……坚决走……"我挥动着拳头说。

最后，我想到了一个挽救办法……啊，我的罪过的秋千，抽象思维的秋千！这一挽救的办法悠荡起来，就如（第2章的）膏药。很简单，无非是想引诱她，深深地引诱她、迷惑她、拖拉她。我产生了一个对她使用一种比祈求更具体的方法。我不顾忌其后果，动用了最后一笔贷款，到了奥里维斯大街，买下了全城最贵的首饰——镶嵌在象牙梳子上的三颗大宝石。我跑到玛尔塞拉家。

玛尔塞拉靠在吊床上，神色呆倦而疲惫，一条腿悬着，露出裹着丝袜的小脚，蓬乱的头发披散着，目光沉静、困倦。

"跟我去吧，"我说，"我搞到了资金……我们有许多钱，你将得到你所需要的一切……瞧，拿去。"

我给她看钻石梳子。玛尔塞拉微微一震，用一肘支撑着抬起半身，看了梳子一会儿，然后，移开目光。她抑制着自己。我把手伸向她的头发，将头发绕起，很快地打成缕，做了一个临时发髻，没有任何首饰。我用钻石梳子重将头发梳开，后退几步，又走过去，将发型进行了改造，使其垂向一边，尽力在蓬乱中寻求一点匀称。这一切是以母性的细心与爱怜进行的。

"好了。"我说。

"神经病！"这是她的第一个问答。

第二个回答是将我拉到她的跟前，用一个吻，一个最热烈的吻偿还我的牺牲。然后取下梳子，对用料和做工惊叹不已，并久久地望着我，又摇摇头，以责备的口吻说：

"瞧你！"

"跟我去吗？"

玛尔塞拉思考片刻。我不喜欢她将目光从我身上移到墙上，从墙上移到梳子的样子；好在当她向我做出决然的回答时，所有的不良印象都烟消云散了。

"我去。什么时候动身？"

"两三天后。"

我跪下向她表示感谢。我又看到了我初次见面时的玛尔塞拉。她笑了，当我下台阶时，她去收藏首饰了。

18　走廊所见

走下昏暗的走廊尽头的台阶，我停住脚，平息一下喘息的心情，梳理散乱的思绪，最后我陷入到无数深沉而矛盾的感受中。我感到幸福。无疑，钻石吞噬了幸福的一部分；同样，一个美丽的女郎完全可以同时爱上希腊人和他们的礼品[1]。我还是相信了我可爱的玛尔塞拉，她可能有不是之处，但毕竟爱我。

"一个天使！"我望着走廊的天花板自语。

像是一种嘲弄，我在上面看到玛尔塞拉的目光，那种刚刚使我产

1　指特洛伊木马。

生一丝疑虑的目光，这目光在一只鼻子上闪烁，同时在伯格布克[1]和我的鼻子之上。可怜的《一千零一夜》的恋人！我在那里看到你沿着长长的走廊，跟在总督的妻子后面跑着、跑着、跑着，一直穿过长长的林荫道、走上大街；所有的皮匠都嘲弄你，殴打你。于是，玛尔塞拉的走廊在我眼中成了林荫道，而大街也成了巴格达的大街；这样，我向大门望去，便看到人行道上的三个皮匠，一个穿长袍、一个穿差服、一个穿便装。三个人进入走廊，抓住我的胳膊，将我塞进一辆双轮马车。我的父亲在右边，神父叔叔在左边，差役坐在车夫位上，将我带到警察总监家中，又从那里转移到一艘大船，送往里斯本。可以想象我的挣扎，但所有的挣扎都是徒劳。

三天后，我垂头丧气，默然无语地出了港湾。甚至哭泣也没有，我有一个固执的念头……可恶的固执念头！此时的固执念头是跳进大洋之中，呼唤着玛尔塞拉的名字。

19 在船上

我们一共十一名乘客，一个由妻子陪伴的白痴，两个旅行的青年，四名商人和两名仆从。我的父亲将我拜托给众人，主要是船长，可他又公务繁忙，因为除此之外，还有个晚期肺痨的妻子。

我不知是船长对我的不幸计划产生了怀疑，还是我的父亲让他对我进行监视。我只知道他的眼紧紧盯着我，一刻也不放过我。当他离开我时，便将我交给他妻子。妻子几乎永远在一张平板床上，不停地咳嗽，并表示要带我观赏里斯本郊区。她不瘦，但羸弱，每时每刻无不被死亡所威胁。船长大概出于自我欺骗，看来对迫在眉睫的死亡并不相信。我什么也不知道，什么也不想。在大洋之上，一个肺痨女人

---

1 见《一千零一夜》第三十夜的《裁缝的故事》。伯格布克是剃头匠的大兄弟，他为了追求一个美貌妇女，不顾廉耻地去迎合，最后被众人嘲笑，几乎是光着身子被赶出总督府。

的命运与我何干？对我来说，世界只有玛尔塞拉。

第一个周末夜晚，我遇到了死亡的良机。我小心翼翼地登上船台，但遇到了船舷旁眼望远方的船长。

"有风暴吗？"我问。

"没有，"他颤抖着回答，"没有；我在欣赏夜晚绮丽的景色。看，多么像天堂！"

举止行动说明他不是一个特别粗俗、表面看去与风雅无缘的人。我望着他，他似乎在品尝我的惊异。几秒钟后，他拉起我的手，指着月亮，问我为何不作一首夜的颂歌。我回答说不是诗人。船长嘟哝了点什么，走了两步，将手插入衣袋，掏出一张揉搓得很厉害的纸，然后借着灯光，读了一首贺拉斯体的海上自由生活的颂歌。

"怎么样？"

我记不得对他说了什么，只记得他用力紧紧握住我的手，表示十分感谢；接着，又朗诵了两首短诗。当他正想朗诵另一首时，妻子派人来叫他。"我就去。"他说完，又缓慢、深情地给我朗读了第三首诗。

只剩下我一人。船长的艺术之神驱赶走了我脑海中所有的邪念。我想睡觉，这是一种暂时死亡的方式，第二天，我们在风暴中醒来，众人无不惊恐万分，只有疯子除外。此人开始跳跳蹦蹦，说什么女儿派人用马车来接他。女儿之死是癫狂的原因。我永远不能忘记在纷乱的人群和风暴的怒吼之中那个可怜虫的可怕形象——他唱着、跳着，苍白的脸上大瞪着两只眼睛，头发长而蓬乱。他时而停止，将枯瘦的手举在空中，用手指画着十字，接着画了一个方格，然后又画了些圆圈，绝望地大笑不止。妻子对他已无能为力，她被死亡的恐惧所攫获，向上天的所有圣徒为自己祈祷。风暴终于缓了。说实在的，在我那翻滚的心中，这是一种绝大的消遣。一直想着死亡的我，当死亡真的来临时，我却不敢正视它。

船长问我是否害怕，是否遇到危险，是否觉得场面壮观。这一切全是出于朋友的关心。话题自然转向海上生活，船长问我是否喜欢充满诗意的打鱼人，我天真地回答从未见过。

"你会见到的。"他说。

他对我朗诵了一首短诗，接着又是一首牧歌，最后是五首十四行诗，并以此结束了这天诚挚的文学交谈。次日，在开始朗诵之前，船长对我说由于非常的原因他才走上了海洋之路，因为祖母希望他当神父，而他也真的懂得一些拉丁语。神父没做成，但不能不当诗人，他有此天赋。为证实这一点，他当面向我朗诵了上百行诗。我发现了一种现象：他做出的姿势有些奇特，甚至有时使我发笑。但当朗诵时，他是那样全神贯注，乃至什么也看不到、听不到。

时光一天天过去，连同流水、诗句，还有那女人的生命。她危在旦夕。一天，刚吃过午饭，船长对我说病人可能挨不到周末。

"这么快！"我吃惊地说。

"晚上情况很不好。"

我去看她，她真的已是半死，但仍说同我去科英布拉之前，要在里斯本休息几天，她的意图是把我送进大学。我伤心地离开了她，遇到丈夫正在望着被船身阻止的浪涛。我想安慰他，他对我表示感谢，向我讲述了他的恋爱史，赞扬了妻子的忠贞和贤惠，想起了献给她的诗章，并对我一一背诵。这时，妻子派人找他，我们两人跑着赶去。又是一次发作。那一天和第二天形势都很危险，第三日便死了。我躲开了那一场面，我不愿看到她。半小时后，我找到船长，他正坐在一捆绳子上，双手捂着脸，我说了几句安慰的话。

"她像一个圣徒一样死去了。"他说。为了不让人将此话理解为软弱，他立即站起身，摇摇头，久久而深沉地望着远方。"好了，"他继续说，"我们将她送向那永远打不开的墓穴。"

果如其言。几小时后，尸体按惯常的仪式被抛进了大海。悲哀笼罩着每个人的脸，丧偶人的脸色表情活像被闪电生生切断的山头。死样的沉默。波涛打开了腹腔，收容了尸骸，然后便合上了——只有一道浅浅的缝隙。大船继续前进。我在船尾待了一会儿，望着大海上动荡不定的我们当中的一员留在那里的地方……然后去找船长，为他解闷。

"谢谢，"他理解了我的意图，"请相信我永远不会忘记您大力的帮助。上帝会报答您的。可怜的莱奥卡迪亚！你将在上天铭记我们。"

他用袖子揩掉一滴惨然而下的泪珠。我尽力使他的感情转移到诗典上，我谈起了他向我朗诵过的诗句，并表示愿将其出版。船长的目光兴奋了少许。"或许可行，"他说，"不过，不知道……诗很松散。"我发誓说不是这样，我请他收集一下，下船时给我。

"可怜的莱奥卡迪亚！"他低语着，对我的请求置之不理，"一具死尸……大海……上天……大船……"

第二天，他向我读了一首即兴作的哀诗，讲述了妻子之死和葬仪。他的声音确实激动，手颤抖着，最后问我诗句是否与失去的宝贝相配。

"相配。"我说。

"没有灵感，"他思忖了一会儿说，"但谁也不能否认我的感情，否则便是感情破坏了完美……"

"我看不然，我认为诗是完美的。"

"是的，我相信……海员之诗。"

"海员诗人。"

他耸耸肩，望望纸张，重又朗读起来；他已经没有了战栗，但强调了文学的意图，突出了形象和韵律。最后，他对我说这是他最成功的作品，我表示同意；他紧握我的手，祝我前程远大。

20　获得学士

远大的前程！这句话在我耳边回荡。我放眼向远方，向神秘、渺茫的地平线望去。思绪连连，野心冲淡了玛尔塞拉的形象。前程远大？可能是自然科学家、文学家、考古学家、银行家、政治家或是主教——就算是主教，假若这也是一种职称、一种优越、一种巨大的荣誉、一种高尚的地位。野心，假设野心是一只鹰，这时也中止了飞翔，睁开了那褐色的、入木三分的眼。再见吧，爱情！再见吧，玛尔塞拉！神魂颠倒的日子、无价的珍宝、无节制的生活，再见吧！我要在此经过磨难，得到光荣；我将离开你们，连同那年幼的无知。

我就这样在里斯本下了船，奔赴科英布拉。大学以它沉重的课程等待着我。我十分一般地学完它，但并未因此而失去学士学位。当我结束了规定的课程时，他们以隆重的仪式授予了我这一称号。那是个使我充满骄傲和怀念的盛大典礼——主要是怀念。我在科英布拉是有名的纨绔子弟，一个挥霍、轻浮、放荡和傲慢的学生；喜欢冒险，是个不折不扣的情种和理论上的自由主义者，热诚地追求着黑眼睛的姑娘和自由宪法。当校方授予我一种我远未掌握的科学知识证书时，我内心不但感到骄傲，也感到惬意。原因是：证书是一张解放的公函，它给予我自由，也给予我责任，我收藏好证书，离开了蒙德戈河[1]，以无限惆怅的心情踏上归途，然而也感到某种冲动、好奇、奋争、炫耀、享乐和生活的希望——在未来的生活中继续大学生活的希望。

21　赶牲口者

然而，我所骑的驴子停了脚步。我打它。它跳了两下，又跳了三下，最后又加上一下，结果把我从鞍上摔了下来。我的左脚不幸挂在了镫上。我紧紧贴在牲口的腹部，但受惊的驴已沿着马路奔驰而去。我交代得不确切：它只是想跑，实际上只是跳跃了两下，在场的一个赶牲口的及时抓住了笼头。勒住了它。用了不少气力，也并非不担风险。畜生被征服了，我离了镫，站住身。

"瞧您多危险。"赶牲口人说。

一点不假，若驴子跑起来，我真得要被踏坏，很难说不引起致命

1　葡萄牙河流名，流经科英布拉，全长二百三十四公里。

的灾祸。脑颅破裂、出血、某种内伤，科学也就难救我了。赶牲口者或许是救了我一条命。的确是有益的帮助，我那激动的心中感到了这一点。多好的赶牲口人！在我逐渐恢复平静期间，他正细心、熟练地整理驴子的套具。我决定将我携带的五个金币给他三个，这并非说那是我生命的价值——生命是无价的——而是对他的救命之恩应有的酬谢。说做就做，给他三枚金币。

"好了！"他说，并把缰绳交给我。

"这就好了，"我回答，"麻烦您了，我还有些心惊肉跳……"

"没什么！"

"我不是差点死了？"

"如果驴子跑下去，这倒可能；但是，托上帝的福，您看这不一切都很好嘛。"

我走到背袋前，取出一件旧背心，兜里装着五个金币。当时我一直在考虑，酬谢是否太过分了，两枚是否可以，也可能一枚就够了。的确，一枚金币足以使他高兴得发狂。我审视一下他的衣服，是个从未见过金币的穷光蛋。好，就一枚。我取出来，看着它在阳光下闪烁着。赶牲口者没看到钱，因为我已转过了身，但他可能猜到了，因他开始对驴子说起了句一语双关的话。他劝告它，对它说要有理智，说"博士先生"会惩罚它。一个父性的独白。我的上帝？我甚至听到一个响吻：赶牲口者吻了驴子的额头。

"哟！"我惊呼道。

"请先生原谅，鬼牲口看人时是那么可爱……"

我笑了；我犹豫了一会儿，将一个银币放在他的手中，骑上驴，匆匆而去。我有些愧疚，确切些说，对银币所做的决定把握不准。但是，走了一段路，我向后望去，看到赶牲口人正向我深深施礼，明显地流露着高兴。我感到做得对，我对他的酬谢很好，可能酬谢过多了。我将手插进贴身的背心口袋，触到了几枚铜子。赠给赶牲口的应该是这几个铜子而不是那四十分银币。因为，说到底，他并未付出代价，或显示某种品德；他只是出于自然的冲动、性格或职业习惯。另外，他所在的位置不前不后，恰在出事地点，似乎仅仅是上帝的安排。无论从什么角度说，此举毫无夸耀之处。这种念头使我沮丧，我感到自己太慷慨，我把银币也算在昔日挥金如土的账上；我感到（为什么不都说出来？），我感到后悔。

22 回里约

可恶的驴子，打断了我的思绪。关于我在赴里斯本途中的想法，在里斯本，在半岛和欧洲的其他地方，在那个正焕发青春的古老欧洲的所作所为在此我不想多说。不，我将不描述我曾沐浴过的浪漫晨曦，我也不讲在意大利的怀抱曾踏过歌；我什么都不说。我应当写一部旅行记，而不是像本书这种只记述生活实质的回忆。

在几年的漫游之后，我答应了父亲的请求："回来吧，"他在最后一封信中说，"若不迅速归来，你将见不到你的母亲！"这最后一句话对我是一个打击。我爱我的母亲，我眼前仍浮现着她在船上对我最后祝愿的情景。"我可怜的孩子，我再也见不到你了。"可怜的太太啜泣着将我紧紧搂在怀中。这些话语像兑现的预言回荡在我的耳边。

请注意，当时我正在威尼斯，迷恋着拜伦勋爵的诗篇。在那里我陷于深深的梦幻中，重温着过去，向往着神圣共和。真的！有一次我问店主最高执政官是否要出来散步。"什么最高执政官，我的先生？"我踌躇了，没有向他承认我的失言；我说我的提问是一种美洲字谜。他表示理解，还说非常喜欢美洲字谜。这是一个店主。于是，我离开了这一切，店主、最高执政官、叹息桥[1]、平底船、勋爵的诗篇、里阿尔多桥[2]的贵妇；我离开了一切，像一粒子弹飞向里约热内卢。

我来了……不，不要拖长这一章。有时，我忘记了写，而笔却在

1　威尼斯大桥，因古代是囚徒的必经之路而得名。

2　威尼斯著名大桥。

吞噬纸张。这对我十分有害，因为我是作者。冗长的章节容易取悦于行动迟缓的读者。我们的刊物是十二开的，而不是对开的；文字少、边白宽、字体优美、金边、插图……主要是插图……不，我们不把本章拉长。

23 悲伤的，但是短促的

我归来了。不可否认，当远远地望到出生的城市时，我有种异样感觉。这不是因为它是我的政治祖国，而是因为它是我童年生活过的地方；马路、高塔、街心的喷泉、戴头纱的女人、黑人、儿时的事物与景象、记忆中的痕迹，这是一种复活。像鸟儿似的心灵不顾岁月的流逝，展翅飞向源泉，吮吸那没有被生活的急流所玷污的清凉、纯洁的水。

仔细一看，那里有个寻常的处所。另一个寻常的处所，寻常得令人凄惨，那便是悲伤的家。我的父亲满含泪水拥抱了我。"你的母亲不行了，"他对我说，"使她致命的已不是风湿病，而是胃癌。不幸的她受尽折磨，因为癌症对人们的品德是无动于衷的。它嚼噬时，就只是嚼噬；嚼噬是它的本能。"我那与科特林结婚的妹妹萨毕娜累倒了。可怜的姑娘！每天夜里睡三小时，仅仅三小时。连若昂叔叔也在难过、悲伤。欧塞毕亚太太和其他夫人也是如此，同样的伤心，同样的尽心。

"我的儿子！"

痛苦缓和了一下紧张的气氛，一丝微笑浮上病人的脸颊，死亡在上面拍打着永恒的翅膀。与其说是一张脸，倒不如说是一把失去肌肉的骨头。美丽的面容像灿烂的白日一样消失了，只剩下骨头，永不消瘦的骨头。我已很难认出她来，我们已八九年没见面。我跪在床前，双手捧着她的手，默默地，一动不动。我不敢张口说话，因为每一个字将是一声啜泣，而我们又害怕她知道临终的讯息。无用的恐惧！她深知不久于世，她对我这样说。第二天清晨便证实了。

垂死的挣扎是漫长的，漫长而残酷。一种细微、冰冷、反复、使我充满痛苦和恐惧的残酷。我第一次看到人的死去。过去听说过死亡，最多也就是在送葬时见过的僵硬尸体，或者是在教师广义的修辞学中联想到的古代东西——恺撒的被谋杀、苏格拉底的惨死、小加图的傲死[1]。但生与死的搏斗，痛苦、紧张、痉挛、毫无政治和哲学含义之死的过程，一个所爱戴的人之死，我还是第一次目睹。我没哭，我记得自始至终没哭：我的目光呆滞，喉头紧锁，意念凝固。为什么？一个那样温顺，那样和蔼，那样圣洁，从未让人流过一滴苦恼泪水的人，一个慈爱的母亲，无瑕的妻子，为什么会这样痛苦，被一种毫无怜悯之心的疾病的坚硬牙齿所嚼噬而死？我心中对那一切感到费解、不妥、不明智……

悲伤的一章。让我们看一章较愉快的。

24 短促的，但是愉快的

我垂头丧气。然而，在那段时间，浅浮与无知全部集中在了我的身上。生与死的概念从未搅扰过我的大脑；直到那一天，我才亲临了不可思议的深渊。我主要缺乏的是勇气和眩晕……

为向你们说出全部真实情况，我思考着在摩德纳[2]遇到的一个理发师的见解，即绝对无动于衷。他是理发师中的佼佼者，不管他的理发动作是如何缓慢，但永不招人厌烦。他在梳理的同时，穿插上许多有趣的、津津有味的笑话和戏语……他没有其他哲学。我也没有。并不是说大学没授予我某种哲学，但我只是背诵了它的公式、用语和结构。我的哲学就像拉丁语一样：只记住了维吉尔的三首诗、贺拉斯的两首、

---

1 大加图之曾孙，闻恺撒在塔普斯获胜后，自杀。

2 意大利北部城市。

几句道德和政治术语，以做谈话时的资本。我的历史和法律学也是如此，从庞杂的内容中我只摘取了句法、表皮和华而不实的东西……

我这样坦率地披露和强调我的平庸可能会使读者感到惊奇。要知道，坦率是一个死者的首要美德。活着时，感情的流露、利益的冲突、欲望的斗争迫使人们把嘴闭紧，将伤痕与缺陷掩饰起来，阻止人们将心灵的自白表露于世。而最大的违心之处便是当必须欺骗他人时，得首先欺骗自己，因为这样一来，便毋须羞愧，而羞愧又是一种痛苦的感情。也不用虚伪，而虚伪又是一种恶习。然而在死后，那是多么不同！多么畅快！多么自由！人们才能抖动外套，将里子整个反转、超脱，撕下伪装，恢复原形，坦率地承认是什么和不是什么！因为，归根结底，已经没有了邻居，没有朋友，没有敌人，没有熟人，也没有生人。总之，没有了观众。一旦我们踏上死亡的土地，意识的目光——这种尖锐和果断的目光——便失去了品德。我并不是说这里就没有了品德，它不再对我们进行审察和判断；而是说这种审察和判断对我们已失去意义。活着的先生们，没有能与死者的憎恶相比拟的东西。

25 在蒂茹卡

唷！我的笔滔滔不绝。我们还是简短些，就如我的母亲死后的头几星期我在蒂茹卡[1]所过的日子那样简短。

葬礼弥撒后的第七天，我携带一支枪、几本书、衣服、雪茄和一个黑奴——第11章中提到的布鲁滕西奥——躲进了我们的一所古老住宅。我父亲竭力要改变我的决定，但我不能也不想服从他。萨毕娜愿意我同她住些日子——最少两周，我的内兄几乎要强行将我带走。科特林是个出色的小伙子，他从过去的挥霍无度变得谨慎规矩。他在

---

1 里约热内卢近郊的风景区。

从事贩运交易。从早忙到晚，一丝不苟，坚持不懈。夜晚，他坐在窗前，摸着卷曲的胡子，不想别的。他爱妻子和刚刚出生、几年后死去的儿子。人都说他吝啬。

我拒绝了一切；我的思想很混乱。我相信从那时开始，就萌发了臆想症——这一朵黄色、孤凄、柔弱、醉人、娇媚的花。"忧郁和沉默该是多么好！"当莎士比亚的这句话引起我的注意时，坦白地说，我感到了共鸣，一种快意的共鸣。记得我坐在一株罗望子树下，手中翻着诗人的书，精神比外表更为沮丧——或叫垂头丧气，就如我们形容无精打采的鸡。无形的痛苦紧紧压着我的胸；只有一种感觉，那便是我们称之为厌烦的逸乐的东西。厌烦的逸乐：请背诵这一比喻，亲爱的读者；牢记它，思考它，若最终不能理解它，可以说，你不懂这个世界和那个时代的一种最微妙的感情。

我有时去狩猎，有时睡觉，有时读书——读很多书。有时无所事事，我任思维驰骋，想象驰骋，就如一只闲适和饥饿的蝴蝶。时光一点一滴地流逝，太阳落了，夜幕笼罩了山峦和城市，没有来访的客人，我明确要求不要打扰我。一天、两天、三天，整整一周就这样过去了；不说一句话，我实在应该离开蒂茹卡，接触一下喧哗。真的，七天过后，我厌倦了寂寞，痛苦平息了，精神已不满足于猎枪、书籍和对树林和天空的观赏。青春在挑战，需要活下去。我把生与死的问题塞进了箱子，连同诗人的狂想、衬衫、思考和领带。当我正把箱子关上时，黑仆布鲁滕西奥对我说，一个我所熟悉的人前一天搬迁到了离我们住所二百步远的一所红房子里。

"谁？"

"少爷可能不记得欧塞毕亚太太……"

"记得……是她？"

"她和女儿。昨天早晨来的。"

我立即想起了一八一四年的轶事，我感到羞怯；但我又想到事出有因。实际上，很难避免维拉萨与少尉姐姐的亲密关系，就在我动身前，已经神秘地传说她生了一个女孩。若昂叔叔后来在信中对我说维.

拉萨临死时留给欧塞毕亚一大笔遗产，这件事在当地议论很多。喜欢猎奇丑闻的若昂叔叔在信中不谈别的，而且是长篇大论。事出有因。即使没有因，一八一四年已过去很久，淘气、维拉萨和林中之吻也随之而去。再说在我与他之间已无任何亲密关系可言。我想到此，关上箱子。

"少爷不去拜访一下欧塞毕亚太太？"布鲁滕西奥问我，"是她为死去的太太穿了衣。"

我记起了在母亲死后和葬礼时曾在妇女之中见过她，但我不知道她曾为我的母亲效过最后一次劳。仆人的想法是有道理的，我应当拜访她。我决定立即去，立即动身。

26 作者犹豫了

我突然听到一个声音："呵！我的年轻人，不能这样生活！"是我的父亲，他带来两个建议。我坐在箱子上，热情地接待了他。他望着我站了一会儿，然后激动地向我伸出手：

"我的孩子，你要顺从上帝的旨意。"

"我顺从了。"我答道，并吻了他的手。

他没吃午饭，我们一起共进了午餐。我们都未提及我隐居的不幸原因，只是当父亲的话题落到摄政[1]时，他才顺便提到一个摄政王给我的吊唁信。他随身带来了揉搓得很厉害的信，这可能是因为反复阅读的缘故。我记得他曾说过信是一个摄政王写的。他向我宣读了两遍。

"对这一荣誉的表示，我已向他致了谢。"父亲说，"我认为你也应当去……"

"我？"

"你。此人很有声望，经常充当皇帝。另外，今天我还有个想法，

1　指1831年4月7日至1840年7月23日，由于佩德罗二世年幼，巴西设立摄政政府。

一个计划，或……是的，全部事情是这样的：我有两个计划，一个是议员位置，一个是婚姻。"

父亲一字一句说完，语气不同，但表达方式妥帖、适当，其目的是要将全部话语深深印在我的脑海里。然而，这种建议与我刚刚产生的念头差距是如此之大，我简直无法理解。我的父亲没气馁，又重复一遍，强调了席位和未婚妻。

"愿意吗？"

"我不懂政治，"我想了一下说，"至于未婚妻……请让我像熊一样生活吧，我是一头熊。"

"可是，熊也要结婚嘛！"他反驳。

"那就给我一头母熊。看，大熊星……"

父亲笑了，笑过以后，又严肃地讲起来。他以种种理由说明我必须得到一个政治职称，并以他特有的能言善辩，用我们所熟悉的人加以论证。至于未婚妻，只要我见一面就行；一旦见面，我会立即向其父求婚。立即，一天也不会拖延。他就这样，先是诱惑，然后规劝，最后是通牒。我不回答，我将牙签削尖，或把面包心捏成团，或微笑，或思考。总之，既不驯服，也不反抗。我感到晕眩。心灵的一半说可以，一个美丽的妻子和一个政治地位是可观的财富；而另一半却说不行，母亲之死向我说明事物、感情和家庭是何等脆弱……

"得不到肯定的答复，我绝不离开这里，"父亲说，"肯——定——的！"他一字一顿地重复道。

喝完最后一口咖啡，他舒适地坐好，便海阔天空地谈起来。谈到参议院、众议院、摄政、复兴、埃瓦里斯托[1]、一辆相中的马车、我们马达卡瓦罗斯大街的房产……我坐在桌子的一角，信手用铅笔头在一张纸上划着。一个字、一句话、一行诗、一只鼻子、一个三角形，反复地画了多次，毫无次序，漫不经心，例如：

---

1 埃瓦里斯托（Evaristo da Veiga，1799—1837），是佩德罗一世和摄政时期的记者、政治家。

　　　　我赞颂武器和男子汉 [1]

我

　　我赞颂武器和男子汉

　　　　我赞颂武器和男子汉

　　武器和男子汉

　　　　　我赞颂武器和男子汉带

　　男子汉

　　我机械地写出这一切；诚然，也有某种逻辑、某种因果。例如，是男子汉这个字的字头使我写出了诗人的名字；在我想写男子汉时，结果写出了维吉里约，于是继续写：

维　　　　　　　　维吉里约

　　维吉里约　　　　　维吉里约

　　　　维吉里约

　　　　　　　　　维吉里约

　　父亲对我那种无动于衷有些不快。他站起身，走到我的面前，目光落到纸上……

　　"维吉里约，"他惊呼起来，"你真行，我的孩子；你的未婚妻正是叫维吉丽亚。"

27　维吉丽亚？

　　维吉丽亚？就是几年后的那个女人？……就是她。就是那个在

1　维吉尔的史诗《埃涅阿斯纪》的第一句。

一八六九年伴我度过了最后的几天，而以前，许多年前，深深占据着我的内心世界的女人。那时她约有十五六岁。

她可能是我们民族最大胆，也一定是最固执的人物。我不认为她是当时姑娘之中美丽无双的，因为这不是写小说，作者可以给现实镀金，可以信口胡诌；但我也不认为有某个雀斑损害了她的容貌，绝不。她是美丽的，富于朝气；她从大自然的手中诞生时带来了那种脆弱而永恒的、为人类繁衍的秘密目的而代代相传的魅力。这就是维吉丽亚！她伶俐，非常伶俐，迷人、天真、纯洁，富于某些神秘的冲动。她很懒散，有些虔诚——虔诚，或许是拘谨。我想该是拘谨。

寥寥几行，读者便看到了这个后来影响我生活的人物的外形与精神面貌，这就是十六岁的她。当本书问世时，你若还活着，一定会读到的——一定，亲爱的维吉丽亚。你没看到今日的用语同我第一次见到你时的区别？要知道，我过去像现在一样诚挚。死亡未曾使我变得挑剔，也未使我不公正。

"然而，你会说，那么多年之后，你怎么能如此清楚地记得和表达当时的情景？"

啊！粗心的女人！啊！无知的女人！这是我们主宰世界的原因，这是一种还原往事的能力，以触动我们麻木的印象和骄傲的感情。帕斯卡尔说人是一根有思想的芦苇。不，是个有思想的勘误表，这就对了。人生的每一站就是一个纠正前版错误的新版本；新的版本也将被纠正，直到最后一版，也就是出版商赠送给蛀虫的那一版。

28 只要……

"维吉丽亚？"我突然说。

"是的，先生；这是未婚妻的名字。一个天使，我的傻瓜，一个无翅的天使，你想一下，一个这样的姑娘，这种身材，活泼得像水银，那眼睛……杜德拉的女儿……"

"什么杜德拉?"

"参事杜德拉,你不认识;很有政治威望。好了,愿意吗?"

我没立即回答。我望了一会儿短靴,然后宣布我将考虑这两件事:竞选和婚事,只要……

"只要什么?……"

"只要不强迫我同时接受两条。我想,我想,我可以只结婚或只从事公务……"

"所有公务人员都要结婚,"我的父亲简练地说,"但还要随你的意愿,我怎么都行。我相信目睹会坚定人的信心!另外,未婚妻和议会是一码事……也就是说,不过……你以后会知道……好了,我同意延期,只要……"

"只要什么?……"我学着他的声调说。

"哦!坏小子!只要你不在这里虚度光阴,默默无闻,忧忧郁郁。我耗费了金钱、精力,付出了代价,不是让你不发光;你应当发光,这对你和我们大家都是必要的;你应当继承我们的名望,继承并发扬。你看,我已经六十了,若需要我开始新的生活,我将毫不犹豫地开始。切莫碌碌无为,布拉斯,摆脱个人的圈子。你看,人的价值有各种各样,而最主要的是获得人的尊敬。不要糟蹋你的优越地位,你的资本……"

于是,魔术师在我面前摇起了铃,就如小时候人们摇着铃让我走得快些一样。臆想的花朵躲进了花苞,为另一朵不那么黄的,毫无病态的花儿让路了——对名望的热爱,布拉斯·库巴斯的膏药。

29 看 望

我的父亲胜利了。我决定接受证书和婚事——维吉丽亚和众议员的位置。"两个维吉丽亚"，他以最大的政治热忱说。我全部接受，我的父亲两次热烈地拥抱了我。他终于承认了他的血统。

"同我下山？"

"我明天下山。我要先去看望欧塞毕亚太太……"

我的父亲皱起了眉，但什么话也没说。他告辞后，便下山去了。当天下午，我去看望欧塞毕亚太太。我见到她时，她正责备一个黑人园丁，但立即转而同我说话，那样热情，那样由衷地高兴，简直使我局促不安了。我相信，她以一双有力的胳膊拥抱了我。她让我紧靠她坐在走廊上，她高兴得惊叹不已：

"啊！小布拉斯！长成大人了！几年前，是谁说……简直是条大汉！多英俊！怎么！你不记得我……"

我说记得，不可能忘掉我们家的一个那样友好的朋友。欧塞毕亚太太开始讲述我的母亲，对她是如此怀念、如此怀念，使我深受感动，也使我悲伤不已。她从我的目光中发现了这一切，便改变了话题。她问我旅行的情况，学习和恋爱……对，还有恋爱。她对我说她是个快乐的老太婆。此时，我想起了一八一四年的轶事。她、维拉萨、丛林、亲吻、我的呼喊；我正在回忆中，听到一声门响、裙子的窸窣声和这样一句话：

"妈妈……妈……"

30 丛林之花

声音和裙子属于一个微黑肤色的小姑娘，她看到陌生人后停在了门口。短促而窘迫的沉默，欧塞毕亚太太终于果断而坦然地打破了它：

"过来，欧热尼亚，"她说，"向布拉斯·库巴斯先生问好；他是库巴斯先生的儿子，从欧洲来。"

又转身向我：

"我的女儿欧热尼亚。"

欧热尼亚——丛林之花——不得体地回答了我对她的问候。她惊异而局促地望着我，慢慢走近母亲的座椅。母亲为她理好一条散了梢的辫子。"呵！淘气！"她说，"没办法，先生，这就是……"她是那样以由衷的慈爱亲吻了女儿，我也不免为之动情，这使我想起了母亲。说实话我有点想做父亲了。

"淘气？"我说，"难怪，好像年龄到了。"

"你看她有多大？"

"十七。"

"多了一点。"

"十六。不是吗！是大姑娘了。"

欧热尼亚不能掩饰听到我的这句话时的满意表情，但又立即收敛起来，仍像原来一样，高傲、冷漠、无言。实际上，她倒更像个妇人。按姑娘的性情，她应是个孩子；但像现在这样沉静、无动于衷，举止像个已婚女子。可能是这种环境减少了她的少女的妩媚。很快我们便熟悉了。母亲对她赞不绝口，我满意地听着。她笑着，睁着明亮的眼睛，似乎在她的脑海里飞翔着一只金翅膀、钻石眼的小蝴蝶……

我说的是脑海里，因为外面飞过的是一只黑蝴蝶。它突然闯入走廊，在欧塞毕亚太太周围拍打着翅膀。欧塞毕亚太太大叫一声，站起身，诅咒了几句不连贯的话："妖魔……出去……鬼东西！……我的圣母！……"

"不用怕。"我说着，掏出手绢，赶走了蝴蝶。欧塞毕亚太太喘息着，颇不好意思地重新坐下。女儿可能吓得面无血色，以很大的毅力控制着表情。我同她们握手告别，出去了，暗自对两个女人的迷信发笑，一种哲学家的、无私的、高尚的笑。下午，我看到欧塞毕亚太太的女儿骑马经过，后面跟着仆人，她用鞭梢向我致意，我心中得意地想到，她走几步一定要回头向后望，但她终未回头。

31　黑蝴蝶

第二天，我正准备下山时，一只黑蝴蝶飞过我的卧室。像我见过的那只一样黑，但大得多。想到昨天的事，我笑了。我又立即想到欧塞毕亚太太的女儿，她的惊恐和在惊恐之中尽力表现的镇静。黑蝴蝶在我周围飞了许久，落在我的前额上。我赶走它，它又落在玻璃窗上；我再次驱赶，它离开那里，落在我父亲的一张旧画像上面。它像夜一样黑。它神情悠然，一旦落下，便开始扇动翅膀，颇有些嘲弄的神态，这使我十分气恼。我耸耸肩，走出卧室；几分钟后，当我转回来时，发现它仍在原地。我感到一阵冲动，拿起毛巾，抽打过去，它落在地上。

它落地后没有死，仍在扭动身躯，转动着头上的触角。我怜悯了。我将它用手掌托起，放在窗台上。晚了；几秒钟后，不幸者咽了气。我有些烦恼、难受。

"它为什么不是蓝色的？"我自语道。

这种念头——一个自从出现蝴蝶以来最深刻的念头——安慰了我的恶作剧，我也感到心安理得。我久久地望着尸体，说实在的，有些同情。我想到它吃过午饭，幸福地飞出丛林。清晨是美丽的。它从外面飞来，悄悄地、黑黑地，悠悠荡荡，在广阔的蓝色天空；对所有的飞行动物来说，天空永远是蓝的。它经过我的窗前，飞进来，遇上了我。我想它可能从未见过人，所以，也就不知道人是什么。它围着我的身体转了无数圈，看到我在动，有眼睛、胳膊、腿，神情肃穆，一个庞然大物。于是自忖道："这可能就是蝴蝶的发明者。"这个念头征服了它，埋葬了它。然而胆怯也是会暗示的，暗示它说，最好的取悦缔造者的方式是亲吻他的前额，于是它便亲吻了我的前额。当被我驱赶后，它落在玻璃窗上，在那里看到我父亲的画像，很可能它发现了一半真理，即：那是蝴蝶缔造者之父。于是飞上去请求他怜悯。

这时，毛巾的一击终止了冒险。那无垠的蓝色、花儿的欢笑，绿叶的壮观都没能使它抗拒一块毛巾，一块两掌之长的生麻布。请看，比蝴蝶高级的动物就是好！因为，说实在的，它若是蓝色的或是橙色的，生命也不会有更大的保障。用大头针将它穿起来，以作观赏，这也并不是不可能。但它却不是。最后这个念头又使我感到安慰，我将中指与拇指并拢，一个弹指，尸体落进花园。正好，那里有一大群蚂蚁……不，我又回到第一个念头，我相信，它若生来是蓝色的就好了。

32　天生的瘸子

我做好了出访的准备，我不想再耽搁，我立即下山，尽管某位细心的读者要缠着问我是否前一章仅仅是个无稽之谈，甚至是种嘲弄。我仍然决定下山……没想到欧塞毕亚太太会来，她进来时，我正要走。她向我发出邀请，当天去吃晚饭。我谢绝了，但她一再坚持、坚持、坚持，使我无法不答应。另外，对她也应该有点表示。我去了。

由于我的原因，欧热尼亚那天没打扮。我想是由于我的原因——若她不是经常这样的话。前一天戴着的金耳环今天也没挂在她的耳垂上——仙女头上的两只玲珑剔透的耳朵。她身着朴素、无装饰的白色棉布衣服，代替胸针的是一个珍珠母扣子，袖口被扣子锁得严严的，没有任何一点戴手镯的样子。

身体是这样，精神也绝非是别的。纯洁的思想、朴实的举止、一种自然的可爱。一种端庄的神情，我不知是否还有别的。是的，嘴，和母亲的一模一样，它使我想起一八一四年的轶事，使我真想同女儿也开同样一个玩笑……

"喝完咖啡，"母亲说，"请您看看花园。"

我们走进过道，从那儿走到花园。此间，我注意到一个现象，欧热尼亚有点瘸，瘸得是那样轻微，以至我问她是否脚受了伤。母亲沉默了，女儿却直言答道：

"不，先生，我生来就是瘸子。"

我咒骂自己，我真笨、真蠢。因为，若怀疑到瘸腿的可能，那就根本无须再问什么。我记得第一次见她——前一天——的情景，姑娘是慢慢走近母亲的座椅。也就在那一天，我见她坐在餐桌旁，这可能是为了掩饰缺陷。然而，为何现在又要坦白？我望望她，看到她很难过。

我设法消除我的冒失引起的后果。这并不难，因为母亲——据她自己讲——是个开朗的老太婆，又立即同我攀谈起来。我们看到花园的全部：树木、花草、养鸡池、洗衣池。在我斜视着欧热尼亚的目光时，她向我介绍和评论着这样和那样的数不清的东西……

说实在的，欧热尼亚的目光不瘸，而是健康的，十分健康。她有着乌黑而平静的眼睛。我肯定，有两三次她将目光垂下，有些惶惑。但仅仅两三次而已，而其他时间总是坦然地望着我，没有畏惧，也没有伪装。

33 不下山的人是幸运的

坏就坏在是个瘸子。眼睛是那样明亮，嘴是那样清新，举止是那样高雅，但却是个瘸子！这种反差使人想到大自然有时是个巨大的嘲弄家，既然瘸，为什么又那么漂亮？既然漂亮，为何又瘸？这是晚上在回家的路上我对自己提出的问题，而无法找到谜语的答案。当无法猜出谜底时，最好的办法是将它从窗口扔出去。我就是这样做的。我拿起毛巾，将萦绕在我脑海里的另一只黑蝴蝶赶走了。我如释重负，我睡了。梦是心灵的窗户，它又将小虫子放了进来，于是一整夜我都在挖掘秘密，却毫无结果。

清晨下起了雨，我改变了下山的计划。又过了一天，天空晴朗、碧蓝，尽管这样，我还是决定不出门，包括第三天、第四天，直到周末。一个个美丽、清新、诱人的早晨，山下，全家在召唤我，还有未婚妻、议会，而我全然置之不理，在我的无臂维纳斯身旁迷恋着。迷恋是一种强调语气的方式，没有迷恋，只是喜欢，某种肉体和精神上的满足。我喜欢她，这是真的；在这样一个如此朴实的人身旁，一个私生的瘸腿姑娘，一个在爱情和鄙视中诞生的姑娘，在她的身旁我感到舒适，我相信她在我的身旁感觉更好。这是在蒂茹卡，一首朴素的牧歌。欧塞毕亚太太监视着我们，但不严格。她从接触中权衡着需要。而女儿，在大自然的首次激动中，将全部心灵委予了我。

"先生明天下山？"星期六她问我。

"我想。"

"不要下。"

我没下，并为福音书又增加了一首短诗。——不下山的人是幸运的，因为姑娘们的第一次亲吻便来自于此。的确，欧热尼亚的第一个亲吻在星期日发生了——一个其他男人没有尝试过的、不是偷偷摸摸的、不是强迫的，而是热情的、全心全意的、像个诚实的欠账人偿还债务。可怜的欧热尼亚！你若知道当时在我的脑海里游荡着的是什么思想，你会激动得战栗，双手搭在我的肩，凝注着你意中的丈夫；而我，眼前出现的是一八一四年，是丛林，是维拉萨，而你也无法否认你的血统，你的出身……

欧塞毕亚太太突然进来，但并没有突然到碰上我们紧紧贴在一起。我走到窗前，欧热尼亚坐下梳理辫子。多么可爱的伪装！多么完美和巧妙的艺术！多么隐蔽的虚伪！而这一切都是自然的、生动的、无须学习的，自然得像食欲，自然得像困倦。好得很！欧塞毕亚太太什么也没怀疑。

34 一个敏感的灵魂

这里的五个或十个读者中，有一个敏感的灵魂，它一定对上一章感到颇为不悦，并开始为欧热尼亚的命运担忧。也或许……是的，或许在心中说我卑鄙。我卑鄙吗，敏感的灵魂？因为狄安娜的腿？这种侮辱值得以血冲刷，若血能冲走世间某些东西的话。不，敏感的灵魂，我不卑鄙，我是人；我的大脑是个舞台，上面演出各种剧目，神圣、严肃、活泼的话剧，高雅的喜剧，形形色色的闹剧、悲剧、滑稽剧。一个大杂烩，敏感的灵魂，一个人与各种事物的杂烩，包罗万象，从伊兹密尔的玫瑰到你院中的芳香；从克莱巴特拉的锦床，到栖息着乞丐的海滨一隅，里面交织着形形色色的思想，那里不仅有雄鹰和蜂雀生活的环境，也有蛞蝓和癞蛤蟆的世界。不要这样，敏感的灵魂；惩罚那神经，擦亮那眼镜——这往往是眼镜作祟——让我们永远结束这朵丛林之花。

35 大马士革之路

八天以后，如同我行走在大马士革的路上，我听到一种神秘的声音，对我悄悄私语着《圣经》里的话（见"使徒行传"第九章第六节）："起来吧，进城去。"这句话出自我本人，原因有二：在欧热尼亚的坦率面前解除我武装的怜悯和真正爱上她、同她结婚的恐惧。一个瘸女人！关于这一使我离开她的原因，无疑她是发现了，并告诉了我。那是一个星期一的下午，当我在走廊向她宣布第二天要下山时："再见，"她简单地向我伸出手叹息道，"很好。"我什么也没说，她继续道："你应该躲开同我结婚的笑话。"

我正要向她辩解，她却慢慢走开了，强忍着泪水。我几步赶上她，指天发誓下山是被迫无奈，但我仍然爱她，十分地爱她。全部是无感情的装腔作势，她一言不发地听着。

"相信我吗？"我最后问。

"不。我说过，你做得对。"

我想拦住她，但她射向我的目光已不是祈求，而是命令了。第二天清晨，我走下蒂茹卡，有点凄楚，也有点得意。我自语着应当服从父亲，应当投身于政治……宪法……我的未婚妻……我的事业。

36 关于皮靴

父亲没料想到我会这样，他满怀慈爱和谢意拥抱了我。"现在是真的了？"他说，"我终于……"

我没等他说下去，便去脱掉皮靴，靴子太紧了。我感到轻松，我深深呼吸着，平躺在床上，双脚和我全身都感到某种舒适。于是，我认为紧脚的皮靴也能带来世间最大的幸福，因为它使脚疼痛，于是使人在脱靴之后感到舒适。它折磨双足，这是不幸，然后又使足舒适，按照鞋匠和伊壁鸠鲁的观点，获得廉价的幸福。

当这种想法在著名的秋千上悠荡时，我向蒂茹卡望去，看到瘸姑娘消失在昔日的地平线上，我感到心灵也会很快脱去它的靴子。的确，浪子脱去了靴子，四五天后，他便品尝了这迅速的、难以形容的、由衷的、在剧痛担忧和不适之后的快意……由此我推断出生活是一种最微妙的现象，因为激化饥饿是为了吃饭；而鸡眼的发明也只不过是为了完善行路的幸福。实际上，可以说，人类全部的智慧抵不上一双短皮靴。

你，我的欧热尼亚，你永远不曾脱去过皮靴；你沿着生活之路，带着损伤的腿和损伤的爱去了；你像贫穷的葬仪那样悲伤，你孤独、沉默、勤劳，直到你也来到大河的这边……你的存在是否对这个时代十分必要，这是我所不知道的。谁知道？或许一个配角演员能将人间的悲剧演坏。

37 好 了

好了！该维吉丽亚了。在去杜德拉参议的家之前，我问父亲婚事是否有某种先决协定。

"没有。过去我曾同他谈到过你，我向他表示愿意让你当议员；我是这样说的，他答应帮点忙，我想他会帮的。至于未婚妻，就是我说的那个人，她是一颗明珠、一朵花、一颗星、一件稀世之物……是他的女儿。我想，若能同她结婚，你很快就会当上议员。"

"只有这些？"

"只有这些。"

我们来到杜德拉家。此人是颗珍珠，笑容可掬、年轻、爱国，对时弊颇为不满，但对改变它并不失望。他认为我的候选资格是理所当然的，但要等几个月。然后把我介绍给妻子——一个可敬的女人——和女儿，她完全没有否定我父亲的颂词。我发誓，完全没有，请再看一下第 27 章。我对她有些想法，我以某种方式望着她，我不知她是否也有想法，她看我的方式与我的无异。我们的第一眼是单纯和简单的夫妻式的。一个月后，我们便亲密无间了。

38 第四版

"明天来吃晚饭。"一天晚上杜德拉对我说。

我接受了邀请。第二天，我吩咐马车在圣弗朗西斯科保拉大街等我，我便去散步。你们还记得我的有关人生如出版的理论吗？所以，那时我正处在重新校阅、修改后的第四版，但仍充满了不慎和谬误。当然，在优美的字体和华丽的装帧方面有所提高。散完步，当经过奥里维斯大街时，我一看表，表蒙子掉在人行道上。我走进最近的一家商店。这像是一间卧室——稍大一些——脏而昏暗。

在柜台的里面坐着个女人，第一眼望去，她那蜡黄而布满雀斑的脸上毫无出色之处。然而，仔细端详，也并非异常。她过去不会是丑的，相反，看得出，她曾经很美，而且不是一般的美。但是，疾病和早衰毁坏了可爱的花朵。雀斑很可怕；这些大而多的标记凹凸不平，排列紊乱，使人想到粗粒的砂纸，特大号的粗粒砂纸。轮廓最好看的部分是眼睛，神色奇特，令人厌恶。但我一开口，那眼神立刻就变了。至于头发，已经花白，几乎像店门那样布满尘土。在左手的一个指头上，闪烁着一颗钻石。你们相信吗，后来人？这个女人就是玛尔塞拉。

我没立即认出她来，这很难；但我一说话，她却认出了我。她的眼睛闪动着，改变了惯常的神色，半甜美、半忧伤。我见她似乎想要躲藏或逃跑，这是瞬间的傲慢在下意识地作怪。玛尔塞拉恢复了平静，并笑了起来。

"想买点什么？"她将手伸向我说。

我什么也没回答，玛尔塞拉明白了我沉默的原因（这不难），踌躇着——我相信——以便决定是让眼前的惊诧还是让昔日的回顾统治自己。她给我一张椅子，隔着柜台，她向我详细讲述了她的情况、她的生活、我使她流的泪水、她的怀念、不幸，最后是满脸的雀斑，使她的疾病恶化、使她早衰的气候。她的心灵真的是衰老的。她卖掉了一切，几乎是一切。一个昔日爱过她，并死在她怀抱中的男人留给了她这个首饰店。好像是为了使她五灾俱全，这个店已很少有人光顾——大概是因为女人开店太稀罕。接着，她请我讲述我的生活。我简略地说了一下，那段生活并不长，也没什么意思。

"结婚了吗？"我讲完后，玛尔塞拉问。

"还没有。"我淡淡地回答。

玛尔塞拉带着思考或回忆者的惊异向大街望去。我不禁也想起了往事，在回忆和怀念的同时，我自问为何做了那么多的愚蠢事。一八二二年的玛尔塞拉肯定不是这样，但昔日的美丽值得我所做牺牲的三分之一？这是我端详着玛尔塞拉的脸所要寻求的答案。那张脸告诉我不值得；同时，眼睛告诉我，过去像今天一样，里面燃烧着欲望的火焰。我的眼睛却看不到，那是第一版的眼睛。

"您怎么进这儿来了？是从大街上看到了我？"她从精神呆滞中恢复过来后问道。

"不，我以为这是一家钟表店。我要买一个表蒙子；我到别处看看。请原谅，我有急事。"

玛尔塞拉悲伤地叹了口气。实际上，我感到难过和厌烦，同时，也急于离开这间屋。然而，玛尔塞拉唤过一个仆人，将表给了他。尽管我表示反对，她还是让他去邻近的表店配玻璃。没有办法，我又坐下。她说想得到老朋友的帮助，她想我自然要结婚，声称要将精致的首饰廉价卖给我。她没用"廉价"这个词，用的是一个巧妙和易懂的暗喻。我开始想，她可能没遭受过任何不幸（疾病除外）；她有遗产，她的交易的唯一目的是满足她那利润的欲望，这便是她的现实生活的蛀虫；这是后来人们告诉我的。

39 邻　人

正当我这样辗转思考时，一个矮小、光头的男人走进店铺，手中领着一个四岁的女孩。

"今天早晨过得可好？"他问玛尔塞拉。

"马马虎虎。过来，玛丽科塔。"

男人抱起女孩，送到柜台里面。

"去，"他说，"问问玛尔塞拉太太晚上过得好吗。她闹着要来，母亲不能给她穿衣服……是不是，玛丽科塔？规矩点……小心挨打！怎么……你简直不知道她在家里那个样子，每时每刻都念叨着太太，可在这儿却像个傻子。就在昨天……我能说吗，玛丽科塔？

"不要说，不，爸爸。"

"那就是件丑事了？"玛尔塞拉轻轻拍拍孩子的脸蛋问道。

"我告诉你，母亲教她每天向上帝祷告天主经和圣母经，可是，这孩子昨天向我苦苦祈求……你猜什么？……她愿意为圣玛尔塞拉祷告。"

"小可怜的！"玛尔塞拉亲吻她说。

"这是一种爱，一种感情，连太太也想不到……她妈妈说她着了魔……"

来者又讲了些别的，都很有意思，直到领着孩子离开，没有忘记向我投来询问和怀疑的一瞥。我问玛尔塞拉他是谁。

"是隔壁的钟表匠，一个好人；妻子也很好，女儿很有趣，是吗？他们好像都很喜欢我……都是些好人。"

讲这番话时，玛尔塞拉的声音中荡漾着欢快，而脸上好像泛起幸运的浪花。

40 在马车上

这时，小黑孩拿着换了蒙子的表进来。该走了，我难以在那儿再待下去。我把一枚银币给黑孩子，对玛尔塞拉说以后再来，便匆匆离去。说实在的，讲这话时我的心有些激动，这是一种死者的丧钟。心灵中产生的印象是相反的。请注意，那一天清晨我是满高兴的，午餐时，父亲预先向我重述了我要在众议院做的演说，我们大笑不止，太阳也在笑，似乎那是世界上最明亮的一天。同样，若我向维吉丽亚讲起午餐时的想入非非，她也会笑起来。可是，我的表蒙子掉了，我走进附近的第一家店铺，这才出现了我的往事，引起了我的痛楚，触动了我的心弦，那张充满了怀念和雀斑的脸向我发出询问……

我离开了那里，匆匆地钻进了在圣弗朗西斯科保拉大街等候我的马车，吩咐车夫快走。车夫赶动牲口，马车将我摇晃起来，弹簧呻吟着，车轮碾破不久前的雨水留下的泞泥，但我感到一切都是静止的。

有时，连一点不强劲、不猛烈、令人窒息的和风也没有。这风既吹不走我们头上的帽子，也不能旋转女人的裙子。也许，这样会更坏，因为它柔和，使人乏力。可是，如何驱赶这胡思乱想？我本身有这种风，它一定在吹拂我，因为我正处在今与昔的隘口，渴望踏上未来的平原。坏的是马车不动了。

"若昂，"我向车夫喝道，"这车走还是不走？"

"唷！少爷！我们已经到了参议老爷的门口。"

41 幻 觉

一点不假。我急忙进门，遇到焦急、气恼、满脸乌云的维吉丽亚。默默无言的母亲同她在客厅。互相问候完毕，姑娘冷冷地对我说：

"我们本想您能早些来。"

我尽量为自己圆场，说马不肯走，说有个朋友缠住了我。突然，我失去了声音，我被惊惧所控制。维吉丽亚……那个姑娘就是维吉丽亚？我久久地望着她，感情是那样沉重，使我不得不后退一步，移开了目光。我重新端详她，雀斑吞噬了她的脸，前一天还是那样细嫩、滋润、洁净的皮肤，现在成了黄色的，同那张西班牙姑娘的脸同样灾难性地遭到黑斑的侵袭，那双喜人的眼睛失去了神采，嘴唇凄苦而疲惫。我仔细地端详着她，拉住她的手，柔声地将她唤到我的面前。我没弄错，确实是雀斑。我想我的表情是拒绝的。

维吉丽亚走开了，坐到沙发上。走还是留下？我放弃了第一种选择，这无疑是荒唐的。我向默然坐着的维吉丽亚走去。上帝！又是那个活泼、年轻、情窦初开的维吉丽亚。我徒劳地在她脸上寻找病态，一点也没有，皮肤像过去那样细嫩、白皙。

"从来没见过我？"维吉丽亚看到我一再端详她，问道。

"这么美，从没见过。"

我坐下。维吉丽亚不再说话，弄得指甲不时发出声响。沉默一会儿，我向她讲起了奇奇怪怪的事，但她什么也不回答，连一眼也不看我。除了指甲的响声，她像一尊无声的塑像。她只望了我一眼，仅仅是一瞥，微微翘起嘴唇的左角，蹙起眉，两道眉几乎碰在一起。这一系列动作使她的脸上显露出一种介于喜与悲之间的表情。

在那种厌恶中有种自满的神色，这是一种造作的表现，而内心之中，她是痛苦的，而且不小 —— 可能单单是忧伤，或仅仅是怨恨，因为压抑着的痛苦痛之尤甚，很可能维吉丽亚所承受的痛苦比她所应当承受的大了一倍。我看，这是一种形而上学。

42 背离亚里士多德

另一件我认为也是形而上学的事，即：例如，让一个球动起来，转动着的球碰到另一个，将力传给它，于是，第二个球也就如第一个一样转动起来。假设第一个球叫……玛尔塞拉 —— 只是一种设想；第二个球叫布拉斯·库巴斯；第三个球，维吉丽亚。玛尔塞拉被昔日的指头弹了一下，便转动起来，直到碰上布拉斯·库巴斯；他在推动力的作用下，也转动起来，直到与第一个球毫无关系的维吉丽亚相撞；这就是如何通过简单的力的传播，就会使每一边缘都被触及，从而产生一种东西，我们不妨称它为 —— 人类相互关联的烦恼。本章怎么背离了亚里士多德？

43 侯爵夫人，因为我将是侯爵

无疑，维吉丽亚是个顽皮的孩子，一个天使般的顽皮孩子，不论诸位同意与否，但她确实是一个顽皮孩子，这时……

这时，罗伯·奈维斯出现了。他既不比我更标致，也不比我更文雅，也不比我更博学，也不比我更可爱，但他却在几周之内，以极其粗暴的方式从我手中夺去了维吉丽亚和议员资格。在此期间，没有发生任何纠葛，也没有任何家庭矛盾。一天，杜德拉对我说我需要再等一个机会，因为罗伯·奈维斯得到了权贵的支持。我让步了，这便是我失败的开始。一周后，维吉丽亚笑着问罗伯·奈维斯何时当部长。

"按我的意愿，立刻；按别人的意愿，一年后。"

维吉丽亚又问：

"能答应有朝一日让我做男爵夫人吗？"

"侯爵夫人，因为我将是侯爵。"

从那时起，我便输了。维吉丽亚将鹰与孔雀做了比较，她选择了鹰，抛弃了孔雀，留给孔雀的是惊愕、怨恨和三四个吻。可能是五个，但即使是十个，我也不想说什么。男人的嘴唇不像阿提拉的马蹄，使踏过的土地失去生机；恰恰相反。

44 好一个库巴斯

我父亲对这一结果感到震惊，好像是要我知道使他致死的原因不是别的。他设计了那样多的楼阁，那样多、那样多的梦想，他不能看着这一切化为灰烬，而不受到剧烈的震动。开始他不愿相信。好一个库巴斯！库巴斯家族光荣树上的一枝！他说此话时是那样充满信念，以致使我这个继承了库巴斯血统的人暂时忘却了变幻无常的女人，全神注视着那种并非罕见、却也有趣的现象：心灵中逐步升级的幻觉。

"好一个库巴斯！"第二天午饭时他又向我重复。

午餐并不愉快，我当时困得要死，半夜没合眼。是因为爱？不可能，对同一个女人不可能爱两次；而我，此刻同那个后来不得不爱的女人并无任何牵连，只有那一闪而过的幻觉，某种顺从和许多的自负。我对维吉丽亚便是如此。是怨恨，是像针尖那样小的怨恨；它连同雪茄、拳击和中断了的阅读一起消失了，在黎明到来的时刻，一个最宁静的黎明。

我毕竟年轻，我自己有救治的法子。我父亲却无法轻而易举地承受打击。想得通一些，他不致必然死于这场灾难；但灾难加重了他承受的痛苦，这是事实。四个月后他死了——沮丧的、忧伤的、带着内心无限的忧虑，像是悔恨、一种彻底的醒悟代替了他的风湿和咳嗽。当一个部长来访时，他还高兴了半小时。我看到了——我记得很清楚——我看到了他昔日感激的微笑，眼中充满了光彩，可以说，是垂死者最后的闪光；但忧伤立刻又浮现了，这种死亡的忧伤并未将我推上一个高级的地位，如原来期待的那样。

"好一个库巴斯！"

部长来访的几周后，他死了，在一个五月的早晨，跟前有两个孩子——萨毕娜和我——还有我的叔父伊德丰索和我的妹夫。他死了，科学的方法没能拯救他，我们的爱、我们无限的关怀拯救不了他。什么也无法拯救他；他必须死，他死了。

"好一个库巴斯！"

45 记　录

啜泣、泪水、重新布置的家、大门的黑天鹅绒，一个男人为尸体穿衣，另一个收拾棺材。棺材、葬龛、蜡烛架、请帖；缓慢、肃穆进来的客人紧握主人的手，有的悲伤，个个严肃、沉默。神父和教堂职员、祈祷、喷洒圣水、锤钉棺材；六个人从葬龛将棺材抬起，吃力地走下台阶，伴随着喊叫、哭泣和全家又一次的流泪，一直送到殡车，放在上面，搭绳、勒紧、殡车转动、马车转动、一辆又一辆……这像是一张司空见惯的流水账单，是我为我没有写出的悲伤、平庸的一章所做的记录。

46 遗　产

亲爱的读者，现在请看看我父亲去世八天后我们这几个人——我妹妹坐在沙发上，稍前一些是科特林，站着靠在什物架上，双臂交叉，咬着唇髭；我低着头，来回踱着。沉重的丧事、无尽的沉默。

"满打满算，"科特林说，"这个房子能值三十多个康托；就算能值三十五……"

"能值五十，"我说，"萨毕娜知道曾到过五十八……"

"甚至可以值六十，"科特林又说，"这不等于说它真值，更不能说它现在值。你知道，这里的房子几年前就开始大跌价。那么，若这房子值五十康托，依你说，坎普镇的能值多少？"

"不一样！那是所旧房子。"

"旧！"萨毕娜手指天花板惊呼。

"你说新，敢打赌？"

"好了，哥哥，不说这些，"萨毕娜从沙发上站起身说，"我们可以友好地、心平气和地把事办好。譬如，科特林不要黑人，只要爸爸的车夫和保罗……"

"车夫不行，"我立即说，"我要马车，也不能再去买个车夫。"

"那好，我要保罗和布鲁滕西奥。"

"布鲁滕西奥自由了。"

"自由了？"

"两年前。"

"自由？你父亲怎么在家干这种事，可谁也不告诉！好了，现在说银器……我想，他不会把银器解放吧？"

我们曾谈到过银器，堂若泽一世[1]时代的古老银器，这是遗产中最值钱的部分，这是由于其精美做工、久远年代和来源。我父亲说是库尼亚伯爵任巴西总督时赠送给我曾祖父路易斯·库巴斯的。

"关于银器，"科特林接着说，"我没有别的想法，唯一的希望是你的妹妹应当得到它，我认为这是合理的。萨毕娜已经出嫁，需要一套好的、像样的装饰。你独身一人，不需要，不……"

"但我也可以结婚。"

"为什么？"萨毕娜打断我的话。

这个提问是那样高兴，使我一时把利益也忘却了。我笑了，拉起萨毕娜的手，轻轻拍着她的手掌。这一切所表现出的极为友好的神情使科特林理解为应允，他向我表示感谢。

"怎么？"我反问，"我什么都不让步，不让步。"

"不让步？"

我摇摇头。

"好了，科特林，"我妹妹对丈夫说，"没看到他连我们身上穿的衣服也想占有，这就是他的意思。"

"什么都不让。马车、车夫、银器、一切。我看，最简单的方法是对我们进行裁决；证明萨毕娜不是你的妹妹，我不是你的妹夫，上帝不是上帝就够了。就这样干吧，什么也丢不了，包括一只小匙。好了，我的朋友，到此为止！"

他是如此愤怒，我丝毫也不差；我感到需要一种折中方案：将银具一分为二。他笑了，问我谁要银壶，谁要糖罐。说完，又声称我们有时间解决产权问题，只是不要太计较。但萨毕娜走到朝向花园的窗前，过了一会儿，又转过身，提议让出保罗和另外一个黑人，条件是获得全部银具。我刚想说这样不妥，科特林抢先一步，说出

---

1 葡萄牙第二十五任国王，在位时间为 1750 至 1777 年。

了同样的意思。

"这绝不行！我不乞求！"他说。

晚饭是不愉快的，临结束时，我的红衣神父叔父来了，并提出小小的修改建议。

"我的孩子们，"他说，"你们要知道，我的哥哥留下了一个可供大家分享的特大面包。"

科特林说："对，对。但问题不是面包，而是黄油。干面包我咽不下。"

家产统统分了，但我们已搞得很僵。我对他们说，尽管这样，我是不得已才同萨毕娜争吵的。我们过去多么好！稚气的游戏、孩童的怄气、成年时的欢笑与忧伤；多少次我们共同分享这欢乐与贫困的面包，那样友好，充满手足之情。然而，我们搞僵了，这就像玛尔塞拉的美丽，随着雀斑的出现消失了。

47 隐 居

玛尔塞拉、萨毕娜、维吉丽亚……我把这些截然不同的称呼混淆在一起，好像这些名字和人物只不过是我昔日感情的形态。坏习惯的羽笔，将你的风格打上领带，穿上一件不太脏的背心；好了，然后再跟我来，走进这个家，躺在这张吊床上，我在上面悠荡着度过了自从我父亲去世以后直到一八四二年期间最好的年华。来吧，若你闻到了某种脂粉的香味，切莫以为是我为了舒适而施放的。这是 N，或 Z，或 U 的痕迹。所有这些大写字母包含了它全部高贵的卑下。然而，除了芳香若你还需要别的，那就保留你的希望，因为我没留下画像，也无信件。也无回忆；连感情也消失了，只剩下开头的字母。

我过着半隐居的生活，偶尔参加一次舞会，去去剧院，或听演讲，但大部分时间是我独自度过的。我活着，任其事业和光阴流逝；在奢想和失望中时而心绪不宁，时而心灰意懒。我撰写时政文章，从事文学创作，向报刊写文章或诗篇，竟然还得了个善辩和诗人的美名。当我想到已当了议员的罗伯·奈维斯和侯爵夫人维吉丽亚，我自问为什么不能成为比罗伯·奈维斯更好的议员和侯爵。"我更有价值，比他的价值大得多。"我望着鼻子尖说了这番话。

48 维吉丽亚的一个表弟

"知道昨天谁从圣保罗来了？"一天晚上路易斯·杜德拉问我。

路易斯·杜德拉是维吉丽亚的表弟，对艺术很倾心。他的诗很有味，胜过我的。但他需要某种裁决，以肯定其他人的赞赏。但他很胆怯，从不主动征询别人的意见，却乐于听到好的评价。于是，他便加倍努力，朝气蓬勃地投入工作。

可怜的路易斯·杜德拉！只要一发表点东西，便立即跑到我家，围着我团团转，寻求一个裁决、一句话、一个表情，以肯定他的创造；而我对他讲的却是些风马牛不相及的话——最近卡太特的舞会、议会的辩论、马车和马。谈到了一切，唯独不谈他的诗和散文。开始，他兴致勃勃地回答我的问题，后来便泄了气，将话题拉向他。他打开一本书，问我是否有新作，我回答有或没有。我把话题再拉向别处，他在后面紧跟着我，直到最后完全止步，苦恼地离去。我的目的是使他动摇，使他气馁，使他消失。我望着鼻子尖想了这一切……

49 鼻子尖

鼻子，毫无痛悔的意识，你在我生活中却有着相当的价值……亲爱的读者，您是否也曾想到过鼻子的作用？根据邦格罗斯博士[1]的解释，鼻子的产生是基于使用眼镜的需要——说实在的，相当长一段时间我认为这种解释是无可非议的。但是有一天，当我在思考一些晦涩的哲学问题时，找到了唯一的、真正的和最终的答案。

实际上，我只需留意一下托钵僧人的习惯就行。读者知道，托钵僧人花费长长的时间望着鼻尖，唯一的目的是希望看到灵光。当他的目光落到鼻尖之上，便失去了对外界事物的感觉，在无形之中得到美化，在无形中得到满足，脱离了地面，消失了，变作永恒之物。这种通过鼻尖的净化是精神最崇高的境界，而达到此境界的手段不仅属于托钵僧，而且属于全世界。每个人都应该和可以注视自己和鼻尖，以便看到灵光。这种注视的作用是将整个宇宙置于一只鼻子之下，使整个社会达到平衡。如果仅仅是鼻子与鼻子相互观望，人类的存在连两个世纪都到不了：会在第一批部落产生之后便消亡了。

此时，我听到一个读者的不同意见："怎么会是这样？"他说，"从没见过有人观察自己的鼻子。"

糊涂的读者，这证明您从未了解过一个制帽匠的思维。制帽匠路过一个帽店，是他的竞争者在两年前开设的。原来只有两个门，现在有四个门，将来还会有六个、八个。橱窗里摆着竞争者的帽子，进进出出的是竞争者的顾客。制帽匠把那个店铺与自己破旧的、只有两个门的店铺相比，将那些帽子与自己的相比，价格尽管一样，却很少有人问津。他自然感到难过。但他继续前进，思考着，双目垂地，或双目前视，自问别人兴隆和自己落后的原因，而他的手艺要比那个好很多……这时，目光便停在了鼻子上。

由此可以得出结论，存在着两种基本力量：爱情——使后代繁衍；鼻子——使人制约。生育、平衡。

1　伏尔泰《天真汉》一书的主人公。

50 出嫁的维吉丽亚

"我的表姐维吉丽亚嫁给了罗伯·奈维斯，她刚从圣保罗来。"路易斯·杜德拉继续说。

"啊！"

"今天我才得知一件事，年轻人……"

"什么？"

"你曾想同她结婚。"

"我父亲的意思。谁对你说的？"

"她本人。我向她谈了许多你的情况，她才把这些告诉了我。"

第二天，在奥维多尔大街的普拉谢印刷厂[1]门口，我远远看到一个出众的女人。是她。走近前，我才认出了她；她的变化是那样大，是大自然和艺术将她变得完美无缺。我们相互问候后，她走了，同丈夫登上了在不远的山坡等候他们的马车。我茫然若失。

八天后，我在一个舞会上遇到了她。记得我们交谈了两三句话。然而，一个月后，在一位夫人家的另一个华丽无比的舞会上，我们的接触更进了一步，时间也更长，因为我们进行了交谈，跳了华尔兹。华尔兹是使人心旷神怡的东西。我们跳了；我不否认，当那个轻柔和优雅的身体偎依在我的身上时，我产生了一种特殊的感觉，一种横遭劫掠之人的感觉。

"真热，"我们一跳完，她说，"去凉台好吗？"

"不，这样会着凉的。我们到另一个房间去。"

罗伯·奈维斯正在另一个房间，他热情地问候我。关于我的政论文，他说文学家不行，他们不懂，而政治家是出色的、有头脑的、有才华的。我同样彬彬有礼地回答他，我们愉快地分了手。

大约三周后，我收到他邀我参加一个好友聚会的请柬。我去了，维吉丽亚以这样一句有趣的话迎接我，"先生今天一定得同我跳华尔

1　法国出版商普拉谢于 1824—1827 年在里约热内卢开设的印刷厂。

兹。"的确，我跳华尔兹颇有名气，她想同我跳是毫不奇怪的。我们跳了一次，又一次。一本书腐蚀了弗兰采斯加[1]；此处的华尔兹也使我们头脑发昏。记得那天晚上，我用很大的力量握住她的手，而她却任其所以，像是将手忘却了。我拥着她，所有的目光望着我们，望着其他拥着、转着的人……销魂。

51 是我的

"是我的!"我将她让与另一个青年后，自语道。说实在的，在当晚余下的时间，一个奇特的念头进入我的脑海，不是借用锤子，而是借用更富有寓意的手钻的力量。

"是我的。"当我回到家门口时自语道。

但就在那里，好像是命运或偶然，或是别的什么想要进一步满足我的想入非非。一个圆圆的、黄澄澄的东西在地上闪烁。我俯下身：是一枚金币——半个道布拉。

"是我的!"我笑着重复道，将金币揣进衣袋。

那天晚上，我没再理会金币；但在第二天，当我重新想起来时，感到良知的激动。一个声音问我为什么一枚既不是我继承的，也非我赚的，而仅仅是在路上捡拾的钱会是我的。显然不是我的，是他人的，是那个失者的，不论他是富人还是穷人。可能是穷人，某个无法养活妻子和孩子的工人；假如是富人，我的义务是同样的，应当归还钱币，最好的、唯一的方式是通过广告或警察归还。我致函警察局长，将拾物寄去，请他尽力将其归还到真正的失主手中。

我发出信，坦然地，甚至可以说是愉快地用过午餐。前一天，我的良心是那样不安，甚至压抑，失去了呼吸。但半个道布拉的归还是

---

1 见《神曲·地狱》第五篇。弗兰采斯加为圭多·韦基奥之女；与其夫之弟保罗通奸。腐蚀她的书指的是《圆桌故事》，讲述的是骑士朗斯洛与亚瑟王之妻桂妮薇恋爱的故事。

一股清新的空气，可怜的良心深深地呼吸了它。让轻风吹拂心灵吧，我对你们不再说别的。然而，不管客观条件是什么，我的举动是美的，因为它表现了一种正义的选择，一种优美的情感——这是我心中的贵妇对我说的一席话，是她靠在敞开的窗前对我说的。

"干得好，库巴斯；完全对。这股空气不仅是清新的，也是芳香的，是永恒的花园的呼吸。想看看你的行为吗，库巴斯？"

可爱的贵妇取出一面镜子，将它放在我的面前。我看到了，清楚地看到前一天的半个道布拉；圆圆的，明亮的，成倍地增加着——十个，后来是三十，再后是五百，以此表示一个简单的归还举动对生与死所产生的意义。在观察那个举动的同时，我窥视着自己；我就在其中，很善良，也许是伟大的。一枚普通的钱币，嗯？请看，这是华尔兹稍稍跳过了头的结果。

这样，我，布拉斯·库巴斯，发现了一个崇高的法则，即窗户平衡的法则；我规定，关掉一扇窗户的补偿方法是打开另一扇，以便使道德与良心息息相通。读者可能对此有些不解，可能希望一种更具体的东西，例如一个包裹，一个神秘的包裹。好，请拿起神秘的包裹。

52　神秘的包裹

事情发生在几天之后我去玻达弗哥的路上。我的脚绊在了海滩的一个包裹上。不大，却干净、平整，由一条结实的带子扎着。看上去像这个，又像那个。我决定用脚去踢，以作试探，于是就踢了一脚。包裹很结实。我环顾一下四周，海滩空无一人，远方有些嬉戏的孩童，再远处便是一个补网的渔夫，谁也看不到我的行动。我俯下身，捡起包裹，走了。

我走了，但不无担心。可能会被孩子们讥笑。我曾想将包裹放回海滩，但摸一摸它，又放弃了这个念头。几步之后，我改变了道路，径直朝家走去。

"让我看看。"我走进室内后说。

我犹豫片刻，可能是出于羞愧，讥笑的念头又袭击了我。当然，那里并无外人看见，但我内心有个孩子；如果他看见我打开包裹，发现里面是几条破手绢，或几个腐烂的番石榴，他将吹口哨、惊叫、起哄、跺脚、张扬、出怪声、做鬼脸。晚了；好奇心是那样强烈，就如此时读者的心情。我打开包裹，我看到……里面有……我数了……反复数了，足有五个康托，一点也不少。可能还多十几个米尔瑞斯。五个康托的大面值钞票和金属币，美观、整齐，一笔罕见的意外之财。我重新包好。晚饭时，一个黑孩子同另一个使眼色，他们偷偷看到了我？我拐弯抹角地询问他们，结论是没看到。晚饭后，我又一次走进书房，仔细端详着钱，我暗笑自己对这五个康托过分的谨慎——我满足了。

为了摆脱此事的缠绕，晚上我到了罗伯·奈维斯的家，他一再劝我不要放过妻子的招待会。在那里，我遇到警察局长。经过介绍，他立刻记起了前几天我向他发出的信和半个道布拉。他谈起了此事。维吉丽亚似乎对我的举动表示欣赏，在场的每个人都有类似的经历，我像个歇斯底里的女人不耐烦地听着。

第二天晚上和整个那一周，我尽可能不再去想那五个康托。实际上，我已妥帖地将钱放在了抽屉里。我什么事都愿意谈，唯独忌讳钱，特别是捡到的钱。当然，捡到钱并非罪孽，而是一种幸福，一次偶然的运气，或是天意，不可能是别的。丢失五个康托，绝不像丢失一片烟叶。五个康托有着千千万万种感觉，人们反复抚摸着它，用手，用思维，直到将它完全失落在海滩，这需要……罪过并不是拾物。罪过、耻辱，任何东西都不能毁坏一个人的品德，这只是一件拾物，一次好运气，就如中了头奖，如跑马打赌。如诚实的赌博中的胜利，甚至可以说是一种应得的幸福，因为我并未有不良的感觉，也并非不值这天赐的恩惠。

"这五个康托，"我自语道，"三周后，我要将它用于某种善举，也许为一个贫穷的姑娘做嫁妆，或其他类似事情……我将要……"

就在当天，我将钱带到了巴西银行。在接待中，人们怀着敬意大谈我的半个道布拉，这个新闻早已在熟悉我的人中间传开。我厌烦地说不值得如此大惊小怪，他们又赞扬起我的谦逊——因为我显出了气愤的样子，而他们对此简单的解释是伟大。

53 ……

维吉丽亚已不记得半个道布拉，她全部倾心于我、我的眼睛、我的生命、我的思想——我这样认为，也的确是这样。

有的植物快快地发芽，快快地生长；有的却迟生、早凋。我们的爱属于前者；它是那样迅猛、那样蓬勃地萌芽，很快便成为森林中最高大、枝叶繁茂、欣欣向荣的植物。我不能确切地告诉你们这一生长过程进行了几天，我只记得，有一天晚上，花儿绽开了，或说是亲吻——如果想这样称呼的话——她给予我的一个吻，颤抖着——可怜的她——害怕地颤抖着，因为是在花园的大门口。这唯一的吻发生了——它像光阴那样短促，像爱情那样热烈，是一篇安逸、恐惧、悔恨生活的序言，充满了以痛苦告终的欢乐和开放着愉快花朵的悲哀——一种无动于衷、怀有某种企图的虚伪，狂热感情的唯一约束；那是一种充满争吵、怄气、失望、妒忌的生活；有时我甘愿为这一生活付出过分和多余的代价，有时这种念头又倏然消失，把一切都看作不必要的，于是争吵和其他、其他的一切又重新发生——任性和贪欲：这便是写有上述序言的书。

54 钟 摆

我离开那里，回味着亲吻的余味。我无法入睡，我平躺在床上，这是真的，但无济于事。我听到夜间每一次钟响，一般说来，当我失眠时，钟摆的走动很使我讨厌；这种深夜的缓慢和单调的滴答——滴答的每一次运动就像在对我说我的生命又少了一刻。于是，我便想象出一个老魔鬼，坐在两个袋子中间——生命和死亡——将生命之袋中的钱币取出来放到死亡袋中，并这样数着：

——少了一个……

——少了一个……

——少了一个……

——少了一个……

最奇怪的是若钟停止了走动，我便拧紧发条，使它永不停止摆动，我也就能够数出我所有失去的时光。有的发明可以变化、结束，其肌体也会消亡；但钟表是最终的、永恒的；当最后一个人告别那寒冷、耗尽的太阳时，必须在衣袋里装上一只表，以便知道死亡的确切时间。

那天夜里，我没产生那种凄凉的、使人厌烦的感觉，而是另一种，是一种愉快的感觉。幽灵聚集在一起，它们蜂拥而至，像女信徒拥护着观看圣像游行时的天使歌手。我听不到时光的流逝声，而是不断增添的分分秒秒。有时，什么也听不到，因为我那狡猾、顽皮的思想已跳出窗外，展翅飞向维吉丽亚的家中。在那里的一个窗口上遇到了维吉丽亚的思想，两种思想相互问候，继而便交谈起来。我们滚倒在床上，可能是因为寒冷需要休息；两个人逍遥地重复着亚当和夏娃昔日的对话。

55 亚当和夏娃昔日的对话

布拉斯·库巴斯

………………………………？

维吉丽亚

……………………………

布拉斯·库巴斯

……………………………

……………………………

维吉丽亚

……………………!

布拉斯·库巴斯

……………………………

维吉丽亚

……………………………………

……………?……………………………

…………………………………………

布拉斯·库巴斯

……………………………

维吉丽亚

……………………………

布拉斯·库巴斯

………………………………………

…………………………………………

…………………！…………！………………

……………………………………！

维吉丽亚

………………………？

布拉斯·库巴斯

………………………？

维吉丽亚

………………！

56 时　机

但是，呃！谁能向我解释这一差别的原因？

当初，我们相遇了，谈到了婚事；话不投机，我们分手了，冷冷的，毫无痛惜，因为没有任何感情。只是某种不恭刺伤了我，仅此而已。一年年过去了，我又见到了她，我们跳了三四圈华尔兹，于是我们便极其狂热地相爱起来。维吉丽亚的容貌的确达到了高度完美的程度，但就本质来说，我们还是原来的我们。而我，既没变得更英俊，也没有变得更高雅。谁能向我解释这种差别的缘由。

缘由不是别的，只可能是时机。第一次的时机不成熟，因为我们任何一方对一般的爱还不成熟，而只倾心于我们之间特殊的爱。根本区别。没有主人公的成熟时机，就不可能有爱。这个解释是在接吻的两年之后我自己找到的，那一天维吉丽亚向我抱怨一个死死缠着她的花花公子。

"讨厌鬼！"她做了个发怒的怪脸说。

我战栗了，我望望她，见她真的生了气；我于是想到我可能也曾使她产生过同样的怪脸，我立即明白了我的成熟的伟大。我已从讨人嫌变得招人喜爱。

57 命　运

是的，先生，我们相爱了。此时，所有的社会法规已无法阻挡，此时我们真的爱了起来。我们相依为命，就如同诗人在炼狱所遇到的两个灵魂：

并列而行，像同轭的两头牛。[1]

1　见《神曲·炼狱》第十二篇第一歌。

我将我们与牛相比是不恰当的，因为我们是另一类行动不那么迟缓的动物，但更加恶劣和好色。我们就这样走着，不知去向何方，也不知沿着什么孤独的路。有几个星期，这一问题使我不安，我将其解决方法交予了命运。可怜的命运！此时你在哪里，人间万事的伟大主宰？或许你正在创造新的皮肤、新的面目、新的举止、新的名字，而不可能……我记不清我在何处……啊！在孤独的路上。我心中说现在是上帝的安排，是命运在爱我们；若不是这样，又如何解释华尔兹和其他的一切？维吉丽亚有着同样的想法。一天，维吉丽亚向我承认她有时感到后悔，因为我曾告诉过她，之所以后悔，是因为对我没有爱；她以她那无比秀美的臂膀搂住我，低语道：

"我爱你，这是天意。"

这句话绝非瞎说，维吉丽亚对宗教颇为信仰。她星期天不做弥撒，这是真的，我也相信，只有节日里或有空时，她才去教堂。但她每晚都做祈祷，热诚地，起码是困倦地。她害怕打雷；打雷时，她捂上耳朵，念叨着所有的教义问答。她的卧室，有一个紫葳木雕刻的圣牌，高三拃，上面有三个形象。但她对女友从不谈及此物，相反，她将宗教的女信徒称作假正经。不久，我便怀疑她是否羞于流露信仰，而她的宗教只是一种具有保护性的、秘密的法兰绒衬衣。然而，我显然是搞错了。

58 密 谈

起初，罗伯·奈维斯使我异常畏惧。纯粹神经过敏！他崇拜妻子，并多次毫无愧色地这样对我说；他认为维吉丽亚完美无缺，具有坚毅而谦恭的品德，亲切、高雅、谨慎，堪称楷模。但他的信任不仅限于此。原来只是一条缝隙，后来便大门四开了。一天，他坦率地对我说，一种不快的念头在嚼噬他，他缺少众所周知的荣誉。我鼓励他，我告诉他许多美好的事物，他以一种不甘泯灭的宗教热情听着。于是我明白了他的欲望的翅膀已拍打得疲倦，但始终未能起飞。几天后，他将他全部的烦恼、失意、强忍的苦楚、绝望的怒火倾诉于我；他说政治生活中交织着妒忌、怨恨、阴谋、奸诈、利益、傲慢。看来他是患了忧郁症；我尽力予以安慰。

"您所讲的，我明白，"他悲伤地反驳说，"您无法想象我的生活。我参与了政治，这是出于爱好、家庭、欲望和某些自负。我有着所有促使人们从事政治生涯的动机，我所缺少的只是另一种性质的利益。我从包厢看过演出，说实在的，很美！华丽的布景，生动、活泼、有趣。我签署合同，他们给我一张纸……但是，为什么我要以此去烦扰她？让我自己承担苦恼吧。请相信，我每一天、每个月的生活是……没有不变的感情，没有感恩，没有一切……一切……一切……"

他颓废地完全沉默了，目光茫然，好像什么也没听到，只有他自己的思想的回声。过了一会儿，他站起身，向我伸出手："先生肯定要讥笑我，"他说，"但是，请原谅那种发泄；有件事，一直使我难受。"他笑着，样子阴沉而忧伤。然后，他请求我不要向任何人透露我们之间的谈话；我劝他说，严格讲，我们什么也没谈。进来两位议员和一位教管区的政治首脑。罗伯·奈维斯高兴地接待他们；开始有些造作，后来便自然了。半小时后，谁也不能说他不是最幸运的人；他侃侃而谈、揶揄、发笑，众人也跟着笑。

59　一次相遇

"政治该是一种烈酒。"我走出罗伯·奈维斯家时自语道。我走着、走着，一直到了巴波诺斯大街，才看到一辆马车，上面坐着一个部长——我小学的故友。我们热情问候；马车去了，而我仍然走着……走着……走着……

"我为什么不能成为部长？"

这是一个闪光而强烈的念头——披着时髦的外衣，就如贝纳德斯神父[1]所说——这个念头开始狂热地跳动起来，而我却静静地看着它，感到很有意思。我不再顾及罗伯·奈维斯的苦恼，我感到被神秘所吸引。我想到小学的那个同学，在山坡的追逐、喜悦和调皮，我将孩童与成人相比，我自问为什么不能同他一样。我走到大众公园，好像那里的一切都在提出同一个问题。"为什么你不是部长，库巴斯？""库巴斯，你为什么不是部长？"听到此，一种惬意的感觉使我所有的器官心旷神怡。我走进公园，坐在凳子上，咀嚼着那一念头。维吉丽亚一定会喜欢！几分钟后，我看到一个人朝我走来，面目不像是陌生的。我见过，不管是在何处。

请注意，是一个三十八至四十岁的男人，高个子、瘦削、脸色苍白，而衣服，先不说做工如何，也像是来自巴比伦的囚服；帽子是现代的吉赛莱[2]式的。现在请想象一下，一件比肌肉——或更确切些说比人体的骨骼——的需要宽大得多的大礼服，黑的色泽已逐渐成为黯淡的黄色，毛绒也消失了，八个原装扣子只剩了三个，灰色的粗布裤子，膝盖部位被大大地加了固，缺油的短靴后跟无情地绽裂，颈上飘动着一条褪了色的两色领带，勒着八天没洗的衣领。可能也穿着深色的丝绸背心，已经全线崩溃，大敞着胸怀。

"我相信你一定不认识我，对吗，库巴斯博士先生？"他说。

"我记不起……"

"我是博尔巴，金卡斯·博尔巴。"

我吃惊地后退一步……谁能在此时将波舒哀[3]和维埃拉[4]的华丽文采赋予我以抒发那无限的凄楚！他就是金卡斯·博尔巴，昔日可爱的孩子、我小学时代那样聪明和富裕的朋友！不，不可能；绝不是。我

---

1 葡萄牙文学家、诗人（1644—1710）。
2 十四世纪奥地利一个类似司法部长的官。他将帽子放在广场建筑的房顶，让过路行人对帽膜拜。
3 法国著名演说家（1627—1704）。
4 葡萄牙作家和演说家（1608—1697）。

无法相信这个枯瘦的形象,雪白的胡子,褴褛的衣衫,这个彻底败落之人就是金卡斯·博尔巴。然而,确是他。目光中仍有昔日的残余表情,微笑中也失去他那特有的讥讽神态。但他在我的惊愕面前却无动于衷。过了一段时间,我把目光移开;或许是由于惧怕这一形象,也许是对比产生的沮丧。

"什么也不需对你多说,"他终于开了口,"先生可以想象到一切?贫困、痛苦和斗争的生活。记得我们欢聚时我扮演过国王吗?一切都完了!我成了乞丐……"

他抬起右手,耸耸肩,神情漠然,像是屈服于命运的打击,不知他是否还有些高兴。可能是高兴的,但他的无动于衷是确凿的。他没有基督徒的忍让,也没有哲学上的顺从。似乎贫困硬化了他的心灵,甚至使其失去了卑贱的感觉。他此时穿的破衣烂衫,就如昔日的紫蟒袍,仍然具有某种可爱的风采。

"你可以找我,"我说,"我或许能帮一些忙。"

他的唇边浮上悦意的微笑。"你不是第一个答应帮助我的人,"他说,"我不知是否会是最后一个对我一无所助的人。为什么?除了钱,我什么都不求;钱是可以的,因为需要吃饭,而饭店是不赊账的,还有副食店的娘们。两分钱的玉米粉,这么一点点东西,那些可恶的娘们也不赊……一个地狱!我的……"我的朋友继续说,"一个地狱!魔鬼!都是魔鬼!瞧,今天我连午饭还没吃。"

"没吃?"

"没有,我很早就离开家了。知道我住在哪里吗?登上圣弗朗西斯科教堂左边的第三级台阶便是。这倒省得敲门。一个凉爽的家。我出来得早,还没吃饭……"

我掏出钱包,将一张面值五个米尔瑞斯的票子——最破旧的一张——给了他。他接过时眼中闪着贪婪的光,他把票子举在空中,激动地摇晃着。

"用这一标志，你将胜利！"[1]他大叫道。

然后又亲吻它，带着无限深情；他的情绪是那样激昂，使我产生了一种厌恶和怜悯的复杂感情。他很机灵，理解了我的心思，他变得严肃起来，一种粗俗的严肃，请我原谅他的兴致，说这是一个多年没见过五个米尔瑞斯大票的贫穷者的兴致。

"你会得到许多这样的票子。"我说。

"会是这样？"他雀跃着说。

他露出厌恶的表情。沉默了一会儿，然后对我断然地说他不喜欢工作。如此可笑、可怜的卑贱令我作呕，我准备动身。

"听我向你传授我的贫困的哲学，先别走。"他做了个骑马的姿势说。

60 拥 抱

我想到可怜鬼是发了疯。我正想走开，他拉住我的手腕，久久望着我手指上的钻石，我感到他的手在垂涎地抖动，占有欲使其发痒。

"好极了！"他说。

然后开始在我身边转来转去，细细地审视着我。

"先生很阔气，"他说，"首饰、讲究、漂亮的衣着和……瞧，你的鞋同我的一比，差距何其大！不对吗！我说你很阔气。姑娘呢？姑娘怎么样？你结婚了吗？"

"没有。"

"我也没有。"

"我住在……"

"我不想知道你住在哪儿，"金卡斯·博尔巴插嘴说，"如果我们能

---

[1] 罗马皇帝君士坦丁出征时，看到一个十字架，上面有这一行字，他便决定将这一标记作为旗徽。

偶尔碰上，再给我一张五个米尔瑞斯的票子。但请允许，我不到你家中去取。这是一种自尊……好了，再见，我看你有些不耐烦。"

"再见！"

"谢谢。能让我更亲近地感谢你吗？"

说完，他拥抱了我；动作是如此迅速，连躲都来不及。我们终于分手了，我大步走去，衬衫由于拥抱而揉皱了，我烦闷而不快。支配我的已不是同情的感觉，而是别的。我希望他的贫穷是正当的，但我不能不再次将现在的他同昔日的他相比，我不能不感到忧伤，不能不正视一个深渊，它隔离了现实的希望同昔日……

"好了，不管它，吃晚饭去。"我自语道。

我将手插进背心，手表不见了。最后的觉醒！博尔巴在拥抱时窃走了它。

61 一个计划

我悻悻地用过晚餐。并非丢失的手表使我心忧，而是行窃人的形象和童年残存的回忆；于是，我再一次进行对比，结论是……从喝汤开始，第25章的黄色和柔弱的花朵便在我的心中开放；于是我匆匆吃完饭，想赶到维吉丽亚家中。维吉丽亚就是现实，我想躲避在这个现实之中，以摆脱昔日的压抑，因为同金卡斯·博尔巴相遇后，往事又出现在我的眼前，但这往事已失去了原来的面貌，而是变得破碎、庸俗、卑贱、贫困、贪婪。

我走出家门，但天还早；他们或许正在吃饭。我又想起金卡斯·博尔巴，便产生了回到大众公园的念头，看是否能在那里找到他。使他重新做人的念头强烈地驱使着我，我去了，但没有遇到他。我问守门人，他对我说"这家伙"倒是真的来过几次。

"几点钟？"

"没有准时候。"

在其他时间遇到他并非不可能，我决定再来。使他重新做人，使他投入工作，恢复他的做人尊严的想法占据了我的心。我开始感到一种快意、一种高尚、一种自我欣赏……天黑下来了，我去找维吉丽亚。

62 枕 头

见到了维吉丽亚，我很快便忘却了金卡斯·博尔巴。维吉丽亚是我心头的枕头，一个柔软的、温暖的、芳香的、裹着白葛布和绣着金边的枕头，我的心已习惯将所有不快的、简而言之是厌烦的，或者甚至是痛苦的感觉安息在上面。这一切感觉是沉重的，维吉丽亚存在的意义正在于此，而不可能是别的；五分钟之内足以把金卡斯·博尔巴全然忘却；五分钟的相互注视，手握着手，五分钟加一个亲吻，金卡斯·博尔巴便在记忆中抹去了……我既然有咫尺长的神圣的枕头使我合目而眠，那生活中的恶疾、往日的贫困、他人的不幸与我何干？

63 我们逃走吧！

啊！人并非经常能入睡。三周以后，我去探望维吉丽亚——下午四点钟——我见她忧伤而难过。她不想告诉我原因；然而，由于我一再坚持：

"达米昂一定产生了些怀疑，我看他有些反常……我不明白……他待我还好，这也不假；但眼神和以前不一样。我睡不好觉，昨夜我被吓醒了，梦见他要杀我。这可能是幻觉，但我看他是在怀疑……"

我尽力安慰她，我说可能是政治上的谨慎。维吉丽亚同意这种看法，但她仍然十分烦躁和不安。我们所在的客厅正对着我们初次接吻的花园。风从一扇敞开的窗户中吹来，轻轻拂动着窗帘；我向窗帘望去，却望不到。我握起想象的望远镜，远远地望到我们的一所住宅，我们的生活，一个我们的世界；那里没有罗伯·奈维斯。没有婚礼，没有限制我们为所欲为的道德和其他约束。我陶醉在这种意念之中。于是世界、道德、丈夫全消失了，只等我进入那个天使的住所。

"维吉丽亚，"我说，"我有个想法。"

"什么？"

"爱我吗？"

"嗯！"她叹息道，双臂搂住我的脖子。

维吉丽亚狂热地爱我，那种回答是显而易见的真理。她双臂缠着我的颈，默然地、急促地喘息着，用那大而美的眼睛久久凝视着我，那目光给人以特殊的湿润的光泽；我望着那眼睛，迷恋着她那像清晨一样新鲜、死亡一样贪婪的嘴。维吉丽亚此时的美呈现出一种婚前所未曾有过的伟大色彩，她恰如云石上雕刻的形象，精细、动人、纯真、雅丽；她犹如一尊塑像，却又不是无情和冷淡的塑像。相反，她如那热烈的大自然；可以说，她实际上融汇了全部的爱情。特别是那一时刻，她无言地表达了人类的眼睛所能表达的一切。时间紧迫，我放开她的手，拉住她的腕，望着她，问她是否有勇气。

"什么勇气？"

"逃跑的勇气。我们到一个最舒适的地方，一所大的或小的住宅，按你的意愿，在庄园或城市，或欧洲，总之一个你所喜欢的地方，那里无人打搅我们，对你毫无危险，我们相依为命地生活……好吗？咱们逃走吧。早晚他会发现点什么，那你就完了……听到了吗？你就完了……活不成了……他的下场也是这样，因为我不会饶恕他，我发誓。"

我止住了话。维吉丽亚脸色白得厉害，垂下双臂，坐在沙发上。就这样过了一会儿，她什么也没说，我不知她是犹豫不决，还是出于对被发现和死亡的恐惧。我走至她面前，坚持我的想法，向她阐述了一种遁世的、无忧虑、无恐惧、无忧伤的生活的全部好处。维吉丽亚默默地听着，最后说：

"我们可能难以逃脱，他会找到我，以同样的方式杀死我。"

我向她说明不可能。世界大得很，在任何空气新鲜、阳光明媚的地方我都有办法生活下去。他找不到那儿去；只有巨大的热情才能产生巨大的行动。如果她远走高飞，他没有爱到能跟踪寻找的地步。维吉丽亚露出惊恐，几乎是愤怒的表情，低声说丈夫十分爱她。

"可能，"我回答，"可能是的……"

我走到窗前，用手指敲着窗台。维吉丽亚招呼我，我没有动，心中翻腾着妒忌，如果她丈夫就在跟前的话，我恨不得掐死他……就在此时，罗伯·奈维斯出现在花园。请不要发抖，脸色苍白的女读者；请放心，我不会在这页纸上洒下一滴血。他一在花园出现，我便友好地笑语相迎。维吉丽亚匆匆离开客厅，三分钟后他便进来了。

"早来了？"他问我。

"不。"

他严肃、沉重地进来，像往常一样漫不经心。但一看到可爱的儿子，第6章中所讲的未来的学士，他立即从内心深处焕发出喜悦的神色。他抱起儿子，将其举到空中，频频亲吻着。我憎恶这个孩子，我便躲开了。维吉丽亚回到客厅。

"哦！"罗伯·奈维斯叹息着，懒洋洋地坐在沙发上。

"累了？"我问。

"太累了；我遇到了两个头等的麻烦：一个在议会，一个在路上。咱们还会有第三个。"他望着妻子说。

"什么？"维吉丽亚问。

"一个……你猜！"

当维吉丽亚坐在他的身旁，拉住他的一只手，为他理好领带，又问到底是什么。

"还不是包厢。"

"卡迪娅妮[1]？"

"卡迪娅妮。"

维吉丽亚拍着手，站起身，亲吻了儿子，带着稚气的欢快，这与她的形象极不协调；然后又问包厢在前面还是中间，又低声向丈夫征询她要做的裙子的意见，当天演出的歌剧和一些别的什么事，对此我就不清楚了。

"博士，和我们一起吃晚餐吧。"罗伯·奈维斯对我说。

"他就是为这而来的，"妻子肯定地说，"他说你有里约热内卢最好的酒。"

"酒好，他也喝不多。"

晚餐时，我否认了他的断言。我喝得比往常多，是多一些，但不足以使我丧失理智。原已有些兴奋，此时尤甚。这是我第一次对维吉丽亚感到如此大的不满。晚餐中我没看她一眼，我谈到政治、新闻和内阁；我想一定会谈起神学，如果我了解或想起来的话。罗伯·奈维斯十分平静、严肃，甚至是怜悯地听着我的谈话；这一切也都使我愤然，使我更加苦涩，晚餐也显得更长。一离开餐桌我便告辞。

"这就走？"罗伯·奈维斯问。

"是的。"

我走了。

64 交　易

我茫然地在街上走着，九点钟便上了床。我无法入睡，便起来看书，写东西。十一点时，我后悔没去剧场；我看看表，想穿衣出去，但估计到那里一定很晚了；另外，这也是一种懦弱的表现。显然，维

1　意大利歌唱家，于1843年底赴里约热内卢演出。

吉丽亚开始讨厌我——我想。这种念头一直使我感到失望和灰心，使我想忘却她、杀掉她。我好像看到她靠在包厢里，裸露着秀丽的双臂——属于我的，仅仅属于我的双臂——使众人神魂颠倒；那华丽的衣服、乳白的胸，头发时髦地左右分开，钻石——比她那明亮的眸子逊色得多的钻石……我这样看着她，所有投向她的目光都令我痛苦。然后，开始为她脱衣，将首饰和衣服脱下，我那焦灼和淫荡的手为她松发，将她——不知她此时是否更美丽，更自然——变作我的，只是我的，仅仅是我的。

我不能自持，很早便来到维吉丽亚家中，看到她的眼睛哭得红红的。

"怎么了？我问。

"你不爱我，"她回答，"你从来没爱过我一点。昨天你对我像是很厌恶，至少要让我知道我怎么了。但我不明白。你说我怎么了？"

"你说些什么啊？什么事也没有。"

"没有？你好在没把我当作一条狗……"

说到此。我拿起她的手，吻着，两颗泪珠从她的眼中涌出。

"好了，好了。"我说。

我无争辩的勇气，又能同她争辩什么？丈夫爱她，过错不在她。我对她说，谁也没招惹我，只是对他的一种不可避免的妒忌，而这又不是经常能以笑脸相待的。我又说他可能在尽力伪装着，而最好的摆脱恐惧和冲突的方法便是接受我前一日的建议。

"我考虑过，"维吉丽亚说，"一所小小的住宅，孤零零的，在一条偏僻街道的花园中，对吗？想法倒不错，可为什么要外逃呢？"

她讲话的语调是天真的、无邪的，嘴边流露的笑意也是天真的。我离开她，答道：

"你才真的从来没爱过我。"

"是的，你是自私的，你宁愿让我天天受折磨……是个无名的自私者！"

维吉丽亚哭了起来，为了不使人听到，她将手帕堵在嘴里，阻止着啜泣；这一发作使我不知所措。若有人听到，一切便全完了。我俯身向她，拉住她的手腕，低声呼着我们之间最亲密的名字；我告诉她这太危险，恐惧使她安静下来。

"不行，"停了一会儿她说，"我丢不下儿子。若带走儿子，他肯定要追到天涯海角。不行；你要愿意，杀掉我，或让我自己去死……啊！我的上帝！我的上帝！"

"平静一下，别人会听到的。"

"听什么！我不怕。"

她更加激动起来。我求她忘掉一切，原谅我，是我发疯，我的疯癫来自她，也将同她一起消失。维吉丽亚拭干眼泪，向我伸出手。我们都笑了，几分钟后，我们又谈起昏暗小路上的孤零零的小住宅……

65 监视者和窃听者

花园中一辆马车的响声打断了我们。男奴来报告是男爵夫人 X。维吉丽亚以目光询问我。

"夫人既然头疼，"我说，"还是不见为好。"

"下车了吗？"维吉丽亚问男奴。

"下车了，说非见太太不可！"

"让她进来！"

不一会儿，男爵夫人进来。不知是否她会想到我在大厅，但她的喧闹之声是无法再大了。

"见到您很荣幸，"她高声说，"哪儿都没有您的影子，您躲到哪儿去了？昨天我还奇怪没在剧场见到您。卡迪娅妮真美。多漂亮！你喜欢卡迪娅妮？这自然。男人都是一个样，男爵昨天在包厢说一个意大利女人抵得上五个巴西姑娘。真缺德，老头儿的缺德，更坏。昨天先生为什么不去看戏？"

"头疼。"

"什么！是搞恋爱，对吗，维吉丽亚？也是啊，我的朋友，得抓紧点，先生大概已有四十岁……或者快四十……您不到四十岁？"

"我不能确切地回答您，"我说，"若允许的话，我可以去看看洗礼证。"

"好……好……"她向我伸出手，"什么时候见？星期六我们在家，男爵很是想您……"

走到大街，我后悔起来。男爵夫人对我们的疑心最大。她五十五岁，看上去像四十岁，皮肤细嫩，笑容可掬，身材漂亮，举止文雅，还有当年美丽姿容的影子。她言语不多且经常如此，但很善于听取别人讲话并悄悄地观察别人。她时常靠在椅子上，目光锐利而深邃，神态安然。别人对此却毫不在意，仍然高谈阔论，左顾右盼，指手画脚；而她只是望着，目光时而凝视，时而飘然，有时她甚至把窥视的诡谲藏在心中，因为她会将眼皮合上；然而，睫毛是一种标志，她的目光继续履行着使命，揣摩着他人的心灵和生活。

第二个人是维吉丽亚的亲戚，叫维戈斯，一个七十岁的干瘪枯萎的老无用；他患着顽固的气管炎和不比气管炎轻的哮喘和心脏病。他全身的部件无一处是健全的，然而眼睛却明亮、健康而充满生命力。起初的几周里，维吉丽亚对他没有任何畏惧。她对我说，当维戈斯看上去目不转睛地窥探什么时，实则仅仅是在算钱。他也的确是个吝啬鬼。

还有维吉丽亚的表弟——路易斯·杜德拉，我现在可以用推荐他的诗文和将其介绍给熟人使他就范。当众人闻其名，观其人，露出满意的神情时，路易斯·杜德拉无疑欣喜异常，使我幸运的是相信他永远不会出卖我们。最后，还有两三名太太，几个花花公子及仆人，他们自然为不得宠而感到失意；这一群人组成了一个真正的窥探和窃听集团，在他们中间，我们不得不采用蛇的战术，灵活应对。

66 腿

哦，当我思考着那些人时，我的腿拖着我沿坡而下，使我不知不觉来到法卢饭店门前。那是我平时吃晚饭的地方。我信步而行，毫无目的，支使我行动的仅仅是腿。可爱的腿！有人对你们厌恶或不以为然，而我本人，直到那时，对你们的印象也不好。当你们疲倦时，当你们不能逾越某个地方，让我像被缚住双脚的母鸡徒劳地拍打翅膀时，我感到气愤。

然而，那天的情况却照亮了我的心田。是的，友好的双腿，你们让我的大脑思考维吉丽亚，而且一条腿对另一条说：他需要进餐了，吃饭时间到了，我们将他带到法卢饭店；我们将他的意识一分为二，一半留给贵妇，另一半给我们，以使他顺利地行走，不撞人、不撞车，对熟人脱帽，最后安然无恙地到达饭店。你们严格地履行了你们的计划，可爱的腿，在此我必须让你们名留青史。

67 小房子

我吃过晚饭，回到家，发现罗伯·奈维斯送来的一盒裹着绢纸、装饰着玫瑰色彩带的雪茄烟。我明白了；将它打开，取出这样一张纸片：

我的布……

　　他们怀疑了我们，一切都完了，永远忘记我吧。我们再也不要见面。再见，请忘掉不幸的

维……亚

这封信是个打击。然而，天一黑，我便跑到维吉丽亚的家中。正好，她在后悔。在窗前，她向我讲述了男爵夫人谈话的内容。男爵夫

人坦率地告诉她，前天晚上，在剧场人们对我不在罗伯·奈维斯的包厢议论纷纷，他们对我同那家的关系品头论足，总之，我们已成为众目怀疑的对象。最后她说不知如何是好。

"咱们最好外逃。"我建议。

"绝不行。"她摇头说。

我看到无法将她思想上紧紧联系在一起的两件事情分隔开：我们的爱情与社会影响。维吉丽亚为保持两者之利可以付相应的、巨大的牺牲，而逃走只能得到二者之一。可能原有某种怨恨，但那两天的感情波动是如此之大，以至怨恨也很快便消失了。管它呢，还是得寻找一个小小的住处。

结果，几天后我找到了它，一所在冈布阿大街一隅的漂亮的房子。好极了！崭新、洁白，前面四个窗户，旁边各两个——全部是砖红色的百叶窗，青藤爬满四角，面对花园。隐蔽而安静。真是好极了。

我们说好让维吉丽亚家里过去的一个裁缝和佣人住进去，维吉丽亚很熟悉她，对她很有影响，没有全部向她透露事情的真相，她就爽快地接受了。

对我来说，那是我们爱情的一个新局面，一种单独的占有、绝对的控制，是某种使我的良知沉睡、使廉耻消遁的东西。我已厌倦了他在我们之间形成的障碍，厌烦了那椅子、地毯、沙发及一切我们双双每日每时所目睹的东西。现在，我可以免去那日日的晚餐，夜夜的清茶，还有他们的儿子——我的同谋和敌人。那所房子给予了我一切，它的门前便是尘世的终点。走进门去，是个无垠的空间，一个永恒的、高级的、非凡的、我们的、仅仅是我们的，没有法律、没有制度、没有男爵夫人、没有窥探、没有窃听的世界——一个单纯的世界，只有一对夫妇、一个生活、一个意志、一个感情——万物之精神的统一，与我意愿相违背的除外。

68 鞭 子

这就是在瓦隆哥大街附近,当我看到和相中了房子后瞬间产生的联想。争吵声打断了它。一个黑人在广场上鞭笞另一个黑人,被鞭笞者却不敢逃跑,只是呻吟着这样几句话:"不,请饶恕,我的先生;我的先生,请饶恕!"但前者置之不理,每一声乞求得到的回答是一记鞭打。

"饶恕,鬼东西!"他说,"再饶恕,酒鬼!"

"我的先生!"另一个呻吟。

"住嘴,畜生!"鞭子回答。

我站住,望着……我的天!鞭打者是谁呢?正是我的黑奴布鲁滕西奥——几年前我父亲解放了他。我走向前去,他立即住了手,并向我祝福。我问那个黑人是不是他的奴隶。

"是,是的,少爷。"

"他触犯了你?"

"这是个无赖,一个天大的酒鬼。就在今天,我进城去,将他留在店里,他却丢了店铺去喝酒。"

"好了,请饶了他吧。"我说。

"是,请少爷吩咐,而不是请求。可一回到家,他还是个醉汉!"

我离开了吃惊地望着我、低声私语着的人群。我继续走着,我感到已经完全失掉的反应一连串地闪过。然而,这些会成为精彩一章的素材,很可能是欢快的一章。我喜爱欢快的章节,这是我的弱点。表面看来,瓦隆哥大街的事件是可怖的,但也仅仅是表面而已。但当我将思维之剑向深处插去时,却发现它的本质是可笑的,甚至是神秘的。这是一种布鲁滕西奥摆脱他曾受过的鞭笞——将其转移给他人的方式。小时候我骑着他,将笼头罩在他的嘴上,无情地虐待他。他呻吟,他痛苦。然而此时,他自由了,掌握了自己的命运,可以支配自己的胳膊、自己的腿;他可以工作、娱乐、休息,摆脱了昔日的束缚。现在他胜利了：买了一个奴隶，将从我那里得到的报酬变本加厉地加到了他的身上。恶棍的本领。

69 一点痴想

这件事使我想起了我认识的一个疯子。他名叫罗莫多，自称帖木儿。这是他唯一伟大的嗜好，而且有一套新奇的论据。

"我是尊贵的帖木儿，"他说，"过去我是罗莫多，但我生了病，吃了那么多、那么多、那么多鞑靼人，最后我也成了鞑靼人，而且是鞑靼国王。鞑靼人有产生鞑靼人的美德。"

可怜的罗莫多！人们会对他的回答发笑，但读者可能不会笑，而且这也不无道理。我不感到有任何可笑之处。乍一听，似乎有些滑稽，然而，当把那遭受的鞭打转嫁给他人并写在纸上时，说实在的，我宁愿回到冈布阿的小小住所去；让我们离开罗莫多和布鲁滕西奥吧。

70 布拉西达太太

让我们回到那小小住所，好奇的读者，好奇的读者，今天您却无法进去。它衰老、昏暗、腐朽，主人抛弃了它，换了另一所，比它大三倍，但我向您发誓，它比第一所要小得多。对亚历山大来说，世界是狭小的；而一层阁楼却是燕子无限广阔的天地。

请看这大地的中立性，它如一条即将靠岸的落难小舟载运着我们在大地上航行：今日清晨夫妇的卧身处曾遭受过罪恶情侣的践踏。这如同一个地方，明天睡在上面的可能是一个神父，以后全都赞美这一使他们销魂的大地一角。

维吉丽亚把它当作一个安乐窝，将它进行了最精美的装饰，以满足贵妇的直观感觉。我送去了几本书，一切都归所谓的布拉西达太太——说得好听些，房屋的真正女主人——看管。

接管这个家曾使她十分为难；她嗅到了真正的意图，对这一任务她实感痛苦，但她最后还是让了步。起初，她一定哭过：她感到羞耻。起码，在最初的两个月她不敢正眼看着我是确凿的。她同我说话时双目垂地，严肃、凄然，有时忧伤。我想取悦于她，我并不为此感到屈辱。我对她亲切而尊敬，尽力先取得怜悯，尔后是信任。一旦取得了她的信任，我便编造了一个我同维吉丽亚相爱的动人故事。婚前相爱、父亲反对、丈夫粗暴等诸如此类的情节。布拉西达太太没对任何细节表示反对，全部都接受下来。这是良心的需要。六个月后，凡是看到我们三人在一起的，无不说布拉西达太太是我的岳母。

我并非无情无义；我为她储蓄了五个康托——在玻达弗哥捡到的五个康托，以让她安度晚年。布拉西达太太眼泪汪汪地对我连连道谢，以后，每天晚上面对卧室的圣母像为我祈祷，从不中断。她的敌意就这样结束了。

71 书的缺陷

我开始为本书感到后悔。并非因为它使我疲惫，因为我无事可做；而且，为世人留下点空洞的文字总可以消磨一些无尽的光阴。然而，本书是令人厌烦的，有种阴森的气息，一种僵死的压抑了的恶习，但却是坦率的，因为本书最大的缺陷是您，亲爱的读者。您在匆匆地衰老，而书的进展却是缓慢的；您喜欢绘声绘色的平铺直叙，司空见惯的流畅风格，而本书和我的风格都充满了醉意，忽东忽西、走走停停，忽而低语，忽而咆哮，忽而大笑，忽而升天，忽而滑倒，忽而落下……

落下！——我那松柏树上神秘的叶子，你应当落下，像任何其他美丽、悦目的树叶一样；如果我有眼睛，我将为你献上一滴怀念的泪珠。这就是死亡的伟大优越，因为若失去了微笑的嘴，也就失去了哭泣的眼……你该落下。

72 嗜书狂

或许应该取消前一章。除去种种理由外，在最后几行中还有句近似荒谬的话；但我并不想将此作为批评未来的口实。

试想：七十年之后，一位瘦削、蜡黄、头发斑白、除了书之外别无其他嗜好的人俯身在前一章上，试图发现荒谬之处；他读了一遍又读一遍，打乱次序读，抽出一个字母，又一个，再一个，直到最后一个；里外揣摩，从各个角度，各个侧面，抚摸，在膝头揉搓，洗涤，还是一无所获。没有发现荒谬之处。

一个嗜书狂。他不理解作者；布拉斯·库巴斯这个名字不是来自你们的传记字典。他在旧书商的破屋里偶尔发现了一本书，用两百个瑞斯买下来。他研究、探索、咀嚼，最后发现是一个孤本……孤本！你们不仅爱书，而且爱书成癖；你们一定能深知此字的价值，能想到我的嗜好的乐趣。若要以印度的王冠、教皇的职位、意大利与荷兰所有的古物珍玩来换取这部孤本，他也会拒绝；这不仅因为是我的《回忆》，如果《勒默特年鉴》[1]也是孤本，也会有同样价值。

最坏的是荒谬之处。此人继续俯在那页纸上，右眼戴着眼镜，全部身心投入那高尚而艰巨的寻找荒谬的使命。他许愿要写一部简短的回忆录，在其中陈述对书中的发现和辉煌创举，如果那句晦涩的话之中有的话。最后，毫无发现，他便为得到本书而满足了。他合上书，

1　勒默特为德国出版商，于1884年在巴西出版著名的《勒默特年鉴》。

审视着，仔细审视着，又走至窗前，将书放在阳光下。一个孤本。此时，行走在权力之路上的一个恺撒，或一个克伦威尔从窗下经过。他耸耸肩膀，关上窗，躺在吊床上，悠然翻着书，充满感情、惬意……一册孤本书！

73 O LUNCHEON[1]

谬误还弄坏了我另外一章。不费这么多的周折，痛痛快快把事情讲清不好吗！我已将我的风格比作醉汉行路。若你们认为我的想法不合适，我说，那种风格就如我在冈布阿的小寓所同维吉丽亚一起用餐；在那里，有时我们也聚餐——我们的午后茶点。酒、水果、果子冻。确实，我们一起吃饭，但那种进餐充满着甜言蜜语、含情的目光、孩童稚气的无限交融的心声，可以说，那是一篇真正的、连续不断的爱情的表白。有时，这种过分甜蜜的气氛也受到干扰。她离开我，躲到沙发的一角，或到里面听布拉西达太太的唠叨。五分或十分钟后，我们继续聊天，就如我继续写作，然后再一次使它中断。看得出，我们从不忌讳礼仪，而是常常邀请布拉西达太太同我们一起入座，但她从没接受过。

"好像您不喜欢我了。"维吉丽亚一天对她说。

"圣母！"善良的妇人手指天花板惊呼，"我不喜欢太太？那在这个世界上我还能喜欢谁？"

于是，她拉住维吉丽亚的手，凝视着，凝视着，凝视着，直至凝视得湿润了眼睛。维吉丽亚尽力安慰她，而我则将一枚小银币放在她的衣袋里。

1　午后茶点。

74 关于布拉西达太太

您切莫为慷慨而后悔；小银币使布拉西达太太对我推心置腹，也使我写出了这一章。几天后，我同她一人在家，便闲聊起来；她以简短的语言向我讲述了她的身世。她是主教堂一个职员同一个糖果女贩的私生女。十岁丧父，那时她已从事力所能及的擦椰丝和其他我说不出名堂的制作甜食的工作。十五六岁上，嫁给一个裁缝，裁缝不久便死于肺病，给她撇下一个女儿。年轻守寡，两岁的女儿和积劳成疾的母亲的供养落在了她的肩上。她要负担三个人的生活。她的职业是制作甜食，并日夜不停地为三四个商店做衣服，还以每月十角钱的报酬看管附近的几个孩子。日子就这样过着，没有任何宽裕，从来没有。她有过几次恋爱机会，有的是经人介绍，有的是引诱，她均拒绝了。

"若有真心愿意找我的，"她说，"我也就结婚了；可没有人愿意娶我。"

有一个追求者表示愿意，但因不如其他的文雅，布拉西达太太以同样方式拒绝了。后来，她为此大哭一场。她继续为人缝衣、做点心。个性、岁月和困窘使母亲脾气不好：她逼着女儿遇机会找个临时搭伙丈夫。她大吵大闹地说：

"你还能比我强？我不知你从哪里学了这种有钱人的狂妄。我的朋友，天上掉不下面包，风也填不饱肚皮。瞧！像玻利卡波这样好的买卖人，可怜的……你还要找个贵族？"

布拉西达太太对我发誓绝不想追求任何贵族。她精明，愿意结婚。她深知母亲不是这样；她认识几个姑娘，她们都有自己的情人。但她精明，愿意结婚，母亲也不想让女儿走其他道路。她卖力地干活，火炉烧了她的手指，油灯燎了她的眼睛，这只是为了吃饭，为了不倒下去。她瘦了、病了，失去了母亲；她借债埋葬了母亲，继续干活儿。女儿十四岁，但体质孱弱，而且除了同缠着她的纨绔子弟谈情说爱，便是游手好闲。布拉西达太太十分谨慎，每当去交活，总把女儿带在身边，商店的人瞪大眼睛，揣摩着，相信这是母亲在为她选择丈夫，或为了别的。有的人说些俏皮话，彬彬有礼地打招呼；母亲终于接受了聘礼……

她停了一会儿，接着说：

"我的女儿同一个我懒得打听的家伙私奔了……扔下我一个人，我是那样悲伤、那样悲伤，我简直想去死。世上再也没有我的亲人，而我已是个疾病缠身的老人。就在这时，我认识了太太一家；都是好人，为我安排了工作，还给了我房子。我依附于那一家，给他们缝衣服，在那里待了好几个月、一年、一年多。太太结婚时，我走了。以后便又靠天吃饭。瞧我的指头，瞧我的手……"她把满是裂口的粗手指给我看，指尖满是针伤，"这不是天生的，我的先生。上帝知道这是怎么产生的……幸好，太太帮了忙，还有博士先生……我害怕最后的结局是沿街行乞……"

说完最后一句话，布拉西达太太打了个寒战。然后，她好像清醒了过来，似乎在回味向一个有夫之妇的情夫自白的不妥；然后她便笑起来，否认了前面所说的话，自称愚蠢，"狂妄"——如她母亲所说。最后，她忍受不了我的沉默，便起身走出客厅。我呆呆地望着短靴尖。

75 自 语

或许我的某个读者略过了前一章，我看有必要读它一下，以便理解在布拉西达太太走出客厅后我的自语。我的自语是：

是的，是这样的。有一天，当主教堂的管事准备弥撒时，看到走进一个妇人，她便是布拉西达太太生命产生的合作者，以后的几天，几个星期，他又见到她。他喜欢她，在节日里，登上祭台时，他挑逗她，踏她的脚尖。她爱上了他，两人接近、相爱。在这种露水的结合中产生了布拉西达太太。当然，布拉西达太太出生之时没有言语；假若能说话，她可能对当代的作者说："我来了。为何将我唤来？"教堂的男女管事自然回答："我们唤你来，为的是让炊火烧你的指头，使做针线的灯火燎你的眼睛，让你吃坏的、挨饿、奔波、劳作，病病好好，好好病病，让你忧伤、绝望、忍受，但手永不离炊火，眼永不离针线，直到在泥泞和医院中结束的那一天；我们在做爱的时刻唤你到来就是为了这个。"

76 肥 料

突然，我的良心一动，谴责我欺骗了布拉西达太太的诚实；在她经历了劳苦和贫困的漫长岁月之后，又迫使她扮演了一个可耻的角色。拉皮条的女人不比姘妇强，我以馈赠和金钱使她屈从了这一职业。这是良心对我说的一番话。我愣愣地待了十几分钟，无言以对。良心又补充道，我利用了维吉丽亚对缝衣女的迷惑和后者的感激之情。总之，出于我的个人需要。布拉西达太太的抗拒是显而易见的，她最初几天的眼泪、难看的脸色、沉默、低垂的目光，我对这一切巧妙地予以忍让，直到战胜她。良心又一次愤怒、激动地触动了我。

我承认是这样，但又辩解说现在年老的布拉西达太太已免于行乞：这是一种报答。若没有我的爱情，布拉西达太太可能同其他许许多多的人一样完结了；由此可知，恶习往往是美德的肥料，但这不妨得美德是朵芳香、苗壮的鲜花。良心同意了，我便向维吉丽亚打开了门。

77 幽 会

维吉丽亚微笑着，平静地进来。时光带走了恐惧与羞愧。看见她起初那羞怯、战栗着到来的样子是何等的惬意！她乘着马车，掩着脸，用一件类似僧袍的衣服遮挡着整个身体的轮廓。第一次，她喘息着，脸色绯红地倒在沙发上，双目垂地。真的！我从未见过她那样美，可能因为我从未感到过如此受宠。

然而此刻，如我前面所说，恐惧与羞愧消失了，幽会进入按部就班的时期。爱的深度没变，不同的是烈火失去了起初的狂热，变作寻常的光束，平静而不断，像结婚一样。

"我很生你的气！"她一边坐，一边对我说。

"为什么？"

"昨天你答应要去，却没去。达米昂几次问你为什么不去，哪怕只喝杯茶也好。为什么不去？"

当然，我失了信，但过错全在维吉丽亚。无非是妒忌。这个出众的女人很清楚达米昂是什么人，她喜欢听他扯皮，无论是夸夸其谈还是窃窃私语。前两天晚上，她在男爵夫人家中靠窗户的墙角听完他的奉承，同这个恶棍跳了两次华尔兹。她简直是兴高采烈！欣喜若狂！忘乎所以！当她发现我疑问、威胁地紧蹙双眉时，她没表示任何惊惶，也没立刻收敛；但她离开了恶棍和奉承。然后来到我的身边，挽起我的胳膊，将我引至另一间人少的客厅，向我抱怨太累了，还说了许许多多别的，神色如在某些场合所惯有的那种坦然。我听着，几乎什么也没回答。

此时，我确实难以回答什么，但最后还是告诉了她我缺席的原因……不，永恒的星星，我从未见过那样吃惊的目光。半张着口，紧蹙着眉，震动是明显的、真实的、无可非议的。那就是维吉丽亚的第一个反应。她带着怜悯、温存的微笑摇摇头，这使我彻底糊涂了。

"你呀！"

她欣喜、快乐地去放下帽子，像放学归来的小姑娘。然后又转向我，我正坐在那里。她只用一个指头轻轻点着我的前额，重复着："你呀，你呀！"除了笑，我别无他法；于是一切便在嬉笑中结束了。当然，是我弄错了。

78 省 长

几个月后的一天，罗伯·奈维斯回到家，说要担任省长的职务。我望望维吉丽亚，她的脸白了。他发现她脸色苍白，问道：

"好像你不同意，维吉丽亚？"

维吉丽亚摇摇头。

"我不太喜欢。"她回答。

两人再也没说什么，但晚上罗伯·奈维斯仍然坚持要去，比下午更为坚决。两天后，他向妻子宣布省长的事已定了。维吉丽亚无法掩饰此事给她带来的烦恼。丈夫用政治需要解释一切。

"我不能拒绝人们对我的这一请求，这对我们、我们的未来、你的勋位，都有好处。亲爱的，我曾答应让你做侯爵夫人，可现在你连男爵夫人还不是。你认为我有野心？的确，但你不要在我野心的翅膀上增加负担。"

维吉丽亚不知所措。第二天，我在冈布阿的家中见到她，她正忧愁地等待我。她把一切告诉了布拉西达太太，布拉西达太太在尽力安慰她。我的忧愁不比她少。

"你一定得同我们一起去。"维吉丽亚对我说。

"你疯了？这太不理智。"

"那怎么办？……"

"需要取消这个计划。"

"这不可能。"

"你同意了？"

"好像是。"

我站起身，将帽子扔到一张椅子上，开始踱来踱去，不知如何是好。我想了许多，仍是毫无结果。最后，我走到坐着的维吉丽亚面前，拉起她的手。布拉西达太太向窗户走去。

"我整个生命都在这小小的手上，"我说，"你要对它负责。你尽力而为吧。"

维吉丽亚神色焦虑，我背靠在身后的柜子上。我们沉默着，只听到狗吠声，不知是不是被海滩阻止的浪涛声。她一直沉默着，我望望她。维吉丽亚眼望着地，目光呆滞、失神；她双手放在膝头，交叉手指，一副彻底绝望的神态。若换个场合，不论什么事，我都会扑在她的脚下，以理相劝、予她以安慰。但此时，需要的是激发她的主动性，使她做出牺牲，负担起我们共同生活的责任。所以，不能安慰她，要离开她，走出去。我这样做了。

"再重复一遍，我的幸福就在你的手中。"我说。

维吉丽亚要拉住我，但我已走到门外。我甚至听到泪水涔涔而下的声音。说实在的，我差一点转回身，用一个吻将泪水抹掉。然而，我克制住了自己，我走了。

79 妥 协

若细细讲起我刚刚出门后所忍受的痛苦，那将是永无完结的。我徘徊在有意与无意之间，在怜悯与其他感情之间。怜悯将我向维吉丽亚家中推去，而另一种感情——假设是自私——却对我说："不要去，把问题留给她自己，让她从爱情出发去解决。"我相信，这两种力量有着同样的强度；一个进攻，一个抗拒，双方都全力以赴、坚持不懈。任何一方也不甘彻底让步。有时，我感到一丝悔意，我觉得是在滥用一个罪过的情妇的弱点，而我自己却不想付出任何牺牲，不冒任何风险。当我要退却时，爱情又一次向我重复自私的劝导，于是我便犹豫、不安起来；希望见到她，但又担心访问会使我介入最后的决定。

最后，自私和怜悯妥协了：我要到她家中，就在她家中，当着丈夫的面，以避免我的威胁造成任何不良后果。这样便调和了两种力量。写到此，我感到妥协是一种骗局，怜悯也是一种自私的表现，去安慰维吉丽亚的决定只不过是我自身痛苦的解脱。

80 当秘书

第二天晚上，我真的到了罗伯·奈维斯家中。他俩都在。维吉丽亚很忧伤，他很高兴。无疑，当我们那询问、柔和的目光相遇时，她感到某种轻松。罗伯·奈维斯向我讲述了就任省长的计划，当地的阻力、困难和解决办法。他是那样兴奋！那样充满希望！桌边的维吉丽亚装作看报纸，但不时挪开报纸，向我投来疑问和焦灼的目光。

"困难的是，"罗伯·奈维斯突然对我说，"我还没有找到秘书。"

"没找到？"

"没有，可我有个想法。"

"哦！"

"一个想法……您想去北方转转吗？"

我不知如何回答。

"您很有钱，"他继续说，"不需要一个微薄薪水的职务，您若肯帮我个忙，就当我的秘书，一起去。"

我的心灵骤然向后一跃，像在面前发现了一条蛇。我望着罗伯·奈维斯，凝神地、旁若无人地看他是否有某种隐藏的念头……一点影子也看不出。他的目光是爽快的、诚挚的，他脸上的平静是自然的，绝非是生硬的。平静的面孔流露着愉快的神情。我舒了一口气，没有勇气将目光投向维吉丽亚；我感到她的目光从报纸上面射来，提出了同样的请求，请求我答应，让我说去。实际是一个男省长、一个女省长、一个男秘，用行政办法解决了问题。

81 和 解

然而，从那里一出来，我便产生了一丝疑虑，我想这是否会损害维吉丽亚的名声，是否还有其他能兼顾秘书与情夫的理想之法。我找不到。第二天一起床，我就想好要坚定不移地接受任命。中午，仆人报告说客厅有一位太太，蒙着面纱。我跑去，是我的妹妹萨毕娜。

"可不能再这样下去了，"她说，"需要彻底了结，让我们和好吧。我们的家完了，我们不能成为两个敌人。"

"可我对你所希望的也不是别的呵，妹妹！"我向她指手画脚地大叫。

我请她坐在我的身旁，问到她的丈夫、女儿、生意等等。一切都好；女儿漂亮得令人喜爱。若我同意，丈夫将带她来见我。

"这不像话！我去看她！"

"真的？"

"一言为定。"

"那太好了！"萨毕娜松了口气说，"应该结束这一切了。"

我见她胖了些，或许也年轻了些。看上去她像二十岁，实则已过三十。她可爱、可亲，没有任何造作，没有任何怨恨。我们互相对视着，手握着手，谈及了一切，像一对恋人。我的清新、顽皮、金色的童年又出现了，岁月犹如我儿时玩的一摞纸牌散落了，使我看到我们的房屋、我们的家庭及我们的节日。我尽力忍受着这种回忆；然而，邻居的理发匠兴致勃勃地拉起了古琴；而这声音——直到那时我的回忆一直是无声的——这昔日的声音，低沉而缠绵，终于感动了我，以至……

她的目光是无神的，萨毕娜没有继承那柔弱、病态的花朵。这有什么？她是我的妹妹，与我有着相同的血缘，是我母亲的一部分……我亲切、真诚地对她说明了这一点。突然，我听到客厅的敲门声，我去开门，原来是个五岁的小天使。

"进来，萨拉。"萨毕娜说。

是我的外甥女。我从地上将她抱起，频频吻着她。吃惊的孩子用小手推着我的肩，趔着身子要下去……这时，门口露出一顶帽子，接着进来一个男人；是科特林，正是科特林。我激动地放下孩子，扑到其父的臂膀之中。或许这种激情使他颇为不解，他确实有些局促。这只是个序言。不一会儿，我们便如故友一样谈了起来。过去的事丝毫没提，将来的打算谈了不少；我们都表示要到对方家中做客。我没忘记补充说这种互访可能在短期内无法实现，因我一直想去北方旅行。萨毕娜望望科特林，科特林望望萨毕娜；两人都说这种念头令人费解。我到北方去见鬼？难道不应该在首都、在堂堂的首都发光，让同代的青年黯然失色？实际上，无人能与我相提并论。他，科特林，暗暗地注意着我。尽管我们荒唐地吵过架，但他对我的成功总是感到兴奋、骄傲、得意。不论在街上还是在聚会场所，他注意倾听人们对我的评论。那是一首赞扬和敬佩的乐曲。为什么要放弃这一切，毫无需要、毫无正当原因地去省里待上几个月？除非是政治……

"正是政治。"我说。

"那也没有必要。"他过了一会儿反驳说。沉默片刻，他继续道："无论如何，今天得同我们一起吃晚饭。"

"一定去；但是，明天或以后，你们一定要到我家做客。"

"我可不知道去不去，不知道。"萨毕娜表示反对，"去一个单身汉的家……你该成家了，哥哥。我也需要一个侄女，听到了吗？"

科特林暗示她住口，我不大明白其意。不管它，家庭的和解胜过一个难以理解的表情。

82 植物学问题

说句臆想病患者心里的话：生活是甜蜜的东西。这是我内心的想法，这是当看着萨毕娜、她的丈夫和女儿匆匆走下楼梯时，我站在楼梯平台上，他们向我说了许多热情的话，我也向下面说了同样的话语时的想法。我又继续想，实际上我是幸福的。一个女人在爱我，我又得到她丈夫的信赖，我将成为两者的秘书，再加上家庭的和解。在一天二十四小时中，还能有什么奢想？

就在那一天，我开始做准备，开始放风，说我可能要去北方做省里的秘书，以实现我自己的某些政治抱负。在奥维多尔大街我这样说，第二天在法卢饭店和剧场我仍这样说。因为已有谣传，有的人把我的任命同罗伯·奈维斯的任命联系在了一起，不怀好意地付之一笑，另一些人拍拍我的肩膀。在剧场，一个妇人对我说是为了将雕像的爱情带向远方。她指的是维吉丽亚漂亮的体态。

三天后，在萨毕娜家中，一个叫加塞斯的老外科医生对我进行了最有揭露性的旁敲侧击。此人瘦小、猥琐、多舌；他可以活到六十、八十、九十岁，但永远也不会有一个善良可亲的老人所应有的严谨举止。可笑的老年或许是人类本性的一个最不幸和最后的意外。

"我知道，这一次您将去研究西塞罗。"当得知我的旅行时，他对我说。

"西塞罗！"萨毕娜惊呼。

"怎么不是？您的哥哥是个伟大的拉丁学者，他一看便可以翻译出维吉尔。请注意，是维吉尔，而不是维吉丽亚……不要混淆……"

他笑了，一种粗鲁、卑贱、轻浮的笑。萨毕娜望望我，担心我反驳。当她看到我笑了时，她也笑了，并转过脸掩饰着。其他人以好奇、谅解和同情的神色看看我，很明显，他们觉得刚刚听到的不是什么新闻。我的风流史比我想象的要公开得多。但我还是笑了，一种短促、掩饰、惬意的笑——欢乐得如辛特拉[1]的喜鹊。维吉丽亚是一个光荣的过错，坦白一个光荣的过错是太轻而易举了！起初，每当听到谈论我们的爱情，我便局促不安；但说真的，我内心深处感到轻松、感到受宠。一旦我笑开了头，后来我便笑了下去。不知谁能解释这一现象。我的解释是：起初，满意是内心深处的，虽是同样的笑，但它还处在萌芽状态；随着时间的流逝，萌芽盛开为鲜花，呈现在朋友们面前——一个简单的植物学问题。

1　里斯本郊区的小镇。传说那里的喜鹊像鹦鹉一样模仿人言。

83 十 三

科特林将我从沉醉中叫到窗前。

"我可以向您进一言吗?"他问,"不要去旅行,这是不明智的、危险的。"

"为什么?"

"您很清楚为什么,"他说,"主要是很危险,非常危险。在首都,人那么多,五光十色,这种事还显不出来。但到省里就不然了,作为搞政治的人来说,的确不明智。反对派的报纸只要闻到风声,立刻会张扬起来,嘲弄、谩骂、绰号接踵而至……"

"可是,我不明白……"

"您明白、明白。若在我面前还不承认众所周知的事情,那我们就太不够朋友了。此事我几个月前就知道,再重复一遍:这种旅行不要去;忍耐一下分离,这会好些,以免出大丑,引起更大的苦恼……"

说完,他向里屋走去。我待在那里,两眼望着角落的灯——一盏古老的油灯——凄凉、黯淡、弯曲,像一个问号。我该怎么办,正如哈姆雷特:或向命运屈服,或向它挑战,战胜它。也就是说:走还是不走。这是要害。油灯对我无言无语。科特林的话又在我的耳边响起,但同加塞斯的极不相同。科特林或许有理,但我能同维吉丽亚分离吗?

萨毕娜来到我面前,问我想什么。我回答什么也没想,说困了,要回家。萨毕娜沉默片刻,说:"你需要什么,我知道,一个未婚妻。不着急,我能给你找一个。"我沉重、茫然地离开那里。一切出发的准备都做好了——精神的和心灵的——却出现了阻挠计划的拦路人向我索取通行证。我将计划,连同宪法、立法、内阁,一切都给了魔鬼。

第二天,我打开一份政治报纸,看到一则消息,上面说根据第十三号法令,罗伯·奈维斯和我被任命为某某省的省长和秘书。我立即给维吉丽亚写了信,两小时后我便赶到冈布阿。可怜的布拉西达太太!她越来越焦虑;她问我,若走的时间太长或地方太远,我们是否会忘却我们的老太婆。我安慰她,但我自己也需要安慰;科特林的话使我着急。维吉丽亚不一会儿便赶来了。轻盈得像只燕子。但当看到我愁眉不展，便十分严肃地问：

"怎么了？"

"犹豫，"我说，"我不知是否该接受……"

维吉丽亚笑着猛地坐在了沙发中。"为什么？"她问。

"不合适，太惹人注目……"

"可我们已经不走了。"

"为什么？"

她对我说丈夫要拒绝接受任命，原因只告诉她，并请她绝对保密，他不能对任何人讲。"幼稚，"他认为，"可笑；不管怎么说，对我来说是一个相当有力的原因。"他说法令的日期是十三，而这个数字使他联想起一件悲惨的往事。父亲死于十三号，是在十三个人参加的一次晚餐后的第十三天。母亲病故的房子是十三号，如此等等。这是个不祥的数字。他不能向部长提出此种借口，他要对部长说明出于个人问题不能接受。我的感觉如读者一样：我对为一个数字做出的牺牲而吃惊，对于野心勃勃的他来说，这一牺牲该是心甘情愿的。

84 冲 突

不祥的数字，记得我曾多次为您祝福吗？忒拜王国的红发女人同样也应祝福佩洛庇达[1]，是他为她们找到了替身的红鬃母马——一头温顺的母马；它死在了那里，身上披满鲜花，也并非无人对它说一句怀念的话语。说话者是我，可怜的母马，这不仅因为你死得其所，也因为在脱难的少女中，不可能没有库巴斯家的一个祖母……不祥的数

---

1 据希腊历史学家普鲁塔克所著《列传》，忒拜将军佩洛庇达出征前，梦到只有牺牲一个棕发姑娘才能取得战争胜利。正在无计可施之时，一头棕毛山羊过来，佩洛庇达决定牺牲山羊，并在战斗中取得胜利。作者在此将棕毛山羊改为红鬃母马。

字，您是我们的救星。丈夫没有向我坦白拒绝的原因，他对我也说是出于私事。他讲话时的严肃和不容置疑的神情将为人类的伪装增光生色，但他却难以掩饰使他痛楚的深深的忧伤。他寡言少语，凝神沉思，闭门读书，有时也接待来客，于是他又高谈阔论，笑逐颜开，但不无夸张和造作。两件事使他感到压抑：野心——被忧虑剪去翅膀的野心——和怀疑，也可能是悔恨，这种悔恨总和假设连在一起，因为迷信的背景依然存在。他怀疑迷信，却不能摆脱它。这种固执的念头同时存在于一人身上是种值得注意的现象。但我更喜欢布拉西达太太的单纯，她曾坦率地承认无法忍受看到一只底朝天的鞋。

"为什么？"我问她。

"不好。"她回答。

就这样简单，这唯一的回答对她说来顶得上一部《启示录》。不好。小时候别人对她这样说，没有任何解释，而她也满足于坚信是不好的。当用指头指星星时，情况就不同了；她完全知道那样会生瘊子。

瘊子或是别的，这对于一个不怕失去省长职位的人来说有何意义？无偿的或廉价的迷信是可以容忍的，但触及到人的心灵。多疑和怕别人讥笑的罗伯·奈维斯就是这样。部长不相信个人原因也属此类；他把罗伯·奈维斯的拒绝解释为耍政治手腕；复杂的直观错觉。部长开始对他隔阂起来，并将这种不信任散布出去。矛盾发生了，最后，辞职的省长成了反对派。

85　大山之巅

经历过险境的人对生活倍加热爱。在我几乎失去维吉丽亚之后，我对她的爱更加强烈。她也是这样。于是，省长之职仅仅起到了更加唤起春日情感的作用，是把我们的爱变得更加芳香、更加亲密的一剂药。在事件后的最初几天，我们惬意地想象着真正分离后彼此的痛苦，和犹如大海将它那弹性的面巾在我们之中伸展开时，我们的忧伤；就如孩子们逃脱了鬼脸的惊吓，回到母亲的怀抱。我们也受了一场虚惊，紧紧拥抱在了一起。

"我亲爱的维吉丽亚！"

"亲爱的！"

"你是我的，对吗？"

"是你的、你的……"

我们又把冒险之绳连在了一起，就如王妃山鲁佐德连起了她的故事。我想，这是我们爱情的最高峰、大山之巅；从那里我们眺望着东西的田野，我们的头上面是平静、蔚蓝色的天空。过了这段时光，我们便开始下坡；手有时拉着，有时分着，但不停地在下坡、下坡……

86 秘　密

我们顺山坡而下。我心不在焉地望着她，不知她是沮丧还是别的什么。我问她感觉如何，她默不作声，做出一个厌烦、不适、疲倦的表情。我又问了一次，她对我说……一股流体漫延我的全身，强烈、迅速、奇特，我永远不能将它写在纸上。我握住她的手，轻轻将她拉在我的面前，以轻风般的柔和及亚伯拉罕的严峻亲吻她的前额。她战栗了，双手捧住我的头，注视着我的目光，以慈母的神情予我以爱抚……那是一个秘密，让读者去猜测这一秘密吧。

87 地质学

此时，发生了一场灾祸：维戈斯死了。他以七十高龄，被肺气肿所窒息，被风湿所麻痹，被一颗破碎的心所损害。他匆匆离去了。他是目睹我们冒险的知情者之一。维吉丽亚原指望这位一毛不拔的老亲戚能用一笔遗产抚养她未来的儿子。可能丈夫也有同样的想法，只是掩盖着，没说出来。这就是说：罗伯·奈维斯的深处有种尊严，有一层抵制以人做交易的岩石硬壳，而表面上却是松软的土和沙，被如永恒激流的生命带走了。读者若还记得第23章，可以发现这是第二次我把生命比作激流；同时还会发现，这一次我加上了一个形容词——永恒的。上帝清楚一个形容词的分量，特别是在新生的和炎热的国度里。

本书的新奇之处是罗伯·奈维斯的或正在读本书的青年的精神地质学。的确，这些性质不同的地层，这种生活根据其硬度而改变、保存和舍弃的地层，值得大书一章。为了不拉长篇幅，我就不命笔了。我只想说，我一生中所结识的最忠厚的人是一个叫雅科·梅德罗斯或雅科·瓦拉达莱斯的人。名字记不太清了。也可能叫雅科·罗德里格斯；总之，雅科是对的。他有一种内在的忠厚。只要做一点小小的违心的事，他便可以成为一个富翁；但他不肯，白白地把到手的四百康托丢掉。他的忠厚堪称典范，但后来竟变得庸俗和令人讨厌。一天，我们俩在他家相遇，正谈得兴浓，有人来说B博士——一个讨厌的家伙——来访。雅科让人回话说不在。

"别忙，"走廊中有人高叫，"我已经进来了。"

真的是B博士出现在大厅门口。雅科迎上前去，说以为是别人，不是他；还说欢迎他的来访。来者使我们厌烦地忍受了一个半小时；这不会错，因为雅科掏出了表，B博士问他是否要出去。

"同我妻子一块儿。"雅科回答。

B博士走了，我们松了口气。平静之后，我对雅科说他在不到两小时内共撒了四次谎：第一次说不在家；第二次对不受欢迎者强做笑颜；第三次说要出去；第四次补充说要同妻子出去。雅科思考了一会儿，承认我的观察准确无误，但又自我解脱说绝对的诚实同发展了的社会现状是不相容的，而城市的安静也需要以相互的欺骗来取得……啊！想起来了：他叫雅科·塔瓦勒斯。

88 患　者

无须说我以最有力的论据驳斥了一个如此荒谬的理论，但他对我的观察在万分羞愧之余仍要坚持己见，并表示出某种虚假的热情，可能是为了麻痹自己的良知。

维吉丽亚的情况就更为严重。她没有丈夫那样多虑：她明确表示对遗产的希望，对亲戚使用了至少可以征服一条鳄鱼的礼貌、关心和热情。说得确切些，是奉承。但我发现，女人的奉承不同于男人。男人是恭维，而女人却是近乎友爱。妩媚的线条、甜蜜的语言，乃至身体的孱弱构成了女性的殷勤，这是自然的神情、合法的仪态。被奉承者的年龄是无关紧要的，女人对他总有一种母性和姐妹的表情——或是护士及其他女性职业所特有的表情，而在这种职业中即使最机敏的男性也总是缺乏一种味道、一种温存和别的什么。

这是维吉丽亚强做笑颜接待老亲戚时我所想到的。她说笑着向门口走去，为他脱帽、接过手杖，搀着他，将他引向某张椅子，或"维戈斯的椅子"——那是家中专为病人和老者准备的一张舒适的安乐椅。如果有风，她关上旁边的窗户；如果天热，她就打开。她做得十分小心，使他不致着凉。

"怎么样？今天好一些……"

"好什么！夜里不好受，哮喘这鬼东西不让我安生。"

他大口喘息着，逐渐平息着进门、登台阶引起的疲倦，路上还好，他总是乘车。维吉丽亚坐在他旁边稍前一些的小凳上，双手放在病人的膝盖上。这时，少爷来到大厅，他不像往常那样跳蹦着，而是小心谨慎、十分温顺、一本正经。维戈斯十分喜欢他。

"过来，小少爷，"维戈斯说着，吃力地将手插进宽大的衣袋，掏出一小盒药糖，将一粒放进自己嘴里，另一粒赏给孩子。治哮喘的药糖，孩子说很好吃。

馈赠是不断的。只是物品有所不同。维戈斯喜欢下跳棋，维吉丽亚总能满足他的愿望，耐心地忍受着，用无力的手缓慢地移动着石子。

有时，他们去花园散步；她伸手相搀，但他并非每次都接受这种殷勤，说他还壮实，能走一里地。他们走走、坐坐，有说有笑；时而谈起家务，时而谈起客厅的话题，最后是他计划要盖的住宅，他的新居，一幢有着现代化外观的房屋，因为他原有的已很破旧，是堂若昂二世总督时代的建筑，那种前厅撑着粗大立柱的建筑（我想）至今仍能在圣克里斯托翁地区见到。他好像对住宅的更替满怀信心，并早已把设计拜托给一位有名的石匠。啊！到那时就好了，到那时维吉丽亚将发现这个老头的乐趣是何等高雅。

正如所想象的那样，他慢慢地、吃力地谈着，时而被一阵对他和对旁人都不舒适的咳嗽所打断。咳嗽到高潮时，他弯曲着腰，呻吟着，将手绢放到嘴上，察看着：难受过后，他又谈起建房，数说着需要这样那样的房间、平台、马车房。完美无缺。

89 临 终

"明天我去维戈斯家，"她曾对我说，"可怜的！身边没有一个人……"

维戈斯彻底躺倒了。出嫁的女儿也恰在生病，无法来伴陪。维吉丽亚经常去看他，我也利用机会同她在一起待了一整天。我到达那里时是下午两点，维戈斯咳得那样厉害，似乎使我也感到胸中在燃烧。在咳嗽平息后的一会儿，他同一个瘦瘦的男子争论一所房屋的价格。对方出三十个康托，维戈斯要四十。买主苦苦请求，急得如赶火车一样，而维戈斯却不让步。起初他拒绝三十康托，增加两个，又加三个，他仍是拒绝；接着是一阵剧烈的咳嗽使他中断了十五分钟谈话。买主表现出极大的关切，为他放好枕头，并出了三十六个康托。

"绝不行！"病人呻吟着说。

他吩咐去房中取来一捆纸，他已无力解开捆纸的橡皮绳，求我帮忙。我解开绳子。是建造此房的开销账目：石匠支出，木匠支出，画工支出，裱糊客厅、厨房、卧室、工作室的支出，铁器的费用，地皮的费用。他一本一本地翻着，手颤抖着，并求我念给他听，我念了。

"瞧，一千二百，清清楚楚一千二百。法国式的窗户……这，等于白给。"我念完最后一笔账后，他这么说。

"当然……不过……"

"四十康托，少一点也不行。光是利息……请算算利息……"

他咳嗽着，喘息着，一个字一个字地说了这番话，像是吐出了一块一块支离破碎的肺叶。在他那深陷的眼窝里，目光闪烁，使我联想到黎明时的灯光。被单下面是具枯瘦的身躯，只有两处隆起——膝盖和脚。黄色、松弛、多皱的皮肤仅仅能裹住他那毫无表情的瘦脸，一顶白色的棉帽盖着那被岁月磨光的脑颅。

"怎么样？"瘦子说。

我向他做了个手势，示意不要再坚持，他沉默了片刻。病人无言地望着天花板，用力喘息着。维吉丽亚脸色苍白，站起身，走到窗前。她以为病人死了，她害怕。我想转话题，瘦子讲了一件轶事，但又转到房产，提出新的建议：

"三十八个康托。"他说。

"嗯？……"病人呻吟。

瘦子走至床前，拉起他的手，手凉了。我走过去，问病人有何感觉，是否想喝杯酒。

"不……不……回……回……回……回……"

又是一阵咳嗽，这是最后的一次。过了一会儿，在瘦子巨大的沮丧中，他咽了气。后来瘦子对我说，他正要出四十康托，但为时已晚。

90 亚当和该隐的一段对话

他什么也没留下。没留下任何可纪念的遗物。哪怕是一片药糖，也能说明他不是全然无义或被忘却。维吉丽亚含恨地吞下了这枚苦果，并对我含蓄地说，不是为那点东西，而是为了儿子。她知道我对他不太喜欢，或许根本不喜欢。我劝她不要再为此而忧虑，最好还是忘却死者——一个愚夫、无名的过客，应该想些高兴的事，譬如我们的儿子……

我无意透露了一个秘密，一个几周前维吉丽亚的异常使我得知的幸福的秘密。一个儿子！一个由我派生的生灵！这是我在那时唯一考虑的一件事。世人的目光、丈夫的关心、维戈斯之死，我把这一切统统置之度外，包括政治纠葛、革命、地震。一切的一切。我只想着那个父性模糊的无名的胎儿和一个悄悄的声音："你的儿子。我的儿子！"我重复着这几个字，洋溢着无形的快乐和不可捉摸的骄傲。我感到自己成了大人。

最好还是我们俩——胎儿和我——谈谈，谈谈现在和未来。这家伙很爱我，他是个可爱的苦儿，用小胖手轻轻打着我的脸或正描绘着学士的长袍；他应当成为学士，并在众议院演说。父亲在台前听着，热泪盈眶。他从学士又变得很小，进学堂，腋下夹着石板和书包；他忽而又变作婴儿，继而又成为大人。我无法在脑海中确定他的年龄和姿势：因为这个胎儿在我的眼中身材有大有小，动作和表情变化莫测。他吃奶、写字、跳舞：在四分之一小时之内他的变化是无穷的——婴儿和议员，小学生和花花公子。有时，在维吉丽亚身旁，我忘记了她及一切。维吉丽亚摇着我，责备我沉默不语，说我一点也不爱她。实际上，我正在同胎儿谈话，这是亚当和该隐昔日的对话，一种生命与生命、秘密与秘密间的无声对话。

91 一封不寻常的信

在那时，我收到一封不寻常的信和一件同样不寻常的物件。信中说：

我亲爱的布拉斯·库巴斯：

许久前我在大众公园借了您一块表。现在我很愿意将表连同这封信归还您。所不同的是表已不是原来的，是另一块；我不能说它更好，而是和第一块相同，Que voulez-vovs, monseigneur（有什么办法，先生）。费加罗说：c'est la misère（贫困所致）。自我们分别后，事情诸多变化，如果您不对我关上大门的话，以后我将对您详述。请相信，我已不再穿那双破靴子，也不穿那件惹人注目的磨掉了边的大礼服。我已撤出了圣弗朗西斯科的台阶，还有现在我也有饭吃了。

另外，请允许我近期能向您展示一件作品——一项长期研究的成果，一种新的哲学体系；它不仅能解释和描述事物的起源和终结，还能大大超过芝诺和塞内加：与我的道德观相比，他们的禁欲主义简直是十足的幼稚之物。我的体系是无与伦比的，它启示人的心灵，排除人的痛苦，保证人的幸福，赋予我们的国家无上光荣。我将它称为人性的人性主义，即事物的法则。我的第一个思想表示一种伟大的自持，叫作博尔巴的博尔巴主义。这一命名是自负的，也是粗俗和欠雅的。当然，从字面上看，含义不太清楚。请相信这是一座真正的纪念碑，若存在某种东西能使我忘却生活的苦恼，那就是最终找到了真理和幸福的乐趣。这两种不可捉摸的东西，已经掌握在我的手中。经过许多世纪的斗争、探索、发现、总结和失败，它终于被人所掌握。再见，我亲爱的布拉斯·库巴斯。

怀念您的

故友

若阿金·博尔巴·多斯·桑托斯

　　我看完这封信，未解其意。随信而至的还有个小盒，里面有一块漂亮的表，上面刻着我的名字的字头和这样一句话：老金卡斯留念。我又回到信中，仔细、认真地重读一遍。表的归还排除了任何欺骗的可能；思维清晰，严肃认真，充满信念——当然有点吹嘘——几乎也排除了任何神经错乱的可能。无疑，金卡斯·博尔巴从米纳斯的一个亲戚那里接受了遗产，富足激起了他生活的尊严。我不想妄谈，有些东西不能完全恢复；然而，觉悟也并非不可能。我收起了信和表，等待他的哲学思想。

92　一个不寻常的人

　　不寻常的故事就到此为止。我刚刚收好信和表，一个瘦小、中等身材的男人来找我，拿着科特林的请柬，邀我去吃晚饭。持柬人是科特林的姐夫，名叫达马塞诺，几天前从北方来，曾参加过一八三一年的革命。以上情况是他本人在五分钟之内告诉我的。由于与摄政王[1]不和，他离开里约热内卢。摄政王是个迂腐之人，较之他手下迂腐的部长们强不了多少。另外，新的革命又迫在眉睫。关于这一点，尽管我们的政治思想颇为混乱，但我终于弄清了他所追求的政府模式：温和的专制主义——这并非如众人所说的花言巧语，而是捍卫国家的需要。我只是不能确定他主张的是一个、三个、三十或三百人的专制。他喜欢发表议论，评论贩卖非洲人的发展，英国人的被逐。他尤其喜爱歌剧，到达后，首先去圣彼得剧场欣赏了优雅的演出《玛丽亚·胡安娜》和一部十分有趣的《凯特莉》或叫《回到瑞士》[2]。他过去很欣

1　指 1835 年参与摄政的安东尼奥·费若。
2　法国歌剧，于 1846 年在里约热内卢上演。

赏德贝里尼演的《沙佛》和《安娜·波来娜》[2]，现在印象不深了。不过，卡迪娅妮！先生，那真是妙极了。此刻他想起了女儿在钢琴伴奏下唱的艾尔纳尼[3]：艾尔纳尼，艾尔纳尼，我去了……说完，他站起身，小声地哼着。在北方，文化也很发达。女儿是个歌剧迷。她的声音悦耳、动人，很是动人。我非常喜欢听她唱，非常喜欢。啊！他多么想回到里约热内卢。他转遍了全城，怀着留恋……真的！有些地方简直使他想大哭一阵。但他不想再坐船了。他在船上吐得厉害；其他旅行者也是如此，只有一个英国人除外……英国佬见鬼去吧！这些人不滚，事情永不会好。英国能如何我们？他若能遇到志同道合之人，赶走那些洋人易如反掌。感谢上帝，他有爱国之心——千真万确——这无须奇怪，因为这与出身有关。他是一个十分爱国的老保安首领的后裔。是的，他绝非等闲之辈。若有机会，他定能一显身手……然而，天已晚了，他说我一定要去吃晚餐，有个更大的讨论会在等着我。我将他带到大厅门口，他停住脚步，说对我十分同情。当他结婚时，我还在欧洲。他认识了我父亲——一个规规矩矩的人——并同他一起参加过普拉亚格朗德的一个盛大舞会……还有别的！别的！以后再说，天晚了，他必须将答复告诉科特林。他走了，我关上了门……

93 晚　餐

　　多么痛苦的晚餐！幸好，萨毕娜让我坐在达马塞诺的女儿——欧拉莉亚女士身旁，或更亲切点称呼，劳劳小姐，她是一个招人喜爱的姑娘，起初，仅仅是起初有些拘谨。她不漂亮，但眼睛弥补了这一缺陷；她的眼睛很有神，差劲的是老死死地盯着我，上菜的时候除外。

1　法国作曲家古诺的第一部歌剧，于1851年公演。
2　墨西哥剧作家费尔南多·卡尔德隆的五幕剧。
3　意大利作曲家威尔第的歌剧，于1844年公演。

但是劳劳女士吃得那样少，几乎连盘子也不看一眼。入夜后，她唱起了歌，声音正如其父所说，"很悦耳"。不过，我躲开了。萨毕娜追到门口，问我对达马塞诺的女儿印象如何。

"马马虎虎。"

"非常可爱，不是吗？"她说，"只少点文雅。可心地多么善良！真是一颗明珠，是个满不错的未婚妻。"

"我不喜欢明珠。"

"怪癖！你要等到什么时候？什么时候才能懂点事，不知道。好了，我的少爷不管你愿不愿意，一定要同劳劳小姐结婚。"

说完，她像鸽子那样温柔地用手指点着我的脸，同时露出威胁和决然的神色。圣明的上帝！难道这是和解的原因？这种念头使我颇为沮丧，但一个神秘的声音又将我唤至罗伯·奈维斯的家。再见萨毕娜和她的威胁。

94 隐秘的原因

"我亲爱的妈妈好吗？"

听到这句话，维吉丽亚噘起嘴来。她一个人躲在窗户后面望着月亮，但仍高兴地接待了我。但当我向她谈起我们的儿子时，她不耐烦了。她不愿提及此事。我那过早流露的父爱损伤了她。对我来说，她早已成为一个圣人、一件圣物，我任其沉默着。开始，我以为是胎儿——我们的冒险生涯的隐秘产物——唤起了她对丑恶的良知。我错了。我从未觉得维吉丽亚会这样热情奔放，这样无保留，这样对他人和丈夫无情无义，绝不是悔恨。我也想到观念纯属一种发明，一种将我同她紧紧捆绑在一起的方式，一种不能持久的手段，或许她已对此开始感到窘迫。这种设想并非荒唐。我的可爱的维吉丽亚有时会那样出色地撒谎。

那天晚上，我发现了真实的原因：是对分娩的惧怕和妊娠的羞耻。她生第一个儿子时遭了不少罪；此时，生与死的变换使她似乎感到了断头台上的战栗。至于羞耻，还包含着被迫脱离某些习惯了的上流社会生活的因素。毫无疑问，事情就是这样。我向她挑明，并以某种做父亲的权利责备她。维吉丽亚望望我；然后移开目光，怀疑地笑了。

95 昔日的花朵

她们在何处，昔日的花朵？几周后的一个下午，我的整个父性大厦倒塌了。当拉普拉斯[1]与一只乌龟无法区别之际，胎儿夭折了。罗伯·奈维斯告诉了我这一消息，将我扔在大厅，便陪同医生向失望的母亲的卧室走去。我背靠在窗户上，望着花园，那里的无花橙树郁郁葱葱。她们——昔日的花朵哪里去了？

96 匿名信

我感觉到有人拍了拍我的肩头，是罗伯·奈维斯。我们默默地、沮丧地对视了一会儿。我询问了维吉丽亚，然后又谈了大约半小时。最后，有人给了他一封信。他读完信，脸色刷白，用颤抖的手将信折起。我觉得并看到他摆出了一个架势，似乎想要向我扑来。但我记不清了。我所清楚记得的是以后的几天他对我总是冷冷淡淡，沉默寡言。又过了几天，维吉丽亚终于在冈布阿向我讲述了一切。

她的身体一恢复，丈夫便让她看了信，信是匿名的，对我们进行

1　法国数学家（1749—1827）。

指责。信中并没透露全部情况；譬如，没有讲到我们在外面的幽会，而只是让他提防同我的亲密关系，还说人们都在怀疑。维吉丽亚看完信后，气愤地说是恶意中伤。

"中伤？"罗伯·奈维斯问。

"恶意的。"

丈夫舒了口气。然而，当他拿起信后，似乎信中的每一个词都向他做出否定的手势，每一个字母都是在抗议妻子的愤怒。这位可以说是勇敢的汉子此时成了最懦弱的人。或许他想象到远处众人明亮的眼睛都以嘲弄、轻蔑的目光紧盯着他，或许一张无形的口在他的耳边重复着他昔日曾听过和说过的讥讽的话语。他请求妻子坦白一切，因为她的一切都是可以宽恕的。维吉丽亚知道自己得救了，她对他的要求表示愤慨，并发誓只听到过我的奉承和讨好的话。信一定是某个失意的恋人写的，她列举了几个例子——一个曾追求了她三个星期，另一个曾向她写过信，还有另一个、另一个。她罗列了这些人的名字，不时地审度着丈夫的目光；最后她表示为了避免诽谤，应当采取一种措施，使我永不登门。

我颇为惶惑地听完这些话，这倒不是因为从此我必须更加谨慎，乃至我完全脱离罗伯·奈维斯的家庭，而是因为维吉丽亚那精神上的平静，那毫无激动、恐惧、怀念和悔恨的神态。维吉丽亚发现了我的疑虑，让我抬起头，因为我正望着地；她不无苦涩地说：

"你不值得我对你所做的牺牲。"

我对她什么也没说，无须提醒她任何一点点失望和恐惧会为我们的关系增添起初那种隔膜的味道；如果我对她说明这一点，她不是不可能慢慢地、人为地做出一点失望和恐惧的样子。我对她什么也不说。她神经质地用脚尖敲着地，我走过去，吻了她的前额。维吉丽亚退缩了，似乎这是一个死者的吻。

97 嘴与前额之间

我感到读者战栗了——或许读者应该战栗。最后一个字自然使您产生种种联想。请看：在冈布阿大街的一所小小住宅里，两个相爱已久的人，一个俯身亲吻另一个的额头，而另一个却在退缩，好像触到的是一个死人的嘴。在亲吻前后的瞬间，嘴与前额之间有一个空间，一个可以容纳许多事情的广阔地带——屈辱的肌肉搐动，不信任的皱纹，或者，还有那苍白和无生气的讨厌的鼻子……

98 被删掉的

我们愉快地分了手。我满意地吃过晚餐。匿名信在我们的冒险生活中留下了猜疑和危险的滋味，好在维吉丽亚在这危机中没有丧失理智。晚上，我去圣彼得剧场，演的是一出有名的悲剧。我进去，目光浏览着包厢；我看到其中一个包厢里坐着达马塞诺一家。女儿的穿着别有风韵，颇为考究。这实难理解，因为父亲的收入仅能糊口，这或许是真的。

剧场休息时，我去拜访他们。达马塞诺对我热情接待，妻子频频微笑，而劳劳小姐，她的目光从未离开过我。此刻她好像较晚餐的那一天更漂亮，我感到了她那朴实无华仪态中的高雅的温柔：茫然的表情，很适合这一切都是茫然的一章。的确，我不知如何向你们表达在姑娘的身旁我的感觉并不坏：她穿着优雅，衣裙精美，这使我感到伪君子达尔杜弗的瘙痒。细细望去，衣裙规矩，完整地遮掩着膝盖，此时我有了一个惊人的发现，即：大自然为人类提供了我们发展必不可少的衣衫。通常人们身体的裸露都经着意和细心的研究，这种裸露使感觉和性欲迟钝，但衣衫裹体，反自然之道，可以激发和促进欲望，使之活跃，使之强化，于是推动了文明的发展。可敬的奥赛罗给予我

128

们的习惯和远洋船只！

我真想抹掉这一章，这样下去是危险的。但我毕竟写出了我的回忆，而不是您的，平静的读者。在可爱的姑娘身旁，我好像被双重和奇异的感觉所控制。她完美地表现了帕斯卡尔的双重性 L'ange et la bete（天使与畜生），区别是冉森教[1]信徒不承认双重性的同时存在，而双重性实际上是紧紧联系在一起的——L'ange 是指上天之物，La bete 是……不，我决定抹掉这一章。

99 在包厢

在包厢我遇到了罗伯·奈维斯，他正同朋友谈话；我们冷冷地寒暄几句，彼此都很拘谨。然而，在第二次剧场休息时，帷幕还没有垂下，我们在空无一人的走廊相遇。他向我走来，十分和蔼并带着微笑；他将我拉至剧场的一个角落，我们谈了很多，主要是他，他好像是世上最平静的人。我问起他的妻子，他回答说很好，但又立即滔滔不绝，几乎是微笑地将话题转向琐事。若愿意的话，不妨猜一下他无动于衷的原因。我躲避着达马塞诺，他在包厢的入口处正瞅着我。

接下来的一幕，我什么也没听到，没听到演员的道白，也没听到观众的掌声。我靠在椅子上，在脑海里捕捉罗伯·奈维斯的谈话，剖析他的表情，我的结论是新的情况较前更好。冈布阿对我们足矣。过多地出现在那个家庭会引起更大的妒忌。严格说来，我们可以放弃天天见面，深深地陷入爱的怀念之中甚至更好。另外，我已年过四十，而且一无所就，连个普通的教区选举人也不是。必须做点什么，这也是为了维吉丽亚的爱；当她看到我的光辉名字时，一定会感到得意……我想，此时的剧场一定是掌声雷动，但我也不能肯定，因为我在想别的事。

1 荷兰人冉森在十七世纪创立的非天主教教派。

人类呀，我终生追求着您的爱，也往往为您不平。让人们在我的周围窃窃私语，而我却充耳不闻，就如埃斯库罗斯笔下的普罗米修斯对他的刽子手一样。啊！您想将我捆绑在您那轻浮、冷漠或动摇的顽石之上？绳索是脆弱的，我的女友，我会像格列佛一样将它一下挣断。在荒野中冥想是容易的，若置身在被好奇、评论、敏感和激情的海洋所包围的孤岛之上，而能够对一切无动于衷、冷漠无情、熟视无睹，那才是惬意的、难得的。说到底，只有当他恢复了理智——也就是说，当他回到现实社会之中——才能从月亮的世界走下来：月亮世界，这个大脑发光、美好的楼阁，若不是我们自由想象的心灵对尘世的蔑视还能是别的什么？上帝永存！这是本章的一个很好的结尾。

100 似乎是真事

若这个世界不是精神颓废的领域，也就无需提醒读者我仅仅是阐述了几条法则，如果我真的拥有这种法则的话。至于其他法则，我仅仅是承认其可能性。第二种情况的一例便是本章，我建议所有喜欢研究社会现象的人不妨读一读。看起来，也并非不可信，在社会生活和私人生活之间存在着某种相互作用的、有规律的、或许是周期性的行动——说得形象些，有种近似于弗拉明哥或其他涛声阵阵的海滩的潮水一样的东西。于是，当浪涛涌上海滩时，便将它淹没了许多；然而，这一部分海水又滚滚流向大海，加入重新涌上来的浪涛之中，而海浪将像前面的潮水一样复又回到大海。这是一个比喻，请看实际。

前面已讲到罗伯·奈维斯被任命为省长，由于委任书的颁布日期是十三日，他拒绝了任命；这一严重的行动使维吉丽亚的丈夫脱离了内阁。于是，一种对数字的特殊偏见产生了政治分歧的现象。尔后便将看到政治行动如何遏制个人生活中的活动。立即描写这种现象与本书的风格不大协调，现在，我仅仅想说，在我同罗伯·奈维斯剧场相遇四个月之后，他同内阁妥协了。若读者想探索我的思想隐私，不可不对此拭目以待。

101 达尔马提亚的革命

十月的一个上午，大约十一二点钟，维吉丽亚告知我其夫政治上的转变。她向我谈到一系列的会议、谈话和一次演说……

“这样一来，你可以做男爵夫人了。”我打断她的话。

她噘了一下嘴角，头从一边摆到另一边。但是，这一无动于衷的样子被某种捉摸不定的、不清晰的东西，一种惬意和希望的表情所否定。我不知为什么；我想，或许是国王的委任书使她恢复了道德；我指的不是道德本身，而是一种对丈夫的感激。因为她对显贵有着强烈的爱。我们生活中最大的不幸是某位公使君的出现——假设是达尔马提亚的公使——同她热恋了三个月的 B. V. 伯爵。这位真正出身贵族之家的人真有些使维吉丽亚神魂颠倒，另外，他也颇有外交家的天赋。若不是达尔马提亚爆发一场旨在推翻政府、清洗使馆的革命，我真会不知所措。革命是血腥的、残酷的、可怕的。每一艘来自欧洲的船只带来的报纸描述着恐怖，渲染着流血，报道着死亡；群情激愤，无不为之怜悯。而我却不，我完全赞美这一悲剧，它为我除了一害。另外，达尔马提亚又是那样远！

102 隐　藏

然而，此君曾为另一个人的外出而兴高采烈，尔后不久，他便干出了……不，我绝不在本页讲述此事；让本章隐藏在我的羞辱之中吧。

一个粗鲁、低级、无以解释的举动。我重申，在本页我不讲此事。

103 疏　忽

"不，博士先生，不要这样。请原谅，不要这样。"

布拉西达太太有理。任何青年也不会在情人等候的地方迟到一小时。我气喘吁吁地走进门，维吉丽亚已经走了。布拉西达太太对我说她等了很久，还生了气，也哭了，并发誓不再理我，如此等等。我们的管家婆哽咽地说着，请我不要对太太无情，对一个为我牺牲了一切的姑娘无情是十分不公道的。于是，我向她说明是场误会……不，我想这仅仅是种疏忽。开个玩笑、扯淡、闲聊，或别的什么；总之是疏忽。

可怜的布拉西达太太！她真的很焦急。她从一边踱到另一边，摇着头，大声叹息，向窗外张望。可怜的布拉西达太太！您以何等的艺术打扮着，满面春风，沟通我们的爱情！您以何等丰富的想象将时光变得欢愉而短促！鲜花、甜食——昔日的甜食——无限的笑意，无限的温存，与日俱增的笑意与温存。她似乎要将我们的冒险永恒化，或恢复它初日的美丽。我们的知心管家什么也不会忘却，无论什么，包括谎言，因为她能把未闻未见的事描述得惟妙惟肖；无论什么，包括诽谤；因为有一次她甚至说我另有新欢。"你要知道我不会爱其他女人。"维吉丽亚谈起此事时我答道。不用任何抗议或解释，仅仅这一句话就消除了布拉西达太太的诽谤；她悲伤起来。

"好，"过了一刻钟，我对她说，"维吉丽亚会承认我毫无过错……现在可以给她送封信吗？"

"她一定很难过，可怜的！不过，我不希望诅咒任何人，但是，如果博士先生有朝一日能同太太结婚，那时您会发现她是一个天使！"

记得，我转过脸，双目垂地。我奉劝那些被问得无言以对或害怕正视别人眼睛的人都采取此法。每遇到这种情况，有人想朗读一节

《卢济塔尼亚人之歌》[1]，有人想哼唱一段《诺尔玛》[2]，而我却恪守上面提到的方式。此方式最简单，又省力。

三天后，一切都解释清楚。当我请求维吉丽亚宽恕我使她伤心落泪时，我相信她颇有些惊奇。我记不得我是否内心深处将过错归咎于布拉西达太太。当然，当布拉西达太太看到维吉丽亚沮丧时，她一定会哭泣起来。由于一种视觉现象，她自己眼中的泪水似乎也是从维吉丽亚的眼中流出的。不管怎么样，事情已完全讲清楚，但我并没得到谅解，更没得到宽恕。维吉丽亚对我说了一番无情的话，以分手相威胁，后来还赞扬了丈夫。的确，他是个值得赞扬的人，比我高尚得多，温文尔雅、彬彬有礼、和蔼可亲——她对我这样说，而我双肘撑在膝盖上，望着地上的一只苍蝇拖着咬住它的脚不放的一只蚂蚁。可怜的苍蝇！可怜的蚂蚁！

"你为什么不说话，不说话？"维吉丽亚站在我的面前问。

"我能说些什么？我一切都讲清楚了；你执意要生气；我还能说什么？你知道我有什么感觉？我感到你厌倦，你烦恼，你想结束……"

"完全对！"

她的手颤抖着，愤然去戴上帽子……"再见，布拉西达太太。"她向内室大叫道。然后走到门口，打开大门，向外走去。我搂住她的腰。"好了，好了。"我对她说。维吉丽亚仍想挣脱出去。我挡住了她，请她不要走，请她忘记这一切。她离开大门，无力地瘫在沙发里。我坐在她的身旁，向她说了许多甜言蜜语、低三下四和讨好的话。我无法断定我们的嘴唇是否凑到相隔只有一线之距离，或者更近。这是可商讨的。但我记得在激动中维吉丽亚的一只耳环掉落在地上，我俯身去捡；刚刚提到的苍蝇拖着脚上的蚂蚁爬了上去。我以同时代的人所固有的斯文，将那一对受难者放在手心，估量着从我的手到土星的位置，我自问这一不幸的插曲有何意义。若您由此得出结论我是个残暴之人，

---

1 葡萄牙诗人卡蒙斯描写达·伽马航海故事的史诗。
2 意大利歌剧作曲家贝里尼（1801—1835）的歌剧。

那就错了，因为我向维吉丽亚要了个发卡，以便将两只昆虫分开。然而，苍蝇嗅到了我的意图，展翅飞了。可怜的苍蝇！可怜的蚂蚁！正如《圣经》上所说，上帝会觉得这是件好事。

104 是　他！

我将发卡归还维吉丽亚，她又将它别在头发里，准备要走。天已晚了，正打过三点。一切都被忘却、被宽恕。布拉西达太太正等待适当时机离开；她突然关上窗户叫道：

"我的圣母！太太的丈夫来了！"

恐惧是短暂的，然而是巨大的。维吉丽亚的脸色白得像衣服的镶边，她向卧室门跑去。布拉西达太太关了窗户后还想把里屋门关上，我准备迎接罗伯·奈维斯。短暂的时刻过去了。维吉丽亚恢复了平静，将我推进卧室，吩咐布拉西达太太回到窗前。知心的妇人服从了。

是他。布拉西达太太惊呼着为他打开门。

"是先生您！我这老太婆真是荣幸！请进。猜猜谁在这里……不用猜，您来也不为别的……请出来，太太。"

躲在角落的维吉丽亚扑向丈夫。我通过锁孔望着他们。罗伯·奈维斯慢慢进来，脸色苍白，神情冷漠、平静，没有发作，没有愤怒；他环视一下大厅。

"怎么回事？"维吉丽亚惊异地说，"你怎么来到这里？"

"路过这儿，从窗口看到布拉西达太太，来问候她一下。"

"很感谢，"她说，"人们都说老太婆是无用的东西……瞧，人就是这样！太太可不这样。"她温存地抚摸着太太说，"这个小天使从不忘记老太婆布拉西达。可怜的！长的同她母亲一个样儿。请坐，博士先生……"

"我就走。"

"你回家？"维吉丽亚说，"我们一起走。"

"回家。"

"给我帽子,布拉西达太太。"

"在这里。"

布拉西达太太取来镜子,在她面前打开。维吉丽亚戴上帽子,系好带子,理好头发;她同丈夫说话,他什么也不回答。我们好心的老太婆废话太多,这是掩饰惧怕心理的一种方式。维吉丽亚平静下来,恢复了常态。

"好了,"她说,"再见,布拉西达太太;可别不来,听到吗?"对方回答是,并为他们打开了门。

105 窗户的平衡

布拉西达太太关上门,坐在一张椅子上。我立即走出卧室,两步跑到马路上,想把维吉丽亚从丈夫手中夺回来。我是这样说的,说得很是时机,因为布拉西达太太正用一只胳膊拉着我。我甚至想到我这样说的目的无非是让她拉住我。但这一简单的想法也仅仅表明,在卧室躲过了十分钟后,最真实和最能表达感情的方式也只能是这个。这就应了我幸运地在第51章发现和归纳的那条著名的窗户平衡法则。心灵需要空气,卧室是一扇关闭的窗户。我佯装出去,这样就打开了另一扇窗户。

106 危险的游戏

我吸了一口气,坐了下来。布拉西达太太在大厅惋惜地吵嚷着。我听着,对她什么也不说。我心中暗想是否将维吉丽亚关在卧室而我在大厅会好一些。但我立即觉得这样更坏，这样就证实了他的怀疑，点燃了炸药，场面将是血淋淋的……现在这样很好。不过，以后呢？维吉丽亚的家中会发生什么？丈夫会杀死她？打她？禁闭她？驱逐她？这些疑问慢慢地在我的脑海中蠕动，像在病人和疲倦者的视野中游动的小黑点。来来去去，木然而凄苦，我无法捕捉到任何一个，并且说："是你，是你而不是别的。"

突然，我发现一个黑影，是刚走到里间的布拉西达太太。她穿着外套，向我表示要去罗伯·奈维斯的家。我对她说这是危险的，他会对紧接着的访问产生怀疑。

"请放心，"她打断我的话，"我会见机行事，他若在家，我不进去。"

她走了；我在猜度可能的成功和后果。最后，我感到是在玩一种危险的游戏。我自问是否到了有所清醒和有所作为的时候。我感到对婚姻的怀念，希望把生活纳入正轨。为什么不呢？我的心灵还要追求良知，我并未感到自己不能认真、严肃和纯洁地去爱。实际上，冒险是生活中匆忙和昏厥的部分，也就是一种例外。我已对此厌倦了，我不知是否我已开始感到某种悔恨。一想到此，我立即进入到幻想的境界。我在瞬间结了婚，身旁是我的妻子，一位可爱的女人，我们凝视着奶娘怀中的婴儿；我们是在一个暗绿色的花园的深处，正透过树丛望着一线蓝天、极蓝的天……

107　便　条

"没发生什么事，但他有些怀疑。他的样子很严肃，也不说话。现在他出门了。他只笑过一次，那是在弯着腰对少爷注视了许久后笑的。对我不好也不坏，我不知将来会怎样，但愿这一切会过去，望多谨慎，现在千万要谨慎。"

108 无法理解

这就是剧情，这就是莎士比亚悲剧的顶峰。这张小纸，一片字迹潦草、被手揉皱的纸，是一张分析材料，而这一分析我不想在本章或下章进行，也许直到本书结束我也不想做。因为我做了会使读者失去亲自体察这草草书写的几行字中所包含的冷漠、精明和勇气的乐趣；而在这几行字的后面，是另一颗激荡的心灵，掩饰的愤怒、压抑和无声的失望。为什么必须在泥浆、鲜血和泪水之中寻求解决？

至于我，若我对你们说那一天我将这便条看了三四遍，请你们相信，这是真的；若我对你们说在第二天的午饭前后我又重读一遍，也请你们相信，这是千真万确的。至于我的激动心情，且莫对此深信不疑，我自己也不会承认。不论是那时还是现在，我都无法捕捉我的感受。是惧怕，而又不是惧怕；是忧伤，而又不是忧伤；是自负，而又不是自负。说到底，是种没有爱的爱情；也就是说，没有发狂的爱情。这一切产生了一种相当复杂和空虚的混合物，一种过去无法理解，将来也无法理解的现象。权当我什么也没说。

109 哲学家

上面讲到在午饭前后我重读了信，我吃了午饭，只是没有交代这是我一生之中最简单的一顿午餐：一个鸡蛋、一片面包、一杯茶。我没有忘掉这一细小的情节。在如此之多的重大纷乱事件中，这顿午餐被忽略了。其主要原因可能正是我的灾祸所至；然而却不是。主要原因是那一天来访的金卡斯·博尔巴使我产生的联想。他对我说节俭对于理解人性主义并不需要，对实行人性主义更不需要；说这一哲学观点很容易同生活的享受，包括欢宴、消遣和爱情相吻合；说相反，节俭可能是一种苦行主义的倾向，这已是人类史上过时的荒谬观点。

"请看圣约翰，"他继续说，"他不是在城里养尊处优，也没在犹太教堂亵渎教义，而是在荒无人烟的地方以蝗虫度日。"

但愿不要提及金卡斯·博尔巴的故事，那个在我忧伤的时刻所听到的长长的、复杂的然而又有趣的故事。若我不把这个故事讲出来，我也就无法描绘他的形象，一个与我在大众公园所认识的截然不同的形象。我愿保持缄默。我只想说如果人的最大特征不是相貌，而是衣着，那么，这个人就不是金卡斯·博尔巴，而是一个不穿法衣的法官，不着军服的将军，没有赤字的商人。我注意到他那精美的外套、洁白的衬衫、干净的皮靴。昔日沙哑的声音此刻像是恢复了天然的清脆。至于动作和表情，虽未失去过去的活泼，但已不是杂乱无章，而是有了少许规矩。不过，我不想对此加以描述。如果描述的话，譬如，关于他胸前佩戴的金扣子和皮靴的质量，就不得不进行一番描述，而这是违我所愿的。只需简单交代一下，皮靴是擦了油的就够了。还应知道，他从巴尔巴塞纳的一个老叔父那里继承了一部分钱。

我的精神（请允许我在此做一个孩子式的比喻），那时我的精神像一个孩子们玩的球。金卡斯·博尔巴的阐述给了它一巴掌，它便上升；当它要下落时，维吉丽亚的信又给了它一巴掌，它又重新向天空飞去；再一次下落时，大众公园的故事又拍了它一掌，这一掌同样是有力和有效的。我相信我生来不习惯应付复杂的局面。上上下下的往返使我头晕目眩。我想将金卡斯·博尔巴、罗伯·奈维斯和维吉丽亚的信包括在同一哲学里，将它们赠送给亚里士多德。不过，我们的哲学家的阐述倒颇为有教益，我特别惊叹他那用以描述恶习的产生和发展、内心的斗争、逐渐的沉沦和颓废的才能。

"请看，"他说，"我在圣弗朗西斯科教堂的台阶上度过的第一夜是沉睡的一夜，像是睡在最柔软的天鹅绒上。为什么？因为我慢慢地从席子床转到木板床，从卧室转到檐下，从檐下又到了大街上。"

他想最后向我阐明他的哲学观点，我请他不要这样做。"我今天心绪不宁，恕我不能相陪。以后再来，我经常在家。"金卡斯·博尔巴狡黠地一笑，或许他知道我的冒险，但什么话也没说，只是在门口对我说了以下结束语：

"请求助于人性主义，它是容纳精神的伟大胸怀，是永恒的大海，我潜入海底去捞取真理。希腊人的真理取自井中。多么渺小的意识！一口井！所以他们也就永远得不到真理。希腊人，被希腊人奴役的人，希腊人的敌人，形形色色的人都是匍匐在井口上，等候真理的出现，而真理却不在里面。他们浪费了绳子和桶；有几位勇敢者下到井底，捞上来一只蛤蟆，而我却直接到了大海。求助于人性主义吧。"

110 三十一

一周之后，罗伯·奈维斯被任命为省长。若命令又是十三号发布的，我希望他拒绝。然而，日期却是三十一，这种数字简单的变更便使其本身失去了魔鬼的内容。生活的弹性有多么大啊！

111 墙

我不习惯进行任何伪装与掩饰，在本章中我要讲述关于墙的故事。他们即将动身，我走进布拉西达太太的家，看到桌上有张折着的纸，是维吉丽亚的便条。便条上写着晚上在花园等我，不见不散。最后还说："胡同那边的墙较矮。"

我做了个不高兴的表情。在我看来，信是过分的大胆，缺乏考虑，甚至是荒唐的。这不仅是故意出丑，而且也是可笑的。我想象着越墙的情景，当然，胡同那边的墙是矮的。在我正要越过时，我被一个步行的警察捉获。他将我带到警备队。墙是矮的！矮有什么用？当然，维吉丽亚不知道做了件什么事，可能她已后悔。我望望纸片，是一块揉皱了的纸，但还没破。我真想将它撕成三万块，让风吹走，权当我的冒险生活最后的残物。但我没这样做，爱的本身、逃避的羞怯、惧怕的念头……除了赴约别无他法。

"告诉她我去。"

"去哪里？"布拉西达太太问。

"在她说好等我的地方。"

"她什么也没对我说。"

"纸上有。"

布拉西达太太瞪大眼说："可，这纸，是今天早晨在您的抽屉里发现的，我以为……"

我的感觉是奇异的。我又将纸片看了一遍，端详着，端详着；的确，这是维吉丽亚在我们初次相爱的时候留下的一张纸，是一次在花园的约会，我也真的越墙而入，一堵低矮而隐蔽的墙。我把纸片保存了起来，而……我感觉是奇异的。

112 舆 论

不过，那一天的时机是令人怀疑的。几小时后，我在奥维多尔大街遇到罗伯·奈维斯。我们谈到省长的任命和政治，他利用在我们身旁路过的第一个熟人，对我客气一番之后走了。记得他有些拘谨，是一种尽力掩饰的拘谨。当时我感到（若这种见解是狂妄的话，我请求原谅），我感到他有些怕——不是怕我，也不是怕自己、法典或良心，而是怕舆论。我估计这个无名、无形、人人可以指控和判决的法庭是对罗伯·奈维斯思想的限制。或许他已不再爱妻子；这样的话，可能心灵对他最近的宽恕行动已无动于衷。我想（我再一次请求善意的批评），我想他可能决定立即同妻子脱离关系，就如读者将同许多人脱离关系一样。然而舆论将您的生活情况散布于大街小巷，让人们提出详细的质询，使人们在宁静的花园中评头论足，包含着全部情节、原委、判断和证据，就是这种可怕的舆论，如此好奇的闺房秘闻的舆论阻止了家庭的分离，同时，也使有张扬危险的报复变得不可能了。他无法对我表示不满，也不能断绝夫妻关系，他必须像往日一样装聋作哑，也就是说，保持同样的感情。

我相信这对他是困难的。特别是那几天，我看他的样子是困难得很。然而时间（这一点我还要请求思想家们的宽恕！），时间可以磨钝感觉，磨灭对事物的记忆；可以设想，岁月会消除他的烦恼，时间能抹去烦恼的线条，昔日怀疑的阴影将掩盖赤裸裸的现实。总之，舆论会逐渐转移到新的冒险。儿子成年之后，会设法满足父亲的意愿，继承父亲所有的爱。正是这样，社会活动、群众威望，接着便是衰老、疾病、垂危、死亡、长眠，一则自传消息，生命之书就这样合上，没有一页被鲜血沾染。

113 焊 料

若要为前一章下个结论的话，这便是：舆论是家庭关系良好的焊料。在结束本书前，我并非不能展开这种想法。然而同样，我也并非不能将其置之不理。不管怎样，舆论是种良好的焊料，无论对家庭，还是对政治，都是如此。某些不冷静的形而上学家极端地将舆论当作愚昧或庸俗之人的简单产物，然而，很明显，即使这一杰出的概念本身不说明问题的话，只要权衡一下舆论的有益效果，便可知道它是正人君子的作品，即大多数人的作品。

114 一次谈话的结束

"是的，是明天。你去码头吗？"

"你疯了？不行。"

"那好，再见！"

"再见！"

"不要忘记布拉西达太太，抽空去看看她。怪可怜的！昨天她来同我们告别，哭得很厉害，说我再也见不到她了……是个好人，对吗？"

"当然。"

"若我们必须要写信，可以通过她。好，再见……"

"两年后？"

"什么！他说要到选举。"

"真的？那么，回头见。瞧，他们在看我们。"

"谁？"

"那边的沙发上。我们该分手了。"

"我很难过。"

"但必须这样，再见，维吉丽亚！"

"回头见。再见！"

115 午　餐

我没看到她启程，但在启程的时刻我感到某种既不是痛苦，也不是快乐的东西；一种混合物，轻松与怀念，以相等的分量混合着。请读者且勿对我的坦白发怒。我很清楚，为了安慰她那富于幻想的神经，我理应感到巨大的沮丧，流几滴泪水，乃至不吃午饭。这颇有些传奇，但不是真的。活生生的现实是：我仍像往常一样吃了午饭，心中回忆着我的冒险，品尝着普鲁东师傅的佳肴……

……与我同代的老者们，你们还记得法卢旅馆的这位厨师吗？据家庭主妇们说，这位老兄曾在巴黎有名的维蕾饭店和维富尔饭店待过，后来又到了莫莱[1]伯爵和拉罗什富科[2]的公馆，他赫赫有名。他同波尔卡舞同时来到里约热内卢……波尔卡、普鲁东厨师、蒂沃里剧场、外国舞蹈、卡西诺剧场，这是那个时代留下的某些美好印象。然而，厨师的佳肴是尤其可口的。

的确不假，那天早晨，这鬼东西猜到了我们的灾难。才能和艺术对他来说，从未如此得心应手。多么精美的作料！多么鲜嫩的肉！多么漂亮的形状！嘴、眼睛、鼻子都在品尝。我不记得那天破费了多少，只知道很贵。啊，痛苦！我应当把爱情彻底埋葬。爱情去了，随着大海、空间和时间，而我却待在桌子的一角，以四十好几的年龄，那样碌碌无为，那样虚无缥缈。我永远也不能挽回失去的岁月，她可能回来，并且已经回来；然而，是谁向晚霞乞求晨曦？

116　故纸的哲学

写完上一章，我是那样悲哀，我简直无法将本章继续写下去。我要休息片刻，排除压迫着心灵的忧伤，然后再动笔。然而，不，我不愿让时光白白丢失。

维吉丽亚的离去使我感到孤独。最初几天，我闭门不出，就如图密善一样追逐苍蝇，如果苏维托尼乌斯没撒谎的话；但我追逐苍蝇的方式是特殊的：用眼睛。我躺在大厅里面的一张吊床上，手中拿一本翻开的书，追逐着每一只苍蝇。感情是复杂的；怀念、奢想、有点厌倦、种种不连贯的幻想。我的红衣教士叔父在此期间去世了，还有两个表兄弟。我并未为此而震惊。我将他们送到墓地，就如人们将钱送

1　即路易·马蒂厄（1781—1855），法国政治家。
2　拉罗什富科为法国中世纪显赫家族，其中拉罗什富科公爵最为著名，著有《格言录》。

到银行。不是吗？就如同人们将信送到邮局：贴上邮票，放进邮筒，让邮差亲手送走。也是在这期间，我的外甥女，也就是科特林的女儿诞生了。有的人死去了，有的人诞生了：我仍在追逐苍蝇。

有时，我也心神不宁。我走至抽屉，翻阅朋友、亲戚、女友（包括玛尔塞拉）昔日的信件；我把信全部展开，一封一封地读，重温着过去……无知的读者，您若不收藏青年时代的信件，便永不会明白故纸的哲学，享受不到在远方的半阴影里，戴一顶三棱帽，穿着长筒靴，留着亚述人的大胡子，合着悠扬的口笛声飘摇的乐趣。请珍藏好您青年时代的信件吧。

或者，如果您不喜欢三棱帽子，我便引用科特林家中一个老海员的一句名言。我断言：您若珍藏着青年时代的信札，便可有机会唱起"怀念之歌"，因为我们的海员把在大海中哼唱的大陆歌谣称之为"怀念之歌"，作为诗歌的表现方式，忧郁一些也无妨。

117 人性主义

除去第三种外，还有两种力量，即萨毕娜和金卡斯·博尔巴，将我推到世俗的烦琐生活，我的妹妹真是以迅雷不及掩耳之势推荐了劳劳小姐作为配婚人选。当我明白时，姑娘已几乎在我的怀抱之中了。至于金卡斯·博尔巴，他终于向我阐明了人性主义，一种可以击败任何别的体系的哲学体系。

"人性，"他说，"作为事物的法则，只不过是被众人分割的一个肌体。人性有三个阶段：万物产生前的静止状态，'发展'——事物的开端；'扩散'——人类的出现；可能还有号外一个，即'收缩'阶段——人类与事物的消亡。作为宇宙开端的'发展'阶段使人性滋生了享乐思想，由此产生了'扩散'，也就是原生物质的肌体的'繁衍'。"

由于我对这种阐述不甚理解，金卡斯·博尔巴便深入地将其展开，着重突出这一体系的要点。他对我解释说，一方面，人性主义同婆罗门教相关联，也就是说，是将人分散于人性肌体的各个部分；然而，在印度教中，这种含义只有狭隘的神学和政治的概念，而只有人性才包括人类价值的伟大规律。这样一来，从人性的胸脯或肾脏里派生出来的便是"强者"，绝不同于从头发或鼻子尖派生出来的。所以，这就需要培植和锻炼肌体。海格力斯只不过是人性主义的前期象征。在这一点上，金卡斯·博尔巴认为异教可以达到真理，如果它不被神乎其神的那一夸张部分所亵渎的话。但人性主义绝不是这样。这一新的宗教不容轻犯，没有失败，没有忧伤，也没有纯粹的欢乐。譬如，爱情就是一种对神职的供奉，繁衍是一种仪式。由于生命是宇宙最大的恩赐，没有一个乞丐不是宁愿受苦也不想死去（这是人性的一种有趣的影响）；另外，生命的延续远远不是什么风流韵事，而是心灵祝福的高尚时刻。所以，实际上，只有一种不幸：不降生。

"譬如，可以想象一下，若我没有出生，"金卡斯·博尔巴继续说，"我肯定不会高兴地同你交谈，吃这种土豆，上剧场。总之，不会活着。请注意，我并不是把人当作人性的简单的马车；不，他同时是马车、车夫和乘客，他是缩小了的人性。因此，应当自我崇拜。您想验证一下我的体系的优越性吗？请看妒忌。没有一个希腊或土耳其，基督教或其他教的道德家不对妒忌嗤之以鼻。从以东[1]的田野到蒂茹卡的山巅都普遍存在这种规律。好了，放弃那陈腐的偏见，忘却那贫乏的修辞学，研究一下妒忌——这一如此微妙和如此高尚的感情。每个人都是人性的缩影，当然，没有一个人同另外的人有着本质的区别，不管他们外表的差距有多大。例如，处决犯人的刽子手可以激发起诗人徒劳的抗议，但本质上是以人性纠正人性法则的膨胀。我说，给别人剖腹的人也是这样，是人性力量的表现。这丝毫不说明（不乏此例）他本人不是一个同样被剖腹的人。如果你很好地理解了，也就很容易

---

1 巴勒斯坦南部地区。

理解妒忌只不过是斗争性的羡慕，而斗争又是人类的伟大功能，所有斗争的感情是与幸福最相容的。因此可以说，妒忌是种美德。"

为什么要去否定它？我呆若木鸡。明确的阐述、原则的逻辑性、结论的必然性，这一切似乎都是无上的伟大，我必须暂时中断几分钟谈话，以便消化这种新的哲学。金卡斯·博尔巴难以掩饰胜利的满足。盘中有一个鸡翅膀，他以哲学家的严肃嚼噬着，我对他提出几点异议，但却是那样无力，他毫不费力地便将其摧毁了。

"为了很好地理解我的体系，"他最后说，"重要的是永远不要忘记分散在和微缩在每个人身上的普遍原则。请看，战争好像是种灾难，但实际是一种自然的行动，就如我们所说的人性的手指的弹动。饥饿（他富于哲学神态地品尝着鸡翅膀），饥饿是人性对自身内脏考验。除了这只鸡，我不需要任何别的证据来表示我的体系的崇高性。它吃的是一个非洲人种植的玉米，假设这个非洲人是被从安哥拉买来的。这个非洲人诞生了、长大了，被卖掉了，一艘轮船将他运来了，而船是木制的，木头是十或十二个人从林中采伐的，船上的帆是八或十个人织成的，还有船上的绳索和其他东西。于是，现在，我在中午饭时吃的这只鸡便是许多人努力和斗争的结果，而唯一的目的是满足我的食欲。"

在用奶酪和咖啡的间隙，金卡斯·博尔巴向我表明他的体系旨在消除痛苦。痛苦，根据人性主义，完全是种幻觉。当孩子被大棒所威胁时，在受到打击前，他便闭上眼睛，全身颤抖。这一"先觉状况"就是人类世代相传的幻觉的基础。当然，仅仅使用体系并不能立即解除痛苦，但却是不可缺少的，还需要事物的自然发展。人们一旦很好地意识到自己便是人性时，只要将思维同原始物质结合起来便可克服任何痛苦的感觉。然而，演变是如此深刻，几千年也显得短促了。

尔后的几天里，金卡斯·博尔巴向我宣读了他的巨著。四卷手稿，每卷一百页，字迹很小，引用语均为拉丁文。最后一卷是一篇以人性主义为基础的论文。这可能是体系中最沉闷的部分，因为其逻辑性极其严谨。即使按他的方法重新组织社会，也无法消除战争、暴动、司空见惯的格斗、暗杀、贫困、饥饿、疾病；然而，这些假定的灾祸的含义地地道道是模棱两可的，因为只不过是内部物质的外部运动，这种运动并不对人类产生影响，只不过是消遣，所以它绝不妨碍人类的幸福。然而，即使这种灾祸（完全是虚假的）在未来与古代狭隘的观念相符合，体系也并不会因此而受到破坏；原因有二：第一，由于人性是原生的和绝对的物质，每个人应当为它所派生的原则牺牲自己，以感触到世界最大的乐趣；第二，即使这样，也不会降低人类对土地的精神支配权，土地出现的唯一作用是供人们所享用，就如星辰、轻风、椰枣和大黄。"邦格罗斯，"他合上书时对我说，"并不像伏尔泰所描写的那样傻。"

118 第三种力量

唤起我兴奋的第三种力量是出风头，特别是不甘心孤独。人群吸引着我。喝彩令我陶醉。谁知道此时膏药的念头是否又浮上我的心头？大概不会立即消失，或许仍在活跃着。但是，膏药并未出现，出现的是在某件事上，通过某件事和为了某件事而炫耀一番的强烈愿望。

119 题外话

我想将那个时期我所写的许多座右铭中的一部分作为插语留在这里。是无聊中的消遣，可能对离题万里的演说有点用处。

耐心地忍受着亲者的痛苦。

我们消磨时间，时间埋葬我们。

作为哲学家的车夫习惯说，若大家都乘车，乘车的乐趣就减少了。相信你自己，但也不要总是怀疑别人。

博多库多人[1]用一根木棍装饰刺透的嘴唇是不可思议的。这是珠宝商的思维。

切勿为做了好事得不到好报而气恼，幻想的破灭总比从四层楼上跌下来强。

120 让他进来

"不，先生，现在不管你愿意与否，必须结婚。"萨毕娜对我说，"多么美好的未来！一个断子绝孙的老光棍。"

断子绝孙！生儿育女的念头使我大吃一惊，神秘的意识又流遍我的全身。是的，应该做个父亲。独身生活有某些好处，然而是无价值的，得到的只是寂寞。断子绝孙！不，不可能。我决定接受一切，即使与达马塞诺结盟。断子绝孙！由于当时我对金卡斯·博尔巴的巨大信任，我找到他，向他表明了我的父性的内心活动。哲学家兴奋地听完我的话，向我宣称人性在我的心中活跃起来。他鼓励我结婚，认为宾客已在叩门，云云。"让他进来。"耶稣曾说过。在证实福音的喻言只不过是人性主义的前奏之前，他绝不肯放我走，而神父们却错误地解释了这一喻言。

121 低矮的山丘

三个月即将过去，一切进行得相当顺利。冲动、萨毕娜、姑娘的

---

1 巴西的土著民族。

眼睛、做父亲的希望等促使着我结婚。维吉丽亚时时浮上我的心头，她同一个黑色的魔鬼在门口，将一面镜子放在我的面前，我在镜中看到远方的维吉丽亚满面泪痕。然而，又来了一个魔鬼，玫瑰色的，拿着另一面镜子，其中映着小姐的形象，温柔的、聪慧的、圣洁的。

我不想谈及岁月。我感觉不到它。在某个星期天，当我去里拉明托教堂做弥撒时，我甚至将岁月忘却了。达马塞诺住在卡茹埃鲁斯大街，我经常陪他们去做弥撒。山丘上还没有什么建筑，只有山顶上的教堂。一个星期天，我同劳劳小姐揽臂下山时，不知什么现象使我在这里扔掉了两年，那里四年，另一处五年，以至我走到山下时，只剩下二十年，像过去一样快。

现在，若想知道这一现象产生的环境，只需将本章读完就行了。她、她父亲和我，我们做完弥撒出来。在山坡上，我们遇到一群人。我们身旁的达马塞诺为弄明白是怎么一回事，便高兴地走向前去。我们跟在他的后面。我们看到一群年龄、身材、肤色不同的男人，有的穿长袖衬衫，有的穿短上衣，有的穿破外套；有的蹲着，有的手撑膝盖，有的坐在石头上，有的背靠山坡；众人目不转睛地盯着中间，全神贯注。

"怎么回事？"劳劳小姐问我。

我向她示意不要作声。我客气地分开众人，他们给我让出道路，而谁也没瞧我一眼。人们都向中间望去，那儿是一场斗鸡。争斗者是两只利爪公鸡，愤怒的眼睛，尖尖的嘴。双方抖动着充血的鸡冠，前胸脱毛，变得发红。双双疲惫不堪，但仍然在争斗着，相互瞪视着，嘴一上一下，你来我往，跳跃着，咆哮着。达马塞诺忘掉了一切，争斗占据了他的一切。我徒劳地告诉他该下山了，他不回答，也听不到，他凝神于决斗。观看斗鸡是他的嗜好之一。

此时，劳劳小姐温存地拉拉我的胳膊，说我们先走。我接受了建议，同她走下山。我已交代过，山上没有住户，也说过我们是从教堂出来。但我没说天在下雨，自然是个好天气，阳光灿烂。另外，太阳也很毒，晒得人不得不立即打开旱伞。我握住了伞杆的中段，用伞的一侧将身体遮住，这样为金卡斯·博尔巴的哲学增添了一个新的内容：人性亲吻了人性……岁月就这样顺着山坡流逝了。

在山下，我们停了一会儿，等候达马塞诺。过了片刻，他便来了。打赌的人围住了他，他就同他们评论起斗鸡来。赌局的司库将一摞十分的旧票子分发给胜利者，他们异常高兴地接受了。至于公鸡，被各自的主人抱着走来，其中一只的冠子伤痕累累，鲜血淋漓，我立即在它身上看到失败者的形象。但我错了——失败者是另一只，它已经没有任何冠子。两只鸡都大张着嘴，困难地喘息着，精疲力竭。相反，打赌者们都兴高采烈，尽管斗争是惊心动魄的。他们谈论着争斗者的经历，回顾着双方的功绩。我难为情地走着，劳劳小姐更是难堪到了极点。

122 一个十分微妙的意图

使劳劳小姐难堪的是父亲。他同赌徒们混在一起的幸福感突出地表现了旧社会的陈风陋习，她甚至害怕这样一位父亲与我不相称。她明显地装得若无其事，她审视自己，也审视着我。高雅和文明的生命吸引着她，主要是因为她觉得这是协调我们的最可靠的方法。劳劳小姐观察、模仿、想象。同时也努力掩饰家庭的低下。然而，那一天父亲的表演是如此不顾一切，使她难过极了。我设法使她摆脱此事，对她说了许多有趣的笑话和戏语。徒劳的努力，终于没能使她高兴起来。失意是如此之深，沮丧是如此之明显，我甚至在心中断言是劳劳小姐故意想把她同父亲区分开。我感到这种感情十分高大，这是我们之间特有的亲近力。

"别无他法，"我自语道，"我要将这朵花从这个泥潭中拔出来。"

123　科特林其人

尽管我已四十大大有余，由于我热爱家庭的和睦，我想到婚姻大事不能不首先告诉科特林。他听完我的话，严肃地回答我说他对亲属的事情从不发表意见。如果称赞劳劳小姐罕见的人品，有人会说他有某种企图，所以他只好沉默。另外，他深知外甥女对我的感情是真挚的，若她征询他的意见，他可能是不同意。这并非出于什么仇恨，他欣赏我的人品——对此赞不绝口，似乎这是正义之举；由于尊重劳劳小姐，他从未否认她是个理想的未婚妻。但要他促成婚事，却是难于上青天。

"我绝不插手。"他最后说。

"可是，你曾说我应该尽早结婚……"

"这是另一码事。我认为结婚是必须的，主要考虑到政治前途，要知道独身是政治上的绊脚石。现在说到未婚妻，我不能投票，我不愿意，也不应该，这对我也不光彩。看来萨毕娜做得太过分。据她对我说，她同你密谈过，但是，她总不是劳劳小姐的直系亲属，像我一样。你看……不过……我不想说……"

"说吧。"

"不，我什么也不说。"

科特林的担心未免过分，真不知道他有一种残酷的严厉个性。在对待父亲遗产的事情上，多年来我一直对他采取了不公正的态度。我承认他堪称楷模。人们都说他吝啬，我想这不无道理。然而，吝啬仅仅是一种品德的夸张，而品德就如预算一样：盈余总比亏损强。由于为人冷淡，他有敌人，敌人甚至谴责他野蛮。唯一的口实是他经常将奴隶送进地牢，进行折磨。不过，他送去的只是些奸猾者和惯逃者；此外，由于他长期从事奴隶走私，他习惯于使用一种较之常规更为强硬的手段，但不能完全将社会关系的纯洁性归结为一个人的固有性情。科特林温顺感情的一个证据便是他对子女的爱，对几个月后死去的萨拉的痛悼。我认为，这是有力的，但不是唯一的证据。他是一个慈善会的财务和几个同志会的会员，还是其中一个的骨干，但这些与他的 吝啬名声不甚相关。实际上，利益总不能轻易丢掉。一个同志会（他 曾任该会主持）命令取下他的油画像。他并非完美无缺，这是无疑的。 譬如，他喜欢将自己所做的这样或那样的好事向报纸推荐——一种应 受到责备或不可赞扬的嗜好。这我同意。但他却自我辩解说，好的行 为一旦公之于众，便具有传染性，这也不无道理。我确信（我更加赞 扬他的这一点）他偶尔干的这些好事只不过是为了唤起他人的同情； 若这是其目的，不得不承认公之于众成了一种"必要手段"。总之，他 可以缺欠对他人的关心，但从不缺欠任何人一文钱。

124 过　渡

　　生与死之间存在着什么呢？一座短短的桥。然而，若我不书写这 一章，读者将受到剧烈震撼，对本书的效果也极其有害。从一张肖像 跳跃到墓志可能是真的和不足为奇的。不过，请读者切勿躲藏在书中， 除非为了逃避生活。并非说这种想法是我的，而是说这其中有某些真 理，起码，形式是绝妙的。重复一遍：不是我的。

125 墓　志

这里埋葬着

欧拉莉亚·达马塞诺·德·布里托

终年

十九岁

为她祈祷吧！

126 痛 苦

　　墓志说明了一切。这强似向大家讲述劳劳小姐的疾病、死亡、家庭的绝望、葬礼。总之，她死了；我要说明一下，她死时正值黄热病初次入侵之际。其他无须赘述，除去我送她到长眠地并凄楚而无泪地同她告别。我的结论是我并未真正爱过她。

　　现在请看一次疏忽可以招致多大的麻烦。盲目杀人的传染病使我颇为痛苦，连原应做我妻子的一个年轻姑娘也被带走了。我一直不明白流行病的必要性，更不明白那种死亡。我甚至相信这种死亡较之所有其他的死亡更为荒唐。然而，金卡斯·博尔巴向我解释道，尽管瘟疫对某些人是场灾难，但对人类是有益的。他提醒我注意，不管景象是何等可怕，瘟疫仍有莫大的好处：大多数人的生存。他甚至问我是否在众人的悲哀中由于逃脱了瘟疫的魔爪而感到某种隐秘的快意。但是，这一问题是如此荒谬，他无法得到答案。

　　既然我没谈死亡，第七日的弥撒也就无须赘述。达马塞诺的悲伤是巨大的，这位可怜的人像是彻底垮了。十五天后我见到他，他仍在悲伤着，并说除了上帝惩罚他的巨大痛苦外，人们又给他增添了新的痛苦。他没对我详谈；三周后我又见到他，他才告诉我，在那一不可救药的灾难中，他希望得到朋友们的安慰。然而，只有十二个人，其中四分之三又是科特林的朋友，将他心爱的女儿的尸体送到墓地，但他却发出了八十份请柬。我对他说灾难是普遍存在的，完全可以谅解这种表面的失礼。达马塞诺怀疑而忧伤地摇摇头。

　　"什么！"他叹息道，"他们抛弃了我。"

　　在场的科特林说：

　　"来者都是真正关心您和我们的人，八十个人即使来了也是做做样子，而他们谈论的却是政府的无能、药剂师的万灵药、住房的价格或相互评头论足……"

　　达马塞诺无言地听着，又摇摇头，叹息道：

　　"那样来也好嘛！

127 形　式

非凡即天赋的智慧，即找寻事物间联系的才能，并对此联系进行比较和做出结论。我的大脑就有这种过人之处，此刻在墓中我也对此感到欣慰。

的确，当庸人们有机会欣赏到一幅六个土耳其姑娘的图画时，一定再也不会记得达马塞诺的最后一句话。有一件事我记忆犹新。六个君士坦丁堡的姑娘——现代派的——身穿漂亮的衣服，面目被遮盖着；但她们没有用能真正起到遮盖作用的厚棉布，而是用一层极薄的面纱。表面上只露着两只眼，实际上整个面部都露着。在我看来，遮着脸——形式上，而实际则什么也没遮住，这更增添了妩媚。表面看来，土耳其姑娘同达马塞诺毫无联系，但您若是一个深沉而敏锐的人（我十分怀疑您能否认这一点），一定会理解两者都有某种善于交际之人的圆滑与可爱的痕迹。

可爱的形式，你是生命的弦、心灵的芳香、人类的媒介、天地的联系；你揩去了一个父亲的泪水，获得了预言家的特权。若能让病痛沉睡，良知安适，这一巨大的恩德除了你还能属于谁？从头顶的帽子上掠过的敬意与心灵毫不相干，而诚挚的无动于衷却给你留下美好的印象。其原因是，它与荒唐的陈规陋俗完全相反：语言不能杀人，它只能激发生命，而心灵却是倾轧、怀疑、伪装的场所，因此也是斗争与死亡的根源。永生吧，可爱的形式，为了达马塞诺的安宁和穆罕默德的光荣。

128 在议会

请注意，在达马塞诺感叹的两年后，我见到了那张土耳其图画。在众议院热闹的人群中，一位议员正评论预算委员会的一项提案。当时我是议员，读过本书的人无须羡慕我的满足，对其他人同样也不必这样。我是议员，并看到了那幅土耳其图画。当时我靠在椅子上，身旁各有一位同僚，一个在讲述新闻，另一个在信封背后为讲话人素描侧影。讲话者是罗伯·奈维斯，生活的潮水将我们冲到同一个海滩；落水之人犹如两个瓶子，他装的是怨恨，我装的应该是自责。我使用"应该"这一不定、疑问、条件式的词来说明我实际上什么也没装——除了当部长的野心。

129 毫无悔意

我毫无悔意。若有合适的器械，本书将增加有关化学的一章，因为需要将悔恨分解成最简单的成分，以便确定和最终了解为什么阿喀琉斯将对手的尸体在特洛伊城的大街上拖曳[1]和为什么麦克白夫人将鲜血洒遍大厅[2]。然而，我没有化学器械，就像我没有悔恨一样。我只有当部长的欲望，不过，若我必须结束这一章，我将宣布，我既不愿做阿喀琉斯，也不愿当麦克白夫人。若问我更像哪一个，似乎更像阿喀琉斯和被拖曳的尸体，而不是鲜血。最后传来特洛伊王的乞求声，这使他在军事和文学上美名远扬。我听不到特洛伊王的乞求，而是罗伯·奈维斯的演说。我毫无悔意。

130 第 129 章的插话

省长赴任之后。我第一次同维吉丽亚交谈是在一八五五年的一次

---

1 《伊利亚特》第二十四章，阿喀琉斯杀死特洛伊王的儿子赫克托耳，将尸体在特洛伊城周围拖曳。
2 见莎士比亚悲剧《麦克白》第五幕。麦克白夫人阴险毒辣，最后受良心谴责而发疯。

舞会上。她身穿华丽的蓝色丝绸衣服，灯光下显露着与往日一样的双肩。她已失去了青春的风华，绝对失去了，但她仍然是美丽的；那是一种暮秋的美丽，被夜色笼罩的美丽。记得我们谈了许多话，但对过去却只字没提。彼此心照不宣。一句古老、语义双关的格言，或一个眼神，仅此而已。不久她便退席；我出去，目送她走下台阶，我不知是何种大脑的腹语术现象（请哲学家原谅这一粗俗之语），我自语了一句无限怀念的话：

"精彩！"

最好将这一章插在第 129 章的前两句话之间。

131 一次诽谤

由于大脑腹语现象，我说了上面一句话。这仅仅是即兴的念头，而不是悔恨。我感到有人将手放在我的肩头，我转身一看，是一个旧同事、海军军官。此人风趣，颇有些半吊子。他狡黠地笑着说：

"好小子，在怀念往事，嗯？"

"往事万岁！"

"您还想重操旧业？"

"滚开，流氓！"我用拳头威胁他说。

说实在的，我的话是不慎重的，特别是最后的反驳。我十分乐于承认我的不慎重，就像一个以不慎重著称的女人做起来一样。不纠正人类的这一思想观念，我绝不结束本章。在情场上，男人们通常以微笑、冷淡或简单的只言片语勉强否认类似的问题，而女伴们往往对此不以为然，并向圣徒发誓是纯属捏造。这一区别的原因在于女人（第 101 章的假设和其他假设除外）倾心于爱情，她们的爱或属于司汤达式的狂热追求，或属于古代贵妇的单纯肉欲，如波利尼西亚人、拉普兰人[1]或黑人——也可能是某个文明种族。但是，男人——我指的是文明社会的男人，男人的自负包含着另一种感情。另外（我从来都是指非法的情况），当女人爱上另一个男人时，她会感到背弃了一种责任，必须以更大的心计装扮自己，掩饰其不忠，而男人却因是进攻者和胜利者而感到骄傲，于是就产生了一种无所谓和不在乎的表现方式，这种可爱的自负便是炫耀。

不管我的解释正确与否，在本章我只满足于写下一个永恒的真理，即女人的失检是男人发明的欺诈。在爱情上，她们起码是座真正的圣墓，她们往往由于笨拙，由于不安分守己，不善于抗拒殷勤和眉目传情而堕落。所以，一个伟大的女性、高尚的心灵、女王纳瓦尔[2]曾以此隐喻来说明没有不透风的私情之墙："没有一只小狗能机敏到不使我们最后听到它的吠声。"

132 不严肃的

提到女王纳瓦尔的名言，我不禁想到在我们的人民中，当一个人看到另一个人发怒时，习惯于问他："先生，谁杀死了您的小狗？"这就如同说，"谁带走了您的爱，您那不可告人的历险？"不过，这一章是不严肃的。

133 爱尔维休的原则

我们写到海军军官揭开了我同维吉丽亚相爱的隐私，在此我有想

---

1 斯堪的纳维亚半岛靠近北极地区的游牧人。
2 即法国作家马格丽特·德·纳瓦尔，著有《七日谈》。

补充一个爱尔维休[1]的原则——或是解释一下这个原则：保持沉默为上策。肯定对往事的怀疑会激起巨大仇恨，引起不光彩的风波，起码会弄得声名狼藉。这就是应该保持沉默的原因。以肤浅的方式理解了爱尔维休的原则，就会得到良好的效果。然而，我已交代过男性鲁莽的原因：除了"安全"因素外，还有别的，即"自负"，这后者更为隐蔽，也更为现实。前一种是防御性的，是一种预感，而后者是自发的，下意识的、主观内在的。总之，前者的效果是遥远的，后者是直接的。结论是：爱尔维休原则对我是实用的，不同的是利益不是表面的，而是内在的。

134　五十岁

我还没有向你们交代——现在要提一下：当维吉丽亚走下台阶，海军军官触动我的肩头时，我已年满五十岁。我的一部分生命也已经顺台阶而下——可以说是最好的一部分，至少是充满欢乐、激动、惊惧、伪装和欺诈的一部分，但毕竟是最好的一部分。这是一种通俗的观点，若换种更高尚的观点来说，最好的部分是余年——我有幸利用本书不多的几章做个交代。

五十岁！无须多加解释，您会越来越感到我已不像往日那样敏锐。同海军军官结束了对话，他穿起外套便走了。说实在的，我当时颇为伤感。我返回大厅，记得我跳了会波尔卡，我陶醉在辉煌的灯光、鲜花、杯盏、漂亮的眼睛和人们的窃窃私语之中。我毫无悔意，我焕发了青春。不过，半点钟后，当我于凌晨四时退出舞厅时，我在马车中遇到的是什么？我的五十岁。五十年的岁月在马车上，不畏冷，不怕寒，向我倾诉它的疲惫，似乎在垂涎休息与安逸。于是——请看一个

1　爱尔维休（1715—1771），法国哲学家、辩论家，鼓吹感观论。

困倦之人的想象可以达到何种程度——于是，我好像听到车篷之上的一只猫头鹰在说："布拉斯·库巴斯先生，青春的复活是在舞厅中、在杯盏中、在灯光下、在丝绸上——总之，在他人身上！"

135 忘 却

此刻我感到，若某女人看到这几章，一定会合上书，停止阅读。在她看来，我生命的价值消失了，这价值便是爱情。五十岁！虽还不能说已是废物一件，但也绝非生气勃勃之物。再过十年吧，那时，我将会理解一个英国人的话："不再有人提及我的父母，也不知如何正视'自我忘却'。"

"忘却"一字应大书特书一番。"忘却！"应当将全部荣誉授予这个横遭蔑视而又如此高尚的角色，一个最后而又准时到达的宾客。一个在王朝初期显赫一时的贵妇理解它，另一位贵妇的感触更为痛苦，她曾在帕拉纳内阁 1 时期风云一时，当她到达胜利的顶峰时，其他女人夺走了她的马车。若她是自信的，无须去唤醒那死亡或消失了的回忆；当人们兴高采烈地迈开生命的脚步时，无须在今日的目光中寻找昨日的怀念。时过境迁。要知道尘世便是如此，它带走了丛林的树叶和路途上潦倒的行人，毫无例外，毫无恻隐之心。若您懂一点哲学的话，不要妒忌，而要怜悯那些夺走您马车的女人，因为她们同样要被"忘却"的马车夫揪下来。以土星取乐的戏剧仍然是相当乏味的。

---

1 指 1853 年 9 月 6 日的帕拉纳人卡尔内罗·勒昂组成的"和解"内阁。

136 无　益

然而，或者是我犯了个莫大的错误，或者我刚刚结束的一章是无益的。

137 军　帽

然后呢？不，金卡斯·博尔巴把我在第二天对他述说的想法做了概括，说我沮丧，说我忧伤。这位哲学家以他高度的智慧大声说我正在沿着忧郁的致命山坡向下滑。

"我亲爱的布拉斯·库巴斯，切莫被泡影所战胜。什么鬼东西！要做男子汉！要坚强！斗争！胜利！发光！拼搏！夺权！五十岁正是大有作为的年龄，打起精神，布拉斯·库巴斯，不要当孬种。荣辱的变幻与您何干！应当品尝生活，要知道最坏的哲学是躺在无休止流淌的河畔啜泣。河水的使命是永不停息地流动，您要顺应法则，适应法则。"

请看一个伟大的哲学家的权威在微不足道的事物上表现出的价值。金卡斯·博尔巴的一席话魔术般地拨动了我的思想与精神的愚昧之弦。好，我们干起来，是时候了。对辩论我从无兴趣，我想通过巴结、请客、集会、投票谋取一官半职，但总难得逞。我必须夺取讲坛。

我小心翼翼地开始了行动。三天后，在讨论司法预算时，我相机客气地询问部长是否有必要将国民卫队的军帽搞得小一些。尽管这一提示是无足轻重的，我还是强调国家领导人对此加以考虑并非不值得。我谈到费罗佩梅[1]曾命令他的部队将小圆盾改成大的，但却过于轻

1　古希腊将军（前 253—前 183）。

薄；然而，他的这一措施在历史上所产生的重要作用是不可否认的。我们的军帽需要大大地缩小尺码，这不仅出于美观的考虑，也是卫生的需要。在烈日下阅兵，军帽所产生的过分热量是致命的。希波克拉底的一个观点是使头脑清爽，若仅仅从军装规范化出发，强迫一个公民以健康和生命去冒险似乎是残酷的，这也将波及家庭的未来。议会和政府应当明白国民卫队是自由和独立的保障，而应征进行长期艰苦服役的公民有权要求减轻自己的负担，要求轻便合身的军服。另外，过重的军帽压迫着公民的头，而祖国需要公民在政府面前高傲而庄严地昂起头。我的结论是：枝条低垂的柳树只适合坟墓，而挺拔、傲然的椰树才是沙漠、广场和花园的树木。

对此演说的反应不同。对于它的结构、论据、文学和哲理部分，众口一词地认为无懈可击，关于一顶军帽还没有人能发表如此的长篇高见。但是，许多人对政治部分摇头叹息，甚至有人说我的演说是会议的灾难。后来听说，其他人对我也持反对态度，包括反对派，他们甚至暗示要提出不信任动议。我对这些论调予以坚决回击，说不仅是错误的，也是恶毒的，旨在败坏我对政府的支持。另外，缩小军帽尺码的问题并非不能推迟几年讨论，总之，缩小多少的问题，我表示可以商榷，哪怕是四分之三或更小，我也可以接受。我的建议最后未被采纳，但我是在议会首次提出，这对我已经足矣。

但是，金卡斯·博尔巴却不做任何让步。"我不是政治家，"晚饭时他对我说，"我不知您的感觉如何，但我认为您做了一次出色的讲演。"他指出了讲演中最重要的部分、美妙的比喻、有力的论据。这种毫无夸张的赞语从一个伟大的哲学家口中说出显得十分得体，然后，他便对过大的军帽予以十分有力和简明的反驳，终于使我认识到它的真正危害性。

138 致一个评论家

我亲爱的评论家：

前几页提到我已五十岁，并补充说："您会越来越感到我已不像往日那样敏锐"，若您了解我目前的状况，可能会对此话感到不可思议。不过，我提请您注意这一念头的微妙，我并不是说我那时比开始撰写本书时更老。死亡是永不衰老的。我只想讲述我的生活的每一阶段，我所产生的相应的感受。我的上帝！一切都需要交代清楚。

139 我为什么没当上部长

....
....
....
....
....

140 上文如何解释

有些事最好以沉默不语加以表达，上一章便是一例。对此，野心勃勃的失败者可以理解。若真像有人所说的权欲高于一切，可以想象当我失掉众议院席位时的绝望、痛苦和沮丧。我的希望全部破灭了，政治生涯宣告结束。出于哲学家的灵感，金卡斯·博尔巴认为我的欲望并非真正追逐权势，而是一种嗜好、一种消遣。他认为这种欲望虽不比前者强烈，但却更折磨人，因为这是取得女性爱情的装饰。"克伦威尔和波拿巴均属前者。"他补充道。正因如此，权欲使他们丧失理智，竭尽全力并不择手段。我的感情不是这样，没有那么大的力量，缺乏信念；所以，也就感到最苦恼、最失望、最忧伤。根据人性主义，我的感情……

"见鬼去吧，您的人性主义。"我打断他的话，"我厌烦了哲学，它无助于任何事情。"

用如此生硬的态度对待一个伟大的哲学家，算得上是蔑视，但他原谅了我的发火。仆人送来了咖啡，时间是下午一点，地点在我的书房。这是一间面向花园的讲究的书房，精美的书籍、艺术品，其中有伏尔泰的半身铜像，此时似乎以嘲弄的目光望着我这个窃贼；还有华丽的椅子，室外是明媚的阳光，那是巨大的太阳射出的。不知是出于诙谐还是诗兴，金卡斯·博尔巴将太阳称为大自然的部长。轻风徐徐，碧空如洗。每个窗户上——一共三个——挂着一个鸟笼，里面的鸟儿欢唱着田园曲。这一切似乎是万物对人类的嘲弄：我置身于"我的"书房之中，望着"我的"花园，坐在"我的"椅子上，听着"我的"鸟儿在鸣唱，身后是"我的"书籍，被"我的"阳光照射着；但这一切都无法使我忘却对另一把椅子的怀念，一把不再属于我的椅子。

141 狗

"不过，您究竟现在想做点什么？"金卡斯·博尔巴问我，并将一只空杯子放在窗台上。

"不知道。我在蒂茹卡闭门不出，谢绝任何来客。我感到羞愧、厌烦。那么多的梦想，亲爱的金卡斯·博尔巴，我有那么多的梦，我却无所作为。"

"什么？"金卡斯·博尔巴气愤地用手势打断我的话。

他邀请我外出散散心，我们向旧教堂走去。我们信步而行，海阔天空地谈论着。那次散步的收益我是难以忘怀的，伟人的话充满感人的智慧。他说我不能临阵逃脱，若有人将我拒之讲坛之外，我必须办一家报纸，他甚至使用了粗俗的语言，以表示哲学的语言有时可以在市俚乡语中得到锤炼。"办报吧！"他说，"彻底拆除这座小庙。"

"妙！我要办报，我要将他们粉碎，我要……"

"要斗争，不管能否粉碎他们；重要的是斗争，生活就是斗争，无斗争的生活是宇宙中的死海。"

过了几天，我们碰上一场斗狗，这在市俗人看来是毫无意义的。金卡斯·博尔巴拉住我观战。两只狗，旁边有一块骨头——战争的起因。虽是一块光光的骨头，但狗却撕咬着、咆哮着，眼中放射着怒火……金卡斯·博尔巴将手杖夹在腋下，似乎有些兴高采烈。

"多么有意思！"他不时评论着。

我想脱身，但却不能。他像钉在了地上，直到战争完全停止，一只狗被咬伤、被击败，饥肠辘辘地另寻食物，我们才继续散步。作为一个哲学家，尽管他抑制着内心的高兴，但他的欢欣是由衷的。他使我看到一场绝妙的争斗，使我明白了斗争的目的。他最后的结论是狗饿了。然而，食品的缺乏与哲学的一般目的是毫不相干的，他提醒我说在地球的某些地方斗争场面更为壮观，人类正同狗争夺骨头和其他劣质食品。斗争是复杂的，因为人类动用了世世代代所积累的智慧。

142　私下的请求

"一支舞曲竟如此复杂！"有人说。一场狗斗也有这么多的学问！但我不是一个温顺、胆怯、不爱发表异议的学生。行走间，我向他表示我有个问题，我不明白同狗争食有何意义。他十分和蔼地回答："人与人争夺更合乎逻辑，因为竞争者的条件相同，强者将骨头拿走。但是，人类同狗争夺为什么就不壮观？只要心甘情愿，蝗虫也是可食的，如先知那样，或更差的东西，如以赛亚所食[1]。劣物也是可食的，这就需要明确人类是否有必要出于自然的需要去争夺，还是愿意遵循某种宗教的感情。也就是说，两者是可选择的，因为饥饿是永恒的，就如生与死一样。"

我们走到家门，有人送来一封信，并说是一位妇人的。我们走进书房，金卡斯·博尔巴以哲学家的谨慎去浏览图书，我开始读维吉丽亚的信。

> 我的好友：
>
> 　　布拉西达太太情况很不好，请你去看一下，她住埃斯卡迪尼亚斯胡同，最好送她去慈善医院。
>
> 你的挚友
维

这不是维吉丽亚那秀丽端正的字体，而是粗大不整，签名的 V^2 更是信手一画，其目的是使人难以把信的作者安到她身上。我将信反复看了几遍，可怜的布拉西达太太！我已将冈布阿的五个康托留给了她，我不明白……

"您会明白的。"金卡斯·博尔巴从书架上抽出一本书说。

"什么？"我吃惊地问。

"您会明白我对您说的是真理。帕斯卡尔是我的精神先驱，尽管我的哲学比他的更重要，但我不能否认他是一个伟人。看，他在这本书中是如何说的？"他仍戴着帽子，手扶拐杖，指着书说，"他说什么？他说人类'较宇宙高明得多，因为人类深知其死，而宇宙对死却全然无知'。看到了吗？同狗争夺骨头的人大大高明于狗，因为他深知其

1 　以赛亚为《圣经》中的四大先知之一，曾吃过一摞耶和华的书。

2 　维吉丽亚一词开头为字母 V。

饿，正如我刚才所说，这使斗争变得伟大。'深知其死'寓意深刻，但我的话寓意更为深刻：'深知其饿'。因此，可以说死亡限制了人们的理解力，死亡的意识是短暂的，最后永远消失，而饥饿的优越在于可以周而复始，可以延长其意识。我认为（若这样说不唐突的话），帕斯卡尔定律不及我的定律，当然他的定律也不失为伟大思想，帕斯卡尔也不失为伟人。"

143 我不去

他将书放回书架，我又将信重读一遍。晚饭时，他见我只嚼而不下咽，眼望墙角、桌沿、盘子、椅子和一只无形的苍蝇，便对我说："您有心事，我敢打赌，是因那封信。对吗？"是的，的确是，维吉丽亚的信使我心烦意乱和不安。我已留给布拉西达太太五个康托，我相信不会有人比我更慷慨。五个康托！她怎么花的？自然是挥霍，随意吃喝，现在求助于慈善，而且是在我的帮助下！任何地方都能死。再者，我也不知道或不记得那条什么埃斯卡迪尼亚斯胡同。看名字，像是在本市狭窄而肮脏的角落。到那里去，惊动邻居，敲门……多么讨厌！我不去。

144 相对使用价值

夜晚给人以友善的劝导，它认为出于礼貌也要遵从我的旧友的意愿。"到期的债务必须偿还。"我起身说。

晚饭后，我来到布拉西达太太家。我看到一把骨头用破布裹着躺在破旧而肮脏的床上。我给了她些钱。第二天，我把她弄到了慈善院。

一周后，她死在那里。不，她是在黎明到来时死去的。她默默地离开了生命，就如开始时一样。我又一次像第75章那样自问，这一结局是否就是教堂管事和制作甜食的姑娘出于特殊的同情将布拉西达太太带到人世的目的。但我立即告诫，若不是布拉西达太太，我同维吉丽亚的爱情或许在灼热状态中就中断或破裂。所以，布拉西达太太的生命的使用价值就在于此。当然，这是相对的；不过，世上哪有绝对的鬼东西？

145 简单的重复

至于五个康托，无须交代一个石匠邻居假装爱上了布拉西达太太，勾起她的情感或自负，并同她结了婚。几个月后，石匠谎称做一笔交易，便卖掉证券，携款逃走。这不必赘述。这犹如金卡斯·博尔巴所说的狗斗。一章的简单重复。

146 纲 领

必须立即办报。我制定纲领，即将人性主义的政治付诸实现。由于金卡斯·博尔巴还没有将书出版（正在不断的推敲之中），我们决定不提及此事。金卡斯·博尔巴只要求发表一个保留性的署名声明，讲清此政治所使用的新原则出自他的一本未问世的书。

这是纲领的要害，其目的是挽救社会，消除时弊，维护自由和生存的正当权利，振兴商业和农业；纲领引证基佐和赖德律·洛兰，金卡斯·博尔巴认为最后发出的威胁是微不足道的和狭隘的："我们宣扬的新学说不可避免地将推翻现政府。"说实在的，按当时的政治气候，我认为纲领是篇杰作。关于金卡斯·博尔巴认为微不足道的最后威胁，我认为它充满了最纯真的人性主义。尔后他也承认了这一点。而且，人性主义并不排除什么；拿破仑的战争和一场蛇斗，按我们的学说是同样神圣的，不同的是拿破仑的士兵深知是去送死，而蛇对此似乎是无意识的。是的，我只不过是将我们的哲学定理应用于现实。

"您是我的爱徒，我的哈里发。"金卡斯·博尔巴以从未有过的慈祥大声说，"我可以像伟大的穆罕默德那样宣称：即使太阳和月亮反对我，我也绝不放弃我的思想。请相信，我亲爱的布拉斯·库巴斯，这是永恒的真理，它产生于万物之前，结束于世界之后。"

147　愚　蠢

我立即向报界发出郑重声明，说几周后可能要发行一份反对派报纸，主编是布拉斯·库巴斯博士。我向金卡斯·博尔巴宣读了消息，他拿起笔，以纯真的人性的情谊在我的名字旁加了这样一句话："最有声望的原议员之一。"

第二天，科特林来到我的住所。他颇有些惶惑，但却掩饰着，这使他不安，甚至影响了他的情绪。他看到报上的消息，作为朋友和亲戚，他认为应该对我进行劝阻。他说这是一个错误，致命的错误；说我将陷入困难境地，在某种意义上说，是关上了议会的大门。他不仅认为政府十分出色——当然我可能不这样认为——而且无疑会长期保持下去。将自己置身于与政府的对立状态能得到什么好处？他知道几个部长同我友好，得到一个席位并非不可能。而且……这时我打断他的话，对他说我的行动是经过深思熟虑的，绝不退却。我甚至建议他读一下纲领，但他断然拒绝，说绝不参与我的愚蠢行动。

"十足的愚蠢，"他说，"请再考虑一下，你会发现这是愚蠢的举动。"

晚上，萨毕娜在剧场说的还是这一套。她离开包厢中的女儿和科特林，将我拉到走廊。

"布拉斯大哥，你想干什么？"她焦灼地问我，"为什么毫无目的地同政府作对，而且正在……"

我对她解释说我不想乞求议会的一席之地，我的目的是推翻政府，因为它不能适应形势——和某种哲学法则。我又说我使用的语言尽管是坚决的，但却是文雅的。暴力不是我的风格。萨毕娜用扇子敲敲手指尖，摇摇头，忽而乞求，忽而威胁。我对她说"不，不，不"。她无望了，她说我宁愿听外人和妒忌者的话，也不听她和她丈夫的劝告。"按你的意志干吧，"她最后说，"我们做了该做的事。"她转过身，回到包厢。

148 难 题

报纸发行了，二十四小时后，科特林的一个声明发表在其他报纸上，要点是"他不参与任何分裂国家的政党，有必要明确他既未影响，也未直接或间接参与内兄布拉斯·库巴斯的报纸，他完全不赞同内兄的思想和政治行动，他认为现政府（同其他同样得力的政府一样）是在为大众谋幸福。"

我实难相信我的眼睛。我揉了它好几次，反复读了这篇不适宜、奇特而难以理解的声明。他若同政党无关，发行报纸这样一件极其平常的事与他何干？并非所有对政府有这样或那样看法的公民都要发表此类声明，也没有必要。科特林的干预的确是个谜，还有他的发难。我们的关系一直是真诚和友好的。和解后，我记不得发生过任何冲突，任何阴影。相反，记忆中的都是真正的慷慨。譬如，当我任议员时，我经常从他那里得到海军所需的物资，而且相当准时；在几周前，他对我说三年之后他将得到三百康托。这样慷慨的事实难道不能阻止他当众侮辱内兄？看来声明的背景相当有来头，致使他同时犯下了轻率与弃义的错误。说实在的，这真是个无法解决的难题……

149 利益的学说

……问题是如此之难，金卡斯·博尔巴经过长时间的潜心研究也无法解答。"再见吧！"他说，"并非所有的问题都值得研究五分钟。"

至于背信弃义的指责，金卡斯·博尔巴断然予以否定；他并非认为这一指责毫无根据，而且说它荒唐，因为它没有遵循一个非凡的人性哲学的结论。

"您无法否定我的一个观点，"他说，"施恩者的兴趣总要大于受益者。何谓利益？是某种消除受益者贫困的行动。一旦产生了实质效果，也就是一旦消除了贫困，机体便恢复到原来的状态，无动于衷的状态。假若您的裤带勒得太紧，为消除不适，您可将裤带放松，深呼吸，享受轻松的感觉，于是机体便回到无动于衷的状态，您再也不去怀念松宽裤带的手指。没有任何持久之物，记忆会自然消失，因为它并非一株空中植物，它需要土壤。当然，对新的恩泽的追求会在受益者身上保存对首次恩泽的记忆。这是哲学上所遇到的一种崇高的行为之一，其原因是贫困的残余犹在，换种方式说，记忆中持续的贫困激起昔日的痛苦和寻求适当解脱的方法。我并非说除此之外不会发生对恩泽颇为念念不忘的事例，但这是十足的荒谬，在哲学家的眼里毫无价值。"

"不过，"我反问，"如果受益者没有任何感恩的理由，施恩者更无施恩的必要。请向我解释下这一点。"

"本质上显而易见的事无须解释。"金卡斯·博尔巴反驳说，"不过，我要讲述另外一件事。施恩者念念不忘其恩典的原因是性质相同的利益及其效果。首先，存在一种善良的感情，这种意识使我们行善。其次，有一种优越于他人的信念，一种形态和方式上的优越感。按照良好的理解，这是理所当然使人感到最欣慰的行为之一。伊拉斯谟在其《愚人颂》一书中写了一些善良行为，他唤起人们注意两头驴子相互搔痒的善意。我难以否认伊拉斯谟这种观察，但我要补充一句他未曾交代的话，即：若一头驴子搔得比另一头好，此驴的眼中一定有种特殊的满足感。为什么一个女人反复照镜子？难道不是因为她自视美丽，感到自己优越于一些不那么美丽或完全丑陋的女人？意识是相同的。当她认为自己美丽时，便会细细地自我端详。就连悔恨也只不过是自视丑陋的表现而已。请勿忘记，由于这一切无不是人性主义的扩散，所以利益与其效果也就是完全值得赞美的现象。

150 自转和公转

在每一种事业、感情和岁月中都有着人类生命的完整周期。报纸的创刊使我的心灵充满无限光辉，使我踌躇满志，使我恢复了青春的智慧。六个月之后，衰老的时钟敲响了，又过了两周，它便夭折了，悄然无声，就如布拉西达太太之死。当报纸在黎明之时消亡的那一天，我家的一个经过长途跋涉的人正在喘息。所以，如果说人类以自身的生命来维持其他更为短促的生命，就如身体营养着寄生虫，我相信这不完全是谬论。然而，为了避免使用这一不太明确和不太适宜的比喻，我宁愿借用一个天体形象：人类沿着神秘的无限轨道进行着自转和公转的双重活动，其周期与木星不同，日复一日的积累便是那漫长的年代。

当完成了我的自转运动，罗伯·奈维斯也完成了他的公转：他在一抬脚便可踏上部长的台阶时便死去了。起码有几个星期纷纷传说他即将当部长，这一谣传曾使我充满气愤与妒忌。所以，死亡的消息不可能不给我带来某种平静、轻松和短暂的快意。快意是巨大的，也是真实的，我永远发誓是千真万确的真实。

我参加了葬礼；在灵堂，我遇到在棺材旁哭泣的维吉丽亚。当她抬起头时，我见她真的是在哭。离开灵堂前，她拥抱了棺材，人们将她拉进内室。我要告诉读者，泪水是真的。我去了墓地，若将那里的一切都描述一番，实无兴致。我的喉头与心灵上有一块石头。在墓地，特别是当我把一铲石灰撒到深坑中的棺木上时，石灰沉闷的坠落声使我不禁一抖。这是确实的，也是不愉快的。还有那沉重的傍晚、灰蒙蒙的色调、墓地、黑色服装……

151 墓志的哲学

我离开人群，装作去看墓志，当然，我也喜欢墓志。在文明阶层中，墓志是一种可怜和隐秘的自私的表现，人们在它的诱惑之下，从死亡身上扯下一片昔日光阴的破布，可能这也是那些自知将葬身于公墓之人所产生的无法克服的伤感的原因。他们似乎感到无名死者的腐朽已经蔓延到他的身上。

152 韦伯芗的钱币

众人纷纷离去，只有我的马车在等候主人。我燃起一支雪茄，向外走去。我无法将葬礼的景象从我的眼前驱赶，也无法从耳旁消除维吉丽亚的哭泣。特别是那哭泣，里面包含着一个不可思议的模糊和神秘的声音。维吉丽亚真心实意地背叛了丈夫，此刻又真心实意地为他哭泣，这是一个在生活中难以协调的部分。然而，当我在家门前走下马车时，我又想到这种协调或许是可能的，甚至是容易的。温顺的大自然！痛苦如征税，如韦伯芗[1]的钱币；不论其气味如何，好的坏的统统收。道德或许要谴责我的劣行，而这对你却无关紧要，无情的女友，因为你及时地洒下了泪水。温顺的、无比温顺的大自然！

---

1 古罗马皇帝，他曾对儿子提图斯说："钱是没有气味的。"

153　精神病医生

　　我开始感到悲伤，我想睡觉；我睡了，我在梦中做了总督，醒来时仍这样想着。我喜欢想象这种空间、形态和信念的矛盾，几天前，我还想到社会、宗教和政治革命的可能性，一场将坎特伯雷大主教变作彼得罗波利斯的普通征税人的革命。我久久地揣测是征税人击败大主教还是大主教赶走征税人，或什么大主教可以变为征税人，或什么征税人可以与大主教匹敌。这些问题似乎是难以解决的，但实际上完全可以迎刃而解，只要一个大主教的座位上有两个大主教，一个有委任书，另一个没有。好了，我要做总督。

　　这是个小玩笑，我把它告诉了金卡斯·博尔巴。他细心而遗憾地望望我，善意地说我疯了。我开始笑，但哲学家的高尚信念使我不禁感到可怕。我并未感到自己疯癫，这是唯一能否定金卡斯·博尔巴断言的一点。但一般说来，疯子对自己是缺乏意识的，所以，这一理由也站不住脚。这需要看一下传说中的哲学家是否真有不拘小节的时候。第二天，金卡斯·博尔巴给我找了个精神病医生；我认识他，我害怕起来。但医生客气而有礼，临走时他显得那样高兴，使我鼓起勇气问他是否认为我疯了。

　　"不，"他笑着说，"像先生您这样理智的人实属罕见。"

　　"那么，是金卡斯·博尔巴错了？"

　　"完全错了。"他说，"相反，您若是他的朋友，我劝您疏远他……因为……"

　　"公正的神灵！您会这样想？……他是那样富于思想，一个哲学家！"

　　"这无关紧要，癫狂是无孔不入的。"

　　请想象一下我的悲伤：精神病医生看到他谈话的效果，得知我是金卡斯·博尔巴的朋友，便想尽力减少他的警告带来的严重性。他补充说没什么了不起，甚至说愚蠢不仅仅远远成不了坏事，还会为生活增添乐趣。由于我断然否定这种见解，他笑了笑，对我讲述了一个精彩的，十分精彩的故事，起码值得书写一章。

154 比雷埃夫斯的船只

"您一定记得，"精神病医生对我说，"那位以怪癖而闻名于世的雅典人，他认为所有进入比雷埃夫斯港口的船只都是他的财富，而实际上，他只不过是连第欧根尼栖身的木桶也没有的穷光蛋，而他幻想中拥有的船只抵得上古希腊的全部财产。说不定我们大家都有一种雅典人的怪癖；若有人发誓说他从未幻想过占有两三双拖鞋，完全可以断定这种誓言是假的。"

"包括先生您？"我问他。

"包括。"

"我呢？"

"同样。您的仆人也不例外，如果他就是那位在窗前敲打地毯的人。"

的确，当我们在花园交谈时，我的一个仆人正在敲打地毯。精神病医生已发现他早已打开了所有的窗户，拉起了窗帘，最大限度地除掉豪华大厅的遮掩，为了能从外面一览无余。他的结论是：您的仆人也有雅典人的怪癖，也相信所有的船只都属于他；片刻的幻想可以使他得到人间最大的享受。

155 内心的意识

"若精神病医生的话是对的，"我思忖着，"金卡斯·博尔巴也就不值得遗憾了，问题的性质差不多。不过，应该关心他，以免其他的怪癖者钻进他的大脑。"

156 卑下的骄傲

关于我的仆人，金卡斯·博尔巴同精神病医生有不同的看法。"从形象上说，"金卡斯·博尔巴说，"可以将雅典人的怪癖加到您的仆人头上，但形象既不是本质思想，也不是本质观察。您的仆人有的只是一种高贵和完全受人性主义法则所支配的感情，即卑下的骄傲。他想表示他不是任何人的仆人。"然后，他让我注意比主人还趾高气扬的显赫家族的车夫，注意随着客人的社会地位不同而变换态度的旅馆仆役等。他的结论是：所有这一切无不是那种微妙和高贵心理的反映。"这足以证明，一个人，即使是擦皮鞋的，也往往是高贵的。"

157 光辉的阶段

"高贵者是您。"我双臂拥抱着他的脖颈高声说。实难相信一个如此深沉的人也会癫狂——这是我拥抱他之后说的一句话，指责他对精神病医生的怀疑。我无法描述指责在他身上引起的反应，我记得他颤抖着，脸色苍白。

就在那时，我同科特林重新和解，对冲突的原因却一直没搞清。和解正是时机，因为寂寞正沉重地压迫着我，我感到生活中最难忍的疲惫，即无所事事的疲惫。不久，我应他之邀加入了俗教团，但我不能不事先征求金卡斯·博尔巴的意见。

"如果您愿意，就去吧，"他对我说，"但是暂时的，我正要在我的哲学中增加教义和教礼的内容。人性主义也是一种宗教，一种未来的真正宗教。您将会看到人性主义的宗教是什么样子，那是最终的吸收，即'收缩阶段'，也就是本质的恢复，而不是它的消灭。哪里召唤，您就去哪里，但切莫忘记您是我们的哈里发。"

此刻，您可以发现我的谦恭。我加入了俗教团，并担负了某些职务，这是我生命中最光辉的时期。不过，我保持沉默，什么也不说；我不提我的工作，不提对穷人和病人做了些什么，也不提我得到的酬谢。什么也不说，绝对。

如果我阐明了所有不寻常的奖赏较之主观和现实的都是微不足道的，或许社会经济可以得到某些收益，但这就要打破我保持沉默的誓言。另外，意识是种难以分析的现象；而且，若讲了一点，就必须讲清所有与此相关联的，最后便成了一章心理学的描述。我只申明这是我整个生活中最光辉的时期。景象是凄惨的，人们有着无休止的不幸，然而，穷和疾病患者心灵的欢乐有某种报恩的价值，切莫仅仅因为屈从而说这种欢乐是消极的。不，我谨慎地欢迎它，尽管它是伟大的，伟大得使我感到它是我自己的一种卓越的感受。

158 两次约会

过了几年，三年或四年，我厌倦了这一职务，并放弃了它，但我献出了一笔可观的财产，这使我的肖像进入了圣器所。不过，我还不能就此结束本章，我还没交代在平民医院里目睹死了的……你们猜是谁？美丽的玛尔塞拉。她死的那天我正在访问贫民区，施舍物品，碰上了……读者肯定无法猜测……碰上了丛林之花欧热尼亚——欧塞毕亚和维拉萨的女儿。她像过去一样瘸，神情更为忧伤。

她认出我来之后，脸色变得苍白，垂下了目光。但这只是瞬间的事，她马上又抬起了头，以相当的尊严望着我，我明白她不会接受我口袋中的施舍。我向她伸出手，好像面前站的是一个阔太太。她握过我的手，便转回家中，我再也没有见过她，对她的生活一无所知；既不知她的母亲之死，也不知什么大灾大难使她如此穷困潦倒。我只知道她仍然瘸着腿，仍然伤着心。我带着这种深沉的思虑到了医院，遇到奄奄一息的玛尔塞拉。半小时后，我眼看着她丑陋地、消瘦地、衰老地停止了呼吸……

159　半癫狂

我感到老了，需要增添力量。半年前，金卡斯·博尔巴带着他的最完美的哲学去了米纳斯，又过了四个月他才回来，并在一个清晨来到我家，神态同我在大众公园见到他的时候几乎一样。不同的是目光变了，他疯了。他对我说，为了进一步完善人性主义，他焚毁了全部手稿，要从头开始。关于教义的部分，虽然还没动笔，但构思已经成熟。这是未来的真正宗教。

"您能为人性起誓？"他问我。

"请相信。"

这声音困难地从我的胸中发出，不过，我并未发现全部残酷的真理。金卡斯·博尔巴疯了，而且也意识到自己的癫狂，这种意识如黑暗中微弱的灯光，使景象更为可怕。他深知这一点，但毫不为病态而气恼；相反，他说这是人性自我取乐的证据。他向我背诵书中长长的章节，唱赞美诗和心灵的祈祷，他甚至为人性主义的仪式发明了一种圣舞，他摇摆双腿时那种令人发笑的忧伤样子实属罕见。他时而凄楚地停在一个角落，目光茫然，眼中时而射出理智的坚定光辉，如泪水一样哀伤……

不久之后，他死在了我的家中。他死前反复发誓说痛苦只是一种幻觉，而邦格罗斯，横遭非议的邦格罗斯并非像伏尔泰所想象的那样愚蠢。

160 否 定

　　从金卡斯·博尔巴的去世直到我的死，这期间出现了本书开始所提到的奇迹，其中最主要的是发明了"布拉斯·库巴斯膏药"。由于我身染重病，这膏药同我一起消亡了。神圣的膏药，你将使我高踞于世人之上，高踞于科学和财富之上，因为你是上天真正和直接的灵感。命运决定了相反的结果，你们也就永远成为癔病患者。

　　最后这一章完全是否定的；我没使膏药扬名，没当上部长，没做成哈里发，没尝试婚配。实际上，在这些遗憾的同时，我也得到了使我无须为面包挥汗的可观财富；另外，我既没遭受布拉西达太太死时的痛苦，也未陷入金卡斯·博尔巴的半癫狂。将种种事物进行综合权衡，谁都会发现：既不存在贫穷，也不存在富裕。所以，我对生命毫无留恋。这样讲并不妥，因为当达到神秘的彼岸时，我有了一个小小的安慰，即本章最后的否定之否定：我无儿无女，我没将我们的贫困留给任何人。

2—— 金卡斯·博尔巴

翁怡兰　李淑廉 译

第二版序言

　　《金卡斯·博尔巴》第二版问世了，局部有些修改，很可能仍是不完善的。我在第一版第4章中曾交代过，书名是《布拉斯·库巴斯死后的回忆》中一个人物的名字。读完这两本书，您会发现，这个名字是除了形式之外两本书的唯一联系。在形式上，本书的故事性比前者更强些。

马沙多·德·阿西斯

第三版序言

　　本书的第二版较第一版出得更仓促。这是第三版，除去极少数不妨害原意的印刷错误之外，无任何改动。

　　一位朋友和不少颇有声望的同僚一再要我为本书写个续篇，"连同派生本书的《布拉斯·库巴斯死后的回忆》，搞一个三部曲，而第三部只讲《金卡斯·博尔巴》中的索菲娅。"有一个时期，我觉得这也许是可行的，但在我将本书重阅一遍后，发现是不妥的。索菲娅已全部在本书中，继续写她将是画蛇添足，而坚持这种重复，无疑是犯罪。我相信，一定会有人对本书和我正在埋头创作的其他作品进行非议，但仗义执言为我辩护者也不少。我已私下对这种好意表示过感谢；借此机会，谨对他们再一次致以亲切和公开的谢意。

一八九九年

马沙多·德·阿西斯

1

鲁毕昂眼望港湾——时间是清晨八点。他用拇指拉着衣服的吊带，伫立在玻塔弗哥一所宽敞住宅的窗前。看他的神态，一定会以为他正在欣赏那块平静的水域。但实际上，我要告诉列位，他在想着别的事。他正抚今忆昔。一年前，他算什么？教师。而现在呢？资本家。他望望自己，望望拖鞋（他的朋友克里斯蒂安诺前不久送给他的突尼斯拖鞋），望望房屋，望望花园，望望海湾、山丘和天空；一切的一切，从拖鞋到天空，都给人以富裕感。

"看上帝如何用斜格纸写出直行字来。"他想，"若姐姐毕埃达德同金卡斯·博尔巴结了婚，我只能沾点光。婚没结成，两人都死了，这里的一切都归了我。有时，看来是坏事……"

2

心灵与意识间的鸿沟多么大！这位前教师的心为刚刚产生的念头感到羞愧。他躲开了它，变换了思路，将注意力转向正前方的一叶扁舟。然而，他的意识却仍在兴奋地跳跃。那条小舟和驾舟人算得了什么？"既然毕埃达德姐姐注定要死，最好还是不结婚。"他心中暗想，"结了婚，免不了要生下一男半女……"多好看的小舟！原来如此！它是那么听从舵手的支配！当然，他们现在都升了天！

3

仆人送来咖啡。鲁毕昂端起杯，一面加糖，一面漫不经心地望着银托盘。金和银是他喜爱的金属。他不喜欢铜，但他的朋友帕利亚说铜也是值钱的材料。并由此谈起屋中陈设着的两尊铜像——一个是魔鬼，另一个是浮士德。若要让他选择，他宁肯要托盘，一件完美精巧的餐具。仆人局促、严肃地恭候着。这是个西班牙人，鲁毕昂并非毫无抵制地将他从克里斯蒂安诺手中接受过来。鲁毕昂一再强调习惯了米纳斯州的土生仔，不愿在家中听到外国话，但好友帕利亚还是坚持要他理解白人奴仆的必要。鲁毕昂无可奈何地让步了。他想把意中的仆人作为米纳斯州的一部分摆在客厅，连厨房也不让他下——那里由一个名叫让的法国人统治着。现在，他不得不将家乡的仆人降级使用了。

"金卡斯·博尔巴很不老实？"鲁毕昂喝完最后一口咖啡，看一眼托盘，问道。

"有点。"

"我马上把它放掉。"

他没动身，仍留在原处，目视着家具。看到墙上挂着的两幅英国铜版画，鲁毕昂想到帕利亚的妻子、美丽的索菲娅。他踱了几步，坐在了大厅中央的靠背椅上，眼望着远方……

"我们仨上街，她向我推荐了这两幅画。那天她多漂亮！但我最喜欢的还是在上校家的舞会上看到的她那双肩膀。多么迷人！像是蜡做的，那样滑腻，那样白皙！还有那胳膊；啊！迷人的胳膊！多么好看！"

鲁毕昂深深叹息一声。他交叉双腿，用衣穗轻轻抽打着膝头。他感到自己还不完全幸福，同时感到完全的幸福已为时不远。他在脑海里追忆着她的某些表情、眼神和卖弄，唯一的解释是她爱他，十分地爱他。他不算老，将近四十一；严格说来，看上去还要年轻些。想到此，他用手摸摸每天刮得光光的下巴。他过去从不这样，一是出于节约，另外也无此必要。一个普通的教师！那时，他留着络腮胡子（后来，其他部位的胡子也无暇顾及了）；胡子是那样浓密，指头摸上去也感到快意……于是，他想起了在去米纳斯途中同索菲娅的第一次相遇。她和丈夫在瓦索拉车站登上了他所在的车厢。他看到了那双水灵灵的眼睛，眼神似乎在重复着先知的呼唤：干渴的人们，里面有水。的确，当时他找不到同她攀谈的借口，他的脑海里只有遗产、遗嘱、账目清单。有必要在此做一番解释，以便了解事情的来龙去脉。我们暂且让鲁毕昂在玻塔弗哥的大厅用衣穗轻轻抽打膝头，思念索菲娅，请亲爱的读者跟我来，我们一同到金卡斯·博尔巴的床头，看看几个月前的鲁毕昂。

4

若亲爱的读者读过拙作《布拉斯·库巴斯死后的回忆》，一定还记得这位金卡斯·博尔巴便是书中那位落难乞丐、侥幸的财产继承人、一种哲学思想的创始人。此刻他正在巴尔巴塞纳。一到那里，他便迷上了一个中等家境、生活简朴的寡妇。然而，她是那样矜持，追求者的热望竟未得到回音。她叫玛丽娅·达·毕埃达德，上文提到的鲁毕昂就是她的兄弟。鲁毕昂竭力促成这桩美事，毕埃达德执意不从，后来死于胸膜炎。

上面这一小段罗曼史交代了两人的结识经过。难道鲁毕昂真的知道金卡斯·博尔巴像医生断言的那样具有痴呆因子？绝对不是。他只不过觉得朋友有些怪癖。实际上，那种因子的确没有离开过金卡斯·博尔巴的大脑，无论在他得上慢慢将他吞噬的疾病之前还是之后。到了一八六七年，金卡斯·博尔巴在当地的亲属相继亡故，其中最后一个便是留给他遗产的叔父。这样，鲁毕昂便成了哲学家的唯一朋友。当时，他是一所小学的校长，因照顾病人，将学校关闭。执教前，他曾染指过企业，但都破了产。

他的护理工作持续了五六个月。他的确是尽心尽意；他耐心、和蔼、周到，按医嘱让病人服药，陪病人散步。其他事他也绝不忽略，包括做家务和为病人朗读刚从首都和奥罗伯莱托[1]来的报纸。

"你真好，鲁毕昂，"金卡斯·博尔巴叹道，"了不起的功绩！你多么好！"

医生总是说金卡斯·博尔巴的病会慢慢好起来。一天，我们的鲁毕昂将医生送到大门，问起朋友的真实病情。回答是不可救药，彻底的不可救药。医生说要尽量让病人高兴，有什么必要因为不可救药增加病人死时的痛苦？……

"痛苦倒不会，"鲁毕昂说，"对他来说，死算不了什么。您可能没

---

1 原巴西米纳斯吉拉斯州首府。

看过他前几年写的一本书，我不懂讲的是什么哲学……"

"不，哲学是一回事，而真正的死又是一回事。再见。"

5

鲁毕昂在金卡斯·博尔巴的心中发现了一个对手——一条狗，一条漂亮的狗，不大不小，生着灰黑相间的毛，金卡斯·博尔巴无论到哪里都带着它，睡觉时同眠一室。每日清晨，狗跳上床，将主人吹醒，并相互问候。主人为狗起的名字，恰恰是他自己的名字。根据他的解释，原因有二：一是理论上的，另一个是个人的。

"按照我的学说，自从人性主义成为生活的准则，它就存在于各个方面，包括在狗身上。狗也应该得到一个人的名字，不管这个名字是属于基督教还是其他什么教……"

"那为什么不叫它贝尔纳多呢？"鲁毕昂想到当地一位政治对手。

"这就是个人的原因了。如果我先死去，就如我所估计的那样，我心爱的狗将使我继续存在。可笑吗？"

鲁毕昂摇摇头。

"你应当发笑，亲爱的。因为，永生在于我的品德或天赋，或其他什么更好的名称。我的伟大著作将使我永生。而没有读过我的书的人，当他呼唤这条狗为金卡斯·博尔巴时，那就会……"

听到金卡斯·博尔巴这个名字，狗跑到床前，激动的金卡斯·博尔巴望着金卡斯·博尔巴说：

"我可怜的朋友！我亲爱的朋友！我唯一的朋友！"

"唯一的！"

"请原谅，还有您；我不仅知道，而且很感激您。对病人的一切都是可以原谅的。这可能是病人的谵语，请让我照一下镜子。"

鲁毕昂递上镜子，病人端详着那瘦削的脸，热病患者的目光望到了死亡的边缘，死神正以徐缓而坚定的步伐向前迈进。病人惨淡、嘲弄地笑笑说：

"我所看到的与我内心所感到的完全一样。我快死了，亲爱的鲁毕昂……不要惊奇，我快死了。死有什么，您干吗这样害怕？"

"我知道，知道您有一些哲学……不过，还是谈谈晚饭吧，今天想吃什么？"

金卡斯·博尔巴坐在床沿上，双腿空悬着。即使隔着裤子，也可想象出他的腿瘦成了什么样子。

"吃什么？想吃点什么？"鲁毕昂又问。

"什么也不吃。"病人微笑着说，"一些哲学！您说这话时是何等厌恶！再说一遍，我还想听听。一些哲学！"

"不是厌恶……我有什么资格厌恶哲学？我是说您应该相信死是无所谓的，因为您有学说、原则……"

金卡斯·博尔巴的脚在寻找拖鞋，鲁毕昂把鞋放到他的面前。他穿上拖鞋，踱了几步，活动着腿脚。他抚摸着狗，燃上一支烟。鲁毕昂劝他穿衣，并取来礼服、背心、便装、大衣，任其选择。金卡斯·博尔巴示意拒绝。此时，他的表情变了，他的目光在窥探大脑的思维。他踱了几步，在鲁毕昂的面前停住。

6

"为了使您很好地理解生与死，我给您讲一讲我祖母死的故事。"

"怎么死的？"

"请坐。"

鲁毕昂服从了吩咐，脸上露出兴趣十足的样子。金卡斯·博尔巴又继续踱起来。

"事情发生在里约热内卢。"他开始讲述，"那时皇宫前的礼拜堂就是现在的帝国教堂。在一个盛大节日里，我的祖母走出礼拜堂，穿过广场，向停在哥拉巴索大街的马车走去。沿路行人很多，都在等候观看贵妇们华丽的马车。当我的祖母刚刚走出广场，正要踏上哥拉巴索大街时，前面不远处的一辆双套车的牲口惊了。惊骡一跑，另一匹也效仿。一阵骚动、混乱。我的祖母跌倒，骡子与车从祖母身上驶过。她被拖着胳膊，一直拖到迪莱塔大街的药店。一个放血师救下她，但为时已晚；她的脑壳破裂，一条腿和一只肩折断。她全身是血，只呻吟了几分钟便死了。"

"真不幸。"鲁毕昂说。

"不。"

"不？"

"请继续听下去。还要交代一下，马车的主人原在广场。他饿了，饿得很，因为天已傍晚，而他的午饭吃得又早又少。他在广场向车夫招手，车夫驱赶牲口迎接主人。车在途中遇到障碍，便将障碍撞倒。这个障碍就是我的祖母。这一系列活动起主导作用的是保持生存：人饿了。如果不是我的祖母，而是一只耗子或一条狗，我的祖母就不会死，但事件的性质是一样的。人需要吃东西。如果不是一只耗子或一条狗，而是一个诗人，是拜伦或贡萨尔维斯·迪亚斯[1]，唯一的区别是死者的传略长一些，但事情的实质并未改变。宇宙并未因为一个伟大或平凡之人的头脑中失去诗篇而停止运动。但人性（这一点至关重要），人性需要吃饭。"

鲁毕昂全神贯注地听着，真诚地希望对朋友的话有所领悟。然而，他始终不明白朋友的祖母死的必要性。不管车夫到家多么晚，也不至于饿死；而现在，无辜的老太太确实死了，永远死了。他无法弄清这些疑问，终于问道：

"您所说的人性指什么？"

"人性就是原则。不，不能这样说。您不可能理解它的含义，亲爱的鲁毕昂，谈点别的吧。"

"请不必客气。"

一直在踱步的金卡斯·博尔巴收住脚步。

"想做我的学生吗？

1　巴西著名作家、诗人（1823—1864）。

"当然。"

"那好。如果有朝一日您能钻进去，您会慢慢理解我的哲学。啊！那时您将会对生活产生最大的兴趣，因为没有比真理更醉人的酒。请相信我，人性主义是万物的终结，而作为创立这一学说的我，无疑是世界上最伟大的人。您看，您看我可爱的金卡斯·博尔巴在如何望着我？望着我的不是它，而是人性……"

"到底什么是人性？"

"人性就是原则。万物之中都隐藏着一种共同的物质，一种唯一、普遍、永恒的原则，一种属性相同、不可言喻和不可摧毁的原则，用伟大的卡蒙斯的话说就是：

> 一个真理在万物中行走，
> 存在于可见和不可见之中。

这种物质或真理，这一不可摧毁的原则便是人性。我之所以这样称它，是因为它包罗万象，而万象就是人性。懂吗？"

"一点，不管怎么说，您祖母的死……"

"死亡是不存在的。两种发展的结合，或两种形式的发展，便可使两者之一结束。严格说来，死亡是不存在的，只有生命存在，因为一方的结束是另一方继续存在的条件。这就是战争的保存性与利益所在。假如有一块土豆地和两个饥饿的部落，而土豆只能供养其中的一个部落。于是，一个部落便产生了力量，翻过山头，到达生长土豆的山坡。然而，若两个部落和平地将土豆平均分配，二者都得不到充分的营养，都要饿死。在这种情况之下，和平便是破坏，而战争却是保存。一个部落将另一个部落消灭，掠走收获物，这就产生了胜利的快乐、凯歌、欢呼民众的报答和其他战争行动的利益。若战争不是这样，上述现象便不会存在，因为使人民欢呼的是喜悦和利益，而不是任何别的不幸的行动。对失败者，仇恨或怜悯；对胜利者，土豆。"

"可是，被消灭的人愿意吗？"

"没有被消灭者。现象消失了，物质并没变。见过开水吗？您一定记得水泡不断地形成和消失，但它永远会留在原来的水中。人就是这种变幻着的水泡。"

"好！那水的意见呢？……"

"水没有意见。表面看，还有比地球的某一地区流行的瘟疫更可怕的吗？然而，这种所谓的坏事却是好事，它不仅能消灭脆弱和无抵抗力的器官，而且还能促使人类去探索和发现治疗疾病的药物。卫生便是几千年腐烂现象的女儿，是无数腐烂、传染的结果。看过这本书吗？《堂吉诃德》。若把我这本《堂吉诃德》消灭掉，但这部著作并没被消灭，它会在其他地方永存或再版。一部永恒、漂亮，漂亮、永恒的著作，就如这神圣、极端神圣的世界。"

7

金卡斯·博尔巴疲惫地收住话，喘息着坐下。鲁毕昂端过水，并请他躺下休息。但是，过了几分钟，病人回答说不要紧，他好久没像今天这样发表演说了。他让鲁毕昂离他远一点，以便毫不费力地望着朋友。他将世界和世界的美好绘声绘色描述一番，他将自己的和别人的思想，将形形色色的形象，田园的、史诗的，混在了一起。鲁毕昂不禁暗想，一个不久于世的人竟对这些事如此津津乐道。

"休息一下吧。"

金卡斯·博尔巴思考片刻后说：

"不，我要去散步。"

"现在不行，您太累了。"

"累什么？没事？"

他站起身，将手慈父般地放在鲁毕昂的肩头。

"您是我的朋友吗？"

"还用问！"

"具体些。"

"就像这个动物，或超过它。"鲁毕昂献媚地回答。

金卡斯·博尔巴紧握他的手。

"太好了！"

8

第二天一睁眼，金卡斯·博尔巴决定动身去里约热内卢。月底返回，他要亲自处理一些事……鲁毕昂大吃一惊。病怎么办？大夫呢？病人回答说大夫是个牛皮匠，而疾病同健康一样，也需要娱乐。疾病与健康是一个果实的两个核，人的两种状态。

"我去处理些私事。"病人说，"另外，我还有一个极其神圣的计划，连您也想不到。请原谅我的直率，但我不想在任何人面前表露这种直率。"

根据经验，鲁毕昂相信这一计划将同他以往的许多计划一样要落空。但这次他错了。实际上，病人似乎在好转；他床边也不沾，常常上街，有时还写信。周末，他吩咐请立契官。

"立契官？"朋友问。

"对，我要立遗嘱。或者，我们俩一起去……"

去的是仨，因为狗不愿意离开主人。金卡斯·博尔巴按程序立好遗嘱，安心回到家中。鲁毕昂的心在剧烈跳动。

"我当然不能让您一人去首都，"他对朋友说。

"不，没什么。另外，金卡斯·博尔巴也不去。除了您，将它交给别人我也不放心。家中的一切都不要动，一个月后我回来。我明天就走，我不愿让它因我的离开而难过。请费心照顾它，鲁毕昂。"

"一定，一定。"

"能发誓？"

"我以照耀万物的光明发誓。难道我是个孩子？"

"要定时给它喂奶和所有它平时爱吃的食物。不要忘了给它洗澡、上街散步，不要让它跑掉。不，最好不要出去……不要出去……"

"请放心走吧。"

金卡斯·博尔巴为另一个金卡斯·博尔巴悲伤，他不愿在离家时看到它。他真的哭了，不管是癫狂还是感情激动，那泪水确确实实滴落在米纳斯大好的土地上，就如一个即将跌入深渊的昏聩之人流出的最后汗水。

9

几小时后，鲁毕昂产生了一个可怕的念头。如果遗嘱中真的涉及到他，别人会认为是他鼓动朋友去旅行，以加速朋友的死亡，尽快得到遗产。他万分后悔。为什么不劝阻他？他的眼前似乎出现了金卡斯·博尔巴的尸体；死者面色苍白、难看，以仇恨的目光望着他。若这种结局真正发生，他决定放弃遗产。

再说那只狗。它终日四处嗅着，无故地吠叫，试图逃跑；夜晚也不安全，经常深更半夜起来，在家中转一圈，再回到栖身处。清晨，鲁毕昂在床上唤它，它高兴地跑去。它以为是自己的主人，当发现不是时，仍然接受爱抚，表示友好，似乎鲁毕昂能将这种情谊转达给主人，或将主人请回来。另外，它也确实对他产生了好感，一座桥梁把过去的友情连接了起来。最初几天，它拒绝进食，只有在它忍不住干渴时，鲁毕昂才能使它勉强喝点奶——这是那一时期它唯一的食品。后来，它变得安静、忧伤、沉思，经常舒展身躯，将头埋在前腿中。

医生一来，对病人的鲁莽感到吃惊。应当制止他外出，这一来，他是死定了。

"死定了？"

"只是早晚的事。他把狗带走了？"

"没有，医生。它跟着我，他让我照管好，走时还哭过，哭得很伤心。说实在的，"鲁毕昂为病人辩护说，"小狗实在值得主人爱，像人一样懂事。"

医生摘下草帽，理好系带，笑着说："像人？怎么会像人？"鲁毕昂坚持说是真的，又解释说不完全像人，但像有感情，甚至是理智，不妨举个例子……

"不必，先生，不必。我立刻、立刻要去看一个丹毒病人……如果他有信来，如果不保密的话，我想看一下，好吗？请转达我对小狗的问候。"医生说完便走了。

有人开始讥笑鲁毕昂，他接受的委托颇为奇特；他是人看狗，而不是狗护人。嘲弄、绰号接踵而至。能把一个教师叫什么？狗护兵！鲁毕昂对舆论着实畏惧。的确，他也感到可笑，他无脸见人，他讨厌那个畜生，他感到倒霉、烦恼。接受遗产的希望是没有的，哪怕是一点点。纪念品倒是可能。

10

七周后，一封金卡斯·博尔巴的亲笔信从里约热内卢邮到巴尔巴塞纳。

我亲爱的先生与朋友：

您一定会奇怪我一去便杳无音信，其中有些个人原因。我不便回去，我要告诉您一件机密的事，一件极其机密的事。

我是谁，鲁毕昂？我是圣奥古斯丁。我知道您会发笑，因为您是一个愚昧的人，鲁毕昂。我们亲密无间的关系允许我使用较直率的语言，但这种允许是最后一次。愚昧的人！

听我说，愚昧的人。我是圣奥古斯丁，这是我前天发现的。您只许听，不许说。我们的生活中有种种巧合，圣徒与我在欢愉和异端中度过了一段时光，因为我认为所有不符合我的人性主义的理论都是异端学说。我们俩都是窃贼，圣徒小时候在迦太基偷过梨，我在年轻时偷过朋友布拉斯·库巴斯的一块表。我们的母亲都是教徒，洁身自好。总之，他像我一样认为存在着的一切都是好的，并在其《忏悔录》第七册第十六章中有过论述。我们的分歧在于他认为坏是心灵的变异、落后时代固有的错觉、对谬论的迁就；本不存在什么坏，只有第一次断言是真理。万物均好事，一切都是美好的，再见。

再见，愚昧的人。以上的话切勿向外人透露，如果您还不愿意失掉一个知心朋友的话。闭上您的嘴，什么也不要说，您幸运地交上我这样一个伟大朋友，尽管您对我并不理解。您会理解我的，当我回到巴尔巴塞纳时，我将以通俗、简练、适合驴子思维的语言向您阐明伟人的真正概念，再见了，问候我可怜的金卡斯·博尔巴，不要忘记给它喂奶，喂奶和洗澡。再见，再见……您诚挚的

金卡斯·博尔巴

鲁毕昂几乎拿不住手中的纸。过了几秒钟，他想到可能是朋友的幽默，重新又将信看了一遍。第二次阅读坚定了他的印象；毫无疑问，是神经错乱。可怜的金卡斯·博尔巴！怪癖、无常、任性；无节制的怜爱只不过是大脑彻底崩溃的前奏。他还没死，其实已经死了。他多么得意！多么高兴！思维混乱，毫无疑问。这是病重的结果。鲁毕昂揩一下激动得湿润的眼睛，他想到了遗产，他感到心焦。看来，他将失掉这位朋友。

他决定把信再看一遍，仔细地、字斟句酌地、逐段地，以便更好地理解其义，以证实那封信确实是哲学家的玩笑。他熟悉朋友这种玩笑式的捉弄，但不祥的预感也是不容置疑的。他看看信的结尾，陷入了沉思。如果立嘱人确实神经错乱，遗嘱不就作废，遗产不就失掉了吗？鲁毕昂一阵眩晕。当看到闻风而来的医生时，他的手中仍拿着那一封展开的信。邮局的经理向医生通了气。

"就是那一封？"

"是的，不过……"

"有机密？……"

"是的，有机密，十分机密的交代。私人事务，能谅解吗？"

说完，鲁毕昂将信塞进衣袋。医生走了。他松了口气，那样一个证实金卡斯·博尔巴精神状态的文件总算没有泄露。几分钟后，他又后悔起来，后悔没把信交出来，这使他心中不安。他想把信送给医生，他唤来奴仆，但当奴仆来到时，他又变了主意。这太贸然，病人不久就回来——几天之后，若要问起信，会指责他粗心、泄密……后悔无

所谓，一会儿便消失。

"没什么事。"他对奴仆说。他又想起遗产，他在心中估计了一个可能得到的遗产数字。大概不到十个康托，一定不到。可以用这笔钱买幢房屋，经营点什么，或去淘金。就怕没那么多，五个康托……五个？太少了，不过，看来很难超过这个数。就算五个，数目虽不大，但总比没有强。五个康托……就怕遗嘱作废。不管它，五个康托！

11

又是一周。鲁毕昂收到首都的报纸（金卡斯·博尔巴订的），其中的一份登着下面一则消息：

> 若阿金·博尔巴·多斯·桑托斯先生昨日逝世，他曾以奇特的哲学同疾病斗争。他学识渊博，在同苍白、畸形的悲观论的斗争中耗尽了气力，而这种论调有朝一日还会出现。这是一种时代病。他临终前最后说痛苦是一种幻觉，邦格罗斯并不像伏尔泰所说的那样傻……那时，他已陷入弥留。留下许多财产，遗嘱在巴尔巴塞纳。

12

"苦难总算结束了。"鲁毕昂叹息道。

他又细心阅读一遍，发现消息中还提到一个被死者所推崇和器重、并同他进行过哲学辩论的人。消息丝毫没提神经错乱，只是在最后说临终前他被疾病折磨得谵语不断。还好！鲁毕昂又取出信看了一遍，更加感到玩笑的可能性大。他承认死者很风趣，无疑是在戏弄他。死者已去见圣奥古斯丁，他还要去见圣安布罗斯[1]和圣奚拉里[2]，他写的是

---

1 古罗马基督教神父（约 339—397），著作有《论信德》。
2 古罗马基督教神父（约 315—367），主要著作有《三一论》。

一封谜信，以便蒙蔽朋友，而他却为自己的杰作沾沾自喜。可怜的朋友！你还健在——精神健在，肉体死亡。是的，无须再为此难过。看到狗，鲁毕昂叹道：

"可怜的金卡斯·博尔巴！你要知道主人已经死去……"

然后，他又自语道：

"现在，我的义务结束了，就将它送给安热丽卡大嫂吧。"

13

消息传遍全城。神父药剂师和医生纷纷打听是否确实。邮局经理见报后，亲手将邮箱中的一封信交给鲁毕昂。可能是死者的，尽管信封的笔迹是别人的。

"那么，他总算是咽了气！"经理说。此时，鲁毕昂打开信，签名是：布拉斯·库巴斯。信只是一张小纸片：

"我可怜的朋友金卡斯·博尔巴昨天在我家逝世。他来我家已经多时，但病情每况愈下，景况凄惨：疾病的折磨。临终前，他托我写信给您，单独告知此事，并对您表示十分的谢意。法律事宜按惯例办。"

谢意使教师深感不安，然而法律事宜又使他恢复了信心。鲁毕昂收起信，一句话也没说。经理搭讪几句后，便抽身走了。鲁毕昂吩咐奴仆将狗送给安热丽卡大嫂，并转告她，因她喜欢动物，特地送她一只，让她好生照料，因它已习惯被人照料。最后，狗的名字仍用已故主人的：金卡斯·博尔巴。

14

遗嘱一打开，鲁毕昂几乎当场晕倒。请猜一下为什么？他被指定为唯一的全部财产继承人。不是五个，也不是十个、二十个康托，而是一切。全部资金和财产，首都的房产、巴尔巴塞纳的房产、奴隶、证券、巴西银行和其他机构的股票，以及珠宝、金钱首饰、书籍——

一切都落到鲁毕昂的手里，没有任何分享者，也无实施、馈赠及债务。遗嘱中只有一个条件：继承人要照管好可怜的小狗金卡斯·博尔巴——这个名字体现了死者巨大的爱。遗嘱要求鲁毕昂要像对待立嘱人那样对待小狗，对它不能有任何吝啬，预防它生病、逃跑、被偷或被害。总之，不能将它当作狗，而是当作人对待。同时，遗嘱还要求在小狗死后，应予以隆重安葬，并用鲜花和芳草覆盖；在适当时候，应将狗骨起葬，装入精致的木匣，供于家中最神圣的地方。

15

这就是条件。鲁毕昂认为条件是合情合理的，因为他想到了过去，他只奢望过某些馈赠，而现在他得到了全部遗产。这实在令人难以置信，他不禁用力将手握紧——兴奋的力量——以证实他不是在做梦。

"是的，先生，您可捞了一把。"为金卡斯·博尔巴提供药品的药房老板说。

继承人已是了不起，何况是全部的……"全部"这个字似乎使遗产变得更加庞大。继承一切，无损无耗，而这一切又意味着多少？他继续想着。房产、证券、股票、奴隶、瓷器，还有几幅画在首都，因为死者兴趣极广，对艺术颇有见地。书呢？书一定很多，死者经常引经据典。这一切究竟值多少？一百康托？可能是二百，完全可能。不，即使三百也不奇怪。三百康托！三百！鲁毕昂简直想上街狂跳一番，一会儿他便平静下来；就算二百，或一百，这也是上帝赐予他的美梦，一个长长的梦，永不结束的梦。

最后，我们的主人公翻滚的脑海想到那只小狗。鲁毕昂认为条件合情合理，但没有必要，因为他与小狗已是很好的朋友，他们会毫无疑问地生活在一起，以铭记给予二者幸福的亡友。当然，条件有的很具体，例如骨灰匣，别的他记不清了。无论如何，他也要履行这一切，哪怕是天塌地陷……"不，上帝将保佑我。"他想。多好的小狗！可爱的小狗！

鲁毕昂没有忘记他曾多次走实业致富的路，但工厂相继倒闭。于是，他断言自己是个不幸者、倒霉鬼，因为真理是"谋事在人，成事在天"，这真是有意求财财不至，绝望之人获天赐。

"不可能，什么不可能？"他大声说，"上帝的过错不可能，上帝绝不食言。"

他就这样沿着大街上坡又下坡。他不想回家，他的行走是无目的的，他的热血在沸腾。突然，他想到一个严重问题：迁居里约热内卢还是留在巴尔巴塞纳。他想留下，他激动地想在故地炫耀一番，要在昔日无视他的人面前扬眉吐气，特别是那些讥笑他同金卡斯·博尔巴友谊的人。然而，熟悉的里约热内卢又出现在他的眼前，它的街道、繁华、比比皆是的剧场和穿法国时装的漂亮姑娘。最后的结论是那里好，当然可以经常回乡看看。

16

"金卡斯·博尔巴！金卡斯·博尔巴！嗯！金卡斯·博尔巴！"他大叫着走进家门。

连狗的影子也没有。此时，他想起已命人将狗送给了安热丽卡大嫂。他向居住在远处的大嫂家跑去。一路上，许多不祥的念头浮上他的心头，有的十分可怕。他想到狗可能已跑掉；另一个更可怕：某个知情的敌人赶到大嫂家中将狗偷走，藏起来，或者杀死。这样一来，遗产……他眼前飘过一片乌云。过了一会儿，他才渐渐看到光明。

"我不懂法律那一套，"他想，"我同法律也不相干。条件是假设狗活着或在家；如果它跑了，或死了，总不能再发明一只狗。可问题是……我的敌人完全会鸡蛋里挑骨头，说我没履行条件……"

这时，我们的朋友前额和手背渗出了汗水。又一片乌云遮住了他的眼睛，他的心跳得更快了，更快了。他开始感到条件荒谬，他求助于圣灵，他许愿做弥撒，十遍弥撒……好了，大嫂的家到了。他放轻脚步，他看到一个人，是她？是的，是她，背靠着门，微笑着。

"您在表演什么呀，我的先生？疯疯癫癫，指手画脚。"

17

"我的大嫂，小狗呢？"鲁毕昂面色苍白，但仍装作若无其事地问。

"进家坐坐。"她回答，"什么小狗？"

"什么小狗！"鲁毕昂的脸色更加苍白，"我送给你的那只小狗，你忘了我让人给你送过一只小狗，让它在这里玩几天，然后再……好了，就是一只很珍贵的动物。那不是我的，我是来……你不记得？"

"哦，别提这畜生！"她抢着回答。

她人很小，喜欢惊惊乍乍；一激动，脖子的青筋就绷起来。她又说，别提那个畜生。

"它到底怎么啦，我的大嫂？"

"怎么啦！你说那个可怜的畜生还能怎么样？什么也不吃，什么也不喝，像人一样笑，眼望着外面，瞅机会就要跑。"

鲁毕昂松了口气。她继续罗列着讨厌的小狗的罪状。他急于要见到狗。

"就在后院，栅栏里面。我把它隔开了。怕它同别的不合群。你是来要它？原来不是这样说的，好像是说送给我的。"

"如果可能，给你五只六只都行。"鲁毕昂回答，"但这只不能给你，只是暂时寄放。没关系，生了小狗给你一只。口信传错了。"

大嫂没在前面引路，而是同鲁毕昂并肩而行。看到了，狗躺在栅栏里，离食槽远远的。栏外面的狗群和家禽在欢跳，旁边是鸡舍，再往前是猪厩，远处卧着一头困倦的牛，两只鸡在啄着牛肚子，吞食扁虱。

"啊，我的孔雀！"他对大嫂说。

鲁毕昂热烈的目光望着金卡斯·博尔巴。它四处嗅着，等小黑人将栏门打开，便一跃扑向鲁毕昂。情景是动人的。在鲁毕昂的爱抚下，小狗受宠若惊，跳着、叫着、亲吻着他的手。

"我的上帝！多么亲热！"

"就是这样，我的大嫂。再见，生了小狗，一定送只给你。"

18

鲁毕昂和小狗一进家门，便感触到亡友的存在和气息。小狗到处嗅着，鲁毕昂坐在金卡斯·博尔巴向他科学地讲述祖母之死的沙发上。这不禁使他想起哲学家的论据，尽管那论据是模糊的、支离破碎的。他第一次注意到了饥饿部落的寓意，并理解了最后的结论："土豆属于胜利者！"他清晰地听着死者以沙哑的声音在讲述部落的斗争及斗争的缘由；一个被消灭，另一个得胜。他自语道：

"土豆属于胜利者！"

那样简单！那样明白！他望望自己肮脏的裤子、打补丁的外套，他发现不久前，可以说他是一个失败者。毫无疑问，土豆归属了胜利的部落；胜利者翻越山巅，收获山坡的土豆。这完全符合他的情况，他即将走下巴尔巴塞纳，去挖掘和享受首都的土豆。他必须冷酷无情，强大有力。他突然站起来，高举双臂，狂叫道：

"土豆属于胜利者！"

他喜欢格言，认为它巧妙、精练、明了、真实、深刻。他想象着各种各样的土豆，将其按味道、外形和营养分类，他提前饱尝了生活宴席的美味。他要结束那干枯、可怜的穷根，结束多年来欺骗他的肚肠的低劣食品；他现在富裕、殷实，好景无限，佳肴伴一生，锦衣裹体至终。锦衣总胜过粗布烂衫。他重申冷酷无情的必要，及时行乐的原则。他在脑海里设计了一面旗帜，上面写着座右铭：土豆属于胜利者。

后来，他把旗子忘了，但那一格言却在他的头脑里活跃了几天：土豆属于胜利者！在获得遗产前，他不可能理解其义；相反，正如我们所知道的，他是糊涂的、莫名其妙的。显然，景物因观察的角度不同而异，欣赏皮鞭最好的方法是将把柄握在手中。

19

不要忘记，鲁毕昂曾许愿为死者的灵魂祷告，尽管我们知道或感到他并非信仰天主教。金卡斯·博尔巴既不诽谤神父，也不诋毁天主教义；同样，鲁毕昂既不谈论教会，也不谈论它的信徒。另外，主嘱人对人性主义的崇拜使继承人相信这就是他的宗教。不过，鲁毕昂终于还是派人做了祷告；这虽不是死者的愿望，但毕竟是生者的一片心意。再之，既然他已被死者指定为继承人，若不去为保护人做一次连世界上最卑下、最吝啬之人也不会不做的祷告的话，岂不被全城笑话！

有些人没去为鲁毕昂捧场，但去的毕竟不少，而且绝非平民之辈：他们都目睹了昔日孩子王至诚的悼念。

20

清点遗产的准备工作就绪后，鲁毕昂决定动身赴里约热内卢。一俟事情结束，他就在首都定居。有些事需要他往来于两市之间，好在工作的进展是迅速的。

21

在瓦索拉车站，索菲娅同丈夫克里斯蒂安诺·德·阿尔梅达·帕利亚登上列车。丈夫是个三十二岁的青年，她约有二十七八岁。两人坐在鲁毕昂对面的椅子上，放下盛满瓦索拉纪念品的篮子和包裹。他们在那里逗留了一周。夫妻俩脱下风衣，低声交谈了几句。

火车继续运行。帕利亚发现了鲁毕昂，在愁眉苦脸的人群里。他是唯一一个表情沉静、满意的人。克里斯蒂安诺首先搭话，说火车旅行十分累人，鲁毕昂表示同意，并说习惯于驴背的人不但坐火车感到疲倦，也十分无聊。当然，不可否认，这是一个进步。

"那倒是，"帕利亚附和说，"一个进步，一个大的进步。"

"先生是庄园主？"

"不，先生。"

"住在城里？"

"您是指瓦索拉？不，我们就待了一周。我住在首都，对农业很外行，尽管我认为这是一个不错和有出息的生意。"

他们从种植谈到牲畜，从奴隶制谈到政治。克里斯蒂安诺抨击政府在宫廷文告中使用了一个关于奴隶所有权的词。使他吃惊的是，鲁毕昂对此并未表示激愤。鲁毕昂计划卖掉立嘱人留下的奴隶，仅留一个仆人。即使遭受一点损失，其他遗产足可弥补。另外，文告他也看过，是要保留现行的所有制。如果他不买奴隶，奴隶未来的命运与他何干？而且，他一旦接受了财产，就把仆人解放。帕利亚转换了话题，谈到政治、议会、巴拉圭战争等时局问题，但鲁毕昂仅仅敷衍几句。索菲娅听着，仅仅时而转动一下那美丽的眼珠，时而望望丈夫，时而望望陌生人。

"留在首都还是回巴尔巴塞纳？"二十分钟后，帕利亚问。

"我希望留下，我想会留下的。"鲁毕昂说，"我在这地方住厌了，现在要享受一下生活。我或许还要去欧洲，但现在还难定。"

帕利亚的目光顿时明亮起来。

"太好了，我也有这种打算，但现在不行，您去过欧洲？"

"没去过。所以，一离开巴尔巴塞纳，我就产生了这个想法。但愿我能如愿，但得缓冲一下。什么时候去难说，但一定会去……"

"说得对。据说那里很有意思；这毫不奇怪，比我们古老得多。我们一定会去的。我们也有不错的，甚至更好的东西。我们的首都虽不能同巴黎和伦敦相比，但毕竟很漂亮，你会看到……"

"我去过。"

"去过？"

"很多年前。"

"现在更好，发展很快。若到欧洲一看……"

"夫人去过欧洲吗？"鲁毕昂转向索菲娅问。

"没去过，先生。"

"忘记向您介绍我的妻子，"克里斯蒂安诺说。

鲁毕昂恭敬地点头，然后转向丈夫，微笑着说：

"怎么不介绍一下？"

帕利亚也笑了，彼此都没通报姓名。他连忙说：

"克里斯蒂安诺·德·阿尔梅达·帕利亚。"

"佩德罗·鲁毕昂·德·阿尔瓦伦加，都叫我鲁毕昂。"

相互介绍增加了彼此的好感，但索菲娅却一直不介入谈话，只是漫不经心地环顾着。鲁毕昂高谈阔论，笑容可掬，全神贯注地听着帕利亚的谈话，感谢对方的友好情谊。他第一次遇到如此热情的青年，他甚至表示愿意结伴去欧洲。

"噢，最近几年去不成。"帕利亚说。

"我不是说现在，我也不想早去。离开巴尔巴塞纳时，只是有过这种想法，并没考虑日期。去是肯定的，但这是以后的事，等上帝同意的时候。"

帕利亚立即说："哦，我刚才说几年之后，现在补充一句，上帝的意志可以改变我的决定。谁能说不是几个月后？最好还是服从圣主的安排。"

他说话的表情是自信的、诚挚的。索菲娅也没发现这一点（她的目光注视着脚），鲁毕昂甚至连最后几句话也没听清。我们的朋友迫不及待地要阐明他到首都的原因。他想将满腔的话语一股脑儿灌进旅伴的耳中；只是出于一种疑虑，一种正在消失的疑虑，他才控制住了自己。既然不是罪过，为什么不将它倾吐出来？而且终究也要公之于众的。

"我要先把财产清理一下。"他终于嗫嚅道。

"为您的父亲？"

"不，一个朋友，一个伟大的朋友决定我做他的全权财产继承人。"

"哦！"

"全权继承人，世上的朋友很多，像那样的却少见。他像金子一样可贵；那头脑！那智慧！那教养！后来他病了，变得有些急躁、任性。

认识他吗？不认识？他很富有，但有病，一直没成家。自然，他也就较苛求……他像纯金那样可贵，标准的纯金。如果他爱什么，就爱到底。我们是朋友，但对我，他也只字不提此事。后来他死了，打开遗嘱，一切归了我。真的，唯一继承人！没有任何人分享遗产，他也没有亲戚，唯一可能成为亲戚的人便是我，他若同我的姐姐结婚的话。她死了，可怜的！我只是他的朋友，他也真够朋友，您说呢？"

"确实！"帕利亚肯定地说。帕利亚的目光失去了光彩，他陷入了沉思。此时的鲁毕昂钻进了一个茂密的丛林，财富的鸟儿在林中欢唱。他兴致勃勃地谈论遗产，他声称总数还不清楚，但可以估计得出来……

"不要估计，"克里斯蒂安诺说，"不会少于一百康托吧？"

"多！"

"那好；要把多余的部分关在嘴里。另外……"

"我想，不下三百……"

"另外，这种事不能到处讲。感谢您对我的信任，但对初次见面的人。不能推心置腹。可靠与面善并非经常是统一的。"

22

到达首都车站，他们亲切告别。帕利亚留下的地址是圣特莱萨，教师要去团结饭店，两人相约互访。

23

第二天，鲁毕昂急于见到铁路上结识的新友，并决定下午就去圣特莱萨。然而，帕利亚一早便找上了门，他来问候朋友，并顺便看看住处可好，问朋友是否愿意搬到他在山上的家。对于迁居，鲁毕昂表示婉谢，但接受了帕利亚的一个远亲做律师。据来客说，尽管此人很年轻，却是最有能力的律师之一。

"很合适，费用也便宜。"

鲁毕昂留客人共进午餐，并一起去律师办公处。这一行动遭到狗的反对，它也要去。一切办理完毕。

"一会儿去圣特莱萨吃晚饭，"帕利亚告别时说，"犹豫什么！我等您。"说完便走了。

24

索菲娅在家，鲁毕昂颇有些不好意思。同女人打交道，他有些发怵。幸好，他想起了自己坚定、无情的誓言，终于去了。可敬的誓言！这种机会何处去找？家中的索菲娅较火车上的精彩得多。那时，她穿着外套，当然，眼睛是露着的。然而此时，她的眼睛和裹着白葛布的优雅身段，以及那秀丽的手和一段胳膊都历历在目。另外，作为主妇，免不了寒暄、应酬；离开主人的家时，鲁毕昂已飘飘欲仙了。

25

他经常登门造访，但总有些胆怯、拘谨。接触的增加减少了起初的紧张。然而，他在内心深处却在掩饰着，吃力地掩饰着某种难以扑灭的欲火。继承权问题拖延了一个时期，主要是有人对遗嘱提出控告，借口是金卡斯·博尔巴神经错乱，立嘱无效。我们的鲁毕昂不知所措，好在控告被挫败，遗产问题很快得以解决。帕利亚为此设宴祝贺，出席者除三人外，还有律师、仲裁人和书记官。那一天，索菲娅的眼睛是世界上最美丽的。

26

"好像她在某个神秘的工厂将眼睛进行了加工，"鲁毕昂在下山的路上想，"从来没像今天这样漂亮。"

鲁毕昂迁居到玻塔弗哥大街的一所住宅，是他接受的房产之一。

房屋需要装饰，帕利亚作为朋友帮了大忙。他出主意，想办法，陪朋友逛商店和拍卖行。有时候，正如我们所知道的，三人同行。"因为，有些东西，"索菲娅风趣地说，"只有女人才会选择。"鲁毕昂深表谢意，最大限度地在市场逗留，无目的地征询她的意见，挖空心思寻找需要的东西，这一切无非是想与少妇多待些时间。而她也就顺水推舟，不停地说着、解释着、介绍着。

27

鲁毕昂喝过咖啡，坐在本书开宗明义提到的大厅，凝视着远方，遥远的远方，回忆着过去的一切。他继续用衣穗打着膝头，他终于想起了金卡斯·博尔巴。是放狗的时候了，这是他每日必做的事。他站起身，向花园深处走去。

28

"什么罪过在折磨我？"他边走边想，"她有家，同丈夫和睦，丈夫又是我的朋友，对我无比信任……我在追求什么？"

他站住脚，他脑海中的幻想同时停止。他，作为人间的圣安东尼[1]，在接受魔鬼的蛊惑方面毕竟与修士不同；于是，他的独白又变了：

"她实在太美！好像很喜欢我。如果那不是喜欢，还有什么能算喜欢！她总是那样兴奋，那样热烈地握着我的手……使我无法动弹，无法抗拒。"

金卡斯·博尔巴感到了他的脚步，开始吠叫。鲁毕昂急忙上前放开它，同时也从不能自拔中解放自己。

"金卡斯·博尔巴！"他打开门唤道。

狗一跃而出。它多么欣喜！多么高兴！看它围着主人在欢跳！它

1　罗马帝国时期埃及的教父。

甚至愉快地舔舔主人的手，而鲁毕昂却给了它一记耳光。它疼痛难忍地后退几步，忧愁地夹起尾巴。等主人弹了个响指，它才恢复了原有的兴致。

"静一静！静一静！"

金卡斯·博尔巴跟在主人后面走出花园，绕住宅一周。它时而走，时而跳，享受着自由的欢快，但目光却时刻不放过主人。它这里嗅嗅，那里又停住搔搔耳朵，或在肚皮上捉个跳蚤，一转眼它又一跃赶上主人，紧贴他的脚跟。似乎鲁毕昂此时没考虑任何事，唯一的目的是带它散步，以弥补被关锁的时光。当鲁毕昂止步时，它就仰起头，等待着。无疑，在它的头脑里产生了某种关心、某种计划、某种愉快的念头。它再也不去考虑挨一脚或一巴掌的可能。它有信任的思维，而挨打的记忆转瞬即逝。相反，爱抚的概念，哪怕是无意的，也会深深刻在它的心头。它喜欢得到爱抚，这种信念使它高兴。

它生活得不很好，也不很坏。小黑人每日为它洗冷水澡，但它很不适应这种鬼待遇。厨师让喜欢它，而西班牙仆人却不以为然。鲁毕昂经常外出，但对它还不坏。它可以任意跳跃，陪主人吃午餐、晚餐，跟他进出客厅和书房。主人偶尔也同它玩耍，逗它跳来跳去。若有贵客来访，主人吩咐将它带走，而它总是表示抗拒。起初，西班牙人还手下留情，但后来便再也不客气，揪住它的一只耳朵或抓住一条腿，将它扔得远远的，然后关上所有的门。

"见鬼去吧！"

被伤害的金卡斯·博尔巴离开朋友，找个角落躺下，默默地待上长长的时间。有时它安静不下来，直到找到合适的姿势，它才合上眼睛。它并没有睡，而是在联想、思索、回忆；亡友的形象时而出现在远方，遥远的远方，支离破碎，同眼前的朋友融为一体，似乎成了一个人；然后，它又想到别的……

联想很多——多得过分。不过，那只是条小狗的思维，思维的粉末——比粉末还细微，请读者去想象吧。然而，它那时而睁开凝视天空的眼睛却表情丰富，似乎流露着内心某种闪光的东西，一种埋藏得很深的东西，但我实在不知如何形容。那种东西表示狗的一个部分，这一部分既不是尾巴，也不是耳朵。可怜的人类语言！

它终于睡了。然而，生活中的形象重又出现在梦中，那样缥缈、那样熟悉，这里一块破布、那里一块碎片。当它醒来时，便忘却了邪恶。它有种表情，为了不刺激读者，我不说是忧伤。一种感情可以称作忧伤，但用在狗身上未免不妥。理由是感情的忧伤只适用于我们，硬要将它加在狗身上，等于把忧伤排斥在我们之外。总之，那是一种不同于欢快的东西；然而，只要厨师的一声口哨，主人的一个手势，一切便烟消云散。它的目光顿时放出异彩，面部焕发出喜悦的容光，轻快的腿如长上了翅膀。

29

鲁毕昂在兴奋中度过了上午的时光。这是个星期日，两个朋友同他共进午餐：一个二十四五岁，但已开始吞食母亲的财产；另一个是四十四到四十六岁的汉子，他无可吞食。

前者叫卡洛斯·马利亚，后者叫弗莱塔斯。鲁毕昂对二者均有好感，但程度不同。不只是年岁使他与弗莱塔斯更贴心，还由于此人的性格。弗莱塔斯善吹善拍，他以特有的文雅语言称赞每一道菜、每一本书，临走时再将衣袋塞满雪茄烟，并说这里的雪茄比别家的好。鲁毕昂在市府大街的一家饭店结识了他，他们在那里共进晚餐，并听到了有关他的一些故事，他的发迹与倒霉，但都不详细。鲁毕昂对此嗤之以鼻。这自然是个落难者，同他的交往既谈不上兴趣，影响也不好。然而，弗莱塔斯却改变了鲁毕昂对他的第一印象。他活泼、乐观、风趣、健谈，欢快得像个大阔佬。鲁毕昂谈起家中好看的玫瑰花，他立即表示要去欣赏。他嗜花如命。几天后他来了，说要去看美丽的玫瑰。只看几分钟，绝不打搅主人，如果主人有事的话。客人铭记主人的一句话，这使鲁毕昂感到高兴。他走到花园，向客人介绍自己的玫瑰。弗莱塔斯说好极了；他全神贯注地观察，从一株转到另一株。他能说出所有玫瑰的名称，并一一向鲁毕昂介绍，而鲁毕昂对其中的许多全然不知。容人指点着、描述着，如此这般，花朵的大小（他用拇指和食指围成一个圈来表示），并罗列出拥有良种玫瑰的一系列人名。但鲁毕昂的玫瑰是所有品种中最高贵的。比如说，这一种是稀有的，那一种也是，等等。园丁吃惊地听着。观赏完毕。鲁毕昂说："吃点东西吧，喜欢什么？"

弗莱塔斯没有不喜欢的。登上台阶，他感到房舍布局精巧；他仔细观看了陈设的铜器、绘画、家具，又望望大海。

"是的，先生，"他说，"您过的真是贵族生活。"

鲁毕昂笑了。贵族，尽管是种比喻，却是悦耳动听的。西班牙仆人用银盘端来各种杯盏酒具，这真是鲁毕昂欢畅的时刻。他亲手为客人献上这样和那样的酒，最后推荐了一种市场上最名贵的。弗莱塔斯半信半疑地笑笑。

"可能是个人爱好。"他说。

他呷了一口，慢慢品尝着，然后第二口、第三口，最后他承认的确是上等佳酿。"什么地方买的？"鲁毕昂回答说一个朋友、大酒店的老板曾送给他一瓶，他十分喜爱，立即订购了三打，从此便拉上了关系。弗莱塔斯经常来吃午餐或晚餐，次数大大超过了他的意愿与可能，因为很难拒绝一个那样好客，那样乐于交往的朋友盛情相邀。

30

有一次，鲁毕昂问：

"请告诉我，弗莱塔斯先生，如果我去欧洲，您能陪我一起去吗？"

"不。"

"为什么？"

"因为我是一个任性的朋友，说不定路上我们会闹矛盾。"

"我感到遗憾，因为您是一个快乐的人。"

"您错了，先生；我带着一张微笑的面孔，实际我很忧伤。我是个废墟的建筑师，我首先要去雅典的废墟，然后再到剧场，看一出《废墟上的穷人》，这是一幕令人声泪俱下的话剧；最后我登上破产的法庭，破产的人都在那里……"

鲁毕昂笑了，他喜欢这种奔放、坦率的性格。

31

好奇的读者，您要了解与此人相反的一个吗？那就请看午宴的另一位出席者——卡洛斯·马利亚。如果从褒义去理解前者那奔放、坦率的性格，这后者自然是相反的。读者会毫不费力地看到他缓慢、冷漠、高傲地走进大厅；当被介绍给弗莱塔斯时，他的眼睛望着别处。他的迟到早已引起弗莱塔斯内心的咒骂（天已近正午），但弗莱塔斯仍能彬彬有礼地问候来客，因为喜悦又浮上他的心头。

读者可以看到，虽然我们的鲁毕昂更喜欢弗莱塔斯，但对另一个却倍加器重。他耐心地等着，甚至可以等到明天。不过，卡洛斯·马利亚对他们二人却不以为然。请仔细观察一下此人：这是个文静的翩翩少年，两只大而平静的眼睛，自负而傲慢。他的目光总是向上看，神情总是嘲弄的，他缺乏年轻人的欢快。他入座，拿起刀叉，打开餐巾，从这一系列动作中可以明显看到他那一副为主人赏光的神态——也许是对二者的表示：他大驾光临，而没有把主人称为傻瓜。

乐趣因性格而异，午餐毕竟是热烈的。弗莱塔斯狼吞虎咽。当然，他有时也略略停顿一下。他心中承认，若午饭按时开始（十一点），他就不会吃得那么香。十几分钟后，他的辘辘饥肠得到暂时缓解，他便打开了话匣子。他眉飞色舞，指手画脚，奇闻轶事如断线的珠子从他口中倒出。卡洛斯·马利亚对此大半是无动于衷，表示不屑一听，使得鲁毕昂尽管觉得弗莱塔斯风趣逗人，也不敢擅自发笑。午餐临近结束，卡洛斯·马利亚才松弛了一下精神的领结，活跃了少许，讲了几起桃色传闻。弗莱塔斯献媚地请求对方谈谈自己，卡洛斯·马利亚放声大笑。

"先生要我扮演什么角色？"他说。

弗莱塔斯连忙解释，说这并非为了炫耀，只讲事实，事实。请放心，不会传出去……

"先生在玻塔弗哥习惯吗？"卡洛斯·马利亚打断对方的话，转向主人问道。

弗莱塔斯咽了一口气，咬着嘴唇，第二次诅咒了青年。他靠在椅子上，僵直、严峻，一声不吭地望着墙上的画。鲁毕昂回答说还好，海滨很美。

"景色很好，但我难以忍受这里有时出现的浊气。"卡洛斯·马利亚说，"您说呢？"他转向弗莱塔斯问。

弗莱塔斯欠欠身，阐述了自己的看法。他说两人都有理，并强调说，海滨无疑是美的。他口若悬河，既无愠怒，也无羞惭，他甚至讨好地将沾在唇髭上的一小块水果让卡洛斯·马利亚看。

刚过一点，午餐结束。鲁毕昂默默地回味着午餐的每一道菜，惬意地望着杯子和余酒及散乱的剩饭——上咖啡前的餐桌景象。他时而瞥一眼仆人的差服，当他分发的雪茄冒出第一缕青烟时，他甚至喜形于色地望了卡洛斯·马利亚一眼。这时，仆人手提一只盖着麻布的小篮，拿着一封信走进来。

32

"谁来的信？"鲁毕昂问。

"索菲娅太太。"

鲁毕昂不认识她的字体。这是第一次收到她的信。什么事？激情浮上他的脸颊，传到他的手指。当他拆信时，弗莱塔斯毫不见外地揭开篮子的盖巾：草莓。鲁毕昂以颤抖的声音读出以下几行字：

> 送去一点小小果子为您伴午餐，如果能及时送到的话。克里斯蒂安诺请您共进晚餐。今天，一定。您真正的朋友
>
> 索菲娅

"什么果子？"鲁毕昂合上信问。

"草莓。"

"来得晚了点。草莓？"他茫然地重复一句。

"不要脸红，我亲爱的朋友，"仆人一走，弗莱塔斯笑着说，"这种东西是情人的赠物。"

"情人？"鲁毕昂确实红了脸，"您可以看信嘛，看……"

他伸出的手又缩了回去，将信揣进衣袋。他心荡神驰，半惶惑，半高兴。卡洛斯·马利亚开玩笑地说不会不是情人的赠物，并认为这无可责怪，爱是普遍法则。若是个已婚少妇，这种谨慎颇值得赞扬。

"以上帝的名义发誓。"主人插嘴说。

"寡妇？一个样。"卡洛斯·马利亚继续说，"谨慎是可贵的，对于罪过者来说，最大的罪过莫过于罪过的公开。我若是一个立法官，将建议把所有行为失检的男人烧死，就像把违反教规的教徒送进火炉一样，唯一区别是不穿囚服，只披一件鹦鹉毛的斗篷……"

弗莱塔斯笑得说不出话，不停地敲着桌子喝彩。尴尬的鲁毕昂补充说既不是少妇，也不是寡妇……

"那就是姑娘了？"青年说，"近期结婚？好极了，该成家了。新婚草莓，"说着，他取出几枚，"既有闺房的芬芳，也有圣徒的气息。"

鲁毕昂哑口无言，最后不得不让步，解释一番，说草莓是一个朋友的妻子送的。卡洛斯·马利亚眨眨眼，弗莱塔斯说一切都清楚了。可是起初，那种神秘，那精致的小篮，那可爱的草莓，"拉皮条的草莓，"他笑着说，"这一切都给人一种不道德和犯罪的印象。好了，到此结束。"

他们默默地喝完咖啡，走到大厅。鲁毕昂显得很殷勤，内心却颇为不安。几分钟后，他对两位客人的第一种估计感到满意：私通。他觉得理由十分充足。若不是因为爱护对方的名声，他会承认这的确是私人秘密。而且，过分的掩饰会在二者心中引起怀疑、猜测……他会心地笑了。

卡洛斯·马利亚看看表——两点，他该走了。鲁毕昂十分、十分地感谢他们的高见，希望他们以后多多给予指教。星期天进行这种友好的辩论是有益的。

"支持！"弗莱塔斯立即说。

他已将六支雪茄揣进了衣袋，临走时，对鲁毕昂耳语道：

"留个小纪念，享受六天，每天一支。"

"多带些。"

"不，以后再拿。"

鲁毕昂将客人送到大门。金卡斯·博尔巴听到门声，从后花园跑出来，显得极为热情，特别是对主人。它兴致勃勃地走近卡洛斯·马利亚，想吻他的手。青年人厌恶地赶走它，鲁毕昂又加上一脚，它嚎叫着跑开。众人告别。

"先生去哪里？"卡洛斯·马利亚问弗莱塔斯。

弗莱塔斯估计他可能要去圣克莱门特访友，打算与他同行。

"我到海滨那边，"卡洛斯·马利亚说。

"那我就拐弯了。"另一个说。

33

目送他们走远后，鲁毕昂回到大厅，又一次看了索菲娅的便条。突如其来的这页纸上的每一个字都是一个秘密，署名更意味深长。只是索菲娅，没有任何别人，包括她的丈夫。"真正的朋友"显然是种暗喻。至于开头语："送去一点小小果子为您伴午餐"反映了一颗善良、慷慨心灵的盛意。鲁毕昂以本能的直觉看到、感到和触到了一切。他最后亲吻了纸片——恕我说得不确切，吻的只是署名，那个从洗礼之日起被母亲呼唤的名字，那个在婚后又作为精神的一部分献予丈夫的名字。而此时这一切的起源与所属统统抛掉，奉献在他的面前，在一片小纸的末端……索菲娅！索菲娅！索菲娅！

34

"怎么来得这么晚?"他一到圣特莱萨的花园门前,索菲娅就问。

"午饭两点才结束,我又整理了一些纸张。其实也不算晚,"鲁毕昂看看表说,"四点半。"

"对朋友来说,永远是晚的。"索菲娅责怪说。

鲁毕昂陷入沉思,他甚至连手也没伸出来。对面房前的铁凳上坐着四个女人,默默地、好奇地看着他。她们是索菲娅的客人,等着观看富有的鲁毕昂。索菲娅一一做介绍。她们之中三个已婚,一个老姑娘,一个古怪的老姑娘。姑娘三十九岁,黑黑的眼睛,等得有些不耐烦。她是西凯拉少校的女儿,不一会儿少校便来到花园。

"我的朋友帕利亚早向我谈起过阁下,"少校被介绍给鲁毕昂时说,"我相信您是值得深交的朋友,他向我讲了你们认识的经过。一般说来,最好的友情就是这样建立的。我三十多岁时,皇帝弱冠以前,曾有过一个朋友,和我的关系最好。我同他也是这样偶然在贝纳德斯药房认识的。他外号叫绑腿若昂……他可能在年轻时,大约从一八〇一至一八一二年之间曾用过此名,这个绰号也就一直延续了下来。药房位于圣若泽大街与米塞里科迪亚大街的交接处……绑腿若昂——绑腿是一种使腿变粗的方法[1]……贝纳德斯是他的名字,若昂·阿尔维斯·贝纳德斯……他的药房在圣约瑟大街,下午和晚上那里很热闹;人们披着大衣或拄着手杖,有的还提着灯笼。而我却不,我只带大衣……我每次去都是穿大衣。贝纳德斯——若昂·阿尔维斯·贝纳德斯是他的全名,他是马利卡的儿子,生长在里约热内卢……绑腿若昂是绰号。他年轻时打绑腿走路,听说以衣着讲究闻名全城。我永远不会忘记,绑腿若昂……披着大衣……"

鲁毕昂的思想在这倾盆大雨中挣扎。但他无路可走,无论哪一边,都是墙壁。没有一扇开着的门,没有一个通道,而倾盆大雨却继续在

---

1 当时人们将粗腿视为美的标志。

下。如果他能抬眼望望女士们，起码会发现她们都在好奇地望着他，特别是少校的女儿托尼卡小姐。然而，他却不能，他只能听着，少校继续泼着大雨。最后是帕利亚给他送来了一把伞。索菲娅告诉丈夫鲁毕昂来了，帕利亚赶到花园迎接朋友，并说他不该来得这么晚。少校又一次解释了药剂师的绰号，然后才匆匆离开，叫着女儿，出门上街。

35

少妇们个个漂亮，即使那个老姑娘，在她二十五岁上下时，也不见得丑。但出类拔萃的还是索菲娅。

我们的朋友不仅感到了这一点，还感到了许多别的。岁月像一个行动迟缓的雕刻家，以其漫长的时光打磨着那一群女人。这种缓慢的雕琢简直是神奇的。索菲娅已度过了二十八个春秋，但出落得比二十七岁时还美丽。可以想象，只有到了三十岁上，雕刻家才能最后停止工作，如果他不想把结尾工作拖上两三年的话。

就说她那双眼睛，此时绝不像鲁毕昂在火车上同帕利亚谈话时所见到的那样。当时，那双眼睛所关注的仅仅是谈话而已……而现在，它显得更黑、更亮、更平静，随时在谱写着感情的乐曲，以醒目的音符，以巨幅的篇章，而不是一行两行。她的嘴也更加娇媚，肩、手、臂尤为动人。加上她那恰到好处的仪态和表情，可以说她妙不可言。女主人身上容纳不下任何瑕疵，鲁毕昂起初认为她的眉毛过于浓密，似乎是脸上的多余之物。然而此刻她那毫无减少的眉毛似乎成了她的一个相当富于个性的标志。

衣着也考究：束腰，栗色细毛线上衣紧紧裹着身躯，显得朴素大方；耳垂上戴着两只真正的珍珠——我们的鲁毕昂在复活节赠送的礼物。

漂亮的女主人是老公务员的女儿，二十岁上嫁给这位克里斯蒂安诺·德·阿尔梅达·帕利亚——一个二十五岁的年轻捐客。丈夫会赚钱，又机敏、勤快，对生意和行情有远见卓识。一八六四年，尽管工作不久，他便预见到——没有其他更适合的词——银行的破产。

"我们总有一天要发迹；不过，这也像走钢丝，稍一失神就前功尽弃。"

不幸的是他挥金如土，搞得入不敷出。他尤其喜欢凑热闹，无休止的欢聚，为妻子购置华丽的衣服和首饰，大多是最新发明和最新式样的陈设——这一切耗尽了他的储备，出现了赤字。饮食他不讲究，可以说很节俭。他经常出入剧院，尽管他并不喜欢。舞会嘛，虽说可以消遣，但与其说是爱好，不如说是专为显示妻子的眼睛，眼睛和乳房。他有卖弄的癖好，他精心地打扮妻子，甚至逢人炫耀自己的浪漫史。他就像一位吕底亚的国王，内心拘谨，外表开朗。

现在我们再评说一下女主人。起初，夫唱妇随；在一片赞扬声中，她渐渐随波逐流，久而久之，她变得爱出风头，哗众取宠，并以此为乐。我们无须对她进行不切实际的褒贬，她的眼睛足以证实其傲慢。那双欢乐、不安、迷人，十分迷人的眼睛，我们可以将它比作旅店前招徕顾客的明灯。人们望灯止步，看看那美丽的色彩，鲜明的标记，凝视再三，但望望又走了。为什么要开窗户？窗户终于打开了，然而大门，如果我们可以将心灵比作大门的话，却是关着的，紧紧地关着。

36

"我的上帝，多么漂亮！我真想出丑了。"晚上，鲁毕昂在窗前想。他似乎望到了索菲娅，索菲娅也在望着他。

一个女声唱起了歌。三位已婚的男宾听到歌声，放下手中的纸牌，走进客厅，停留片刻。歌手是其中一个的妻子，正在弹钢琴伴奏的帕利亚没有发现妻子正同资本家相互对视着。我不知其他人是否发现了这一点，但有一个女人无疑是发现了，她正在望着他们：少校的女儿托尼卡小姐。

"我的上帝，多么漂亮！我真的要出丑了。"鲁毕昂继续在窗前想，他的目光久久停留在望着他的美丽的女主人身上。

37

托尼卡小姐注意两人的眉目传情很好理解。自从鲁毕昂出现，她一直设法引起他的注意。她那可怜的三十九岁的眼睛，举世无双的眼睛，濒临绝望的眼睛又爆发出几点火花。左顾右盼、秋波涟涟，这已是她的老行当。用多情的目光向资本家发起进攻对她来说是毫不费力的。

她那米纳斯人的心灵又一次振奋了。某种直觉告诉她，这个富有的米纳斯人与她是天作良缘。富有是她要求之外的东西，她不要求财富，只要一个丈夫。她所有的进攻目标从来不是金钱。最近一个时期，她有些消沉、消沉、消沉。她最近的一次进攻目标是个穷学生……谁能说上帝没有为她命中安排一个富翁？托尼卡小姐相信她的保护人——圣母，她使出浑身的解数向堡垒冲锋了。

"其他女人都结了婚。"她想。

她立即发现鲁毕昂和索菲娅的目光在不约而同地向一起凑，同时她也发现，索菲娅投去的目光不那么频繁，不那么专注。从他们的谨慎中，她觉察到了些东西。他们可能在相爱……这种怀疑使她难过，但希望和期待又告诉她，经过一次或多次爱情挫折的男人往往对婚事采取速决战。问题是要抓住他，成家的愿望可能会使他放弃对别人的追求，如果真有的话。

她决定加倍努力，她重又施展出全部妩媚，尽管已是枯萎的妩媚。她扭捏作态，挤眉弄眼，走起路来摇摇摆摆，以显示她那窈窕的身材与纤细的腰。她用尽心机，结果仍如过去一样一无所获。这就如投彩：总想捞回失去的东西。

但那个夜晚，在钢琴的伴唱声中，托尼卡小姐发现他们俩完全陶醉了。毫无疑问，那目光已不像过去那样偷偷摸摸、躲躲闪闪，而是肆无忌惮的凝视。托尼卡小姐感到一种老乌鸦的绝望哀怨。乌鸦说：过去的不会再来。

尽管如此，她仍未停止斗争，她终于使鲁毕昂在她身边坐了几分钟，向他讲述了一些美好的东西，一些她认为浪漫的话语，一些触景生情的伤感。鲁毕昂听着、敷衍着，当索菲娅走出大厅时，他不安起来，甚至完全心不在焉了。托尼卡小姐热情地说很想去米纳斯看看，特别是巴尔巴塞纳。"那里的气候好吗？"

"气候？"对方机械地重复道。

他望着索菲娅站立的背影，她正同两位坐着的太太交谈。鲁毕昂又一次惊叹她的倩姿，那上宽下窄的身段，犹如一束巨大的绿叶，亭亭玉立在座椅形成的花盆之中，而她的头就是绿叶丛中脱颖而出的一朵傲然的木兰花。鲁毕昂痴痴地望着，当托尼卡小姐问起巴尔巴塞纳的气候时，他只重复了两个字，连疑问的语气也没表达出来。

38

鲁毕昂得出了结论：索菲娅的心从未如此急迫地约他双双飞向那神秘的土地。一般说来，当心灵踏上归途时，往往已经衰老和疲惫不堪。有的一去不复返，有的停在半路，而大部分不会越过门槛……

39

月色无限好。在这高高的山丘上，在天与地之间，即使一个懦弱的灵魂也会产生无畏的勇气。请看：他们两人来到花园，索菲娅挽着他的臂，观赏月色。她曾邀请托尼卡小姐同去。可怜的姑娘说一只脚疼痛，过一会儿再去。她终于未去。

两人沉默着。通过敞开的窗户，可以看到交谈的人们，包括玩纸牌的男人。花园是小的，人类的声音有各种音符，他们可以吟诵无人听到的诗章。

鲁毕昂想起一个古老的、很古老的比喻，记得一八五〇年我曾在某篇诗或散文中看到过。他将索菲娅的眼睛称为地上的星星，将星星称作天上的眼睛。这些话都是颤抖着低声说的。

索菲娅感到惊愕，她突然直起了俯在鲁毕昂胳膊上的身子。她已习惯男人的拘谨……星星？眼睛？她想说比喻不恰当，但又找不到一种回答方式，这种方式既不否认对她的赞美，又不鼓励他走得太远。一阵长长的沉默。

"有一点不同，"鲁毕昂继续说，"星星不如您的眼睛漂亮。其实，我也不知道星星到底是什么样子，上帝将它放得那样高，就是不让人看清，以免有损它的美丽……但您的眼睛就不然，就在这里，在我的面前，那样大，那样明亮，比天空还明亮……"

鲁毕昂口若悬河，无拘无束，完全判若两人。他的高论并未到此停止，他又讲了许多别的，但也只是讲讲而已。他的思想是贫乏的，尽管个人情况发生了突变，这种变化不但没有激发起他的新灵感，而且使他更加空虚。索菲娅不知所措，她的怀中原是揣着一只温顺、安静的小鸽子，但飞出来的却是一只苍鹰——一只钩嘴、饥饿的苍鹰。

她必须回答点什么，以制止他的谈话。说没有兴趣，但绝不能使他生气，使他扫兴地离开……索菲娅苦思冥想，但什么也想不出。她进退两难，这一难题对她是不可解决的，不论她表示理解还是不理解。她回想起自己的表情，娓娓动听的话语，不寻常的依恋，她深知在此形势下，不能对男人的关心表示冷淡。然而，既要承认这一切，又不能触犯客人，这是为难之处。

40

天空的星星似乎在嘲笑那一尴尬局面。

月亮看看他们吧！月亮不会嘲讽，而诗人，喜欢吟风弄月的诗人一定会发现月亮曾爱过一个懒惰的星体，许多世纪之后又抛弃了它。或许至今它们仍在相爱。月食（请原谅我的天文学）只不过是它们的一种幽会，狄安娜下凡与恩底弥翁相会完全可能是真的。下凡大可不必，两人像草丛中的蟋蟀在太空有何不妥？夜如慈母般祖护着众生。

另外，月亮是寂寞的，寂寞使人变得严峻。群星犹如十五至二十岁的少女，活泼、多舌、顽皮，对一切和所有的人都爱评头论足。

我并不否认他们是纯洁的，但这更坏，它们会讥笑所有那些它们不能理解的东西……纯洁的星星！可怕的奥赛罗和得意的项狄曾这样称呼过它们。心灵和精神的两个极端都同意这一观点：星星是纯洁的。它们听到了一切（纯洁的星星！），听到了鲁毕昂贸然向惊恐的索菲娅的大脑所灌输的一切。几个月来她所依恋的人（纯洁的星星！）只不过是个放荡汉。星星将说魔鬼用上帝为它装上的两只天使翅膀欺骗了姑娘。现在，它突然把翅膀塞进了衣袋，将帽子脱掉，额头上伸出两个可怕的触角。它笑着，那是恶意的狞笑，不仅要收买她的灵魂，还要俘获她的身体……纯洁的星星！

41

"我们进去吧！"索菲娅低声说。

她想抽出胳膊，他却紧紧夹住不放。不，进去干吗？这里不错，很好……还有比这里更好的地方？难道他有冒犯之处，索菲娅忙说没有，恰恰相反。但是，她必须回到大厅……客人等得太久了！

"不过十分钟，"鲁毕昂说，"十分钟算什么？"

"他们会发现我们不在了……"

鲁毕昂听到这个人称代词不禁心中一动："我们"不在了。他认为这是一种同谋的表示，并同意他们会发现"我们不在"的说法。言之有理，他们该分手了，但他要求她一件事，不，两件事：第一，不要忘记这神圣的十分钟；第二，每天晚上十点钟，遥望南十字星座。他同时也遥望，这样两人的心便相会在那里，亲亲密密，像上帝与人一样。

要求富于诗意，但也仅是要求而已。鲁毕昂那灼热的目光似乎要将她吞食。他紧握她的一只手，谨防她逃跑。他的眼睛和行动却毫无诗意。严厉的词句几乎从索菲娅的嘴里脱口而出，但她及时咽了下去，她想到鲁毕昂是他们的好友。她想笑，却笑不出；她嗔怒了，接着是忍让，最后是乞求。她以鲁毕昂之母的在天之灵（这是无疑的）乞求……鲁毕昂不管天，不管母亲，他一切都不管。母亲算什么？上天算什么？鲁毕昂的神情说明了这一切。

"哎唷！别折断我的指头！"少妇低声哀叫。

此时，他开始恢复了理智，放松了进逼，但没有放松对方的手指。

"走吧，"他说，"你先走……"

他正要弯腰吻她的手，几步之外传来的一个声音将他完全惊醒了。

42

"哈哈！你们在赏月？真的，妙极了！好一个恋人之夜……真的，妙极了……好久没见这么美的夜……瞧这地，真像汽灯照的……妙极了！这是恋人之夜……恋人都喜欢月亮，我在依卡拉的时候……"

是西凯拉——可怕的少校。鲁毕昂哑口无言。索菲娅很快镇定下来，回答说真的，月亮真美，又说鲁毕昂坚持认为里约热内卢的夜无法同巴尔巴塞纳的相比，还讲到门德斯神父的一段趣事……是门德斯吗？

"门德斯，对，门德斯神父。"鲁毕昂嗫嚅道。

少校难以掩饰惊愕的表情。当他走进花园时，分明看到两只手紧紧握着，看到鲁毕昂低头和两人张皇失措的分离。现在这一切竟变成了门德斯神父……他望望索菲娅，她在微笑，神情泰然，无懈可击；没有任何惊恐与窘迫，说话的态度是那样坦然，以至少校怀疑自己看花了眼。但鲁毕昂破坏了一切；他尴尬地说不出一句话，忙乱地掏出表来看看，又将表贴在耳边，似乎表停止了走动；又拿出手帕擦擦，慢慢地，慢慢地，不看她，也不看他……

"好，你们谈，我去看看太太们，她们可能没人陪。先生们还没打完牌？"

"完了，"少校回答，并好奇地望着索菲娅，"完了，他们问起这位先生，所以我来看他是否在花园。你们在这里待了好久？"

"刚来。"索菲娅说。

然后，她轻轻拍拍少校的肩头，穿过花园，回到屋里。她不走客厅的正门，而是从旁门入厨房；这样，当她从里面走进客厅时，给人的印象是她刚刚吩咐完毕备茶。

鲁毕昂虽然平静下来，但仍不知说点什么，而他又必须说点什么。最好讲讲门德斯神父的轶事，坏的是既无那样一个神父，更无他的轶事，他又缺乏编造的本事。最后，他只说了句：

"神父！门德斯！门德斯神父真有意思！"

"我认识他，"少校笑着说，"是门德斯神父？我认识，他死时是红衣教士。他去过米纳斯？"

"可能去过。"鲁毕昂茫然答道。

"他是本市萨瓜莱马的儿子，瞎了一只眼。"少校用手指指左眼说，"我同他很熟，如果是他的话；也可能您说的是另外一个。"

"可能。"

"死时是红衣教士，人很好，但喜欢漂亮姑娘，就像喜欢欣赏艺术大师的杰作。哪位大师比上帝还伟大？"少校说，"譬如，索菲娅太太，没有一次神父在路上遇到她不对我赞不绝口：我今天看到了帕利亚那位漂亮太太……他死时是红衣教士，萨瓜莱马的儿子……他的眼力真不错……我们的帕利亚夫人的确出类拔萃，模样好，身材也好，我甚至认为她的身材比模样更好……您说呢？"

"好像是……"

"为人又好，难得的主妇。"少校说着点上一支雪茄。

火柴的光亮在少校的脸上映照出一种嘲弄的表情；若说不是嘲弄，但也绝不是相反的东西。鲁毕昂感到脊背一阵凉意。是他听到了？看到了？猜到了？是他生性鲁莽，还是拨弄是非？从他面部看不出什么。不管怎么说，应从坏处着想。我们的英雄此时就如一个老练的近海水手突然进入波涛汹涌的远洋。幸好恐惧能活跃人的思维，他产生了一个念头：奉承。鲁毕昂立即说少校很诙谐、风趣。表示欢迎他光临玻塔弗哥，这对主人将是莫大荣幸，并告诉他门牌号码，又说朋友不多，只有帕利亚，他十分感激的帕利亚；索菲娅太太，一位十分庄重的女人；另外还有三四个知己。他只身一人，很可能要回米纳斯去。

"现在？"

"不是说现在，但也不会待很久。要知道，一个人在一个地方待久了，很难适应新的环境。"

"这要看情况。"

"当然，要看情况……但一般是这样。"

"或许是，但先生例外。首都真是个鬼地方，坠入情网就像患感冒一样，凉风一吹就昏头昏脑。用不着打赌，不出六个月，先生就要结婚……"

"他什么也没看到。"鲁毕昂想。

于是，他高兴起来：

"可能。不过，在米纳斯也能结婚，那里连神父也有。"

"但没有门德斯神父。"少校笑着说。

鲁毕昂勉强一笑，他不知少校的话是善意还是恶意。少校转了话题，他谈到气候、城市、政府、战争、罗佩斯将军。事物总是此一时，彼一时：这一阵雨比初来时的大得多，鲁毕昂的眼前出现了光明。少校喋喋不休的演说使他感到鼓舞，他时而插上一两句话，时而频频点头表示赞赏。他又一次断言对方没看到，什么也没看到。

"爸爸！爸爸在这儿？"花园的入口处传来一个声音。

是托尼卡小姐，来唤父亲同家。茶已备好，这是真的，但她不能再待下去。她头疼——她对父亲低声说。她冷冷地向鲁毕昂伸出手，鲁毕昂劝她再坐一会儿，但少校……

"打搅您了。"少校说，"我得听她的。"

鲁毕昂将家庭地址交给他，并坚持要他确定做客的日期，最好下个星期天。少校说不便确定时间，有空就去。他很忙，商务缠身，还有……

"爸爸，我们走！"

"好。看到了吗？我一会儿也不能多待。你向主人告辞了？我的帽子呢？"

<h1 style="text-align:center">43</h1>

在下山的路上，托尼卡小姐继续听父亲演说；话题虽变了，但风格依然——杂乱无章、滔滔不绝。她听着，但不懂。她沉思，全神贯注地咀嚼夜晚的情景，回忆着索菲娅与鲁毕昂的目光。

父女回到位于塞纳多大街的家。父亲去休息，但女儿却未立即就寝。她坐往梳妆台旁的小椅子上，那里有个圣母像。此刻她的思绪既不平静，也不纯真；她不大懂爱情，只是耳闻过私通，索菲娅其人使她感到厌恶。现在。索菲娅在她的眼前变作半人半蛇的怪物；她憎恶，她要报复，要把一切告诉索菲娅的丈夫。

"我要把一切都告诉他，"她想，"或当面，或写信……写信不好，还是单独对他讲。"

她想象着谈话的情景：对方先是惊愕，后是愤怒，继而是对妻子斥责和咒骂。卑鄙、无耻、下贱……她所希望的这些名词在她耳边回响，她的怒火也随之而消失，她惬意地看到那个狼狈不堪的女人驯服地跪在丈夫的脚上……下贱、无耻、卑鄙……

她心中怒气的发作持续了一会儿——大约二十分钟，她感到精神疲倦，便从遐想中走了出来。她抬眼望望周围的现实，梦幻中断了。她看看身旁，看看独身卧室。这是一间精心设计的卧室，她精心地将一条带、一片布加以美化，最大限度地装饰、点缀和打扮每一件原不雅观的什物，粉饰那无生气的墙壁，雕琢那为数不多的简陋家具。房中的一切好像在恭候一位爱侣的到来。

根据古老的传说，一位以色列姑娘曾在某个夜晚等候圣意的降临。在何处听到的这一传说，我们姑且不论；我们只将那个姑娘同眼前的做个比较，唯一区别是眼前的姑娘不只在某个夜晚，而是在所有的、所有的、所有的夜晚……室外呼啸的风从未给她带来久候的恋人，黎明的曙光也未告诉她恋人可能在地球的什么地方；她只有等待着，等待着……

此刻，她的遐想与怨恨停止了、消失了，她看着，看着这寂寥的空房，想起了学校的女同学和现在的女友，最亲密的女友个个都出了嫁，最晚的一个也在三十岁上跟了一个海军军官，这件事曾在我们的独身女友身上重新唤起过青春的希望。她的要求并不高，远在十五岁时军官制服就曾引起过她的兴趣……军官哪儿去了？又过了五年，现在她已满三十九，向四十迈进。四十岁——老姑娘。托尼卡小姐不禁打了个冷颤。她望着四周，回忆起了一切。她猛地站起身，就地转了两周，一头扑到床上，放声大哭起来……

44

请莫以为此时的痛苦比气愤更强烈，其本质是相同的，只是结果不一样。气愤之余是不了了之，但屈辱却化作伤心的泪水。此时，这位小姐产生了一种冲动，恨不得掐死索菲娅，将她踏在脚下，撕碎她的心，把她为丈夫设计的咒骂当面喷在少妇的脸上……但这毕竟是想象！请相信意念暴君的存在。是真的？但这位女士的头脑里闪过卡里古拉的影子……

45

有人在哭，有人在笑——这是普遍法则，我富有的先生。这样形成了天地间的和谐。大家都哭未免单调，众人都笑也令人厌倦；将泪水同波尔卡舞，啜泣同萨拉班达舞¹合理结合，使人们的精神得到必要的调节，使生活保持平衡。

鲁毕昂的心在笑。请看，他心中唱着欢乐愉快的歌走下山坡，对

1　一种西班牙舞。

月抒发自己的衷情；他像在吟咏一首短诗，其语言却无人能懂，因为没有任何符号可以表达诗中的词义。山下，空旷的街道像是挤满了人，寂静变作喧哗，每个窗口都露着女人的身影，漂亮的脸蛋，浓浓的眉毛。她们都是索菲娅，又只是一个索菲娅。有时，鲁毕昂感到自己放肆、鲁莽；他想到花园，想到少妇的反抗、不悦，他甚至有些后悔。他不禁感到战栗，生怕大门从此关上，来往被完全切断。事情来得太突然，他应当有点耐心，时机也不好。客人多，到处灯火通明，在那种场合怎么能毫无顾忌地谈情说爱？按理，应该将他立即轰走。

"我是个疯子！"他大声说。

丰盛的晚餐他不想吃，美酒他不想喝，连贵妇们欢聚的灯火辉煌的大厅也不想去。他感到自己疯了，完全疯了。

然而，另一种念头却在为他的行动辩解。索菲娅对他的表演似乎是纵容的。那频频送来的秋波，凝视的目光，那表情、那神态，分明是邀请他肩并肩地共进晚餐。那温存的话语，那殷勤周到，这一切难道不是绝大的纵容与追求？他以善良的愿望解释少妇在花园中的矛盾心理，大厅中高朋满座，她第一次听到第三者的情语，自然会使她发抖。他感到自己放肆过分，急于求成，缺乏循序渐进，不能悄然行事。他从未用使她发疼的力量握过她的手。总之，太粗鲁。他又一次担心大门关上，然而，分析一下少妇的行动，包括捏造门德斯神父——二人合谋的谎言，他又被希望所安慰。当他想到其夫对自己的敬意……他真的战栗了，并感到悔恨。他不仅获得了其夫的信任，还不止一次慷慨解囊，为其偿还债务。

"不能，也不应该这样，"他自语道，"继续下去是不光彩的。严格说，肇事者并不是我，是他一直向我挑衅，包括现在！是的，应该拒绝她……不错，我向他提供过钱，但这并不是他的要求。他需要许多钱，我也欠他的情。当然，偿还债务是他开的口，但也仅此而已。他诚挚、勤恳，作怪的是他那妖里妖气的老婆，她用漂亮的眼睛和身材……多么标致的女人，我的老天爷！今天更出色；她挽住我的胳膊，坐在桌边，尽管我的袖子……"

他茫然、犹豫，想到对朋友应有的诚实。但他的心灵一分为二，一半谴责另一半，另一半自我辩护，二者都是盲目的……

他来到立宪广场，信步而行。他想去剧院，但太晚了。他转向圣弗朗西斯科广场，想找一辆马车，回玻塔弗哥。三辆马车同时迎上来招徕生意，车夫夸耀着各自的好马良驹。

46

嘈杂的人声、车声惊醒了睡在教堂台阶的一个乞丐。可怜虫爬起来，环顾四周，倒头又躺下，但仍醒着，仰面朝天，睁大眼睛愣愣地望着天空。天空也望着他，像他一样木然不动，只是缺少他的皱纹、他的破鞋、他的烂衫。这是一个清澈、宁静、布满繁星的神秘夜空，恰似在等候雅各[1]的婚礼和卢克丽霞[2]的自杀。双方相互审视着，神色威严，略带敌意，同时又平和，不卑也不亢。

乞丐似乎对天空说：

"你永远也掉不到我身上。"

天空回答：

"你也爬不到我上面。"

47

鲁毕昂不是哲学家，他与乞丐进行的这一番思维比较只为他增添了一丝妒意。"那个无赖什么也不会想，"他自语，"马上就会睡着，而我……"

"我的先生，请上车；瞧这牲口多好，十五分钟就到。"

另外两个车夫几乎是异口同声地说：

"我的先生，来这儿，瞧……"

1　犹太祖先，即以色列。

2　古罗马烈女，因遭污辱而自杀。

"瞧我的小马……"

"请吧，十三分钟，十三分钟准到。"

鲁毕昂犹豫片刻，登上最近的一辆，说了声玻塔弗哥。此时，他想起了件遗忘了的往事，或许正是这一往事无意地启发了他。鲁毕昂尽力想点什么，使思绪摆脱那天夜晚的纠葛。

许多年前，那时他还年轻，也很穷。一天上午八点钟，他走出卡诺大街（当时叫"九·七"大街）的家门，来到圣弗朗西斯科帕拉广场，然后又沿奥维多尔大街而下。他心事重重，因为他住在朋友家，而此人待客只有三天的热度，但他已住了四个星期。俗话说：三天后的客人不香，时间再长些会臭得像死尸，何况天又这样闷热……难怪单纯得像善良的米纳斯人，多疑得如圣保罗人一样的鲁毕昂满腹心事。他苦想着以后的归宿，可以相信，当他走出朋友的家门，走到圣弗朗西斯科广场，又沿奥维多尔大街下坡时，他什么也不想看，什么也不想听。

在奥维多尔大街路口，一群人和一行队列挡住他的去路。一个身着司法制服的男人在宣读一项判决，他的旁边是法官、神父和士兵，周围是好奇的行人。主角是两个黑人，其中的一个中等身材，瘦瘦的，双手被缚，二目垂地，面带恐惧，颈上套着绳索，被另一个黑人牵着。后者二目平视，神情坚毅、沉静，傲然面对好奇的人群。宣判结束，押解的队列沿奥维多尔大街前进，他们是从监狱去莫拉广场。

鲁毕昂自然激动起来；最初几秒钟，他的心情就如现在在选择马车时一样。他的心中有无数马匹，有的拉他向后转，去办自己的事；有的拉他向前走，观看处决黑人。上绞刑架的情景实在难得一见！"先生，二十分钟内，一条命就完了！""先生，我们去干点别的吧！"我们的主人公闭上眼睛，信步走去。虽是信步而行，他却没从奥维多尔大街走向吉坦达大街，而是跟着队列折向奥里维斯大街。"处决不看，"他想，"只看看犯人走路的样子，刽子手的面目，行刑前的仪式……"处决的场面他的确不想看。有时队列停止前进，人们走出大门，或探身出窗口，听法官重读判决。然后，队列继续前进，仍是那样庄严。

观众们议论着狂人的罪行——马塔玻哥斯的凶杀案，说犯人冷酷而凶残。这种评论振奋了鲁毕昂，使他产生了毫无恻隐之心地目睹处决的勇气。犯人失去了杀人时的面目，恐惧掩饰了邪恶。不知不觉，他已置于刑场；人相当多，而且越来越多。

"回去吧！"心灵说。

然而，犯人还没登上绞刑架，一时还不会死，要走也来得及。既然已来了；为什么不能闭上眼睛，像阿里皮约面对野兽一样？显然，鲁毕昂对这位古代青年一无所知，他的眼睛非但没闭上，反而慢慢地睁大，充满了好奇……

被告登上绞刑架，人群骚动起来，刽子手开始执刑。这时，鲁毕昂的右脚在离开的思想支配下向外画了一个弧形，但左脚却被相反意识所控制，继续站在原地。意识在斗争……瞧我的马！看！一头多好的牲口！真不错！"镇静！"鲁毕昂又停了几分钟，这已足够他挨到最后时刻的到来。所有的目光集中到了一点，包括他的。鲁毕昂不知是什么虫子在嚼噬他的五脏，什么样的铁手抓住了他的灵魂，将他固定在那里。最后的时刻确实短促，被告的腿抽动着，全身痉挛，刽子手露出傲然得意的神情。人群中一阵骚乱，鲁毕昂大叫一声，便什么也看不见了。

48

"阁下也一定喜欢这匹马……"

鲁毕昂半睁开眼睛，见车夫正用鞭梢轻轻驱赶着牲口。他感到气愤，此人使他从往事的回忆中惊醒。回忆虽谈不上美好，但却是过去的，过去的和治病的；使他如服了一剂清醒剂，将现实的痼疾医治。但车夫惊动了他，唤醒了他。马车爬上帕拉大街，马仍像下坡时跑得那样快。

"这匹马对我很友好，"车夫继续说，"您一定不信；它可以讲许多有趣的故事，以至有人说我扯谎。不，先生，绝不。谁不知道马和狗是最通人性的动物？狗更灵……"

提到狗，鲁毕昂想到金卡斯·博尔巴一定在家焦急地等候他。他没忘记遗嘱的条件，他发誓要不折不扣地予以履行。其实，他怕的是它逃跑，失掉财产。律师的话靠不住，此人对他说遗嘱中并没讲狗逃跑的转化条件，财产跑不出他的手心。跑了怕什么？这更好，不省得麻烦？鲁毕昂虽表面接受这种解释，但心中仍怀疑不定，开始的周折不就是例子！还有法官的争论，妒忌者和敌人的破坏。总之，这会使他可怕地失去一切。裁决是无情的，整个下午和晚上他没想过一次金卡斯·博尔巴，他为此感到惭愧。

"我无情无义。"他自语。

但转念一想，没有想到给予他一切的另一个金卡斯·博尔巴，这更加无情无义。说不定，死者的灵魂附在了狗身上，两个金卡斯·博尔巴化为一体，不是为了涤罪，而是为了监视新主人。圣若昂总督当政的时代，一个黑女人将这种附魂思想灌输到他年幼的头脑中。据她说，有罪的灵魂都要附在动物身上，她认识的一个书记官就变作一只负鼠……

"阁下不要忘记告诉我您的家在哪里。"

"停车。"

49

狗在院内叫起来。鲁毕昂一进门，它兴高采烈地表示欢迎。尽管是违心的，他还是接受了这一友好表示。想到眼前的狗可能就是立嘱人，他不禁一惊。他与它登上石阶，在灯下停了一会儿，鲁毕昂吩咐开门。他很单纯，谈不上信仰什么；他不攻击什么，也不捍卫什么：永恒圣洁的大地总能为他生长点什么。京都生活甚至赋予他一种特性：在多疑者中间待久了，他也成了个多疑者……

在等待开门时，他瞥了狗一眼，狗正望着他，好像它就是死去的金卡斯·博尔巴本人。它的目光正是哲学家审度事物时的思索的目光……他又不禁一惊。恐惧虽大，但没将他的手束缚住；他仍然伸出了手，摸摸动物的头，搔搔它的耳朵和脊背。

"可怜的金卡斯·博尔巴，你很喜欢主人，不是吗？鲁毕昂是金卡斯·博尔巴的好友。"

狗慢慢地左右摇动着脑袋，耷拉着的耳朵分享着爱抚。然后，它抬起下巴，示意让他搔。主人服从了。狗惬意地半闭着眼睛，神态就像哲学家躺在床上，向他讲述难懂或根本不懂的理论时一个样……鲁毕昂也闭上了眼。门开了，他同狗告别，但仍是那样热情，似乎想请它进去。西班牙仆人奉命将狗带下台阶。

"不要打它！"鲁毕昂吩咐。

它这次没挨打，只是下台阶时太痛苦，狗朋友在花园中呻吟了许久。鲁毕昂进门、脱衣、上床。啊！充满形形色色幻想的一天，从清晨的回忆，同两个朋友共进午餐，到轮回观念，上绞架的人，还有那个没被接受，也没被断然拒绝，似乎被人发觉的求爱……他的脑海里一堆乱麻，念头从一端跳到另一端，像孩子们玩的橡皮球。但最强烈的念头还是爱。他感叹，他后悔；后悔是良心的产物，而他的思想却抓着美丽的索菲娅一刻也不放……一个、两个、三个小时……远方的索菲娅，下面的狗吠声……难得的困倦……三个小时……哪儿去了？三个半……终于，在万般思绪之后，他困了，他努力入睡，但困倦又很快消失。四点前他终于睡着了。

50

不，亲爱的女士，这漫长的一天还没结束，还不知客人走后索菲娅和帕利亚之间发生了什么，或许您对此会产生比绞刑更大的兴趣。

请勿着急，让我们再回到圣特莱萨。大厅仍亮着，但只有一盏汽灯，其余的全熄了。当仆人要将最后一盏熄灭时，帕利亚吩咐等一会儿。妻子想走，被丈夫叫住。她战栗了。

"今天很热闹。"他说。

"是的。"

"西凯拉很讨厌，没办法，人倒很活泼，女儿也打扮得不错。瞧见拉莫狼吞虎咽的样子了吗？总有一天，他连老婆也要吞掉。"

"老婆？"索菲娅笑着问。

"很胖，真的，但第一个更胖，我相信她不是死了，而是被他吞了，一定。"

索菲娅靠在沙发上，被丈夫的风趣逗得发笑。她也讲了几出下午和晚上的闹剧，最后，她抚摩着丈夫的头发突然说：

"你还不知道晚上最大的闹剧。"

"什么？"

"猜！"

帕利亚望着妻子，沉默着，猜测着。他终于没猜到；说了几起，都不是，索菲娅一直摇头。

"到底是什么？"

"我不说，猜嘛。"

"猜不到，快说吧。"

"有个条件，"她说，"不许生气，不许发火。"

帕利亚认真起来。生气？发火？"什么鬼事？"他想。他收敛了笑意，只留下一丝勉强和尴尬的余兴。他望望妻子，追问是什么。

"你答应我的条件？"

"快说！到底是什么？"

"是这样，我听到一篇十足的求爱表白。"

帕利亚的脸白了，他没想到会是这个。我们早知道，他喜欢妻子，尤其喜欢在人前夸耀。对这种消息他不能无动于衷。索菲娅看到他那苍白的脸，她为这一效果感到满意。为得到更大的满足，她微微俯下身，将碍事的头发散在脑后，用发卡包好，然后摇摇头，长长地舒一口气，拉住身边丈夫的手。

"真的，我的老头，有人看上了你的妻子。"

"哪个流氓？"他急切地问。

"不好，你如果这样，我什么也不说。是谁？想知道吗？别着急，是鲁毕昂。"

"鲁毕昂？"

"真想不到，我一直觉得他老实、严肃，这就是知人知面不知心。来过的也不少，我从未听到过不三不四的话。当然，他们喜欢多看我几眼，因为我并不丑……你来回走什么？过来，我不愿大吵大嚷……好，就这样……接着讲。他还没有直接提出来……"

"噢，是这样？"丈夫兴奋地说。

"没有，不过也一样。"

她讲述了在花园事情的经过，从两人去，到少校出现。

"就这些。"她最后说，"这足以说明，他没直接讲，是因为难以讲出口，但话已到了他紧握着我的手指上……就这些，但也已经够过分，好在你还没生气，但要把大门关上，一下子，或慢慢地，我希望一下子，但也无所谓。你说呢？"

帕利亚咬着下唇，痴痴地望着妻子。他默然坐在沙发上，心中合计着。妻子的娇媚俘获鲁毕昂不足为怪，鲁毕昂只是个俘虏。然而，他曾是那样相信一个男人，索菲娅送草莓时的便条就是他起草的，妻子只是抄写、署名、发送。他从未想到这位朋友会求爱，如果那可以算作求爱的话，当然更想不到向索菲娅求爱或许那是种友好的玩笑。鲁毕昂的眼老盯着她，这是事实，不过，有时候，索菲娅也回敬几眼……漂亮女人的弱点！即使眼睛不想看，目光也可能飞过去。"没有理由苛求视神经。"丈夫想。索菲娅站起身，将手帕和发卡放在钢琴上，对着镜子，望望散开的头发。当她回到沙发时，丈夫拉起她的手，笑笑说：

"你这么生气，实在有点小题大做。将女人的眼睛比作星星，将星星比作眼睛，这种事可以当众讲，可以当着家人讲，也可以写成诗或散文发表，过错在于生着漂亮眼睛的女人。另外，除了你所讲的，他还是个乡巴佬。"

"魔鬼也是乡巴佬，我看他是个地道的魔鬼，他干吗约我定时看南十字星？要我们的心在那里相会？"

"这倒是有点浪漫。"帕利亚表示同意，"不过，要知道，这是天真的心声，十五岁的姑娘就会这样说，傻子和诗人也会说。当然，他既不是姑娘，也不是诗人。"

"当然不是，他为什么在花园抓住我的手？"

帕利亚不禁一颤，想到手的接触和抓住妻子的手时使用的气力，他感到难受。说实在的，若有可能，他完全会找到鲁毕昂，掐住他的脖子。但是，一个新的念头消除了前一个念头的效果。他气愤而鄙视地耸耸肩，回答说的确是种无理举动。

"不过，索菲娅，你怎么想起邀他赏月，也不告诉我一声？"

"我原是叫托尼卡小姐一块去的。"

"既然托尼卡小姐拒绝了，你也应该找个借口不去。很简单，是你向他提供了机会……"

索菲娅皱起浓密的眉毛，望着丈夫。她想说点什么，但终未开口。帕利亚继续发挥他的论点，说过错在于她，不应向他提供机会……

"不是你要我对他另眼相看？如果我早知发生这种事，我绝不到花园去。我怎么会想到一个那样稳重，稳重得我无法形容的人会一反常态，说出那种怪话……"

"那就从今后避免月亮和花园。"丈夫强做笑脸说。

"可是，克里斯蒂安诺，他要再来，我怎么见他？我没那么厚脸皮，我看，最好断绝关系。"

帕利亚跷起腿，轻轻碰着鞋。两人沉默无语。他考虑着妻子的建议，但并不想接受，又一时不知如何回答。她是那样恼怒，自尊心是那样强。他不同意，也不可能接受建议，但苦于无言以对。他站起身，双手插进裤袋，踱了几步，停在了索菲娅面前。

"我们可能被一点酒弄得瞎着急。你看，他差一点没喝得躺下。神经脆弱，有些激动，倒出了心里的话……当然，我不否认你可能像其他女人那样给他留下好的印象。前几天他去卡太特参加舞会，回来后对那里的女人赞不绝口，特别是一个门德斯寡妇……"

索菲娅打断他说：

"他为什么不请那个女人看南十字星？"

"当然，因为他没在那里吃晚饭，那里也没有花园和月亮。我的看法是：我们的朋友当时可能有点忘乎所以，现在或许正为自己的过失感到后悔和羞愧。他不知如何解释，也无法解释自己的行为……他很可能不再登门……"

"更好。"

"……如果我们不邀请他的话。"帕利亚将话说完。

"请他干什么？"

"索菲娅，"丈夫坐在她的身旁说，"我不计较小事，但也绝不允许任何人对你不尊重。"

小小的停顿，索菲娅期待地望着他。

"不允许，不允许别人这样，也不允许你默认这种行动。要知道，在这个问题上，我绝不迁就。坚信你对我的感情，也就是对我的爱，使我感到欣慰。所以，鲁毕昂并不使我感到意外，要相信他是我们的朋友，我欠他的情。"

"几件礼物，几样首饰，请看几场戏，不足以让我同他一起看南十字星。"

"但愿就这点！"丈夫说。

"还有别的？"

"这是小事……还有别的……以后再谈……你要相信，若发生严重情况，我绝不退缩。其实没有什么了不起的事，他是个老实人。"

"不。"

"不？"

索菲娅站起身，她也不想计较小事。丈夫拉住她的手，她一句话也不说。帕利亚头靠沙发，望着她微笑，也不知说什么。几分钟后，妻子感到天晚了，要吩咐关灯。

"那好，"帕利亚思索后说，"明天我写信告诉他，不要再来。"

他望着妻子，等她提出反对意见。索菲娅轻轻搔着眉毛，不说一句话。帕利亚将决定重申一遍，这一次可能是严肃的，妻子不耐烦地说：

"看你，克里斯蒂安诺……谁要你写信了？我后悔说这件事，对这种无礼的事，我说最好切断关系，慢慢地或一下子……"

"怎么才能一下子切断？"

"关上大门。我不想啰唆，好了，如果你愿意，那就慢慢……"

这是个让步，帕利亚接受了。然而，愁云又浮上他的心头，他放开妻子的手，一副无可奈何的神情。他搂住妻子的腰，突然大声说：

"可是，亲爱的，我欠他许多钱啊！"

索菲娅捂住他的嘴，失色地望望走廊。

"那好，"她说，"这件事就算了，看他以后的表现，我对他也冷淡点……但是，你的态度不能变，不要让人看出你知道了一切，看我能否处理好。"

"你知道，生意不好，接二连三地亏本……这里的窟窿要堵，那里的也要堵……见鬼！所以……不过，不要紧，亲爱的，没什么，我相信你。"

"走吧，太晚了。"

"好，"帕利亚说完，在她脸上印了一个吻。

"我的头疼得厉害，"她嗫嚅道，"可能是着了凉，也可能是这件事弄的……头太疼了。"

51

洗澡、刮脸、穿衣。帕利亚拿起报纸，等候午餐，妻子走进书房，面色微微苍白。

"你感觉不好？"

索菲娅抿抿嘴，这可能是否定，也可能是肯定。帕利亚说过一天就会好，昨晚太激动，饭吃得又迟……然后，他要为妻子读一条关于拍卖的新闻。两个商人发生了钱财纠葛，其中一人前一天发表了文章，今天是对手的答复。"回答很有力。"他看完文章后说。他不厌其烦地向妻子讲解钱款的支取问题，工作程序，双方的处境，社会舆论。一连串的专业用语，索菲娅听着、叹息着。残酷的职业不容女性的哀叹和男性的谦让。午饭终于好了。

我们的女友只喝了一碗汤，两点时分，便独自坐在了花园的门口。她自然在回忆昨晚的事，她还没有完全冷静，也没有完全不冷静。她既没有同上帝在一起，也没有同魔鬼在一起。她后悔向丈夫讲了那件事，又为他的祖护感到气愤。沉思中，她仿佛又听到少校的话："哈哈！你们在赏月！"好像树叶录下了这句话，此刻在轻风的吹拂下，又将它倾吐出来。西凯拉多舌，又爱打听，他会不会把此事张扬出去？索菲娅想到遭人怀疑和攻击的可能，她要寻求对策。闭门不出，或远走高飞；去新弗里布哥或更远的地方。丈夫要她像往常一样对待鲁毕昂，这未免太过分，只不过为了几个钱。她不愿服从，也不想服从：她决心离开这个城市，随便找个借口。

"错全在我！"她自语道。

过错在于男人的邪念、温存、馈赠、热情，还有昨晚死死盯着她的目光。若不是这些……她陷入了无尽的思绪中，一切都引起她的烦恼——花草、树木、家具、欢唱的蝉、街上的人声、家中的盘碟、女奴的行走以及门前那个吃力上坡的老黑奴，好像黑人的每一个行动都牵扯着她的神经。

52

此时，走来一个高个青年，向她微笑，并慢慢地行了一礼。索菲娅还礼，她被来者及其动作弄得莫名其妙。

"这小子是谁？"她想。

她开始回忆何时何地见过他。样子并不陌生，还有那举止，那温柔的大眼睛。什么地方见过？几个地方出现在她的脑海，但都不是。她最后想到了舞会——上个月，在一位律师家中祝寿。不错，是在那里，他们还跳了四组舞。这是他的一番美意，因为他从不跳舞。她听到许多赞美女性的言辞，他说，女性之美在于眼和肩，而她的眼睛，正如我们所知道的，妙不可言。除了眼睛和肩，他几乎没讲别的，并围绕这个主题，谈了一些有趣的事。他没有任何邪念，他讲得太好了！句句听起来动听悦耳。真的！记得他一走，帕利亚便坐在她旁边的沙发上，告诉她青年的名字，开始她没注意听介绍。青年叫卡洛斯·马利亚——同我们的鲁毕昂共进午餐的人。

"舞会的头面人物。"丈夫看到青年同妻子盘桓了半天，不无傲气地说。

"在男人中。"妻子补充。

"女人中是你。"他望望妻子的胸说。他环顾一下四周，流露出占有和支配的得意神情。妻子对此是熟悉的，她也感到惬意。

当她结束了这一连串回忆，青年已经远去。至少，她那被烦恼所侵袭的精神得到了暂时的休息。然而，脊背消失的疼痛复又出现，她又变得任性、厌烦。索菲娅靠着椅子，闭上双眼；她希望倦意出现，倦意却始终不来。思绪如疼痛一样顽固，但较疼痛更为可恶。寂静时而被急速的翅膀扇动声所打破，邻居的鸽子归巢了。起初，索菲娅还睁过两三次眼，后来也习以为常，眼也懒得睁了。她努力想入睡。过了一会儿，传来走路声，她抬起头，猜想是卡洛斯·马利亚回来了。一个邮差送来一封乡间来信，当他转身走出花园时，绊在凳子腿上，摔了个大马趴，将信撒了满地。索菲娅大笑起来。

53

请原谅她的大笑。我很清楚，心神不定，夜间的烦恼，舆论的可怕，这一切同不适宜的大笑极不协调。然而，亲爱的女读者，可能您从未见过摔跤的邮差。荷马笔下的仙人——不只是仙人——在天国进行了一次严肃，甚至是激烈的争论。高傲的朱诺对忒提斯和朱庇特祖护阿喀琉斯的发言十分妒忌，打断了萨图恩之子的活。朱庇特打起雷，发出威胁；妻子气得发抖，在座者呻吟和叹息。但是，当伏尔甘拿起酒壶，一瘸一拐地向大家献酒时，天空响起一阵哗然大笑。为什么，亲爱的女士？他们肯定没见过摔跤的邮差。

有时，根本无须他摔倒，或者他根本就没有存在的必要，只要想象和回忆就够了。于是，在最厌烦的感情之中便会产生荒诞念头的影子、微笑，起码是清淡的微笑便浮上面颊。没什么，让她笑吧，让她去读乡间的来信。

54

十五天后，索菲娅的丈夫来到鲁毕昂的家中，询问他为什么不露面，在干什么。出去了？病了？不再关心穷人了？鲁毕昂再三斟酌，到头也没说一句话。这时，帕利亚看到大厅有人在赏画，便压低声音说：

"请原谅，不知道有客人。"

"原谅什么？是朋友，像你一样。律师，这是我的朋友克里斯蒂安诺·德·阿尔梅达·帕利亚，我肯定向你提起过。这是我的朋友卡马绍律师，若昂·德·索萨·卡马绍。"

卡马绍点点头，寒暄几句，便想告辞，鲁毕昂连忙阻止："先生，不忙，都是自己人，过一会儿，月亮就会照亮玻塔弗哥的海湾。"

月亮，又是月亮，还有那句"我肯定向你提起过"，弄得来客莫名其妙，张口结舌。其实，主人也颇为尴尬。三人入座，鲁毕昂在沙发，帕利亚和卡马绍在对面的长椅上。卡马绍的手杖触着鼻头，眼望天花板。外面是车声、马蹄声和断断续续的人声。已是晚上七点半，或更多，将近八点。此时的沉默令人难忍，鲁毕昂和帕利亚不说一句话。卡马绍愤然走到窗前，转身向二人喊道：

"月亮出来了！"

鲁毕昂和帕利亚的面部产生了某种表情，但两种表情是那样的不同！鲁毕昂是要飞出窗口，而帕利亚是要抓住他的脖颈。但后者的这一冒险念头较之他抓住妻子的手，用力将她拉向自己身边的回忆要弱得多。二人都控制着自己。鲁毕昂将左腿放在右腿上，转向帕利亚问道：

"知道我要离开你们吗？"

55

对方估计到了一切，唯独这一点除外。惊愕取代了恼怒，一丝忧伤的阴影掠过他的面颊，而这是读者所不希望的。"离开你们"自然是说离开里约热内卢，这是由于圣特莱萨的不规之举对自己的惩罚，他感到了羞愧、感到了后悔，他无脸再见朋友的妻子——这是帕利亚的第一个结论。但是，新的设想产生了，譬如，爱情继续存在，出走只是疏远爱恋之人的方式。当然，他可能也有某种结婚计划。

最后一种可能使帕利亚的面部产生了一种无法形容的新表情。失意？文雅的加勒特[1]也找不到适当的词汇形容这一情感，但也不要因为他是英国人而鄙视他。姑且算失意吧，其中既有别离的伤感，也有起初无声的愤懑。也一定会有人觉得他的思想像一床破碎的褥子，也许是，然而，思想的完整褥子实属罕见，重要的是色彩切不可相互混淆，哪怕不能保持协调和一定规则。这就是我们的朋友的思想。乍一看，它的形象不规则，但仔细审视，不管色调的反差多么大，仍如人的思维那样和谐。

56

然而，鲁毕昂为何要离开他们？真实的原因是什么？事情的经过是怎样的？

圣特莱萨事件的第二天，他一睡醒便感到压抑，午饭吃得索然无

---

1 葡萄牙戏剧家阿莫林的名作《加勒特的回忆》一书的主人公。

味。他无精打采、心不在焉地蹬上非洲拖鞋，对家中华丽、堪称精制的家具也不屑一顾。他难以对狗表示两分钟的热情，在大厅一照面便将它打发走，但狗骗过主人，转身回到大厅，不料耳朵挨了重重的一掌。它无法向主人倾吐友情，只好仰卧在地上，两眼望着朋友。

鲁毕昂感到后悔、烦恼、羞愧。本书第十章曾交代过此人极易后悔，但持续不长，只是没解释何种行为能使他的后悔持续得长些或短些。金卡斯·博尔巴写的那封信便是一例，那封信清楚地展示作者的精神状态，对科学和法庭都可能是有用的。他瞒过了医生，若交出了信，他便不会产生后悔之感，也可能就失去了遗产——当时他只希望从死者手里得到一笔小小的馈赠。目前的情况是一种私通企图，他一定叹息了良久，内心有过冲动，只是少妇的无意和他的冒失宣布了爱的破产。暮霭过后，他感到羞愧、感到后悔。道德只有一个，而罪过是多样的。

他在尔后的几天里感到和想到的我们暂且不表，他甚至想在星期天等到点什么东西，如前面提到的便条——有无草莓皆可。星期一，他决定去米纳斯待两个月，他需要在巴尔巴塞纳的轻风中恢复一下神经，但没告诉卡马绍律师。

"离开我们？"帕利亚终于问。

"我想是的，我要去米纳斯。"

卡马绍离开窗户，回到原来的座位。

"什么米纳斯？"他笑着说，"现在不谈米纳斯，必要时再去，也不能久待。"

帕利亚听到此话时的惊愕丝毫不比听到鲁毕昂离去的消息小。哪儿来的一个人，一副支配鲁毕昂的架势？他的目光投向此人，见他中等个头、少须、长下巴、宽耳轮。这就是一瞥之间见到的一切。他的衣着考究而朴素，脚上的鞋子也不坏。他没去观察此人的眼睛，也没看他的微笑和举止，没注意他那微秃的头，也没看他那瘦削、多毛的手。

57

卡马绍热衷于政治。一八四四年在累西腓的法律系毕业后，他回到原籍，开始了律师生涯。但律师只是个招牌，在就学期间，他就创办了一份时事报纸。他无党无派，观点庞杂而含混，最初接受卡马绍思想的人将他的原则和追求归纳为：自由的秩序，秩序的自由；权威不能毫无约束地践踏法律；原则的生命是新的，也是古老民族的精神需要；予我以良好政治，还你以优厚财富（路易斯男爵）；让我们投入到制宪的约旦河中；为勇士和权威开路，他们将是我们的支柱，等等，等等。

在原籍，他的思想找不到市场。他办报纸，但由于当地的政治不那么抽象，他只得收住翅膀，埋头于钻营、公共事业、寻求小恩小惠，以真名或笔名发表文章，与反对派报纸论战。他挖空心思地寻找攻击政府的词汇，害虫、败家子、恬不知耻、无恶不作是惯用的；省长一换，他立即表示拥护，修饰词也变了：得力、杰出、清廉、坚持原则、行政管理的楷模，等等，等等。这种斗争持续了三年，三年头上，政治热情控制了年轻学士的头脑。

他当上了省议会的议员，接着是众议院议员和一个二流省的省长。由于地位的变化，他在反对派的报上看到他过去使用的全部词语：害人虫、败家子、恬不知耻、无恶不作。卡马绍有过辉煌的日子，也有过平凡的日子：他进过议会，也出过议会。他不停息地讲演，撰写文章，进行斗争，最后迁居到王朝的国都。作为中间派议员，他目睹了帕拉纳侯爵执政；据说他曾提过几次人事方面的建议，均被采纳。但是，如果说侯爵真的征询过他的意见，对他给予过信任，无人能对此加以肯定，因为只要涉及自身的声誉，他撒起谎来是毫不犹豫的。

他谋求部长这一点大概是可信的，他为此着实努力过。根据需要，他先后加入过几个派别。在议会，他发表冗长的施政演说，堆砌数字，罗列法规，引用他人的报告，胡诌法国作家的文章。然而，在手与果实之间，存在着一堵诗人所说的墙壁；不管我们的仁兄将摘取果实的手伸得多么长，果实还是落到了墙的另一侧，被其他同样贪婪的手接走了，或顺手牵羊地捡走了。

政界不乏失意者，卡马绍也进入这一忧伤的阶段。所有的黄金美梦都随着时间的流逝破灭了，但他却无法抛弃这政治生涯。任何的组阁者，哪怕对他有好感的，也不敢给他一官半职，他处境每况愈下。但他仍装腔作势，以爱称呼唤当权者的名字，大声宣扬他对某部长和某社会名流的拜访。

他不缺吃。家庭也不大：妻子、一个年方十八的女儿、一个九岁的养子。律师的职业足以养家糊口，但政治已经渗透在他的血液中。他非政治书籍不读，非政治事物不热心；他对文学、自然科学、历史、哲学、艺术毫无兴趣，对法律也是一知半解。他只有学校留给他的星星点点的知识、立法生涯和律师幌子，以此招摇撞骗，聊以谋生。

58

前一天晚上，他在一位参议家中见到鲁毕昂，谈到保守党政和议会解散。鲁毕昂参加过一次伊塔玻拉内阁讨论追加预算的会议，他心有余悸地讲起他的印象，描述辩论的经过、主席台、水泄不通的旁厅、若泽和玻尼法西奥的讲演、动议、表决……这是一个简单灵魂的讲述。真的，那不得体的手势和表情，那热烈的言辞足以证明他的诚实。卡马绍细心地听着，将他客气地领到窗边，向他陈述时局的严重。鲁毕昂或动动脑袋，或以简单的话语表示赞同。

"保守党长不了。"卡马绍最后说。

"长不了？"

"长不了。他们不想打仗，终究要被赶下台。我们的报纸旗帜鲜明。"

"什么报？"

"以后谈。"

第二天，应卡马绍之邀，二人在布尔瑟饭店共进午餐。卡马绍介绍说，几个月前，他办了一份报，唯一的宗旨是不惜一切将战争进行到底……自由党内部火并，他认为最好的效忠本党的方式是保持其中立和民族的立场。

"目前的时机很有利，"他最后说，"因为政府倾向和平，明天发表我的一篇文章，言辞很激烈。"

鲁毕昂专注地听着，目光没离开过对方。当卡马绍将头低向盘子时，他才迅速地吃了几口。他为政治信念感到鼓舞，一个念头在我们朋友的头脑中展开了金翅膀，那就是通过斗争，得到某种利益，如议会中的一席之地。卡马绍的话到此为止，第二天来找他，他不在；今天刚进门，遇上了帕利亚。

59

"不过，我还是要去米纳斯。"鲁毕昂固执地说。

"为什么？"卡马绍问。

帕利亚也提出相同的问题。除了有急事，为什么要去米纳斯？是厌烦了京都？

"不，不是厌烦，相反……"

相反，他很喜欢首都，然而故乡，尽管没有那么美，只是个小地方，但总值得留恋，特别是在故乡长大的人。他想回去看看巴尔巴塞纳，那是世界的第一块土地。有时，鲁毕昂忘记了面前的客人，故乡就在他心中；追求、荣华、瞬间的快乐，这一切都在怀念故土的米纳斯人心中统统黯然失色。如果说他的心灵曾蒙上过阴影，受到过利益的蛊惑，那么现在他的朴实心灵已对享乐感到悔恨，把财富视若粪土。

帕利亚和卡马绍相互对视……啊！那目光犹如两个心灵交换的请帖，双方在其中看到了上面的名字，理解了其中之义。是的，应该阻止鲁毕昂，米纳斯会缠住他。他们同意他去米纳斯，但要过些时候——几个月之后。帕利亚也想去，他从未去过那里，正好是个机会。

"您?"鲁毕昂问。

"是我。我早打算去米纳斯和圣保罗。一年来我们一直犹豫不决……索菲娅也去,还记得我们在火车上的相遇吗?……我们到了瓦索拉,但从没放弃去米纳斯旅行的计划。我们三个一起去。"

鲁毕昂不想放过米纳斯的近期选举,但卡马绍说不必亲自去,应当在首都将蛇碾碎,至于怀念之情,来日方长,而且可以得到补偿。鲁毕昂在沙发上激动起来,所谓补偿指的是议员席位,这无疑是种远见卓识,在他还是个穷鬼时就曾有过这种奢想……现在这一念头控制了他,激起了他追求伟大和光荣的欲望。但是,外出旅行的意见他仍坚持了几天;其实,我敢发誓,他在坚持的同时并不希望他的想法得到别人的支持。

月光皎洁、灿烂,从窗户望去,港湾的景色是迷人的,任何里约热内卢人也不会相信世界上还会有更好的地方。索菲娅的形象在远方的山坡闪过,消融在月色中。议会最近一次的辩论又在鲁毕昂的耳边响起……卡马绍走至窗前,突然又转回身。

"去几天?"他问。

"难说,但不会多。"

"那好,明天再谈。"

卡马绍告辞,帕利亚又待了一会儿;他阐明了回米纳斯的念头是令人奇怪的,而且他们的账也没结……鲁毕昂打断他的话。账?谁向他讨账?

"看得出,先生不是商人。"克里斯蒂安诺说。

"我不是商人,的确;有钱才能还账,我们之间从来就是这样。难道需要钱?请不必客气。"

"不,不需要,谢谢。我有笔生意,但要等些时候;我这次来,为的是不要在报纸上看到这样一条广告:一个叫鲁毕昂、养着一条狗的朋友失踪……"

鲁毕昂对这一玩笑感到高兴。帕利亚走时,他一直送到马凯斯德阿布兰德斯大街。分别时,他答应回米纳斯前去圣特莱萨拜访。

60

可怜的米纳斯！鲁毕昂迈着缓慢的步伐独自回到家中，考虑是否暂不回米纳斯。客人的劝告像玻璃缸中的小金鱼在他的脑海游动，上下翻腾，闪着光亮："斩断那诱人堕落的蛇""去米纳斯也摆脱不了索菲娅"。可怜的米纳斯！

第二天他收到一份从未见过的报纸：《瞭望台》。社论攻击政府，结尾号召各党派和全民族："让我们投入到制宪的约旦河中！"鲁毕昂感到报纸办得精彩，产生了订阅的念头。社址在阿茹达大街，他出门径直前往。到了一打听，编辑是卡马绍律师，他即向办公室跑去。

此时，在同一条大街上一家床上用品商店的门口，一个女人的声音悲痛地叫着："德奥林多！德奥林多！"

鲁毕昂听到喊声，回转身，看到发生的一切：一辆下坡的马车和一个横过马路的三四岁的孩子。尽管车夫全力勒着，马还是向孩子撞去。鲁毕昂扑到马前，抢出了孩子。当母亲从鲁毕昂手中接过孩子时，已经说不出一句话。她面色苍白，浑身发抖；几个人同车夫争辩起来，但从店铺向外走的一个秃顶男人让车夫上路。当店主父亲走到街心时，马车已拐向圣约瑟大街。

"差点死了，"母亲说，"若不是这位先生，真不知我可怜的儿子会成什么样子。"

消息迅速传开，街上的儿童惊异地望着，孩子只在跌倒时左肩划破了一点。

"不要紧，"鲁毕昂说，"不能让孩子在街上跑，太小了。"

"谢谢！"父亲说，"您的帽子呢？"

鲁毕昂的帽子不见了，一个衣衫褴褛的青年捡了去，待在商店门口，等候送还主人。鲁毕昂酬谢对方一些零钱，这是青年在捡帽子时未曾想到的。他的动机只不过是分享一点荣誉和尽一点义务，但他还是高兴地接受了铜板——这可能是他的第一个图利的行动。

"请等一下，"店主说，"先生伤了没有？"

的确，我们的朋友手上有血，手掌受了伤，不严重，他此时才感到。尽管鲁毕昂没说什么，不要紧，孩子的母亲还是取来了面盆和毛巾，打来了水。当他洗手时，掌柜赶到附近的药房，买来了山金车花酊剂。鲁毕昂敷上药，包扎好，店主妇为他擦净帽子；当他离去时，二人千恩万谢他的救子之恩，街上的人向他致意。

61

"您的手怎么了？"鲁毕昂一进办公室，卡马绍便问。

鲁毕昂讲述了阿茹达大街事件的经过，律师询问孩子和父母的情况及住址，鲁毕昂答不出。

"连孩子的名字也不知道？"

"我听到叫他德奥林多。谈重要的，我是来订您的报的，我收到一份，我想……"

卡马绍忙说不用订，订户已经相当不少。他需要的是印刷材料，扩大版面，充实内容，增加新闻、花色，连载翻译小说，报道港口和市场消息，等等。还有广告，一定看到了吧！

"是的，先生！"

"资金基本有了着落，十个人足够，现在已有八个——我和另外七人，只缺两人，再有两人，资金就齐了。"

"缺多少？"鲁毕昂心想。

卡马绍用小刀敲着桌沿，默默地窥视着对方。鲁毕昂环视室内。家具不多，律师身旁的小凳上放着卷宗，书架上摆着劳彭、佩雷拉·索萨和达洛兹的书及《王国法令》，办公桌对面墙上挂着画像。

"认识吗？"卡马绍指指画像问。

"不认识，先生。"

"仔细看看。"

"不认识。奴内斯·马沙多？"

"不！"前议员说，脸上呈现出悲哀表情，"我一直想搞到他的一张好看的像，有石版印的，但不好看。他是侯爵。"

"是巴尔巴塞纳人？"

"不，帕拉拿人；一个伟大的侯爵、我的私人朋友。他是各党派的调停人，所以我结识了他。他死得早，空有宏图大志。他如果活到今天，我会反对他；调和绝不允许，只能是你死我活的斗争。我们一定能消灭他们，请看《瞭望台》，我的好战友，您会继续收到……"

"不，先生。"

"为什么？"

面对卡马绍的询问，鲁毕昂垂下目光。

"不，先生，绝不；我是助人为乐的，白看报……"

"我对您说过，订阅也行。"卡马绍回答。

"是的，先生，但您忘了还说过缺少两个人的资金。"

"两个，是的，我们已有八个。"

"资金多少？"

"一共五十康托，每人五个。"

"我入五个。"

卡马绍以正义的名义对他表示感谢；他早想邀请鲁毕昂入伙，这种念头来自于信念、忠诚，对新朋友慷慨大方的敬佩。他对朋友的主动要求表示感谢，并出示其他人的名单——第一个是卡马绍。接着，他具体谈到报纸、材料。订户和他的非凡工作……他勇敢地重申：非凡的工作，这不是吹牛，也不是欺骗。幼年时，他玩过蛇，这种恶习一直保留到现在。他好斗，他将在斗争中死去，身上覆盖着旗帜。

62

鲁毕昂告辞，在走廊碰到一位身着皂服的高个女人，丝绸和佩饰发出一阵阵窸窣声。下台阶时，他听到卡马绍从未有过的高嗓门：

"啊，男爵夫人！"

他在第一级台阶收住脚步，女人以银铃般的声音开了腔，是要对方帮忙，男爵夫人！我们的鲁毕昂吃力、悄悄地走下去，以免露出偷听的样子。空气中飘荡着柔和、沁人的芳香，令人陶醉，是她留下的余香。男爵夫人！他走到大门，门前停着一辆马车，车夫在座位上东张西望，人行道上站着仆人，两人都穿着差服……这一切说明什么？什么也不说明。一位高贵、富有和满身脂香的太太可能是为消遣来诉讼。然而他，鲁毕昂，尽管也很富有，总感到自己仍是巴尔巴塞纳的教师……

63

在街上，他遇到索菲娅和一个年老女人及一个姑娘。他无心端详她们，连索菲娅也没多看。彼此拘谨地寒暄了仅仅两分钟，便各自上路。鲁毕昂在不远的地方停住脚，向后张望，三个女人头也不回地走着。晚饭时，他自语：

"今天去？"

他反复思考，毫无结果，在去与不去之间犹豫不决。他觉得索菲娅神态奇特，但又想到她曾笑过一次，尽管是微微的，但是笑了。他决定听天由命：如果第一辆车来自右边，他就去，反之就不去。他坐在大厅中央的躺椅上，直瞪着外面。一辆轻便马车从左边驰来——有言在先，不去圣特莱萨。然而，他的思想却翻腾起来，他要绝对准确地符合条件：说的是车，轻便马车不算车，应当是人们通常说的车，一辆标准或半标准的四轮马车。立即，从官方过来许多参加葬礼的四轮马车——他去了。

64

索菲娅文雅地伸出手，毫无不悦的影子。散步时的两个女人也在场，身着便装。她一一向客人介绍：姑娘是表妹，老人是姨母，即乡间的姨母。索菲娅曾在花园中收到她的一封信，接着邮差便捧了一跤。

姨母玛丽娅·奥古斯塔太太有个小庄园，几个奴隶和一些债务——丈夫留给她的怀念之外的东西。女儿叫玛丽娅·贝内迪塔，这个名字曾使她不好意思。"老太婆的名字。"她说。母亲反驳说老太婆都曾是姑娘和女孩，名字本是诗人和读书人的胡诌，玛丽娅·贝内迪塔是奶奶的名字，而奶奶是路易斯·德瓦斯贡塞罗总督的养女，还有什么不满意？

索菲娅向客人讲完，表妹并没害臊。或为了打圆场，或出于其他原因，索菲娅说最丑的名字会在不同人身上变成最美的，玛丽娅·贝内迪塔美极了。

"你不觉得？"她转向鲁毕昂问。

"别捉弄人，表姐！"玛丽娅·贝内迪塔笑着说。

我们应该相信不论老太婆还是鲁毕昂都不理解这句格言：老太婆意味着开始打瞌睡，鲁毕昂意味着他喜欢别人送给索菲娅的一条小狗，一条小小的、瘦瘦的、轻轻的、活泼的、颈上系着小铃的黑眼睛小狗。在女主人的坚持下，他表示同意她的结论，其实他并不知道索菲娅指的是什么，玛丽娅·贝内迪塔却啧了一声。其实，她并不美；她没有迷人的眼睛，也没有不说话便可传情的嘴。她是自然的，没有农家女的胆怯，她那特有的稚气弥补了穿着的简单。

她生在农村，也喜欢农村。庄园不远，在伊瓜苏。她偶尔进城，但住上两天，便又急着要回家。教育很简单：读、写、教义和几本缝纫书籍。近来（她已十九岁），索菲娅催促她学钢琴；姨母同意，她便来到表姐家，已经十八天。她不想待下去，思念母亲使她难受。她回到了庄园，弄得曾称她有巨大音乐天赋的教师无可奈何。

"啊，当然是个天才！"

当表姐重提此事时，玛丽娅·贝内迪塔笑了。后来，她再也不能在教师面前保持严肃，她会在课堂上突然放声大笑。索菲娅紧蹙双眉，面露不悦。可怜的教师询问发生了什么，又猜想或许姑娘想起了什么事，便又继续授课。无论钢琴还是法文——索菲娅难以原谅的又一空白——她都没学好。玛丽娅·奥古斯塔太太无法理解外甥女的沮丧；

法文有什么用？外甥女解释说这是社会交往，逛商店和看小说必不可少的……

"没有法文，我一直很幸福，"老人说，"庄园里连话也讲不清的人也不比白人过得差。"

她对女儿说：

"你不会因此找不到男人，你可以结婚，我说过，什么时候结都行。我也结过婚，让我一个人留在庄园，像老牲口一样死去……"

"妈！"

"用不着挂念我，只要有合适的；有了，你就跟他走，我一个人留下。没见玛丽娅·若泽？跑到了西阿拉。"

"若丈夫是个法官呢？"索菲娅说。

"醉鬼都行，对我来说全一样，让我这无用的老太婆待在这里。结婚吧，玛丽娅·贝内迪塔；快结婚，我要去见上帝。失去了女儿，但我有圣母，有我们的母亲。结婚吧，快，结吧！"

诸如此类的话无非是激发女儿的恐惧与怜悯，使她放弃结婚，起码是推迟婚事。我不相信她能向神父忏悔这一罪过，也不相信她会有所觉悟。这是敏感老人的自私。她从小受到宠爱，母亲爱女如命，丈夫直到最后一天还强烈地爱着她。二者死后，她作为女儿和妻子，将怀念之情灌输到两个女儿身上。一个女儿已经私奔，若另一个再出嫁，玛丽娅·奥古斯塔太太面临孤独的威胁，她要尽力避免这一灾难。

65

鲁毕昂待的时间不长。九点钟，他小心翼翼地起身，等待索菲娅的挽留。她一定会请他再坐一会儿，或说丈夫马上就回来，或吃惊地说："这就走！"然而，他什么也没等到，索菲娅向他伸出手，他却未能接触到。不过，在他逗留期间，她表现得还是很自然，毫无愠色……当然，也没有往日那种留恋。那种热切的目光。总之，好像什么也没发生过，不好也不坏，既无草莓，也无月亮。鲁毕昂战栗了，他不知该说点什么，而她却谈笑风生，当需要望他一眼时，目光仍是那样自然、平静。

"向亲爱的帕利亚问好。"他拿起帽子和手杖低声说。

"谢谢！他去看个朋友，我好像听到了他的脚步声，一定是他。"

不是他，是卡洛斯·马利亚。青年的到来使鲁毕昂感到吃惊，但想到女庄园主和女儿在场，他明白了一切。他们可能是亲戚。

"我正要走。"鲁毕昂见他坐在玛丽娅·奥古斯塔太太身旁时说。

"哦！"对方望着索菲娅的画像回答。

索菲娅将鲁毕昂送至大门口，说丈夫一定为没见到客人而遗憾。但他有急事，是关于生意……他会登门表示歉意。

"这有什么？"鲁毕昂立即说。

他似乎还想说点什么，但索菲娅的握手和彬彬有礼已是辞客的表示。鲁毕昂躬身还礼，然后穿过花园，大厅中传来卡洛斯·马利亚的声音：

"我要谴责您的丈夫，我的太太，他的审美观太差。"

鲁毕昂站住脚。

"为什么？"她说。

"瞧大厅里您那张画像，"卡洛斯·马利亚说，"您本人要漂亮得多，漂亮无数倍，亲爱的女王。"

66

"那种话他说得多么自然！"鲁毕昂回到家中想起卡洛斯·马利亚的话，"贬低画像只不过是为了吹捧！看得出，画像很逼真。"

67

清晨，他在床上吃了一惊。他拿起的第一份报纸是《瞭望台》，他读了一篇社论，一篇通讯和几条新闻。突然，他发现了自己的名字。

"怎么回事？"

上面正是他的闪光、醒目的名字，讲的是阿茹达大街发生的事。惊异之余，他生了气。在什么鬼念头指使下刊登那种随便谈起的私事？一旦发现报道的是这一内容，他便再也不想读。他将报纸扔在地上，拿过另一份。不幸的是，他失去了平静；他大声念着，一目十行，但什么也没懂，不知不觉便读到了头。

他下床坐在旁边的靠背椅里，又捡起《瞭望台》。他的目光落在那报道上：整整一栏多。用一栏多刊登那样一件微不足道的事？——他心中暗想。为了弄清卡马绍是如何充塞版面，他从头读到尾。他读得很快，形容词和戏剧性的描写使他颇为不安。

"干得好！"他大声说，"谁让我多嘴多舌！"

洗澡、穿衣、梳头。他仍念念不忘《瞭望台》的那篇报道。一件区区小事上了报，尤其作者那像政治评论一样的溢美之词使他难为情。吃早点时，他又拿起报纸，浏览其他新闻，政府任命、加拉尼温斯的杀人案及天气预报。他的目光慢慢地落到那篇报道上，于是他便慢慢地读起来。此时，鲁毕昂承认并相信作者是一片好意，他读后的印象证实了文章的感染力。感染力是那样强烈，使他难平静。的确！鲁毕昂回忆着如何走进卡马绍的办公室，同他谈话的方式，然后又联想到事情本身。他躺在椅子上，回想着当时的情景：孩子、车、马、喊叫、无法控制的纵身一跃。此时他疑惑起来，一个个模糊的场面在他眼前闪过……他扑向孩子，扑向马，什么也看不见、听不见，不惜自身的安危……他可能躺在牲口下，被车轮碾碎，死掉或受伤。就算受伤……可能吗？不能排除形势的严重……证据是父母和邻居……

鲁毕昂中止了回忆，重新读起那篇报道。写得生动，实在好！他以极大的满足反复阅读了几段，这鬼东西好像目睹了现场。多么流畅！多么生动！有的是添枝加叶——作者思路不清，不过，这种增添并不坏；自己的名字反复出现，是否有点洋洋得意之感，我们的朋友，我们十分杰出的朋友，我们勇敢的朋友……

午饭时，他感到自己可笑，感到对自己过于苛求。说到底，作者将一篇真实、有趣、富于戏剧性的——毫无疑问——报道，绝不庸俗的报道奉献给读者有什么不好？他走出家门，有人向他问候，弗莱塔斯称他为圣保罗，我们的朋友微笑、感谢、谦逊，说没什么……

"没什么？"有人反驳，"但愿多有些这种没什么；不惜自己的生命营救一个孩子……"

鲁毕昂渐渐对此表示赞同，他细心地听，他微笑，他向好奇的询问者讲述经过。有的旁观者也讲述自己的功绩：有的营救过一个男人，有的在帕塞约河救过洗澡落水的女孩，有的夺下过不幸者的手枪，制止了自杀，并让他发誓……所有这些微不足道的、被埋没的功绩像蛋中的鸡子啄破了壳，伸出脑袋，睁大眼睛，没有一根毛，在鲁毕昂辉煌的荣誉前相形见绌。有的旁观者流露着妒意，有的并不认识他，只是好奇地听听别人的高声赞扬。鲁毕昂去感谢卡马绍写的报道，但也不无责备，说他滥用朋友的信赖，但责备是无力的，顺便说说而已。他购买了相当数量的《瞭望台》，送给巴尔巴塞纳的友人。其他报纸没有转载，在弗莱塔斯的建议下，他在《商报》的"读者来信"专栏以小字体发表了全文。

68

玛丽娅·贝内迪塔终于同意学法文和钢琴。表姐整整劝说了四天，她的方式和手段使姑娘的妈妈决定催女儿尽快回庄园，以免最后被说服。姑娘一再坚持不学，说那是场面上的东西，农村姑娘不必学城里那一套。然而，一天晚上，卡洛斯·马利亚请玛丽娅·贝内迪塔弹点什么，她红了脸。索菲娅连忙撒谎：

"不要难为她，自从来了她还没弹过。她只给乡下人弹。"

"那就把我当作乡下人。"年轻人坚持。

幸好，话题转到皮奥伊的男爵夫人主办的舞会（我们的鲁毕昂在卡马绍的办公室遇到的那一位），一个精彩的舞会。啊，精彩！男爵夫人十分赏识他——他说。第二天，玛丽娅·贝内迪塔向表姐宣布决定学钢琴、法文、四弦琴，甚至俄文，如果表姐同意的话。困难是说服母亲。当得知女儿的决定时，母亲双手抱住了头。什么法文？什么钢琴？她大叫不行，要么不做她的女儿，那时再留下弹琴、唱歌、说卡宾达语或别的鬼语言。最后，还是帕利亚说服了她：不管那些东西多么华而不实，但在社交中是不缺少的。

"我在庄园养大了女儿，就要让她待在庄园。"姨母打断对方的话。

"待在庄园？谁知道孩子们会怎么样？我父亲原让我当神父，所以我会点拉丁语。太太也不能永远活着，家境也不大好，也可能玛丽娅·贝内迪塔会无依无靠……当然，这种可能性不大；只要有我们，她和我们就是一家人。但防备万一不好吗？也可能我们大家都离开了她，她只好一人靠教法文和钢琴度日。学会了这些东西，她的地位就更优越；她漂亮，就像太太年轻时一样，品德又难能可贵，她可以找一个富有的丈夫。我已看上了一个人，一个庄重的人，太太知道吗？"

"真的？！那就要让她学法文，弹钢琴，恋爱？"

"什么恋爱？我说的是心里话，这是一个有关她和您幸福的计划……因为我……嗯……奥古斯塔大婶！"

帕利亚感到那样委屈，以致姨母只好将严厉的语气换作冷淡的口吻。她仍不让步，但冷静下来后，她的心动了。启发她的主要是家境和一个富有的女婿的可能性。乡下的富家子弟都有了门户相当的对象。两天后，他们达成临时协定，玛丽娅·贝内迪塔留在表姐家，她们也经常去庄园，姨母也来首都看望她们。帕利亚甚至说，若买卖好的话，把庄园出让，姨母彻底迁到首都。关于这一点，可爱的太太摇了摇头。

切莫以为一切都像上面说的那样简单，不久玛丽娅·贝内迪塔便开始制造障碍和麻烦，产生了思乡和不满。母亲回庄园十八天后，她就要回去看母亲，表姐陪同前往，待了一个星期。两个月后，母亲又到了首都，索菲娅老练地使表妹习惯了大城市的娱乐。看戏、串门、散步、聚会，还有漂亮的时装，美丽的帽子和精致的首饰。玛丽娅·贝内迪塔毕竟是个女人，尽管脾气有些怪；她喜欢所有的消遣，也愿意随时摆脱一切，回到庄园。庄园有时出现在她的梦乡或幻觉中；起初，当她离开晚会回到家时，心中充满的不是对良宵的赞叹，而是对伊瓜苏的怀念。白天，当家中和街上完全静下来时，思念之情更为强烈。这时，她便拍打着翅膀飞到老家的阳台上，在母亲身旁喝咖啡。她想到家中的奴隶、古老的家具和教父（一个圣若昂总督时代富有的庄园主）送给她的漂亮拖鞋。拖鞋留在老家，索菲娅不让她带来。

法文和钢琴教师是称职的；索菲娅单独告诉他们表妹因学得晚而不好意思，嘱咐他们对学生绝不能苛求，他们答应了。钢琴教师只同几个艺术界朋友提起过此事，他们感到有趣，并讲述了学生的其他轶事。当然，玛丽娅·贝内迪塔的学习一点也不吃力，而且很用功，几乎每次都是表姐按时打断她：

"该休息了，上帝的女儿！"

"我要弥补失掉的时间。"她笑着说。

索菲娅提议散散步，使她休息一下。她们从一个区走到另一个区。即使在街上，玛丽娅·贝内迪塔也不浪费时间。她念着沿街招牌上的法文，询问不认识的单词，而表姐往往张口结舌，她的法文只限于穿着、陈设、寒暄。

玛丽娅·贝内迪塔不仅由于勤奋学习而突飞猛进，也适应了新的环境，较之她适应田园的自然乐趣和生活要快得多。她已能与表姐媲美，当然表姐有某种风度，我不知如何形容，总之其仪表、神采与众不同。尽管有这种差别，与她形影不离、对她曾赞不绝口的表姐已有所变化，更多的是听别人对她的夸奖。她时而也谈笑风生，但更喜欢长时间的沉默，这是她的"怪脾气"。活泼的四组舞，她毫无兴致，但很喜欢看波尔卡和华尔兹。索菲娅估计表妹是难为情，想让丈夫伴奏，单独在家教她。但表妹一直拒绝。

"农村习气。"索菲娅一次对她说。

玛丽娅·贝内迪塔笑了，笑得是那样奇特，表姐无法坚持了。那不是羞怯的笑，不是怨恨的笑，也不是厌烦的笑。为什么厌烦？当然，那似乎是一种不以为然的笑，索菲娅对波尔卡和华尔兹的兴致是极高的，她紧紧地贴在舞伴肩上，比谁都贴得紧。难得跳舞的卡洛斯·马利亚只同索菲娅跳华尔兹。"只跳两三圈。"他说。有一天晚上，玛丽娅·贝内迪塔数着他们整整转了十五分钟。

69

鲁毕昂坐在玛丽娅·贝内迪塔身旁，在华尔兹进行期间，她两次问起时间。鲁毕昂的表走了十五分钟，她低头仔细看看分针。

"您困了？"他问。

玛丽娅·贝内迪塔瞥了他一眼，他的脸是平静的，既无要求，也无笑容。

"不，"她回答，"我倒有些怕索菲娅表姐早回家。"

"她不会早走，现在不像住在圣特莱萨时要爬山坡。家离这里很近。"

的确，他们迁居到弗拉明哥海滨，舞会是在阿科斯大街。

需要交代一下，从上一章的开始到现在又过了八个月，许多事发生了变化。鲁毕昂同索菲娅的丈夫在海关大街开办了"帕利亚进口公司"，建议是帕利亚在鲁毕昂的家中遇到卡马绍律师的那个晚上提出的。事情本很简单，但鲁毕昂却犹豫再三，因为他必须提供一笔巨大资金，而他又不懂贸易，对此也无兴趣。另外，他的个人开销已经很大，他需要适当的节约和可靠的收入，以便使资本恢复原来的水平。合伙人所讲的生财之道并不明确，鲁毕昂也无法理解帕利亚讲的数字、利润、牌价、关税。他一窍不通。不过，舌头总胜过拙笔，帕利亚说得天花乱坠，劝朋友利用时机，使资金活动起来，使其成倍增加。若鲁毕昂有顾虑，那也不必勉强，他——帕利亚将同约翰·罗伯特合作，而此人是一八四四年创办的"威尔金森公司"的股东。该公司的经理回到了英国，出任议员。

鲁毕昂立即让步，但要求宽限五天，他要自由地考虑一下，但这一次的自由使他烦恼了。他计算了一下花掉的钱，大约估量了哲学家的剩余遗产。金卡斯·博尔巴躺在书房的地上，时而抬起头望望他。鲁毕昂战栗了，金卡斯·博尔巴身上可能附着另一个金卡斯·博尔巴的灵魂，这一念头从未在他的脑海完全消失。这一次，他从它的目光中看到责备的神色。他又笑了——荒唐，狗不可能成为人，但他却下意识地垂下手，摸摸动物的耳朵，以示安慰。

在种种拒绝的理由后面，相反的道理接踵而至。如果买卖能赚钱呢？若真能使他的钱翻一番呢？实力总能受到人们的尊敬，若能像威尔金森公司的老经理那样向议会自荐时，他的选举就不成问题了。另一个更强大的理由是担心挫伤帕利亚，使他觉得在金钱上对他缺乏信任。不是嘛，鲁毕昂前几天就收到帕利亚的还债，剩余的部分也将在两个月内还清。

这些理由都不是出自对方之口，而是产生于鲁毕昂的脑海。最后，他想到了索菲娅，尽管从一开始这一潜在和下意识的念头，这一最后和唯一隐蔽的理由就没离开过他。鲁毕昂摇摇头，想从脑海中赶走她，并站起了身。索菲娅（狡猾的女人！）尊重他人的思维，悄然地躲在了他的意识之中，以让他独立决定是否通过某种保险条件同丈夫合作。贸易公司就这样建立了，鲁毕昂也找到了登门造访的借口。

"鲁毕昂先生，"几秒钟的沉默后，玛丽娅·贝内迪塔说，"您不觉得我的表姐很美吗？"

"我的评价从来不低。"

"很美，身材也好。"

鲁毕昂同意这一补充，两人的目光投向大厅中一对欢跳的华尔兹舞伴。索菲娅妙不可言，她身穿十分暴露的深蓝色衣服，其理由如35章所说。裸露、丰满、白皙的胳膊与肩和乳房在沙龙辉煌的灯光下显得十分柔和、协调，精致的人造宝石与鲁毕昂赠送的挂在耳垂的两颗天然珍珠相映成趣。

卡洛斯·马利亚也毫不逊色；正如我们所交代的，他是位翩翩少年，一双眼睛仍像同鲁毕昂吃午饭时那样明亮。他没有市民的俗气，也不爱像其他青年那样点头哈腰，而像个善良的国王一样讨人喜欢。但是，如果第一眼望去觉得他在向身旁的少妇献媚的话，同样也会觉得他的确为那位花魁娘子而销魂。两种情感并不矛盾，而是融化在青年的自我陶醉之中。他感到索菲娅像一个女信徒拜倒在他的脚下。这毫不奇怪。若有朝一日一觉醒来他当了皇帝，值得奇怪的是大臣们迟迟不来向他问候。

"休息一会儿。"索菲娅说。

"是累了还是……烦了？"舞伴问。

"不，只是累！"

卡洛斯·马利亚后悔产生那种联想，立即补充道：

"当然，我相信，为什么会厌烦？我也相信，您不会拒绝同我散散步。五分钟好吗？"

"就五分钟。"

"一分钟也不能多？我愿意永远散下去。"

索菲娅低下头。

"自然是同太太。"

索菲娅的目光落在地上，没有争辩，没有赞同，连感谢也没有。可能那只不过是种奉承，通常对奉承是应该感谢的。他曾称她为出类拔萃的女人，类似的话已有半年没听到了。他在佩特罗普利斯耗掉了四个月，另外两个月没登门。最近他经常出现，重唱那甜言蜜语，有时在私下，有时是当众。她跟他来到外面，两人默默地、默默地、默默地走着——直到他打破了沉默，说前天夜里她家对面的海水汹涌澎湃。

"您去过那里？"索菲娅问。

"去过。我一直沿卡太特走着，天晚了，我走到弗拉明哥海滩。月色明亮，我在大海与您的家之间待了一个小时，难道太太就没想到我？但我却几乎听到了您的呼吸。"

索菲娅想笑，他继续说：

"大海在咆哮，真的，但我的心房的跳动丝毫不比大海弱——不同的是，大海是愚昧的，不知为何而咆哮，但我的心却明白是为太太而跳动。"

"啊!"索菲娅低语。

是惊恐? 是气愤? 是害怕? 类似的疑问还很多，我相信少妇自己也无法回答青年的表白给她带来的震动是什么。总之，绝不是无动于衷。有一点要说明，即她的感叹是那样无力，那样低沉，他甚至难以听清。但卡洛斯·马利亚却装得若无其事，无论在自白之前、中间还是以后，他的面部都没露出丝毫激动的表情。他甚至有种无所谓的微笑，当他嘲弄人时常有这种微笑，似乎他的话是某种格言。有几个女人向索菲娅投来探索的目光，窥视她那惶惑的表情和执意下垂的眼皮。

"太太有些不安，"他说，"用扇子遮一下。"

索菲娅机械地摇动扇子，并抬起了眼睛。她看到许多眼在盯着她，她的脸色变白了。时间一分一分地流逝，流逝得那样快。第一个五分钟和第二个五分钟走远了，现在是第十三个，第十三个后面的五分钟又展开了翅膀，然后又是一个。索菲娅说想坐一会儿。

"我送您坐下就走。"

"不用。"她连忙说。

然后又补充道:

"舞会很好。"

"是的，但我要带走今晚最美好的回忆。我刚刚听完您家中小鸟的歌声，再听别人的话语就如青蛙的鸣叫。您想坐在哪里?"

"我表妹那边。"

70

鲁毕昂让出座位，同卡洛斯·马利亚穿过大厅，直到前面的旁厅，那里有他们的外衣和十几个闲谈的人。走进旁厅前，鲁毕昂拉住青年人的胳膊，样子很亲热，他要问点事，一点小事——摸摸底。许多天来折磨着他的一个念头开始成为现实，他们那无拘束的谈话、她的表情……

卡洛斯·马利亚并不了解米纳斯人长期隐藏着、抑制着、不能向任何人坦白的追求。鲁毕昂期待着侥幸的收获，哪怕是一次寻常的见面也会使他得到极大的满足、使他夜不成寐、使他慷慨解囊……他对她的丈夫从不妒忌，夫妻的和谐从未激起过他对合法丈夫的仇恨。时间一月一月地过去了，感情未变，期望也未破灭；但一个可能的外来对手使他难过，我们的朋友着实被妒忌血淋淋地咬了一口。

"什么事？"卡洛斯·马利亚转身问。

青年人说着走进小厅，那里的十几个人正谈论政治，因为舞会——恕我忘了交代——是卡马绍为庆祝妻子的生日举行的。两人进去时，里面正高谈阔论、慷慨陈词、七嘴八舌、似是而非地引经据典……一位理论家终于压倒了众人，他们吸起了烟，陷入沉默。

"他们可以为所欲为，但绝逃不掉道德的惩罚。各党派欠的债一定要本利偿还，直到最后一分，最后一代。原则不会消亡，无视原则的党派一定悲惨地、声名狼藉地完蛋。"

另一位半秃顶的人不相信道德的惩罚，并阐明了论据。有一个人提到税务员的解雇。对此理论迷惑不解的人说税务员就是名声不好，其实也没有什么过错。新的税务员也未必干净。有的侵吞公款，有一个是某侯爵的妹夫，而侯爵在圣若泽坎玻斯枪杀过代表。暴发户怎么样？他们才是真正的被告。

"这就走？"当看到卡洛斯·马利亚从衣服堆中取出大衣时，鲁毕昂问。

"就走，我困了。帮我伸上这只胳膊，太困了。"

"天还早，再待一会儿，我们的卡马绍不愿年轻人早走，否则谁同姑娘们跳舞？"

卡洛斯·马利亚微笑着回答说他不善跳舞，他同索菲娅跳了华尔兹是因为她喜欢，否则，他绝不会跳。他困了，对他来说，床比音乐更需要。他友好地伸出手，鲁毕昂疑惑地握住。

鲁毕昂不知想了些什么。往日他总要等她上了马车，若现在就走，将她扔下，可能是种失策……他思考着，回忆着圣特莱萨的夜晚，他勇敢地向她表白了心愿，拉住她那纤细的手……少校冲散了他们。他为什么不再坚持？她并没有怠慢的表示，丈夫似乎也没觉察什么……他又想到可能的对手，青年无疑是因困倦而离开，但她的样子……鲁毕昂走到大厅门口，看一眼索菲娅，然后又心神不安、心烦意乱地走到一个角落、一张牌桌。

71

回到家，索菲娅一边卸发卡，一边说舞会是件讨厌的事。她打了个哈欠，说腿疼；帕利亚表示不同意，说她的身体可能不舒服，腿疼是因为跳得太多。妻子反驳说，若再不跳跳舞，一定会烦死。她取下发卡，放在玻璃匣中，头发缓慢地披散在裸露的肩头。帕利亚在身后说卡洛斯·马利亚的华尔兹跳得很好，她不禁一惊；她从镜中望望丈夫，他的脸是平静的。她同意跳得不坏。

"不，太太，是跳得很好。"

"你说别人好，因为你知道没有人能胜过你。好了，骄傲的人，我了解你。"

帕利亚伸出手，托住她的下颌，迫使她望着自己。骄傲，为什么？为什么说他骄傲？

"唔！"索菲娅呻吟了，"别让我难受。"

帕利亚吻了她的肩，她笑了，没有了厌烦，没有了头疼，这同圣特莱萨那个夜晚向丈夫讲述鲁毕昂无礼之举的情况完全相反。看来，山丘是病态的，而海滨是健康的。

第二天，索菲娅在鸟儿的鸣唱中醒了，似乎给她带来了某人的信息。她躺在床上，闭上眼睛，以便把形象看真切。

看什么？不，无疑，山丘是病态的，海滨是另一回事。半小时后，索菲娅站在窗前，注视着海面，远方海湾的入口处涌起的浪涛渐渐平息在岸边，富于幻想的妇人自问那是不是水的华尔兹，似她也随着急流顺水而下，没有帆，也没有桨。她的目光又转向大海之畔的马路，像在寻找前一天夜里一个男人在那里留下的痕迹……我虽不能断言，但可以想象她是找到了。起码，她一定将所见到的东西同谈话的内容连在了一起！

"月色明亮，我在大海与您的家之间待了大约一个小时，难道太太就没想到我？但我却几乎听到了您的呼吸。大海在咆哮，真的，但我的心房的跳动丝毫不比大海弱——不同的是，大海是愚昧的，不知为何而咆哮，但我的心却明白是为太太而跳动。"

索菲娅打了个寒颤，她想忘掉这一席话，但那话语却仍在重复："月色明亮……"

72

正要听下一句，她感到有人将手放在她的肩头。是丈夫，他吃完早餐，要去城里。两人亲切告别，克里斯蒂安诺说玛丽娅·贝内迪塔起床后不高兴。

"起来了！"索菲娅吃惊地说。

"我下楼时，见她在餐厅，一醒来就要回庄园。她做了梦……不知梦到了什么……"

"怪癖！"索菲娅最后说。

她那轻巧的手为丈夫系好领带，拉拉礼服的领子，再一次告别。帕利亚下楼后便走出家门，索菲娅仍立在窗前。在拐弯处，他转过身，像平日一样挥手告别。

73

"月色明亮，我在大海与您的家之间待了一个小时，难道太太……"

当索菲娅好不容易离开窗口时，楼下的时钟打了九点。她烦恼，她后悔，她发誓，向母亲的灵魂发誓永不再想那一插曲。实在没有意义，她的过错在于听任青年将那放肆的话语说完。不过，这样做也避免了一出丑剧，因为他完全会坐在她的身边，当着众人的面把没说完的话说完。那话语又在她的耳边响起，如一曲固执的音乐，同样的词，同样的曲：

"月色明亮，我待了一小时……"

74

当索菲娅的耳边回荡昨夜的话语时，卡洛斯·马利亚睁开眼，伸展四肢。洗澡前，他穿好衣服，骑马散步。他想起前一个夜晚，这已成为他的一个习惯。他总能在前一天的诸事中找到使他满意的某个成就、某句话或某个音符。这是他的精神寄托，是他旅途中的客店，他在店中下马歇脚，不慌不忙喝上一杯清水。若没有任何成就，或只有相反的东西，他的自我感觉也不会坏。只要能回顾一下说过的某句话，做过的某个表情或动作，或对某件事的沉思和对生活的感受，前一天便不会成为白白度过的日子。

在他的回忆中最突出的是索菲娅，她是回忆的主体，是高大、华丽大厦的前庭。卡洛斯·马利亚在脑海中品尝着晚上的谈话，当想到爱的表白时，他感到亦喜亦忧。那是一种契约，一种追求，一种义务。利益战胜了烦恼，在两种思想的斗争中，青年无法自拔。他说夜晚去过弗拉明哥海滨，这使他不禁想笑，因为那不是事实，是即兴胡诌；他既没去，也没想去。他终于没笑出来，他甚至感到后悔。撒谎使他感到卑下，感到难过。他甚至想见到索菲娅时更正自己的话，但又觉得修改了的诗不美，有些撒谎的诗是很美的。

他的思维很快活跃起来，脑海中出现了大厅、男人、女人、不安的扇子、气愤的胡子，这一切全部淹没在妒忌和羡慕的旋涡中。妒忌是显而易见的，他缺乏这种不良情绪。别人的妒忌和羡慕使他产生快感，舞会的公主被他征服。他将高傲的索菲娅称为公主，尽管他承认她有致命的弱点——教养。他认为姑娘的文雅是结婚稍前或稍后着意模仿的，即使这样，也没超出她的生活圈子多少。

75

他的脑海中又出现了许多女人的形象，个个流露出对他的喜爱。难道因为他会奉承？不知道。可以肯定，他对她们都抱有好感。正经女人虽无邪念，但也为身边有个美男子而高兴，就如观众对奥赛罗的热恋感到快慰，而当走出剧场时，对苔丝德蒙娜的贞烈之死已不负任何责任。

卡洛斯·马利亚似乎看到妇女们都围绕在他的床前，为他编织相同的花环。她们并非都是妙龄女郎，但高贵弥补了青春。他热情地欢迎她们，就如一位古代仙人坐在大理石上接待女信徒和她们的供奉。虽然人声嘈杂，但他能分辨得出每个人的声音；当然同时分辨不可能，每次只能区别三四个人。

最后出现的是索菲娅，他含情地听着她的话语，但已不像初次见面时那样激动，因为对其他高贵女士的联想降低了她的重要性。当然，不可否认，她仍是十分引人注目，华尔兹跳得完美无缺。他真的热烈地爱她？他又想到海滨的谎言，他生气地从床上起来。

"什么鬼使神差使我说那种话？"

他想去澄清事实，这一次比上一次更为认真。"撒谎，"他想，"那是小人的勾当。"

半小时后，他骑上马，走出伊瓦里多斯大街的家。卡太特就在前面，弗拉明哥海滨是索菲娅的家。拐个弯，沿直通大海的马路而下，自然就到了华尔兹舞伴的家。可能她正站在窗前，红着脸向他问候。这一念头在短短几秒钟内在青年的脑海闪过，他向一边拉动缰绳。然而心灵——不是马——高傲起来，在它的指使下，他迅速将马拉向另一边，继续散步。

76

他很会骑马，所有过往和伫立在门前的人都欣赏着青年徐徐前进的庄严、泰然和高贵姿态。卡洛斯·马利亚成了众人仰慕的中心，他接受了所有的敬意，包括内心深处的，他感到那是世界上最崇高的敬意。

77

"起来了！"看到表妹在读报，索菲娅又说了一遍。

玛丽娅·贝内迪塔吃了一惊，但立即又平静下来。她睡得不好，很早就起了床。她说不习惯闹得那样晚，表姐说需要适应，里约热内卢的生活不同于庄园那样早睡早起。表姐问起对舞会的印象，玛丽娅·贝内迪塔不以为然地耸耸肩，但嘴上仍说很好。她的话简短而无力。索菲娅知道，除了波尔卡和华尔兹，她跳得并不少。为什么不跳波尔卡和华尔兹？表妹不高兴地望了她一眼。

"不喜欢。"

"什么不喜欢！是害怕。"

"害怕！"

"还不习惯。"索菲娅解释说。

"我不喜欢一个男人紧紧贴着我的身子，在大庭广众之下一起走来走去。太难为情。"

索菲娅变得严肃起来，但她没再解释，而是转换了话题。她谈到庄园，问克里斯蒂安诺说她要回家是不是真的。她漫不经心地翻着报纸，高兴地回答是，她不能离开母亲生活。

"为什么？不愿意同我们一起生活？"

玛丽娅·贝内迪塔没说话，她的目光在一页报纸上移动，似乎在寻找某条消息，她的嘴唇不安地颤抖着。索菲娅坚持询问突然决定回家的原因，并拿起她的手，感到手是凉的。

"你该结婚了，"她说，"我已相中了一个人。"

此人是鲁毕昂，帕利亚想成全这桩美事，让合伙人同表妹结婚。"都成为一家人。"他对妻子说，妻子答应亲自出面，此时她想起了许诺。她看中了一个合适的对象。

"谁？"玛丽亚·贝内迪塔问。

"一个人。"

相信她的话吗，后来人？索菲娅无法将鲁毕昂的名字说出口。有一次，她告诉丈夫已经提过这件事。扯谎。现在，她真的提起了，但名字说不出口。妒忌吗？她对那个男人没有爱，却不愿将他介绍给表妹，这实属不可思议。但大自然是无奇不有的，亲爱的朋友和先生。既然发明了奥赛罗和德·格里欧骑士[1]的妒意，也就可以允许另一种人的妒意，他不愿将自己不想占有的东西让给他人。

"到底是谁？"玛丽亚·贝内迪塔又问。

"以后再说，我先得去收拾一下。"索菲娅说完便转了话题。

玛丽亚·贝内迪塔的表情变了，唇边堆满了笑意，那是兴奋与希望的笑意，目光流露着对许诺的感激，并倾吐出一句无人听到或理解的隐晦话语：

"你喜欢华尔兹，原来如此。"

谁喜欢华尔兹？可能是她，昨天晚上她同卡洛斯·马利亚跳了那么长时间华尔兹，人们完全可以从跳舞中找到某种缘由。玛丽亚·贝内迪塔认为最准确和唯一的原因是为了她。休息时，他们又谈了那么久，话题自然是表妹，因为表姐一直惦记着她的婚事，并答应为她去活动。可能他会觉得她丑，或缺少妩媚，但只要表姐卖力气……姑娘那愉快的眼神说出了这一切。

1　法国作家普雷沃的代表作《德·格里欧骑士和曼侬·莱斯戈的故事》的男主人公。

78

鲁毕昂却没有那样容易地消除疑虑，他想同卡洛斯·马利亚谈谈，问问他，并在第二天到伊瓦里多斯大街找了他三次。没有见到要找的人，他改变了主意。他在家中关了几天，西凯拉少校打破了他的寂寞，向他报告说已迁居到"十二月二日"大街。少校说非常喜欢我们的朋友的住宅、豪华的装饰、讲究的家具、窗帘。他滔滔不绝地谈了许多，还列举了几件古老家具。他突然将话题一转，说好像对方不太高兴，又说这很自然，家里缺少点什么。

"先生是幸福的，缺少点东西，少个女人；先生该结婚了，结婚吧，我不会骗您。"

鲁毕昂想起了圣特莱萨那个同索菲娅谈心的美妙夜晚，感到脊背一股凉意。但少校的话中没有任何讽刺，更不是为了谋取私利。女儿仍像我们在 53 章中交代的那样，不同的是已满了四十岁。四十岁——老姑娘。在年满四十岁的那个早上，她心中为四十岁而叹息。她没有用发带或玫瑰装饰头发，也没有庆典，只有父亲在午餐时发表了一篇演说。父亲回顾了她的童年，她的母亲和祖母的故事，化装舞会，一八四八年的洗礼和克劳多米罗上校赠送的独钻戒指。他的话杂乱无章，仅仅为了消磨时间。托尼卡小姐难以听下去，她陷入沉思，咀嚼着精神寂寞的面包，同时悔恨为寻求丈夫最后做出的努力。四十岁，她该止步了。

这一切少校都想不到，他很实在，他感到鲁毕昂的家中缺少生气。告别时，他又说：

"结婚吧，我不会骗您。"

79

"为什么不呢？"少校走后，一个声音问。

鲁毕昂惊恐地环顾四周，他只看到一动不动望着他的狗。若以为问话是来自眼前的金卡斯·博尔巴，或是另一个金卡斯·博尔巴——他的灵魂就附在眼前的金卡斯·博尔巴身上——那就太荒谬了，我们的朋友不禁冷笑起来。然而，他还是像59章那样，伸出手，亲切地抚摩着狗的耳朵和臀部——这一动作正是取悦死者可能存在的灵魂。

鲁毕昂就这样表演着，没有任何观众。

80

但是，同一个声音又响起来："为什么不呢？"是的，为什么不结婚？——他继续想。一种没有希望、没有安慰的感情慢慢地吞噬着他，他要将它扼杀，因为，那是一扇神秘的大门。是的，结婚，立即正经地结婚。

当这个念头出现时，他正好走到大门口。他走进门，登上石阶，下意识地打开房门。关门时，跟在他后面的金卡斯·博尔巴一跳将他惊醒。少校在哪儿？他想下台阶看看，但立即想到刚刚将他送走。两条腿自动地完成了这一系列活动，清醒地、毫无困难地将他送去又送回，以便让头脑仅仅承担思考的任务。可爱的腿！友好的腿！精神的天然拐杖！

神圣的腿！它们将他送至沙发，同他一起慢慢地伸开，头脑却在考虑着结婚计划。这是一种逃避索菲娅的方式，当然还有别的原因。

是的，改变一下环境和运气，或许能够恢复生活中失去的协调。但这一念头不完全是思维的产物，也不是双腿的产物，而是另外某种东西，如一只蜘蛛，他无法分辨是好还是坏。蜘蛛懂得什么莫扎特？它什么也不懂。但是，他兴奋地听到大师的一首奏鸣曲；从未读过康德著作的猫可能是个形而上学的动物。也许，结婚能成为一根链条，将失去的和谐联系起来。鲁毕昂感到茫然。他热爱朋友，朋友对他也客客气气，但他仍感到生活像是一次旅行，不同的城市有不同的语言，时而西班牙语，时而土耳其语。索菲娅就是一个突出的例子。她是那样多变，一会儿这样，一会儿那样；岁月在流逝，她仍徘徊不定，永不清醒。

鲁毕昂无所事事。为了消磨那漫长而难熬的时光，他出席陪审团和众议院的会议，看士兵列队，长时间地散步，不必要地走访，百无聊赖地看晚场的演出。他的家总是休息神经的好地方：豪华的陈设，虚无缥缈的梦想。

近来，他把许多时间用于阅读。他读小说，但只读大仲马的历史小说和弗耶[1]的现代小说。他对后者感到困难，因为不太懂原文，而前者有些译文。他耐心地选择重要的读，是关于贵族和皇家生活的。伟大的仲马杜撰的法国宫廷，他笔下的贵族剑客和冒险家，弗耶笔下的伯爵夫人和公爵，个个躲在华丽的暖房中，讲着相当高雅、相当时髦、相当傲慢或风趣的语言，他的时间也就匆匆地流过了。他的阅读几乎每次都是以将书扔在地上，两眼仰望，呆呆地发愣而告结束。大概是某个死去的老侯爵正在向他讲述远古时代的故事。

81

未婚妻毫无着落，鲁毕昂已开始考虑婚礼。从那一天起，他在头脑中开始设想豪华的婚礼和马车，他在某本书的插图中见过的一种富丽堂皇的古老马车。啊！宽敞而神气的马车！他多么希望在盛大的节日里，在宫廷的大门口，等待皇帝的出现，观看皇家的队列，特别是陛下的马车！高大的车身。坚实的弹簧，精美的古画，严峻、老练的车夫赶着八匹或十匹马！后面的车虽小些，但也大得可观。

后面车队中的一辆，或更小一些的，可供他婚礼使用；不过，四轮双座马车已在市面上相当普及。好，那就乘四轮双座马车，将车的内壁装饰得极其华丽。用什么？用一种罕见的他暂时也叫不出名字的布，使马车气派非凡。一对罕见的良驹，车夫穿着金色的制服。啊！

---

1 法国作家（1821-1890）。

那是一种从未见过的金子。宾客都是头面人物：将军、使节、议员、部长及商界名流。女士，高贵的女士呢？鲁毕昂在脑海中罗列着她们的名字。他站在宫殿高高的台阶上，看着她们鱼贯而入；他望着下面的地毯，她们穿过大厅，缎子小鞋登上台阶，脚步轻盈而敏捷。开始不多，后面的陆续来到，陆续来到，车辆接着车辆……公爵来了，一个高雅的男人，一个不寻常的女士……"亲爱的朋友，我们来了！"伯爵登上台阶对他说。伯爵夫人补充道："鲁毕昂先生，婚礼漂亮极了……"

突然，罗马教区的公使到了……是的，忘了公使要主持婚礼。他来了，穿着教士的红袜，瞪着那不勒人的大眼，正同俄国公使谈话。全城最美丽的女士胸前闪耀着明亮的水晶和金子，身着燕尾服的绅士或挺胸叠肚，或点头哈腰，倾听着打开又合上的扇子声；肩章、宝石、演奏华尔兹舞曲的乐队。于是，黑色的手臂同裸露的、手套直达肘部的手臂挽在一起，一对对、一双双开始在大厅旋转；五、七、十、十二、二十对。丰盛精美的夜点，波西米亚的酒杯，匈牙利的瓷器，塞夫尔的花瓶，服装整齐的精干仆人，领子上印着鲁毕昂的字头。

82

幻梦继续着，什么神秘的普洛斯彼罗[1]把三个荒岛变作辉煌的化装舞会？"去吧，阿丽儿，把你的伙伴请来，我要在这对年轻夫妇面前卖弄我的法术。"[2]喜剧的原话大概是这样，只是岛屿不一样，岛屿和化装舞会都不一样。岛屿是我们的朋友的脑海，而化装舞会上没有仙女，也没有诗章，而是活生生的人和大厅的现实。现实较之戏剧更为丰富。我们不要忘记莎士比亚的普洛斯彼罗是米兰的一个公爵，他可能就在

---

1 见莎士比亚的喜剧《暴风雨》，米兰公爵普洛斯彼罗被弟弟驱逐，带幼女米兰达逃到荒岛，他使用魔法将弟弟掳到荒岛。

2 阿丽儿是《暴风雨》中的缥缈精灵，原文是："阿丽儿，去把你手下的小喽啰们召唤到这儿，我必须在这对年轻人的面前卖弄我的法术。"

那里，因为他潜伏到了我们的朋友的荒岛上。

的确，鲁毕昂幻梦中的新娘是名门闺秀，是贵族阶级中最显赫、最有名的小姐，起因是这样的：几周前，鲁毕昂看到一本勒默特年鉴，信手一翻，看到有关爵位的一章。若说他熟悉其中的几个，但距离认识所有的相差尚远。他买了一本，反复看了多次。他从上至下，从侯爵到子爵，又从后翻到前，将那些动人的名字看了又看，许多他甚至能背诵。有时，他拿起笔和纸，选择一个现代或古代的爵位和人名，反复写着，好像是在写自己的名字，或签署什么文件：

巴尔巴塞纳侯爵

巴尔巴塞纳侯爵

巴尔巴塞纳侯爵

巴尔巴塞纳侯爵

巴尔巴塞纳侯爵

巴尔巴塞纳侯爵

他就这样填满一张纸，字体忽大忽小，有的躺着，有的立着，各式各样。写完后，他拿起纸，端详着每一个签字；然后放下纸，陷入沉思。于是，新娘们又出现在他的眼前，坏的是个个都同索菲娅一个样。起初，她们可能像某个邻家女，或下午在街上遇到的某个姑娘，她们可能很瘦或很胖；然而，过了不一会儿，她们便改变了形象，身体变胖或变瘦，接着出现了美丽的索菲娅那光彩照人的脸和那双活泼、安详的眼睛。结婚就能摆脱她？鲁毕昂甚至想到了帕利亚的死。这一念头是他在帕利亚的家门口产生的，那一次索菲娅向他讲了许多动听和空洞的话语，使他产生了巨大的侥幸心理，但他又立即将这种恶意诅咒的念头排除。几天后，他又回到想入非非之中，还是帕利亚将他从梦中唤醒。

"今晚有地方去？"

"没有。"

"这是'丽利科'剧场的票，第八厢，左起第一排。"

鲁毕昂去得早，将胳膊伸给索菲娅。当她的情绪好时，夜晚将是世上最美好的，否则便是一种痛苦，正如有一天他对狗说：

"昨天真是活受罪，我可怜的朋友。"

"结婚吧，我不会骗您。"

"是的，我可怜的朋友，"他将狗的前爪放在膝头，"你说得对，你需要一个善良的女友，她会给予你我所不能给予的照顾。金卡斯·博尔巴，记得我们的金卡斯·博尔巴吗？那是我亲爱的朋友，伟大的朋友，我也是他的朋友，我们都是伟大的朋友。他若活着，将做我的伴郎，并举杯敬酒——起码，要为新郎新娘祝福，酒杯是我专为他做的金的或钻石的……伟大的金卡斯·博尔巴！"

鲁毕昂的思绪在深渊上空飘荡。

83

一天，鲁毕昂一早走出家门，但不知到哪里消磨时光。他向公司的仓库走去。他已有一个星期没去弗拉明哥，索菲娅的情绪一直不好。他遇到戴孝的帕利亚，妻子的姨母奥古斯塔太太死在了庄园，消息是前天下午得到的。

"那个姑娘的母亲？"

"是的。"

帕利亚对死者赞不绝口，然后又谈到玛丽娅·贝内迪塔的伤心。真可怜。帕利亚问鲁毕昂为什么晚上不去弗拉明哥，同他们一起散散心？鲁毕昂答应了。

"去吧，帮我们个忙，可怜的姑娘实在好，你不知道她是多么动人。良好的教育，人又稳重，至于社会交往的兴趣，若说她小时曾一度缺乏，现在已用惊人的速度挽回了失去的时间。索菲娅是导师。作为主妇嘛，我的朋友，像她那种年纪的人更是难得如此完美。她已完全同我们住在了一起，她的姐姐玛丽娅·若泽嫁给了西阿拉的一个法

官，教父住在圣约翰德西雷[1]，很受死者的敬重。我相信他不会将她叫
去，即使叫，我们也不放她去。她是我们的，我们不会因为教父可能
会给她留下一份遗产而让她去。以后她就住在我们家。"说完，他用手
指弹去鲁毕昂衣领上的一点灰尘。

鲁毕昂表示感谢。他们是在后院的办公室，鲁毕昂看到正从大门
进货，问是什么。

"英国棉布。"

"英国棉布。"鲁毕昂顺口重复一句。

"莫拉伊斯－古尼亚公司全部还清了债务，知道吗？"

鲁毕昂什么也不知道，既不知那个公司是否存在，也不知他们是
不是债主。他说这消息很重要，起身便要走。帕利亚还是将朋友挽留
了一会儿，他的兴致很好，似乎谁也没有死去。他又提起玛丽娅·贝
内迪塔，他打算把她体面地嫁出去；姑娘不多嘴多舌，不爱想入非非，
也有理智，应该配一个好丈夫，一个正经人。

"是的，先生。"鲁毕昂说。

"好，"同伙突然说，"不要大惊小怪，我想您会同她结婚。"

"我？"鲁毕昂惊异地说，"不，先生。"为缓和一下拒绝的后
果，他又补充道："我不否认她是个优秀和完美的姑娘，不过……目
前……我还没考虑结婚……"

"谁也没说明天或后天，结婚也不是潦潦草草能办的事。这是我看
到的迹象，说不太清，只是种迹象。索菲娅从未对您讲过这种迹象？"

"从来没有。"

"真怪，她告诉我说曾向您提过两三次，我记不太清了。"

"这可能，我经常忘事。这是谁的主意？"

"不是别人，只是我的一个想法。不忙，有的是时间。"

"再见。"

"再见，晚上早些来。"

---

1 巴西米纳斯吉拉斯州的一座城市。

84

那么，索菲娅到底想让他同谁结婚？鲁毕昂边走边想。自然，结婚是最好的脱离他的方式，将表妹嫁给他，把他变为表亲。或许索菲娅根本没有忘记，只是故意对丈夫扯谎，为婚事设置障碍。他穿过了无数条大街，才最后得到了这一结论。想到这一可能，他的心中涌起一种特殊的感情，他认为这一解释合乎逻辑：他的精神又恢复了原有的平静。

85

当一个人无法将时间缩短时，也不会有平静的心情将时光的边缘削去哪怕是一寸。相反，去弗拉明哥的急切心情使时间更加缓慢。时间尚早，干什么都来得及，无论是去奥维多尔大街，还是回玻塔弗哥。卡马绍律师去瓦索拉的法庭为一个被告辩护，没有娱乐场所可去，没有节目，也没有劝道会。什么都没有。鲁毕昂无限烦恼，他机械地倒换着脚步，读着每个招牌上的字，一起小小的交通事故也会使他停止脚步。在米纳斯时，他从未产生过那种烦恼，为什么？他无法解开这个谜。里约热内卢的确有更多的消遣，他也着实喜欢，但这里也有致命的烦恼时刻。

幸好，不幸的人遇到了救星——鲁毕昂想起了弗莱塔斯，那个永远兴致勃勃的弗莱塔斯。他病得很重，鲁毕昂叫了一辆马车，前往普拉亚福莫萨探望。他同病人的谈话消耗了近两个小时，等病人入睡，他辞别病人之母、一个年迈的妇人。他出门时说："太太手头一定很紧，"他看着老妇人咬着嘴唇，双目垂地，"请不要羞愧，困难使人焦急，但不使人羞愧。我希望太太能收下这点钱，可能的话，以后再还……"

他已打开钱夹，取出六张二十弥尔瑞斯的票子，折起来，放到她的手中，开门走了。惊异的老妇忘记了感谢，只是当车轮转动时，她才跑到窗口，恩人已无影无踪。

86

鲁毕昂这一系列行动是那样自然，只是当马车上路时他才开始思考起来。他打开马车窗帘，老妇正进家门，他看到了她的一只胳膊。鲁毕昂为自己并非无用感到十分满意。他向后一靠，解开前怀，深深叹了口气，向海滨望去。他凝视着，来时他没看仔细。

"先生喜欢这里？"车夫高兴地询问友好的顾客。

"很美。"

"从没来过？"

"我想是来过，那还是许多年前我第一次来里约热内卢的时候。我是米纳斯人……停车，年轻人。"

车夫勒住马，鲁毕昂下车，他告诉车夫在后面慢慢跟着。

实际上，他也是个好奇者。那从泥土中脱颖而出的树木将长长的臂膀伸展在鲁毕昂的面前，他真想上去拥抱它。多么近！鲁毕昂忘记了母亲，忘记了病人和病人的母亲。"原来如此，"他自语，"整个海洋就像大地与绿色植物的蔓延，值得一游。再往前便是拉萨罗斯和圣克里斯托翁海滩，几步就到。"

"普拉亚福莫萨，"他继续自语，"多美的名字！"

远方海滨的景色在变化，在萨科阿弗勒斯方向出现了房屋，有时，房屋消失，出现了搁浅在泥沙中的小船，有的底朝天躺在沙滩。在一只小舟旁，几个赤脚的孩子围着一个趴在地上的男人戏耍。他们都在笑，一个笑得最厉害，因为他无法将男人的脚固定在地上。孩子大约有三岁，他抱着男人的一条腿，按在地上，但男人一下便把腿和小孩一起举在了空中。

鲁毕昂看了几分钟，孩子发觉被人注视，玩得更加起劲，但却不像原来那样自然。大孩子们在一旁惊异地望着，鲁毕昂的眼睛模糊起来，一切都变得不清楚。他继续往前走，穿过萨科阿弗勒斯，穿过冈布阿，在山坡上英国古老的公墓前停了下来。最后，他到了萨吾德，他看到狭窄、倾斜的小路，远方山丘顶上鳞次栉比的房屋、一条条的胡同、古老的建筑，有的是皇帝时代的，破旧、残缺、荒凉、肮脏，以及当时的生活。这一切都引起他的怀旧之情……使他想起昔日的褴褛和拮据，以及那屈辱、麻木的生活。然而，这种感觉持续时间不长，他头脑中的魔术师便立即把一切改变了。没有成为穷人多么幸福！

87

鲁毕昂走到萨吾德大街的尽头，他那无精打采的目光茫然地环顾四周。一个女人从他身旁走过；她并不美，也不风流、文雅，穷相大于富相，但眉目还清秀，最多有二十五岁，手中领着一个男孩。孩子绊在鲁毕昂的腿上。

"怎么了，孩子？"姑娘说着，紧紧拉住儿子的胳膊。

鲁毕昂弯腰扶孩子。

"谢谢，对不起。"她笑着说，并向他问候。

鲁毕昂脱帽，也笑了笑。家庭的概念又一次占据了他。"结婚吧，我不会骗您！"他回头望去，姑娘轻快地走了，身后的孩子迈着小步，伴随着母亲行进的节奏。他慢慢地挪动脚步，思考着可供他选择的女人。于是，想象中的伉俪便弹起庄严、隆重、古老的结婚奏鸣曲。他最后想到只懂一点波兰舞曲的少校女儿，然而，接着便响起了索菲娅弹起的罪恶的吉他声，她的手指使他神往，令他销魂。他设想的全部圣洁计划消失了。他想重新改变曲调，他想到萨吾德大街的姑娘，样子那样可爱，手中领着孩子……

88

马车的出现使他想起普拉亚福莫萨的病人。

"可怜的弗莱塔斯!"他叹息。

他想到留给患者母亲的钱,感到这是一个善良的举动。他曾后悔钱给得多了些,这一念头在我们的朋友的脑中转了好大一会儿,但他终于将它赶走,并对自己这种念头不满。为了完全忘却那一念头,他大叫道:

"善良的老妇,可怜的老妇!"

89

当那个念头重新出现时,鲁毕昂飞速地冲到马车前,上车、入座。为了使自己得以摆脱,他同车夫搭了腔。

"我走了一大段路,不过,先生,这里的确很美,很有意思。海滩、马路同其他地方都不一样。我很喜欢,我还要来几次。"

车夫淡淡一笑,样子是那样奇特,我们的鲁毕昂不禁疑惑了。他不明白车夫笑的原因,他可能说了某个使里约热内卢人产生误解的词。他把说过的话回想了一遍,并未发现什么。所有的词都是常用的,普通的;然而,车夫仍在笑,还是原来那副表情——半阿谀,半滑稽。鲁毕昂想问问他,但没问出口,车夫说道:

"阁下是否很喜欢这里?但我很难相信。请不要见怪,我并不想触犯阁下,触犯一个严肃的顾客,但我不相信您会喜欢这个地方。"

"为什么?"鲁毕昂急切地问。

车夫摇摇头,仍表示不相信:"并不是这里不值得赞美,而是因为您不熟悉它。"鲁毕昂对这一结论表示同意。许多年前来里约热内卢时,他曾来过这里,但已什么也记不清。

车夫仍在笑,当顾客说话时,他显得更加亲切,但表情完全是否定的。

"这我知道,"他继续说,"我可不是不明事理,阁下以为我没看到您望着刚刚过去的那位姑娘的样子?这足以表示阁下有意思和喜欢……"

鲁毕昂被奉承得笑起来，但又立即收敛了笑容。

"什么姑娘？"

"我说得不清楚？"他问，"阁下很聪明，做得也巧妙，但我是个细心的人，我的车专拉这样一些来来往往的顾客。前几天，就有一位英俊青年，穿得很好，文质彬彬，不用问，是看上了这里的女人。"

"可我……"鲁毕昂忙说。

他很难控制自己，车夫的话激起他的兴致，他的不自然也是明显的。

"我说过，"车夫又说，"您同伊瓦里多斯大街的青年一个样。阁下请放心，我见得多了，我保密。难道我会相信一个随时有马车伺候的人仅仅是因为喜欢就从普拉亚福莫萨步行到这里？阁下一定是来约会，但约会的人却没来。"

"什么人？我是去看望一个病人，一个快死的朋友。"

"同伊瓦里多斯大街的青年一样，"他重复道，"这位青年说是来看望妻子的女裁缝，可就像一对……"

"伊瓦里多斯大街？"鲁毕昂问，他此时才注意到大街的名称。

"就是这样，"车夫补充道，"住在伊瓦里多斯大街，人很漂亮，留着唇髭，大眼睛，眼睛很大。啊！我要是个女的，一定也会爱上他……我不知女的是谁，知道我也不说，她是条美人鱼。"

顾客睁大眼睛听着。

"啊！阁下无法想象！她不高不矮，身材苗条，脸上一半遮着面纱，别有一番意思。人不会因为穷失去审美观。"

"可是……后来呢？"鲁毕昂低声问。

"哈哈！后来！他像阁下一样，坐着我的马车来到这里，下车后走进一家挂招牌的大门，说是要去看望妻子的裁缝。我什么也没问他，一路在车上他也不说话，很傲慢，但我明白其中的奥妙。现在全清楚了，协和大街确实有个女裁缝……"

"协和大街？"鲁毕昂问。

"不好，阁下在套我的秘密。谈点别的，换个话题。"

鲁毕昂惊愕地望着车夫，此人沉默了两三分钟，又继续说下去：

"下面的事也没有多少了；青年人走进屋门，我在外面等着。半小时后，远处来了一个女人，我断定她是去那里。果然，她慢慢地走近，若无其事地望望四周，凑到门口。我什么也没说，她一下就溜了进去。这种事我见得多了，怎么才能多赚点钱？东西贵，饭都吃不上，不得不干这种事。"

90

"不，不可能是她。"鲁毕昂在家穿夜礼服时想。

回到家，除了车夫讲的故事，他没想别的。他试图干点事，把故事忘却。他收拾纸张，看书，弹响指逗弄金卡斯·博尔巴跳来跳去。然而，车夫讲的景象顽固地印在他的脑海。理智告诉他，世上美妙的女子多得是，协和大街的女子未必就是她，但这种良好的设想持续的时间并不长，远方便出现了一个低着头、缓步而行的人。正是索菲娅。她走着走着，突然钻进一个大门，又立即关上……幻觉有时使我们的朋友将目光停在墙壁上，好像协和大街的街牌就在上面。他的脑海中出现了一系列的动作：敲门、进门、手伸向女裁缝的喉头，威胁她说明真相和她的生活。面临死亡的可怜女人坦白交代了一切，将他带到姑娘面前，但姑娘却是另一个女人，不是索菲娅。当鲁毕昂从幻觉中走出来，感到羞愧。

"不，不可能是她。"

他穿上背心，站在窗前，望着后院扣扣子。一队蚂蚁在窗台上爬着，这种景象他见过多少！但这一次，不知为什么，他拿起一块毛巾，两下抹掉了可怜的蚂蚁，扼杀了一大批。他好像看到有的蚂蚁"长相很美，身材苗条"。他立即对自己的行动感到后悔。的确，蚂蚁与他的怀疑何干？幸好，一只蝉鸣唱起来，唱得是那样别有意味和特色，以致我们的朋友在房间停止了扣扣子。索索索……菲娅菲娅菲娅菲娅……索索索……菲娅菲娅菲娅菲娅……

啊！大自然崇高与怜悯的安排，将一只活着的蝉补偿二十只死去的蚂蚁。这是读者的想法，鲁毕昂不可能有。他无法联想其他事物，并进行推论，也不知背心的扣子已经扣到最后一个。他全神贯注，耳边只响着蝉鸣……可怜的二十只蚂蚁！去找你们的高卢荷马吧，他会使你们永垂不朽。蝉笑了，将原文修改为：

> 曾几何时，你还在爬行？
> 啊，去死吧，我由衷高兴！[1]

91

晚餐的钟声响了，鲁毕昂平静一下面部表情，以免被食客（经常有四五人）发现点什么。客人们在大厅谈天说地，等候他的来临。众人起身、寒暄、同他握手。这时，鲁毕昂产生了一种莫名其妙的冲动，想把手伸出去让他们吻。他及时控制住自己，心中颇为诧异。

92

晚上，他又到弗拉明哥海滨，但没见到玛丽娅·贝内迪塔，她正同两个邻家姑娘——她的女友——在楼上的卧室。索菲娅在门口迎接他，将他引到一间内厅，两个女裁缝在做孝服。丈夫刚回家，还没有下楼。

"请坐。"她说。

她陪着他，样子很正经。她的谈话热情、庄重，时而友好、诚挚地笑一下。她说到姨母、表妹、天气、仆人、演出、缺水；家长里短，有的平庸，有的不，但一经她的口，一切都变了性质和面目。鲁毕昂

---

[1] 见法国作家冯塔纳的童话《蝉与蚂蚁》，原文是：
曾几何时，你还歌唱？
啊，跳起舞吧，我心旷神怡。

痴痴地听着，为了消磨时间，她手中不停地织着花边。当谈话中断时，鲁毕昂像要将她那似乎用针做游戏的灵巧的手吞下去。

"知道我正在组织一个妇女委员会吗？"她问。

"不知道，为什么？"

"没看到阿拉瓜斯流行病的消息？"

她为此十分难过，决定成立一个妇女委员会募捐。姨母之死中断了刚刚开始的工作，但七日弥撒后。她要继续进行，并问他有何感想。

"很好。委员会里有男人吗？"

"只有女的，男人可以出钱。"她笑着说。

鲁毕昂立即在脑海里设计了一个宠大数字，以便给后来者施加压力。一切都是真的；委员会将突出索菲娅的地位、使她美名远场同样也是真的。最初入会的妇女并不属于索菲娅的阶层，只有一个与她相好。但是经过一个在一八四○年至一八五○年显赫一时、至今仍怀念那段黄金时代的寡妇的周旋，许多妇女都参加了这一慈善组织。几天来，她没想别的，晚上的茶前饭后，她坐在摇椅上像是睡觉，其实并没睡，只是合着眼睛，为自己的高贵地位沾沾自喜。这自然是谈话的主题，但她时而又问起我们的朋友为什么老不露面，八天、十天、十五天都不来？鲁毕昂说没什么特殊原因，但他是那样激动，一个女裁缝也感到奇怪。长时间的沉默，沉默中时而听到织针的摩擦声，裁剪声和撕布声。两个女裁缝望着双目不离女主人的鲁毕昂。

一个男人——银行行长前来吊唁，有人去找帕利亚，主人下楼接客。索菲娅抱歉地向鲁毕昂告辞一会儿，她要去看望玛丽娅·贝内迪塔。

93

只剩下鲁毕昂同两个女裁缝。他站起身，脚步轻轻地从一边踱到另一边，以免打扰别人。大厅中时而传来帕利亚的只言片语："总之，您可以相信……""经营一家银行不是开玩笑……""很好……"行长很少说话，声音干涩而低沉。

一个女裁缝折起衣料，匆匆收拾起布头、剪刀、线轴、线束。天晚了，她该走了。

"冬冬，等一会儿，我也走。"

"不，不行，请问先生几点了？"

"八点半。"鲁毕昂说。

"耶稣！太晚了。"

鲁毕昂顺口问她为什么不能答应同伴的要求，稍等一会儿。

"我只等索菲娅太太。"她恭敬地说，"先生知道她住在哪里？帕塞约大街，可我在协和大街，离这里远着呢。"

94

不多会儿，索菲娅便走下楼，见鲁毕昂惶惑的目光躲躲闪闪，便问怎么了，他说没什么，头疼。冬冬走了，银行行长告辞，帕利亚感谢他的好意，祝他健康。帽子呢？他找到帽子，帕利亚递过大衣，但客人仍在寻找着什么，便问是不是手杖。

"不，先生，是雨伞，可能是这把，没错。再见。"

"再一次向您表示感谢，十分感谢。"帕利亚说，"请戴好帽子，有汗，请不必客气。谢谢，十分感谢。"说完，他握住客人的手，深深弯下腰。

回到书房，鲁毕昂正执意要走。他帮着挽留，说喝杯茶，马上就送来。鲁毕昂谢绝一切。

"您的手很凉。"少妇握着鲁毕昂的手说，"为什么不再待一会儿？蜜水很好，我去取。"

鲁毕昂拦住她，不需要。头疼是老毛病，睡一会儿就好。帕利亚吩咐人叫车，对方说夜里的空气对他很好，卡太特会有车。

95

"我一定在到达卡太特前赶上她。"鲁毕昂沿普林西比大街上坡时想。

他估计女裁缝就在附近，并发现前面的路旁有几个人影，其中一个像女的。"就是她。"他想。他加快脚步，他的脑子自然很乱：协和大街、女裁缝。贵妇人、四敞大开的百叶窗。毫不奇怪，他心不在焉，急行中撞在一个低头漫步的男人身上。他甚至没向对方道歉，而是加大了脚步，因为他发现那个女人也加快了步伐。

96

被撞的人仅仅是感到被撞而已，他正在高兴地想着什么，任想象驰骋，忘却了一切小心与烦恼。他是吊唁回来的银行行长，他感到被撞，却没发火，只是理一理大衣和思绪，继续安静地前进。

为说明此人的无动于衷，需要说明一下在一个小时之内他的不同激动。他先去了一个部长家，询问兄弟的一个申请。刚刚用过晚餐的部长悠然地吸着烟，不说一句话，行长慌乱地讲明来意，颠三倒四，前言不搭后语。为了保持尊敬的姿势，他坐的样子极不自然，嘴边挂着习惯性的奉承微笑。他点头哈腰，请求原谅。部长提了几个问题，他受宠若惊地做了冗长的、十分冗长的回答，最后呈上一份报告。然后起身，紧握部长的手，深表谢意。部长送他到门廊，行长又是两鞠躬，一个是在下台阶之前，另一个在花园，但后一个是无用的，因为他没看到部长，只看到透明玻璃大门和门廊顶部悬挂的汽灯。他揎起帽子走了，屈辱、羞惭地走了。使他难过的不是所交涉的事情，而是他鞠的躬，他的问安和卑微的态度等一系列无益的举动。他就这样来到帕利亚的家。

十分钟之后，他的精神平静了、恢复了，这是由于主人的彬彬有礼，点头奉承和永恒的微笑以及殷勤招待的茶和雪茄。于是，行长变得严峻起来，高傲而冷淡，话也少多了。当帕利亚提出一个建议时，他甚至厌恶地扇动一下左鼻孔，帕利亚感到建议荒谬，立即收回。他抄袭了部长的迟缓动作，出去时，鞠躬的不是他，而是主人。

来到大街时，他又变成另一个人。他平静而满意地走着，他的思想又开始驰骋，并无动于衷地挨了鲁毕昂一撞。他的阿谀正在脑海中消失，他此刻在津津有味地品尝着克里斯蒂安诺·帕利亚的献媚。

97

当鲁毕昂行至卡太特的拐角处，女裁缝正同一个等候在那里的男人交谈。男人伸出胳膊，两人像夫妻一样双双向胜利大街走去。夫妻？朋友？两人在马路的第一个拐角处消失了，鲁毕昂止住脚步，回忆着车夫的话、百叶窗、留唇髭的青年、窈窕女人、协和大街……协和大街——女裁缝说是协和大街。

他睡得很晚，他久久地站在窗前，燃着雪茄，沉思着，但百思不得其解。冬冬一定是爱史中的第三者，她有着狡黠的目光——鲁毕昂想。

"明天我早到拐角处等她，我要给她一百、两百、五百弥尔瑞斯，她会讲清一切。"

他累了，望望天空，上面是南十字星座……啊！她若同意遥望南十字星，他们的生活将是另一番模样！灿烂的星座似乎肯定了这种感觉，鲁毕昂凝视着它，想象着各种美丽和相爱的画面——那一切都像是真的。当他的思想厌倦了那从未开花的爱情，我们的朋友便想到南十字星不仅是个星体，也是一种荣誉称号，一系列的联想也就随之而来。他认为将南十字星作为民族的高贵象征是个天才的想法，他见过许多公职人员胸前佩戴徽章，很漂亮，但主要是别致。

"好极了！"他大声说。

他离开窗口时已近两点。他关上窗，上床便睡了。西班牙仆人拿着一封信，将他唤醒。

98

他睡眼惺忪地坐在床上，未及辨认字体，便打开信读道：

> 昨天先生走后，我们心中甚是不安。克里斯蒂安诺不能立即登门致歉，他醒得很晚，还要去找海关督察员。请告诉我们您是否好些了。问候您，玛丽娅·贝内迪塔和
>
> 感激您的朋友
> 索菲娅

"告诉送信人等一下。"

二十分钟后，鲁毕昂亲手将回信交给送信的黑孩子，并问起女士们可好。得到肯定的回答，他拿出十角钱，嘱咐孩子需要钱时来找他。吃惊的信使大瞪着眼睛，答应了一切。

"再见！"鲁毕昂慈爱地说。

黑人走下为数不多的台阶，鲁毕昂仍站着发愣。送信人走到花园中心时，听到大叫一声：

"等等！"

信使转身向召唤者走去。鲁毕昂已下了台阶，二人相遇。鲁毕昂默默地站住，两分钟过去了，没说一句话。最后想起了一句"女士们可好"。还是那句话，仆人又重复了原来的回答。鲁毕昂的目光开始在花园中漫游；玫瑰和雏菊美丽而葱茏，几株石竹已开了花。所有其他的花和枝叶，海棠和攀藤，整个小小的花园世界中的无形眼睛都将目光射向鲁毕昂，对他大叫：

"颓废的灵魂，放弃你的奢想，将我们采摘，将我们送走……"

"好，"鲁毕昂说，"向太太们问好，不要忘记我的话：需要我时，不必客气。信收好了？"

"是的，在这儿，先生。"

"最好放在衣袋里，注意不要弄坏。"

"不会，不会，先生。"仆人收好信说。

99

信使走了，鲁毕昂双手插进便服衣袋，两眼望着花卉。他信步在园中走着，送点花去不好吗？这是自然的礼物，也是应该还的一份礼。刚才没想到，他向大门跑去。信使已走远，他想到丧事忌讳喜庆之物，也就心安理得了。

当他重新开始散步时，突然发视花坛旁边有一封信。他俯身拾起，看看信封……笔迹是她的，一定是她的；同刚刚收到的信一比，字体完全一样。名字却是活见鬼：卡洛斯·马利亚。

"是的，是这样。"几分钟后，他下了结论，"送信人丢掉的。"

他从不同的角度端详信封，揣度着信中的内容。噢！内容！这张致命的纸上写的是什么？邪恶、淫荡和一切坏的和癫狂的语言都会浓缩在两三行字中。他将信放在眼前，试图辨认出里面的某些字。纸很厚，什么也看不到。他想，送信人发现丢了信，一定要回来找。他仓皇地将信揣入衣袋，跑进屋里。

他掏出信，重新端详起来。他的手犹豫着，心潮起伏。打开信，一切便清楚了。看完后烧掉，谁也不会发现，同时也彻底结束那在不道德的深渊之畔神魂颠倒的苦难生活……这并非我的话，而是他的，是他将这可怕的名词连在了一起，是他站在大厅中央，眼望地毯，画面上一个土耳其人悠闲地叼着雪茄，注视着博斯普鲁斯……可能是博斯普鲁斯。

"可恶的信！"他喃喃地重复着几周前在剧场听到的这句台词，一句忘却的台词，此刻他又想了起来。这句台词恰当地概括了剧情，概括了他这个观众的精神状态。

他要立即将信打开，但这只是一个表情、一个动作。四周无人，墙上的画是平静的、漠然的，地毯上的土耳其人仍然吸着烟，望着博斯普鲁斯。他犹豫起来，尽管信是在花园捡到的，但却不属于他，而属于另一个人；这如同捡到一个钱包，难道不该将钱归还原主？他悻悻地又把信装进衣袋。在将信交给收信人还是索菲娅的抉择中，他选择了第二方案。这样做的好处是可以从发信人的表情上发现真实情况。

"我对她说捡到了一封信，如此这般。"鲁毕昂想，"归还信时，要注意她的面部是否有惊恐之色。可能会变白，那就威胁她，端出协和大街的事。我要向她发誓，我准备花上三百、八百、一千、两千、三万康托，若需要抹掉卑鄙的……"

100

食客一个也没出席当天的午餐。鲁毕昂又等了十几分钟，甚至还吩咐仆人去门外看看，是否有人来。一个也没有，他只好独自进餐。

一般来说，他无法忍受就餐时的孤独。他完全习惯了朋友们的谈笑风生，说东道西，当然还有尊敬与赞扬。一个人进餐等于什么也没吃，而现在，他像扫罗一样需要某个大卫将钻入他心中的邪恶幽灵驱逐。他咒骂送信人，是他丢了信。无知就是幸福。他的心又动摇起来，动摇于交还——不交还——长期保存之间。鲁毕昂害怕知道事情的真相，对于索菲娅的面部表情，他既想观察，又不敢观察。说到底，最大的希望是什么也不发生。

大卫终于在奶酪和咖啡中间出现了，其形象是前一天晚上从瓦索拉归来的卡马绍律师。正如《圣经》中的大卫，他带来一头驮着面包、酒罐和小山羊的驴子。他到了瓦索拉，看望了一位身染重病的米纳斯州议员，并撰写文章，为鲁毕昂的候选资格大造舆论——这是卡马绍几口咖啡落肚时说的一席话。

"候选人？我？"

"还能是谁？"

卡马绍说机会难得。

"您在米纳斯工作过，不是吗？"

"做过一点。"

"您现在的贡献更突出，同我掌握着真理的声音，分担着对我的攻击，且不说财务方面的支持。这是毫无疑义的。我只想告诉您，我将全力以赴。另外，先生您也是解决分歧的最好人选。"

"分歧？"

"是的，上卡塔斯的艾梅内热多律师同罗穆阿尔多上校，据说一旦有空缺，他们就竞选，这是分散选票……"

"这倒是。他们要干到底吗？"

"若他们得知政府的意图，他们肯定不会再蛮干下去，因为他们曾当面问我上面的态度，当时我难以回答。我告诉他们，尽管这样，政府信任我、支持我，这毫无疑义。您说呢？您以为我在这里是浪费时间，浪费金钱和智慧？是辜负一个多次证明忠于原则的朋友？啊！不会。他们会听我的，采纳我的建议。"

激动的鲁毕昂问律师如何斗争、如何胜利，是否需要钱、需要推荐书和申请书，如何经常得到患者的消息，等等。卡马绍一一回答，但劝他要谨慎。"政治上，"律师说，"一件小事往往改变运动的进程，将胜利奉送给对手。当然，即使您得不到胜利，鲁毕昂的名字也已尽人皆知，我们的工作不会白做。"

"坚定、沉着。"他最后说。

又立即补充道：

"我本人不就是一个坚定沉着的范例？我那个省已落入强盗之手，毕聂罗斯[1]之流是名副其实的强盗。另外（我难过地对您说），有些老朋友对我搞阴谋，有的野心家希望将我开除出党，夺我的权……一群无赖！啊！亲爱的鲁毕昂，政治这种事就如上帝耶稣基督的爱，什么事都会遇到，有背叛、有出卖，荆棘的花冠、磨难、十字架，最后被妒忌、诽谤和无耻钉死在理想的十字架上……"

最后这一句即兴的话使他产生了发挥成一篇文章的灵感；他牢牢

---

1 巴西政治家，米纳斯吉拉斯州州长（1860—1908）。

地记住了它，临睡前将它写在了一片纸上。他嘴里念叨着，以免忘却。鲁毕昂鼓励他振作，因为他是一个大有作为的人，不能怕邪。

"怕邪？绝不会，真魔鬼我也不怕，如果有的话。我奉陪他们到底，当我们一旦有了权，他们可得当心！他们必须偿还一切。听我的劝告：搞政治，既不能怜悯，也不可健忘，欠债就得偿还。要知道，复仇是最大的满足，"他笑着说，"是最大的快乐……总之，权衡政治的利弊，利是主要的。背信弃义者，终究要完蛋，要被捕或被通缉……"

鲁毕昂心悦诚服地听着，卡马绍口若悬河。他的眼睛闪着光，诅咒的话语如自以赛亚的口中吐出，胜利的喜悦使他手舞足蹈，他的每一个表情都是一个原则。他张开双臂挥舞着，好像已经发现了一个完整的纲领。他渐渐陶醉在希望的幻觉中，他得到了欢娱的酒浆，最后站在了鲁毕昂面前：

"干吧，议员先生；要学会演说，结束时应当这样：'主席先生……'跟我说：主席先生，我请求阁下……"

鲁毕昂起身，打断他的话。他有些眩晕，他似乎走进了议会，宣誓就职，所有的议员都站立着。他打了个寒战，步履有些困难，但他终于穿过大厅，登上主席台，宣誓……他的声音可能有点弱……

101

鲁毕昂在这种精神状态下得到弗莱塔斯去世的消息。他暗暗地洒下了一滴泪，并自愿承担全部丧葬费用。第二天下午，他将死者送往墓地。年迈的母亲见他走进大厅，要跪在他的脚下，他制止了这一行动，并拥抱了她。我们的朋友的举动在旁观者中产生了巨大反应，有一个甚至紧握了他的手，又把他拉到一个角落，向他讲述几天前遭到的不幸解雇。开除是恶意的……是一个阴谋……

"阁下要知道（请原谅他的出言不逊），那是一个流氓窝……"

下葬的时刻到了，母亲的告别是痛苦的。亲吻、啜泣、呼叫，催人泪下。女人们无法将她拉开，幸亏两个男人动了真力气。她呼喊着，拼命扑向死者："我的儿子！我可怜的儿子！"

"一桩丑闻！"被解雇者说，"据说部长本人并不同意，但阁下知道，为了不使行长丢面子……"

嘭……嘭……嘭……锤子敲在棺材上发出沉闷的响声。

在众人的要求下，鲁毕昂离开被解雇者，抬起了棺材。门外站着不少人，邻居们挤在窗口，人摞着人，眼中充满死者对活人造成的好奇。在一辆辆旧式马车中，鲁毕昂的四轮马车格外引人注目。对死者的这位朋友早已议论纷纷，他的出席证实了传说的可靠，使死者也受到几分敬意。

在墓地，众人邀请鲁毕昂放第一铲土，但他谢绝了好意，他希望掘墓人用他们职业的大锹将坑填满。他的眼睛湿润了，葬礼结束，他在众人的陪同下向外走去。在门口，他将帽子左右一挥，向所有毕恭毕敬、脱掉帽子的脑袋致意。他登上马车时，还听到这样的亲切话语：

"好像是个议员或高级法官，或类似的人物……"

102

夜幕降临。鲁毕昂沿圣克里斯托翁大街而上，回想着被埋葬的穷鬼。这时迎面驰来一辆四轮马车，后面跟着两个随从。是一个部长拜谒国王；鲁毕昂伸出脑袋，但又缩了回来，侧耳倾听着侍从的马蹄声，那样和谐、那样清晰，尽管大街上声音嘈杂。我们的朋友是那样专注地听着，部长的马车已走得很远，他仍然还能听到吧嗒……吧嗒……吧嗒……的马蹄声。

103

玛丽娅·奥古斯塔太太死后的第七天，在圣弗朗西斯科保拉大教堂举行了诵经弥撒。鲁毕昂也在场，并看到了卡洛斯·马利亚，这使他决定提前归还那封信。三天后，他带着信到了弗拉明哥。时间是下午两点，玛丽娅·贝内迪塔去看望在悲伤的日子里陪伴她的邻家女友，只有索菲娅一人在家，她穿好衣服正要出门。

"不过，没关系，"说着，她请客人入座，"不忙，我待会儿再走。"

鲁毕昂说来送一张纸，马上就走。

"不管怎么说，先坐一会儿，有事可以坐着办。"

她还是那样漂亮，他难以将背诵好的恶毒语言说出口。孝服很合体，紧紧裹在身上，她坐着，只露着一半脚、平底鞋、丝袜，这一切都引起人们的怜悯与原宥。至于鞘中的剑——一位老作家曾这样称呼心灵——好像既无刃，也无鞘，只是一把无害的象牙刀。鲁毕昂几乎失去了勇气。谈话继续进行。

"什么纸？"索菲娅问。

"一张我认为十分重要的纸，"他克制着回答，"您是否记得失掉过信？"

"没有。"

"经常写信？"

"写过几封，但记不清是否重要，给我看看。"

鲁毕昂的目光迷乱了，他什么也说不出，什么也做不出，他起身要走，却没走。他不安地沉默了一会儿，毫无愧色地说：

"我一直为夫人祝福，这不是秘密，夫人也清楚。您对我既不拒绝，也不欢迎，只用娇媚的姿态挑逗我。我从未忘过圣特莱萨，也没忘记火车上的旅行，您丈夫坐在我们俩中间。记得吗？那次旅行是我的不幸的开始，从那天起，夫人便俘虏了我。夫人不好，有蛇样的天赋，我损害过您什么？您可以说不喜欢我，让我放弃幻想……"

"好了，有人来。"索菲娅打断他的话，起身向大门望去。

谁也没来，但是家中的人也可以听到，因为鲁毕昂越来越激动，声音越来越高、越来越大。他失去了希望，他敞开了心灵，将心灵置于光天化日之下。

"我不怕别人听，"他大叫道，"来听吧，我要说出一切，然后夫人将我赶走，结束一切。不，不能这样折磨一个男人……"

"住嘴，看在上帝面上！"

"什么上帝！我要把话说完，不保留任何……"

索菲娅茫然失措，担心奴仆们听到。她用手捂住他的嘴。一接触那温柔的皮肤，鲁毕昂顿时失了声；索菲娅缩回手，想离开大厅。当她走至门口时，停住了脚步。鲁毕昂走到窗前，以平静一下他的激动心情。

104

静静地过了几分钟，索菲娅转回身，坐在刚刚购置的蓝缎子沙发上，裙子带着风声。鲁毕昂同时转过身，她正责备地摇着头。他刚要开口，索菲娅便将一个指头放在嘴上，示意他安静。然后，向他招手，鲁毕昂服从了。

"坐在那张椅子上。"她说。鲁毕昂坐定后，她继续说："我有理由生先生的气，但我不生气，我知道您是个好人，诚挚的人。您应该对刚才的话感到后悔，我会谅解您的一切。"

索菲娅用扇子拍拍右边的裙子，使其回到原来的位置，然后抬起胳膊，晃动着黑玻璃手镯。最后，她将双肘撑在膝头，不停地开合着扇子，等候对方回答。与她所希望的相反，鲁毕昂否定地摇摇头。

"我无可后悔，"他说，"我不希望得到您的原谅。夫人将留在我的心中，不管您愿意与否。我可以撒谎，但撒谎有什么用？夫人对我不诚恳，您一直在骗我……"

索菲娅挺起胸。

"……请不要生气，我并不想惹您，但我要说明，夫人一直在骗我，骗得我很苦，很无情。但愿您丈夫，爱吧，他会原谅您，但是……"

"但是什么？"她惊异地问。

鲁毕昂将手插进衣袋，掏出信，交给她。索菲娅看到卡洛斯·马利亚的名字时，脸上失去了血色。他看到了一切。她立即克制住自己，问是怎么回事，拿信来干什么。

"您写的。"

"是我写的，但信上说的什么？"她仍很镇静，"谁给您的？"

鲁毕昂想说是捡的，但既然达到了相当一部分目的，便恭敬地起身告辞。

"请原谅，"她说，"请先生自己把信打开。"

"这不是我的事。"

"请等一下，就在这里把信打开看一看。"少妇拉住他的衣袖。鲁毕昂用力抽回胳膊，拿起帽子，走了。索菲娅担心奴仆看到，留在了大厅。

105

她当时很慌乱，顾不得看信。过了一会儿，她将信封反复端详，想不起里面写的是什么。她渐渐平静下来，估计可能是阿拉瓜斯委员会的通知。她撕开信封，果然是。这样一张纸如何落到了他的手里？他的疑心从何而起？怀疑来自他本人还是外界？莫非有什么关于她的流言蜚语？她找来给卡洛斯·马利亚送信的仆人，问他是否把信交给了对方。没有。仆人到了伊瓦里多斯大街时，发现丢了信；因为害怕，没告诉女主人。

索菲娅的脑海开始了回忆。卡洛斯·马利亚的形象出现在她的眼前。他那幽灵似的大眼睛亲切又充满烦恼，索菲娅想避开，但怎么也避不开。他从一边跟她到另一边，依然是那样文雅、那样英俊、那样高傲地微笑着。有时，他俯身私语在某个舞会之夜对她说过的话语，那话语曾使她夜不成寐，想入非非，甚至失魂落魄。索菲娅永不明白那次奇遇失败的原因，他像是真的喜欢她，他那大胆的表白、深夜在她窗前的流连——她亲耳听他这样说。还有另外几次相遇，窃窃私语，热烈和贪婪的目光。她不明白到头来这种热情为什么成了泡影，也许根本就没有过什么热情，而完全是卖弄。起码是表现他的诱惑力……卑下、庸俗、猥琐的本性。

这种关系谈得上什么秘密？那是个纨绔子弟，她感到越来越大的憎恶和讨厌，甚至讥笑了他，她可以毫无愧色地正视他。她慢慢踱到外面，她要报复那个小丑——她这样称呼他。她以圣洁的目光仰望长空，对那件事她未免想得过多，她开始诅咒鲁毕昂，是他用一张倒霉的通知唤醒了一个被忘却的人……不幸的是，卡洛斯·马利亚的话语又在她耳边响起，既然她真的美丽，为什么不能说她美丽？她若不在他面前表现得那样稳重、那样矜持，也许他早已拜倒在她的脚下……

突然，隔壁大厅的女仆听到破碎声，跑到客厅一看，女主人正独自站在那里。

"没什么。"女主人说。

"我好像听到……"

"小瓷人掉在了地上，把碎片收走。"

"中国人！"女仆说。

的确，是个瓷质的中国古代官员，原来它十分安详地立在架子上，索菲娅不知为何和何时将它拿在了手中。当她想到自己的屈辱，不禁冲动起来，好像对自己生气，瓷人便掉在了地上。可怜的中国古代官员！一个瓷人也不能幸免，甚至作为帕利亚的馈赠也不顶用。

"可是，太太，瓷人怎么……"

"出去。"

索菲娅想到自己在卡洛斯·马利亚面前的全部表现，爽快的顺从、满口的谢意、追逐他的目光、热烈的握手……无疑，他曾动过心，只是后来变了。总之，他喜欢她，他们精神的吻合不会使一方背叛另一方。原因一定是别的。她苦苦地寻找可能的原因，某个生硬或冷淡的表情，某次的失礼。她曾怕单独见他而让仆人说她不在家。对，可能是这件事刺伤了他，卡洛斯·马利亚很高傲，容不得哪怕是最微小的怠慢。他知道受了骗……是这个原因。

106

……或者，更确切些说，原因出在车夫宣讲神乎其神的故事那一章，因为迷惑不解的读者无法将索菲娅的忧伤与那件轶事联系起来。读者会茫然地说："那么，协和大街的约会，索菲娅和卡洛斯·马利亚那不无邪念的侃侃而谈，难道这一切都是诽谤？"诽谤者不是车夫，而是读者和鲁毕昂，因为他并未涉及任何名字，他的故事也不是真的。您若耐心地读下去，会发现这一点。是的，不幸的人，提醒得好，这绝不是真的，一个从事那种冒险生涯的人未必会将马车停在同谋的家门前，那等于为罪责据供一个证据。世上有许多更合适的停车场所，马车可以拐个弯等着。

是的，车夫不善编造，不过，杜撰一个故事有何益处？

车夫将鲁毕昂拉到一所住宅前，他在里面逗留了两小时，但没打发车夫走。他走出大门，登上车，又立即下车，吩咐车夫跟着他。车夫认为这是个难得的主顾，直到那时，车夫也没想到编造点什么。这时，过来一个女人和一个男孩——萨吾德大街的，鲁毕昂站住，以爱恋和怜悯的目光望着她。这时，车夫才将他当成花花公子，开始夸耀自己的本事。至于协和大街，只是因为他们来自那个地方；还有那个伊瓦里多斯大街的青年，自然是因为前一天车夫拉了某个人——很可能就是卡洛斯·马利亚，或者因为车夫住在那里，或者因为那里有他的马车房。白日的点滴印象会成为夜晚梦中的素材，并非所有的车夫都富于想象力，把现实中零散的活动片段串联起来很不容易。

剩下的只有住在协和大街做孝服的女裁缝的巧合了。是的，这倒是个偶然的巧合，但过错在女裁缝。若她想改变职业和抛弃丈夫，市中心不缺她的住处。实际上，她爱自己的职业和丈夫胜过世上的一切。这不能成为我中断故事，或使本书半途而废的理由。

107

对索菲娅的联想无须解释，一切都立足于事实。毫无疑问，绝对毫无疑问，卡洛斯·马利亚没有回答她的第一次希望，以及后来的第二次和第三次；她在不同的场合表示了这种希望，尽管没有像第一次那样灼热和强烈。至于原因，我们看到索菲娅的希望不止一次，而是连续多次。她没奢想他会给予她某种爱，一种会使她忘却一切的爱。这或许是第四种原因，也可能是真正的原因。

108

鲁毕昂一连几个月没去弗拉明哥，这对他绝非轻而易举之事。他犹豫再三，也十分后悔；他几次决定拜访索菲娅，请求她的谅解。谅解什么？他不知道，但他希望得到谅解。每当他做出这种努力时，出现在脑海中的卡洛斯·马利亚就使他却步。时间越长，他变得越疏懒。若有朝一日他像个浪子一样登门，而去的目的又仅仅为了祈求女主人美丽眼睛的热情，那就太奇怪了。他有时去仓库找帕利亚，五个星期后，帕利亚责备他久不登门，两个月后，问他是否有意不去。

"我一直很忙，"鲁毕昂说，"政治事务占去了我全部时间。星期天一定去。"

索菲娅准备迎接他，寻找机会向他说明信的内容，并以所有的圣灵向他起誓，真理并非不在她这边。计划破产了，鲁毕昂没出现。又是一个星期天，几个星期天……有一天，他在索菲娅的阿拉瓜斯委员会的认捐单上填了五个康托。

"太多了。"当他把支票送到仓库时，合伙人说。

"不能少。"

"多一些可以，但不要那么多。您是否认为认捐人不会多？女的很多，还有男的，还要在商店和贸易广场募捐，少写点。"

"怎么，不知已经写上了吗？"

"这个 5 很容易改成 3，三个康托已经相当不少。当然还有多的，那都是因为地位和财富非多捐不可，如彭芬，捐了十个康托。"

鲁毕昂不以为然地笑笑，讥讽地摇摇头。五个康托没改，而是在前面加了个 1——十五康托，比彭芬多五个。

"当然，您可以出五个、十个、十五个康托。"帕利亚补充说，"但您要节省，因为一个彭芬，您出得太多……您看，利息越来越少。"

鲁毕昂的财产（股票、证券、契约）放在仓库的保险箱里，帕利亚负责保管；他为鲁毕昂征息、分红和收三处住宅的房租——房产是不久前在帕利亚的鼓动下低价买的，收入不少。帕利亚还为他保存着一部分金币，鲁毕昂有收集和玩赏金币的嗜好。帕利亚比主人更清楚财产的数字，也深知风平浪静的海面上帆船出了漏洞。康托足够了——帕利亚仍坚持。作为委员会创始人的丈夫，这一事实恰恰证明了他的诚挚。但鲁毕昂不愿少于五个，并趁机又取了十个。他需要十个康托，帕利亚摇摇头。

"请原谅，"帕利亚沉默了一会儿说，"要十个康托干什么？明摆着要白白扔掉，至少有这种可能。"

鲁毕昂付之一笑。

"若肯定丢掉，我就不取了。可能会冒险，但没有风险便不能赚钱。我要做一笔生意，实际上是三笔，两笔用于贷款，把握很大，一共不超过一个半康托，八个半用于投资。不知道用场，为什么摇头？"

"当然，您若征求下我的意见，告诉我什么企业和什么人，我会权衡一下能否去冒险。我担心除了将钱白白丢掉不会有其他结果。记得诚实票份公司的股票吗？当时我就说是骗人的把戏，白送钱，您不信，结果吃了亏。股票下跌，半年没分红。"

"就是要卖掉这些股份，留下不动产我就满意了，或者将现存的现金给我……要么我过一会儿来取，或者给我送到玻塔弗哥。您若认为合适，办理保险也可以……"

"不，绝不行，不能给您十个康托。"帕利亚忙说，"不能一切都让步，我有义务拒绝。贷款可靠？什么贷款？没见他们都只是骗钱，不还债？这些家伙竟每日同债主共进晚餐，我认识的一个叫卡尔内罗的人就是这类人，不知其他人是否也这样。完全可能，太过分。作为朋友我才这样说，您可不要以后抱怨我不及时告诫。如果把自己的一切都交给别人，您靠什么生活？我们的买卖也要完蛋。"

"不会。"鲁毕昂忙说。

"完全会，一切都会完蛋，我曾亲眼看到银行家苏托在一八六四年完了蛋。"

鲁毕昂思忖着同伙的劝告，不仅因为这些劝告是好的或是可能有益的，而且他在其中感到一种裹着生硬外衣的亲切意图。他对此表示由衷的感谢，但却不能接受，他需要十个康托。否则，今后若有更大的用场，那会更困难。另外，他有东西，也有钱，可以赠送，也可以出借。

"只能出借。"帕利亚说，然后又补充道，"好，天晚了，明天我把十个康托给您送去。为什么不能到弗拉明哥去取？我们得罪了您？还是她们冒犯了您？据我看，您好像对她们有意见，为什么，是要惩罚他们？"

鲁毕昂避开了合作者的目光，因为他的话似乎充满了讥讽——一个知情人的讥讽。鲁毕昂转过脸，看到对方的目光带着疑问，于是答道：

"她们没怎么我，我明天晚上去。"

"吃晚饭。"

"晚饭不吃，家里还有几个朋友。晚上见。"他心中想，"不要惩罚她们，她们没怎么我。"

"有人搬弄是非，"客人走后，帕利亚想，"也许索菲娅阻拦……"

鲁毕昂没走到拐角，又转身回来，说钱等着急用，下午两点前一定要拿到钱，他来取，晚上的拜访不变。

109

当天夜里，鲁毕昂梦到索菲娅和玛丽娅·贝内迪塔。她们在一块空地上，身上只穿着裙子，背部完全裸露，索菲娅的丈夫手持一根五股铁梢皮鞭，无情地惩罚她们。她们哀叫着，请求宽恕，在血泊中扭曲着身躯，皮肉一块块掉在地上。为什么索菲娅又变成了欧热尼娅皇后，玛丽娅·贝内迪塔成了贴身女仆？我无法说清。"这是梦，梦，思想者！"我们的阿瓦雷斯·德·阿泽维多[1]的一个主人公大叫。但我更喜欢老波洛涅斯[2]听到哈姆雷特狂叫后的想法："尽管疯狂，但仍有办法。"此刻，索菲娅与欧热尼娅合为一体，办法也会有的。的确有了办法，而且很奇特。

是的，愤怒的鲁毕昂立即命令停止惩罚，命令绞死帕利亚，拯救受难者。作为受害者之一的索菲娅登上鲁毕昂的敞篷马车，她安然无恙，仍然千娇百媚，而他趾高气扬，不可一世。二人催马上路，出发时的两匹马也渐渐变为八匹，街上和窗口挤满了人，如雨的花朵落在他们身上，欢呼声四起……鲁毕昂感到自己变作路易·拿破仑大帝，小狗依偎在索菲娅的脚下……

一切都结束了，没有尾，也没有失败。鲁毕昂睁开眼，一只跳蚤咬了他一口，或是别的什么虫子。"梦，梦，思想者！"即便现在，我们更喜欢波洛涅斯的话："尽管疯狂，但仍有办法！"

110

鲁毕昂拿出两笔钱，一笔投资于"改善里约热内卢港口设施公司"，另一笔偿还《瞭望台》拖欠的债务，报纸面临停刊的威胁。

"太好了！"鲁毕昂将钱送上后，卡马绍说，"非常感谢！您看，贫困能使我们的报纸失去声音，这是职业的天然困难。人民缺乏教养，不感谢、不支持为他们工作的人。为捍卫宪治、自由而日夜斗争的人。您想，若眼下没有这笔钱，一切就都完了。若人人自扫门前雪，原则

1　巴西著名诗人（1831—1852）。

2　《哈姆雷特》中的御前大臣。

也就失去了忠实的宣传者。"

"永远不会！"鲁毕昂气愤地说。

"完全对！我们要加倍努力，《瞭望台》将成为传说中的安泰[1]，每跌倒一次，便可获得新的力量。"

说完，卡马绍的目光落在钞票上。"一个康托零二百，对吗？"他说着，将钱装入燕尾服衣袋。他说有了这笔钱，报纸将一帆风顺地办下去；报纸需要改革，设想也很多。

"内容要改革，要对全党猛促一下，必要的话，打击一下……"

"什么？"

"什么！打击，打击是发言和纠正的方式。党的机关报越办越糟，我称它为机关报，因为我们的报是党的理论报纸，懂得这种区别吗？"

"懂。"

"越办越糟。"卡马绍继续说，并用手指夹起一支雪茄，"我们应强调原则，但要坦率、高尚，讲真理，领导人需要从他们的朋友和党员口中听到真理。我从不反对党内调和，我主张调和，但调和不是玩弄骗术。举个例子，我们省的毕聂罗之流得到政府的支持，但目的是排挤我，而我在首都的同志慑于政府的压力，不但不斗争，您猜怎么了？也支持了毕聂罗之流。"

"他们有影响吗？"

"没有。"卡马绍说着，猛地将打开的火柴盒关上，"他们中间有警察局的被告，甚至还有理发店的学徒。当然，后来他进了累西腓学院，可能是一八五五年，靠教父死后给他留下一点东西。他的最大丑闻是一拿到学士证书就进了省议会。那是个蠢货，他当上学士就如我当了教皇。"

二人同意将报纸的政治内容进行改革，卡马绍提醒说，鲁毕昂候选资格的告吹就是由于上层领袖的反对，支持的人也变了卦。鲁毕昂

1　希腊神话人物，地母神盖娅同海神波塞东的儿子，只要与地面接触，就可重新获得力量，后为大力神所杀。

表示同意，朋友总能及时向他通报情况，以激发失败者的怨恨。他可能，也应该进入议会，阻挠的是一群无赖。但是，走着瞧——鲁毕昂想。他们会自食恶果，有朝一日，众议员、参议员、部长，都会惊异地对他刮目相看。一旦卡马绍投上一个火星，我们的朋友的头脑便会自燃起来，不是由于恨或妒忌，而是由于天真的奢想，热烈的信念和对辉煌未来的眼花缭乱的向往。卡马绍对知音肃然起敬。

"我们的同仁目标一致，"他说，"我相信对朋友施加点小小的压力不会有害。"

当天晚上，鲁毕昂读到他撰写的文章，警告党内人士不要对当局的虚伪妥协，不要支持某些省的腐化堕落和无能之辈。文章最后号召：

"各党派应以团结为重，以纪律为重。有人希望（说来也奇怪）这种纪律和团结不应发展成拒绝敌对者给予的利益。小人之见！谁这样大言不惭地胡说八道！我们可以设想一下，假设反对派偶尔容忍了政府的专断、违法乱纪、滥用职权、不正之风和胡说八道，那将如何？这种情况当然是不多的，而且，只有当这种现象有利于好人而不利于坏人时才是可以允许的。每个党都有败家子、马屁精，我们的敌人希望我们衰败、烂掉。这是事实，否认它，就是挑动内战，就是分裂我们的民族精神……不，思想是不灭的，它是正义的旗手，投机商终将被时代所摈弃，而那些忠诚、热情、将原则的崇高胜利置于微小、局部和暂时利益之上的同志定能与世长存，所有其他的人都将遭到我们的反对。'下定决心，毫不动摇。'"

111

鲁毕昂为文章拍案叫绝，认为十分出色，只是力度不够。例如，投机商一词用得好，但是，若用卑鄙的投机商就更好了。

"卑鄙的投机商？但有一处不妥。"卡马绍评论道，"就是两个词的第一个字母都是 v。卑鄙的投……卑鄙的投机商，不感到发音有些别扭？”

"前面也有字母重复的地方……"

"'败者该遭殃'的确字母重复，但这是句拉丁语。我们可以换个方式：卑鄙的商贩。"

"卑鄙的商贩，好！"

"但是，商贩不如投机商有力。"

"那为什么不用投机商？卑鄙的投机商有力，谁也不会去计较发音，我就从不注意。我喜欢有力的语气，卑鄙的投机商。"

"卑鄙的投机商，卑鄙的投机商……"卡马绍轻声读着，"我越来越觉得好了。卑鄙的投机商，我接受。"他最后定了稿，"卑鄙的投机商终将被时代所摈弃，而忠诚、热情、将原则的崇高胜利置于微小、局部和暂时利益之上的同志定能与世长存，所有其他的人都将遭到我们的反对。'下定决心，毫不动摇。'"

"好极了！"鲁毕昂说，他似乎也成了文章的作者。

"真觉得好？"卡马绍笑着说，"有人说我仍保持着学生时代的清新风格，谁知道呢，我不予置评。至于文章的布局，倒是同过去一样。我一定要惩罚他们，我们共同惩罚他们。"

112

在本书中，我也想借用一下常见的写作方法。这并不是新鲜东西——每章的内容力求简明扼要：发生了某件事，如此这般。也就是贝纳丁·里贝洛[1]的方法，许多不朽的著作都是这样写的。至于外文著作，我无意超越塞万提斯或拉伯雷，能达到菲尔丁或斯摩莱特我就满足了，他们的许多著作一看提要便知全书的内容。请看《汤姆·琼斯》第四集第一章，标题是：一共五页纸。明白、简练，谁也不会含糊，五页纸，仅此而已。不想看的就不看，想看的就看。对于后者，作者

1　葡萄牙诗人（1482—1552）。

彬彬有礼地写道：无须前言，现在请看下一章。

113

若这就是本书的方法，下面的标题可以说明一切：为修改文章而沾沾自喜的鲁毕昂设想和构思了那么多句子，最后他似乎感到所有读过的书都是他写的。

有的读者对此并不满足，他们要全面分析我们的主人公的思想活动，这样一来，菲尔丁的五页纸就远远不够了。在鲁毕昂参与写作的第一个句子与他读过的全部书籍之间有一条鸿沟。无疑，他最感吃力的是从第一句开始到将一本书写完。第一本书完成之后，这种生涯也就容易了。请勿着急，分析将是漫长的、单调的，最好暂且不谈，几分钟之内，鲁毕昂也就成了许多他人书籍的作者。

114

相反，我不知道下面一章的内容是否全部包含在了标题之中。

115

鲁毕昂仍然不想再见索菲娅，至少，不去弗拉明哥。一天，她同阿拉瓜斯委员会的一位夫人同乘马车与鲁毕昂相遇，她微笑着欠欠身，挥手向他告别。他慌忙脱帽还礼，但却没像往常那样停住脚步，而只向行进中的马车投去一眼。行进中的鲁毕昂想起了书信事件，他不明白她那个既无恨又无愧的手势的含义，似乎他们中间从未发生过任何事情。或许索菲娅那一友好表示只是出于委员会工作的考虑和照顾身旁的女伴，但鲁毕昂不承认这种可能。

"她就那样不知羞耻？"他自问，"难道她就不记得我捡到过她给伊瓦里多斯那个花花公子的信？太过分，太过分。她的样子像是一种挑衅，像是对那件事不予置理，好像她想写什么信就写什么信。那就请写吧，但要在邮局挂号却要破费点钱，图便宜就……"

他感到自己可笑，他真的笑起来。一笑之余，加上迎面过来一人对他突然的问候，他从苦涩的回忆中走出来。他放下思考的问题，想到去巴西银行的目的。

他走进银行，迎面碰上出门的合伙人。

"我好像刚刚见到索菲娅太太。"鲁毕昂说。

"在哪里？"

"奥里维斯大街，她同一个我不认识的太太乘着马车。您好吗？"

"您见到了她，却什么也没想起来。"帕利亚并不回答对方的问话，"您忘了她的生日，星期三，后天。我不请求您去吃晚饭，实在不敢，那等于让您去受罪，但一杯清茶误不了事，肯赏光吗？"

鲁毕昂没有立即回答。

"我去吃晚餐。"他最后说，"星期三？应当告诉我，我忘了，真的，事太多……半小时后仓库等我。"

不到半小时他便去了，取走两个康托，帕利亚已无法制止他的资金流失。几次劝说无效后，他只好无动于衷地奉献了。回家时，鲁毕昂买了一块昂贵的钻石，星期三派人送给索菲娅，连同一张名片，两句贺词。

当女仆送来包裹时，索菲娅正独自一人在更衣室穿鞋。这是当天收到的第三件礼品。女仆等待女主人打开，想看看是什么。索菲娅在小盒中看到的是一件名贵首饰——项链中间镶着一颗美丽的钻石，她不禁眼花缭乱了。她一直在等待点什么好东西，但近来的别扭使她无法相信他仍是那样慷慨。她的心激动地跳着。

"人在哪里？"

"走了。多么好看，我的太太。"

索菲娅关上盒子，穿上鞋，独自坐着，回忆着往事。她站起身，心中自语：

"他崇拜我。"

她去取衣服，走过镜子时，她站住了。她惬意地欣赏着自己：秀丽的线条，裸露的肩膀，凝神的目光。她二十九岁，同二十五岁时一个样。不会错。背心是那样合体，她爱怜地将乳房摆好，望望自己那富于诱惑力的胸，想象着戴上钻石项链时的情景。她取出项链，挂在颈上，妙极了。她左侧身，右侧身，近看看，远看看，又加大了更衣室的亮度。妙极了。她将项链放入盒中，收藏好。

"他崇拜我。"她重复说。

"他可能已经去了，"鲁毕昂在去弗拉明哥的路上想，"我不相信他送的礼物比我更好。"

卡洛斯·马利亚真的在那里，正同一个阿拉瓜斯委员会的姑娘和玛丽娅·贝内迪塔交谈。客人不多，是精心选择的并进行了限制。没有西凯拉少校，也没有他的女儿，也没有鲁毕昂在圣特莱萨的晚宴上见到的男男女女。只有阿拉瓜斯委员会的几个女士，银行行长——拜访部长的那位行长——偕夫人及女儿、一位银行家、一个英国商人、一个议员、一个高级法官、一个参谋、几个资本家和为数不多的其他人。

当鲁毕昂迎着索菲娅走进大厅时，她自然是显得满面春风，顿时忘却了所有在场的人。或是由于某种变化，或是由于久不见面，她感到他判若两人。他步履坚定，昂首挺胸，与平素的拘谨、压抑截然相反。索菲娅紧握他的手，低声表示谢意。入座时，她将他安排在自己的身边，另一边是委员会主席。鲁毕昂傲然望着一切，客人高贵的身份、彬彬有礼的神态、豪华的餐桌都没有给他留下印象，一切都平淡无奇。尽管索菲娅殷勤、周到，但也不像往日那样使他销魂。她的注意力集中在他身上，目光中充满异乎寻常的柔媚与热情。鲁毕昂寻找卡洛斯·马利亚，他仍同原来的几个姑娘——玛丽娅·贝内迪塔和阿拉瓜斯委员会的——在一起。他的注意力全在她们身上，没看一眼索菲娅，索菲娅也没看他。

"他们在做戏。"他想。

当鲁毕昂从桌边起身时，他似乎发现卡洛斯·马利亚同索菲娅交换了一下眼色。这可能是纷乱中的错觉，鲁毕昂的精神也不大集中。索菲娅立即挽住他的胳膊，行走间，她说：

"自从那天起，我就一直在等您，可您一直不露面。我有权要求您向我讲清楚，一会儿再谈。"

过了一会儿，鲁毕昂来到烟雾缭绕的会客室，他静静地听着，目光散乱。人们陆续离去，他独自半靠在皮沙发上，什么也不想。幻想本是他的职业，现在却懒惰了——可能因为他吃得过多。晚会的客人也到了，大厅挤得满满的，谈话声越来越大，但我们的朋友并未从美梦中走出来，即使制止了嘈杂声的钢琴曲也未能将他唤醒。然而，走进客厅的一阵丝绸的窸窣声使他猛地站起身。他醒了。

"在这儿！"索菲娅说，"藏到这儿躲避烦恼，美妙的音乐也不听，我还以为您走了呢。我找您有事。"

时间不多，一分钟也不能耽搁，她讲述了我们知道的玻塔弗哥花园中捡到的信，并提醒他，在拆信前，她曾请他亲自打开看看，还有比这更有力、更清白的证明吗？她的语言流利、严肃、庄重、激昂，她的眼睛也湿润了，她擦擦眼，眼红了。鲁毕昂握住她的手，看到一滴泪珠，一滴小小的泪珠，一直流到嘴角。他发誓相信她讲的一切，怎么哭了？索菲娅又擦擦眼，感谢地向他伸出手。

"再见！"她说。

钢琴继续响着，鲁毕昂说大家在听演奏，不会有人来。

"我不能待得太长，"索菲娅说，"我得去应酬。再见。"

"等一下，我有话说。"鲁毕昂坚持。

索菲娅站住。

"听我说，请允许我告诉您，不知是否这是最后一次……"

"最后一次？"

"难说，可能是最后一次。那个男人活着与否同我关系不大，但我会在这儿遇到他，我不想介入争执。"

"您每天都会遇到他。克里斯蒂安诺没对您说过？他要同玛丽娅·贝内迪塔结婚。"

鲁毕昂倒退一步。

"要结婚。"她继续说，"这件事值得惊异，出乎我们的预料；或是他们掩饰得好，或是突然发生的。总之他们要结婚。玛丽娅·贝内迪塔对我讲了事情的经过，我又从另一个人那里得到证实。不外是老一套，彼此喜欢，上帝保佑。不久就结婚，当他告诉克里斯蒂安诺时，克里斯蒂安诺说这事取决于我……好像我是她的母亲！我立即同意，并祝愿他们幸福。看起来他还不错，人品也好，他们一定会幸福，一定。他的运气不错，知道吗？他得了父母的全部财产，玛丽娅·贝内迪塔可一无所有，但有我们给她的教养。她该记得，刚来这里时，还是个村姑，几乎什么都不懂，是我教育了她。姨母为人好，表妹也是。真的，他们很快就结婚，今天您没见他们老在一起？官方手续还没办，自家人可以说说。"

对于她那样一个忙碌的人，这一番演说未免过于冗长。索菲娅也觉得耽误得太久，她向鲁毕昂说声再见，向大厅走去。钢琴停止了弹奏，传来一阵喝彩和交谈的嗡嗡声。

116

他们要结婚？这，怎么会……？玛丽娅·贝内迪塔，玛丽娅·贝内迪塔同卡洛斯·马利亚结婚，然而，卡洛斯·马利亚……现在他明白了过来，一切全错了，全乱了。表面看来是某人，实际上却是另一人。人们就是这样发展到诬陷和犯罪。

鲁毕昂想着，向摆满杯盏的餐厅走去。他在长长的大厅中踱着步，继续想道："哈哈，瞧！帕利亚想促成我同他表妹的婚事，命运却安排了另一个新郎。小伙子并不丑，比她好看得多。当然，在索菲娅面前，玛丽娅·贝内迪塔算不了什么，甚至一钱不值。这是种同情……结婚，还很快……婚礼会很热闹？应该这样，帕利亚的生活好多了……"他的目光落在家具、瓷器、玻璃器皿、门帘上，"一定会很热闹。另外，新郎也很富……"鲁毕昂想到自己乘的车和马,前几天他在老恩热纽见到两匹神气十足的马,像画上的一样。他要买两匹这样的马,无论价格如何,还要给新娘送礼。此时,玛丽娅·贝内迪塔走进大厅。

"索菲娅表姐在哪里?"她问鲁毕昂。

"不知道,刚才还来过这里。"

姑娘要穿过大厅,鲁毕昂请求允许他说几句话,但不要生气。玛丽娅·贝内迪塔等待着,他直截了当地表示祝贺,知道她要结婚……玛丽娅·贝内迪塔脸色绯红,低声说不要向外人讲。一个仆人也没有,鲁毕昂拉起她的手,握在自己的手中。

"都是自己人,"他说,"姑娘应该得到幸福,我希望。"

玛丽娅·贝内迪塔颇为惊慌,立即缩回了手,但为了不触怒对方,她笑了。他很兴奋,不必这样,我们知道姑娘并不漂亮,但沉浸在幸福中的她也显得很好看,大自然好像将最细腻的思想赋予了她。鲁毕昂也笑了,继续说:

"您表姐告诉了我,她让我严守秘密,我不会提前透露出去。不过,我该说点什么?姑娘很好,应该得到一切,不必将眼睛藏起来,结婚不是害羞的事。好,抬起头来,笑一下。"

玛丽娅·贝内迪塔明亮的目光射向他。

"好!"鲁毕昂喝彩,"对朋友讲讲知心话有什么不好?请允许我对您说句心里话,我相信姑娘一定会幸福,但您的朋友会更幸福,不是吗?将来您会明白我的话是不是真的,他会亲自告诉您他的感想。如果他是坦率的,您将承认我仅仅是在预言。我知道天下没有衡量感情的天平。总之,我想要说的是姑娘美丽、善良……好了,走吧,否则,我要说出真情,姑娘会十分害羞……"

的确,听到鲁毕昂的话,玛丽娅·贝内迪塔高兴地害羞了。在表姐家中,她是自由的,仅此而已。卡洛斯·马利亚对她并不那么温存,只是谨慎地喜欢她。他对她谈论夫妻幸福,就如谈论从命运那里得到的一笔利息——一笔应该全部及时偿还的利息。他无须用另外的方式对待她,以博得她的五体投地的崇拜。鲁毕昂重复一句再见,然后静静地望着她，如同望着一个女儿，望着她高兴、满意地穿过大厅，这与往日拘谨的她是何等不同！他不禁惊叹道：

"美丽而善良的人！"

117

玛丽娅·贝内迪塔的恋爱史是短促的，尽管索菲娅认为平淡无奇，仍值得在此一提。应当承认，若没有阿拉瓜斯的瘟疫，可能也就成不了这桩婚事。由此可以得出结论，灾难是有益的，甚至是需要的；类似的例子很多，只列举我童年时代听到的一件小事就够了。简单介绍一下，仅占用两行。有一次，路旁的一座茅屋着了火，女主人——一位衣衫褴褛的女人——坐在离茅屋几步远的地方为灾祸而痛哭。这时，走来一个醉醺醺的汉子，看看大火，看看女人，便问茅屋是不是她的。

"是的，是我的，先生，这是我在世上唯一的财产。"

"能允许我去点支雪茄吗？"

对我讲述这个故事的神父肯定篡改了原义，根本不需要一个醉汉借用他人灾难的大火点燃雪茄。可爱的沙戈斯神父——他叫沙戈斯，可爱的沙戈斯神父多年来一直不倦地向我灌输这种慰藉性的信条，即：切莫在思想上乘人之危谋取私利，这里不包括那位醉汉对所有权原则的尊重——在没有得到废墟女主人允许前，他绝不擅自去点燃雪茄。这是慰藉性的思想，可爱的沙戈斯神父。

118

再见吧，沙戈斯神父！我们仍回到玛丽娅·贝内迪塔的婚事。她喜欢卡洛斯·马利亚，在阿科斯大街的那个舞会上，卡洛斯·马利亚同索菲娅大跳华尔兹，玛丽娅·贝内迪塔对他的好感便滋生和萌发了。第二天清早，她准备动身回庄园，表姐劝她留下，说是为了她的婚事。

玛丽娅·贝内迪塔估计是昨天的舞伴，便答应了。她并未对表姐吐露心事，起初是出于羞怯，后来是想对表姐保留新闻的效果，使索菲娅不得不努力猜测他的名字。若开始就亮出来，表姐或许会失去执行任务的积极性，把事情搞糟。姑娘的小心眼，我们不去管。

阿拉瓜斯闹起了瘟疫，索菲娅组织了委员会，增加了帕利亚一家同社会的交往。玛丽娅·贝内迪塔同几个女士在一个次委员会工作，并得到其中一位的特别赏识——议员的妻子费尔楠达太太。费尔楠达太太三十多岁，年轻、活泼、脸色红润、健壮。她出生在阿富格里港，嫁给了阿拉瓜斯的一个学士，现在的外省议员。据说，丈夫很快就荣升部长。丈夫的原籍成了她参加委员会的借口，她的加入很顺利，因为她的请求就是命令。她不拘谨，从不允许别人拒绝她的任何要求。她一到里约热内卢，表弟卡洛斯·马利亚便登门造访。他感到她比一八六五年最后一次见她时还要漂亮，这或许是真的。他的结论是南方的空气宜人，增加了她的妩媚。他表示愿意去那里安度晚年。

"去吧，您的婚事我来办。"她说，"我认识皮洛塔斯的一个姑娘，真算得上是块宝石，她就想找个首都的青年。"

"看来是我了！"

"首都的，大眼睛；我可不是开玩笑，是个头等的南方姑娘，我有她的相片。"

费尔楠达太太打开相册，取出照片。

"不丑。"他说。

"只是不丑？"

"可以说她很美。"

"滑头。"

卡洛斯·马利亚笑笑，没回答。他不喜欢这一比喻，想换个话题，但费尔楠达太太却不改口。她望着照片，将姑娘说得天花乱坠，说她的眼睛、头发、皮肤如何如何，又叙述了索诺拉的简历——这是她的芳名。为她洗礼的神父起这个名字时曾犹豫过，尽管姑娘的父亲、一个富有的庄园主享有很高的声望。后来，神父让步了，认为姑娘的品德应使她的名字列入圣徒的名册中。

"您相信她的名字会入圣册？"卡洛斯·马利亚问。

"只要同您结婚，我相信。"

"这等于什么也没说，同魔鬼结婚也一样，由于舍身精神，或许更伟大。圣索诺拉，名字不坏，很符合原义。圣索诺拉……总之，表姐……"

"您有犹太人的血统，好了。"她打断对方的话，"这么说，您是拒绝我的南方姑娘？"她将相册放回原处。

"并不是拒绝，我要独身生活，这等于完成了登天的一半路程。"

费尔楠达太太放声大笑。

"仁慈的上帝！您真相信会登天？"

"我已在这里待了二十分钟。这一间大厅，静静的，空气清新，离外面的行人那么远，我们交谈，听不到亵渎之言，没有那不可忍受的残废、肺痨、癌症患者——那种真正的地狱。这里就是天堂，或天堂的一部分。一旦我们置身其中，它就是无限的。我们谈到圣索诺拉、圣卡洛斯·马利亚、圣费尔楠达，同圣贡萨罗不同的是，她成了媒婆。像这样的天堂还会有吗？"

"在皮洛塔斯。"

"皮洛塔斯太远！"他将腿一伸，目光落在大吊灯上。

"好吧，这是初次侦察，我还要发动新的进攻，直到您接受。"

卡洛斯·马利亚笑了，望望她腰间松松的带子上挂着的一条下垂的丝绳。他望到的可能是丝绳，也可能是那秀丽的身段。他的目光又一次移动过去，清楚地看到表姐的确漂亮，优美的身材带走了他的目光，尊敬又使他将目光移向别处。不仅是友谊使他在那里流连，使他不断登门；他同女士们谈话的喜好如同对男人的厌恶一样强烈。男人夸夸其谈，粗俗、讨嫌、沉闷、无聊、鲁莽、猥琐；女人相反，不粗俗，不浮夸，不沉闷。她们的傲气也很得体，有些缺点并不妨碍她们的优雅。另外，她们妩媚，又有性的温柔。"在她们身上，"他想，"或多或少总有可取之处。"有的迟钝、愚昧，也顶得上次品男人。

费尔楠达太太同玛丽娅·贝内迪塔的关系日渐密切。后者除了性情沉静外，当时心情也不佳，正是这种性格和处境的差异将她们连在了一起。费尔楠达太太有着非凡的同情品德，她怜悯弱者和不幸者，愿意她们愉快勇敢，她的许多乐善好施的行为被人称道。

"姑娘怎么了？"一天，她问年轻的女友，"您很少有笑脸，两眼发直。思考……"

玛丽娅·贝内迪塔没说什么，她就是这个样。她笑着做的解释只是出于礼貌，她把母亲的去世说成是忧郁的原因。费尔楠达太太同她形影不离，带她吃饭，坐包厢看演出；于是，在她那天生的活泼感染下，盘旋在姑娘心中的烦恼乌鸦被震动了。感情和习惯很快使她们结为密友。不过，玛丽娅·贝内迪塔继续对自己的心事守口如瓶。

"不管是什么秘密，"费尔楠达太太想，"我要把她嫁给卡洛斯·马利亚，让索诺拉靠边站。"

"您该结婚了，玛丽娅·贝内迪塔。"两天后的一个早晨，她在琉璃草戏院的草坪上说，玛丽娅·贝内迪塔同她在戏院过的夜，"我不喜欢羞羞答答，您得结婚，必须结婚……我早就要对您说，但这种事在客厅和马路上说不方便。这里很清静，愿意爬爬山吗？我将十分感谢。"

"天很热……"

"这更有诗意，姑娘。啊！缺乏血液的里约热内卢人，你们的血管里只有水。那我们就坐在这张长凳上，请坐，好，我就在您的身边，不说我绝不饶您，不结婚不行。请不要嘴硬，您并不幸福。"她变换语气，继续说，"无论您如何掩饰，看得出您过得很无聊。来，坦白地告诉我，您看中了谁，看中了，就直说，我去想办法。"

"没有。"

"没有？正好，一清二白。我有一个。"

玛丽娅·贝内迪塔完全转向她，半张着嘴，大睁着眼，似乎对这个提议既担心，又渴望。费尔楠达太太对女友的表情并不介意，而是拉住她的手，请她把一切讲出来。显然，她是爱上了某人，眼睛里看得出，应该坦白、坚持、追求；如果需要，就当众宣布。玛丽娅·贝内迪塔的手冰凉，双目垂地，好大一会儿，她们谁也没说话。

"快，说呀！"费尔楠达太太催促。

"没有什么可说的。"

费尔楠达太太做了个不相信的表情，并越来越紧地拥抱着对方。她搂住玛丽娅·贝内迪塔的腰，俯在姑娘的耳边说，把她当作亲生的母亲。她吻着姑娘的脸、耳、肩，将姑娘的头放在自己的胸前，亲切地抚摩着。一切，一切，她要知道一切。若恋人在月球上，她即刻派人去寻找——无论在哪里，坟墓除外。若真在坟墓里，她会物色一个更好的，使她在几天之内就把第一个忘却。玛丽娅·贝内迪塔忐忑不安地听着，不知何处藏身。姑娘欲说又止，似乎在捍卫她的贞操。不否定，不坦白，也不笑，但心灵却在战栗，这就容易使人猜透心事——肯定。

"那么，我不是您的朋友，不相信我？把我当作您的母亲吧。"玛丽娅·贝内迪塔耗尽了气力，她无法再坚持，她感到了透露心声的需要。费尔楠达太太激动地听，阳光照射在长凳周围，一会儿便爬上了她的鞋，她的裙子的花边和膝盖。但二者谁也没注意，他们沉浸在爱之中，一方的坦白使另一方感到罕见的兴奋。这是一种从未透露的感情，一种任何人也无法分享、无法猜测的感情，一种失去个性和性别，变作纯洁的崇拜的感情。她初次见到意中人时，有过两种截然不同的感觉，一种是难以描述的不安、眩晕、心房剧烈的跳动，几乎失去知觉；第二种是凝神注视。现在，只剩下这后一种。她暗暗地哭过多次，思念令她夜不成寐，她为自己的追求付出了昂贵的代价。但是，她永不会失去这样一个信念：他胜过所有的男人，他是完美无缺的人，尽管现在无视于她，但他永远值得崇拜。

"好！"费尔楠达太太看到女友突然沉默后说，"我们谈最重要的，那就是不能盲目痛苦。不，亲爱的，这样崇拜一个无心的男人是想入非非，扔掉想入非非，否则吃亏的是您，因为他会同别人结婚。时光在流逝，心会带走人的感情；当您有朝一日淡忘下去时，已是爱情和丈夫两空。谁会这么残酷？"

"我不这么看。"玛丽娅·贝内迪塔起身回答。

"那好，"费尔楠达太太说着拉住她的手腕，让她坐在自己的膝头，"重要的是结婚，不能同他，就同别人。"

"不，我不结婚。"

"只能同他？"

"不知道，"玛丽娅·贝内迪塔停顿一下说，"我喜欢他，就如喜欢上帝。"

"圣母！多么亵渎神灵！有两种亵渎，姑娘，首先，不能像上帝那样爱任何人；其次，一个丈夫，即使不好，也强似最好的梦。"

119

"一个丈夫，即使不好，也强似最好的梦。"

格言不是理想主义，玛丽娅·贝内迪塔对此表示抗议。难道梦想不比哭泣好？梦想总会结束，或者改变，但不好的丈夫会活很久。

"太太这样说，"玛丽娅·贝内迪塔最后说，"因为上帝配给了您一个天使……看，他从那边来了。"

"只要您不固执，您也会找到天使。我认识一个与您很般配的人，所有的天使都在我身边。"

费尔楠达太太的丈夫特奥菲罗远远望见她们，便走过来。他手中握着一份卷着的报纸，径直向妻子走来，丝毫没理会客人。

"知道他们如何整我吗，亲爱的？"他咬牙切齿地说，"今天发表了我五号的讲话，你看这句话，我原来说的是'无把握的事切勿言'，这是名人的格言，可是他们却改成了'债务之事切勿多言……'[1]这是不能容忍的。而且内容又恰恰是关于海军部的一笔信用借款，说什么开支过大。给人的印象是我在搞鬼，似乎我在支持抗债。总之，是胡说

---

1 葡萄牙文中"无把握的事"与"债务"只有一个字母之差。

八道。"

"您没看清样？"

"看过，你知道，作者是最不善于看清样的。无把握的事切勿多言，"他两眼继续盯着报纸，大叫道，"这只能是……"

他十分难过，他是个有才能、庄重和勤奋的人。此刻，对他所有的宏伟计划，最棘手的问题，决定性的战役，最深刻的革命，太阳和月亮以及所有星座，所有动物，世世代代的人类都比字母的更改次要得多。玛丽娅·贝内迪塔望着他，充满疑惑；她原以为自己的忧伤是无以复加的，此时才意识到另一个人的忧伤同她的一样大，甚至比她的更大。看来，一个可怜之人毁灭性的忧伤只不过相当于一个小小的印刷差错。特奥菲罗发现了她，向她伸出手，手很凉。手凉做不了假，他的难过应该是真的。过了一会儿，他将报纸猛地扔在地上，走了。

"特奥菲罗，明天去更正！"费尔楠达太太起身说。

特奥菲罗没回头，只是失望地耸耸肩。妻子跑上去，玛丽娅·贝内迪塔吃惊地跟在后面，失去了主人的长凳沐浴着既不懂得爱，也不会演说的阳光。费尔楠达太太将丈夫带到一个房间，以热烈的亲吻安慰受打击的丈夫。午饭时，他已笑逐颜开，尽管那笑是苍白的。为了解除他的苦恼，妻子谈起了玛丽娅·贝内迪塔的出嫁计划；若议会中还有光棍的话，她应该嫁给一个议员，不管社会上的人如何评论。政府官员也行，反对派也行，或一身二任，或都不是。只要能做丈夫就行。关于这个问题，她做了一番生动、美好的设想，这些设想调和了气氛，也消除了一字之差激起的烦恼。善良的人呀！特奥菲罗理解妻子的良苦用心，表现出高兴的样子，同意了玛丽娅·贝内迪塔的出嫁计划。

"最麻烦的是，"妻子望着女友说，"她爱上了一个人，又不肯说出他的名字。"

"根本不需要，"丈夫擦着嘴唇说，"看她是否喜欢你的表弟。"

120

第二个星期日，费尔楠达太太来到圣安东尼奥贫民教堂。做完弥撒，有的人在相互问候，有的信徒仍在面对祭坛膜拜。

她意外地发现神气活现、笑容可掬、衣冠楚楚的表弟向她伸出了手。

"您也做弥撒？"她惊奇地问。

"是的。"

"经常来？"

"算不上经常，但次数也不少。"

"说真的，想不到您也这样虔诚。一般来说，男人们都没心没肺，特奥菲罗就从来没有进过教堂的大门，除了为儿子洗礼的一次。您是信徒？"

"我不能确切回答，但我最怕庸俗的诽谤，这就够了。我只做弥撒，不是忏悔。我送您回家，您若管午饭，我愿意作陪。到我家吃午饭也行，就在这条街上，您认识。"

"如果方便的话，我一个人去，我要告诉您一条长长的消息。"

"那我们就慢慢走。"卡洛斯·马利亚在教堂门口说，并伸出胳膊。走了两步，他问："是重要消息？"

"重要而吉庆。"

"看来慈悲的上帝要把我们亲爱的特奥菲罗带走，将最可爱、无依无靠的寡妇留下……不用害怕，表姐，将胳膊放在原处。谈谈消息吧，一定是皮洛塔斯的姑娘来了，对吗？"

"您不发誓认真听，我什么也不说。"

费尔楠达太太推心置腹地说，她一直在犹豫是否让他同皮洛塔斯的同乡姑娘结婚，她不想做后悔的事。她在这里发现了一个对他无限爱慕的人。卡洛斯·马利亚笑了，他又想调皮，但消息触动了他的神经。无限爱慕？无限爱慕，强烈追求，表姐肯定说，并补充道这一定义也不足以确切地表达对方目前的感情。这是一种无声、平静的崇拜，曾为他彻夜哭泣，因为她仍希望着……费尔楠达太太重复着从玛丽娅·贝内迪塔口中听到的钟情，只缺少名字。卡洛斯·马利亚想知道，但她予以拒绝。她不能说出来；若他不想欢呼她的心灵，为什么要满足他知道崇拜者的愿望？最好将这心灵封闭起来。她已不再哭，很自卑，丢掉了奢想，失去了被人爱的希望。时光将她变成一个崇拜者，一个举世无双的崇拜者，她甚至不指望有朝一日能从所爱圣徒那里得到一个亲切目光或一句亲切的话语。

"表姐，您……"

"怎么？"

卡洛斯·马利亚最后表示可以考虑。的确，既然这位姑娘如此崇拜他，表姐也应该、自然也会对她产生好感。为什么又不透露名字？

"现在不能说，会有一天……但是，您要知道，当得知一个姑娘如此热烈爱您时，我实在难以将我的同乡配给你。当然，您若同我的女同乡结了婚，您的崇拜者也许不会太伤心。看起来这似乎很荒唐，这就需要了解她。我敢说，只要您能获得幸福，这位姑娘完全会祝福她的美丽的情敌。"

"这已经不是浪漫主义，而是神秘主义了。"卡洛斯·马利亚低头走了几步，反驳道，"这不是我们的时代精神，您见过这种思想状态的人吗？"

"我见过……那是您的家，对吗？"费尔楠达太太站住问。

"是的。"

"房子很漂亮，很结实。"

"是的。"

"一个、两个、三个、四个……七个窗户，大厅不小，跳舞很合适，对吗？"

她边走边说：

"如果我这里有一所更大的住宅，我要在回里约格朗德之前举行一个盛大舞会。我喜欢热闹，我的两个儿子不用我费心，我一直想让罗伯上学，哪里有好学校？"

卡洛斯·马利亚惦念着陌生的崇拜者，他的思想同教育和他的住宅似乎离得很远、很远。多么令人欣喜，他是被崇拜的上帝。他要按福音书上的崇拜方式，将虔诚的姑娘安置在房中，悄悄地关上门，而不是在众目睽睽下送进犹太人的教堂。"善有善报。"啊！他若知道是谁，一定会报答她那颗诚挚而善良的心灵。会是寡妇？不，不可能。这种事不好打听，寡妇或姑娘不去管她，最好是姑娘，他也预感到是姑娘，她躲在什么地方为他祈祷、为他哭泣、为他祝福？至于名字，没有必要坚持打听，但起码要知道地方。

"哪里有好学校？"费尔楠达太太又问。

"学校？不知道，我在想陌生的姑娘。您要明白，一个暗暗地、毫无私心崇拜我的人理应受到某种重视。高个子还是矮个子？"

"玛丽娅·贝内迪塔。"

卡洛斯·马利亚收住脚步。

"那个姑娘？不可能。我同她谈过话，也没发现什么，她总是冷冷的，一定是弄错了。她提到我的名字？"

"没有，尽管我一再请求。她坦白了奇迹，但没说出圣人的名字，这是何等的奇迹？您要为受到这种无限崇拜而自豪……那所房屋是谁的？"

"您总喜欢把事情说得神乎其神，表姐，不会那么严重。无限崇拜？您怎么知道是崇拜我？"

"特奥菲罗首先发现的，她同他谈了这件事，脸红得像樱桃。后来她向我承认，从那天起，再也没来我们家。"

这就是爱情的开端，卡洛斯·马利亚为受到无声的爱而沾沾自喜，全部傲慢化作了同情。他又同姑娘见了面，目睹了姑娘的窘迫、胆怯、兴奋、谦恭和几乎是恳求的态度。这是一个女性对所爱恋的男人所能表示的全部崇敬和情感。这是开始，也是结尾。我们就这样在索菲娅太太生日的那一个晚上见到他们俩。过去，他曾对索菲娅太太灌输过甜言蜜语；男人就是这样，流过的水，吹过的风。不是别的。

121

"结婚，好，太好了！"鲁毕昂想。

从那天晚上到结婚的日子，鲁毕昂发现了索菲娅几瞥捉摸不定的目光；若说卡洛斯·马利亚回答了她送去的秋波，首先是出于礼貌而不是别的。鲁毕昂认为那目光是偶然的，他至今还记得索菲娅在生日那天向他解释书信时流下的眼泪。

啊！意外的、妙不可言的泪水！你，是你打动了男人的心，而对旁观者来说可能是不可思议的。世界就是如此。眼睛不习惯哭泣，夜晚好像也不会抒发复杂的郁郁情怀。但这又有何妨？鲁毕昂看到了落下的泪水，泪水仍留在他的脑海里。然而，鲁毕昂的信任不仅是来自泪水，也是来自眼前的索菲娅，她从来没有像现在这样对他友好，这样在他面前不安。她似乎为所有的过错感到后悔，并立即要加以挽回。这或许是一种迟到的爱，是对第一次冒险失败的补偿。有的邪念在心灵中沉睡，音乐指挥的头脑中有一幕等待灵感出现的歌剧。

122

"结婚，好！"鲁毕昂重复道。

没过多久——三周——举行了婚礼。在吉日的清晨，卡洛斯·马利亚一睁眼便感到吃惊。是他要结婚？毫无疑问。他照照镜子，里面是他。他回顾最近的日子，迅速成功的步伐，对未婚妻的感情。总之，他将要给予她圣洁的幸福，这一念头使他充满极大而罕见的快意。在清晨例行的骑马散步时，他仍在回味着。他决定去恩热纽区。

他已习惯了过路人惊异的目光，似乎所有人的脸上都流露着得知他结婚的表情。花园中的一株木麻黄原先还静静的，当他路过时却向他发出低语。无知者说是吹过的轻风，而博学者都承认是木麻黄祝贺新婚的絮语。鸟儿在欢跳，唧唧声汇成一曲情歌。日本人发现蝴蝶总是成双成对在花间飞舞，便将它们当作幸福的象征。这时，一对欢乐的黄蝴蝶沿着路边的篱笆，跟着马的脚步，不停地飞着。空气是清新的，天空是湛蓝的，骑马人的脸上堆满笑意，无数脑袋最大限度地伸出窗口，观赏这位显贵的新郎。是的，很难相信所有那些人的、鸟的和树的表情和态度不是表现大自然对新婚燕尔的欢庆之意。

蝴蝶消失在篱笆边的一处浓密树林中。前面又是一个庄园，光秃秃的，没有一株树木，大门敞开，庭院深处是一所古老的建筑。五个窗户如五只睁大的眼睛，疲倦地等待主人的到来。窗户也曾目睹过婚礼和节日，现在仍保留着好奇和希望的痕迹。

切莫以为这种景象会在青年的精神上引起伤感；相反，他有一种使废墟起死回生，使其重温原始生活的特殊本领。他甚至喜欢古老的、褪色的、同刚才那对艳丽的蝴蝶的色彩截然相反的房屋。他勒住马，他想象着昔日聚集在里面欢度节日的形形色色的妇女，形形色色的人。或许那些幸福的故人此刻会来向他问候，无形的嘴呼唤着他所向往的高贵名字，他甚至听到了他们的话语，看到了他们的笑容。但是，一个尖利的声音混杂在乐曲之中：他似乎看到房外的墙壁上挂着一只鹦鹉笼子。鹦鹉唱道："皇帝的鹦鹉，葡萄牙，谁来了，咕噜巴，巴巴，咕噜咕噜……"影子消失，马又继续前进。卡洛斯·马利亚讨厌鹦鹉，就像讨厌猴子——两种模仿人的动物。

"我给予她的幸福也会像影子一样消失？"他想。

鸟儿从马跃的一边飞到另一边，唱着歌落下。这是一个新发现，它们的无字语言是可理解的，能够清楚地表达许多美好的事物。卡洛斯·马利亚好像自己也溶化在其中，被鹦鹉惊吓的妻子疲惫地倒在地上，在鸟儿的优美颂歌声中，他将她扶起。鸟儿们以金嗓子唱着圣曲。啊！如何能使她幸福？他似乎已经看到她跪在地上，扶着他的膝头，脸埋在他的手中，感激、虔诚、热切的目光望着他，以整个身心恳求他。一切都是幻觉。

123

真有意思！新郎的幻觉同时在新娘的脑中一模一样地出现。玛丽娅·贝内迪塔站在窗前，凝视着远方翻腾的浪花，凝视着海滩，看到自己安静、痛悔地跪在丈夫脚前，好像在圣餐桌前领取圣饼。她自语道："啊！如何才能使我幸福！"语言和思想不同，但神态和时间是一样的。

124

他们结婚了。三个月后，双双去了欧洲。费尔楠达太太十分高兴地同新人告别，像是在欢迎他们归来。目睹他们幸福的喜悦超过了离别的忧伤。

"高兴吗？"她靠着船舷最后问玛丽娅·贝内迪塔。

"啊！太高兴了！"

费尔楠达太太的心灵通过眼睛纯洁、天真地拥抱了她，唱着意大利的一曲歌——骄傲的南里约格朗德女士喜爱意大利音乐。可能是卢西亚抒情曲：啊，热恋中的美人，或者是《理发师》[1]中的诗句：

> 天空那微笑的人儿
> 出现在美丽的晨曦中

125

索菲娅没上船送行，她病了，由丈夫代劳。请勿相信这是因为伤心或痛苦。结婚时，她认真地为新娘准备了妆奁，以无数痛哭流涕的亲吻同表妹告别。但上船送行时，她难为起来。她病了，为了

---

1 指法国喜剧作家博马舍的著名喜剧《塞维勒的理发师》。

不暴露借口的真相，她躲在了卧室。她拿起一本新小说，是鲁毕昂的礼物。卧室中有许多使她不能忘记这个男人的东西、首饰和珠宝。在表妹的新婚之夜，她听到的一句不寻常的话此刻出现在我们女友的记忆中：

"夫人已是花魁，"他低声对她说，"我还要让您成为皇后。"

索菲娅无法理解这句谜语。起初，她认为这是以富贵引诱她做情妇，但自负将这种可能排除。虽然鲁毕昂不像过去那样拘谨、胆怯，但也绝不会自满到如此程度。这句话的含义到底是什么？可能表示一种强烈的爱。索菲娅承认一切都可能，她身边少不了风流人物，她听到过卡洛斯·马利亚的表白，或许还听到过类似的表白，但她只是傲然地听听而已。所有的都已成为过去，只有鲁毕昂坚定不移。他也曾因怀疑产生过动摇，但怀疑怎么产生又怎么消失了。

"他值得爱。"索菲娅读着书上的这句话。她合上书，闭上眼，进入到忘我的境界。女奴送来了汤，看到太太在睡觉，又悄悄退出了。

126

鲁毕昂和帕利亚走下大船，乘小舟回到法劳斯码头。他们默默地走着，都在沉思。帕利亚首先开口：

"有件重要的事，我早就想说，鲁毕昂。"

127

鲁毕昂从沉思中醒来。这是他第一次登船，一路上他的头脑里充满了船上的喧闹。人们匆匆忙忙地上上下下，有本国人、不同民族的外国人，如法国人、英国人、德国人、阿根廷人、意大利人，操着各种语言，戴着五花八门的帽子，胁下挎着双筒望远镜，满目的箱子、绳索、沙发，男人们进进出出，妇女在哭泣，有的充满好奇，有的满面笑容，不少拿着岸边购买的鲜花和水果——一派新奇景象。远方是船只进出港口的水道，那里海面宽阔，天空阴沉，寂静无声。鲁毕昂把古老世界的梦想赶出脑海，无知地臆想了一个大西洋。他毫无地理概念，对其他国家产生的想法是混乱的，都被一层神秘的光环所围绕，梦幻中旅行对他并不困难，他已经乘那艘又高又大的轮船航行了一程，没有恶心，没有浪涛，没有风，没有云。

128

"关于我？"几秒后，鲁毕昂问。

"是的。"帕利亚肯定地说，"早就该讲，但婚事、阿拉瓜斯委员会忙得我不可开交，也没有适当的机会。午饭前……您同我正好吃午饭。"

"那好，到底是什么事？"

"一件重要的事。"

说完，他取出一支烟，破开，捻碎烟丝，重新用玉米叶裹好，划一根火柴，被风吹灭了。他请鲁毕昂拿着帽子，以腾出手划另一根。鲁毕昂服从了吩咐，颇为着急。同伙可能是故意拖延时间，是要让对方感到或许是一场灾难，而结果却是件好事。帕利亚吸了两口烟，说：

"我不想再搞贸易，有人请我干银行，当行长，我可能会接受。"

鲁毕昂叹息一声。

"那好。现在说散伙？"

"不，明年底。"

"有必要散伙？"

"对我来说，有必要。若银行的差事有把握，我不会丢掉保险去冒险，而事情又十分有把握。"

"那好。明年底我们结束我们的合作……"

帕利亚咳嗽。

"不，还要早，今年底。"

鲁毕昂不理解。帕利亚解释说散伙好处多，他也可以整顿一下自己的家。银行的成立可能会早些，也可能会晚些，为什么要拖累别人？另外，卡马绍说鲁毕昂很快就要进议会，内阁倒台也是肯定的。

"无论如何，"他最后说，"早散伙有好处，您也不靠买卖生活，您可以把入股的资金转移或存起来。"

"当然，这没问题。"鲁毕昂表示同意。

略停一会儿，他又说：

"不过，请告诉我，您的建议是否还有某种隐秘的原因？断绝关系……友谊……请坦率些，说明一切……"

"您想到哪儿去了？"帕利亚反驳，"中断友谊、关系……您的头脑发昏，就像大海中航行的晕船。像我这样一个人，为您称得上是鞠躬尽瘁，把您当作最好的朋友、亲戚、兄弟，还会同您发生隔阂？就是玛丽娅·贝内迪塔同卡洛斯·马利亚的婚事，其实，她原应同您结婚，如果您不拒绝的话，这您是清楚的。一种关系断了，其他关系理应保持，否则便是荒谬的。难道社会和家庭中所有人之间的关系仅仅是合伙做生意？如果不是商人又该怎么办？"

鲁毕昂认为道理讲得极其透彻，他简直想拥抱帕利亚，帕利亚满意地紧握朋友的手。他终于摆脱了合作者，此人不断增长的挥霍会给他带来某种危险。如今他已羽丰毛厚，将属于鲁毕昂的那一部分归还原主易如反掌。至于所欠鲁毕昂的私债，完全没有必要偿还，本书第50章已有交代。圣特莱萨之夜，帕利亚曾向妻子提到过那些欠款，他只还了一小部分，一般说来，是鲁毕昂拒绝接受。一天，帕利亚坚持偿还一部分债券，并说了一句古老的格言："无债一身轻，剩多剩少都满意。"鲁毕昂诙谐地回答："债不用您还，看剩的是否会更多些。"

"那好！"帕利亚笑着，将钱揣进衣袋。

129

根本没有什么银行，也没有什么行长，帕利亚也没有停止买卖。

那么，他散伙的借口是不是真的？扯谎。帕利亚爱撒谎，就如爱银行如命一样。他的生意兴隆、引人注目。生意将大大发展，散伙的原因恰恰是不愿与对方分享红利。另外，他到处投资，伊塔玻拉有他的黄金证券，他伙同一个当权者发了一大笔战争财；一位建筑师口头答应为他建造一座宫殿式的住宅，他还暗暗打着男爵爵位的算盘。

130

"帕利亚一家为什么这样对待我们？我们一钱不值，不要再为他们辩护……"

"不是辩护，我只是解释一下，一定有什么误会。"

"过生日，表妹出嫁，连一张请柬也不给少校。伟大的少校，尊贵的少校，老朋友少校——这是过去他给我戴的高帽。过去我尊贵，我伟大，我是老朋友，现在，什么都不是，连一张寒碜的请柬，奴仆的一个口信也不值。其实很简单，太太过生日，表妹办喜事，欢迎我们光临，凑凑热闹；我们可能不去，热闹也不是为我们，但面子上要过得去。派个奴仆，捎个口信……"

"爸爸!"

看到托尼卡小姐说话，鲁毕昂更加起劲地为帕利亚一家做长长的辩护。这是少校的家，他已从"十二月二日"大街迁到巴尔玻诺斯的一所不大的住宅。鲁毕昂路过，站在窗口的少校叫住了他。托尼卡小姐慌得来不及走出大厅照一照镜子，也没用手理一理头发，整一整颈下的飘带，或放下裙子，遮盖一下那双并不新的鞋子。

"您一定是误会了。"鲁毕昂坚持说，"阿拉瓜斯委员会弄得他们焦头烂额。"

"您想，"西凯拉少校打断对方的话，"为什么不让我女儿参加阿拉瓜斯委员会？好嘛！我早就发现了这一点。过去，没有一次聚会不邀请我们，而且把我们奉为上宾。这种变化不是现在才有，早就对我们冷冷淡淡。那位丈夫，故意回避，见面连招呼也不打。好久以来就是这样。可过去，从来没忘记过我们。先生说是误会？她的生日前夕，我估计不会邀请我们，我就去公司找他，我假装寒暄几句，随后就说：'昨天我在家同托尼卡谈起索菲娅的生日，女儿说过了，我说没有，不是今天就是明天。'他根本没理我；装着在算账，又叫来记账员，让他解释一笔账。我看透了这个畜生的用意，我又把话重复一遍，他仍是那副样子。我只得走了。好一个帕利亚，多狡猾！我真为他害臊！过去：少校，干杯！我喜欢干杯，我不拘小节；我们玩过牌，现在他神气了，结交的是社会名流。啊！人世间的傲慢！他的妻子同另一个女人坐着四轮马车，当我没看见！好一个坐四轮马车的索菲娅！装作不看我，但眼睛却偷偷瞧我是否在看她，是否羡慕她！多么虚荣！真是小人得志！"

"这倒不会，委员会的工作需要一些排场。"

"当然，"西凯拉说，"我的女儿进了委员会，会弄脏了她的马车……"

"另外，马车也可能是同车的女友的。"

少校倒背着手，走了两步，站在了鲁毕昂面前。

"马车是别人的，或是门德斯神父的，神父怎么样？一定过得很好。"

"可是，爸爸，也许都不是，"托尼卡小姐说，"她对我一直很好，上个月我病的时候，她打发小黑孩来问过两次……"

"小黑孩！"父亲大叫道，"小黑孩！好大的面子！'小黑孩，到那个退休少校家，问他的女儿是否好些了。我不能去，我要修指甲！'好大的面子！你不修指甲，你要干活，你是我的好女儿。你贫穷，但却诚实。"

少校哭了，但又突然止住泪水，激动的女儿也感到羞辱。自然，住宅显示着家境的贫困。椅子不多，一张旧圆桌，一张破沙发，两张版画镶嵌在墙上的黑漆松木框中，一张是少校在一八五七年的肖像，另一张的画面是委罗内塞在威尼斯，是少校从帕索斯大街购买的。通过女儿的劳动，家中的一切似乎增加了不少光彩。家具干净明亮，她钩织的台布罩在桌面上，还有她做的沙发软垫。要说托尼卡小姐不修指甲那是假话，她虽没有香粉和羚羊皮，但每天早晨用一块布代替这些。

131

鲁毕昂对他们表示同情，为了不使少校失望，他不再为帕利亚一家辩护。坐了一会儿，他起身告辞。虽没受到主人的邀请，他还是说"有空"来吃晚饭。

"没什么好吃的东西。"少校说，"若事先打个招呼，更好。"

"不需要设宴，想来我就来。"

他告辞，托尼卡小姐送到楼梯平台，由于鞋子的缘故，她没往下走，只是站在窗前，目送他出大门。

132

鲁毕昂在芒果树大街一拐弯，托尼卡小姐立即转身回房，走到父亲面前。父亲已舒适地躺在沙发上，准备重读那本破旧的《岛民圣克莱尔》，或叫《巴拉岛的流亡者》。这是他读过的第一本小说，版本是二十年前的，也是父女的唯一藏书。西凯拉打开第一卷目光落在他背诵如流的第二章开头。由于刚刚产生的不快，他的感觉也变了。"请诸位斟满酒杯，"圣克莱尔大声说，"大家一起干杯。这是我的祝酒，为受压迫的好人和勇士的健康，为惩罚他们的压迫者！"众人同圣克莱尔干杯，互祝健康。

"我有个主意，爸爸。爸爸明天去买些罐头、豌豆、鱼什么的，存起来，他来吃晚饭时，在火上一热，就是一顿不错的晚餐。"

"可是，我只有给你买裙子的钱！"

"我的裙子？下月再买，或再过一个月，我等着。"

"不过，这早就说好了！"

"不要紧，我等着。"

"如果涨价呢？"

"不会的，我等着，爸爸。"

133

还没有向读者交代，此时的鲁毕昂大大增加了社交活动，因为繁多的章节扰乱了我的笔，只得在此加以补充说明。经过卡马绍的介绍，他结交了许多政界人物、阿拉瓜斯委员会的女士、银行和商界人士、戏院的常客和奥维多尔大街所有的居民。他名噪一时，无人不晓。只要提到整齐的胡子、长长的唇髭、合身的礼服、宽大的胸脯、独角兽拐杖、坚定自信的步伐，人们会立即想到这是鲁毕昂——米纳斯的富翁。

他成了一个传奇式的人物，传说他是一个大哲学家的学生，哲学家留给他一笔巨大财富——一千、三千、五千康托。有人怀疑地说他从不谈论哲学，但传说解释道：导师的哲学只授予善良之人。而他的学生呢？他们每日光临他的家，有的两次——上午和下午，个个都是名副其实的食客。其实算不上学生，但却心地善良。他们饥肠辘辘地默默等待着，满面笑容地聆听主人的演说。在他的新朋和旧友之间，也会有某种竞争，在故交身上表现尤为突出。他们要表示同主人的关系更加亲密。他们呼奴唤婢，伸手要雪茄，进出内室，吹着口哨，为所欲为。一般来说，新老朋友彼此还是忍让的，总能以品尝甜食和吹捧主人而协调一致。不久，新朋友也欠了他的钱或实物，他总是暗暗地为朋友还债或赎当，尽量不使他们难堪。

金卡斯·博尔巴跟在众人后面，客人们逗它跳来跳去，有的甚至吻它的前额。有一个独出心裁地将它带上餐桌，放在自己的腿上，喂它面包屑。

"哦，这不行！"第一次，鲁毕昂提出抗议。

"这有什么？"食客说，"又没有外人。"

鲁毕昂思考了一会儿说：

"的确，它身上附着一个伟大的人。"

"哲学家、另一个金卡斯·博尔巴。"食客继续说，目光傲然地扫视着新朋友，为他与它和鲁毕昂的亲密无间关系而自豪。其他人也不示弱，异口同声说：

"是的，哲学家。"

于是，鲁毕昂便向新朋友介绍哲学家的暗喻和众所周知的狗名的起源。金卡斯·博尔巴（死者）被描写成当代最伟大的人物之一，民族之光、伟大的哲学家、伟大的心灵、伟大的朋友。鲁毕昂讲完沉默片刻，用手指敲着桌沿，慷慨地高喊：

"他要不死，我一定让他当部长！"

一位食客仅仅出于职业需要，盲目随声附和：

"噢，毫无疑问！"

然而，食客中无人了解鲁毕昂为他们所做的牺牲。他经常谢绝晚宴和游玩的邀请，中断愉快的谈话，仅仅是为了匆匆赶回家同他们共进晚餐。一天，他想了个调和的方法，当六点整他仍不回家时，仆人照常为朋友们开饭。有人表示抗议，他们宁愿一直等到七点或八点。主人缺席的晚餐菜也无味道。

"我可能不回家。"鲁毕昂解释。

事情就这样决定了，食客们准时按玻塔弗哥的时钟行动；一到六点，众人便端坐在桌前。最初两天，他们曾有某种犹豫，但仆人还是严格遵照主人的指示办事。有时，刚开饭，鲁毕昂回来了，于是一片欢笑、寒暄、耳语。有人说他主张稍等一会儿，但其他……其他人当场戳穿谎言，说主张等候的人吃得如风卷残云；他是那样饿，如果说还剩下点东西的话，那就是盘子。鲁毕昂同众人大笑。

134

写这一章仅仅为了说明：起初，若鲁毕昂不在家，晚餐后食客们吸的是自带的雪茄——无心的读者会觉得这实在不值得一提，但有心人会在细枝末节中看到某种利益所在。

果然，一天晚上，一位老食客要去鲁毕昂的书房。他已去过多次，那里存放着整箱的雪茄；不是四箱五箱，而是三四十箱不同商标、不同体积的雪茄，许多已被打开。仆人（西班牙人）点上汽灯，人们跟随老食客选择各自喜爱的雪茄，初来者对房中整齐、精致的家具赞叹不已。黑檀木写字台，工艺十分精湛，堪称一件绝妙的艺术品，获得了众口一词的喝彩。桌面上的两尊大理石半身像更是新奇——两个拿破仑：一世和三世。

"这两个东西什么时候到的？"

"今天中午。"仆人回答。

两尊精致的半身雕像，在叔父锐利的目光下侄儿的目光有些茫然。仆人说，半身像一摆起来，主人就惊叹不已。他看得发了呆，两眼发直，一句话也说不出。"我看不出这两个无赖有什么好的。"仆人高傲地做了一个大幅度的手势说。

135

鲁毕昂酷爱书籍，涉及他的书都要重印二三百本。他有数不清的文学、舞蹈、慈善机关的证书，同时也是天主教和基督教新教会的成员，但他始终弄不清二者是怎么回事，他所要做的只是每月按时缴纳会费。他订了报纸，但从不阅读；当他缴纳半年一次的报费时，从收款人口中得知其中有执政党的，他呵斥收款人滚蛋。

136

收款人没滚蛋，照旧收取了半年的报费。他像其他收款人一样喜欢评头论足，他在路上自语：

"真有意思！这位先生讨厌报纸而付钱，有许多人喜欢却付不起。"

137

然而——啊，财富的机遇！啊，大自然的公正！要说我们的朋友的挥霍是无可救药的，但也不无报偿。时间的流逝对于他绝不像对一个愚昧的流浪汉。鲁毕昂虽缺乏思想，但他富于幻想。与其说他一直是独立生活，倒不如说是靠他人生活。他没有内在的平衡，闲适将无尽的时光吞食。一切都在变化，他的想象此刻需要休息。他坐在贝纳多的商店，消磨了整整一个上午，但仍毫无倦意。狭窄的奥维多尔大街并未挡住他的视线，赏心悦目的画面不断在他眼前出现，如第81章的结婚场面，宏大而有趣。若稍加注意，便可发现他不止一次地从椅子上跳起来，走到门口，仔细从背后打量着过路的行人。是相识？是某人凑巧与他臆想中的形象一样？这种疑问用一章难以讲清。其实，有时根本就无人路过，他本人也承认是种幻觉。于是他转回商店，买一件铜首饰，作为生日礼物送给卡马绍即将出嫁的女儿，离开商店。

138

索菲娅呢？失去耐心的女读者会像奥尔贡那样问："达尔杜弗呢？"啊，亲爱的女友，答案自然是：吃得香，睡得充足而舒适。当然，这些事并不妨碍一个人去爱，如果他想想的话。若这后一种设想正是您所要问的问题，请允许我告诉您：您太唐突，我宁愿喜欢那些说话隐晦的人。

重说一遍：她吃得香，睡得充足而舒适。在新闻界的赞扬声中，她完成了阿拉瓜斯委员会的使命。《瞭望台》称她为"安慰的天使"。请勿以为这一显然是奉承的名称会使她高兴；相反，若将慈善机关的全部功劳加在索菲娅一人身上，这会损伤新结交的女友，会使她几个月来的辛勤努力付诸东流。于是，同一家报纸的下一期便刊登了一篇文章，特别授予委员会的其他成员"最灿烂的星星"称号。

并非所有的关系都继续存在，但大部分仍保持着。而且，我们的女主人也不乏将这种关系永久化的才能。当丈夫受到恭维或意外、言过其实的奉承时，往往受宠若惊，不知所措，索菲娅笑着以责备和指导的口气打趣他：

"你今天那个样子真让人难受，活像个听差的。"

"克里斯蒂安诺，稳重点，当着客人的面不要瞪着眼珠子，东张西望，像孩子寻找糖果……"

他不认账，他辩解，最后还是承认妻子有理，不应该表现得卑下。礼貌、热情，仅此而已……

"好，但也不能走到另一个极端。"索菲娅说，"呆头呆脑的……"

于是，帕利亚变作两种模样：起初是沉默冷淡，几乎是厌烦；但是，或由于外界的影响，或由于内心的激动，我们的朋友很快又恢复了惯常的活跃。当妻子在场时，他更是随便和放任。索菲娅却不然，她观察，她模仿，需要和细心使她逐渐学会了并非生而有之或财富带来的东西。另外，她正处在既被二十岁的小姐信任，也得到四十岁妇人欢迎的中年时代；有的对她崇拜得五体投地，有的对她赞不绝口。

我们的女友就这样慢慢出了名。她与旧交断绝了原有的亲密关系，有的关系曾一度是牢不可破的。她那毫无热情的接待，不耐烦的交谈和冷淡的辞客艺术绝非她的小才干。于是，那些谦恭、粗俗、寒酸、穷困、朴实和无足轻重的可怜虫便相继离开了她。当她端坐在马车上——她自己的马车——招摇过市时，她的样子正如少校所描述的，不同的是她已不屑瞥他们一眼，看他们是否在望着她。伟大的蜜月已结束，她权衡了犹豫可能会给她带来的危险，便决然将目光狠狠地转向另一边。她就这样使老朋友对她连帽也不脱了。

139

鲁毕昂仍想为少校说情，但索菲娅是那样厌恶地打断他的话，我们的朋友不得不转换话题，问她若第二天上午不下雨，他们去不去蒂茹卡散步。

"我已告诉了克里斯蒂安诺，他说有事，改在了下星期。"

鲁毕昂停了一下说：

"那就我们俩去。早出门，散散步，在那里吃午饭，三四点钟就回来……"

索菲娅看了他一眼，流露出接受邀请的巨大愿望，使鲁毕昂未等对方回答便说："就这样，一言为定。"

"不行。"

"为什么？"

他又问了一次，但索菲娅不想解释那显而易见的原因。她感谢他的盛情，他俩去丈夫会生忌，一块去又耽误生意。她不想打搅他的生意，还是再等几天好。索菲娅说这番话时的目光是那样心不在焉，犹如号角伴着天主经。她是愿意的，啊！若她愿意第二天上午同他一起沿街而上，舒适地骑在马上，不是胡思乱想，也不想入非非，而是勇往直前，脸上泛着红晕，忘却了一切；或信马而行，或策马疾驰，或停止不前。到了山上，她下马，一切都是那样静谧，远方的城市，高高的天空。她靠着马，用手梳理着鬃毛，倾听鲁毕昂赞扬她的胆量与高贵……她甚至感到一个亲吻落在了后颈……

140

上文提到了马，但要说此刻索菲娅的想象如一匹剽悍、勇敢、跨越山巅、踏平森林的骏马丝毫也不过分。这是一种比喻，尽管实际情况不尽相同。骏马无疑是好的，它的思维奔放、果敢、热情，同时又能安静地转回原路，最后回到马厩。

141

"就这样，我们明天去。"鲁毕昂望着索菲娅绯红的脸重复道。

骏马已经跑累了，正在马厩昏昏欲睡。她驰骋时的眩晕，梦想时的热烈，同鲁毕昂攀登蒂茹卡大街时的兴致消失了；听到鲁毕昂请求她去散步，她厌烦地说："您真啰唆！下星期天。"

她的目光落在手中的织物上——此物名叫花边，而鲁毕昂却将眼睛转向前面阴郁的花园。索菲娅坐在窗边摆弄指头，鲁毕昂在两朵普通的玫瑰花中看到了皇家的节目，于是他立即忘却了所在的房屋，面前的女人和自己。很难确切地说出他们这样沉默、茫然、互相揣度着过了多久，一个送咖啡的女佣人唤醒了他们。喝过咖啡，鲁毕昂理理胡子，掏出表看看，说该走了。索菲娅早已不耐烦，心中顿时感到轻松，她却以惊奇掩饰了喜悦。

"这就走！"

"四点前我有约会，"鲁毕昂解释，"就这样定了，明天的散步取消，还有预定的马。下个星期天定准吗？"

"准不准，我很难说，只要克里斯蒂安诺的事能顺利办完，我想是准的。您也知道，我的丈夫爱无事生非。"

索菲娅送到门口，冷冷地伸出手，微笑着应付几句鲁毕昂的问话，便回到客厅，坐在原来的地方。她没有立即拿起针织活，而是将一条腿放到另一条上，顺手放下裙子，向花园望去。那里的两朵玫瑰曾在我们的朋友眼中产生过皇家的景象，但索菲娅看到的只是两朵无声的花。她静静地望了一会儿，拿起花边，织了几下，又停止，双手放在胸前，又织几下，又放下。突然，她站起身，将线和织针扔到鲁毕昂赠送的芦苇筐中。

"多么讨厌的男人！"

她靠在窗前，望着毫无生气的花园，园中那两朵普通的玫瑰花正在凋谢。当玫瑰盛开时，与人们的烦恼关系不大，或根本没有关系；然而当它枯萎时，却会刺激人们的神经。我相信，这种现象产生于生命的短促。"对于玫瑰来说，"有人写道，"园丁是永恒的。哪里有逃脱上帝惩罚的良方？我枯萎，你生存，但我所能做的只不过是开花，发出芳香，使太太和小姐欢心。我是爱的语言，是绅士们纽扣上的装饰。当我在自身的胸膛上死去时，所有的手和所有的目光便以惊叹和爱怜抚摩我、注视我。你却不，啊，永恒！你发怒，你痛苦，你哭泣，你悲伤！你的永恒抵不上我生命的一分钟。"

当索菲娅走到朝向花园的窗户时，两朵玫瑰笑得花瓣纷飞。其中的一朵说做得好，做得好，做得好！

"你应当发怒，漂亮的人儿！"玫瑰花说，"但应对你自己发怒，而不是对他。他算什么？一个无聊的忧伤男人。或许他是个好心的朋友，也许很慷慨，然而是令人厌恶的，不是吗？而你，被男人所追逐的你，是什么魔鬼使你倾听这个第三者的絮语？难过吧，啊，高傲的人！因为对你的不轨行为负责的应是你自己。你发誓忘却他，但却没有忘却。需要忘却他吗？你望着他，倾听他的谈话，这难道是蔑视他？这个男人什么也没说，啊，非凡的人，而你……"

"事情并非全然如此。"另一朵玫瑰平静地讽刺说，"他是说了些什么，而且一直在说，从未忘记，也未改变。他坚定不移，忘却了痛苦，满怀着希望。他整个的恋爱生活就如你们刚刚谈论的蒂茹卡的散步：改到下星期吧！这起码是她的怜悯，若她真是怜悯的话。啊，善良无比的索菲娅！若你要爱一个第三者，那就去爱他，因为他爱你，而且小心谨慎。爱吧，痛悔你刚才的举动；既然你是美丽的，他又未曾损害过你，他何错之有？如果说他有过错，你就不会有筐子，很简单，因为筐子是他买的，当然，你让女仆买的线和织针除外。不好的是你，索菲娅，你不公正……"

142

索菲娅听着，听着……她又询问其他植物，回答是一样的。这种奇妙的巧合是可能的，了解生命内外的人很清楚。一堵墙、一个凳子、一块地毯、一把雨伞，都具有丰富的思想和感情，而我们也是如此。人与物的共同思维形成了地球上最有趣的现象之一。"同纽扣交谈的说法似乎是种比喻，但是一句有着真实和直接含义的话。纽扣同我们形影不离，恰似某种参议院，方便又便宜，时刻对我们的行动表示赞同与否定。"

143

蒂茹卡的散步如愿以偿，除了下坡时跌了一跤外没出现其他麻烦。跌下来的不是鲁毕昂，不是帕利亚，而是后者的妻子。我不知她在想什么，她用鞭子狠狠地抽打牲口，马一惊，将她扔在了地上。索菲娅撒着娇掉下来；她无比妩媚，穿着长裙，纤细的身材散发着诱惑力。若奥赛罗见到她，也会大叫："啊，我美丽的女战士！"而鲁毕昂在开始散步时，却仅仅说："夫人像个天使！"

144

"我的膝盖疼！"她瘸着走进家门说。

"我看看。"

在更衣室，索菲娅将脚放在一个小凳上，让丈夫察看伤情。膝盖肿了一点，微不足道的一点，但一触动，她便呻吟不止。帕利亚不敢妄动，只用嘴唇吻了一下。

"我掉下来时，有失礼的地方吗？"

"没有，你的衣服那么长……只看到了脚尖。不要紧，请相信。"

"敢发誓？"

"你怎么这么多疑，索菲娅？我以世上最神圣的东西发誓，以照耀我们的光明，以我们的上帝。满意吗？"

索菲娅要将伤处盖上。

"我再看一下，好像不要紧，让人去问一下药房，涂点什么。"

"好了，让我脱掉衣服。"说着，她开始吃力地脱衣服。

帕利亚的目光从膝盖沿小腿而下，落到了套靴上。的确，那是自然之美的一部分，丝袜裹着的轮廓完美无瑕。帕利亚打趣地问妻子是否摔了这里、那里和那里，一边用自上而下滑动的手指点着。"如果这件杰作的一部分露在外面，天空和树木也要黯然失色。"妻子脱下衣服，从小凳上放下脚。

"这可能，但不只是天空和树木，"她说，"还有鲁毕昂的眼睛。"

"哈哈！鲁毕昂，真的，他再没干圣特莱萨的蠢事？"

"没有。不过，我不喜欢他……你发的誓是真的，克里斯蒂安诺？"

"你想让我沿着神圣的阶梯向上爬，直到神圣的顶峰。我以上帝发了誓，还不行，我以你发誓，满意吗？"

色徒的胆怯。他终于从妻子的卧室走进自己的卧室，索菲娅那可怕和多疑的廉耻感使他高兴；这表明她是他的，完全是他的，他拥有她，即使她的王国的一个小小部分被人偶尔瞥见，他也毫不在乎，这是大丈夫的胸怀。他惋惜这一瞥仅仅到达了脚尖，其实，这只是一个边界，在被损伤的城池前出现的第一批村镇使人联想到一个高尚、完美的文明形象。帕利亚一边在巨大的银盆中洗澡，一边想着这一事故唯一见证人的惊叹和羡慕，如果此人不那么呆痴的话。

145

此时，鲁毕昂的一个突然决定震动了所有朋友。散步的时间是星期日，而在星期二（一八七〇年一月份）他便通知奥维尔多尔大街的理发师第二天九点为他剃头，一个叫吕西安的法国师傅按照仆人的口信来到鲁毕昂的书房。

"唷……"鲁毕昂膝上的金卡斯·博尔巴低声呻吟。

吕西安问候主人，但主人并未注意来者的施礼，就如没有听到金卡斯·博尔巴的呻吟。他的思想如一张长椅，冲破屋顶，消失在空间。他要飞多远？鹰说不出，鹫也说不出。鲁毕昂向月宫奔去，永恒的幸福如雨点一样向他洒来，仙女们将他从摇篮中带到玻塔弗哥海滨，穿过一条铺满玫瑰和茉莉花的道路。没有任何挫折，任何失意，任何贫困，富裕而恬静的生活其乐无穷。他向月宫奔去。

理发师环视书房，主要的陈设是写字台和上面的拿破仑和路易·拿破仑半身像；还有两件与后者有联系的东西：墙上的一张苏费里诺战役的木板或石版画和一幅欧热尼娅皇后的肖像。

鲁毕昂脚上穿着绣金缎面拖鞋，头戴黑丝绸高帽，嘴角挂着清新和甜蜜的微笑。

146

"先生……"

"唷……"站在主人膝头的金卡斯·博尔巴又呻吟一声。

鲁毕昂苏醒了，看到了理发师。熟人，在商店见过。鲁毕昂起身，金卡斯·博尔巴叫着，像是捍卫主人免遭陌生人的攻击。

"老实点！闭上嘴！"鲁毕昂说。小狗耷拉下耳朵，躲在了纸篓后面。吕西安打开工具包。

"先生将失掉漂亮的胡子，"他用法语说，"我的几个朋友刮了胡子，但都是为了讨太太们的喜欢。许多名人都同我关系很好……"

"完全好！"鲁毕昂打断对方的话。

他并不懂理发师的话，他对法文只是一知半解，阅读有困难——我们已经知道——会话更无从说起。奇怪的是，他的回答并不是有意骗人，对方的一席话好像是对他的问候和奉承；更有趣的是，他回答用的是葡萄牙语，却以为讲的是法语。

"完全对！"他重复一遍，"我要使面目恢复原样。"

由于他指着拿破仑三世的半身像，理发师用葡萄牙语回答：

"噢！皇上！漂亮的半身像，真的。精美的作品，先生在当地买的，还是从巴黎订购的？太好了，那个一定是拿破仑一世，真是个天才，若不是背叛，啊，叛徒，看到了吗，先生？叛徒比奥尔西尼[1]的炸弹还坏。"

"奥尔西尼，可怜虫！"

"他付出了昂贵的代价。"

"罪有应得。炸弹也好，奥尔西尼也好，都无法战胜一个伟人。"

1　意大利人，1858 年 1 月 14 日曾以炸弹刺杀拿破仑三世，被处决。

鲁毕昂继续说，"当一个民族将命运的皇冠戴在一个伟人头上时，任何邪恶都是无能为力的……奥尔西尼！小丑！"

几分钟后，理发师已经开始将鲁毕昂的鬃须扔在地上，只留下拿破仑三世的山羊胡和唇髭。他卖弄着手艺，说很难把各部分结合得完美无缺。他一面挥舞着剃刀，一面赞叹不已："多漂亮的毛发！真是个巨大而名副其实的牺牲，的确……"

"理发师先生，您很会说，"鲁毕昂打断他的话，"我的要求已经告诉了您，把我的脸恢复到原来的样子，照那个半身像干。"

"是的，先生，一定遵照您的吩咐，过一会儿您将看到出落成什么模样。"

咔嚓，咔嚓。他对鲁毕昂的胡子进行了最后的处理，接着是收拾脸颊和下巴。工作持续了很长时间，他不慌不忙地刮着，对比着，一只眼望着半身像，另一只望着顾客。有时，为了纵观全貌，他后退两步，反复端详着两者，请顾主转向一侧或另一侧，然后，再看看半身像的对应部分。

"怎么样？"鲁毕昂问。

吕西安示意他安静，又继续工作。他又刮掉山羊胡，只留下唇髭。他漫不经心地刮着，缓慢、和蔼，似乎有些厌烦，不时凝视探索着目力不能及的毛根。眼望天花板的鲁毕昂请求休息。休息时，他用手摸着脸，凭触觉感到了变化。

"唇髭不太长。"他评论道。

"就差修理嘴角了。我用小剪刀把唇上的毛剪得短短的，然后处理嘴角。瞧，我干的活像一个模子出来的。"

对唇髭和山羊胡子的加工又耗掉十分钟，终于一切完毕。鲁毕昂猛地跳起，跑进卧室，将脸紧贴在镜子上。是另一个人，也是他自己，总之，还是他。

"好极了！"他大叫着转回书房，理发师已收起工具，正在逗弄金卡斯·博尔巴。

鲁毕昂走到写字台，打开一个抽屉，拿出一张二十弥尔瑞斯的票子，给了理发师。

"没有零钱。"对方说。"不用找，"鲁毕昂做了个不在乎的手势，"除了上缴的，余下的全归您。"

147

就剩下鲁毕昂一人。他纵身一跃，跳进安乐椅，五光十色的东西掠过他的眼前。他弄不清此刻是在比亚里茨还是贡比涅[1]，有点像贡比涅。他作为大国的君主，接见了部长和使节，跳舞，进晚餐和一些他在报上的通讯中看到和头脑中想到的活动，金卡斯·博尔巴的哀叫也未能将他从美妙的幻觉中唤醒。他到了很远的地方，变得异常高大，贡比涅位于通向月宫的路上，他向月宫奔去。

148

当他走下月宫时，听到小狗的哀叫，感到下巴一阵凉意。他跑到镜子前，发现带胡子的脸和光溜溜的脸差距甚大，然而，他并不感到光溜溜的脸有什么不好，食客们的结论也略同。

"完美无缺得好！早就该这样；并不是胡子掩盖了您的高贵，但像现在这样，一切都清清楚楚，更有现代派的味道……"

"现代的。"主人重复。

他走到街上，同样是引起一片惊愕。所有的人由衷地感到他现在的样子比原来的好。只有卡马绍律师一个人断言唇髭和山羊胡子在朋友的脸上显得十分合适，他慎重地说不改变面貌是一种高见，因为它是精神的一面镜子，而精神的坚毅与果断应在面部有所表现。

"我并非向您表白，"他说，"但我的脾气就从来也没变过样；这是我的精神需要。我的生命，我的生命是献身于原则，因为我从不在原

1　两处皆为法国城市。

则问题上妥协，但对人却不然。我断言，我的生命忠实地反映我的形象，而形象也忠实地反映生命。"

鲁毕昂庄重地听着，并点头表示赞同，道理应该是这样。他感到自己是一个法国隐姓埋名的皇帝，正在漫游世界。他走下月宫，恢复了原状。目睹过无数奇观的但丁曾在地狱见过惩罚一个佛罗伦萨幽灵的场面。一条六足蛇紧紧拥抱着幽灵，双方拧成一团，以致最后无法分清是一个动物还是两个动物。鲁毕昂不是这样，他同法国国王还没混在一起，两人只是相互交替着，只是后来把自己忘却了。当他仅仅是鲁毕昂时，他只不过是一个寻常的人；当他荣升国王时，就只是国王。双方都可以不依靠对方而独立存在，都是独立的整体。

149

"怎么变了样？"他在周末见到索菲娅，她问。

"我看看您的伤，好些了吗？"

"谢谢。"

时间是下午两点，索菲娅换好衣服，正要出门。女仆报告鲁毕昂来访，而且面孔变化之大使他判若两人。她好奇地走下楼，在大厅见到他，他正在看名片。

"怎么变了？"她又问。

此时的鲁毕昂失去了任何帝王的感觉，他说唇髭和山羊胡子或许更好看些。

"会比原来还难看？"他问。

"很好看，好看多了。"

索菲娅暗想她可能是这一变化的原因。她在沙发上开始戴手套。

"要出门？"

"对，不过，车还没来。"

她的手套掉在地上一只，他俯身去拾，她也做了同样的动作，两人同时拿住了手套，都将手套拿起，于是，他们的脸在空中相遇，她的鼻子碰到了他的，嘴虽没接触，却笑了，笑得像过去一样。

"碰坏了您吗？"

"不，我正要问您！……"

两人又笑了。索菲娅戴上手套，鲁毕昂的目光落在她的一只动来动去的脚上，直到仆人报告车到了。两人起身，又一次笑了。

150

索菲娅走出大门，光脑袋的车夫毕恭毕敬地打开车门。鲁毕昂慷慨地伸出手，扶她上车，她接受了盛情，登上车。

"好了，再……"

话没说完，鲁毕昂已紧跟她上了车，并坐在她的身边。车夫关上门，登上座位，车动了。

151

这一系列活动是那样迅速，索菲娅甚至没来得及说一句话，做任何表示。几秒钟后：

"这是怎么回事，鲁毕昂先生？快叫车停一下。"

"停车？太太不是说要出门？还要等他？"

"我不是要同先生出门……没看到……快让车停一下……"

她不知所措，想喊车夫停车，然而担心丢丑的念头中止了她的行动。马车驰进普林塞萨大街，索菲娅又一次提请鲁毕昂注意面对上帝，在光天化日之下，这种行动欠妥当。鲁毕昂尊重这一考虑，建议放下窗帘。

"我认为，让外人看到也没什么。"鲁毕昂解释，"当然，放下窗帘，谁也就看不到了。行吗？"

未等对方回答，他放下两边的窗帘，将二人与外界隔绝起来。从车内可以望到偶尔路过的一两个行人，而外面的人却无法看到他们。

只有他们两人，绝对的两人，就如同那一天在她的家中，也是下午两点，鲁毕昂当面向她诉说了失望。那时候，少妇起码还是自由的，此刻，她被关在车中，无法设想后果如何。

然而，鲁毕昂舒适地放好腿，什么也没说。

152

索菲娅蜷缩在马车的一角，可能对这一局面还不适应，也可能是惧怕，但主要的还是厌烦。此人从未使她感到如此大的憎恶、讨嫌；或许事情并不那样严重，但至少是格格不入的——我说得多不中听？——感官的格格不入。几天前的梦想哪儿去了？蒂茹卡的散步、山上的骑马、跌跤、充耳的赞语、颈上的亲吻。这些想象都哪儿去了？目不转睛的凝视、热情的手、不安的脚、温存的话语、悦耳的乞求又哪儿去了？一切都忘了，一切都消失了，两人真的相会了，被车与丑闻的顾虑隔绝起来。

马继续走着，沿普林塞萨大街的石子路，慢慢地扬着蹄，拖着车。到了卡太特怎么办？同他进城？她想随便到个女友的家，将他丢在车上，打发车夫回去。她要将这一切都告诉丈夫。在思想斗争中，她的脑海闪过几件琐碎的、与气氛极不协调的事情，如清晨在报上见到的首饰盗窃案，前一天的大风，一顶帽子。最后，她的思想集中到了一点——鲁毕昂将要向她说什么。他仍然眼望着前方，默然无语，手杖顶着下巴。这种严肃、平静，几乎是漠然的神态不像有害于她。那么，他为什么钻到车里？索菲娅想打破沉默，有两次她神经质地动动手。同伴的平静几乎激怒了她，他的举动只能用强烈的旧情来解释。后来，她猜测他本人或许在悔恨，将会客气地向她道歉。

"我不认为我有什么可后悔的。"他转身说，"当太太怕被人看见时，我才放下窗帘，我并不同意，但我服从了。"

"到了卡太特，"她说，"您回家吗？我们不能一起进城。"

"我们随便走走。"

"为什么？"

"随便转转，马拉着车，我们聊聊，没有人听到，也没有人猜到……"

"看在上帝面上，不要这样！放了我，你下车，或者我下车，您留在车上。有什么好说？几分钟就够了……看，马车已拐向城里。让车夫去玻塔弗哥，我把您送到家门口……"

"我刚离开家，我要进城，把我送进城有什么不好？我会在一个无人的地方下车，圣卢齐亚海滨也行，在海边……"

"最好就在这里。"

"为什么不进城？"

"不，不行。我以一切最神圣的名义请求您！不要让人笑话，好了，这样一个简单的请求，还能要我怎样？要我跪下？"

尽管地方狭窄，她还是弯曲了膝盖，鲁毕昂慌忙让她坐下。

"用不着。"他温柔地说。

"谢谢。看在上帝面上，看在您在天之灵的母亲面上，我求您……"

"她应该在天上。"鲁毕昂肯定地回答，"她是个圣洁的女人！世界上的母亲都是好的，但是她，熟悉她的人没有一个不说她是圣徒。她有不寻常的美德，多好的主妇！对她来说，五个客人同五十个客人是一样的，她总能把一切安排得井井有条，并以此而闻名。奴隶们称她祖母，她的确是大家的母亲，她应该在天上。"

"好了，好了！"索菲娅打断他的话，"那就看在您母亲的面上，答应我，好吗？"

"什么？"

"下车。"

"用脚走进城？我不能同意，您太多心，谁也看不到我们。再说，您的马太好了；您看，它们慢慢地扬起蹄子，啪嗒嗒…啪嗒嗒……啪嗒嗒……"

疲于请求的索菲娅闭上了嘴，双臂交叉在胸前，最大限度地靠在车的角落里。

"对，"她想，"在克里斯蒂安诺的公司门口停车，告诉他这个男人怎样进了马车，我对他的请求和他对我的回答。在这以前，先得让他在某条大街悄悄下车。"

然而，鲁毕昂仍很平静，时而动一下手指上的钻石戒指——一块明亮的独头宝石。他不看她，不说话，也不请求什么；他们像一对怄气的夫妇。索菲娅开始不理解是什么原因使他钻进马车。交通工具的需要？不可能。自负？也不是。由于她首先说怕被人看见，他才放下窗帘。没有一句热情的话，哪怕是胆怯地重复过去的一句充满奉承和乞求的话。他是一个谜，一个魔鬼。

153

"索菲娅……"鲁毕昂突然说，语调缓慢，"索菲娅，日子一天天过去，但是，任何男人也不会忘记真心喜欢他的女人；否则，他就不配男子汉的称号。我们的爱永不会被忘却——当然是指我，我相信您也不会忘。您给了我一切，索菲娅，您自己的生命也经历了危险。事实是我将报复您，我的美人。若报复能使死者高兴，您将获得最大的快乐。幸好，我的命运拯救了我们，使我们可以无阻拦地、不流血地相爱……"

少妇惊异地望着他。

"不要怕！"他继续说，"我们不会分离，不，绝不会。请不要对我说您将死去，您会为此而痛哭流涕。可我不，我来到这个世界不是为了哭泣，但我的苦恼并未因此而减少，相反，隐藏在心中的痛苦更痛苦。泪水是有益的，因为人们得以发泄。亲爱的朋友，我说这话，是因为我们需要谨慎，我们贪婪的爱可能会忘却这一需要。我们有感情，索菲娅；我们生来就是为了彼此，我们好像是夫妻，我们也愿意做夫妻。听我说，亲爱的，我心灵的心灵……生活是美好的！生活是伟大的！生活是高尚的！可是对您，我应当怎么说呢？还记得我们第一次见面吗？"

鲁毕昂说完这句话，要握她的手，索菲娅及时缩了回去。她感到茫然，她不明白，她害怕。他的声音越来越大，车夫会听到些什么……此时，一个念头震动了她：鲁毕昂的用意正是要让别人听到，以此威胁并征服她，或是让人们诽谤她。她真想冲到前面，高呼来人，摆脱窘境。

短暂的沉默之后，他低声说：

"我清楚地记得那一次，像昨天刚刚发生，您乘车来了，但不是这一辆，是一辆出租马车，一辆四轮马车。您胆怯地下了车，脸上罩着面纱，像小草一样颤抖……但我的臂膀援助了您……那一天的太阳一定停止了运行，像听从了约书亚¹的吩咐……然而，我的花朵，那几小时像被魔鬼拉得那么长，不知为什么；严格说，应当是短促的。或许是因为我们的感情无法了结，过去没了结，将来也永不会了结……于是，我们再也见不到太阳，它落到了山的另一侧，而这时我的索菲娅仍惊魂未定地走到街上，上了另一辆马车。另一辆还是同一辆？我想是同一辆。您无法想象我成了什么样子，我像发了疯，亲吻了所有被您接触过的东西，包括门槛。关于这些，我一定对您讲过。我亲吻了门槛，我几乎，几乎要爬着去亲吻那一级级的台阶……我没这样做，我回了家，为了吮吸您留下的气息。我关上门，若没有记错的话，是紫罗兰的香气……"

不，鲁毕昂的用意绝不是让车夫相信一桩杜撰的冒险。他的声音是那样低沉，索菲娅几乎听不到；语言难以听到，意思也就无法弄清了。编造那样一个动听的故事，又是为了什么？谁要听到，也会信以为真，因为他的态度是那样诚恳，语气是那样柔和，内容是那样煞有介事。他继续倾吐那一美好的回忆……

"您在开什么玩笑？"索菲娅终于打断他的话。

我们的朋友一句话也没说，他眼前的形象仍没消失，他没听到对方的话，于是继续讲下去；他谈起戈特沙尔克的音乐会，他们听着圣徒的钢琴曲，音乐的魔鬼将他们的目光连在了一起，使他们忘却了一

---

1 《圣经》人物，以色列王，在同亚摩人的战斗中，曾命太阳停留，取得战争胜利。

切。音乐结束，掌声四起，他们也醒了，真晦气！他们醒来时，帕利亚正望着他们，那是一双美洲虎的眼睛。夜里，她担心丈夫会杀死她。

"鲁毕昂先生……"

"请叫我拿破仑，不，叫我路易，我是您的路易，不对吗，高贵的妇人？您的……叫我您的，您的路易，您亲爱的路易。啊！'我的路易！'您若知道当时我听到这一称呼时的愉快心情！您是我的索菲娅，我心中甜美可爱的索菲娅。我们不要失去时机，让我们以爱称呼，但要小声些，小小的声音，不要让前面坐着的恶棍听到。世界上为什么要有车夫？若马车能自动前进，人们就能尽情地交谈，直到地球的终点。"

他们到了大众公园，但索菲娅未发觉。她愣愣地望着鲁毕昂，她没有感到对方卑鄙，也不觉得是在嘲弄……她头脑发昏，是的，不会错。他的话很真诚，似乎他真的见到和听到了讲述的一切。

"要在这里让他下车。"少妇想。她鼓足勇气说："我们到了哪里？我们该分手了。前面是什么地方？像是修道院，我们到了阿茹达湖。让车夫停一下，或者，您要同意，在卡里约加湖下车，我的丈夫……"

"我要任命他当大使，"鲁毕昂说，"或者议员，如果他愿意的话。最好是议员，你们都在这里；即使当大使，我也不同意您跟他走，流言蜚语也不怕……您知道我遇到的阻力吗？诽谤……啊！可恶的人！阿茹达修道院，是您说的？您同它有什么关系？想当修女？"

"不，我是说我们已过了阿茹达修道院，我让您在卡里约加湖下车，或者，就到我丈夫的公司。"

索菲娅坚持第二种做法，这样可以避免车夫生疑，在帕利亚面前证实她的无辜，告诉他一切，从意外的上车，到头脑发昏。为什么发昏？索菲娅想到原因可能就是自己，这种设想使她怜悯地笑了。

"为什么？"鲁毕昂问，"我立即下车，这样更保险。他为什么要怀疑我们，要虐待您？我可以惩罚他，他对您的任何不恭都会使我难受。不，美丽的朋友，风若敢触犯您，请相信，我会将它化作邪风驱逐出空间。您还不太了解我的权力，索菲娅，快说说您的心里话。"

索菲娅一言不发，只有鲁毕昂继续赞颂他的美人，并将手指上的独钻戒指奉献给她。尽管她酷爱首饰，也深知独钻戒指的价值，还是胆怯地谢绝了馈赠。

"我理解您的顾虑，"他说，"但不要紧，您将通过丈夫的手得到一枚更漂亮的。我要让您当公爵夫人，知道吗？爵位赐给他，但是为了您。公爵……什么公爵？我要找一个动听的爵位，或者由您选择，因为一切为了您，而不是为他；为了您，我可爱的人。不要现在选择，先回家，好好想一想，不要不好意思，打发人告诉我您喜欢什么，我立即颁布法令。也可以这样，想好后，我们下次在老地方见面时告诉我。我要第一个叫您公爵夫人。亲爱的公爵夫人……法令随后就到，我心上的公爵夫人……"

"好了，好了！"她不知所措地说，"告诉车夫，把我们拉到克里斯蒂安诺的家。"

"不，我就下车……停车！停车！"

鲁毕昂打开窗帘，车夫打开门。为了不使车夫生疑，她又一次请鲁毕昂同她一起去丈夫的办公处，说丈夫有急事同他商量。鲁毕昂惊异地望望她，望望车夫，望望马路，回答说以后再去。

154

一分手，两人便截然不同了。

鲁毕昂站在街上，东张西望，现实回到他身上，昏厥消失了。他向前走去，停在一家商店门口，然后又过马路，拦住一位熟人，询问些什么。这种下意识的活动是要排除他身上的异己个性。

与此相反，索菲娅经历了惊吓和恐慌之后，感到眩晕。鲁毕昂的话语和杜撰的故事似乎激起了她的怀念——怀念什么？"怀念上天！"贝纳德斯神父这样形容一个老基督徒的虔诚情感。形形色色的名字在无形的蓝天中闪现，多么有趣！她又想到那辆旧马车，她匆匆进去，又颤巍巍地下来，慌忙钻进一道走廊，登上台阶，遇到一个男人，他向她倾吐了世上最甜蜜的语言，现在又将那一席话语在马车上对她重复一遍。但不是，也不可能是鲁毕昂。是谁？形形色色的名字在无形的蓝天中闪现。

155

关于鲁毕昂怪癖的新闻传开了。有些未能见到他的发作，便进行种种试探，以证实谣言是否可靠。他们将话题引向法国和皇帝，鲁毕昂中了圈套，证实了传闻。

156

几个月之后，发生了法普战争。鲁毕昂的危机越来越严重，越来越不可救药。当来自欧洲的邮件到得早时，鲁毕昂在午饭前便跑出玻塔弗哥，等待报纸。他买了一份《葡萄牙通讯》，在街灯下阅读，任何消息都给他以胜利的感觉。他计算伤亡人数，总觉得自己沾了光。对他来说，拿破仑三世的倒台就如威廉国王的被捕，"九月四日"革命就如波拿巴分子的盛宴。

在他家的晚宴上，朋友们对他不进行任何劝说，但也不鼓励他。他们有些不好意思，他们只是微笑着，避免交谈。主人对他们均以军衔相称：托斯元帅、皮约元帅，而且呼之即应。鲁毕昂在幻觉中见他们身着军服，他下达侦察、攻击命令。但无须他们走出家门执行命令，主人的大脑完成了一切。当鲁毕昂离开战场，回到桌边时，桌面上已经面目全非：银质餐具不见了，瓷的和玻璃的也基本消失；尽管如此，鲁毕昂的眼前仍闪耀着宫廷的辉煌。一只可怜的瘦小鸡在他眼中变成美丽的雉，普通的肉丝和低劣的腌肉也会产生美味佳肴的味道。食客们或私下，或向厨师评论菜谱，然而，茹古罗[1]的晚餐永远是茹古罗的晚餐。鲁毕昂的家已被时光和忽略磨损了；褪色的地毯、凌乱而破烂的家具、肮脏的窗帘。在主人的眼中，这一切都不见了，一切都变了样，变得富丽堂皇。他说话的方式也变了，变得坚定，变得滔滔不绝。同样，他的思维也绝非寻常，就如故友金卡斯·博尔巴的哲学一样。

当时，他在巴尔巴塞纳对那些高深的理论无法理解，但却记忆犹新，他有时甚至直接引用哲学家的话。既然思维和语言随着昔日的风消失了，又如何解释这种蒙昧的重复，混乱的认识？为什么记忆消失了，理性却复活了？

157

索菲娅将鲁毕昂怪诞的念头理解为对她的爱，便产生了怜悯之心。这是一种中性的感情，既无纯真的同情，也无极端的自私，而是两者兼而有之。只要不出现马车上的遭遇，她便感到安然无恙。当鲁毕昂清醒的时候，她倾听他的谈话，兴致勃勃地同他聊天。病态的发作会使鲁毕昂增加勇气，但在通常情况下，他显得很胆怯。当鲁毕昂在幻觉中登上宝座，或统帅一支部队时，她不像帕利亚那样发笑，她相信自己是不幸的根源，于是谅解了他。她得到一种疯狂的爱，这一念头使她对患者产生了敬意。

158

"为什么不给他治一治？"一天晚上，帕利亚一年前结识的女友费尔楠达太太问，"或许能治好。"

"看来不严重。"帕利亚说，"有时发作，这您见过，但却很安生，

---

1 罗马将军。茹古罗的晚餐意为盛宴。

只幻想伟大的事，一会儿就过去。除此之外，说话完全正常。不过，可能是……您说呢，先生？"

费尔楠达太太的丈夫特奥菲罗表示同意、可能。

"他过去干什么？现在呢？"议员问。

"什么也不干；现在不干，过去也不干。他有钱，但挥金如土；他从米纳斯来时，我们认识了他，可以说，我们是他在里约热内卢的向导，他好像多年没来过这里了。人不错，爱排场，记得吗？不过，坐吃山空，没有耗不尽的财富。他就是这样，我相信现在他已没有多少……"

"治病期间，给他找个监护人，这为数不多的财产或许可以保住。我不是大夫，这样做对您的朋友有好处。"

"这样做并非不行。的确，很遗憾……他很爱交往，也很慷慨，知道吗，他差点成了我们的亲戚？不知道？他想同玛丽娅·贝内迪塔结婚。"

"说起玛丽娅·贝内迪塔，"费尔楠达太太插嘴说，"我这里还有她给夫人的一封信，昨天刚收到。知道他们不久要回来吗？信在这里。"

她将信交给索菲娅，索菲娅毫无兴致地打开，不耐烦地看完。这是一封没法再琐碎的远方书简，是点滴心得的陈列，是幸福和感恩之人心灵的彻底自白。信中拉杂地讲述了旅途的见闻，在志得意满的观赏者眼中，人类和大自然最美好的作品也会变得平淡无奇；然而，旅馆和街上的一件小事往往费去更多的笔墨，激起更大的性质——这是丈夫的品德。玛丽娅·贝内迪塔爱他那样深，比初恋时还要深。最后，在"又及"中她胆怯地请求不要将一件事告诉任何人——一句知心话：她做了母亲。

索菲娅折起信，虽说她此时没有了烦恼，却产生了怨恨。这种变化是矛盾的，但世上的矛盾是普遍存在的。将手中的信同过去的信相比较，她感到玛丽娅·贝内迪塔只不过是一位熟人，没有任何血统和感情的联系。信中充满细枝末节，充满形容词和感叹，充满卡洛斯·马利亚的名字，卡洛斯·马利亚的眼睛，卡洛斯·马利亚的话语。

最后是卡洛斯·马利亚的儿子。她不想承认大洋彼岸之人娓娓诉说的这种幸福；在她看来，这一切像是蓄意的，差不多是同费尔楠达太太的合谋。

善于自我控制的索菲娅不动声色地掩饰了怨恨，笑着归还了表妹的信。她想说从信上看，玛丽娅·贝内迪塔的幸福同出发时一模一样，但这声音始终未到达她的咽喉，费尔楠达太太自告奋勇下了结论：

"看样子很幸福！"

"好像是。"

159

若第二天清晨不下雨，索菲娅会有另外的打算。太阳并非经常是美好念头的征兆，但至少可以提供外出的条件。环境的变化可以改变人的感觉，索菲娅醒来时，下起了倾盆大雨。天与海连成一片，云层是那样低、那样密。

她周身感到不适，没有任何悦目和可供消遣的东西。索菲娅的思想如关进了柏木匣中，柏木匣关在当天铅一样沉重的匣中，她坦然地死在里面。她不知死人也有思维，一堆纷乱的新概念代替了旧概念，像走出剧场的观众评论剧情和演员那样批评世界。女死者感到某些概念和感觉继续活着——昨日的信以及信使她产生的对卡洛斯·马利亚的怀念。

的确，她曾决定将那个讨厌的形象赶得远远的，但此刻他又出现了，满面笑容地望着她。在她耳边吹着自私和放荡的话语，引诱她大跳邪恶的华尔兹，又将她只身一人丢在大厅中央。她的周围出现了其他妇女，如玛丽娅·贝内迪塔——她从庄园带来的村姑；原想让她见识一下都市的繁华，她却忘恩负义，只追逐个人的贪婪。还有费尔楠达太太——玛丽娅·贝内迪塔爱情的撮合者，是她昨天带来了玛丽娅·贝内迪塔带有秘密"又及"的信。她没注意表妹的兴致足以说明为什么没把秘密放入信的正文，更没探讨费尔楠达太太的道德观是否允许这种透露。别的念头和别的形象陆续在她的脑海出现，过去了的又转回来，所有的又都恍恍惚惚地消失。她又想到昨天，费尔楠达太太的丈夫以热烈而羡慕的目光拥抱了她，而那一天她的确较往日更为动人。淡黄色[1]的薄绸衣服完美地突出她那迷人的胸、紧束的腰和微微隆起的臀部。

"淡黄色！"索菲娅笑着重复道。刚刚进门的费尔楠达太太对帕利亚奉承说："淡黄，像是对先生的祝贺。"

掩饰被奉承的喜悦绝非易事。丈夫傲然地微笑，努力在其他人的目光中寻找妻子这一细微之爱产生的效果。特奥菲罗也称赞她的衣着，但他很难做到只看衣服前不看女主人的身段。于是，他那灼热的目光便停留在她身上，这目光自然没有情欲，几乎也没有留恋。正当索菲娅对表妹与女友的合谋耿耿于怀时，昨日的这种回忆，这一邪念的表情，无追求的赞扬便出现了。

卡洛斯·马利亚、特奥菲罗……及其他一些名字出现在无形的天空中，就如第154章的情形一样。这些名字又出现了，因为雨仍继续下着，天空和大海仍紧紧连在一起。这些名字全部出现了，连同相应的人物形象，甚至还有她只见过一面的外地或陌生的无名氏。众人为她齐声唱着赞歌，并得到她施舍的铜子。为什么不留住一个，听他唱歌，让他发财？铜子富不了任何人，还有币值更大的货币。那么多高雅甚至是非凡的名字，为什么不留住一个？这一无声的疑问透过她的血管、神经和大脑，除去激动和好奇外，没有任何回答。

160

雨小了起来，一缕阳光终于刺透了雾气——一缕潮湿的光束，像是来自痛哭的眼睛。出门还不晚，她急于要看、要走、要动摇那凝固了的神经。她等待太阳驱散雨水，占领天空和大地。然而，伟大的天

---

1 稻草色淡黄，帕利亚在葡萄牙文中意为稻草。

体察觉到她的企图是要将它变作第欧根尼的灯笼，便对潮湿的阳光说："回来，回到我的怀抱，纯洁和高尚的光明。切勿将她引到希望的地方，如果她愿意，让她去爱吧，让她回答那爱的请柬，如若她还没有将收到的请柬烧掉的话。切勿给予她光明，我胸中的光明，我心灵的儿子；光明，我的兄弟……"

阳光服从了，回到光源的中心，怀着几分畏惧，因为那天体目睹过无数平凡和奇迹。于是，云的幕又变得浓密起来，变得更加黑暗，雨又大滴大滴地下起来。

161

索菲娅无可奈何地待在家中，思想是那样混乱和活跃，同外界的景象一样，所有的名字和形象都消失在爱的唯一欲望之中。的确，当她从模糊和混沌的意识中清醒过来时，她曾想努力摆脱它们，将精神转向别的方面：然而，就如发困时挣扎着保持清醒一样，眼睛睁一睁便合上，然后又睁开，只是为了再一次合上，最后她的目光离开了云和雾。她累了。她需要休息。她翻开最近一期《两个世界》杂志，当她忙于阿拉瓜斯委员会的工作时，一位时髦的议员太太问她："您读过弗耶的小说吗，登在《两个世界》上？"

"正在读，"索菲娅立即回答，"很有意思。"

小说她并没读过，连杂志的名字也没听说过。第二天，她要丈夫订阅。她读了那部小说。又读了陆续连载的几部，她逢人便讲她所有读过的和正在读着的小说。翻开杂志，她读完一部中篇，索菲娅回到卧室，扑到床上。晚上也很无聊，她没费力就睡着了，而且睡得很沉、很长，没有任何梦，除了最后的一个噩梦。她梦到天空的云像白天的一样浓密，一只小艇漂在海面上，她趴在船头，用手指在水上写着一个名字：卡洛斯·马利亚。她在水面上划出了一道道泛着泡沫的沟，将字母刻在了上面。除了神秘之外，她没有任何的不安。然而，梦中的神秘好像自然的真实，于是，浓密的云墙裂开了，名字的主人出现在索菲娅的面前，走过来，挽住她的臂，娓娓动听的话语吹进她的耳中，同几个月前从鲁毕昂那里听到的差不多。然而，卡洛斯·马利亚的话却不像鲁毕昂的那样使她伤心，相反，她欣喜地听着，身子微微后仰，像是要晕倒。这时她已不在船上，而是到了马车上。她同妹妹紧握着手，爱语绵绵。直到那时，仍无惊险之处。但当车子一停，无数头戴面具的黑影围住了她，杀死了车夫，掀掉了车门，用匕首刺死了卡洛斯·马利亚，将尸体扔在地上，这时她才害怕起来。接着，一个像是首领的人坐在死者的位子上，取下面具，对索菲娅说不要怕，他比死者更爱她十万倍。说完，抓住她的手腕，亲吻了她，但嘴带着血迹，散发着血腥的气味。索菲娅惊恐地大叫一声，醒了，丈夫正坐在床前。

"怎么了？"他问。

"啊！"索菲娅叹息，"我大叫过，是吗？"

帕利亚什么也没回答，目光茫然，他仍思虑着生意。一阵担忧袭击了妻子，是否真的说了或嘟哝了某句话、某个名字——在水中写的名字。她懒洋洋地张开双臂，搭在丈夫的肩头，双手搂在他的后颈，半高兴、半忧伤地说：

"我梦见他们杀死了你。"

帕利亚感动了，即使在梦中，她也为自己痛苦，他心中升起了怜悯，一种惬意的怜悯，一种内心深处特殊而深沉的感情，这一感情使他希望妻子继续做这样的噩梦，他宁愿在她的目睹之下被人杀死，使她难过，使她抽搐，使她痛苦和惊恐地大叫。

162

第二天，明亮而温暖的太阳出现了；天空洁净，空气清新。索菲娅上了马车，外出串门和散步，以解除昨日的幽禁之苦。她感到身心愉快，唱着歌穿好衣服，女友们在家中对她的热情接待、奥维多尔大街上的妇女对她的问候、市井的喧闹、社会上的新奇事物、绅士们的亲切面孔，这一切足以消除昨日思想上的不安。

163

索菲娅沉重的思想轻松下来，几小时后，所有不愉快的念头便烟消云散了。若问我索菲娅是否有些悔意，我实在不知如何回答。烦恼和戒心有个变化过程，新奇行为会逐渐在意识中变得平淡，恐惧变作无动于衷，简单的思想邪念也要服从这一规律。任何事物也会使人习以为常、不以为然。这是精神对外部世界的适应性，说得更通俗一点便是：可塑性。

164

在欢快明亮的这一天，只有一件事使索菲娅不安——同鲁毕昂的一次相遇。她是进奥维多尔大街的一家书店，在等待找钱时，看见朋友走了进来。她立即转过脸，浏览着书架上有关解剖和统计的书。她接过钱，收好，低着头，箭一般冲到街上，匆匆上坡而去。当奥维多尔大街落在后面时，她的血液才平静下来。

几天后，她走进费尔楠达太太的家门，在前庭又碰上了他。她感到不安，她准备跟在前面的男男女女后面登上台阶，但鲁毕昂转过身，二人亲切握手，相互问候。

"他经常来？"讲完前庭的相遇，索菲娅问费尔楠达太太。

"这是第四次，第四次或第五次，但只有第二次有些胡言乱语，其他时候就如您所见到的，安安静静，甚至还很健谈。不过，总有些东西证明他不正常，没见他的目光有些茫然？就是这样，但说话还好，请相信，索菲娅太太，他的病会治好，为什么不让您的丈夫过问一下？"

"克里斯蒂安诺倒想让他检查和治疗，我再催一下。"

"那才好，好像他同您和帕利亚先生都很好。"

"会不会他发作时说了些对我们不利的话？"索菲娅想，"要不要把实情告诉她？"

结论是否定的，鲁毕昂病态的本身可以解释一切。她答应催促丈夫，并在当天下午就告诉了帕利亚。"事情很难办。"他说。他问费尔楠达太太为什么干预此事，要管让她自己去管，一旦沾上就麻烦了，还要操心他那点钱，如果还有的话。像特奥菲罗所说的，当他的监护人，这是桩令人厌烦透顶的事。

"我的负担已经够重了，索菲娅，以后呢？把他弄到家里？看来不行。放到哪儿？医院？……当然好，人家不收呢？总不能把他扔到海滩上……谁承担责任？你答应了？"

"答应了，还说你会办的。"索菲娅笑着说，"也许事情不像你说得那么复杂。"

索菲娅仍坚持，费尔楠达太太的同情心深深感动了她，她感到费尔楠达太太身上有种与众不同的高尚情操。她提醒丈夫说，费尔楠达太太与鲁毕昂无亲无故，况且如此热心，作为朋友更应慷慨一些。

165

一切都顺利地进行着。帕利亚在海滨的普林西比大街租了一所小房子，将我们的鲁毕昂、几件家具和可爱的小狗安置进去。鲁毕昂毫无不悦地接受了搬迁，他自发病以来，从未像现在这样高兴。他住进了圣克劳德宫。

他的朋友们却不然，他们将搬迁看作逐客令，因为鲁毕昂故居的每一部分——花园、栅栏、花坛、石阶、小径——都同他们息息相关。他们对这一切是那样亲切，进门，脱帽，在大厅等候。他们已失去了做客时的礼仪概念，甚至对鲁毕昂的邻居也十分熟悉。他们知道早晨能见到哪些人，下午哪些人，有的还打个招呼，就如对自己的邻居一样。无奈！他们此时却像锡安山[1]的流放者一样要去巴比伦了。不管巴比伦在哪里，他们总能找到挂着竖琴的杨柳——确切说，是挂帽子的衣架。他们同先知们的区别是：一周之后，他们将重操乐器，以同样的兴致和同样的热情尽情弹奏，并唱起古老的颂歌。然而，到头来，通天塔也不过是空中楼阁。

"我们的朋友需要休息一下，"搬家前夕，帕利亚在玻塔弗哥对食客们说，"你们一定发现他近来不大好。有时健忘，有时颠三倒四，糊里糊涂。他要治病，目前需要休息，我给他找了一所小房子，以后他要住医院。"

他们惊愕地听完，一个叫皮约的比其他人更快地清醒过来，忙说早应这样做。不过，必须劝说鲁毕昂坚定信心。

"我多次劝他去看医生，好像他的胃有点什么问题……这只是个借口，懂吗？但他总说没什么，消化很好……'您的饭量少多了，'我对他说，'最近几天您几乎什么也不吃，人也瘦了，面色发黄……'当然，不能把真实情况告诉他，我还给他请过大夫，是我的一个朋友，但我们的好人鲁毕昂见都不见。"

其余四个连连点头，肯定整个那一席胡诌。这是他们唯一能做的表示，是他们对突如其来的打击无可奈何的表示。他们最后问起朋友的住址，表示以后去探视。可怜的食客！当他们要彻底离开那里，相互分别时，发生了一种预想不到的现象：依依不舍之情。并非友谊或敬意将他们联在一起，利益也曾使他们相互倾轧，然而，一日两餐的聚会，面对同一张餐桌，好像将他们已融为一体，共同的需要使他们彼此忍让，时间增加了相互的依赖性。总之，当他们再也看不到主人那熟悉的面孔、表情、鬓须、唇髭、怪癖以及吃饭、谈话和待客的样子时，他们的眼中流露出痛苦的神情。这对他们已不是分离，而是肢解了。

---

1 即耶路撒冷。

166

鲁毕昂发现食客们没有同他一起迁入新居，便让人去请。没来一个。我们的朋友不禁为此伤感起来，特别是最初几周。大家庭抛弃了他，他努力回忆是否亏待过他们，行动或言语上。他什么也想不起来。

167

"我同他谈过，他的思维混乱；我虽不是神经科医生，但我相信他会好起来……想知道一个有趣的发现吗？"

"您相信他会好起来？"费尔楠达太太问，没理会法尔康医生的问话。

他是议员法尔康先生，议员兼医生——主人的朋友，一个博学、多疑、冷漠的男人。鲁毕昂迁居到普林西比大街后不久，费尔楠达太太请他为病人检查。

"是的，我想他会好起来，只要坚持治疗。这种病在他的家族中可能是首例，再请个专家看看，您不想知道我的有趣发现？"

"什么？"

"一个您熟悉的人可能是他的病因。"他笑着回答。

"谁？"

"索菲娅太太。"

"为什么？"

"他兴致勃勃地同我谈起她，说她是世上最出色的女性，说他加封她为公爵夫人，但他原想封她为皇后，还说这不是玩笑，他完全可以像叔父一样，离婚并同她结婚。我的结论是他曾追求过她，两人的关系也很密切，他张口闭口都不离索菲娅……请原谅，我相信他们相爱过……"

"噢，不可能！"

"费尔楠达太太，我相信他们相爱过。这又有什么奇怪？我同她不熟，好像太太同她结识的时间也不长，关系也谈不上密切。他们可能相爱过，由于某种冲动……我们设想她将他赶出家门……当然，他有一种虚荣癖，但一切都是可能的……"

费尔楠达太太没抬眼，她不好意思听那种设想，她避免接触问题的微妙之处，她认为这种怀疑未必可信，很可能是无根据的、荒唐的。她难以相信那种不正当的爱，尽管是鲁毕昂亲口说的。总之，那是神经错乱；即便不是神经错乱，她对谈话者也不大相信。是的，不相信。她无法相信索菲娅会爱上那样一个人，她是那样正派、纯洁。不可能。她想为索菲娅辩护，她同法尔康也相交甚厚，但她还是转了话题，重复了刚才的问话。

"您认为他能好起来？"

"会的，但我的检查还不充分。太太知道，这种病最好请专家看看。"

法尔康走到街上，他嘲笑费尔楠达太太坚持不接受他的推断。"肯定有些瓜葛。"他自语，"他很标致，衣着虽不太讲究，也称得上仪表堂堂，眼里总有一团火……"他回忆着鲁毕昂的话，他那激动的表情，更加坚定了怀疑。"肯定……不可能没相爱，费尔楠达太太的反对是无知的，若不是故意回避实质问题的话。这完全可能……"

想到此，议员不由地收住脚步，一个新的念头袭击了他。几种怀疑闪过后，他下意识地摇摇头，像是辟谣，又像是感到荒谬，于是继续前进。但怀疑的念头是顽固的，而且的确占据了他的心，对他的摇头不予理置。"难道费尔楠达太太也曾为他叹息过？这种关心难道不是一种爱情的伸延？"疑问就这样陆续产生，并在法尔康的心中找到了肯定的答案。但他仍不愿相信，作为朋友，他对费尔楠达太太素怀敬意，深知她的正派。"然而，"他想，"谁能保险她不会产生同另一个人同样的感情？……这种可能会有的，麻风病会腐蚀最纯洁的血液，一个不起眼的杆状菌能摧毁最健全的器官。"

渐渐地，不相信的念头又向可能、真实、肯定的念头让步。实际上，他又听说过费尔楠达太太的慈善举动，但现在的情况是新的，无论从友谊、从血缘还是从公理看，她都没有参与他人家庭生活的必要，对他的特殊关心显然是无法解释的。爱情——无疑。诚实女性的好奇往往堕落成恶习或悔恨，索菲娅拒绝了，却给她留下了痛苦的怜悯……于是，谁知道呢？

168

"谁知道呢？"第二天清晨，法尔康先生仍重复这句话。黑夜并未消除他的疑虑，是的，谁知道呢？是的，不仅是痛苦的怜悯。他不熟悉莎士比亚，便修正了哈姆雷特的话："霍拉旭，天地间有的是东西，不是你那无用的博爱都能梦到的。"[1] 他颇为感慨，但既不嘲弄，也不怜悯；前文已有交代，他是多疑的，但也是谨慎的，他没将结论传播给任何人。

169

卡洛斯·马利亚同妻子的归来中止了费尔楠达太太对鲁毕昂的担心。她上船迎接他们，将他们带到蒂茹卡的住宅——卡洛斯·马利亚的一位老友按他的吩咐租的。索菲娅还是没上船，只派马车在法卢码头等候，但费尔楠达太太先去的马车早已将他们接走，连同去迎接的帕利亚。下午，索菲娅去看望归客。

费尔楠达太太抑制不住内心的高兴，玛丽娅·贝内迪塔的信表明这对夫妻是幸福的，但她却无法从他们的目光和行动上证实这一点。他们似乎是满意的，玛丽娅·贝内迪塔在拥抱女友时止不住热泪盈眶；女友亦然，两人紧紧依偎着，如同一对孪生姐妹。第二天，费尔楠达太太问玛丽娅·贝内迪塔夫妻生活过得是否幸福，得到肯定的回答后，

---

1 原文是：霍拉旭，天地间有的是东西，不是您那哲学里都能梦到的。

她紧握女友的手，久久望着她，说不出一句话。她所能做的，只是重复那句话：

"你们幸福吗？"

"是的。"玛丽娅·贝内迪塔回答。

"你不知这一回答使我多么高兴，这不仅因为你们得不到我所希望的幸福将使我后悔，也因为我祝愿大家都幸福。他仍像第一天那样喜欢你吗？"

"我想比那时更喜欢，因为我崇拜他。"

费尔楠达太太不理解这句话。"我想比那时更喜欢，因为我崇拜他！"的确，这一结论不像是预先想好的，它可以再一次修正哈姆雷特的话："霍拉旭，天地间有的是东西，不是您那无用的辩证法都能梦到的。"玛丽娅·贝内迪塔开始向她讲述旅途见闻、印象和回忆。不一会儿，丈夫来了，她便借助于他的记忆来填补自己的思想真空。

"还有呢，卡洛斯·马利亚？"

卡洛斯·马利亚回忆着、解释着、纠正着，毫无兴致，几乎是不耐烦的。他猜想妻子刚才向女友表白了自己的幸运，他对此难以抑制不悦之感。为什么要说同他在一起是幸福的，而不说点别的？为什么要散布他的关心和温存，他那如高尚、慈悲的圣徒似的怜悯之心？

回里约热内卢是他的让步，玛丽娅·贝内迪塔愿意在故乡分娩，丈夫迁就了。但是很勉强。不过，算是迁就了。勉强，为什么？也很难解释，也很难理解。关于做母亲这一点，卡洛斯·马利亚有些不可公之于众的奇特而隐秘的想法。他认为大自然将怀胎弄成一种公开的、众目可见的，甚至使体态变形和令人厌恶的现象是缺乏廉耻，他对此的态度是忌讳、掩饰和躲避。他希望在一座高高的山上找一幢与世隔绝的住宅，直到充满圣意的妻子怀抱婴儿下山。

关于这一点，他对妻子只字不提。这种事本可商议，但他不喜欢商议，而宁愿让步。玛丽娅·贝内迪塔的感情自然是相反的，她感到自己是一座神圣和隐蔽的庙宇，里面生活着一个圣徒的儿子。她将妊娠期的厌烦、痛苦和不适最大限度地向丈夫隐瞒，这便更增加了小生灵的价值。她逆来顺受，当然不是兴高采烈，因为这是果实成熟的条件。她虔诚地祈求圣灵，默诵拿撒勒玛丽亚的话：

"我是上帝的奴隶，我任您支配。"

170

"你怎么了？"客人一走，玛丽亚·贝内迪塔问丈夫。

"我？没什么！怎么？"

"你好像很烦。"

"不，不会。"

"是烦，一定的。"她坚持。

卡洛斯·马利亚笑了，什么也没回答。玛丽亚·贝内迪塔熟悉他的微笑，一种奇特而无感情、肤浅而苍白的微笑，一种既无柔情也无责备的微笑。她没坚持再问，只是咬咬嘴唇，起身走了。

回到卧室，她久久回味着那一苍白、默然、流露着厌烦的微笑，其原因不会不是她。她回想着自己全部说过的话、做过的事，没有找到任何导致冷淡，或能够解释卡洛斯·马利亚情绪低落的原因。可能话说得太多，这是她的习惯，高兴起来能把心掏给朋友或陌生人。卡洛斯·马利亚反对这种坦率，因为这会使人误认为他的家庭生活和精神状态是幸福的，而他觉得这是庸俗的、低下的。玛丽亚·贝内迪塔记得，在巴黎的巴西人聚集地，她不止一次感到了她这种奔放热情所产生的后果，但她忍让了。费尔楠达太太难道也是这样？不是她一手促成了他们的幸福？她排除了这种可能，想找另外的原因。没找到，原因还是话多。像往常一样，她把胜利让给了丈夫。的确，不管她多么热情和善良，总不该把家庭的生活琐事对朋友讲，这是她的轻浮……

想到此，她感到痛悔，大自然提醒了她一个崇高的公理——神圣的公理，一个可以谅解丈夫的公理。她让步了。几分钟后，她来到卡洛斯·马利亚的身旁，用右臂搂住他的脖颈。他正坐着阅读一份英文杂志，他拉住她的手，放在胸前，将翻开的一页看完。

"能原谅我吗?"妻子看到他合上杂志时问，"以后我不再多嘴多舌了。"

卡洛斯·马利亚握住她的双手，微笑着，点头赞许。他的目光似乎是热烈的，喜悦潜入他的心田，可能是胎儿做出了反应，祝福了父亲。

171

"太好了! 我就希望你们这样!"声音从走廊尽头传来。

玛丽娅·贝内迪塔很快离开丈夫。大厅有三道门通向走廊，其中的一道开着，声音正是来自那里。从大厅便可望见鲁毕昂那张笑容满面的脸。这是他们回来后第一次见到他，卡洛斯·马利亚起身，严肃地看着他，等待着。鲁毕昂的脸上泛着笑意，笑容在浓密的唇髭上荡漾。他的目光从女主人移向男主人，重复道:

"太好了! 我就希望你们这样!"

鲁毕昂走进大厅，向他们伸出手，他们冷冷地握握。他对玛丽娅·贝内迪塔赞不绝口，说女主人高雅，男主人潇洒。他发现两人的名字中都有 Maria，说这是命运的安排。最后，他报道内阁倒台。

"倒了?"卡洛斯·马利亚无意地问。

"现在成了全城的头号新闻。你们不请我坐，我也就不客气了。"他坐下，抽出胁下夹着的手杖，双手握住，"真的，部长辞职，我要重新组阁。帕利亚要进内阁，你们的表姐夫帕利亚，还有先生您，您若愿意，也当部长。我需要一个强有力的内阁，全部成员都是知己朋友，个个精明能干，为我效劳。还有莫尼、皮约、卡马绍、罗赫尔、西凯尔少校。太太记得少校吗? 我想他应该留在作战部，我还没见过比他更有军事才干的人。"

玛丽娅·贝内迪塔失去了耐心，不安地在大厅踱着，等候丈夫吩咐点什么。丈夫示意她出去，她立即对客人说声"请原谅"，便走了。鲁毕昂又一次对女主人赞不绝口。"一朵花,"他又笑着补充道,"两朵花,这里有两朵花,上帝祝福她们!"卡洛斯·马利亚向来人伸手辞客。

"亲爱的先生……"

"我可以把您列入内阁名单吗?"鲁毕昂问。

对方没回答,他理解是同意,说一定为朋友安排一个好位置。少校去作战部,卡马绍去司法部。"您不认识他们?两个伟大人物,卡马绍比另一个更伟大。"卡洛斯·马利亚向门口走去,鲁毕昂下意识地跟在后面。客人不想立即离开,下台阶前,他在走廊又讲起了战争。他已将德国归还给德国人,将威尼斯交给了意大利人,他是个风流政治家,不需要那么多领土;鲁尔各省当然可以考虑,但以后再说。

"亲爱的先生……"卡洛斯·马利亚又一次向他伸手。

主人辞客、关门。鲁毕昂又说了一通话才走下台阶,在室内窥视着的玛丽娅·贝内迪塔来到丈夫跟前,拉住他的手,望着正穿过花园的鲁毕昂。他不是径直地走,而是不慌不忙,嘴里不停地说着什么。他时而停止,比画着各种手势。他折一段枯枝,五彩缤纷的人物在他眼前出现,比女主人还华丽,比男主人还潇洒。玛丽娅·贝内迪塔透过玻璃窗望着我们的朋友,看他那奇特的样子,无法克制住笑意。卡洛斯·马利亚只是平静地望着。

172

"内阁真的倒台,"她问,"谁当部长?"

"谁?"卡洛斯·马利亚望望妻子。

"你的姐夫特奥菲罗。表姐告诉我他一直有这种打算,他今年留在首都主要就是为了这件事。他估计到了内阁的下场,或早有风声。可能是种估计。记不得她当时怎么对我说的,好像是'进内阁'。"

"可能。"

"快看,鲁毕昂站住了,正望着天空,可能在等车,过去他有马车。走了。"

173

"什么？特奥菲罗当了部长？"卡洛斯·马利亚大叫，"我相信，他一定是个好部长。你想让我也当部长？"

"你要愿意，有什么办法？"

"看来，你是不愿意了？"卡洛斯·马利亚问。

"我该怎么回答？"她想，同时观察着丈夫的神色。

他笑笑说：

"告诉我，如果我仅仅是个部长的听差，你还能继续崇拜我？"

"能！"少妇激动地说，并将双手放在他的肩头。

卡洛斯·马利亚抚摩着她的头发，严肃地低声说："贝纳多特[1]是国王，波拿巴是皇帝，你想做瑞典皇后？"

玛丽娅·贝内迪塔不理解这一句话，他也没做解释。若要解释，无非说她怀的是一个贝纳多特。这一设想包含着一种希望，一种自卑感。卡洛斯·马利亚继续抚摩妻子的头发，表情似乎是说："玛丽娅，你挑了个好丈夫……"她好像理解了这一表情的含义。

"是的！是的！"

丈夫笑了，又拿起英文杂志。她靠在软椅里，理着他的头发，轻轻地，悄悄地，为了不打搅他。他读着，读着，读着。玛丽娅渐渐停止了爱抚，移开手，走出大厅，卡洛斯·马利亚继续读着夏尔·利特雷大师关于那不勒斯博物馆的那喀索斯著名塑像的论文。

174

下午，鲁毕昂来到费尔楠达太太的家门，被仆人阻止在外；太太身体不适，老爷在陪着，好像在等大夫。我们的朋友没有坚持，转身走了。

1　法国元帅，后成为瑞典国王，称为卡洛斯十四世。

正相反，生病的是老爷，陪伴的是太太，但仆人不能改变主人的吩咐。另一个仆人当然不信，病的是他而不是她，他回家时就无精打采。在楼上的卧室，他们时而交谈，时而沉默，声音时高时低。一个年轻女仆蹑手蹑脚走上楼，下楼说听到了主人的叹息。看来，太太是出了事。仆人们在楼下窃窃私语，侧耳细听，推断猜测。他们发现楼上既不要水，也不要药，连碗汤也不要。餐桌摆好，仆人打着领带，厨师神气而焦急……这是少见的丰盛夜宴！

什么事？特奥菲罗仍如回家时那样垂头丧气。他坐在沙发上，没穿背心，两眼发直；费尔楠达太太坐在他的旁边，拉着他的一只手，劝他冷静，说不值得生气。她凑近仔细看看丈夫的脸，让他理智些，让他把头靠在她的肩上……

"不用，不用。"丈夫嗫嚅着。

"不值得这样，特奥菲罗！进内阁又能怎么样？……干不了几天，气却少生不了，闲话多，工作忙，图什么？过个安静日子不好吗？有什么公理！虽然你做了那么大的努力，可损失竟有那么大？好了，亲爱的，平静点，我们吃晚饭。"

特奥菲罗咬咬嘴唇，捻捻鬓须，妻子的话他一句也没听进去，无论是鼓励的，还是安慰的。在他耳边响着的仍是前一天晚上和另一天上午的辩论、政治协商、熟悉的名字，有的被否定，有的被肯定，但没有一次提到他，因为他在许多人面前抨击过当前形势。他的发言有的人注意听，有的人不耐烦。有一次，主持人的目光似乎在制止他的讲话，但这仅仅是个短暂的幻觉。特奥菲罗此时又想起那长时间的骚乱。有人对他怒目而视，有人在笑，有的表情像他一样。他已无法继续讲下去，希望之花在他眼前像晨灯一样熄灭了。他听到部长的名单，不得不承认他们强，为什么没有勇气讲几句话！他担心被人发现他的沮丧与怨恨，而所有的努力又只能增加这种沮丧与怨恨。他脸色苍白，手指颤抖。

175

"好了，我们吃晚饭！"费尔楠达太太又说。

特奥菲罗用掌猛击一下膝盖，站起身，开始踱步。他跺着脚，发出愤怒的威胁；费尔楠达太太无法阻止丈夫的暴怒，只希望它快快过去。它真的快快过去了。特奥菲罗走到扶手椅，摇摇头，再一次垂头丧气地坐下。费尔楠达太太搬了一把椅子，坐在他身边。

"你的话全对，特奥菲罗，但要像个男子汉。你年轻、健康，还有前途，可能大有前途。即使进了内阁，谁能保准过些日子不会丢掉？等下一次。有时看来是灾祸，实则是幸福。"

特奥菲罗感激地握住她的手。

"卑鄙！阴谋！"他望着妻子骂道，"我了解这些混蛋，我若把一切都告诉你……有什么用？我宁愿忘记……我并非为一个可怜的部长席位而生气。"他略停顿一下，"部长一钱不值。谁能干，有魄力，就可向部长挑战，表明比部长更高贵，他们给我提鞋也不够格，亲爱的。我坚信这一点，大家也承认。一群阴谋家！斗争还讲什么忠诚、信义和热情？谁在困难时刻大造了舆论？请原谅，据说内阁已在圣克里斯托翁王宫组成……啊！我要上告皇帝！"

"特奥菲罗！"

"我对皇上说：'皇上，陛下不了解阴谋政治、帮派活动，陛下需要最优秀的人为您效劳，而现在是庸人当政……才干遭到践踏。'我总有一天要对皇上说，可能就在明天……"他沉默了，长长的沉默之后，他站起身，走进卧室隔壁的书房。妻子陪着他。天黑了，他点上汽灯，悲伤的目光环视室内。四个宽大的书架上摆满书籍、报告、财政部的预算和决算表册。写字台上干干净净，三个无门的柜子里存放着手迹、草稿、笔记、统计表和说明书，一件件整齐地捆扎着，贴着标签。特殊贷款、补充贷款、战争贷款、海军贷款、一八六七年度贷款，还有铁路贷款、外债、一八六一至一八六二、一八六二至一八六三、一八六三至一八六四年度大事记，等等。他在那里从早工作到晚，总结、设想、收集讲话和建议材料，因为他是议会三个委员会的成员。他或独立工作，或同六个助手讨论，助手们听取他的意见，并签署文件。当他的讲话冗长不堪时，有的不听便表示赞成。

"先生，您是导师，不用麻烦。"助手说，"我们同意。"

房中的一切显示着专心、谨慎、勤奋、细致和卓有成效的工作。墙上挂着一周的报纸，每个季度装订一次，以备参阅。他所有的报告都经过打印，成册地摆在架子上。没有一张画，一尊塑像或装饰，没有任何可供消遣和欣赏的物件；一切都是简单、准确、繁忙。

"这一切有什么用？"特奥菲罗凄楚地望了一会儿，问妻子，"令人疲倦的时光，通宵达旦，有时……这不是闲人的书房，而是充满了工作。你是我工作的见证，但这一切又有什么用？"

"你要在工作中得到安慰。"她低声说。

他严肃地说：

"可恶的安慰！不，不，我要结束这一切，不再过问任何事。你看，在议会中，有事都找我，包括部长在内，谁都知道真正致力于管理的是我。有什么好处？要我五月份在这里祝贺新部长上任？"

"那你就不去祝贺，"妻子温顺地说，"能答应我一个请求吗？我们去欧洲，三月或四月，一年后回来。向议会请假，到我们想去的地方，如华沙。我很想去华沙。"她笑着，用手抚摩着他的脸，柔媚地说，"答应我吧，只要你答应，我今天就给里约格朗德写信，明天有船去。去华沙，好吗？"

"不要开玩笑，太太，这不是开玩笑的事。"

"我说的是真话，我早就想让你去旅行，摆脱这些讨厌的纸张，好好休息一下。太过分了，特奥菲罗，串门都难得去，散步更稀罕，连话也很少说。我们的孩子只能看看父亲，你工作的时候他们从不来……该休息一下了，我求你休息一年，真的，我们三月份去欧洲。"

"不行。"他结巴着说。

"什么不行？"

不行。否则就等于让他脱胎换骨。政治就是一切，其他地方也有政治，但那种政治与他何干？特奥菲罗对外界一无所知，除去伦敦的外债和几个经济学家。然后，他还是感谢了妻子的建议。

"你真好。"

希望使议员的声调恢复了在巨大的精神危机中失去的和蔼，书房的纸张又激发起他的热情，那一堆研究成果在他看来就如农夫眼中肥沃和播下种子的土地，不久便会发芽。工作总会得到报偿，有朝一日，芽儿会萌发，树木会结果。过去妻子曾以不同的方式，直接而确切地表达过这种意思。然而，只有现在，他才看到了收获的希望，他想到刚才的暴怒、气愤、失望和怨恨，感到羞愧。他想笑，却笑得不自然，晚餐及之后，他对孩子格外亲切，那一夜孩子们也睡得最晚。读中学的努诺听到内阁改组消息，对父亲说他要当部长，父亲严肃地说：

"我的孩子，选个其他职业，部长不能当。"

"都说当部长好，爸爸，坐的是马车，后面跟着当兵的。"

"我给你一辆车。"

"爸爸当过部长吗？"

特奥菲罗想笑，并望望妻子，妻子趁机让孩子们去睡觉。

"当过，当过部长。"父亲吻着努诺的前额说，"但我不想再当了，不好当，工作太多。你要当个随军神父。"

"随军神父是什么？"

"随军神父是床。"费尔楠达太太回答，"去睡吧，努诺。"

176

第二天午饭时，特奥菲罗收到通讯员送来的一封信。

"是通讯员？"

"是的，先生，信可能是议长的。"

特奥菲罗的手颤抖着打开信。什么事？他在报上已见到新部长的名单，内阁的人员已齐，人选也没有什么争议。会是什么？费尔楠达太太站在丈夫面前，努力想从他的脸上看到信的内容。她看到了一线光明，发现他的嘴上露出满意的微笑——希望的微笑，起码。

"让他等一下。"特奥菲罗命令仆人。

他走进书房，几分钟后拿着复函出来。他安静地坐在桌前，等候仆人将回信交给通讯员。门外传来他想象中的马蹄声，然后是奔驰声，渐渐远去。他感到舒适。

"读读看！"他说。

费尔楠达太太读完议长的信：下午两点同丈夫谈话。

"可是，内阁？……"

"齐了，"议员忙说，"部长都已任命。"

她不完全相信他的话，她希望有一个急待补充的最后空缺。

"一定是政治会议，也可能要谈预算，或委托我搞某项研究。"

他的话原是为了蒙骗妻子，但又感到这也并非不可能，他又垂头丧气了。然而，几分钟后，希望的蝴蝶又飞翔在他的眼前，不是两只，也不是四只，而是一群，遮天蔽日。

177

费尔楠达太太焦灼地等待着，似乎内阁是她的切身大事，并会给她带来某种欢乐，而不是苦涩和麻烦。当然，只要丈夫满意，一切就都会好。特奥菲罗五点半回家，从表情看得出他是满意的。她迎上前去紧握他的手。

"怎么样？"

"可怜的小姐，我们又得背上包袱！侯爵恳请我担任一个极重要的主席职务，内阁的席位都定了，无法再安排我，他希望、愿意并请求我分担政府的政治和管理责任，担任主席职务。无论如何不能忽视我的威望（他的原话），他希望我在议会担任多数派的领袖，怎么样？"

"那我们就背上这个包袱吧！"费尔楠达太太回答。

"你说我能拒绝吗？"

"不能。"

"当然不能。要知道，不能向一个友好的政府提供效劳，除非放弃政治。侯爵亲切地接待了我，他是个高尚的人。他还要我出席一个会议，参加者有部长和几个朋友；人不多，六个。他要我起草内阁纲领，并保留……"

"什么时候上任？"

"不知道，明天晚上我还要见他，会议是明天八点……你不觉得我应该接受？"

"当然应该。"

"是的，若拒绝了，别人有理由责备我。搞政治的人，首先是失去自由。如果你愿意，就留在这里，五个月或四个月之后，议会开放，我就很难有时间回来看你了。"

178

费尔楠达太太接受了丈夫的建议，儿子的教育不能中断，只好暂时分离四个月。几天后，特奥菲罗动身赴任，动身的前一天清晨，他向书房告别。他最后向书籍、报告、预算册、手迹瞥了一眼，那些东西是家庭的组成部分，与他息息相关的部分。他早已将纸张和表册捆好，以免丢失，并谆谆嘱托了妻子。他站在书房当中，目光留恋着书架，他的心飞到了上面。他就这样惜别了书房中的圣徒和朋友，费尔楠达太太只陪着他在里面待了告别时的十分钟，而特奥菲罗却是许多年。

"放心吧，我会照管好，每天早晨我亲自来打扫。"

特奥菲罗吻了她；若换个女人，将对他的这一吻感到伤心，因为他是如此热爱书籍，似乎爱它们胜过爱她。但费尔楠达太太却感到欢快。

179

从内阁危机那天起，鲁毕昂再也没去费尔楠达太太的家。他什么也不知道，不知道特奥菲罗当主席，也不知他的离去。他同狗和一个仆人生活，没有风波，却也没有得到很好的休息。仆人吊儿郎当，但经常受到嘉奖，屡次被封为侯爵。仆人自有寻乐之道，当主人面壁而语时，他在一旁窥视、偷听。鲁毕昂同墙壁对话，代墙壁回答问题。晚上，仆人同附近的朋友进行讨论。

"疯子怎样了？"

"还好。他今天邀请小狗唱歌，小狗叫了半天，他得到满足。他高兴，因为他成了伟人。当他神经发作时，他好像统治了全世界。昨天午饭时，他对我说：'拉伊蒙多侯爵……我希望你……'下面的话就不清楚了，我听不懂。最后，给了我十角钱。"

"你马上把钱收下……"

"那当然！"

当鲁毕昂从癫狂中醒来，所有的胡言乱语暂时变作无声的忧伤，他好像挣扎着将残余的癫狂排除，好像一个人痛苦地攀登深渊，沿着绝壁向上爬，撕裂着皮肤，磨掉了指甲，为了达到顶峰，为了不致再一次跌下去。这时，他又看到了朋友，一些是新的，另一些是老的，如少校和卡马绍。

卡马绍近来颇为沉默，政治已不像往日那样为他提供演讲素材。每当看到鲁毕昂出现在办公室，他立即露出厌烦的神情，但他总能加以克制。对方觉察到了变化，感到莫名其妙，是自己无意触犯了他，还是他开始厌恶自己？为了消除朋友的厌烦和不悦，鲁毕昂语气温和，笑容满面地久久等待对方说点什么。他求救于帕拉纳的侯爵也是徒劳，此人的肖像仍挂在律师的办公室。他重新提起卡马绍对他说过的话："伟大的侯爵！完美无缺的侯爵！"卡马绍用手撑着头，不停地写着，参阅法案，求教先驱：罗彭、科埃里奥·达·罗莎；他引用着，微笑着，请客人原谅，他正写一篇讽刺文。他停住笔，向书架走去：

"对不起……"

鲁毕昂缩起腿，让朋友走过。卡马绍找到一本《王国法令》，翻页、翻页，前面、后面，盲目地，什么也没查到。他唯一的目的是打发走不受欢迎的客人，但客人却继续待着，两人只得尴尬地对视一下。卡马绍回到讽刺文前，他要朗读，他将身体转向阳光射进的地方，把后背给了鲁毕昂。

"这里很黑。"一次，鲁毕昂说。

律师什么也没听到，他好像在专心阅读法案。"的确，来得不是时候。"我们的朋友想。他偷视一下那张冰冷、严肃的脸，那奋笔疾书一篇永不完结的讽刺文的表情。二十分钟绝对的沉默。终于，鲁毕昂看到他放下笔，挺挺胸，伸伸胳膊，揉揉眼。鲁毕昂和善地说：

"很累，是吧！"

卡马绍做了个肯定的表情，准备继续写文章。我们的朋友只得起身，趁机告辞。

"您有空时，我再来。"

他伸出手，卡马绍轻轻握一下，又回到讽刺文前。鲁毕昂走下台阶，被尊贵的朋友的冷淡弄得莫名其妙。他感到不悦："我怎么了？"

180

那一天，他幸运地遇到西凯拉少校。

"我正要去您家。"他说，"您回家吗？"

"是的，我已不住在那里，搬到了卡茹埃鲁斯，在普林西比大街……"

"哪里都行，我们走吧。"

鲁毕昂需要一根绳子将他同现实连起来，因为他的精神又一次被眩晕所控制。然而，他的言谈是那样准确、适当，以致少校认为他完全恢复了理智。少校说：

"知道吗，我有个惊人的消息告诉您。"

"请讲。"

"到家再说。"

他们到了，是一座宽敞的住宅，托尼卡小姐出来开门。她穿着新衣，戴着耳环。

"您好好看看她。"少校托着女儿的下巴说。

托尼卡小姐羞怯地向后退缩。

"我再看着。"鲁毕昂回答。

"没看出她马上要结婚?"

"噢,祝贺!"

"是的,要结婚。不容易,但总算找到了。未婚夫就住在附近,很崇拜她。大家全一样,我做未婚夫时,也崇拜死去的妻子,她真是没得说……她要结婚,找到了未婚夫,很不容易,但总算找到了。一个中年人,很正派,晚上就来。早晨上班时,他来敲敲窗户,或托尼卡早已在等待,我假装看不见……"

托尼卡小姐摇头否定,但那微笑的样子似乎在说正是这样。她心神不宁!她甚至忘记了曾追求过鲁毕昂,忘记了他曾是她的最后希望之一,并终于成了她的最后一个希望。他们走进大厅,托尼卡小姐走到窗前,又转身回来,茫然踱着步。她向生活让步了。

"人很好,"少校说,"人很好……托尼卡,把像取来……去吧,把未婚夫的像取来……"

托尼卡小姐取来了像,是张照片,上面是个中年人,头发短而稀疏,目光露出惊异的样子,面目消瘦,细脖颈,外套扣得严严的。

"怎么样?"

"很好。"

托尼卡小姐接过相片,审视了一会儿,但立即抬起头,坐了下来。然而,她的思想却张开翅膀飞了出去,等候罗德里格斯的到来。他叫罗德里格斯,比她矮,这一点从相片无法看出来。国防部某机关的雇员,鳏夫,有两个儿子,一个在少年营,另一个是肺结核患者,只有十二岁,已经无可救药。这有什么关系?他是未婚夫。每晚就寝前,托尼卡小姐跪在圣母——她的保护人——像前,感谢她的恩德,祈求幸福。她梦想生一个儿子,名字就叫阿尔瓦罗。

181

鲁毕昂默默听完少校的演说，婚礼在一个半月后举行，未婚夫需要料理一下家务。他不是资本家，靠薪水过日子，并有债务。就在原住宅，不需要任何新的或值钱的陈设，但总要添置点东西……总之，一个半月后，或者，至少五周，他们将被神圣的婚姻绳索联结起来。

"那时我就无牵无挂了。"少校最后说。

"嗯！"鲁毕昂表示诧异。

女儿笑了，她已习惯了父亲的风趣。她是那样高兴，连羞怯也消失了。即使父亲再提起过去的四十年，她也不再感到是种打击。所有的新嫁娘永远是十五岁。

"那可要把他想坏了。"鲁毕昂对托尼卡小姐说。

"什么！我可能也要结婚！"少校说。

鲁毕昂突然起身，走了几步，少校没看到他的面部表情，没觉察到他的精神可能又要出轨，但他自己却预感到了。少校请他坐下，告诉他关于自己的婚事和戎马生涯。当讲到马塞卢之战时，他的话来回重复着，拿破仑三世的形象出现在他的眼前。鲁毕昂起初只是沉默不语，后来便对他表示祝贺，并提到苏费里诺和马让塔[1]，答应为西凯拉授勋。父女交换了一下眼色，少校说近来雨水多，天也快黑了，客人最好在下雨前回家，因为他没带雨具，而自己的伞又是旧的，而且只有一把……

"我有马车。"鲁毕昂平静地说。

"外面没有车，到广场去吧；外面没有车，是吧，托尼卡？"

托尼卡的表情含混而无兴致，她不想撒谎，她胆怯，她希望鲁毕昂快走。从她家看不到阿克拉马苏广场。这时，少校已经拉住鲁毕昂的胳膊，向大门走去。

"明天，或以后再来，若您愿意的话。"

---

1 两处均为意大利村庄，法军曾在此打败过奥地利军队。

"我为什么不能在这里等马车来？"鲁毕昂问，"皇后不淋雨。"

"皇后已经走了。"

"这很不好，欧热尼娅很不好，将军……先生为什么老是少校？将军，我见过您的将军相，我要让您当将军。去杜伊勒里宫[1]，车呢？"

"在广场，等您呐。"

窗前的托尼卡小姐向外喊道：

"罗德里格斯回来了。"

她望着大街，笑着探出半身。父亲仍在大厅，拉着鲁毕昂向大门走；虽不粗暴，但却十分坚定。鲁毕昂站住，斥责道：

"将军，我是您的皇上！"

"当然，不过，陛下得跟我走！"

来到大门，少校打开栅门，罗德里格斯的脚正踏上门槛。托尼卡小姐赶来迎接未婚夫，但大门被父亲和鲁毕昂挡住了。罗德里格斯脱帽，露出蓬乱、斑白的头发，瘦削的脸上有几个雀斑，但笑意是和善的、谦恭的，谦恭大于和善，朴实的样子是招人喜欢的。他的眼中没有照片上的惊愕，这种惊愕怕是为了显示某种"神气"而造作的结果。

"这位先生是我未来的女婿。"少校对鲁毕昂说，"广场上真的有辆马车和一群马吗？"他向罗德里格斯挤挤眼。

"好像是，先生。"

"怎么样？"西凯拉转向鲁毕昂说，"走吧，去吧，拐过洛伦索大街一直走就到广场。再见，明天见。"

鲁毕昂走了三级台阶——一共五级——站在来客面前，望了他一会儿，说很高兴见到他，希望他做个好丈夫、好女婿。怎么称呼？

"若昂·若泽·罗德里格斯。"

"罗德里格斯，我要在您的燕尾服上放一枚勋章，算我送的结婚礼物。到时提醒我，西凯拉。"

西凯拉抓住他的胳膊，让他走完最后两级台阶，推出大门。

---

1 巴黎旧时王宫，现改为花园。

"车在广场，是吗？"

"在广场。"

"再见。"

鲁毕昂站在街上，手举帽子望望窗口，向托尼卡小姐致意。但托尼卡小姐已在大厅，罗德里格斯一进门她便满面春风、喜气洋洋，如夏日绽开的第一朵玫瑰。

182

鲁毕昂无心寻找车与马，他独自顺坡而下，穿过几条马路，又沿圣约瑟大街而上。自皇宫起，他开始指手画脚，同想象中挽臂而行的皇后交谈。欧热尼娅还是索菲娅？二者融为一体，或者后者的名字原来就是前者。来往的人停住脚步，商店的人拥到门口。有人在笑，有的无动于衷；有的看清了是怎么回事，便转移了目光，以免癫狂的景象使他们难过。一群黑孩子跟着鲁毕昂，有的距他那样近，甚至可以听到他的话。各种肤色的孩子都加入了这一行列，一致的好奇心增加了他们的兴致，起哄开始了。

"噢，疯子！噢，疯子！"

声音惊动了附近的居民，许多房屋的窗户打开了。露出不同性别和年龄的好奇者。有照相师、家具商，有的三四个挤在一个窗口，脑袋擦着脑袋，所有的脑袋都伸在外面。注视着那个对墙而语的人，他的手势和表情是伟大和权威的象征。

"噢，疯子！噢，疯子！"游手好闲者高呼。

一个最小的孩子抓着一个健壮的男人的裤子。已经到了阿茹达大街，鲁毕昂仍然什么也没听到，偶尔听到了，他认为是对他的欢呼，便点头致谢。声音越来越大，在嘈杂的人声中，明显地听到床上用品商店门前一个女人的声音：

"德奥林多，回来！德奥林多！"

德奥林多，那个抓着男人裤子的儿童没有服从，也可能没听见，吵声太大。即使用细小的声音喊几声也是孩子们的乐趣。

"噢，疯子！噢，疯子！"

"德奥林多！"

德奥林多在人群中躲着，以免被叫他的母亲发现。但母亲跑到人群中，将孩子揪住。的确，在拥挤的马路上，那个孩子显得太小了。

"妈妈，我要看……"

"看什么！快走！"

她把孩子领到家，便站在门前，望着街上的人群。鲁毕昂也停住了脚步。她看得很清楚，他的手势、表情，挺着胸，口中念念有词，向周围行了一个脱帽礼。

"疯子有时很有趣！"她笑着对一个女邻居说。

年轻人继续喊着、笑着，鲁毕昂继续走着，他的身后形成一部合唱曲。店门前的德奥林多看到热闹越闹越大，哭着央求母亲让他去看看，或是带他去。然而，当他所有的努力和希望都失败和破灭时，他便用尽所有的气力，发出一声尖叫：

"噢。疯子！"

183

邻居的妇女笑了，母亲也笑了，她承认儿子是个永不安生的调皮捣蛋鬼。要时刻注意他，街上一有动静，他就往外跑，从小就这样。两岁的时候差点在门前的街上被车撞死。就差一点。若不是一个衣着讲究的过路先生及时赶上去，他的命就危险了，可能死了。完全死了。这时丈夫从马路的对面过来，打断了谈话。他一脸怒气，同邻居打个招呼，便走进家门，妻子跟在后面。怎么了？丈夫讲到街上起哄的人。

"他从这里刚过去。"妻子说。

"不认识那个人？"

"不认识。"

丈夫双臂交叉胸前，两眼发直，一言不发。妻子问怎么了。

"他就是从死亡中救出德奥林多的人。"

妻子颤抖了。

"看清了？"她问。

"没错。我过去见过他几次，不是这个样子。可怜的！黑孩子跟在后面大吵大叫，连个警察也没有。"

妻子感到难受的不完全是那个人的病态，也不是对他的起哄，而是儿子与此人有关的那一部分——他从死亡中救出了儿子。难怪，孩子怎么能认出他——一个救命恩人？她为这次的相遇和巧合感到难过。她把全部过错归于自己，并为此感到安慰。若自己注意一下，孩子就不会跑出来，也就不会遇到这起乱子。她仍感到战栗、不安。丈夫摸着儿子的头，吻了两下，对妻子说：

"你都看到了？"

"看到了。"

"我真想把他拉到这里来，可是，我真难为情，黑孩子们会嘲弄我。我转过了脸，怕他认出我。可怜的！看得出，他好像什么也听不到，他是满意的，我相信他甚至会笑……失去理智是多么可怜！"

妻子想到儿子也参与了起哄，她没告诉丈夫，并嘱咐邻居的妇女也不要讲。夜里，她睡得很晚，一个顽固的念头缠着她：几年后，儿子将会发疯，这是儿子起哄的报应。她气愤地诅咒上天。

184

阿茹达大街的事件过后两小时，鲁毕昂来到费尔楠达太太的家。凑热闹的人都早已散去，街上空荡荡的。最后的三个起哄者向他齐声高呼再见。鲁毕昂仍独自走着，他已不再引起人们的注意，因为他的手势减少了，或变换了方式。他已不再面对墙壁——想象中的皇后——谈话，当然，他仍然是皇帝。他走走，停停，嘴里念叨着什么，但动作不多。他梦想着，梦想着，梦想着；他被一层薄薄的纱罩着，透过这层纱，所有的事物都变成另一个样子，都是相反的，都是美好的。每一盏灯都像一个侍从，每一个拐角都像一个门帘。鲁毕昂径直向安放着宝座的宫殿走去，他要接见某国大使。然而宫殿是遥远的，他必须穿过许多大厅、许多走廊，当然是踏着地毯，在高大、魁梧的武士中间。

许多人停在马路上，或探身出窗口，望着他，暂时忘却了自身的忧愁与苦恼，当日的厌烦、担心和凄楚。有的被债务和疾病缠身，有的情场失意，有的被朋友欺骗。所有的不幸都消失了，这比任何安慰还要好。但忘却是短暂的，病人过后，现实又回到他们身上，大街仍是原来的样子，因为辉煌的宫殿同鲁毕昂一道去了。有人同情可怜的病人，他将两种命运相比较，于是便感谢天给予他的那一部分——痛苦。虽然痛苦，却是清醒的。他们宁要现实的茅屋，也不要虚幻的楼阁。

185

鲁毕昂住进一家医院。帕利亚早已忘却了索菲娅对他的委托，而她同样也远远没想起对里约格朗德姑娘的允诺。他们在忙于料理另一个家，玻塔弗哥的一所小宫殿。工程进度很快，他们希望冬季竣工，那时议会也将重新开放，他们便可离开夏宫。直到此时，允诺才兑了现，在法尔康医生和帕利亚的建议下，鲁毕昂住进了朋友的旧居，占了一间特别客厅和一间特别卧室。他没有表示任何不同意，愉快地同他们一起，走进自己的房间，好像对一切早已很熟悉。他们告辞时，答应以后来看他。鲁毕昂邀请他们星期六来观看军事演习。

"好，星期六。"法尔康表示同意。

"星期六是好日子。"鲁毕昂补充，"一定来，帕利亚侯爵。"

"一定。"帕利亚说着就要走。

"好，我要派一辆崭新的马车去接你们，您的妻子要把她那漂亮的身体放在老人坐过的位子上，绸缎和天鹅绒的坐垫，银质马具，金子的车轮。马匹都是我叔父在马伦哥[1]坐骑的后裔。再见，帕利亚侯爵。"

186

"依我看，很显然，"法尔康医生出门时想，"那一位曾是这位老兄妻子的情人。"

187

鲁毕昂住下了。金卡斯·博尔巴想爬上朋友的马车，随后又挣扎着跟在车后面，仆人费了大力气才把它抓住、降服，关进了家。这同巴尔巴塞纳的情形一样，但是生活，我富有的先生，严格说来，有四种或五种随着时间地点变化和派生的不同状态。鲁毕昂再三要求把狗送去，费尔楠达太太得到行长的允许，设法满足病人的要求，想写封信给索菲娅，但她也想去弗拉明哥。

188

"我去看看，很近。"索菲娅提议。

"我们一块去，好吗？我想，如果治疗拖得很长，还有必要保留和租用那所房子？最好放弃，卖掉家具，清理一下。"

索菲娅同费尔楠达太太从弗拉明哥步行到普林西比大街，只用了三四分钟。拉伊蒙多在街上，看到门口有人，便过来开门。里面一派荒凉的景象，物件都改变了原来的位置，似乎是保留一种中断了的生活的见证，缺乏管理的见证，那凌乱的家具准确地表现出主人的癫狂和变形的混乱思维。

"他过去很富？"费尔楠达太太问。

1　意大利村庄。

"有些东西。"索菲娅回答，"那是从米纳斯刚来的时候，现在全糟蹋了。请注意，提起裙子来，这地面好像有一个世纪没扫过。"

不仅是地，家具的表面也蒙上了一层被疏忽的痕迹，仆人不说一句话，他只是看着、听着。低声吹着一支刚学会的波尔卡舞曲。索菲娅什么也不问，她恨不得立即逃走。"这么脏！"她想。她真想质问那条狗，它是这次访问的主要原因。但是，此时，无论对狗还是别的，她已没有任何兴趣，对疯子的联想使她无法忍受。她感到女伴的浪漫或伤感有些过分。"多么愚蠢！"她想。但仍对费尔楠达太太所有的评论表示赞同或报之一笑。

"打开那扇窗户，"她对仆人说，"全是霉味。"

"噢，真难受！"索菲娅说着，厌恶地叹口气。

尽管有这一声惊呼，费尔楠达太太仍无离开的意思。在如此肮脏地方的逗留没引起她任何个人回忆，她只是感到被一种特殊的、深沉的激动所控制，这激动并非由废墟所致。那一景象没使她产生普通人的联想，没启发她时间的脆弱和人间的忧伤，而是仅仅向她表明一个人，一个只交谈过几次话的人的痛苦。她站在那里，望着，什么也不想，什么也不推测，只有伤感和无声的茫然。索菲娅没有勇气开口，生怕引起那位如此严肃的贵妇的不悦。她们都提着衣裙，怕沾上尘土。但索菲娅又增加了一层自卫措施，她起劲地、不停地、不耐烦地扇着折扇，好像她即将在那一环境中被闷死。她甚至还咳嗽了几声。

"狗呢？"费尔楠达太太问仆人。

"拴在里面的房间里。"

"带它来。"

金卡斯·博尔巴出现了。它已经很瘦弱，无精打采，站在大厅门口，诧异地望着两位妇人，一声也没叫。它吃力地抬起无神的眼睛，随着费尔楠达太太的几声响指，它在室内转了半圈，然后摇着尾巴不动了。

"它叫什么？"费尔楠达太太问。

"金卡斯·博尔巴。"仆人拉长声调笑着说，"这原是个人名。嘘，金卡斯·博尔巴！去吧，太太叫你。"

"金卡斯·博尔巴，来！金卡斯·博尔巴！"费尔楠达太太召唤着。

金卡斯·博尔巴应声过去，没有欢跳，没有喜悦。费尔楠达太太弯下身，问是否好久没见它的朋友，是否想见他，又问仆人它吃饭如何。

"现在开始吃了，太太；我的主人刚走时，它不吃不喝，我还以为它得了恐水症。"

"吃得好吗？"

"很少。"

"找主人吗？"

"好像在找。"拉伊蒙多回答，并用手捂住嘴，以免笑出声，"我把它关在屋里，以防它逃跑。它现在不哭了，起初哭得很厉害，吵得我睡不着……我必须用大棒敲门、叫喊，它才能安静下来。"

费尔楠达太太抚摩着动物的头，这是它在多日的寂寞和冷落后得到的第一次爱怜。当费尔楠达太太停止了爱抚，直起身时，它一动不动地望着她，她也望着它，目光是那样专注，那样深沉，好像要透入到彼此的心灵中。博爱使她忘却自己是在审视一个可怜、平庸的弱者，她自己的一部分已伸延到动物身上，将它包围，使它茫然，使两者连在了一起。主人的癫狂使她生怜，狗又在她身上激起相同的感情，似乎二者是一体的。她感到自己的到来给狗留下的印象是好的，她不想使它扫兴。

"太太，它身上爬满了跳蚤。"索菲娅提醒说。

费尔楠达太太没听到，她继续望着动物那柔和、忧伤的眼睛，直到它垂下头，开始在大厅中嗅起来。它感到了主人的气息，若不是拉伊蒙多跳来捉住它，它早已从开着的大门跑出去了。费尔楠达太太给了仆人几个钱，让他为狗洗澡，带它去看主人，叮嘱它要十分小心，把狗抱在怀里，或用绳子套住。关于这一点，索菲娅又补充说，先要去找她。

189

她们走了。出门前，索菲娅又望望大街，看是否有人路过。幸好，空无一人。一旦脱离了那座肮脏的住所，索菲娅又开始侃侃而谈，话语是那样柔和、文雅而动听。她亲热地挽住费尔楠达太太，讲起鲁毕昂及癫狂给病人带来的巨大不幸，讲起玻塔弗哥的住宅，为什么不去看一下，随便吃点东西，马上就去。

190

突然的喜讯使费尔楠达太太的思想离开了鲁毕昂：玛丽娅·贝内迪塔生了一个女儿。她赶到蒂茹卡，狂吻了母亲和孩子，并让卡洛斯·马利亚吻了她的手。

"一切顺利！"年轻的父亲兴奋地说着，吻了客人的手。

"您不会知足！"她反驳说。

尽管表弟再三婉谢，费尔楠达太太还是陪伴着和蔼、善良、欢快的玛丽娅·贝内迪塔度过了恢复期。帮忙是种乐趣，这里的幸福使她忘却了那里的不幸。然而，年轻的母亲一旦恢复了身体，费尔楠达太太便去看望病人。

191

"六个月至八个月，一定能让他恢复理智。他目前很好。"

费尔楠达太太将医疗主任的话传给了索菲娅，并邀请她去看看病人，如果这样对她没有不方便的话。"有什么不方便！"索菲娅在一张便条上回答，"只是我没有兴致，他曾是我们很要好的朋友，真不知我能否忍受得住同那个可怜的人见面和谈话。克里斯蒂安诺看了信，他说鲁毕昂先生的财产已经结算清楚，只剩下三个康托零二百。"

192

"六个月，八个月，转眼就过去。"费尔楠达太太想。

时间在流逝，事物在变化：内阁倒台，三月份组阁，丈夫回家，解放黑奴法的大辩论，婚前三天托尼卡小姐未婚夫的去世。托尼卡小姐挤出了最后的几滴眼泪，几滴出于友谊，几滴出于失望；她的眼睛那么红，像是生了病。

特奥菲罗得到新政府的信任，频频参加议会的辩论。卡马绍通过报纸宣称奴隶解放法消除了时局的弊病和罪恶。十月份，索菲娅举行了玻塔弗哥新居的落成典礼，舞会堪称是当时最盛大的。她光彩照人，整个的臂和肩毫无傲慢之意地裸露着，满身的珠宝香气，项链是鲁毕昂的第一批礼物之一。这一切显示着她是最时髦的女性。所有的人都为年轻、健美、三十芳龄的女士的高雅赞叹不已，几个男人还（遗憾地）谈起她对丈夫的忠贞、对丈夫的敬慕。

193

舞会的第二天，费尔楠达太太醒得较晚。她走到丈夫的书房，他已看完了五六份报纸，写完十封信，并将几本书放回了书架。

"刚来的信。"他说。

费尔楠达太太读完信——医疗主任写的。信上说三天前鲁毕昂失踪，警察费了好大的劲也无法找到他的下落。"这一逃跑更令人震惊的是，"信的末尾说，"病人的好转是明显的。完全可以断言，两个月之内他将彻底恢复。"

费尔楠达太太十分伤心，她说服丈夫向警察局长和司法部长写信，请他们采取最有力的寻找措施。特奥菲罗对鲁毕昂的失踪和治病毫无兴趣，但他愿为妻子效劳，他深知她为人善良，当然，也可能他喜欢同上层人物通信。

194

鲁毕昂和狗去了巴尔巴塞纳，怎么能找到？八天前鲁毕昂写信让帕利亚去；他到了医院，见他思维清楚，没有任何癫狂的影子。

"我的精神受到过刺激，"鲁毕昂说，"现在好了，完全好了。请您帮助我离开这里，我想行长是不会反对的。但是，我想给那些帮助过我，帮助过金卡斯·博尔巴的人留点纪念，希望您能预支给我一百米尔瑞斯。"

帕利亚毫不犹豫地打开票夹，将钱交给他。

"您走的事我来办，"他说，"但要过几天（正值舞会前夕）；请不要着急。一周后就可以上路了。"

离开医院前，帕利亚征求了医疗主任的意见。"一周不够，"主任说，"他要完全恢复，还需要两个月左右。"帕利亚坦率地说，病人是健康的，但是，内行说了算，若需要六七个月的话，那就不要急于出院。

195

鲁毕昂一回到巴尔巴塞纳，便登上了现在的蒂拉滕德斯大街的上坡路。他站住高呼：

"土豆属于胜利者！"

他已完全忘却了这一格言和隐喻，似乎这些音符一直完整地停在空中，等候理解它的真实含义的时刻到来。他突然将这些音符连在一起，重新组成了格言，并以当年接受它时的热情，以将它视为生活和真理的标准信念呼喊出来。他已不完全记得这一格言的寓意，然而它使他模糊地感到了斗争和胜利的概念。

在小狗的陪同下，他沿坡而上，停在了教堂前。无人为他开门，连教堂管事的影子也没见。金卡斯·博尔巴已经许多小时没有进食，它紧贴在主人的腿上，低着头，等待着。鲁毕昂转过身，站在高处放眼向下方和远方望去。是她——巴尔巴塞纳，这块古老的诞生地渐渐从记忆的底层浮现上来。是她——这里是教堂，那里是监狱，再那边是药房，另一个金卡斯·博尔巴的药品就是那里供应的。他一来到，就知道是她；然而，随着视野的扩大，往事陆续浮上心头，一团又一团，不计其数。他没看到一个人，靠左边的一个窗口像有人在窥视。一切都是那样荒凉。

"他们可能不知道我来。"鲁毕昂想。

196

突然，随着一道闪电，乌云匆匆聚集起来。又一道更强的闪电过后，响起了雷声。大颗的雨点落下，越来越大，变作倾盆大雨。刚刚落雨时，鲁毕昂离开教堂，顺坡而下，饥饿、忠实的狗紧紧跟着他，双方都是茫然的，在瓢泼大雨下，毫无目的，毫无栖息的去处和进食的希望……雨无情地打击着他们，他们不能跑，鲁毕昂怕滑倒、跌跤，而狗又不想离开他。半路上，鲁毕昂想起药房，于是转过身，迎着强劲的风，向上坡走去。但二十步后，这个念头又从他的脑海中消失了。再见吧，药房！再见吧，避难所！他记不起是什么原因使他改变了方向，又顺坡而下；狗跟在后面，不理解，也不逃避；双方湿淋淋，茫茫然，迎着隆隆的雷声。

197

他们漫无目的地走着，鲁毕昂的肚子在质问、在呼叫、在威胁，好在癫狂以杜伊勒里宫的盛宴款待了他，但金卡斯·博尔巴却无此手段。他们上坡又下坡，鲁毕昂有时坐在石板上，狗便爬上他的腿，安慰一下饥饿的肚肠。它感到主人的裤子是湿的，便下来，但又立即转身上去。夜是那样冷，深沉的夜，死样的夜。鲁毕昂抚摩着它的背，无力地说着什么。

在这样的条件下，即使金卡斯·博尔巴能够入睡，也得立即起来，因为鲁毕昂又站起身，开始上坡、下坡。凛冽的风呼啸着，吹得两个游荡者浑身打颤。鲁毕昂步履艰难，疲倦已不允许他像开始那样在暴雨中迈大步；他更加频繁地止步休息，饥饿、疲惫不堪的狗不理解那部奥德赛，不知道缘由，忘记了置身于何处，什么也听不见，除了主人那低沉的声音。它望不到摆脱了乌云的闪闪发光的星星，而鲁毕昂看到了。他已回到教堂门前坐下，如同走进首都。星星是那样美丽，对了，那是大厅的吊灯，他命令将灯熄灭。并非无人执行命令，而是他入了梦乡，狗在他的脚边。清早醒来时，双双靠得那样紧，像是不可分离。

198

"土豆属于胜利者！"当鲁毕昂看到失去的夜、失去的雨水，沐浴着阳光的街道时，大声叫道。

199

鲁毕昂的邻居看到鲁毕昂和小狗从门前经过，收容了他们。鲁毕昂认出了她，接受了收容和午餐。

"怎么回事，先生？成了这个样子？衣服全湿了，先穿我侄儿的裤子。"

鲁毕昂在发烧，他只吃了一点，毫无食欲。邻居请他讲讲首都的生活，他说话很长，只有后来人才能讲清。"您的侄儿的侄儿，"他精辟地说，"才能见到无上光荣的我。"但他还是讲了一些。十分钟后，邻居什么也没听懂，事实和论点全是混乱的；又过了五分钟，她开始感到害怕；到了第二十分钟，她请求原谅，出去对一位邻居说鲁毕昂的理智像是颠倒了。她同邻居和一个兄弟转向家，兄弟待了一会儿，便出去把新闻张扬开；陆续来了一些人，三三两两，不到一小时，街上的人都开始向他探头探脑。

"土豆属于胜利者！"鲁毕昂向好奇者高喊，"我就是皇帝！土豆属于胜利者！"

这句含混而不完整的话在马路上传播着，人们分析着，谁也不解其意。几个对鲁毕昂素怀敌意的人径直进来奚落他，并对主人说把疯子留在家中不合适，而且很危险，应把他送进监狱，发配到远方。怜悯的主人说最好请个大夫。

"请大夫干吗？"仇视者说，"他是个疯子。"

"可能是发烧糊涂，没见他在发烧？"

在众人的鼓励下，安热丽卡拿起他的手腕，感到他真的在发烧。她让人请来了大夫——为金卡斯·博尔巴看过病的大夫。鲁毕昂认出了他，说没什么病，说他俘虏了普鲁士的国王，还没决定是否要处决。但是，毫无疑问，要让国王赔偿一大笔钱——五十亿法郎。

"土豆属于胜利者！"他最后笑着说。

200

几天后他死了……他没有作为降民或战败者死去。在短促的弥留期间，他将王冠戴在头上——算不上王冠，一顶破帽子或洗脸盆。不，先生，他什么也没拿到，什么也没举起，什么也没戴上；他只看到了帝王的象征、沉甸甸的金子、闪光的钻石和其他宝石。他吃力地想抬抬身子，但不一会儿便倒下去，脸上也许浮着胜利的表情。

"收藏好我的王冠，"他含混不清地说，"属于胜利者……"

他的脸是严肃的，因为死是严肃的。两分钟的弥留，一种可怕的表情。他退位了。

201

我想讲一下金卡斯·博尔巴的结局。它也病了，不停地吠叫，发狂地寻找主人，三天后的一个清晨死在了大街上。用单独的一章讲述狗之死，读者或许要问本书的书名是指它还是指与它同名的死者，为什么是这一个而不是那一个，诸如此类的问题一个接一个，无止无休……那好，若您有眼泪，就为两个死者哭泣。若只想笑，那就笑您自己。美丽的索菲娅没有应鲁毕昂之邀遥望南十字星，它十分高远，以免看到人们的笑脸与泪水。

3 —— 堂卡斯穆罗

李淑廉　井勤荪 译

1 书 名

一天夜晚，我乘中央铁路局的火车自市内回恩热纽新区，遇到一位似曾相识的同区青年。他同我打了个招呼，坐在我的身旁，便海阔天空地聊起来。最后，他给我朗诵了几首诗。旅途是短促的，诗也并非全然无味。然而，我却倦意难忍，几次合上了眼皮。他只好中断了朗诵，将诗集揣进了衣袋。

"继续读呀！"我睁开眼说道。

"完了。"他嘟囔着说。

"诗很美。"

他做了个像要重新把诗集从衣袋取出的动作，但也仅仅是一个动作而已。他面带不悦之色。第二天一见面，他便口出不逊，末了竟把我称作堂卡斯穆罗。邻里一向讨厌我那古板而怪异的性格，这倒正中他们的下怀。于是，这一绰号便不胫而走。我并未因此而气恼，而是当作笑料向友人们讲起。有人竟打趣地在请柬上这样写着：堂卡斯穆罗，星期日同您共进晚餐；或者：堂卡斯穆罗，我将赴贝德布里斯市，仍住莱纳尼亚旧居，看能否暂离恩热纽的老巢，陪我出游半月；或者：亲爱的堂卡斯穆罗，明日的演出望勿错过，本人提供包厢、膳宿，女人除外。

读者无须查阅字典，这里的"卡斯穆罗"已失去原义，仅仅形容那种沉默、孤僻之人。"堂"带有讽刺味道，是给我涂以贵族色彩。总之是种玩笑。说实在的，我也没找到一个更适合我所要讲述的故事的题目，姑且就用它吧。望我的列车诗人尽可放心，我对他毫无责备之意。应当说，由于他为本书命名，可以将本书看作他的作品。有的作者就是仅仅起了个书名而已。当然，也并非全然如此。

2 关于本书

以上算作题解，下面我便开始正文。自然，首先要谈的是我的创作动机。

我孑然一身，伴我的仅一仆人而已。房产是我的，而且是着意修建的。使我这样做的动机是那样奇特，我真有些难以启齿。不过，还是谈谈为好。许多年前的一天，我忽然心血来潮，想把原马达卡瓦罗斯大街我童年时代的旧居在新恩热纽区复原，尽管那所房屋已经荡然无存。建筑师和装潢师理解了我以下意图：一幢两层楼房，临街三个窗户，廊子在屋后，卧室和厅堂均保持过去的样子，而最重要的是天花板和墙壁上的图案一定要与原来的相仿：一只只巨型的鸟衔着一个个细小的花朵，天花板的四角是四季景色，墙壁中央是恺撒、奥古斯都、尼禄、马西尼萨的头像，下面是各自的名字……现在我仍不明白画那些头像的用途。我们搬到马达卡瓦罗斯大街时，里面就是这样。看来，那些图像已有上百年的历史。当时，拉美的绘画很时兴古香古色和历史人物。其余部分也要大体保持原样：一个花园，园中有花卉蔬菜、一株木麻黄树、一口井和一个洗衣池。屋里陈设的是古瓷器和旧家具。总之，一切都像过去一样，保持生活中的强烈的反差：内部是平静的，外部是纷乱的。

显然，我的意图是将生命的两端连接起来，以便在我的暮年重温少年的时光。但是，亲爱的读者，我却无法将过去的事情和我的经历重现。任何事物都是如此：貌似一样，实则有了差异。如果仅仅是失去了周围的人，这倒也无关大局，同死去的人相比，活着的总感到欣慰。但我失去的是我自己，这就是我的空虚所在。做个不恰当的比喻，现在的一切只是一幅有了胡子和头发的画像，这在解剖学上称之为形似，而神是难以描绘的。一张标明年龄二十岁的身份证可以欺骗别人，却无法欺骗我自己。一切假证件均是如此。来往的朋友都是新交不久，所有的故人都已魂归西天。至于女友，有的虽相识十五年，有的少些，但无不是老来俏。有三两个自诩年轻，但使用的语言只有在字典里才能找到，听起来着实令人吃力。

　　然而，生活的变迁并不意味着变坏。这是两码事。从某种意义讲，昔日的生活似乎没有这么多的想入非非、悲悲切切。在我的脑海里仍然残存着一些令人神往和甜蜜的回忆。现在我很少出门，话也懒得说，消遣更是微乎其微。我的大部分时间消磨在种菜、养花和阅读上。食欲颇佳，睡眠也不坏。

　　哎，人心无长足。这种单调的日子久而久之使我厌倦了。调节生活的念头使我想到著书立说。于是，法学、哲学、政治学一股脑儿涌上心头，唯独缺乏信念。后来，我想写本"发生在市郊的故事"，当然不能像冈萨维斯·多斯·桑托斯神父[1]的回忆录那样枯燥无味。作品虽平常，但总少不了令人生厌的冗长资料。最后，还是墙上的画像显了灵；既然他们不能使我重新得到失去的岁月，便启示我拿起笔来写点什么。大概这种启示使我产生了幻觉，模糊的轮廓在诗人身边掠过。不是列车诗人，而是浮士德：回来吧，不安的影子！……

　　想到此，我不禁兴奋起来，连我手中的笔也颤抖了。是的，是尼禄、奥古斯都、马西尼萨和你——伟大的恺撒，激励我写下自身的感受。我对你们的启示表示谢意。我即将逐渐浮上心头的片段回忆写在纸上，这样，我将重温昔日的生活，完成这部罕见的著作。好，那就从我永远不能忘怀的十一月的一个非凡的下午开始吧。我曾经历过许多好的和坏的下午，但只有那个下午是无法从我的记忆中被抹掉的。要知详情，望读者慢慢看下去。

3　告　状

　　我刚走进客厅，听到有人提到我的名字，我便躲在了门后。地点

1　巴西神学教师（1767—1844）。

就是马达卡瓦罗斯那幢房子，时间是十一月份。年代颇久了，但我不想为迎合不喜欢往事的读者而把我生命中的日期颠倒：此事发生在一八五七年。

"格罗丽亚太太，还想把小本多送进神学院吗？是时候了。其实，现在已经出了麻烦。"

"什么麻烦？"

"麻烦还不小呢！"

我的母亲急于要知道。思索片刻后，若泽·迪亚斯走到廊下看看是否有人。他没发现我，转身回到大厅，压低声音说："麻烦来自我们的邻居巴杜阿家。"

"巴杜阿？"

"早就想告诉您，只是有些顾虑。小本多终日和乌龟的女儿厮混，我看事情不妙。麻烦就在这里。如果他们真搞起了恋爱，太太再想拆散就费事了。"

"我倒不觉得。会混在一起？"

"这只是种说法。总之，他们是偷偷摸摸、形影不离。小本多已经不能自拔，那个小姑娘可不正经。她父亲装聋作哑，听任他们向那方面发展……一看表情就知道您不相信。在您看来，一切都是天真无邪的。"

"可是，若泽·迪亚斯先生，我只见过孩子在一起玩，没发现可疑的情况。年龄摆着，小本多刚十五，卡毕图上星期才满十四。还是两个大孩子。不要忘记，从十年前发大水、巴杜阿一家遭难起，他们就在一块。两家的关系那么好，我能信吗？……高斯麦兄弟，您说呢？"

高斯麦大叔打了个哈哈，他的意思翻译成现在的话就是："若泽·迪亚斯捕风捉影，孩子们需要玩，我也需要玩。骰子在哪里？"

"对，我看是个误会。"

"当然可能，太太。但愿如此。但您也要相信，我是经过长期观察才下的结论……"

"好了，看以后吧。"母亲打断他的话，"我尽量让他早去神学院。"

"太好了。只要您没忘记送他去神学院，那就万无一失了。小本多一定会听从母亲的安排，要知道，巴西的教会大有前途。一个主教[1]曾领导过国民议会，费若[2]神父还管理过国家……"

"管理得很差劲！"高斯麦大叔插嘴说，以发泄他对过去的政治不满。

"请原谅，先生。我并不想维护谁，只是举个例子。我的意思是说神父在巴西有着重要作用。"

"您的意思是想赢一盘。好，把骰子拿出来；至于小本多，如果非要他当神父，倒是不宜把他关在家里。不过，格罗丽亚大嫂，真的有必要让他当神父？"

"我已许了愿，愿是要还的。"

"这我知道……但是，这样的愿……谁知道……我看还是要认真想一下……您说呢，茹丝蒂娜表妹？"

"我？"

"当然，自己最了解自己。"高斯麦大叔继续说，"虽说上帝明察秋毫，但是，那么多年前的事……怎么了，格罗丽亚大嫂？怎么哭起来了？真是，这也值得哭？"

母亲擦着鼻涕，一言不发。茹丝蒂娜大姑好像起身走到了母亲身边。接着是一阵高度的沉默。我真想跑进大厅，但是，一个更大的力量，一种冲动……我没听清高斯麦大叔进来时说的话，茹丝蒂娜大姑却在喊："格罗丽亚大姐！格罗丽亚大姐！"若泽·迪亚斯连声道歉："早知这样，我什么也不说就好了。我的话完全是出于尊敬、爱戴和感激，我是在尽一个痛苦的义务，一个十分痛苦的义务……"

---

1 指里约热内卢的席尔瓦主教，曾任制宪议会议长。
2 1835 年曾任巴西摄政王。

4　一项十分痛苦的义务

用形容词最高级是若泽·迪亚斯的癖好，其目的是使他的思想具有永恒的概念。永恒不成，只剩下将句子拖长的功能。他起身去屋里取棋子，我紧贴在墙上。他穿着浆洗过的白裤子，系着吊带，短外套和弹性领结。他是里约热内卢，很可能是世界上为数不多的使用吊裤带者之一。他喜欢穿稍短一些的裤子，为的是保持挺直。黑缎领带，内衬半圆形钢片，在颈部永远纹丝不动。这在当时是时髦的。印花外套朴素大方，是他的礼服。他瘦削单薄，秃顶的趋势日渐明显。他大约五十五岁，步履迟缓，但不是懒汉的磨磨蹭蹭，而是深思与稳重的表现，是名副其实的"三段推论法"：前提先于推理，推理先于结论。一项十分痛苦的义务！

5　食　客

他并非老以那么缓慢、刻板的步伐走路，破例是常有的。那时他的动作立即变得轻快而敏捷。两种方式对他都是极其自然的。过去他喜欢哈哈大笑，必要时，他能满脸堆笑。这虽有些勉强，却也显得和蔼可亲。每逢此时，他的颧骨、牙齿、眼睛、整个脸、整个人乃至整个世界似乎都在欢笑。但在严峻的时刻，他又变得十分严峻了。

他是我们家多年的食客。我刚出世的时候，我父亲住在伊达圭的庄园。一天，来了个顺势疗法医生，身带一部医学教科书和一只药箱。正值热病流行，若泽·迪亚斯治好了一个管家和一个女奴，并拒受任何酬金。于是，父亲想把他留在家中，只是报酬不能多。他拒绝了，他要把健康带到每户贫寒之家。

"谁阻止您外出？您想去哪里就去哪里，只是不要脱离我们。"

"三个月后我回来。"

两周之后他便回来了。他只接受食宿，其他报酬一律不要，节日的馈赠例外。后来，父亲当选议员，携全家来到里约热内卢，他与我们同行，住在后花园的一间房子里。一天，热病又在伊达圭大流行，父亲让他看看我们的奴隶。他沉默着、叹息着，最后承认他不是医生。他冒充医生只是为新学校做宣传，而这样做并非没经过再三考虑。良心使他不能继续接待病人。

"过去您确实治好过病人呵！"

"这当然是真的，但那是根据书上标明的药品。不错，除了上帝便是药品。我是个牛皮匠……您不用否认，我的动机或许是好的、有意义的。顺势疗法是真理，我为真理撒了谎。现在是讲清一切的时候了。"

按理，他可能被辞退，但他并没被辞退。父亲不能没有他。他有一种使人喜欢他、需要他的天赋。他已像家庭成员一样成为不可缺少的。父亲死时，他悲痛欲绝。后来人们这样说，但我已不记得。母亲十分感激他，不让他离开花园的小屋。第七天，做完弥撒，他向母亲告别。

"不要走，若泽·迪亚斯。"

"我服从，太太。"

遗嘱中有他一份小小的财产、一张股票和四句赞语。他将赞语抄录下来，放在一只小匣里，吊在床的正上方。"这是一份最珍贵的财富。"他逢人便说。后来，他渐渐在家中树立起一定威信，起码是一种旁听权。但他从不滥用，总是谦恭地发表意见。说起来，他也算个朋友，虽不是最好的朋友。世界上的事并非一切都是最好的。读者切勿认为他有奴性，他的殷勤与其说是种个性，不如说是看人下菜碟。他很爱惜衣服，从不恣意糟蹋。衣服虽旧，但总是干净、整齐，显示出一种贫寒、朴素的雅观。他博览群书，尽管是囫囵吞枣，却也足以应付茶余饭后的闲聊，解释一些诸如寒暑交替、南北极现象和罗伯斯庇尔之类的事。他对在欧洲的一次旅行总是津津乐道，并说若不是遇到我们，他早回欧洲去了。他有朋友在里斯本，但我们的家——除了上帝便是他的一切。

"除了上帝还是包括上帝？"高斯麦大叔偶尔问。

"除了上帝。"他虔诚地回答。

作为宗教信徒的母亲对他把上帝放在应有的地位感到高兴。她微笑着表示赞同，若泽·迪亚斯点头致谢。母亲不时给他点零用钱，职业律师高斯麦大叔对他的誊写深信不疑。

6 高斯麦大叔

母亲寡居后，高斯麦大叔便同我们生活在一起。他同茹丝蒂娜大姑一样，也是单身。这是个三个单身者的家庭。

财富在大自然手中是经常发生变化的。受过资本主义良好教育的高斯麦大叔在司法工作中并未致富，只是勉强维持生计。他在原维奥拉斯大街有个办事处，距法院不远。那里原是座监狱。他从事刑事诉讼工作，若泽·迪亚斯从不放过奉承大叔的任何机会，并毕恭毕敬为他穿脱法衣。在家中，他也对法庭辩论评头论足，尽管高斯麦大叔想表示谦虚，也难以掩饰傲然的微笑。

大叔胖胖的、沉沉的。他呼吸短促；终日睡眼惺忪。他留给我的最初印象是每天早晨骑着母亲馈赠的马去办事处的情景。黑奴将马匹牵出马厩，抓住辔头，他抬起一只脚，放在马镫里；休息片刻，稳定一下情绪，接着便猛一用劲。他的身躯看来大有上去之势，但却没上去。第二次用力，结果和第一次相同。最后，经过充分的休息，他用全部身体和精神的力量猛地一跃。他落在马鞍上，牲口总流露出将整个世界驮在背上的表情。大叔把各部分的肌肉安置舒服，马扬蹄登程。

他在一天下午对我采取的行动也使我难以忘怀。我虽生在农村（两岁时才离开），也有些农村人的习俗，但却不会骑马。我怕。高斯麦大叔抓住我，将我的双腿一分，放在了马鞍上。我发现自己高高在上（我当时九岁），离地面远远的，无依无靠，便开始拼命大叫："妈妈！妈妈！"母亲跑来，脸色发白，浑身颤抖，以为有人把我杀死。她将我抱下马，慈爱地抚摩着我。这时大叔说：

"格罗丽亚大嫂，这么大的小伙子还怕一头温顺的牲口？"

"他不习惯。"

"要练一下；当神父也好，乡村牧师也好，总要骑马的。即便不当神父，要想像其他青年那样有所作为，若不会骑马，他要抱怨您的。"

"怨就怨吧，我不放心。"

"不放心！哈哈！不放心！"

我后来学会了骑术，与其说是出于爱好，不如说怕被人讥笑。"现在他真的恋爱了。"我一上学，风言风语便传开了，高斯麦大叔对这种事从不关心，他仍按部就班地生活，爱情对他已成为往事。他年轻时，除了政治的狂热，据说在女性中也颇有市场。然而，岁月的流逝将他的政治与性欲的天赋一并带去了，过多的脂肪消除了他全部的社交和任何特殊欲望。他只是履行公务，谈不上什么爱好。闲暇之际，除了玩牌便无所事事，偶尔的玩笑还是开的。

7 格罗丽亚太太

母亲心慈面软。父亲佩德罗·阿尔布盖尔盖·圣地亚哥去世时，她才三十一岁。当时，她可以回到伊达圭去，但她不肯。她宁愿生活在安葬父亲教堂的旁边。她卖掉了小小的庄园和奴隶，添置了房产，买了股票，继续留在了她度过最后两年伉俪生活的马达卡瓦罗斯大街的旧居。母亲生于米纳斯州，祖上属于圣保罗的费尔南多斯家族。

好了，还是从令人难以忘怀的一八五七年谈起吧。那一年，玛丽亚·格罗丽亚·费尔南多斯·圣地亚哥太太四十二岁。看上去仍年轻、漂亮，但她执意要把残存的青春掩盖起来，不管大自然如何抗拒着岁月的吞噬。一身毫无装饰的深色衣服，黑色披肩折成三角形别在胸前，头发在脑后盘了个髻，夹着把用了多年的龟板梳子。她有时戴一条镶边的白头帕，穿一双普普通通、失去光泽的羊皮鞋，里里外外操劳着，指挥家中的一切，从早到晚。

我的卧室的墙壁中央挂着一幅她与父亲的画像，同旧居的那张一模一样。画面陈旧不堪，但两人的神采依稀可见。对于我的父亲，除了模糊的高身量、长头发外，我已印象全无。画面上的父亲目光炯炯，无论站在什么角度，他总像在盯着我，小时候曾使我望而生畏。黑色领带在他的颈部绕了好几周，脸刮得光光的，只留着耳边的鬓发。从母亲的像看，她曾是很美的。画面上的她只有二十岁，手指中夹着一朵花，像是要献给父亲。两人的表情给人的印象是：假如伉俪的幸福是一张头奖彩票，他们已紧紧握在了手中。

所以，彩票万万不能取缔，任何中彩者也不会谴责它不道德，就如无人把潘多拉的盒子称为邪恶之物一样，因为里面装着一种希望，从某种意义来说，这是必要的。我凝视着他们甜蜜、恩爱、幸运的结婚像，他们已到了另一个世界，很可能继续沉浸在幻梦中。每当我对彩票和潘多拉的盒子产生憎恶之感时，便抬眼望望画面，于是白色的彩票和魔法的盒子便消失了。这实在是一幅乱真的杰作，母亲将鲜花献给父亲，好像在说："我是属于你的，我的勇敢的骑士。"父亲眼望远方，似乎是对众人说："瞧，这姑娘多爱我！……"他们是否得过疾病，我无从知道，就像不知道他们是否有过苦恼。那时我很小，刚刚出世不久。父亲死时，记得母亲号啕大哭。面对两人的画像，时间的灰尘并未抹掉我的原始印象。它是幸福的瞬间记录。

8　是时候了

现在是回到十一月的那个下午的时候了。那是一个明媚、凉爽、静谧的下午，静得像我的住宅和它所在的大街。的确，那个下午是我生活的起端，在此之前的阶段就如登台前的穿衣、化妆、打开灯光、调好琴弦、演奏……此刻我的戏就要开场了。"生活就是一出戏"，这是一个死在当地的意大利老歌唱家对我说过的……并对他下这一定义的原因做了解释。他成功地说服了我，这对读者或许不无教益，好在只要一章的篇幅就足够了。

9 一出戏

他的嗓子早坏了，但从不认账。"功夫就怕断。"他说。若有欧洲的剧团来演出，他便找到经理，诉说人间的种种不平。当经理给他的是一盆冷水时，他只好愤然离去。他仍留着当演员时的唇髭，尽管年迈，走路时仍像在彬彬有礼地问候一个巴比伦公主。他有时哼唱着比他还年老，或与他的年龄相仿的歌剧片段，声调总是沉闷的。他曾在我家吃过几次晚饭。一次，过量的烧酒又使他重弹生活是一出戏的老调。我说生活既像一出戏，又像海上的一次旅行与搏斗。他摇头反驳：

"生活是一出戏，一出壮观的戏。在乐队的伴奏下，在合唱演员的伴唱声中，不是男高音与男低音争夺女高音，便是女高音和女中音争夺男高音。合唱气势磅礴，舞蹈绚丽多姿，乐队也演奏出色……"

"但是，亲爱的马可里尼……"

"什么？……"

又是一杯烧酒。他放下高脚杯，对我讲述了第一出戏的诞生经过。我简单地转述如下：

第一出戏的作词是上帝，谱曲的是年轻有为的音乐家魔王撒旦。他曾在天国的音乐学校深造，因不甘于米迦勒、拉斐尔和加百列独占鳌头，也可能由于这几位同仁那过于甜美、过于神秘的乐曲与他那天生的悲剧性格格不入，他预谋造反。计划破产，他被校方开除。如果上帝不写剧本，或写后认为它不适于天国娱乐而弃之不用，这桩公案也就不了了之。撒旦将剧本带进地狱，为了显示自己过人的才华，同时也为了讨好上天，他谱了曲，并去谒见上帝。

"上帝，我并未荒废学业。"他说，"曲子已谱好，请您审阅、修改、排练；若认为它不辱圣听，我愿同它一起为您效劳……"

"不，"上帝说，"我什么也不想听。"

"但是，上帝……"

"不听，什么也不听！"

撒旦继续乞求，仍毫无结果。后来，不耐烦的上帝以其仁慈的心肠同意在天国之外排练。于是，一个特殊剧院——地球出现了，还有一个包括合唱、舞蹈在内的十分齐全的剧团。

"听听排练吧！"

"不，不听！我只写剧本，编写权我与你平分。"

很可能这是一个不明智的拒绝，它产生了本可避免的词与曲的混乱。有的地方词靠右，曲却靠了左。自然有人说这正是乐曲的精美所在，避免了单调，并以此解释《天堂三重唱》《亚伯之歌》《砍头机之歌》和《奴隶之歌》。此类无稽之谈颇多，好话重复多遍即是滥言。隐晦之处确实有，指挥搞乱了合唱队、混淆了含义，但乐队演奏得相当精彩。这是公正的评论。

指挥家的友人认为是一部难得的佳作，个别人认为虽有这样和那样的不足和缺陷，但是，随着剧情的展开，一切都得到了弥补。当然，他们也不否认作曲家有进一步使作品完美的必要，以便完全体现词作者崇高的思想境界。但是，编剧者的友人所持的看法就不同了。他们断言剧本被践踏了，音乐歪曲了剧本的原意。尽管有几段乐曲很动听，艺术处理也不错，但总起来说音乐是歪曲甚至背叛了剧本的精神。粗制滥造的不是词，完全不必模仿"温莎的风流娘儿们"。但这一论点遭到撒旦信徒的有力反驳，他们说年轻的撒旦为剧本谱曲时，无论是莎士比亚还是其作品均未出世，甚至说这位年轻的英国诗人的天才无非是抄袭歌词；只是手法高明，抄得天衣无缝。然而，他显然是个剽窃者。

"这出戏，"年迈的音乐家最后说，"将与演出的舞台永存，星球的变革也难以使它终止。它的声望与日俱增，词曲作者分享了著作权。但权力是不同的，分配法则如《圣经》所说：候选者多，当选者少。上帝得到的是金，撒旦得到的是纸。"

"有意思……"

"有意思？"他愤然叫起来，但又立即平静下来，"亲爱的圣地亚哥，我是个不讨人喜欢的人，我也憎恶这种人。我断言这是最终的绝对真理。有朝一日，当所有的书当被作废纸烧掉时，会有一个人，可能是个男高音歌唱家，甚至是个意大利男高音歌唱家，将这一真理传播给人们。一切寓于音乐之中，我的朋友。由'多'开始，下面是'来'，依此类推。这只杯子（他重新斟满酒），这只杯子就是歌曲的重唱部分。不懂？木头与石头是不会懂的，但一出戏是包罗万象的。"

10 接受他的理论

无疑，对一个男高音歌唱家来说，这套理论颇有些神乎其神。但他的嗓子毕竟是坏了，有些哲学家就是失业的歌唱家。

我，亲爱的读者，接受老马可里尼的理论，这不仅因为它酷似真理。而且由于我的生活与他的定义是相吻合的。我开始唱的是一首优美的二重唱，接着是三重唱、四重唱……好，够了。我们还是回到开始的部分吧，因为，亲爱的读者，若泽·迪亚斯主要是告了我的状，他指控的正是我。

11 诺 言

一转眼，食客在走廊消失了。我离开隐蔽所，走到房后的廊下。对母亲的泪水和洒泪的原因我实无兴趣。这无疑是她的神父愿在作祟。尽管是十六年前的往事，下面我还要提一提。

她的诺言产生于我出生的年代。第一个儿子生下来就死了，母亲祷告上帝保佑第二个，并许愿说若生个男孩，一定送他进教堂。当时，她或许是盼望一个女儿，无论在我出生前还是出生后，母亲从未对父亲谈及此事，她打算等我上学后再告诉他。但她过早地寡居了，作为寡妇，她感到与儿子分离的恐惧。然而，她是那样虔诚，那样崇敬上帝，终于委托亲属做了履行诺言的监护人。为了最大限度地推迟母子分离的日期，唯一出路是请卡布拉尔神父在家教我识字，讲授拉丁语和教义。他是高斯麦大叔的朋友，晚上常在一起下棋。

对于遥远的未来之事，人们往往容易应允，往往感到是无限期的。母亲希望时光慢慢地走，但是，宗教意识却渐渐地包围了我。玩具、圣书、圣像、茶余饭后的闲谈，一切的一切总离不开祭坛。做弥撒是为了做神父，并要我注意神父的一举一动，眼睛不能离开他。在家中做弥撒游戏当然是偷偷摸摸的，母亲说弥撒不是闹着玩的事。我同卡毕图搞了个祭坛，并轮流当圣器管理人，以便平分圣饼。圣饼是可口的，一到游戏时间，我的女邻居便问："做弥撒吗？"我深深懂得这句话的含义，点点头，便找借口，要圣饼。拿到圣饼，摆起祭坛，仪式在蹩脚的拉丁语声中开始。Dominus, non sum dignus。[1]这句话我需要重复三遍。本应讲一次，但点心引诱着"神父"与"圣器管理人"。我们既不喝酒，也不喝水；酒是没有，而水会冲淡供品的味道。

近来已无人再向我提起神学院，我猜想大概事已成定局。十五岁的年纪还谈不上志趣，当神父前还是先过过凡人日子。母亲常常失神地望着我，或无缘无故地拉住我的手，紧紧地握着。

---

1 拉丁语：先生，我不配。

12 屋檐下的过道

我站在屋檐下的过道上，又茫然、眩晕地走了几步。脚软绵绵的，心像要从口中跳出。我实无勇气走出花园，穿过邻居的后院。我来回踱着步，时而停止平衡一下身体。走走停停，停停走走。若泽·迪亚斯的声音在耳边模糊地响着：

"终日形影不离……"

"偷偷摸摸……"

"真要搞上恋爱……"

那个下午，地上的砖不知被我来回踩了多少次，黄色的柱子一会儿从我右边闪过，一会儿又从我的左边闪过。我纷乱的思绪就这样闪动着，一种新奇的欣慰感包围了我，但又在瞬间消失了。我感到战栗，捉摸不透是何种滋味。有时，一丝惬意的微笑浮上来，驱散了我的自责感，但立即又听到含混的声音：

"终日形影不离……"

"偷偷摸摸……"

"真要搞上恋爱……"

看到忧心忡忡的我，一株椰树像是猜透了我的心事，低声说十五岁的男孩同十四岁的女孩躲在旮旯里无可非议，因为那种年龄的孩子并无其他义务，旮旯也无其他用途。这是一株古树，我宁肯相信古老的椰树，也不相信经典著作。小鸟、蝴蝶、一只放鸣的蝉，世间所有的生物都持此种见解。

那么，我与卡毕图，卡毕图同我相爱的基础又是什么？不错，每天我形影不离地伴着她，但我们之间并无名副其实的隐私。在进学堂前，我们之间更是纯属小儿的淘气。她毕业后，儿时的亲密无间并未立即恢复，而是慢慢地、慢慢地，在我的故事开始的那一年达到了顶峰。但我们谈话的内容仍是老一套；卡毕图有时称我英俊少年、小伙子、花儿，有时拿起我的手，教我数指头。她的神态、言谈话语又开始浮上我的脑海，特别是当她抚摸着我的头发，连声说漂亮时的喜悦心情。我虽没去碰她的头发，但却夸她的更漂亮。这时，她冷静而又凄楚地摇摇头，一是对我表示嗔怪，同时默认她的头发的确美丽无双。于是，我报复地叫她疯姑娘。她问我夜里是否梦到了她，我说没有；但她梦到了我，并同我进行了传奇性的历险。我们飞上克尔克瓦多山[1]，在月亮上翩翩起舞，天使询问我们的名字，并把我们的名字赐予刚刚降生的小天使。在她的梦中，我们俩总是形影不离，而我梦到她时就不一样了。最多不过是亲亲热热，有时只是白日的一句话或一个表情。我如实告诉她，她终于发觉了差异。她说她的梦比我的有意思，我思索片刻后说什么人做什么梦……她的脸绯红了。

说实在的，现在我才体会到她的表白给我带来的激动，甜美而新奇的激动。但是，原因我并不清楚，我既不去探究，也不去怀疑。一连几天的沉默，当时并未引起我的注意，现在才知道那是某种事件的前兆。她的欲言又止的话、好奇的询问、含混的回答、拘谨、对童年生活的回忆，奇怪的是我一睁眼就想到她，她的音容笑貌，她的轻微的脚步声也会使我神经紧张。家中偶尔有人提到她，我开始留意了。对她的褒贬与赞扬决定我对谈话者的好感与厌恶。这种联想较之幼儿时代强烈得多。在一个月的弥撒中，我几乎唯一地想到了她，当然并不是连贯的。

现在，若泽·迪亚斯将这一切和盘托出。他告了我的状，但现在我却宽恕了他，包括他过去和将来的一切过失。那时，他就是永恒的真理，永恒的大慈大悲和其他永恒美德都集于他一身。我爱卡毕图！卡毕图爱我！我走来走去，走走停停，双腿颤抖着，向生活之路迈去。这是我内心世界掀起的第一次波涛，是意识的自我流露，我永难忘怀，也是任何情感所无法比拟的。当然，这是我个人的，也是生命中的首次。

1　位于里约热内卢南部，风景秀丽。

13 卡毕图

突然，邻居的屋里传出叫声：

"卡毕图！"

后院回答：

"妈妈！"

屋里：

"回来！"

我无法继续克制。我走下通向花园的三级台阶，来到邻居的后院。这是每天早晨和下午都要发生的事。腿是有灵感的，只是所处的位置略低于双臂。当大脑不能通过意识支配它时，它便独立行动了。我走至后墙，那里有一道沟通两家的门，是我和卡毕图小时母亲为找我而开的。门上既无锁，又无闩；从任何一边一推或一拉便可打开，一条系着石头的绳子又使它自动关上。这是一个仅仅属于我和卡毕图的门。小时候，只要从一边拍几下，便会受到另一边的热情接待。当卡毕图的布娃娃生病时，医生便是我。我学着若昂·达科斯塔大夫，腋下夹着一根充作手杖的棍子，走进后院。我按着布娃娃的手腕，命它伸出舌头。"是个聋子，可怜虫！"卡毕图大声叫着。我像医生一样搔搔下巴，吩咐用蚂蟥咬它几口或吃点催吐剂。这是大夫常用的方子。

"卡毕图！"

"妈妈。"

"不要在墙上挖洞，快回来！"

母亲的声音更近了，像是到了门口。我想穿过后院，但是，刚刚还十分轻快的双脚像黏在了地上。我鼓足勇气，推开门，走进邻居的后院。卡毕图站在对面的墙根，用一只钉子在墙上刻画着。门声使她转身望去。她看到我，立即将背靠在墙上，像在掩饰什么。我走过去，神情自然是异样的。她迎着我走来，张皇地问：

"你来干什么？"

"我？没什么。"

"没什么？不对，一定有事。"

我想说实话，但终于没张开口。那时的我只剩下两只眼睛和一颗心，一颗即将跳出的心。我的眼睛无论如何也无法离开那个健壮、丰满的胸脯被半开怀的花布衬衫紧裹着的十四岁姑娘。她的浓密的头发梳成两条辫子，辫梢相连，时髦地披在肩上；棕色皮肤，水灵灵的大眼睛，高而端正的鼻梁，小嘴，宽下颌。终日操劳的双手被她尽心地保护着，虽无香皂和香水的芬芳，但井水粗皂也使其洁白无瑕。脚上的平底布鞋有她自己的一份劳动。

"到底什么事？"她又问。

"没什么。"我结巴着说。

"有件事要告诉你。"我又补充道。

"什么事？"

我想告诉她去神学院的事，并察看一下她的反应。她若为此伤心，那是在真心地爱我；否则就是不喜欢。但这一念头一闪而过，我感到难以启齿。我的目光不知为什么……

"怎么了？"

"你知道……"

我的目光落在墙上，落在她刻画的地方，即她的母亲说她挖洞的地方。我看到几条刻痕，又想到她尽力掩饰的表情。我决定走近看个明白。刚一迈步，卡毕图抓住了我。或许她怕我从她的手中挣脱，或许想到其他掩饰的方法，她转身跑到墙根，要将痕迹抹掉。这更加点燃了我弄个究竟的欲望。

14　墙上的字

上文所讲的只是瞬间的事，实际情况要快得多。我一个箭步蹿上去，在她把刻痕刮平前，我看到用钉子刻写的以下两个名字：

本多
小卡毕图

　　我转身望着她。她的目光低垂，接着又慢慢抬起眼，四目相对……童心的自白，这绝非两三页纸所能描述的。我不愿在此浪费笔墨。实际上，我们什么话也不用说，墙为我们说了一切。我们站着、站着，手慢慢伸了出来，四只手握住了，紧紧地握住了，溶化在了一起。我没记下到底过了多少时间，这实在可惜。我深为当天夜里没详细记下这一幕而遗憾。当然，在精神的极度兴奋中，我的书写会错误百出；但在实际上，我绝不会写错一个字，因为我已不同于一个普通的学生。我懂得书法规则，但不了解爱情的规律；拉丁语学了不少，但对女性还是一窍不通。

　　我们的手一直没松开，它们也未因疲倦或被忘却而自动垂下。我们对视着，有时目光也移开一会儿，但犹豫片刻后，又相对而视了……未来的神父像面对祭坛一样立在她的面前，脸的一侧是使徒书，另一侧是马太福音书，嘴是圣杯，唇是圣饼，只差用无人听懂的拉丁语开始我的第一次弥撒。拉丁语是天主教的语言，切勿因为我这样说而把我当作亵渎神灵、虔诚的女读者。纯洁的心灵可以弥补行为的失态，天与地填充了我们之间的距离，手接通了我们的神经，两个形体变作一个，一个圣体。眼睛继续倾吐着无尽的情丝，涌到唇边的话语又悄然潜入心田……

15　又一个突然的声音

　　又一个突然的声音，但这次是男的。

　　"你们在玩'瞪眼睛'吗?"

　　是卡毕图的父亲，同妻子站在门口。我们立即张皇地松开手，卡毕图又若无其事地靠近墙根，悄悄用钉子将名字刮掉。

"卡毕图！"

"爸爸！"

"不要弄坏墙皮！"

卡毕图继续刮着，她要不留一点痕迹。父亲巴杜阿走到院中，看她在干什么。这时女儿已转过身，他只看到个侧面。女儿的侧面像他，像他也像母亲。他笑了，笑了就好。这是最重要的。他和蔼地走来，脸上毫无怒色，尽管不无怀疑，或算不上怀疑的不解。他个头不高，胖胖的，胳膊腿短短的，后背微微隆起，由此若泽·迪亚斯给他起了"乌龟"的绰号。我们全家无一人这样称呼他，只有食客例外。

"你们在玩'瞪眼睛'吗？"

我把目光转向旁边的一株接骨树，卡毕图代我做了回答：

"是的，爸爸。小本多好笑，一点也不能忍。"

"我进来时没见他笑啊！"

"他笑过几次了，您没看见。爸爸想看我们玩吗？"

她一本正经地把目光投向我，邀我开始游戏。我的惊愕也是一本正经的，我仍处于巴杜阿进门时的恐惧中。我无论如何也笑不出来，尽管我应该笑一下，以证实卡毕图的回答。她等得不耐烦，扭过脸，说我笑不出是因为父亲在场。我仍是笑不出，有些本事要学会需要一定的时间。生而有之当然好，可以及早使用。先天的东西总比后天的自然。卡毕图轻盈的身子转眼便到了站在门口的母亲身旁，丢下不知所措的我和父亲。父亲看看她，又看看我，然后亲切地对我说：

"谁说这个姑娘十四岁？倒像是十七岁。你妈妈好吗？"他把身子完全转向我。

"很好。"

"几天没见她，很想赢律师一盘，就是没有空。许多工作要带回家干，没完没了的报告，天天要搞到深夜。见过我的百灵鸟吗？就在里面，我去拿笼子，你看看。"

我对什么都不感兴趣。无须赌咒发誓，这是极容易理解的。我只希望赶上卡毕图，把即将分离的不幸消息告诉她。父亲总是父亲，对鸟有着特殊的爱好。他有各种颜色、不同大小的鸟，他的住宅中央摆满了装着金丝雀的鸟笼，终日鼓噪不止。他有时同其他鸟迷交换，有时花钱买，有时在院中设计捕捉。鸟生了病，他像对待病人一样侍候。

16　代理局长

巴杜阿在陆军部直属局任职。收入虽不多，但妻子节俭，物价也不贵。另外，他们居住的像我们家一样的二层楼房，虽不很大，却是自己的财产。这是用半张头彩购置的，共十个康托。巴杜阿的第一个念头是要买匹千里马，为妻子添点首饰，买块坟地，从欧洲采购几只鸟。但他的妻子——在门口同女儿说话，同女儿一样健壮、丰满，个头高高的芙尔杜娜太太主张先买房子，余款存起来以备急用。巴杜阿犹豫再三，最后听从了芙尔杜娜太太搬来的救兵——我的母亲的劝告。不光在这件事上母亲的话起了决定性作用，有一次甚至还救了巴杜阿的一条命。故事不长，经过是这样的：

巴杜阿的局长去北方出差，不知是论资排辈还是破格提拔，巴杜阿代理局长，并享受局长待遇。这一美缺使他飘飘然忘乎所以。此事发生在得奖之前。他不满于仅仅更新了服装与餐具，还大肆购买奢侈品。他为妻子买了珠宝，节日要杀头小猪，经常出入剧场，甚至还穿上了放光的皮鞋。他在永久代理的梦中生活了二十二个月。一天下午，他神色沮丧、失魂落魄地来到我们家。他丢掉了代理职务，新局长于清晨走马上任。他请求母亲照顾即将撇下的可怜的妻女，他无法承受这种打击，决定自杀。母亲好言相劝，但他一句也听不进。

"不行，太太！我不能容忍这种奇耻大辱！让我的家庭降级像过去一样……我说过了，一定要自杀！我不能把这不幸的消息告诉家里。别人会说什么？邻居？朋友？社会舆论？"

"什么舆论，巴杜阿先生？别这样，要像男子汉。您的女人无依无靠，她怎么办？您是男人，男人就要有男人的样子……没什么大不了的事。"

巴杜阿擦干眼泪，回到家。最初几天，他垂头丧气、沉默寡言、闭门谢客；他或站在院中的井旁，死的念头仍在缠着他。芙尔杜娜太太生气地说：

"我的若昂，你是个孩子？"

但是，丈夫顽固的自杀念头终于使她害怕起来。她来找母亲，求母亲救救念念不忘自杀的丈夫。母亲在井边找到他，鼓励他活下去。失掉个代理职务，少拿点钱就寻死觅活，只有疯子才这样。不，先生，不能走那条路，要像个男子汉、家长，要向妻子女儿学习……巴杜阿服从了，答应努力贯彻母亲的嘱咐。

"我的嘱咐？不，是您的责任。"

"是我的责任，我懂。"

他又开始进进出出，但总是溜墙根，头垂得低低的。他再也不像代理局长时那样趾高气扬、笑容可掬地向邻居打招呼了。几周过后，伤痕渐愈；他对家务发生了兴趣，并开始养鸟。除了晚上，下午也要美美睡一觉。他的话也多了起来，经常评头论足，说东道西。一切恢复了平静，平静带来了欢乐。一个星期天，他同两个朋友玩了牌。他笑着、玩着，神态自然。他的伤痊愈了。

后来，发生了一种有趣的现象。巴杜阿开始谈论代理局长；不仅没有对昔日荣耀的怀念，毫无失掉职务的羞耻，而且充满了自豪与骄傲。代理时间成了他的纪元，成了一切事物的界线。

"我当局长的时候……"

或者：

"呵，对了，想起来了，是在我当局长之前，可能是一两个月之……请等一下，我是……开始当局长的。完全对，一个半月前，整整一个半月，绝不会多。"

或者：

"对极了，那时我当局长已有六个月……"

这是他的短暂光荣的余味，若泽·迪亚斯不满地说是一种残余的骄傲。三句话不离《圣经》的卡布拉尔神父却说在巴杜阿身上应验了以利法[1]对约伯的教训：不要低估上帝的感化力。他惩罚也拯救。

17 蛀 虫

"他惩罚也拯救！"后来，当我得知阿喀琉斯曾用他的长矛治愈了该长矛的一处刺伤[2]后，我产生了写一篇论文的想法。于是，我找来古书、过时的书、无人问津的书，翻阅着、比较着，研究其内容与含义，试图弄清异教的神谕与以色列人思想的共同根源。我甚至请教了书中的蛀虫，询问有关书的中心思想。

"先生，"一条长长的、肥肥的蛀虫回答，"我们一点也不知道书中说了些什么，我们对书从不选择，从不厚此薄彼，我们只知道蛀。"

我再也没问出其他回答。所有的蛀虫似乎统一了口径，重弹老调。它们对蛀过的书籍保持缄默，这可能也是一种吞噬的方式。

18 一个计划

我同卡毕图在客厅谈论神学院时，她的父母再也没打扰我们。卡毕图的眼睛盯着我，问什么消息使我那样苦恼。我说完经过，她的脸变得煞白。

1　见《圣经·约伯记》，提幔人以利法同乌斯地人约伯是好友。
2　密西亚国王被阿喀琉斯的长矛刺伤，伤口不愈合，国王化装成乞丐，求得阿喀琉斯长矛上的铁锈，治好了伤。

"我并不愿意，"我表白道，"我不去神学院，绝不去。强迫我也不去，就是不去。"

起初，卡毕图一句话也不说。她收回目光，茫然自顾，半张着嘴，沉默着。而我，一再强调我的坚决态度，发誓不做神父。我的誓词既冗长又激烈；我以生死发誓，如果去了神学院，绝不得好死。卡毕图的表情似信非信，又像什么也没听到。她呆呆的像根木头。我想唤醒她，摇撼她，却没有勇气。这个同我耳鬓厮磨、活泼烂漫的姑娘使我恐惧。她终于从茫然中苏醒过来，脸色铁青，愤然大骂：

"虔诚婆！鬼正经！宗教狂！"

我不禁愕然。卡毕图同我的母亲曾是那样要好，我实在不明白她发作的原因。当然，她喜欢我，自然更强烈、更深沉，或者方式不同。分离给她带来的怨恨是不难理解的。但是，又如何解释她以那样难听的语言亵渎她自己信仰的宗教？她也做弥撒，有母亲带她乘我们的破马车同行，还曾给过她玫瑰经、金十字架、诵文……我想替母亲辩解，她却不让，继续叫母亲虔诚婆、鬼正经。声音又是那样高，我真怕被她的父母听到。我从未见过她那样激愤，不把一切发泄殆尽决不罢休。她咬牙切齿，摇头晃脑……惶恐的我不知所措，只是重复着誓言，并表示当晚就在家中声明坚决不去神学院。

"你？还是去神学院吧。"

"我不去。"

"看你最后去不去。"

她又沉默了。当她重新开口时，完全换了另一副神态。虽同往常不完全一样，但基本恢复了平静。她没有了忧伤，但神情严肃，声音低沉。她要了解在家中谈话的经过。我讲了，只是略去了有关她的部分。

"若泽·迪亚斯这样做对他有什么好处？"她最后问。

"我看什么好处也没有，只不过是捣乱。这老家伙太坏，等我同他算账。我当了家，先让他滚蛋。你瞧着，一会儿也不让他多待。母亲心眼好，对他迁就。好像还哭了。"

"若泽·迪亚斯？"

"不，是妈妈。"

"哭什么？"

"谁知道。我只听到有人劝她不要哭，说这种事不值得哭……他表示后悔，后来就走了。我怕被人撞上，跑到屋后的廊下。不要理他，我会收拾他。"

我紧握拳头，发誓报复。现在回想起来，我也不觉得可笑。孩童时代的一切都不是可笑的，孩子们有这种特权。危害产生于青年，发展在壮年，老年达到顶峰。对一个十五岁的孩子来说，赌咒发誓而不兑现，甚至有几分好玩。

卡毕图沉思着，这对她并不稀罕。闭目凝神是常有的。她要我详详细细地讲，原话是什么，语气怎样。开始与她有关的部分我不想说，但这样就很难讲清楚。卡毕图的注意力集中在母亲的眼泪上，但她始终弄不清原因。最后她承认，母亲让我当神父并非出于坏意。这是她的诺言，虔诚的她不能不履行。我满意地看到卡毕图纠正了自己的无理责备，我拉过她的手，紧紧握着。卡毕图微笑着，听之任之。尔后，我们的谈话变成窃窃私语。我们走至窗前，一个卖椰子糖的黑人小贩停住问道：

"小姑娘吃椰糖吧！"

"不要。"卡毕图回答。

"好吃得很呐！"

"快走吧！"她并未生气。

"给我！"我伸手接过两块糖。

我买下糖，但不得不独自吃，卡毕图不要。在那种非常时刻，我竟有闲情逸致买糖吃。这可能是件好事，也可能是坏事，当时无法下结论。我的女友是平静的、理智的，但对糖却不屑一顾，尽管她平时爱吃糖。这时，黑人小贩唱起了我童年时代十分熟悉的、附近流行的午后叫卖歌：

哭吧，姑娘，哭吧！

哭吧，因为你没有一文钱。

她的表情是厌恶的。虽算不上什么歌，对她却是十分熟悉的。在儿时的游戏中，她经常唱着、笑着、跳着，同我交换一张张的纸，买着或卖着实际上不存在的糖。我想，是那几句专为刺伤孩子们自尊心的歌词激怒了她，因为她立即说：

"我要有钱，准让你逃跑；往船舱里一钻，去欧洲。"

说完，她窥探着我的神色。我想，她肯定什么也看不到，除了对她的好意和感激。她的话是那样真挚，使我感到这种冒险是十分必要的。

读者可以看到，十四岁的卡毕图已颇有胆识。但同后来的她相比，这只是小巫见大巫。她的想法是大胆的，而实际做起来，却是巧妙的、隐晦的、悄悄的；预期目的之达到不是一蹴而就，而是循序渐进。不知我是否解释得清楚。也就是说，一个宏伟的计划是通过无数细小的措施和步骤实现的。以卡毕图抽象地送我去欧洲的设想为例，她绝不会把我送到船上一走了之，而是把一只只独木舟连接起来，好像我要通过这座水上浮桥直到拉日古堡¹，但实际上我却到了波尔多，把母亲丢在大洋彼岸。这是我的女友性格的特点。所以，当看到她心平气和、不厌其烦地耐心说服和劝导我不要蛮干硬顶时，当她谨慎地选择从谁打破缺口时，读者就不会感到惊奇了。她首先放弃了高斯麦大叔，那是个"老好人"；即使他不赞成我当神父，也不会采取任何行动加以阻止。茹丝蒂娜大姑比他强，但比二者都强的还是卡布拉尔神父。他的话有影响。然而，神父不会做违背教会的事。如果我对他说我不适合当……

"可以对他说吗？"

"当然可以，他会觉得你很坦率。最好的人选倒不是他，是若

---

1 巴西瓜纳巴拉湾的一个小岛。

泽·迪亚斯。"

"他？"

"他是一张好牌。"

"正是他让我……"

"这不要紧。"卡毕图说，"我不是说这个。他很喜欢你，同他说话时不能胆怯，特别是不能害怕，要拿出未来的一家之长的气派，要让他感到你应该而且能够当家，让他明白这对他是不利的。当然，也要客气几句，他是喜欢奉承的。格罗丽亚太太很器重他，但这无关紧要。他将来要听你的，他对你要热情得多。"

"我并不觉得，卡毕图。"

"那你就去神学院好了。"

"这我不干。"

"为什么不去试试？先试一下，按我说的去做。格罗丽亚太太会改变主意，实在不行，就再去找卡布拉尔神父。你还记得两个月前格罗丽亚太太第一次看戏的事吗？起初她不肯去，若泽·迪亚斯要不撺掇她也就不去了。但他想看，记得他发表的演说吗？"

"记得。他说戏对人有教益。"

"就是。说到后来你母亲就同意了，还给他买了票……就照我说的办，有祈求，也有命令。就说你马上要到圣保罗学法律。"

我高兴得发抖了。圣保罗只是个脆弱的屏风，它不是一堵永恒的无形高墙，总有一天要被搬掉。我答应按她说的同若泽·迪亚斯谈话，她又重复了一遍要谈的内容，并特别强调了某些部分。她问我是否全懂了，前后次序是否记清了，再一次嘱咐我态度要好，但口气一定要像对一个有义务送水的人讨一杯水。我谈得这样拉杂，为的是让读者更好地了解我的女友的那个早晨。早晨过后便是下午，早晨和下午组成了一日，就如创世记所说，一天一天凑成了七日。

19 必 须

我回家时已经入夜。匆忙中我并未忘记思考同食客谈话的措辞。我想好了谈话的借口，选择了使用的语言，决定了干巴而又平和的语调。进家之前，我在花园反复默诵着，后来又大声练习以便发现某点不妥之处或是否合乎卡毕图的要求："明天我必须同您谈谈，找好地方告诉我。"我说得很慢，而"必须"二字拖着更长，以便强调它。我又重复一遍，感到语调太干巴，颇有些生硬。说实在的，一个孩子干一个大人的事绝不容易。我还想再找些措辞，但终未能如愿。

最后，我自语道先试一试，只要语气不刺伤对方就行。但我将要说的话又重复一遍后，发现语气变成了乞求。算了，只要不过分责备，又不甜言蜜语，适中为好。"卡毕图说得好，"我想，"家是我的家，他只不过是个食客……搞得好，他会帮大忙，打消母亲的念头。"

20 一千遍《天主经》和一千遍《圣母经》

我举目遥望渐暗的天空，阴晴难辨。我的灵魂已升华到另一个世界，那是我的归宿、我的寄托。我自语道：

"若泽·迪亚斯若能使我摆脱神学院，我将默诵一千遍《天主经》和一千遍《圣母经》。"

数字是庞大的。我已许下了数不清的诺言。最近我曾许诺，若去圣特莱萨散步的那个下午不下雨，我要默诵二百遍《天主经》和二百遍《圣母经》。雨是没下，但我也没履行诺言。从小我就祷告上天赐福，许了新愿，旧的就推迟了，于是便越积越多，最后一忘了事。数字从二十、三十、五十、上百直到现在的成千。实际上，这是一种以祷告贿赂圣意的方式。后来的许多愿是为了还旧愿。该死的秉性懒惰，毫无救药！上天赐福予我，而我却迟迟不还愿。最后，连数字也搞糊涂了。

"一千！一千！"我自语着。

的确，我要求的恩泽是巨大的，不亚于我沉浮的生命。一千、一千、一千；需要把所有拖欠的许诺算个总账，上帝完全会因我的健忘而恼怒，拒绝听我廉价的许诺……若不把孩童的冲动看作可笑，庄重之人会感到羞耻。当然，冲动绝非高尚。我曾再三考虑过偿还精神债务的方式，但我却无法找到一种只凭脑袋想一想便可合上我的无赤字的账本的方式。做一千次弥撒、跪着爬上格罗丽亚[1]的盘山道、朝圣——这是奴隶们向我讲述的偿还圣愿的壮举，但也仅仅在我的脑海一掠即过。爬盘山道该是艰苦的，膝盖必定受伤；圣地又实在太远；弥撒的次数又太多。我只好许着永不兑现的愿……

21 茹丝蒂娜大姑

我在走廊遇到散步的茹丝蒂娜大姑，她来到平台，问我到什么地方去了。

"刚同芙尔杜娜太太说了会儿话，又玩了一会儿。太晚了，是吗？妈妈问过我吗？"

"问过，我说你已回来了。"

她的谎言给我带来的惊愕不亚于听到母亲询问我的去处。她绝不是那种拨弄是非之人，从不当着佩德罗说保罗，又当着保罗说佩德罗。撒谎对她确实颇为新鲜。她已年过四十，消瘦、苍白、薄嘴唇、眼睛闪着好奇的光。好心的母亲将她留在我们家，母亲愿身边有个贴心的女伴。亲戚总比外人强。

我们在闪烁着煤油灯光的廊子走了一会儿，她问我是否还想着母亲让我当神父的事。我说是。她问当神父有什么意思，我含混地回答：

1　里约热内卢的小山，山上有教堂。

"神父的生活很有意思。"

"当然有意思，但我是问你是不是喜欢当神父。"她笑着解释。

"妈妈愿意的我都愿意。"

"格罗丽亚大姐希望你接受圣职；除了她愿意，还有别人的鼓动。"

"谁？"

"哦，谁！还能是谁！高斯麦大叔不是，他从不过问这种事；也不会是我。"

"若泽·迪亚斯？"我下了结论。

"那还用说？"

我疑惑地紧蹙前额，装作对此一无所知。她补充说那天下午是若泽·迪亚斯首先提起了母亲的许诺。

"日子长了，格罗丽亚大姐兴许会忘掉。但有一个人老在她的耳边叨念神学院，她怎么能忘？他那一套长篇大论，对教会赞不绝口、神父如何如何，那些话只有他才懂，瞧他那份神气劲！……狗嘴里吐不出象牙，他对宗教虔诚得像走廊里的油灯。我一点也不夸张，你也不用去计较……今天下午说得更荒唐……"

"是随便说的？"我问，并等她谈谈若泽·迪亚斯对我同邻女恋爱的指责。

她没讲，只是做了个表情，暗示有些不可言喻的东西。她又劝我不必放在心上，并发泄了对若泽·迪亚斯的全部坏印象。帽子扣了一大堆：阴谋家、马屁精、投机商、道貌岸然、伪君子。我想了一下说：

"茹丝蒂娜大姑，能帮个忙吗？"

"什么忙？"

"能不能……假如我不愿当神父……让妈妈……"

"这可不行。"她说，"格罗丽亚大姐态度很坚决，无论如何也不会改变主意。等等看吧，你还小，她也这么说。添油加醋的事我绝不干，我绝不惹人讨厌；同样，让我去求人，我也不去。她要征求我的看法，那好。如果她问：茹丝蒂娜，你看呢？我的回答是：格罗丽亚大姐，我想，若他本人愿意，就让他去；如果他不喜欢，那就不必去。若有朝一日她同我谈起来，这就是我的回答。让我现在去找她，我不能去。"

22 他人的感情

　　我白费了心机，后来我后悔向她提出这一请求。还是要按卡毕图的话办。我要进屋，茹丝蒂娜大姑又啰唆了一会儿，说天很热，圣母节就要到了；她谈到了圣乐，最后是卡毕图。她没说女友的坏话，相反，还奉承地说她越长越漂亮。但我认为她现在已经十分标致，我真想大声宣布她一定是未来的绝代佳人。我担心这样太鲁莽。由于茹丝蒂娜大姑连声称赞女友的风度、稳重、为人、勤劳和对母亲的敬重，我不禁也要夸她一番。有时无须通过语言，而是对她的话点头表示支持，而我的脸上自然泛着幸福的光彩。当时我没想到她对若泽·迪亚斯在客厅的告状正是用点头来表示赞同，看来在这一点上他们压根就没有分歧。这是我上床后才感到的。我又想到，当我说话时，她的目光充满了探索、关注、询问、品尝，感情是复杂的。妒忌不可能，在一个像我这样年龄的孩子和一个四十岁的寡妇之间实无妒忌可言。而实际上，她马上改变了对卡毕图的称道，甚至对她进行了批评，说她油滑、虚假。即使这样，我仍不相信是妒忌。我相信……是的……是的……我相信这一点。我相信她是在他人感情的镜子里隐约照到了自己的影子。感染能给人以快意。

23 日　期

　　"明天我必须同你谈谈，找好地方告诉我。"
　　无疑，若泽·迪亚斯对我的话颇感意外。我的语气并不像我担心的那样生硬，但话是坚定的，这同儿童所固有的、我习惯用的询问、请求、犹豫方式截然不同。他的新奇与异常的感觉是必然的。我是在去吃茶点的过道上遇到他的，他正双手捧着刚刚为母亲和茹丝蒂娜大姑读过的沃尔特·司各特的小说。他的朗读声忽高忽低，忽快忽慢。一经他的口，城堡与公园陡然变大，湖水升高，苍穹中也平添了千万颗闪亮的星星。他会根据剧中人的性别，变化着对话的语调，时粗时细，时温和时激昂。

分手时，他说：

"明天街上见。我要去买东西，你同我一起去，我告诉你妈妈。明天上课吗？"

"今天上。"

"太好了。不用问，我知道事情是至关重要的。"

"是的，先生。"

"明天见。"

一切顺利，只有少许变化：母亲说天太热，不同意我们走着去。我们在门口上了车。

"没关系。"他说，"我们在大众公园下车。"

24 母亲与奴仆

若泽·迪亚斯以母性的慈爱与妇性的殷勤对待我。一上路，他首先成了一个奴仆，他以奴仆的身份跟着我。在家中，他为我操持一切：书籍、鞋子、个人生活乃至我的发音。八岁时，我经常将复数单词的结尾读错。纠正时，他的脸上既有严肃——保持课堂的肃穆，又有微笑——让我宽恕他的纠正。他就这样协助我的语文教师。后来，卡布拉尔神父教我拉丁文、教义和圣徒故事，他是个旁听生，重温他的神父梦。他经常最后问神父："不觉得我们的小伙子进步很快吗？"他把我称作"奇迹",对母亲说他见过数不清的聪明孩子,而只有我才真算出类拔萃,年纪不大,已有一套道德观。我无法理解这末一句颂词。我喜欢听人的赞扬,赞扬总是赞扬。

25 在大众公园

我们走进公园。从大门到后园的路上,我们偶尔遇到几个或老态龙钟,或面容憔悴,或游手好闲的人。我们径直走着;为了活跃一下气氛,我谈起了公园。

"好久没来了,足有一年。"

"请原谅,"他说,"不到三个月前你同邻居巴杜阿就来过,不记得?"

"记得,但只是路过……"

"他找到你母亲,非要带你出来。而她,圣母心肠的她就同意了。我不得不借此机会说,你和巴杜阿在街上同行是不妥的。"

"我们经常一起……"

"那时你还小,小孩当然可以。现在你大了,不能让他同你招摇过市。格罗丽亚太太也不会答应。巴杜阿家的人并不都坏,卡毕图生了对鬼眼睛……你注意过她的眼吗?那是一对吉卜赛女人睨视而捉摸不透的眼睛。尽管这样,她还算过得去,只是太傲气,巧嘴巧舌。好一张巧嘴!芙尔杜娜太太安分守己,我也不否认巴杜阿为人忠厚,工作也不错,又有房产。但忠厚与安分是远远不够的,他结交的那群狐朋狗友大大降低了他的人格。他喜欢与小人为伍,浑身散发着粗俗气。我这样说绝非出于憎恨,或因为他说过我的坏话,讥笑过我,就像前几天讥笑我把鞋子穿歪了一样……"

"请原谅,"我打断他的话,停住脚,"我从未听他说过你的坏话。相反,不久前,他当着我对另一个人说你是'一个能干的人,讲起话来像议员演说'。"

若泽·迪亚斯会心地笑了，但马上又板起了脸反驳说：

"我并不感谢他，比他有地位的人对我的评价更高，我绝不因此而改变对他的看法。"

我们继续前进，登上高坡，遥望大海。

"我想你很希望我有所作为。"我沉着地说。

"那还用说，小本多！"

"那么，我请你帮个忙。"

"帮忙？请吩咐、命令。什么事？"

"妈妈……"

下面要说的话尽管不长，我也早已背熟，但好大一会儿我却说不出。若泽·迪亚斯又问了我一遍，轻轻摇着我，托起我的下颌，望着我的脸，充满了茹丝蒂娜大姑昨天晚上的期待。

"什么妈妈？妈妈怎么了？"

"妈妈让我当神父，但我不能当神父。"我终于说了出来。

若泽·迪亚斯惊愕了。

"我不能，"我继续说，张皇之状不亚于他，"我不配，也不喜欢神父生活。只要母亲愿意的事，我什么都可以服从，她很清楚这一点。我准备从事任何她高兴我做的工作，当马车夫也行。神父，我不干。我绝不当神父。职业虽好，但不适合我。"

这一席话并不是像上文写的那样自然、有力、流畅地说出的，而是断断续续、犹犹豫豫、语调低沉、充满了胆怯。但是，若泽·迪亚斯已经目瞪口呆，却没有进行任何反驳。我的最后一句话委实让他作难了：

"我谈话的目的是希望你能帮助我。"

食客瞪大了眼睛，眉毛拧成了弓形，我请他帮助的善意并未给他带来欣慰，他的失态实属罕见。的确，这一席话在我身上展现了一个崭新的灵魂，连我自己也感到生疏。最后一句话更是匠心独具，使他完全愣住了。当他的眼睛恢复了常态，问道：

"我能做些什么？"

"你的作用很大。你知道，家中的人对你都很尊重，妈妈也经常征求你的意见，不是吗？高斯麦大叔说你有才干……"

"这是客套话，"他受宠若惊地说，"这是贵人的好意，他们才是德高望重……的确，他们是无可非议的。为什么？他们都是贤达之人，你的母亲更是圣徒，大叔是一派绅士。高贵门第我认识不少，只有你家贵不可比。大叔所说的才干我确信是有的，但只有一个，即扬清激浊之才。"

"还有维护像我这样的朋友的才干。"

"我能起什么作用，亲爱的天使？我不能劝阻你母亲，因为这不仅是她的夙愿，也是多年的期望与梦想。现在已来不及了，昨天她还对我说：'若泽·迪亚斯，该让小本多去神学院了。'"

胆怯并不像人们所想象的那样一文不值。如果我是个大无畏的人，很可能当场骂他撒谎，但这就必须承认我在门后偷听了谈话。事情总是一环扣一环，幸好我的回答是这样的：

"不晚，还来得及，只要你想干。"

"只要我想干？除了为你效劳，我还有什么愿望？除了为你祷告你理应得到的幸福，我还有何求？"

"现在完全来得及。我不是懒惰之人，我准备从事一切工作；若母亲愿意我学法律，我马上动身去圣保罗……"

26 法律是好的

若泽·迪亚斯的脸上掠过一种计上心头的表情，他顿时喜形于色。他沉默着，我的眼睛紧盯着他，迫使他将目光转向港口。但他还是坚持说：

"晚了；不过，为了证明我的真诚，我找你母亲谈谈。我不能担保成功，但我一定尽力而为、全力以赴。你是真不想当神父？法律是好的，亲爱的……你可以去圣保罗、伯南布哥或更远的地方。外面的好大学有的是。如果你有兴趣，那就学法律吧，我去找格罗丽亚太太。不要只靠我，你也同大叔谈谈。"

"一定谈。"

"还要祷告上帝，上帝和圣母。"他指着天空说。

天色晦暗。几只黑色巨鸟在港口上空盘旋；忽而振翅翱翔，忽而掠过水面，复又腾空而起，然后又俯冲而下。无论天空的团团黑影，还是巨鸟那神出鬼没的表演，都无法把我的注意力从若泽·迪亚斯的身上移开。我答应了他的劝告，并补充说：

"上帝听你的吩咐。"

"不要亵渎，上帝是万物之主，是大地、空间、过去、现在和未来。向他祈求你的幸福吧，愿你得到满足……既然你不愿当神父，又喜欢法律……法律是好的，它不触犯神学，而神学像神圣的教会一样至高无上。为什么不离开这里去学法律？最好立即进大学，又念书，又旅行。我们俩一起去，见识一下异国的天地，听听英国话、法国话、意大利话、西班牙话、俄国话和瑞典话。格罗丽亚太太可能去不了，当然能去更好。不过，她不喜欢烦琐的杂务，钱啦、入学啦、食宿啦，跟你东跑西颠……啊！法律好极了！"

"既然这样，你去不去说服母亲不把我送到神学院？"

"去是要去，但去不等于成功。我心中的天使，如果我为你效劳的愿望能成为指挥一切的权力，那就好了，我们就可以登船了。啊！你无法想象欧洲是什么样子；啊，欧洲！……"

他抬起一只脚，原地转了两圈。回欧洲是他的夙愿，他时常挂在嘴边。尽管他把那里的一切吹得天花乱坠，但始终没能说服母亲和高斯麦大叔……他从未想到会有陪我去欧洲的可能，并在那里无休止地伴我学习。

"我们登船啦！小本多，我们登船啦！"

27 门　口

在公园门口，一个乞丐向我们伸出手。若泽·迪亚斯昂首而过，我想到卡毕图和神学院，掏出两分钱，给了行乞者。他吻了接过的钱，我请他为我祈祷，使我如愿以偿。

"一定，恩人！"

"我叫本多。"我补充说。

28　在路上

若泽·迪亚斯兴高采烈，由来时的忧心忡忡变得神不守舍。他手舞足蹈、扯东道西，每到一个橱窗或戏剧广告前，他就拉住我，向我讲述某些戏的内容，朗诵剧中的道白。他按母亲的嘱托买了东西，收完房租，结了账，自己又买了一张二十分之一的彩票。这时，笑容可掬的他又变得古板起来，说话又拉长了语调，充满了最高级形容词。我看不出这一转变的必然性，担心他会变卦。我只得好言相慰，直到坐上车。

29　皇　帝

途中，我们遇到从医学院出来的皇帝[1]。路上所有的车辆，包括我们的，全停住了。乘客下了车，脱帽致意，直到皇家的车队过去。回到座位，我产生了一个怪诞的念头：找皇帝，向他诉说苦衷，请他出面干预。我不想把此事告诉卡毕图。"皇帝陛下出面，妈妈一定会让

1　指佩德罗二世。

步。"我思忖着。

于是，皇帝好像站在了我的面前，倾听我的申诉，沉思着，最后答应找母亲谈谈。我含着泪吻了他的手。转眼我便回到了家，等待着。忽然听到先导骑兵和禁卫军到达，皇帝来了！皇帝来了！人们探身窗外，目睹皇帝经过。但御车却停在我家门前，皇帝下车，走进门。四邻传来大声的喧哗："皇帝到格罗丽亚太太家去了！什么事？怎么会呢？"我们全家出迎，母亲第一个吻了皇帝的手。进客厅前或正要进客厅时——我记不清了，梦经常是模糊不清的——皇帝微笑着请母亲不要让我当神父。而她，受宠若惊的她顺从地答应了。

"医学，为什么不让他学医学？"

"只要陛下高兴……"

"让他学医吧，是个满不错的职业，教师也好。从来没去过我们的学院？漂亮得很！我们有第一流的大夫，可以同任何国家的媲美。医学是一门伟大的科学，它给予人们健康，探索疾病，同疾病斗争并征服它……夫人您肯定也见过这种奇迹。您丈夫死了，他的病是致命的，自己又不注意……是个不错的职业，把他送到我们的学院吧。看在我的面上，好吗？您愿意吗，小本多？"

"只要妈妈愿意……"

"当然愿意，我的孩子。陛下已经吩咐了。"

皇帝又一次伸出手要我们吻，然后便在众人簇拥下走了。街上人山人海，窗口也被堵塞了，但却静得怕人。皇帝登车，点头致意，说道："医学，我们的学院。"车队在敬慕与感激的目光伴随下出发了。

我看到并听到了一切。不，阿里奥斯托[1]的想象并不比儿童和恋人的丰富。马车上的一个小小角落足以任我的视线遨游。我感到瞬间或几分钟的宽慰，但梦境立即消失了，我又回到清醒的乘客中。

---

1 意大利诗人（1474—1533），主要作品有《疯狂的奥兰多》。

30 圣餐礼

读者一定理解皇帝与医学的幻觉只不过是我不甘离开里约热内卢所寻找的出路。白日的梦与夜间的一样，它会随着我们的希望与联想而变幻。圣保罗，还可以。然而，欧洲……实在太远，漂洋过海，旷日持久。医学万岁！我要把这一新的希望告诉卡毕图。

"好像圣餐礼就要开始了。"车上有人说。我听到了钟声，是的，是在圣安东尼贫民教堂。"停一下，售票员先生！"

售票员打了一下系在车夫胳膊上的绳子，车停了。说话人下车。若泽·迪亚斯的头快速转动了两下，拉我一同下车。我们也去参加圣礼。钟声在召唤信徒们去念《送别经》。圣器收藏室已经有人，这样庄严的时刻我还是第一次经历。我服从了；起初有些勉强，不久便心情舒畅了。这与其说是因为圣事，不如说得到了一个成年人的差事。当圣器管理人分发教袍时，气喘吁吁地跑来一人。我的邻居巴杜阿，他也赶来参加圣礼。看到我们，他便过来打招呼。若泽·迪亚斯做了个厌烦的表情，冷冷地应了一声，眼睛始终没离开洗手的神父。他发现巴杜阿正同圣器管理人低语时，便凑上前去，我紧跟在他的后面。巴杜阿想要一面圣幡，若泽·迪亚斯急忙抢了一面。

"只有一面。"管理人说。

"就是我拿的这一面。"若泽·迪亚斯补充说。

"我先要的。"巴杜阿壮着胆说。

"你先要的不错，可你是后到的。"若泽·迪亚斯反驳道，"我来得早，请你委屈拿支蜡吧。"

尽管巴杜阿对他畏惧三分，但仍坚持要那面幡，只是声音低沉、压抑。圣器管理人终于找到了调和方案，他从本教区一个与若泽·迪亚斯齐名的持幡者手中要了一面，给了巴杜阿。但若泽·迪亚斯却横加阻拦。他说既然多了一面幡，应该把它给我——年轻的神学院学生，这一优待我享受最合适。巴杜阿的脸色煞白，像蜡一样，一颗做父亲的心被刺伤了。圣器管理人有时在星期天偶尔见过我和母亲，他好奇地问我是否真是神学院学生。

"暂时还不是，但不久会是的。"若泽·迪亚斯回答，左眼不停地向我眨着。尽管有这种暗示，我还是生了气。

"那好，我让给小本多。"卡毕图的父亲叹口气说。

从我来说，很想把幡给巴杜阿。每次参加向垂危的病人送圣餐的仪式，他总是拿一支蜡，只有上次拿过一次幡。圣幡成了一种荣誉的象征。而蜡烛是微不足道的。他曾充满了恭敬而又可笑的自豪对我说过，读者看他进门时的狼狈相就不难理解了。这是他第二次持幡的机会，他多么想得到一面！一场空！他还是拿着一支普通的蜡，他的代理职务结束了，又回到原来的岗位……我想把幡给他，但食客阻止了我的慷慨举动，并让圣器管理人将我们排在最前面，致使前进的幡队一度停止。

穿好教袍，点燃了蜡烛，神父拿起圣饼盒，管理人手持圣水器和钟，队伍上街了。当我手举圣幡从跪蔺的信徒面前经过时，我的心激动了。巴杜阿在吞食苦涩的蜡；这仅是种比喻，我找不到更形象的方式表达我的邻居痛苦与屈辱的心情。我不敢正视他和食客，此人同我并肩而行，趾高气扬，俨然是这支队伍的上帝。不久我便感到疲惫不堪，双臂无力地垂下去，幸好目的地不远，就在塞纳多大街。

病人是个寡妇，得的是肺痨。她的十六七岁的女儿在门口哭泣。姑娘并不美，可能也不乖巧，头发散乱地披着，两眼泪汪汪，但她整个的仪态是动人的。神父听完忏悔，将圣餐和圣油施予病人。姑娘哭泣的升级使我的眼睛也湿润了，我便溜了出去。我走到窗前，可怜的姑娘！痛苦本身是有感染力的，一想到母亲，我心中倍感凄然。想到卡毕图，我感到欲哭的冲动。我钻进走廊，听到有人对我说：

"不要这样哭！"

卡毕图的形象伴随着我，她似乎刚刚还在哭，现在却破涕为笑了。我又看到她在墙上划着，同我絮语，手舞足蹈地在我周围雀跃，她那清脆、甜美的声音呼唤着我的名字，令我欲醉。烛光闪烁，显得那样凄惨，但在我的眼中，却像在进行辉煌的婚礼……辉煌的婚礼什么样？不知道。大概是同死相反的什么东西，我从未见过。我深深陶醉在婚礼中，若泽·迪亚斯不得不在我的耳边低声说：

"不要这么笑！"

我立即严肃起来。是走的时候了，我拿起圣幡。路线我是知道的，但这次是直接回教堂，比来时近得多——幡也轻了。另外，室外的阳光、路上的熙熙攘攘、与我年龄相仿的孩子投来的羡慕眼光、探身于窗外或跪匍在走廊等我们通过的女信徒，这一切给我平添了无限快意。

然而，巴杜阿却十分沮丧。尽管替他持幡的是我，但他终不甘心拿一支蜡，一支可怜的蜡。另外拿蜡的人也不少，但都安于其职，没有笑容，也无悲伤，神情是庄重的。

31 卡毕图的好奇

只要我不去神学院，卡毕图无不乐从。她不愿在长期离别的压力下表现出无精打采，只得为我能去欧洲感到欣慰和高兴。听完我的皇帝梦，她说：

"不，小本多，不要打搅皇帝；我们还是等一下若泽·迪亚斯，他答应什么时候同你母亲谈？"

"没说定。他说要等机会，一有机会就去，还让我祈求上帝。"

卡毕图要我重复食客的每一句回答、表情的变化和原地转的圈，甚至说话的语气。她仔细、认真地听着，无论对其中的叙述还是对话，她都反复揣摩，可以说是在脑海里比较、分析、刻下我的说明。最后这一形象给我的印象更加深刻，比这再深的就没了。卡毕图就是卡毕图，也就是说，她是一个特殊的人，她的女人味要比我的男子气更多。无论我说什么，她还是她，有些概念要反复多遍才能灌输到读者的脑海里。

她的好奇心是大的，仅这一点足以占据一章的篇幅。她有各种各样的好奇，有的顺理成章，有的令人费解，有的有的放矢，有的纯属猎奇，有的稍有意义，有的琐碎无聊。她要知道一切。她七岁入学，学会了读书、写字、算数，学了法文、教义和针线活。她没学会做花边，曾向茹丝蒂娜大姑求教。她没能跟卡布拉尔神父学拉丁文，神父曾取笑地说拉丁文不是姑娘的语言。她曾直言不讳地说，神父的话更加点燃了她学拉丁文的欲望。为弥补这一不足，她决定向父亲的一个故交和牌友学英文，但未能如愿。高斯麦大叔教会了她十五子棋。

"再赢一盘，卡毕图。"大叔说。

卡毕图全神贯注而又熟练地玩着，不知她是否兴致勃勃。一天，她用铅笔素描人像，作品即将完成，并让我等着看画得像不像。画的是我父亲，是母亲和父亲画像的临摹，我一直保存着他们那幅画像。很难说好，相反，眼珠子瞪了出来，头发是一个个撅着的小圆圈。但对于毫无艺术素养的她，又只凭瞬间的印象，我觉得颇算上乘之作。这种评论包含着我的年龄局限和个人感情因素。正如她后来学会了音乐，我相信绘画对她也绝非难事。她曾一度对我家仅仅作为陈设品的旧钢琴发生过兴趣，也有时来我家翻阅书籍、欣赏画册，渴望了解一些古迹、人物及何时何地谁同谁发生过战争。若泽·迪亚斯有时做些讲解，颇以学者自居。其实，他的学问不会超过他在坎塔卡洛市[1]贩卖的顺势疗法。

一天，卡毕图问起客厅墙壁上的人像。食客简略介绍一下；谈到恺撒时，他放慢速度，提高了嗓门，几乎是狂叫着，并混杂着拉丁语：

"恺撒！尤利乌斯·恺撒！伟大的人物！ Tu quoque, Brute？[2]"

卡毕图并未觉得恺撒的侧面像有多么好看，但若泽·迪亚斯的举动使她惊叹不已。她久久凝视着恺撒，多么了不起！万能的人！竟把价值六百万银币的一颗珍珠送给一个妇人！

"一个银币值多少？"

---

[1] 里约热内户附近的小城。
[2] 这是一句拉丁名言。公元前44年3月15日，恺撒被以布鲁图和卡西乌为首的共和派贵族杀害。这是恺撒见到布鲁图时说的一句话，意为：你也要杀我，布鲁图！

若泽·迪亚斯对当时的兑换率也搞不清，他继续狂叫着：

"历史上最伟大的人物！"

恺撒的珍珠点燃了卡毕图眼中的火花，她问我母亲为什么不再戴画像上的首饰——她指的是一大串项链、首饰和耳环。

"这些首饰像我一样在守寡，卡毕图。"

"什么时候戴上的？"

"加冕节前后。"

"加冕节是什么？"

对于加冕节，她从父母口中早有所闻；但父母所知道的只不过是道听途说。她打听皇家乐队、舞厅是怎么回事，她出生时那些盛大节日早已成为往事。对于人们常常谈及的"弱冠"，她更是追根究底。有人告诉了她，她认为皇帝十五岁登基实在太好。一切都是卡毕图好奇的目标：古代家具和装饰、风俗习惯、伊达圭的奇闻、母亲的童年与青春，等等，等等。

32 潮汐的眼神

卡毕图对一切都有兴趣。但有时我搞不清这是先天的还是后天的，或如我一样二者兼而有之。这一点容后再谈。现在要讲的是，与食客周旋了几天之后，我去找女友了。上午十时，芙尔杜娜太太在后院，未等我张口她就说：

"在屋里梳头呢，"她说，"轻轻进去，吓她一跳。"

我轻手轻脚，但不知是脚还是镜子出卖了我。说是镜子，未免太牵强。它很小，是用一个铜子从一个意大利小贩手中买的（请原谅它的低廉），钢柜粗糙，圆铜环挂在窗户中间的墙上。若不是它便是脚。不管是什么，总之我一进屋她便跳了起来，问道：

"有事？"

"没有。"我回答，"卡布拉尔神父还没来，我抽空看看你。夜里睡得好吗？"

"很好，若泽·迪亚斯还没去谈？"

"好像没去。"

"什么时候去？"

"他说今天或明天去稍微提一下，不打算搞得太突然，而是由远及近，由表及里，逐渐转到正题。他先要去摸摸妈妈是否拿定了主意……"

"当然，当然是拿定了主意。"卡毕图打断我的话，"如果不需要立即说服她，绝对不会找到他的头上。我怀疑若泽·迪亚斯是否有那么大本事。若他感到了你决心不当神父，他会卖力气去干。不过，能成功吗？他很受宠，假如，但是……真糟糕！你要抓住他不放，小本多！"

"一定。今天他必须去。"

"敢保证？"

"保证！让我看看你的眼睛，卡毕图。"

我想到了若泽·迪亚斯说的"吉卜赛女人睨视而捉摸不透的眼睛"。睨视我不懂，捉摸不透我是知道的。我要看看是否名副其实。卡毕图任我观察和研究，问我印象如何，是否从来没注意过。我丝毫未发现什么异样之处，颜色和妩媚我是熟悉的。可能我久久的凝视给她造成一种印象，认为我是借机用我那深邃、喜悦、贪婪的眼睛端详她，我只有以此解释她的眼睛睁大了，大而忧郁，表情是……

恋人的修辞学促使我对卡毕图的眼睛做一个恰当和富于诗意的比喻，但我却找不到一种形象，既无损她的人格，又能贴切地体现那双眼睛和它向我倾吐的话语。那不定的眼神像潮汐？对，潮汐，这一新的形体予我以启示。那双眼睛中有一种不可名状、神秘而有力的流体，像落潮时的浪涛紧紧地卷着我。我抗拒着，抓住旁边的耳朵、胳膊和披散在肩头的长发。我突然奔向瞳孔，但那深沉而汹涌的波涛包围了我，席卷了我，吞灭了我。在这种瞪眼睛的游戏中我们耗掉了多少时光？只有空间的时钟记录了这一无限而又短暂的时刻。永恒也有摆锤，但却不因其永恒而放弃幸福和痛苦的时间概念。天堂的幸运儿为在地狱受磨难的敌人倍感高兴，同样，敌人在天堂的幸福对地狱的客人也意味着更大的痛苦。诗人但丁疏忽了这一痛苦，当然我绝无卖弄之意。我要说的是，在不知过了多少时间之后，我决然抓住卡毕图的头发——用我的双手——并说，为了多谈一会儿，如果她愿意，我要为她梳头。

"你？"

"我。"

"你肯定会弄个乱七八糟，没错。"

"如果我弄乱了，你重新整。"

"试试看。"

33 梳　头

卡毕图把背转向我，面对镜子。我将她的头发全部拢在手里，从额头开始，梳理齐腰的青丝。站着不得劲，读者不要忘记她是个比我略高的人物，即使一样高也不行。我说：

"坐下，坐下得劲。"

她坐下。"现在该看伟大的理发师了。"她笑着说。我小心、认真地梳理着头发，将它分成相等的两部分，以编作两条辫子。我不像职业理发师那样按顺序干净利落地把活干完，而是慢慢地、十分缓慢地进行，品尝着由于接触这属于她身体的一部分的缕缕发丝所产生的感觉。但工作进展并不顺利，有时是粗心，有时是我故意弄乱，以便从头开始。我的手指在她的后颈与被花布遮盖着的肩部划来划去，快意无穷。但是，不管我如何希望将梳理工作无休止地进行下去，工程还是逐渐接近尾声。我没有祈求上帝把她的头发变得像曙光女神的那样长，当时我对古典诗人所塑造的这一神明还不甚了解，然而我却希望永远地梳下去，永远编织那两条包含着无穷数字的辫子。无福分的读者若认为我言过其实，那是因为您从未为姑娘梳理过头发，从未将您的青春之手放到过仙女那美丽的头上！我进入了神话境界。上文谈到她的不定的眼神时，我曾提到女神忒提斯。什么忒提斯，什么仙女，统统不要，只要说她是个可爱的女性就足够了，它包含了基督教和异教的全部威力。我终于梳好了两条辫子。头绳在哪里？在桌上。一条可怜的发带。我把辫梢拢在一起，扎上带子，拉拉这头，扯扯那头，最后我高声叫道：

"好了！"

"好看吗？"

"自己照镜子！"

她并未照镜子。她在想什么？读者不要忘记，她是背我而坐。她开始向后仰头，我不得不用双手托住她的头。椅背是低的，我俯身向前，面面相对，我的嘴停在她的眼睛正上方。我让她抬起头来，这样下去会头晕，或扭了脖子。我甚至说这太难看，但一切都不能使她动一动。

"起来，卡毕图！"

她不想抬起头，我们就这样对视着，直到她合上嘴唇。我把双唇按了下去……

伟大的吻！卡毕图迅速站起来，我退至墙边。我晕眩、无言、茫然。我清醒一下，看到卡毕图双目垂地。我什么也不敢说，也不想说，我失掉了语言。我僵直而惶惑地站着，找不到一种力量，使我离开紧贴着的墙，以千恩万谢的话语扑向她……早熟的读者切勿讥笑十五岁的我。十七岁的格里欧（岂止格里欧）还没想到男女性的差别。

34 我是男子汉！

走廊传来脚步声，是芙尔杜娜太太。卡毕图立即恢复了常态；当母亲出现在门口时，她摇着头，微笑着。没有任何破绽、任何紧张。她的笑自然而轻松，她高兴地向母亲解释道：

"妈妈，瞧这位理发师先生给我梳的头。非要给我梳，弄成这个样子。您看这辫子！"

"辫子怎么了？"仁慈的母亲说，"好得很！谁也看不出是没梳过头的人梳的。"

"您说什么，妈妈？就这样？"说着，她破开了辫子，"好了，妈妈！"

她面带一本正经的嗔怒拿起梳子，开始重新梳理。芙尔杜娜太太叫她小疯子，要我不去计较。使小性，女儿的执拗。她和蔼地望着我和卡毕图，后来又像怀疑到了什么。她见我失色、沉默、紧贴在墙上的样子，可能想到在我同卡毕图之间除了梳头还有些别的。她勉强地笑了……

我也想说几句掩饰窘态的话，拼凑了几句，但话到嘴边终未出口。卡毕图的亲吻封闭了我的双唇。任何力量也无法使我哪怕是感叹一声，或仅仅说出一个冠词。所有的话语都龟缩到了心房，且嘟哝着：

"这是个没出息的人，感情脆弱……"

我们就这样被母亲撞上，但二者的表现却截然相反。卡毕图用话语掩饰了我以沉默公布的秘密。芙尔杜娜太太解救了我，她说母亲叫我回家上拉丁文课，卡布拉尔神父在等我。机会难得，我告别后立即溜出走廊。我听到母亲在责备女儿，女儿却不吭声。

我跑回卧室，拿起书，但没去课堂。我坐在床边，回忆着梳头的经过。我感到战栗、茫然，忘却了自己和周围的一切。略一清醒，我看到面前的床、墙、书、地，听到外面模糊的声音，似乎很近，又像很遥远。接着，一切都消失了，只剩下卡毕图的嘴唇……她的唇紧贴我的唇，我的唇紧贴她的唇，双双合在一起。突然，一句骄傲的话脱口而出：

"我是男子汉！"

我猜想肯定有人听到了这句话，声音那么高。我跑出屋门，外面空无一人。回到屋里，我又低声重复几遍。当时的余音似乎此刻仍在耳际萦绕，我感到无限快慰，哥伦布发现美洲时也未尝如此。请原谅我的平庸，每个少年的心中都有一个隐秘的世界、一颗星和灿烂的太阳。尔后我又有新的发现，只是像那样光彩夺目的感觉再也没有过。若泽·迪亚斯的指责曾使我惊愕，还有老椰树的教诲；她在后院的墙上刻写的名字也曾使我震动，但这一切同亲吻的感觉无法相比拟。这或许是夸张，也或许是错觉。但它是真理，而且是真理的骨骼，而不是肌肉或血液。即使那溶化在一起的紧握的双手也不会如此传神。

"我是男子汉！"

第三次重复时，我想到神学院，它已像历过的一次险，没倒成的一次霉，消失了的噩梦。我的每条神经都像在呼喊男子汉不能当神父，血液所持的意见相同。我又感到卡毕图的嘴唇。我也许在滥尝亲吻的余味，但怀念就是这样，即反复重现昔日的记忆。我相信这是那一时期中一次最甜蜜、最新奇、最赤裸裸地表现自我的回忆。我有许多形形色色的、大大小小的、也是甜甜蜜蜜的回忆，有的是高尚的，也是动人心弦的。即使一个伟大的人物，也不会有比此更伟大的回忆。

35 首席书记

我终于拿起书，跑进课堂。说"跑"并不恰当，因为我曾在半途停住，想到迟到的时间过长，他们会从我的面部表情发现点什么。我想撒谎，说头晕摔在了地上，但想到会给母亲带来的惊吓，便放弃了此念。我也想到向上帝许愿，念几十遍《天主经》；但另外的许诺正等我去履行，另外的宽恕等我去祈求……好了，去了再说吧。我慢慢走着，听到谈笑声。我走进客厅，无人理会。

卡布拉尔神父昨晚得知教皇代理大使捎来了口信，见面后，被告知教皇降旨任命他为教廷首席书记。教皇的恩泽给他本人和我们大家带来巨大的喜悦。高斯麦大叔和茹丝蒂娜大姑惊叹不已；平素只听说红衣神父、红衣主教、主教、教皇使节或代理使节之类的东西，首席书记却闻所未闻。首席书记到底是什么角色？卡布拉尔神父解释说那并非教廷的某种职务，而是一种荣誉称号。高斯麦大叔对棋友赞不绝口地说：

"教廷首席书记！"

又转身向我：

"好好干，小本多！你也能当首席书记！"

卡布拉尔神父惬意地听众人重复着他的头衔。他时而走几步，时而停住脚，微笑着，或轻轻在一只小箱子上敲几下。这冗长的职衔好像增加了他的庄严，但同名字连在一起叫可费了大事，这种感觉是高斯麦大叔产生的。卡布拉尔神父说不用称呼全名，只说卡布拉尔书记足够了，教廷意在其中嘛。

"卡布拉尔书记。"

"对，就这样，卡布拉尔书记。"

"可是，书记先生，"茹丝蒂娜大姑努力适应着这一新称呼，"您是否要去罗马？"

"不用，茹丝蒂娜太太。"

"不用去，只是种荣誉。"母亲评论说。

"但是，"卡布拉尔继续思考着说，"在隆重场合、盛大集会或礼宾来往的文件上，需要使用全名：教廷首席书记。平常只讲书记就行了。"

"完全正确。"众人说。

比我稍稍来迟的若泽·迪亚斯为神父的任命而叫好，并特别提到庇护九世初期的政治活动和前程似锦的意大利。但是，无人对他的话题感兴趣。此时此刻一切的中心是我的年迈的拉丁文教师，而我，在忧心忡忡之余感到有必要向他祝贺。我的赞扬给予他的好感丝毫不比别人的小。他慈祥地拍拍我的脸蛋，最后决定放我的假。虽然仅仅一小时，但给我的幸福是无穷的。亲吻、放假！看来这种得意之色在我的脸上有所流露，因为高斯麦大叔摸肚子称我浪荡公子。若泽·迪亚斯却给我泼了冷水：

"逃学不值得高兴。即使将来不当神父，拉丁语也是需要的。"

我感到了我的力量所在，这是从未听过的一句话，是一粒撒在土里的种子；是无意的，也是有意让家中人听一听。妈妈对我笑笑，充满慈爱与忧伤，并且说：

"一定要当神父，神父好！"

"不要忘了，格罗丽亚大姐，书记也行，教廷首席书记。"

"圣地亚哥首席书记。"卡布拉尔神父补充道。

我的拉丁文教师的意图是在练习将职衔同名字一起读，但我当时不清楚这一点，当听到我的名字同那一职衔连在一起时，我简直想骂他缺德。但这仅仅是一个念头，一个缺乏语言的念头，一个沉默无声的念头，就像尔后的许多念头一样……仅仅说明这点，就需要单独一章；我们暂且撇开这一章，继续谈拉丁语教师。对于我的圣职，他似乎兴趣并不太大；接着他便把话题岔开，其用意是表现他对自己的荣升无所谓，尽管这正是他得意忘形的原因。他是个瘦削、沉静、有教养的长者，但也不无缺德之处，突出的要算嘴馋。说他是贪食鬼并不太恰当，因为他吃得不多，但要精而奇。我们的饭食虽简单，但总比他的好。当母亲邀他改善一下生活时，他那眼神真是地道的首席书记的眼神，但不是教廷的。为讨好母亲，他又拉住我，绘声绘色描述一番我未来的圣职，并问今年还是明年去神学院，他要同"主教"谈谈。他对我的称呼全部冠以"圣地亚哥首席书记"。

36　无腿无臂的念头

我借口去玩离开了众人，又想去进行早晨的冒险。这才是十分有意义的事，有无拉丁语皆可。仅仅用了五分钟，我便决定立即跑到邻居家，拉住卡毕图，拆开她的辫子，重新为她梳理，最后以那种特殊的方式——嘴对嘴——结束。好，马上就去……但这只是一个念头而已！一个没有腿的念头，一个有腿也不想跑、不想走的念头。过了许久，我才慢慢地走出去，来到卡毕图家。我在同一间屋子里遇到她，她正坐在椅子上安静地做针线。她没有正视我，而是偷偷地、羞怯地、用食客所说的睨视和不可捉摸的目光看了我一眼。她把针别在布上，停止做活。我站在桌子的对面，不知所措。来时想好的话忘得一干二净。又过了好一会儿，她才放下手中的活，站起身，等待着我。我走过去，问她母亲说了些什么。她回答什么也没说。她说话时那微微张开的小嘴使我不由地靠近了她，她却退了一步。

抓住她，拉过来，吻她……同样，这也仅仅是个念头！一个没有胳膊的念头！我的臂垂下去，死了。我没读过《雅歌》，否则，魔王撒旦的灵感会使我赋予那首神秘的赞美词以直接和自然的含义。我会按照歌词的第一节所说的去做："按下他的唇，赐我以吻。"我将举起下垂的双臂，像第二章第六节那样："你的左手已放在我的颈后，用你的右手拥抱我吧！"读者看到，动作的顺序就是这样，只要行动起来就行。尽管我在理论上懂了，但卡毕图的态度是那样消极，好像她要永远木然地站在那里。最后还是她开口打破了这一僵局。

37 神秘的灵魂

"卡布拉尔神父等了你好久吗？"

"今天没上课，放假。"

我向她说明了原因，还说卡布拉尔神父也提到我进神学院的事，他支持母亲的决定。我还对神父发了一通牢骚。卡毕图沉思着，最后问我她是否下午可以到我家见见神父。

"当然可以。你去干什么？"

"爸爸肯定也没有祝贺，但他最好直接到神父的家里。我不能去他家，我已经是个半大不小的姑娘。"她笑着说。

她的笑使我感到轻松，她的话像是对自己开玩笑，因为从早晨起她已是个成年女人，我也是个成年男人。此时，我越发感到她娇媚无比，我要向她证实她仍只不过是个小姑娘。我轻轻抓住她的右手，又拉住她的左手，我感到惶恐和战栗。这是手的一种自发行动，我将把她拉过来，但我的行动没有服从我的意志。尽管如此，我仍感到一种力量和勇气。我绝不效仿别人，周围的青年也未曾教给我恋爱的秘诀。我不了解卢克丽霞的失节，只从佩雷拉神父的教科书中读过本丢·黑肋德[1]等罗马人的故事。我不否认早晨的梳头是爱情之途上迈出的一大步，但面前卡毕图的表现令人费解。早晨她把头倒在我的怀里，此刻却在躲避我。差别不仅是这些，还有别的，像是某种反应、某种排斥。

我想把她拉过来，无疑是由于太激动，我对自己的行动失去了理智的控制。她确实在向后退，并想缩回手。大概是因为无路可退的缘故，她的脚一前一后地站住，身子向后仰去，这使我不得不用力把她拉住。她终于感到累了，平衡了身躯。但是，她的头仍然在躲避着我。我无能为力，亲爱的读者，我实在无能为力了。我没有真正弄懂那首小曲的词义，所以没想到伸出左手放在她的颈后。当然，这需要一种默契，而现在的卡毕图却会利用这一机会，挣脱我的右手逃走。我们在这一无声的斗争中僵持着，一方进攻，一方自卫；但双方都小心翼翼，唯恐弄出响声被里面听到。她真是个神秘的灵魂。我继续拉着她，她的头继续向后仰着，终于疲倦了。这次轮到了嘴，她的嘴左右躲避着，我的嘴在后紧紧追踪着。我们就这样追逐着，只差一点，只差一点点……

这时，传来敲门声，走廊的说话声。是卡毕图的父亲，他今日下

1　即基督教中的希律。据《新约全书》记载，耶稣由他判决钉死在十字架上。

班比平时早。"开门，小鬼！卡毕图，快开门！"此刻的情景像是早晨的重演，不过，那次撞上的是母亲。但也仅仅是好像而已，实际是不同的。当时我们已经结束了一切，芙尔杜娜太太的脚步声只是通知我们恢复常态，而此刻我们正用手较量着，离结束还差得远呢。

我们听到有人打开走廊尽头的门——是卡毕图的妈妈。说实在的，我已来不及把手松开，但仍试图把女友放走。出乎意料的是，在父亲的脚踏进屋子之前，她做了刚才全力拒绝的事，把嘴按到了我的唇上。再重复一遍：她是个神秘的灵魂。

38 吓了我一跳，上帝！

巴杜阿走进客厅时，卡毕图已把背转向我，弯下腰，做出收拾针线活的样子，并高声问我：

"小本多，教廷书记是什么？"

"孩子们，你们好！"巴杜阿大声问候。

"吓了我一跳，上帝！"

此时的情景同早晨是一样的。现在重提四十年前的这两种情景，我只想告诉读者：卡毕图不仅在母亲面前镇静自若，对于父亲也没有任何怯意。每当我身处窘境时，语言总是变得极其幼稚可笑。我祝愿她千万不要慌张，但她说完"吓了我一跳"后，脸上立即浮上惊恐之色。深知内情的我，实在羡慕她的撒谎本领。她同父亲搭讪了几句，父亲握住我的手，问为什么女儿提起教廷书记。卡毕图转述了我的话，又建议父亲到神父家中祝贺，她到我们家。说完，她收拾好散乱的活计，跳着到了走廊，天真地喊道：

"妈妈，吃晚饭，爸爸回来了！"

39 志　趣

卡布拉尔神父仍然余兴未尽，此时每一句赞语在他的耳中都会变作一曲颂歌。尔后便习以为常，会板起一副面孔，对祝贺也嗤之以鼻。初期的兴奋是由衷的，那样精神状态的人往往把轻风摇曳的草木也视为宇宙群芳的祝贺，内心深处感到无限满足。卡布拉尔神父兴致勃勃听完卡毕图的话。

"感谢你，卡毕图，十分感谢你。你也为此而高兴使我倍感敬佩。你爸爸好吗？妈妈呢？你与我就不用问了，看你的脸色就知道身体结实得很。做祷告吗？"

每一个问题卡毕图无不对答如流。她穿了一身颇为整洁的衣服，鞋子也换了双好的。她进来时也不像平时那样随随便便，而是在吻母亲和神父的手之前在门口略停了一会儿。卡毕图在五分钟内两次把神父称作首席书记。若泽·迪亚斯也不甘示弱，在他简短的即席讲话中，赞扬了庇护九世"那颗十分仁慈而高尚的心"。

"您真是个伟大的演说家。"讲演一结束，高斯麦大叔抢着说。

若泽·迪亚斯坦然地笑了，卡布拉尔神父肯定了食客的赞语，但省略了最高级。食客继而补充说，马斯塔伊教长从小就有当教皇的志趣。他向我眨眨眼，下了最后结论：

"志趣就是一切。神父是世界上最完美的职业，是一种天赋的志趣。没有这种志趣，我指的是发自内心的、没有半点虚假的志趣，一个青年绝对当不成神父，但他可以在语言学方面有所造诣，而这同样是十分需要和光荣的。"

卡布拉尔神父反驳说：

"志趣固然重要，但上帝是万能的。一个人可以不喜欢教会，甚至反对教会，但只要上帝一召唤，他即会成为信徒。圣保罗就是一例。"

"我不反对您的看法，但我讲的是另一码事。我的意思是：一个不当神父的人也可以侍奉上帝，只是距离远一点。您说对吗？"

"当然！"

"那好。"若泽·迪亚斯胜利地大叫，并环顾四周，"没有个人的志趣，绝不能当好神父。不论从事什么职业，我们都在为上帝效劳。"

"完全对，但是志趣也不是生来就有的。"

"先生，天赋的志趣才是最好的。"

"一个对教会毫无兴趣的青年完全可能成为很好的神父，一切都由上帝安排。我并非要把我当作榜样，但我小时的志趣是医学，教父是圣里塔[1]的助理神父，他执意要把我弄到神学院，父亲只得让步。我在学习和神父的环境中产生了新的兴趣，最后接受了圣职。假如事情不是这样，我也不改变我的志趣，结果会是什么？我在神学院学过许多有价值的知识，可以很好地传授给别人。"

茹丝蒂娜大姑插嘴说：

"怎么？可以进神学院而不当神父？"

卡布拉尔神父说完全可以，并转身问起我的志趣。我喜欢的玩具总和教会有关，我崇拜圣徒和圣职。但这并不能证明什么，所有与我同时代的孩子都是虔诚的。卡布拉尔神父还说圣约瑟神学院院长最近从他那里得知母亲许下的愿，并认为我的降生恰恰应了母亲的许愿。神父对此表示赞同。卡毕图靠着母亲，对我投去的焦灼目光全然不理，好像对这场关于神学院的谈话压根没听。但实际上，她一字不漏地印在了脑海里，这是我后来才知道的。我两次走到窗前，希望她也能去，我们好自由地待在一起，直到地球毁灭，如果它将毁灭的话。然而，卡毕图却始终没去，回家前她未曾离开过母亲一步。天将傍黑，她告辞了。

"送送她，小本多。"母亲说。

"不用，格罗丽亚大婶。"她笑着说，"我认得路。再见，书记先生……"

"再见，卡毕图。"

我迈出一步，想穿过大厅。显然，按我的义务、我的愿望、在我

1　巴西帕拉伊巴州的一座城市。

那种年龄和处境下产生的冲动，我完全会穿过大厅，跟着我的邻居走出过道，进花园、进后院，给她第三次吻以后再告辞。这次我不会怕她拒绝，完全是假的。我走到廊下，正匆匆走着的卡毕图忽然止步，示意我回去。我一点也不理会，一直走到她面前。

"不，不要来，明天再说。"

"我要告诉你……"

"明天。"

"听我说！"

"别动！"

她的声音很低，然后拿起我的手，放在唇边。一个黑奴从屋里出来点上走廊的灯，看到我们在黑暗中的姿势，会心地笑了。他自语了些什么，我弄不清是好意还是恶意。卡毕图悄悄说仆人肯定发生了怀疑，他会出去乱说一通。她再次让我不要动，说完便转身走了。我像一只钉子钉在了地上。

40 骒 马

我愣愣地站在廊下，一个奇特的念头浮上脑海。读者对此并不陌生，我曾讲过皇帝的访问，讲过在恩热纽新区建造这所同马达卡瓦罗斯的旧居一模一样的房子……奇怪的念头总和我形影不离；它是那样活跃、那样敏感、那样不安分，同时又胆怯、固执，十分固执。记得塔西佗曾说过伊比利亚的骒马是同风受孕的。不是他便是其他古典作家将这种主观臆造写进了书中。从这个意义上说，我的幻想就像一头伊比利亚的大骒马，一阵微风掠过，它便会生下一头马驹，而顷刻之间，马驹又变作高大的亚历山大的骏马。读者切勿对一个十五岁的孩子大胆而又不恰当的比喻见笑，我们还是言归正传。我的奇怪念头就是向母亲公开我的恋爱，以证明我实无当神父的志趣。关于志趣的一席话又响在耳边，它使我惧怕，但又为我打开了一扇门。"对，就这样！"我想，"我要告诉母亲，我对神父毫无兴趣。我正在恋爱；她若不信，我就把前一天发生的事统统告诉她，梳头和以后的……"

41　秘密会见

同母亲谈话的事使我在廊下犹豫不决。这时，若昂·达科斯塔先生进来，他是我家的牌友。母亲走出大厅，看到我，问我是否送过卡毕图。

"没有，妈妈，她自己走的。"

我突然发动了攻势：

"妈妈，我有件事要同您谈。"

"什么事？"

她大吃一惊，问我哪儿难受，是头、胸还是胃。她摸摸我的前额，看热不热。

"我哪儿也不难受，妈妈。"

"那是什么事？"

"有件事，妈妈……可是，这，是这样，最好茶后，喝完茶……不是坏事，妈妈总是一惊一乍的，完全不是让人不安的事。"

"没生病？"

"没有，妈妈。"

"你肯定着了凉，不说实话，怕吃药。听声音就知道你感冒了。"

为了表示我实在无病，我真想大笑。但妈妈仍不相信，她把我带到她的房间，点上蜡，命我向她实说。我问她何时送我去神学院。

"今年，假期一结束。"

"我……住校？"

"什么意思？"

"我不回家？"

"最好周末和假期回家。正式当了神父后就搬回家住。"

我揉揉眼睛和鼻子。她抚摩着我，又想责备我，但她的声音颤抖了，好像眼也湿润了。我说不愿离开她，但她说这不是分离，只是因学习暂时不回家。开始可能不习惯，同老师和同学混熟就好了。

"我只喜欢妈妈。"

这句话的分量是无法估量的，我说得很诚恳，以表明母亲是我唯一的爱，避免卡毕图在我心中占据头等位置的嫌疑。一句简单的话语中有时会包含多少邪念呀！谎言也会像新陈代谢那样不以人的意志为转移。其实，亲爱的读者，我这样做恰恰是此地无银三百两，世界上的事物就是如此充满了矛盾。母亲单纯得像初升的太阳，像原罪之前的人。她不能从一种现象引申出一种含义，也不明白为什么我拒绝承认若泽·迪亚斯说我同卡毕图形影不离的说法。沉默片刻，她和蔼地、毫无家长权威地责备我，这更助长了我的勇气。我向她提起那天下午谈论的志趣，并说我没有任何当神父的兴趣。

"你过去是那样喜欢当神父，"她说，"你忘了曾要求去圣约瑟神学院，看那些穿教袍的学生！若泽·迪亚斯在家叫你'尊敬的牧师'时，你笑得那样开心！为什么现在变了？……不，我不相信，我的小本多。往后……志趣？任何职业只要习惯了就会产生兴趣。"她继续重复我的拉丁语教师的说教。

我仍对她的意见表示反对，她开始责备我，虽不严厉，但却有力，我只得又变作一个温顺的孩子。接着，她又郑重其事地大谈她的许诺。她并未给我讲述她许愿的环境和理由，我是后来才知道的。她只强调了最重要的一点，即：诺言必须履行，以报答上帝的恩泽。

"上帝恩典我，拯救了你的生命。我绝不食言，辜负上帝，小本多。我不能做这种罪孽的事，上帝是伟大、万能的，他不会允许，绝不会，小本多。我将受到惩罚，严厉的惩罚。当神父很好，是神圣的，这你很清楚。卡布拉尔神父同姐姐在一起生活很幸福，我有个叔叔也是神父，听说差一点当上主教……不要胡思乱想，小本多。"

当时，我是那样乞求地望着她，她马上改变了措辞。欺骗！不，我绝不会欺骗她。她深知我是多么爱她，我从不对她掩饰任何想法。她的原意是说我软弱，她让我不要那样软弱，要像个男子汉，要履行义务，为了她，也为了我的灵魂。她说这番话时颠三倒四、含糊其词、声音压抑。我鼓起勇气问：

"如果妈妈祈求上帝免除许诺呢？"

"不，我不祈求。你发昏了，小本多？怎么能知道上帝免除了我的许诺？"

"也许在梦中，有时我就梦到天使和圣徒。"

"我也有过这样的梦，孩子。但梦是空的……好了，天不早了，我们去大厅吧。要记住：明年一月份或二月份去神学院。我希望你认真学习，学好了，不只你，连卡布拉尔神父脸上也有光。你会在神学院受到欢迎，卡布拉尔神父对你很关心。"

她起身向外走，我跟在后面。出门前，她转身向我，像要扑到我身上，并对我说不必去当神父。这是随着时间的迫近在她内心深处产生的一线希望。她要寻找一种偿还夙愿的方式，一种还债的货币，尽管其价值是高的。然而，她却没找到。

42 沉思的卡毕图

第二天，我抽空跑到邻家。卡毕图正送两个同学出来，一个是十五岁的保拉，另一个是十七岁的桑莎。前者是医生的女儿，后者的父亲经营土产。卡毕图情绪沮丧，头上缠了一块毛巾。母亲说她晚上太累，晚餐前后一直在客厅和卧室读书，上床后又在油灯下熬到半夜……

"我要点蜡烛，妈妈不让。现在好多了。"

她要取下头上的毛巾，妈妈关切地说最好不要动；卡毕图说不需要，她已经好了。

房中只剩下我们两人。卡毕图听取了母亲的谈话，并说她在我家时就感到情况不妙。我也向她讲了我的努力、同母亲的会面、我的乞求、母亲的眼泪、最后的决定：两三个月后去神学院。我们怎么办？卡毕图贪婪地、继而忧伤地听着我的讲述。我结束了汇报，她呼吸紧迫，愤怒像要使她爆炸，但她还是克制了自己。

这件事已过了那么长时间，我记不清她是真正哭过还是仅仅擦擦眼睛。我相信后者的可能居多。见她那种神态，我握住她的手，安慰她，也安慰我自己。我们颓然坐在沙发上，茫然地仰望着。不，她是双目垂地，而我也连忙把头低下……我的目光真的落在地板上，看到虫蛀的痕迹、两只爬行的苍蝇、一条破椅子腿，但卡毕图的眼却在望着自己的心。地上的景象使我暂时摆脱了焦虑，当我的目光重新射到卡毕图身上时，她仍是一动不动地待着。我感到害怕，轻轻地摇摇她。卡毕图从沉思中醒过来，并要我把母亲的反应重复一遍。我满足了她的要求，但为了不使她难受，只是轻描淡写地说了说。读者切勿以为我言不由衷，我只不过是悲天悯人。如果她失望了，我担心失掉她；她的伤心也是我的伤心。现在的事实——确凿的事实是我后悔在若泽·迪亚斯的说服工作取得成效前找母亲谈了话。我实在不该自作聪明。卡毕图沉思着、沉思着、沉思着……

43 你怕吗？

她突然中断了沉思，她那不定的目光投到我身上问我怕不怕。

"害怕？"

"对，我问你怕不怕？"

"怕什么？"

"怕被抓、坐牢、挨打、流放、干活……"

　　我不懂。如果她简单地对我说："我们逃跑！"或许我要表示是否同意，起码，我可以明白她的意思。但她那种问法，含混而不连贯，我无法猜透她的心意。

　　"可……我不懂。被抓？"

　　"是的。"

　　"谁被抓？谁会打我？"

　　卡毕图做了个极不耐烦的手势，她那不定的眼神凝视着，似乎发了呆。她不再理我，我也不愿再问她。我心里想着谁会打我，为什么要打我，为什么要坐牢，谁会抓我。我的上帝！我的脑海中出现了阿茹贝监狱，一幢黑暗、难看的房子。我看到逃犯收留船、巴玻诺斯警察局、教养所。这些新奇的社会机构给我一种神秘感，卡毕图那捉摸不定的目光也无法使我摆脱由此产生的恐惧。遗憾的是她没有将她的疑惑的眼色无休止地保持下去，而是不久便恢复了常态。卡毕图苏醒了，说是在同我开玩笑，要我不要为此焦急，并温柔地摸摸我的脸，笑着说：

　　"胆小鬼！"

　　"我？可是……"

　　"没什么，小本多。谁会打你、抓你？请原谅，我今天有点疯疯癫癫，老想开玩笑……"

　　"不，卡毕图。你不是开玩笑，这种时候谁也无心开玩笑。"

　　"也是。就是没有正形。再见。"

　　"再见？"

　　"我的头又疼起来了，我得找块柠檬皮贴在太阳穴上。"

　　她果然这样做了，并把毛巾重新包在前额。她送我到后院，我们又在井旁坐了一会儿。起风了，天空堆满乌云。她又一次谈到我们的分别，认为已成定局。我也为此担心，仍设法安慰她。她开始沉默，并用一片竹子在地上画了许多鼻子和脸的侧影。绘画是她的消遣，一切东西都可以变作她手中的纸和笔。我想起刻在墙上的名字，也想在地上画点什么。我跟她要片竹子，她没听见或者是不想给我。

44 第一个儿子

"给我,我要写。"

卡毕图看了我一眼,我不禁想起了若泽·迪亚斯为那目光下的定义:睨视、捉摸不定。她没抬头,但抬眼望望我。她以压抑的声音问我:

"告诉我一件事,但要说实话。我不要假话,要心里话。"

"什么?说吧。"

"如果需要你在我同你母亲之间做一选择,你要谁?"

"我?"

她点点头。

"我……为什么要选择?妈妈绝不会这样问我。"

"当然,但我要问。假若你现在已经在神学院,听到了我死的消息……"

"别这么说。"

"……如果你不回来,我会因怀念而立即死掉,而你母亲又不让你回来。告诉我,你回来吗?"

"回来。"

"违抗母命?"

"违抗母命。"

"你放弃神学院,放弃母亲,放弃一切,为的只是看我死?"

"不要老谈死,卡毕图。"

她惨然地一笑,用竹片在地上写了几个字。我低头看去:撒谎大王。

一切都是捉摸不定,我实在莫名其妙。无论她写的字还是说的话,都是高深莫测。如果我感到这是一种或大或小的屈辱,我可能用同样的竹片在地上写下同样的字。当时我却什么也没想到,我的脑子空空如也。另外,我也担心有人听到我们的谈话,看到地上写的字。只有我们两人,谁会听到和看到?芙尔杜娜太太走到门口一次,但很快又进去了。四周悄然无声。记得只有几只燕子掠过，向圣特莱萨飞去。一个人也没有。只听到远方隐隐的声音、路上偶尔的马蹄声、院中巴杜阿小鸟的叽喳声。仅此而已。也许正是这种奇特的环境使我感到她在地上写的字在嘲弄地窥视我，我甚至感到那个字在院落的空间游荡。我产生了种坏念头，我对她说当神父并不坏，我可以毫不遗憾地接受它。这是一个报复，充满稚气的报复。我内心深处在等她泪汪汪地扑向我，而她却只把眼睛睁得大大的，最后说：

"当神父好，这毫无疑问。红衣神父更好，因为他的袜子是红的。红色很漂亮，你要好好想想，红衣神父更好。"

"但是，不首先当神父，就无法当红衣神父。"我嗫嚅道。

"那好，先穿黑袜子，再穿红袜子。我绝不放过你主持的第一次弥撒，请及时告诉我，我好穿得时髦一些：灯笼裙、大花边……可能到那时样子又变了。教堂一定很大，在卡尔穆或圣弗朗西斯科。"

"或坎特拉里亚。"

"对，还有坎特拉里亚教堂。随便哪里，你的第一次弥撒我一定要去。我将扮演一个重要角色。许多人会问：'那个穿漂亮衣服的俊姑娘是谁？''那是卡毕图丽娜太太，小时候住在马达卡瓦罗斯大街……'"

"小时候？你要搬家？"

"谁知道明天会住到哪里？"她不无忧伤地说，但马上又恢复了讥讽的语调，"你穿着镶金的花袍站在祭坛上，高唱……上帝……"

啊！可惜我不是浪漫诗人，无法描述那场嘲讽的决斗！刀光剑影，一个千娇百媚，一个步履敏捷；鲜血淋漓，斗志昂扬。我使出了绝招：

"好吧，卡毕图，你参加我的第一次弥撒，但有个条件。"

"最尊敬的神父，请说。"

"能答应我一件事吗？"

"什么事？"

"你先说答应不答应。"

"不知道什么事，我不能说答应。"

"实际是两件事。"我又想起一件，补充道。

"两件事？哪两件？请说。"

"第一件，你只能向我忏悔，我再宽恕你。第二件……"

"第一件我答应。"她看我犹豫不决，催促我说第二件。

第二件实难启齿。我无法讲出口。这是令人难以置信的。

"第二件……对……是这样……请答应我做你的出嫁神父好吗？"

"出嫁？"她颇有些激动。

她的嘴唇微微动了一下，摇了摇头。

"不，小本多，"她说，"这要等很长时间，你不能明天就变成神父，起码要两年以后……好，这样吧，我答应你另一件事，你为我的第一个儿子洗礼。"

45 请摇头吧，亲爱的读者！

请摇头吧，亲爱的读者！您可以做出一切不相信的表示，乃至把书扔出门，如果您还没有因为它冗长而扔出去的话。一切都无可非议。既然读者还没扔掉，我希望读者不妨重新拿起它，翻到这一页。我丝毫不要求读者相信作者的诚实，但我所讲述的却是确凿的。卡毕图就是这样讲的，她的话、她的表情就是如此。她说起第一个儿子时，就像在说她的第一个玩具。

我的惊愕无疑是大的，心中的感觉是奇特的。我不禁颤抖了。第一个儿子是种威胁；卡毕图的第一个儿子，同别人结合，永远分离，永远失掉，将一切一笔勾销——这使我哑口无言，呆若木鸡。卡毕图笑了，我似乎看到她的第一个儿子在地上玩耍。

46 和 平

突然的战争带来了突然的和平。如若我要在本书中寻找我的光荣业绩，我会说是我主动进行了谈判。然而事实并非如此，会谈的倡导者是卡毕图。我仍然在呆呆地发愣，她也低下了头，但眼睛却翻起来望着我。我板起一副法官的面孔，想起身出去。但我并未起身，也不知是否要出去。卡毕图以极其温柔的目光看着我，祈求的眼神使我放弃了走的念头。我伸出胳臂挽住她的腰，她握住了我的手指……

芙尔杜娜太太又出现在门口。不知为什么，没等我缩回手臂，她便消失了。这可能是她的一种精神安慰、一种礼貌，就如口是心非的祷告，只是凑凑热闹，抑或要用自己的眼睛证实一下内心深处希望的东西……

不管是什么，我的臂仍然紧紧挽着女儿的腰，我们就这样议和了。有趣的是此刻双方都争相承担战争的责任，请求对方原谅。卡毕图把她的行为归咎于失眠、头疼、烦躁和"生来的坏脾气"。而我，由于爱哭，感到眼睛是湿的……这是一种纯洁的爱，是对年轻女友的怜悯，是和解后的温情。

47 太太出去了

"好，一切都过去了，"我终于开口了，"但是，请说明一件事，为什么问我怕不怕被抓？"

"没什么。"卡毕图犹豫了一会儿说，"……还提它干什么？"

"为什么不能说？是因为要去神学院？"

"就是。听说那里打人……会吗？我也不大信。"

她的解释使我高兴，当然她没有其他解释。我想，她没说实话，也不能说实话。就如当太太不愿会客时，女佣人总是对来访者随便说：

"太太出去了!"女佣人的合谋有某种个人乐趣;一般说来,过错有时因条件的不同而不同,被欺骗的来访者会高兴地听到答复,高兴地离开……实际上太太没出去,她在家,在卡毕图的心中,低语着她的忏悔。我离开时既没有难过,也没有怨恨;我遇到了欢快、好奇、比太太还好的女佣人。

燕儿飞来了,可能不是刚才过去的那一批。我们还是我们,我们待在那里,有幻想,有忧伤,此时又产生了怀念。

48 井边的誓言

"不!"我突然大叫起来。

"不什么?"

在此之前有几分钟的沉默,在沉思中我产生了个想法。我的声音是那样大,着实吓了我的邻居一大跳。

"不能这样,"我说,"他们说我们不到结婚的年龄,说我们还是孩子,是大小孩。"

"我也听到过这种话。"

"但是,三两年快得很,你愿意发誓吗?发誓一定嫁给我?"

卡毕图毫不迟疑地发了誓,脸上甚至泛起幸福的红晕。她发了两次誓,三次誓……

"即使你同另外的女人结了婚,我也履行誓言,终身不嫁。"

"我怎么会那样?"

"任何事都是可能的,小本多。你可能会遇到一个十分喜欢你的姑娘,一见倾心,最后同她结婚。那时你还会记得我?"

"我也发誓,我发誓,卡毕图,我向上帝发誓,我只同你结婚。行了吗?"

"马马虎虎,"她说,"我无权要求你别的。是的,你发了誓……但是，我们还要发一次誓，我们发誓一定要结婚，不管发生什么。"

亲爱的读者，您一定发觉了其中的奥妙。这已经不是选择配偶，而是在签订婚约。我的女友的脑袋思路清楚而敏捷。的确，前者的方式有一定的局限，仅仅否定了选择的余地，但我们都有独身一生的可能，就像太阳和月亮，而这完全不违背誓约。第二种方式就完善了，它使我坚定了不当神父的决心。我们按第二种方式发了誓，双双沉浸在幸福之中，一切忧虑顷刻间统统烟消云散了。我们是教徒，上天是我们的证人，神学院我也不怕。

"如果他们硬要我去，那我就去。我把它当成一所普通学校，不接受圣职。"

卡毕图虽担心我们分离，但后来还是同意了我的比较理想的建议。我们不让母亲伤心，一直等到水到渠成。而且，任何对神学院的抵触都恰恰证实了若泽·迪亚斯的指责。这一见解不是我的而是出自她。

49　周末一支蜡

经过一番挫折，我们终于到达了避风港。请勿责备我们，不幸的驾驶员，心灵的航行绝非寻常。我们兴高采烈地谈起未来，我答应为妻子在庄园或城外的其他地方安置一个恬静、舒适的生活，每年回城一次。郊区虽远，但无人干扰。至于住房，按我的设想，不能大，也不能小，适中为好。我要在家种植花草、添置家具、购买马车、修建礼拜堂。是的，我们需要一间漂亮的礼拜堂，高大而宽敞，一色紫葳木，用以供奉圣母。对这一点我想得颇多，一方面因为我们是教徒，另一方面为了补偿我放弃圣职的过失。还有，我在内心深处求上天保佑，每逢周末，我都要点上一支蜡……

50 折中方案

几个月后，我来到圣约瑟神学院。如果计算一下临行前和临行的早晨我所流过的眼泪，我相信它将超过自亚当和夏娃以来人类所流眼泪的总和。这样说无疑是夸张的，但强调一下也很有必要，以慰藉我这颗深感内疚的心。若能铭记这一感受就好了，但一个十五岁的孩子，准确的概念是没有的。尽管思想有一定准备，我仍感到万分痛苦。母亲同我一样，但她的痛苦埋在心灵深处。好在卡布拉尔神父找到了一个折中方案：先去试试。若两年后我仍对圣职不感兴趣，那就改行。

"我们要根据上帝的需要履行诺言。若上帝拒绝您儿子的献身，或他对神学院的生活不像我那样热爱，这说明上帝另有安排。太太，您绝不可把孩子降生前上帝就摒弃了的志趣强加在孩子头上……"

这是神父的一个让步。他提前宽恕了母亲，让债主自己松了口。母亲的眼中放射出光彩，但嘴里却说不行。若泽·迪亚斯陪我去欧洲的计划落了空，于是捡起了眼前的牙慧，全力支持"书记先生的建议"。但他认为一年足够了。

"我断言，"他向我递个眼色说，"一年之内，我们的小本多对神职的兴趣大小就能清清楚楚、完完全全地表现出来。他可能是一个出色的神父，但是，如果一年之内仍然不……"

他后来对我私下说道：

"你先去一年。一年的时间快得很。你如果毫无兴趣，那就如神父所说，是上帝的意志。那样的活，我亲爱的小朋友，最好的出路就是欧洲。"

当母亲向卡毕图宣布了我去神学院的最后决定时，卡毕图对我的建议和若泽·迪亚斯的相同。

"我的女儿，你将失去幼年时代的朋友。"妈妈对卡毕图说。

这一称呼妙极了（母亲第一次这样称呼她），将卡毕图的愁云一扫而光。她连忙吻了母亲的手，并说从我这里已得到了消息。她背后嘱咐我耐心地忍受一切，一年后形势就会发生变化，而一年的时间又是短促的。这次谈话不是我们的告别，告别是在临行前的晚上。告别的方式值得大书一章，我在此只说明一点，即：随着我们俩被一条无形的绳子捆得越来越紧，她慢慢地将母亲也捆了起来，她在母亲面前总是规矩、温顺，偎依着母亲，望着母亲。母亲天性善良、敏感、多愁善感，她渐渐在卡毕图身上发现了许多过去未曾察觉的喜人的地方，细腻而又少见的天赋。除了一些好玩的东西，母亲把戒指也给了她。卡毕图请求母亲照一张相片送给她，母亲不同意。母亲有一张二十五岁时的小照片，再三犹豫之后，还是送给了她。当接受这一礼品时，卡毕图的眼神是难以描述的。她的目光再也不是睥睨和不定，而是直视、清澈、明亮。她深情地吻了照片，母亲又吻了她。这一切使我想起我们的分别。

51 明亮与黑暗之间

明亮与黑暗的变化是异常迅速的。我们告别的时间虽不长，但却紧凑。地点是她家的客厅，时间是天黑之前。告别是一次进行的，我们重新发誓结婚；不仅是紧握的双手为我们的婚约盖上了大印，还有在后院合在一起的热烈的嘴唇……如果直到那时我的思想仍无任何邪念，我将在付印前删掉本章。否则，就保留。现在我将它保留了，它总不失为一个证据。根据圣规，我们不能以上帝的名义胡乱起誓。我不会欺骗圣灵，因为我随身带着在圣地签署的婚约。至于我们所盖的印章，上帝，因为你给了我们洁净的嘴唇，就如给了我们洁净的双手一样。然而，在那对年轻的恋人签约之前，邪念已经在你的肮脏的头脑里产生……啊！我幼年可爱的伴侣，我是纯洁的，一直是纯洁的，我带着纯洁的心灵走进圣约瑟的课堂，索取一件神父的外衣。首先是志趣，但志趣就是你，外衣也是你。

52 巴杜阿老人

现在谈谈巴杜阿老人的辞行。他一早就来我们家，母亲让他进屋同我说话。

"可以吗？"他伸着脑袋问。

我迎上去握住他的手。他热情拥抱我。

"祝你幸福，"他说，"我和我们全家都将非常想念你。我们都尊敬你，你是值得尊敬的。若有人说我们的坏话，你千万不要信，那是阴谋。我结婚前，也有人暗算我，只是没有得逞。上帝是伟大的，是真理的化身。如果有朝一日你失掉母亲和大叔——在我有生之年我不希望发生这种事——他们都是好人，非常好的人，我感谢他们对我的关心……不，我不像有些人，那些外地的寄生虫，专门拆散别人的家庭，无耻的马屁精。不，我绝不是那种人，我不吃白食，也绝不赖在人家……总之，那种人最幸福！"

"为什么说这种话！"我想。他自然知道若泽·迪亚斯经常说他的坏话。

"我说过，如果你失去了亲人，我们便是你的亲人。我们虽门第不高，但我们的感情是真挚的。请相信，即使你当了神父，我们也随时愿为你效劳。请不要忘记我，不要忘记巴杜阿老人……"

他叹息一声，继续说道：

"不要忘记巴杜阿老人。是否能给我留个小纪念品，如拉丁文练习本，什么都行，一枚扣子，或别的不值钱的东西。意义在于纪念。"

我大吃一惊。前一天我把我的漂亮的头发剪下一大绺，用纸包了起来，准备走时送给卡毕图。我决定将它送给父亲，女儿肯定会拿去保存起来。我取出头发。

"把这个拿去。"

"头发！"巴杜阿大叫着，打开了纸包，又马上包起来，"呵，谢谢。我和全家感谢你！我要让老伴好生保存，或交给女儿，她比妈妈更细心。多么漂亮！怎么把这么漂亮的头发剪了！让我拥抱你，再来一下！再来一下！再见！"

他的眼睛湿润了，像是顿时明白了一切，像是一个人以全部家当买了一张彩票，并且看到了中奖的数字——一个多么诱人的数字！

53 登 程

我动身赴神学院。同其他人的告别恕我从略。母亲紧紧拥抱我，茹丝蒂娜大姑连声叹息。她似乎哭了，或根本没哭。有些人想哭，但泪水总不能立即出现，或永远不会出现。他们却说比谁都难过。大姑自然是掩饰着内心的痛苦，不时帮着母亲对我嘱咐着、命令着。我吻了高斯麦大叔的手，同他告别，他笑着对我说：

"去吧，小伙子，当了教皇就回来！"

若泽·迪亚斯一本正经、神情严肃。起初他沉默不语。前一天我们在他的卧室已谈过，我问他是否能不去神学院。他说不行，但给了我希望，特别是鼓励。用不了一年，我们便可登上去欧洲的轮船。我说现在就可以，他解释说：

"据说现在横渡大西洋不合适。我打听一下，如果没有问题，我们三月或四月动身。"

"我可以在当地学医。"

他的手指在吊带上滑动着，样子很不耐烦。他紧闭嘴唇，最后勉强放弃了建议。

"如果当地的医学院只教授骗人的对抗疗法，"他说，"我将坚持我的看法。对抗疗法是时代的错误，终归要死亡。这是种害人、虚伪、毫无根据的方法。如果能在当地学到系统的科学知识，我毫无意见。对抗疗法是医疗学的错误，生理学、解剖学、病理学绝不是对抗疗法，也不是顺势疗法。应当从书本上或有真才实学的人那里把所有的医学知识一次学到手……"

这是临行前若泽·迪亚斯在他的房中说的一席话。现在，他或者沉默不语，或者偶尔说一句有关宗教和家庭的格言。我记得这样一句："同上帝分享等于独占。"当母亲吻我时，他叹息说："多么动人的画面！"这是一个阳光明媚的早晨，孩子们交头接耳，女佣人祝福说："祝福你，小本多！不要忘记若安娜！玛盖丽娜为你祝福！"一路上，若泽·迪亚斯坚持他的建议：

"忍耐一年，到时候一切都会变好的！"

54 圣莫尼卡颂

神学院……哦，不谈它吧，要谈也用不了一章的篇幅。不，亲爱的朋友，以后谈吧，有朝一日或许我要把在那里的见闻，我所接触的人和事简要地写一下。写作成癖的人到了五十岁就难以收笔了，青年时代得这种病是可以治好的。不说远的，神学院就有位儒凯拉·费雷莱[1]式的诗人，一位神父诗人。后来，我在圣佩德罗的唱诗班遇到他，我想看他的新作。

"什么新作？"他颇惊奇地问。

"你的诗，忘了在神学院……"

"哈哈！"他笑了。

他笑着在一本书中找到第二天的诵文。他说当神父以后再也没写诗，过去的诗是青年人冲动的产物。现在好了，一切都过去了。他像朗诵似的向我报道了当天的新闻、物价上涨、某神父的布道……米纳斯州的牧师……

另一个神学院学生的经历却恰恰相反，他放弃了圣职。他叫……无须提他的名字，只讲事情就够了。他写了一本名为《圣莫尼卡颂》

---

1 巴西诗人（1823—1855）。

的诗集，颇受赞扬，并在学生中广为流传。后来正式出版，并作为圣
物献给奥古斯丁。这些都是往事，最近一件事发生在一八八二年。一
天，我去海军部队办事，遇到这位荣升管理处长的同学。他早已放弃
了神学院，放弃了写作，并成家立业。他忘掉了过去的一切，唯独那
本二十九页的诗集《圣莫尼卡颂》除外。我正要了解些情况，于是求
助于他，受到破格的接待。他是那样热情、详细、准确地为我提供了
大量材料。我很自然地谈到过去，过去的人、学习生活、一本书、一
个动词或一句格言等鸡毛蒜皮的事。我们笑着、叹息着，废话滔滔不
绝。我们重温了神学院的生活。或因为是自身的经历，或因为那时我
们还年轻，总之，往事的回忆给我们带来的幸福感是那样强烈，即使
当时某些并非愉快的事，此时连不愉快的影子都消失了。他说同神学
院的朋友都失去了联系。

"我也是，几乎没再见到一个。毕业后，外地的都回了老家，本地
的也在外面当牧师。"

"那段生活很有意思。"他感慨地说。

他沉默片刻，以疑惑的目光盯着我问：

"您还保存着我的诗集吗？"

我无言以对，动了动嘴唇，却不知说什么。我反问：

"诗集？什么诗集？"

"我的《圣莫尼卡颂》！"

我没立即想起来，经他解释后，我明白了。我灵机一动，说曾保
存了很长时间，后来因迁居、旅行……

"我要送您一本。"

没过二十四小时，他拿着一本小册子——一本二十六年前的陈旧
小册子来到我家。尽管时光为它蒙上了灰尘，却也不缺不残。他工整
地在上面写了一句赠言。

"这是倒数第二本，"他说，"我只剩了一本，谁也不能送了。"

我打开诗集。他说：

"看能否记得一些。"

二十六年的光阴扼杀了最亲密的友情。出于礼节，甚至是怜悯，我不得不说还记得一点。我读了一页，故意加重了抑扬顿挫，以便给他一个我还记得的印象。他赞赏我的朗读，要我继续念下去。他指着一段说：

"记得吗？"

"完全记得。圣莫尼卡颂！这一首使我多么清晰地回到了童年！真情实感，神学院我是终生难忘的。年复一年，时过境迁，感觉也是如此。新朋换旧友，这就是生活的规律……亲爱的学友，我们那段共同生活是无法磨灭的；神父、上课、游戏……还记得我们的游戏吗？洛贝斯神父，啊，洛贝斯神父！……"

他茫然望着我，似乎在听，实际也在听。一阵沉默过后，他收回了茫然的目光，叹了口气，说了这样一句话：

"我的诗集多么有意思！"

55 十四行诗

说完，他用力握住我的手，表示深切的感谢。告辞后，他走了。我拿着诗集，往事的回忆足够我写下一章或更多。然而，我也有自己的诗，下面就是一个关于一首我没有写出的十四行诗的故事。那是在神学院读书的时候，诗的第一句是这样的：

啊！天之花！啊！天真纯洁的花！

这句诗在我的脑海产生的经过，我始终弄不清。当时我躺在床上，莫名其妙地想出了那样一句诗。我感到它颇有韵味，就想凑上点什么，写成如十四行诗之类的东西。失眠症——这位永远大睁着眼睛的艺术大师——使我足足有一两个小时无法入睡。皮肤发痒时，可求救于指甲，但我是精神上作痒。起初，我并没有立即、立即想到十四行诗，而是其他文体，如韵文或自由诗。但最后我还是决定作十四行诗。诗虽短，却也不无感情。第一句并没有什么意思，只是感叹而已。主题思想还需在下面表达。我就这样躺在床上，用被单裹得严严实实，构思着诗章。我的感觉像母亲怀上了孩子，而且是头胎。我将成为诗人，我将与那位新近出名并风靡一时的巴伊亚修士媲美。作为神学院的学生，我像修士诉说修道院的苦衷一样在诗句中抒发我的忧伤。我把诗句构思成熟，对着被单低吟。说实在的，诗句的确很美，至今我也不能忘怀：

啊！天之花！啊！天真纯洁的花！

花是谁？自然是卡毕图。当然，它也可以是美德、诗章、宗教，或任何别的适合用花做比喻的概念，而且是天之花。以下的句子只能暂且空着。我经常朗诵这一句。有时，我在床上辗转反侧，最后仰面朝天，眼睛望着天花板，即使这样，我仍然无法将诗续写下去。于是我想，最精彩的十四行诗的关键是结尾一句，就是那么一句，无论其形式还是意义都有着画龙点睛的作用，是一把金钥匙，我要着意提炼这一句。然而，脱离了前十三句的这最后一句很难形式完美。我想，这把金钥匙或许是先于锁而铸成。我决定全力以赴铸造出十四行诗的最后一句。无数的汗水流过之后，终于产生了：

失掉了生命，赢得了战争！

绝不是自吹自擂，站在客观的立场说，这句诗的确妙极了，铿锵有声，这是毫无疑义的。主题显明，以生命换取胜利，是一种高尚的思想境界。虽算不上标新立异，但也绝不落俗套。我至今不明白为什么一个年轻的脑袋里竟会有这样神秘的思维。当时我感到这句诗是至高无上的，我反复吟咏这把金钥匙。后来，我把两句合在一起读，也曾想把中间的十二行凑齐。此刻我重读这一句，感到"花"最好不是卡毕图，应当是正义。这样说或许更确切些：在为正义而战的斗争中，不幸失去了生命，但斗争毕竟是胜利了。我曾想赋予这斗争以更广泛的含义，譬如说是为祖国而斗争，那么这"天之花"就应当是自由。但鉴于作者是神学院的学生，后者的含义可能不如第一种合适。我徘徊于二者之间，觉得正义或更好些。然而最后，我找到了一个更新的概念——仁慈。我把两句连在一起，激动地读道：

啊！天之花！啊！天真纯洁的花！

下一句更是绘声绘色：

失掉了生命，赢得了战争！

我感到一首十全十美的十四行诗即将出现，开头好，结尾亦好着实不易。为了增加我的灵感，我回忆起几首著名的十四行诗，发现无不是平淡无奇之作。诗句都是一句接着一句，就如人的思想，极其自然，很难说是意境产生了诗句，还是诗句产生了意境。我又回到自己的诗章，重新吟完第一句，等待第二句，但第二句却总也想不出来；第三句、第四句也不来，一句也不来。我开始生气，想起床，拿来笔、墨、纸张，诗句可能会一句接一句地出现。但是……

我疲倦了，想把最后一句的意思改一下。我仅仅将两个字的次序改变了一下，诗句便成了这样：

赢得了生命，失掉了战争！

意思完全反了，可能恰恰是它给我带来了灵感。这是一个反语：不施仁慈，可以活命，但却在圣战中吃了败仗。我鼓足勇气，继续努力着。缺乏临街的窗户，若有的话，我一定向茫茫的夜空乞求灵感。很难说下面闪着亮光的萤火虫不是一行行星星的韵脚，谁能说这一生动的比喻不能产生韵脚整齐、含义明确、朴实无华的诗章？

我思索着、搜寻着、等待着，然而诗句却迟迟不来。后来我又写过几页散文，此刻我又在构思这本同读者的谈话，我感到没有比写作再难的事。好坏是另一码事。是的，先生们，那首未完成的十四行诗丝毫没使我感到慰藉。但是，我相信，如颂歌、戏剧和其他艺术作品一样，十四行诗只有完整才能流传下去。形而上学的动机使我将那两句诗送给一位有闲情逸致的读者。或在某个星期日，或阴天下雨时，或在乡间和其他闲暇之时，读者不妨关心一下那首十四行诗是否问世。我的意图只是向读者披露一个想法，把空洞的中心填得充实些。

56 一个神学院的学生

我的思绪纠缠在这本充满古老字体和拉丁文语录的鬼诗集里。我仿佛在一页页的纸上看到神学院学生的侧影：阿尔布盖科斯兄弟，一个当了巴伊亚州的红衣神父，另一个改行从医，据说还发现了治疗黄热病的特效药；瘦弱的巴斯多斯，如果他还没死，肯定在米亚彭特[1]当牧师；路易斯·布热斯，虽作了神父，仍然成了大政治家，还当上了议员……这颂诗的冷冰冰的纸上有多少张面孔在望着我！不，绝不是冷冰冰，而是带着朝气蓬勃的青春的热情，昔日的热情，我的热情。我想重读一遍，弄懂其中的几首，因为它是那样新鲜，好像我是第一次阅读，尽管其篇幅显得短小。但这是一种幻想；有时，我下意识地翻动着诗集，似乎真的在读，其实，只要我的目光落到一页的最后一个字，我的手便会自动将它翻过去……

又是一个神学院的学生，他叫厄则克耳·德·索萨·埃斯科巴尔。这是一个风度翩翩、目光明亮、颇为羞怯、手脚和谈吐总是畏畏缩缩

1　即现在巴西戈亚斯州的皮里诺玻里斯市。

的青年。不了解的人会对他产生不好的印象，认为他不好接近。他从不正面看人，谈吐不清，也不连贯；他从不同人握手，也不允许别人握他的手，因为他的手指又细又短，别人握住时，好像什么也感觉不到。他的脚亦如此，总是站立不稳，我深感这种不稳重最不适合神学院的性质。他的笑瞬息即逝，开怀畅笑的时候不多。他唯一不畏首畏尾的是思考。经常见他凝神沉思，他说是考虑教义或背诵前一天的课文。他同我交上朋友后，经常找我问东问西，而他又能将我的话一字不漏地记住，这一特长或许损害了他的其他功能。

他比我大三岁，父亲在库里蒂巴[1]当律师。他有个在里约热内卢经商的亲戚，成了他同父亲的联系人。父亲是虔诚的天主教徒，埃斯科巴尔曾说有个天仙般的妹妹。

"不但长得像天仙，而且心地善良，您无法想象她多么好。她常给我写信，有时间可去见见她。"

的确，她的每封信都充满了关切和情谊，真挚感人。埃斯科巴尔对我讲了许多关于她的有趣故事，使人从中看到她的善良、她的心灵。如果没有卡毕图，这些美德足以使我同她结合。过了不久，她死了。在埃斯科巴尔的诱惑下，我差一点吐露了我的心事。起初，我有些疑虑，但很快他便取得了我的信任。只要有所追求，他会把畏缩之态抛得一干二净。随着年龄的增大，平时他也大方起来。埃斯科巴尔向我敞开了心扉，从前门一直开到后门。如读者所知，人的心灵像一幢房子，四面开着窗户，充满光明与新鲜空气。也有的房屋紧紧关着，黑洞洞的，没有窗户，或者窗户很少，或装着铁栏，像修道院的禁闭室，或如祠堂、木棚、简陋的耳房或华丽的宫殿。

不知我的心灵像什么。那时，我还不是卡斯穆罗，更不是堂卡斯穆罗。我所担心的是坦率，因为我的心灵之门既无钥匙也无锁，一推就开。埃斯科巴尔推开了，走了进去。他走到里面，逗留着，直到……

1　巴西巴拉纳州首府。

57 插 曲

啊！从颂诗集的破旧纸页中出来的不仅是神学院的学生，还有往事的回忆；那样多的往事，若不将下面的篇幅进行压缩，我无法将它一一讲述。其中最初的一件事，我想用拉丁语讲一下。并非因为我们的语言不能忠实地表达它，而是因为人有人言，鬼有鬼语。我的最圣洁的女读者——已故的若泽·迪亚斯的习惯用语——您可以坦然而毫无愧色地将本章读到底。

好，我决定把要讲的故事放在下一章，尽管我已构思成熟。有时，需要穿插一些无关紧要的事作为缓冲和准备，我们就将本章当作一首插曲，插曲也是不可缺少的，亲爱的读者。当估计一件事情的可能、它的大小及影响时，思想便有了准备，并变得坚强，能够承受任何不良后果。否则，便惊慌失措、软弱无力。读者在此可以看到我的机敏。所以，当读到下面的故事时，您大概不会感到过于刺目。

58 条 约

故事发生在某个星期一。在回神学院的路上，我发现一个妇人跌倒了。面对那一情况，我的第一个表示应当是惋惜或感到可笑。然而，二者均不是。事实是（我要用拉丁语讲的就是这一点），事实是妇人穿着干净的袜子，但袜子没弄脏；系着丝带，丝带也没掉。几个人同时跑过去，但没等众人到达，她便不好意思地站起来，掸掉灰尘，说声谢谢，便拐进了附近的一条马路。

"这种模仿奥维多尔大街法国女人的习气，"若泽·迪亚斯边走边评论，"显然是错误的。我们的姑娘走路应当像过去一样，慢慢悠悠、不慌不忙，不能像法国人那样跑跑颠颠……"

我无心听他的话。妇人的袜子和丝带在我眼前晃动、盘旋，忽上、忽下。我们走到拐角时，我向另一条马路望去，看到不幸的妇人正在前面以同样的速度跑颠、跑颠……

"那当然好。不过，很难不把膝盖擦伤，那种快劲也真难为她……"

他所说的"难为她"倒也确实，"擦伤膝盖"我也相信。在到达神学院以前，我希望我遇到的每个女人都跌一跤，我猜想或许有的女人穿着紧袜子，丝带也合适……有的可能压根没穿袜子……但我看到的都穿着……或者……也可能……

下面我用了省略号，来表示我的思绪是何等纷乱和模糊。我肯定什么也没想。我的头脑发热，步履蹒跚。到了神学院，第一堂课是令人难熬的。黑色的教袍像袜子一样使我想起跌跤的妇人。跌倒的不只是一个，我遇到的所有女人都向我亮出了蓝色丝带——蓝色的无疑。夜里，我又梦到她们。一群可憎的形象在我周围转来转去，跑跑颠颠……她们都很漂亮；有的苗条，有的胖大，个个像鬼一样敏捷。我醒了，想用咒语和其他方式驱散她们。但我一人睡，她们又立即手挽手站在我的四周，裙子连成一个大圆圈，一会儿又升到空中，脚和腿落到我的头上。我的梦一直做到天色大亮。我再也睡不着，我开始默诵《天主经》《圣母经》《使徒信经》。《使徒信经》是纯洁的真理，我不得不承认我曾几次中断了祷告，去追随远方黑暗中的跑跑颠颠、跑跑颠颠……然后又回到祈祷、煞有介事，好像从未中断过，其实，前言总是不搭后语。

整个早晨都是这样。我想摆脱，但无法完全摆脱。圣经中的圣徒们，你们猜想一下为什么。很简单，我无法摆脱那些画面，只得签署良知与幻觉间的条约。从此以后，女性的幻影便成为恶习的化身；因为她们是现实的，所以锻炼人的个性，激发人们承受斗争生活的意志。以上想法并未形成语言，也无这种必要。我只是签署了一项默契，虽非出自本愿。几天来，我又想到那些幻影，以考验我的意志。我不再想驱散她们，除非她们感到疲倦时自动离去。

59 记性好的食客

有些回忆若不记下来或说出来，它总是纠缠不休。一位古人曾对食客的良好记性表示深恶痛绝，但生活中又不乏其人。我可能也是其中之一，但作为我健忘的证据之一便是恰恰忘记了这位古人的名字。总之是位古人，这就足够了。

不，不，我的记性不好，甚至像一个投宿者，人一走便把主人的面貌和姓名忘得一干二净，只留下点滴印象。这种人只有在一个家庭中生活许久、许久，每天看到的是一成不变的陈设、不变的人、感情、生活习惯，只有这种事物的重复与延续才能给他留下不灭的印象。我多么羡慕那些对自己所穿的第一双袜子的颜色也记忆犹新的人！而我连昨天刚穿过的也未必能想起来。肯定不是黄的，我历来讨厌黄色。这种事情我也经常忘却或糊里糊涂。

然而，忘却要比糊涂强。这是因为，若一本书整篇糊涂，那是无可救药的，但省略部分却可弥补。每当我读完一部不完善的书，从不着急，而是合上眼睛，回忆书中缺少的章节。多少微妙、细腻的概念浮上心头！多么深沉的联想！我在书中看不到的山川、河流、教堂，此刻连同那清水、树木和祭坛出现在眼前。将军们拔出深藏在鞘中的剑，号角吹出沉睡在金属中的音符。一切的一切都涌入脑海。

亲爱的读者，这一切正是书中所缺少的部分，这种想象弥补了他人的空白，填补了我的空虚。

60 可爱的诗集

以上便是我看完《圣莫尼卡颂》的感受。不仅仅是感受，我还为圣徒填补了空白，增添了不属于她的东西，如十四行诗、袜子、丝带、神学院的学生埃斯科巴尔和许多别的。现在读者会看到那一天我在诗集的黄色纸页以外的其他感受。

可爱的诗集，你是无用的。一双破拖鞋又有何用？往往里面保存着脚的芬芳与温暖。尽管已破烂不堪，它仍使人想起清晨起床穿它，晚上就寝脱掉的情景。将诗集同拖鞋相提并论或许不妥，因为拖鞋是人的用物，同脚有接触，就如街上的石子、房屋的大门，一声口哨、小贩的叫卖，像第18章所提到的叫卖椰子糖。正是这首叫卖歌引起了我对往事的无限怀念，我请一位相识的音乐教师记录了词曲，以做留念。后来我把第18章删掉，那是因为另一位音乐家坦率地认为词曲中没有任何值得他怀念过去的地方。为了避免其他阅读本书的专家发生类似情况，最好还是少为出版商增加麻烦，以节约他们的纸张。如读者所见，我未曾添枝加叶，现在也不想那样做。我相信，无论是沿街的叫卖还是神学院的即兴诗都远远不能完整地表达事件、人物及感受。人们需要经历它，亲身感受它，否则，一切便是无声的、苍白的。

好了，下面继续那黄色的书页之外的感受。

61　荷马的母牛

感受很多。尽管神父与同学对我关心备至，尽管若泽·迪亚斯带来了母亲和高斯麦大叔的慰问，离别的最初几天对我来说仍是暗淡的、难忍的。

"大家都在想念你。"食客说，"最大的思念自然产生于最伟大的心灵。你说是谁？"他以目光问我。

"妈妈。"我说。

他热情地紧握我的手，并向我描述了母亲的思念。她每时每刻都把我挂在嘴边。他像平时一样赞扬母亲，偶尔加上一句上帝赐予她的美德。母亲那时的伤感的确是巨大的，对此，若泽·迪亚斯的言语间流露出由衷的敬佩。高斯麦大叔也是心情凄楚。

"昨天他还做了一次有趣的表演。我对最尊敬的太太说上帝赐给她的不是个儿子，而是一个天使。大叔听了激动得难以自制，对我开了个只有他知道的玩笑才算没哭出来。格罗丽亚太太自然是偷偷抹掉了满目的泪水。这就是母亲！多么慈爱的心肠！"

"可是，若泽·迪亚斯，我什么时候离开这里？"

"这事包在我身上。欧洲一定要去，但要等一两年，到一八五九或一八六〇年……"

"那么晚！"

"今年能去当然好，但是欲速则不达。沉住气，先在这里学学知识总不是坏事。另外，即使你将来不愿做神父，神学院的培养也是有益的，学点神学进入社会永远是必要的……"

这时——至今我仍记忆犹新——若泽·迪亚斯的眼中射出炽热的火，令我不寒而栗。他垂下眼睑，但马上又睁开，目光凝视着院墙，像什么东西吸引了他，也许只是茫然沉思。他的目光离开院墙，在校园中徘徊。此时的若泽·迪亚斯像荷马笔下的母牛[1]，围着新生的牛犊转着，呻吟着。我没问他发生了什么事，一是出于胆怯，二是前面走来两个教授，其中一个是神学教师。教授经过我们身旁时，食客发现认识他们，于是客气地向他们问候，并询问我的情况。

"现在还难说，"其中一个说，"看样子好像有出息。"

"我也这样觉得，"若泽·迪亚斯插嘴道，"我希望参加他主持的第一次弥撒。就算将来不做神父，在这里的学习也是难得的。他的今后生活，"他放慢语调说，"将沐浴着圣恩……"

这次他的目光不像上次那样明亮，眼睑也没合上，眼球也没急速地转动。相反，他的神情是沉思的、疑惑的。过了许久，惬意的微笑浮上他的唇际，神学教授说很喜欢他的看法，他表示感谢，并说只是随便说说而已，而且他从不写作，也不演说。我心中十分厌烦，教授一走，我摇着头说：

---

1 见《伊利亚特》第十七章。帕特罗克洛斯负伤，斯巴达王墨涅拉奥斯保护他，像母牛保护牛犊。

"我对圣恩毫无兴趣，我只希望尽早脱离这里，如果现在……"

"现在！我的天使，现在可不行，但可以比我们原来估计的要大大提前。谁能说就不是一八五八年？我已有了成熟的计划，正考虑如何向格罗丽亚太太说。我相信她一定会同意，并能同我们一起去。"

"我怀疑妈妈能去。"

"再说吧，什么都是可能的。不管她去不去，我们是去定了。我会竭力争取，别着急，什么事都要有耐心。在此不要怨天尤人，要装得很温顺，很满意。没听到教授夸奖吗？一切都要慎重，等着吧。"

"一八五九或一八六○太晚。"

"今年完全可能。"他说。

"三个月后？"

"或六个月。"

"不，三个月。"

"那好。我想出了一个尽善尽美的计划，就是把缺乏志趣同改变表情结合起来。你怎么不咳嗽？"

"咳嗽？"

"对，对；一旦需要，你就要咳嗽起来。要轻声的干咳，还得表示出厌食，我慢慢在最尊敬的太太面前吹吹风……啊，这都是为她好。若儿子不能献身于应当献身的宗教，改变职业便是最好的顺应上帝的方式。整个世界都是善人的教堂……"

荷马的母牛又在我的眼前出现。"整个世界都是善人的教堂"和"沐浴圣恩"是一对孪生的牡犊。我打断了他的母性的慈爱，说：

"好，我懂了，我装病离开这里，对吗？"

若泽·迪亚斯犹豫片刻，解释道：

"实事求是。说实在的，小本多，我早就怀疑你的胸部有问题。你的胸部肯定不好，你小时发过烧，气管也不好……现在是好了，有时还是脸色苍白，我不是说现在已经形成了病，但病说来就来。祸从天降。所以，若圣洁的太太不愿和我们同行，或为了使她早日同我们动身——我看能咳嗽一下最好……为了咳得像真的，最好经常……好了，听我的安排……"

"好吧，但离开学校后不能立即上船。首先离开这里，旅行的事要慢慢商议。动身日期可以放在明年，你不是说四五月份最好吗？那就五月。先离开神学院，两个月之后再……"

话已到嘴边，我迅速拐了个弯，凑近他问道：

"卡毕图好吗？"

62　伊阿古的影子

在商讨推迟行期的时刻提出这样的问题无疑是欠妥的，这就等于承认使我放弃神学院的重要或唯一的因素是卡毕图。结果是使他对旅行失去了信心。当我明白了这一点，便想弥补一下。然而，未等我找到弥补的办法，他已开了口：

"她仍像过去一样兴高采烈，一个十足的小疯子。当她还没在附近找到个中意的花花公子时……"

我的脸刷地一下白了，起码是一阵寒流传遍全身。我昼夜悲伤，她却兴高采烈。我的心被猛烈地震撼着，至今难以忘怀。这样说或许有些夸张，但人们说话时总免不了这样，有的部分加了码，有的部分打了折扣；二者取长补短，以保持平衡。另外，如果能理解听觉器官不是耳朵，而是心灵的门户，我们将发现真理。当时心脏那剧烈的跳动深深印在了我脑海中，须知这是初恋的激动呵！我甚至要问若泽·迪亚斯，卡毕图的兴致从何而来，她在做些什么，是否还是终日笑着、唱着、跳着。然而，我把话咽了回去，产生了另一个念头……

另一个念头，不，是一种痛苦而陌生的感觉，纯粹的妒忌，我的知心读者。若泽·迪亚斯所说的"花花公子"深深刺痛了我。的确，我从未想到过这种灾难，我时刻思念她，她给我以力量，她是我生存的支柱。花花公子的介入无法在我的头脑中形成完整的概念。在我的印象中，周围未曾有过花花公子，尽管游手好闲者形形色色。此刻回忆起来，倒是有几个青年偶尔瞟过卡毕图几眼，那目光刺痛了我，因为我对她怀着强烈的占有欲。我既自豪又妒忌，现在我们天各一方，危机出现了；这不仅是可能的，而且是肯定的。卡毕图的高兴证实了一切怀疑，证明她另有新欢。她会在路上用眼盯着他，探身窗外同他聊天，黄昏时刻同他交换花朵和……

和……什么？读者很清楚交换什么。如果您不知道，本章和本章以后的部分也就无须再读了。即使我用尽词源学中的全部词语，到头来您仍是一无所知。如果您能发现鲜花之外的东西，将会理解我在战栗之余，想立即冲出大门，跳下台阶，跑到巴杜阿家，抓住卡毕图，逼她交代邻居的花花公子给了她多少、多少、多少鲜花之外的东西。而实际上，我却一动也没动。现在我向读者讲述的思想活动是在当时的三四分钟之内产生的，既无逻辑性，又是散乱的、经过修补的，而且修补得很蹩脚，像一幅支离破碎、走了样的图画。这种杂乱无章的景象使我两眼发黑，使我哑口无言。当我清醒过来时，若泽·迪亚斯刚说完一句话；开头部分没听见，结尾部分也是模糊的。我只听到这样几个字："自己最有数。"有数？谁有数？自然是卡毕图。我想问，但话到嘴边又咽了下去。我所有的念头总是一产生便随即夭折。我只问食客何时能回家看母亲。

"我想母亲，这一周我可以回家吗？"

"星期六吧。"

"星期六？噢，好，好。让母亲星期六派人接我。星期六！这个星期六，对吗？一定，不要忘了！"

63 一个梦的两部分

我焦急地等待星期六的到来。幻觉萦绕在我的脑际，为了不把书拖长，我在此不准备详述。其实，简单说来，就是一个梦，说两个梦也未尝不可，因为一个派生了另一个，或者说，是一个梦的两部分。梦总是朦朦胧胧，亲爱的女读者。究其原因，过错在于您各位的性别，它揉碎了一个年轻的神学院学生的心。如果不是这个原因，我可能当上了神父，那样一来，本书也就成了一本简单的教志。我若做了主教，那就是一本主教生活录；若我当了教皇，像高斯麦大叔所希望的"去吧，小伙子，当了教皇就回来"，本书将是一部教皇通谕。啊！我为什么没走这条路？拿破仑从中尉当上皇帝，现代人的命运是何等捉摸不定！

　　这就是我的梦。我到处寻找附近的花花公子，终于发现了一个正在窗前同我的女友谈话。我跑过去，他躲开了。我到了卡毕图面前，她并不是一个人，旁边站着父亲，正擦着眼睛，仔细看一张不起眼的彩票。我感到事情有些糊涂，便请他们说明。巴杜阿便将彩票做了一番解释。花花公子刚才送来了中彩号码，而彩票变作一张白纸。彩票的号码原是4004，巴杜阿说这个数字神秘而好看，若不是打号机出了毛病，他不可能不得头奖。父亲说话时，卡毕图的眼神向我送来各种等级的奖赏。最高的奖赏应当用嘴来颁发，此时开始了梦的第二部分。巴杜阿消失了，连同他那得奖的希望。卡毕图探身窗外，我也向街上瞥了一眼。街上空空如也。我拉起她的手，嘟哝了几句莫名其妙的话。我在空无一人的宿舍醒了。

　　以上这一番话的用意并不是梦的情节，而是说明我为重新入睡，重新入梦所做的努力。读者永远、永远也不会理解我是用了多大的力量与毅力想把眼闭上，紧紧地闭上，忘掉一切，重新入睡。但我睡不着。入睡的努力耽误了我的梦。我一直挨到天亮。天亮时似乎迷糊了一会儿，然而，花花公子、彩票、头奖和末奖均未能出现——我什么也没梦到。那天夜里我再也没做成梦，当天的课也没上好。

64 一个念头和一件心事

重读一下上一章，我产生了一个念头和一件心事。我的心事正是要将我的想法写下来，尽管它是那样平凡，平凡得就像人们司空见惯的星辰日月。我把手稿放在一旁，抬眼望着墙壁。如读者所知，恩热纽新区的这幢房子完全是按马达卡瓦罗斯大街旧居的大小、布局建造的。第2章已有交代，我的用意是把生命的两端连接起来。然而，我未能如愿。正如上文提到的梦，无论我用了多大的努力，终不能入睡。由此我得出一个结论，人的职能之一便是把眼闭上，紧紧地闭上，看能否将前一夜中断了的梦继续下去。这就是我不愿讲的那个平凡的新念头，在此即兴加以披露。

在结束本章前，我凭窗遥问夜空，为什么梦是那样脆弱，只要一眨眼、一翻身便会破灭、中断。夜空没有立即回答，它是那样娇美，群山披着银色的月光，万籁俱寂。在我一再追问之下，夜空向我声明梦境不属于它的管辖范围。只有当梦之神迁到卢奇安笔下那变幻莫测的仙山琼岛时，或许能给我一个答复。然而，时间在流逝，万物在变化；过去的梦消失了，现在的梦留在了脑海。但是，新梦虽想使旧梦重现，旧梦却无法重现。梦之岛像爱之岛及所有其他大海中的岛屿一样，成了欧洲和美国追逐、争夺的目标。

所说的岛屿是对菲律宾的神化。我对政治素无喜好，更谈不上国际政治。我关上窗户，以尽快结束本章。我不再希望卢奇安的梦或任何别的梦，我需要的是沉沉一觉，以便明晨以清醒的头脑继续讲述我的未完成的故事。

65 掩　饰

一个星期六过去了，又一个星期六也过去了，我渐渐适应了新的生活。我经常回家。神父们喜欢我，同学们喜欢我，埃斯科巴尔较两者更喜欢我。五个星期之后，我几乎将我的苦恼和希望告诉了他。卡毕图制止了我。

"埃斯科巴尔是我的好朋友，卡毕图！"

"但不是我的朋友。"

"会是的。他想见见我妈妈。"

"那不管。你没有权力泄露一个不但属于你，而且也属于我的秘密。我从不允许你告诉任何人。"

她说得有理，我默默服从了。还有一件事我也服从了她，那是我第一个星期六回家发生的。我刚到她家说了几句话，她便劝我走。

"今天你不能在这里待得过久。回家吧，我跟你去。格罗丽亚太太自然想同你多谈谈，她绝不愿你离开她。"

我的女友在话中所表现出的理智，我无须多举例子，读者也会一目了然。当然，多举几个也无妨，况且这第三个例子又是那样有趣，不举实在罪过。事情发生在我第三次或第四次回家的时候，母亲不厌其烦地问我神学院的人对我如何，我的学习、同别人的关系、纪律、有无不舒服、睡觉怎样——一位慈母所能想到的一切足以使其子感到厌烦。最后，她转向若泽·迪亚斯问道：

"若泽·迪亚斯，您现在还怀疑他不能成为一个好神父？"

"我的最尊敬的……"

"你呢，卡毕图？"她又转向身边的巴杜阿的女儿，"你不相信小本多能成为一个好神父？"

"我相信，太太。"卡毕图十分自信地说。

她的自信使我不高兴。第二天一早，我便在她家的后院对她说起这件事。我生平第一次当面揭露说，自从我带着深深的怀念跨进神学院之后，她却生活得兴高采烈。卡毕图神情十分严肃，问我当大家都在怀疑我们的时候，她该怎么做。夜晚是痛苦的，即使白天，若是在她的家中，她也像我一样难过，她的父亲完全可以作证。母亲甚至闪烁其词地对她说不要再想我。

"但是，当着格罗丽亚太太和茹丝蒂娜大姑的面，我自然应该兴高采烈。否则，她们会认为若泽·迪亚斯对我们的指责是真的。这样一来，她们会更加想方设法拆散我们，甚至再也不让我进你的家门……对于我来说，只要有必须结婚的誓言就够了。"

完全正确。我们应当有所掩饰，以免被人怀疑。只有这样，我们才能像往日那样自由往来，安心建设我们的未来。第二天午饭后发生的事又进一步证实了卡毕图的话。高斯麦大叔想知道弥撒时我用哪只手向人民祝福，母亲说，几天前谈起早嫁的姑娘时，卡毕图曾说："我要小本多做我的出嫁神父，我等他接受圣职。"高斯麦大叔开心地笑了，若泽·迪亚斯也忍不住，只有茹丝蒂娜大姑皱皱眉头，向我投来怀疑的目光。我看看众人，对大姑的表情实难抗拒，我只好埋头吃饭。我吃不下，卡毕图的精彩表演使我那样高兴，简直使我有些忘乎所以。我匆匆吃过饭，立即跑去找她，对她的机智大加称赞。她微笑着表示感谢。

"说得好，卡毕图，"我说，"我们以后得骗他们。"

"难道不应当？"她天真地说。

66 亲 密

卡毕图逐渐赢得了母亲的心。她们大部分的时间都在一起，谈论我、天气及其他。卡毕图大清早便去我家做针线，有时吃过晚饭才回家。

茹丝蒂娜大姑对母亲不那么关心，对卡毕图也不完全坏。她讲别人的坏话颇为坦率，任何人也不会引起她的好感。可能丈夫除外，但他已经去世。在她的心目中，世界上没有一个男人可以在外表、工作诚实、风度、气质方面与她的丈夫媲美。据高斯麦大叔说，她的这种感情是在丈夫死后才产生的。在丈夫生前，他们夫妇终日吵架；丈夫死的前半年，他们分了居。对死者的赞扬也是对死者的祝福，这是她的绝妙逻辑。她喜欢母亲，若对母亲不满，她也只留在心中。总之，她对母亲的尊敬是大体上过得去的。我不认为她奢求什么遗产；有此念头的人往往矫揉造作、笑容可掬、十分规矩、十分殷勤，同仆人无异。这一切同大姑的矜持和固执的秉性是背道而驰的。她寄居于我家，很好理解她从不招惹女主人的原因。她把不满吞到肚里，或只能向魔鬼发泄。

如果大姑对母亲不满，也绝构不成讨厌卡毕图的理由。毫无必要。然而，随着卡毕图同母亲关系的日趋亲近，大姑对女友更为敌视了。如果说开始对她还不那么坏，但后来的态度就变了，最后干脆避而不见。敏感的卡毕图发觉后，便主动接近她，她终于宽恕了这种关心。生活中有许多义务是令人厌恶的，但又不得不去履行。卡毕图使用某种法术俘获了她，她终于笑了，尽管笑中充满酸涩。但同母亲单独在一起时，她还是免不了说姑娘几句坏话。

母亲发了一次烧，差一点送了命。母亲想让卡毕图照顾一下，尽管这样可以大大减轻大姑的负担，但她仍拒绝了女友的插手。一天，她问女友是否在家无事可做；还有一次，她竟对卡毕图发出这样的警告："别那么着急，属于你的东西早晚会到手。"

67 罪　过

卧床不起的母亲十分惦念我。

五天后的一个早晨，母亲心神不宁，吩咐立即去神学院找我。高斯麦大叔白费了口舌：

"格罗丽亚大嫂，不要自己吓唬自己；烧会退的……"

"不，不！快去叫他，我会死的。小本多不在跟前，我死不瞑目。"

"这样会吓着他。"

"什么也不要告诉他，只让他回家。快，快，不要耽误。"

大家以为她说的是谵语，但召我回来毕竟不是难事，若泽·迪亚斯担负这一使命。他神色惶恐地到了神学院，使我着实吃了一惊。他单独同院长谈了原委，我得到回家的许可。我们默默地在回家的路上走着，若泽·迪亚斯仍然没有改变惯常的迈步顺序——前提先于推论，推论先于结论。他低着头，不住地叹息。我担心他的神态预示着某种可怕和不可挽回的不幸。他轻描淡写地对我讲了病情，但是，把我召回的本身，加上这沉默和叹息，说明的问题就更多了。我的心急剧地跳着，两腿发软，几次要跌倒。

我急于了解真实情况，但又怕不幸的消息真的落到我的头上。我第一次感到死神距我这样近，包围着我，用深邃暗淡的目光注视着我。在巴玻诺斯大街上每迈出一步，我都感到恐惧增加了一分。我害怕到家，我怕一进门便听到一片号啕，看到一具僵尸……啊，此刻我实难表达那短暂的心理活动。尽管若泽·迪亚斯走得十分缓慢，我仍感到路在我的脚下迅速消失，两旁的房屋飞也似的后退，市保安队驻地的号声也好像成了世界末日敲响的丧钟。

我继续走着。过了阿尔科斯广场，踏上马达卡瓦罗斯大街。我的家位于塞纳多大街附近，还要走一程路，在伊瓦里多斯大街前面。我几次想问食客，却总难张口。此刻我什么也不想再问，我只是机械地走着，迎着不幸的到来。人类无法避免命运的这种结局。在抗拒恐惧的同时，我的心产生了一个希望；这一希望并未成为语言，它只是一个念头，其内容可以译作："妈妈一死，神学院就结束。"

亲爱的读者，这仅仅是一个闪念。当闪电划过夜空后，夜色会更加浓重。我悔悟了。这是一种堕落、自私。孝义消失了，而这仅仅是为了获得某种自由，了却债务，根除欠债人。尽管这是瞬间的念头，甚至连瞬间也不到，只有瞬间的百分之一，但也足以使我追悔莫及。

若泽·迪亚斯仍叹息不止。一次，他用惋惜的目光望了我一眼，像是猜透了我的心事。我真想求他不要声张，我一定惩罚自己。但他的惋惜目光又充满了无限的爱怜，不像是惋惜我的罪过。不管怎么说，这总是有关母亲的死……我悲痛万分，感到哽咽，最后终于哭了出来。

"怎么了，小本多？"

"妈妈……"

"不，不！怎么这样想？她病得是很厉害，但不是绝症，上帝会拯救她。快擦干眼泪，这么大的小伙子在大街上哭多难看。没什么大病，就是发烧……发烧总是这样，来势凶猛，说退就退……怎么用手擦，手绢呢？"

我擦干眼泪。若泽·迪亚斯的话只有一句印在了我的脑海，"很厉害！"但以后他将"很厉害"改为"厉害"。他使用形容词时那噘得高高的嘴和拖长的声调都增加了我的忧虑。若读者在本书中发现上述情况，万望告知，以便在重版时加以修改，因为用极冗长的句子来表达一句极简单的话是令人讨厌的。我擦干眼泪，加快脚步；我要立即赶到家，请求母亲宽恕我的邪念。我们终于到了家。我跨进门，战栗着登上六级台阶，扑倒在母亲床前。她紧握我的手，慈爱地呼唤儿子。她的手滚烫，灼热的目光像在燃烧，她完全被体温融化了。我跪在床前，高高的床使我远离了她的爱抚。

"不要这样，我的孩子，快起来，快起来！"

早已待在卧室的卡毕图饶有兴致地看着我进门，我的一连串动作、话语与泪水。这是她后来告诉我的，她对我的悲痛心情毫不怀疑，我回到卧室，打算一俟母情好转，便把一切都告诉她。然而，这却是个无根的念头，只在我的头脑中轻轻一闪。尽管我为自己的罪过感到难过，但没有勇气迈出坦白的一步。我悔恨交加，又想使用许愿的故伎，祈求上帝宽恕，拯救母亲的生命。我甘愿念两千遍《天主经》。亲爱的神父读者，请原谅我这是最后一次使用这一方法。如果设身处地体谅一下我的处境，便不难理解我的心情。又是两千遍，过去的怎么办？新的旧的我都没履行。然而，天真纯洁的心灵许下的诺言像是信用纸币，尽管欠债人分文没还，但纸上的数字仍有价值作用。

68 迟到的美德

我在马达卡瓦罗斯大街产生的邪念，恐怕很少有人敢于公之于众。我准备交代我生命中的一切重要细节。像蒙田曾做过这样的自我写照："远非我之行动兮，我之精神、我之魂。"自我写照只有一种方式，那就是讲出一切，不论是好的还是坏的。我就是这样做的，根据我的回忆，根据对自己的认识与重新认识。例如，我讲述了一个罪过，我也想讲讲我的美德，但却找不到。最好的心境已不复存在。

亲爱的朋友，请勿着急，我记得……根据我的罪过与美德简单而明确的理论，美德不仅在任何条件下都是美德，而且在任何条件下都是可能的、可行的。这种理论可以概括为一句话：人们生来便有一定数量的罪过与美德，它们成双成对，以便在生活中相互制约。若一对中的一方压倒了另一方，那么占优势的一方将支配一个人的行动。但这不意味着此人就没有任何美德或罪过，尽管他没有以行动加以表示。但一般说来，罪过与美德旗鼓相当，这样，它们所依附的人便发挥了作用，这种作用有时是巨大的。遗憾的是我不能用充足的证据加以论证。我没有时间。

至于我，无疑也有成双成对的罪过与美德，现在自然仍存在于我身上。在我的新居就有所表现。一天夜里，我头疼得厉害，我真希望中央铁路局的火车在远处爆炸，中断交通，死他几个人。但在第二天，我却把我的手杖送给一个空手行走的瞎子，我自己却因此而误了火车。"此乃我之精神、我之魂。"

69 弥 撒

我的心灵最好的一次暴露是第二个星期日跑到圣安东尼贫民教堂虔诚地做了弥撒。食客要陪我去，但他穿衣服，系吊带的动作是那样缓慢，使我失去了等待的耐心；另外，我也想独自一人去，不愿任何人打搅我的思绪，以向上帝忏悔我在第 67 章所犯的罪过。我不仅要向上帝祈求宽恕，也感谢他对母亲的拯救。我向上帝坦白了一切，就会使他一笔勾销我的许诺。耶和华是圣人，正因为是圣人，他比罗斯柴尔德更人道。他不搞延期付款，如果债务人实在拮据，财源无路，他会放弃全部债务。好了，我别无所求，从此绝不许空愿，既许之，则还之。

做完弥撒，我仰望上帝，感谢他赐予我母亲生命与健康。我祈求他宽恕我的罪过，免除我的债务。作为隆重的和解仪式，我接受了神父的祝福。后来，我想到忏悔室没有录言簿，这是向上帝忏悔最有力的证据。然而，我那不可救药的胆怯又一次使我却步，我担心在神父面前张口结舌。人竟会如此笨拙！我终将会把此事公之于众。

70 弥撒以后

我祷告完毕，画过十字，合上经书，向大门走去。人不多，教堂也不大。人们慢慢地陆续走出。有男有女，有老有少，有穿布的，有穿丝的，有的俊俏，有的丑陋。我却什么也没看到。我径直朝大门走去，人流中传来问候声、喊喳声。我在阳光明媚的教堂前庭站住，望着人群。此时，走出教堂的一男一女也站住脚，姑娘看看我，又同男人说了些什么。男人听着，把目光移向我。我听到这样几句话：

"什么事？"

"问问她怎么了，爸爸。"

是卡毕图的同学桑莎姑娘，想打听母亲的情况。父亲走到我面前，我说母亲已经好了。到了街上，他告诉我住址。因为是同路，我们一起往回走。他叫古尔热，四十岁上下，肚子已有明显膨胀的趋势。他为人和善，走到家门，非要拉我去吃饭。

"很感谢，妈妈在等我。"

"让黑奴告诉家里你在我家吃午饭，晚些回去。"

"改日吧！"

桑莎姑娘望着爸爸，听着、等着。她长得不丑。鼻头很大，像父亲。相似的脸型所表现的风度也会因人而异。她衣着朴素，鳏居的父亲爱女如命。由于我拒绝吃午饭，他让我稍息片刻。我无法再推辞，只得登上他家的台阶。他问起我的年龄、学业、信仰，并对我未来的神父生涯做了一番叮嘱。他告诉我商店在哪里，基坦达大街的位置，最后在楼梯平台同我告别。女儿让我转达她对卡毕图和母亲的问候。走到街上，我回头望去，父亲正在窗前向我挥手。

71 埃斯科巴尔的访问

家里的人对母亲撒了谎，说我早已回了家，正在换衣服。

"八点的弥撒早该结束……小本多该回家了……会发生什么事，高斯麦兄弟？……让人去看一下……"母亲一直叨念着。我安然回到家。

这是愉快的一天。埃斯科巴尔来看我，并探视母亲的病情。在此之前他还没来过我家，我们的关系还没有像后来那样密切。三天前他得知我回家的原因，利用星期日与我相聚，问我母亲是否已脱离危险。我说危险期已过，他长长地舒了口气。

"我真担心。"他说。

"别人知道吗？"

"好像有人知道。"

高斯麦大叔和若泽·迪亚斯很喜欢他，食客还说在里约热内卢见过他父亲。埃斯科巴尔温文尔雅，那天他的话虽多了些，他毕竟不像其他同龄的青年。我感到那一天他比平时开朗得多。高斯麦大叔留他吃晚饭，他想了一会儿，说父亲的联系人还在等他。我想起了古尔热对我说的话：

"让黑奴告诉他，你在我家吃晚饭，晚些去。"

"太麻烦了！"

"一点都不麻烦。"高斯麦大叔说。

埃斯科巴尔接受了邀请，吃了晚饭。我发现，无论在客厅还是在餐桌，他仍像在课堂那样慌里慌张。他对我的态度坦率而友好。我把仅有的几本书给他看，他对父亲的画像赞叹不已，凝视良久，对我说：

"看得出，他有一颗善良的心。"

我说过，埃斯科巴尔有一双明亮的眼睛，此时显得十分亲切——这是在他走后若泽·迪亚斯的评论。尽管已过了四十年，我仍记忆犹新。食客的评价毫不夸张。他那扁平的脸露着白皙、细腻的皮肤，只是额头窄了些，头发几乎盖住了左眼眉。但这并未破坏整个面部的布局，也未减少他的讨人喜欢的魅力。的确，他的脸是生动的；嘴不大，而且总挂着微笑。鼻梁不高，却也秀气。他有个时而耸耸右肩膀的毛病，神学院的一个同学告诉了他，他便决然改掉了。我第一次见到这样从善如流的人。

我的朋友得到众人的喜爱，我不能不为此感到骄傲。在我的家中，无人不夸他好，连茹丝蒂娜大姑也越来越觉得小伙子可爱，尽管……尽管什么？听到这有头无尾的话，若泽·迪亚斯问。她没有回答，也不可能回答。或许她还没有在我们的客人身上发现重大而明显的缺点，"尽管"是留一个活话，说不定我们的客人会在某个时候暴露出点什么问题。也不排斥有人总爱故弄玄虚。

埃斯科巴尔吃过晚饭便告辞，我送他到门口，等候过路的车辆。他说联系人的商店在佩斯卡多斯大街，九点钟关门，他从不愿在外面待得太久。我们依依惜别，上车后他向我挥手致意。我站在门口，看远去的他是否会回头眺望。他并没回头。

"多么亲密的朋友！"邻居的窗户口有人赞叹。

无须说明感叹者是卡毕图。生活中的类似事情需要人们去猜测，书也不例外，不论是杜撰的小说，还是真人真事。是卡毕图，她已在百叶窗后等了我们许久，现在她打开窗户，探出了头。她目睹了我们充满真挚感情的惜别，问是谁值得我如此动情。

"埃斯科巴尔。"说完，我走至窗下，抬头望着她。

72 戏剧改革

无论是我、你或她，还是本书中的其他人物，都无法回答更多的东西。命运是不可转移的，就如剧作家从不能预示剧中人的结局与归宿。时间一到，帷幕徐徐而下，随即关灯，观众退场，回家睡觉。关于这一点，我倒有个改革建议：戏剧应该从尾演到头。第一场便是奥赛罗自杀，并杀死苔丝德蒙娜，后三场再由大及小地描写妒忌的变化，最后一场只写土耳其人的威胁、奥赛罗和苔丝德蒙娜的解释和花言巧语的伊阿古的忠告："把钱装进口袋。"这样观众可以在舞台上看到交代得一清二楚的谜底，也就是先入为主，同时也带着爱情与温柔的美好回忆进入梦乡。

> 她之爱我的痛苦，
> 我之爱她的善良。

73 舞台监督

命运是戏剧性的。它像一个舞台监督，确定剧中人的入场顺序，安排道具。指挥道白，决定何时响雷，何时出现车辆，何时响枪。我年轻时也演过一出戏，在什么剧场记不清了，只记得全剧以大审判结束。主人公是阿斯维罗[1]，最后一幕以他这样一句感叹的道白结束："我听到了大天使的号声！"但是，听不到任何号声，狼狈不堪的阿斯维罗提高声调重复一遍，意在提醒舞台监督。号声仍没出现。他装作悲伤的样子走近帷幕，低声对幕后说："短号！短号！短号！"观众听到了，全场哗然。这时，真的响了号声，阿斯维罗第三次高呼大天使的号声。包厢里的一位顽皮青年低声纠正道："不，先生，是大天使的短号！"

我站在卡毕图的窗下，一位衣冠楚楚的骑士自我面前经过。骑士稳坐在一匹栗色骏马上，左手持缰，右手叉腰，脚蹬发亮的皮鞋，显得格外高雅、神气。看面目似曾相识，我的门前经常有青年骑士过往，他们在寻找恋人。骑士恋爱在当时很时髦。阿伦卡尔[2]曾说过："一个学生（指一八五八年所写剧本的剧中人）离不开两样东西，一是骏马，二是情人。"阿泽维多曾在一首诗中讲到花三个弥尔瑞斯[3]租一匹马从卡东比到卡太特会情人……三个弥尔瑞斯！仅仅一夜！

栗色马上的骑士不像他的同行那样一过了之，而是及时吹响了大天使的号角，并亲自担任舞台监督。这就是命运。骑士并不满足于过过而已，而是把头转向我们所在的地方，转向卡毕图。他望着卡毕图，卡毕图望着他。马继续前进，骑士的头仍然望着后面。我又被妒忌的利齿啃了一口。按理，漂亮的女人被人羡慕是理所当然的，但那小子不止一次地在下午经过那里，可是他却住在纪念广场。后来……后来……请读者想象一下我那颗火热的心吧！我同卡毕图一句话也没说，便匆匆离开马路，穿过走廊，回到客厅。

---

1 法国作家、历史学家埃德加·吉内（1803—1875）同名诗剧的主人公。

2 巴西著名作家、政治家（1829—1877）。

3 巴西货币，1942年改为克鲁塞罗。

74 吊带环

高斯麦大叔同若泽·迪亚斯在客厅谈话。一个坐着，另一个来回踱步。看到若泽·迪亚斯，我不禁想起他在神学院说过的一句话："当她还没有在附近找到一个花花公子时……"这无疑是对骑士的联想，这一联想加重了我从大街带回来的思想包袱。难道是这句偶然显现在脑海的话使我对她的目光发生了怀疑？我真想抓住若泽·迪亚斯的脖领，将他拉到走廊，问清楚他的话是真的还是猜想。若泽·迪亚斯看到我进门时，略停了下，便又继续踱步、说话。我想立即走到隔壁，我估计卡毕图会慌张地离开窗台，来向我询问和解释……两人继续谈着，直到高斯麦大叔起身看病人，若泽·迪亚斯才走到窗前，找到我。

我产生了一个念头，要问一下他卡毕图同附近的花花公子到底有什么关系。然而，当我预感到若泽·迪亚斯来到我面前正是为了告诉我此事时，我却害怕起来。我甚至想堵住他的嘴。他发现了我面部的异常表情，好奇地问：

"怎么了，小本多？"

我不敢正视他，垂下了目光。我无意中发现食客的吊带开了一个扣，在他的追问下，我指着他的吊带说：

"看您的吊带环，快扣上。"

趁若泽·迪亚斯低头的机会，我跑了出去。

75 失 望

我逃避了食客，逃避了母亲，但无法逃避我自己。我懵懵懂懂、自言自语、心烦意乱地跑回卧室，一头扑在床上。我翻滚着，失声痛哭。我咬住一角床单，抑制着啜泣。我发誓下午不见卡毕图，永远不见她，当个神父算了。我好像突然变成了神父，站在悔恨痛哭的卡毕图面前。她请求我宽恕，而我，神情冷淡、漠然、蔑视，万分蔑视，把后背转向她。我咬牙切齿地骂她无耻，像要把她嚼碎。

我在床上听到她的声音，她是下午来找母亲的，目的自然是找我。以往都是如此。尽管我感到巨大的震动，但我仍没离开卧室。卡毕图大声说笑，像在通知我，我却继续沉默着，只身一人，保持对她的蔑视。我恨不得卡住她的脖子，将她按在地下，直到在血泊中结束她的生命……

76 解　释

过了一会儿，我平静下来，但仍然神情沮丧。我仰卧在床上望着天花板。母亲曾劝我晚饭后不要躺着，以免引起消化不良。我猛然坐起身，但没走出房间。卡毕图的说笑声小了，我的避而不见刺痛了她，我并未因此而动心。

我没吃晚饭，夜间睡得也不好。第二天清晨，我的情绪仍未好转，但有所变化。使我痛苦的是担心做过了火，把事搞僵。我稍有些头疼，于是便小题大做，借故不去神学院，同卡毕图谈谈。她可能在生我的气，可能会扔掉我去找骑士。我决定快刀斩乱麻，见她一面，听听她的申诉。她或许要进行狡辩和解释。

果然如此。当她听到我前一天避而不见的原因时，声称是对她的莫大侮辱，简直难以相信两人在海誓山盟之后，会把她看得那样轻浮，甚至会……她泪如泉涌，要同我断交。我赶忙上前拉住她的双手，以全部的赤诚与热情亲吻着。她的手颤抖了。她抹去眼泪，我重又亲吻了她的手，为了她的眼睛，为了她流的泪水。她叹息，她摇头。她说根本不认识骑士，就如不认识其他在黄昏时刻从门前经过的青年，无论是骑马的，还是步行的。如果她敢于正视那骑士，恰恰证明与他毫无关系。否则，自然要进行一番掩饰。

"人家就要结婚，还有什么可怀疑？"她说。

"结婚！"

是结婚。她告诉我同谁结婚，是同巴玻诺斯大街的一个姑娘。这一论据彻底说服了我，她从我的表情也发现了这一点。尽管一切都讲清楚了，但为了避免出现类似的误会，她决定不再去窗口。

"不！不！不！我不是这个意思！"

她同意撤销决定，但又提出新的要求：我承认对她的第一次无中生有的怀疑是完全错误的。我表示完全接受，并发誓永不再犯：第一次，也是最后一次。

77 旧的痛苦，新的乐趣

谈到我少年时代的那次爱情危机，我产生了一种感觉——不知我是否能说清楚——随着时间的流逝，当时的痛苦心情渐渐被冲淡，最后竟成了一种乐趣。这种说法似有些含混，但生活和本书上的东西并不都是清楚的。总之，我谈起那时的愤懑时心中感到一种特殊的快意。当然，也使我想起另外一些不愉快的事情。

78 两个秘密

附带说一句，当时我有一种莫名其妙的欲望，想找人谈谈我同卡毕图之间发生的事。我终于谈了，但只是一部分，听众是埃斯科巴尔。我于星期三回到神学院，发现他心神不宁。他说我若晚回来一天，他就要去看我。他关切地问我有什么事，是否完全好了。

"完全好了。"

他听着，注视着我的眼睛。三天后，他说大家感到我有些心不在焉，并让我尽量有所克制。他也有心事，但能装得若无其事。

"您也觉得我心不在焉？"

"是的。您有时什么话也听不进，像在回忆什么。克制一点，圣地亚哥。"

"我有苦衷……"

"当然，谁也不会无故心不在焉。"

"埃斯科巴尔……"

我犹豫了，他静静地等着。

"什么事？"

"埃斯科巴尔，您是我的好友，我也是您的好友。您是我神学院唯一的知音。除去家里的人，我在外面也没有一个名副其实的朋友。"

"我不想向您表白我的心。"他笑着说，"这实在没有意思。实际上，我在这里同任何人也没有交情，大家都清楚这点。但我毫不在乎。"

我感到激动，话涌到嘴边。

"埃斯科巴尔，您能保守一个秘密吗？"

"既然您问我，是因为不相信我，但是……"

"请原谅，完全不是。我知道您为人持重，权当我是向一位神父忏悔。"

"如果您是请求宽恕，现在您已经被宽恕。"

"埃斯科巴尔，我不能当神父。全家都希望我毕业后当神父，但我不能当神父。"

"我同您一样，圣地亚哥。"

"您也不愿意？"

"您我各有秘密。我不想结束学业，我的兴趣是经商，但您千万不能讲出去，千万。您我知道就行了。我并非不信仰宗教，我也是教徒，但经商是我的伟大志趣。"

"就这点？"

"还有什么？"

我绕了两个圈子，终于嘟哝了内心深处的三个字。仅仅三个字，声音又那样小，连我也没有听清，但我知道说的是"一个人……"以下是省略号。一个人……无须多说，他自然会理解。一个人指的是一个姑娘。读者切勿担心我的恋爱会使他大吃一惊，他甚至觉得极其自然，并又一次盯着我的眼睛。于是，我以极其概括的语言向他讲完，但语调缓慢，我要品尝其中的乐趣。埃斯科巴尔津津有味地听着，最后向我宣布，这是一个需要带进坟墓的秘密。他劝我不要当神父，不要把不属于上帝，而属于人间的一颗心送入坟墓。即使我当了神父，也绝不是个好神父，甚至根本算不上神父。相反，上帝是诚实之人的庇护者；既然我只能在人间侍奉他，我就应当留在人间。

读者无法想象面对这样一个知心朋友我感到的欢愉和幸福。那一颗理解我、支持我的心，一颗年轻的心，使我感到世界增添了无限色彩。好个美丽的大千世界，好一个充满朝气的生活，我真是天之骄子——这就是我当时的感想。读者会发现我并未把话和盘托出，而是省略了最精彩的部分。梳头没讲，还有别的，但意思是清楚的。

谈话的内容，无须详述。我们谈了很多，我称赞卡毕图的美德，这足以引起一个神学院学生的羡慕。她的简朴、谦逊、勤劳和虔诚。我没提她身体的娇媚，他也丝毫没问，我暗示在适当时机让他亲眼看看。

"这次不行了。"星期日回家时我对他说，"卡毕图到伊瓦里多斯街看望同学，她回来您再去。当然，也可以早去、经常去。昨天为什么不同我吃晚饭？"

"您没邀请我。"

"还要邀请？家里人都喜欢您。"

"我也喜欢他们，但有些区别。说实在的，您母亲值得崇拜。"

"真的？"我颇为惊异地问。

79 言归正传

自然，他的话使我高兴。读者深知我对母亲的感情。即使现在，我放下手中的笔，抬眼望望墙上她的画像，仍然可以发现那种美德。埃斯科巴尔只同母亲谈过四句话，他的印象无疑同我是一样的。一句话是可以体现她的心灵。是的，是的，母亲是可敬的，尽管她把一种非我所愿的职业强加于我，我不能不说她是可敬的，像圣徒一样可敬。

难道是她逼我走上了神职道路？我想到了一点，并考虑在什么时机单独拿出一章做一交代。的确，把后来才能发现的东西拉到现在讲是不妥的。不过，既然已经说到它，还是一次交代清楚好。这一点重要而复杂，微妙而玄奥。无论作为作者还是儿子，都要实事求是，只要实事求是，完全实事求是。正因为这样，圣徒变得更加值得崇敬，而无损（恰恰相反）她作为凡人应有的品德。本章权作序言，下面言归正传。

80 回到正文

我们回到正文。我的母亲畏惧上帝。这一点读者是清楚的，还有她的宗教意识与虔诚的信念。读者也知道，我的神职道路是母亲怀着我时许下的愿。前文对此已有交代。读者还知道，为了坚定她实践诺言的决心，她把此事公之于亲朋。她的许诺是虔诚的，获得了同情，她的内心深处感到欣慰。我相信在哺乳期间我已尝到了她甜美心灵的甘露。热衷于政治的父亲如果在世，他或许会更改计划，把我送上政治道路，尽管两种职业并非绝对不可调和，也不止一个神父介入过党派之争，参加了政府。但父亲对此无所知地死去，母亲成了契约的唯一负债人。

富兰克林有句名言：复活节要还债的人总感到四旬斋节短促。我们家的四旬斋节也不长，母亲让我学拉丁文、学教义，实则在拖延我进神学院的日期。在商业用语中，这叫缓期付款。债主是特大富翁，无须等那点钱来填充肚皮，便欣然同意延期的要求，也不附加任何利息。终于有一天，充当保人的某个家庭成员——本书开始已有交代——提起清算债务之事，我的母亲表示同意，我便进了圣约瑟神学院。

还是在那一章，曾提到母亲流了泪。她揩干泪水，一句话也没说，没有一个亲属完全理解那泪水的含义，包括高斯麦大叔、茹丝蒂娜大姑和食客若泽·迪亚斯。我当时躲在门后，也不比他们理解得多。尽管离得较远，但仔细观察一下，会发现那是一种先于离别的怀念，离别的痛苦，也可能是（最主要的地方）后悔许那种愿。作为虔诚的天主教徒，她为履行诺言感到高兴。问题在于履行得那样彻底是否合适和恰当。答案自然是否定的。上帝为什么要以拒绝赐予她第二个儿子惩罚她？我的生命虽是圣主的意志，但也无必要从娘胎里就献身于他。这是后来的想法，其实，从我出生之日起就该这样想。这是一个初步结论；既成结论，那就不要轻易否定它，姑且保留。于是，我进了神学院。

只要虔诚的信念打个瞌睡，我的问题就解决了。然而，它却总是大睁着两只天真的眼睛。只要有可能，母亲或许能改变主意，把我留在她身边，看着我结婚、生子，以娱晚年。这是我的设想，就如我设想她后来抛弃了这一念头，因为这是一种叛逆。这种想法一直萦绕在我的脑海。

我在家中所留下的空缺很快被卡毕图的殷勤所填补。她越来越成为母亲不可缺少的人物，并使母亲相信她能给我带来幸福。于是（这是我所要讲的那一点的结论），我的母亲在心灵深处产生了一种隐蔽的希望，她希望我们那与神学院水火不相容的爱情能使我不顾一切离开那里。由我出面撕毁契约，而母亲又不担负任何责任。这样，她就不费吹灰之力地把我留在她的身边。这就像委托一个中间人还债，但中间人将钱揣进了腰包，一分债也没还。在现实生活中，中间人的行动无法解除立约人的义务，然而同上帝立约毕竟是一本万利的事。

读者肯定也遇到过类似麻烦，您若是教徒，一定使用过相同或相似的方法调解天与地的纠葛。天地终于和解，它们差不多是孪生兄弟，只是天生于第二日，地生于第三天。像亚伯拉罕一样，母亲把儿子带到塔博尔山，搬来劈柴，备好火与砍刀。然后捆绑了儿子以撒，放在柴堆上，握住刀，高高地举起。当刀即将下落时，听到天使传达上帝的命令："不要杀害你的儿子，我知道你是敬畏上帝的。"这便是我母亲心灵深处的期望。

上文说的天使自然是卡毕图。事实上，母亲已经离不开她。不断增长的感情发展到惊人的地步。卡毕图成了我们家的花朵、早晨的太阳、午后的轻风、黑夜的月亮。她整天待在我们家，听着、说着、唱着。母亲探索她的心灵，观察她的神色。我的名字成了她们未来生活的代名词。

81 一句话

上面讲的是我后来发现的，顺便也把母亲说过的一句话做个交代。那是我第一次星期六回家，并得知卡毕图在伊瓦里多斯大街古尔热小姐家中。读者现在会理解母亲对我说的话：

"怎么不去看看她？你不是说桑莎的父亲请你去做客？"

"请过。"

"那怎么不去？随你的便。卡毕图今天会回来，她帮我做的还没完。肯定是同学留她过夜。"

"可能在搞恋爱。"茹丝蒂娜大姑阴阳怪气地说。

我没要她的命，因为我手边没有刀和绳子，没有枪和匕首。如果我射向她的目光能杀人，那目光将毁灭一切。上帝的过错之一是仅仅给了人们一双手和牙齿作为进攻武器，双脚作为逃跑和防卫武器。如果眼睛有第一种功能就好了。它转动一下便可制止或击倒一个敌人、一个对手，进行及时的报复。眼睛又可以混淆视听，变得慈悲怜悯，对受害者流下泪水。茹丝蒂娜大姑逃脱了我的惩罚，我却没有逃脱她的讥讽。星期日十一点钟，我跑到伊瓦里多斯大街。

桑莎的父亲沮丧而忧伤地接待了我。女儿病了。她发烧，烧得越来越高。女儿是他的命根子，他想到她会死，并说女儿死了，他也不想活。这一章凄惨得像坟墓，充满了死亡、自杀、行凶。我渴望着一线光明和蓝色的天空，卡毕图满足了我。她出现在大厅门口，对桑莎的父亲说女儿要见他。

"情况不好？"古尔热吃惊地问。

"不，先生，她有话同您讲。"

"请稍等一会儿。"他对卡毕图说，并转向我，"她是桑莎的护理，桑莎不愿要别人。我马上就来。"

卡毕图面带倦容，神色不安。但她一见到我，一切就全变了，还是往常那个高兴、欢快的少女。她颇为惊奇，想不到竟是我。她过来同我说话，我也有话要同她说，我们也的确谈了几分钟，但声音是那样小和低，如果墙壁有听觉，肯定也不会听到。即使听到了点什么，肯定也不理解。墙壁和家具都是那样忧伤，忧伤得同主人一样。

82 长　椅

看来，只有长椅理解我们的精神状态，它执意向我们奉献的身躯。盛情难却，我们只得坐了下来。从此，我对长椅产生了一种特殊的感情。它把友谊与廉耻联结在一起，给人以家庭的温暖。两个男人坐在它的身上，可以讨论帝国的兴衰；两个女人坐在上面，可以评论一件漂亮的衣服，若是一男一女，那就按照自然规律，谈些自身之外的东西。卡毕图与我正是这样。我模糊地记得我问她是否要待很长时间。

"不知道，烧会退……不过……"

我还模糊地记得，我向她说明我找她的原因。我如实告诉她，是妈妈的主意。

"是她？"卡毕图低语道。

她那放射着异彩的眼睛似乎是说：

"我们将得到幸福！"

我用指头重复了这句话，紧紧握住她的手。不知长椅看到没有，它任我们手握着手，头挨着头，或几乎是头靠着头。

83 画　像

古尔热回到大厅，对卡毕图说女儿叫她。我立即起身，颇有些张皇失措。我的目光茫然望着椅子，而卡毕图却若无其事地站起来，问烧退了没有。

"没有。"他说。

卡毕图的神情既无慌张，也无神秘。什么也没有。她转向我，请我转达对母亲和菇丝蒂娜大姑的问候，然后同我握手告别，敏捷地消失在走廊上。我对她羡慕之极，为什么她能如此自我克制，而我却不行？

"简直是个大姑娘了。"古尔热望着卡毕图说。

我低声附和。真的，卡毕图长大了，身体日渐丰满，泛着青春的活力。她的精神也是如此。从内心到外表，从左到右，从头到脚，无论怎么说，她已是个成熟的女性。现在回想起来，她的变化简直是日新月异。每次我回家，都会发现她长得更高、更丰满。她的眼神流露着异样的感情，嘴角表现出异样的魅力。古尔热转过身，望着墙壁上挂着的一张姑娘画像，问我是否像卡毕图。

一般说来，我对别人的意见很容易赞同，只要这种意见对我无损害，不使我反感，不强加于我。我根本没有进行一番仔细的对照，便肯定地做了回答。他说那是妻子的画像，熟人无不说像卡毕图。我也觉得，轮廓的确很像，特别是前额和眼睛。至于神态，更是酷似，简直堪称姐妹。

"另外，她又成了桑莎的密友，比母女的关系还好……生活中有些东西相似得令人惊奇。"

84 呼 叫

从院子走到大街，我一直自忖古尔热是否对我同卡毕图的关系发生了某些怀疑。没发现任何可疑之处，我坦然地走去。我对这次访问，对卡毕图的热情，对古尔热的赞扬感到高兴，当有人呼叫我的名字时，我竟没立即回答。

"小本多先生！小本多先生？"

只是当声音越来越高，呼叫者跑出大门时，我才停住。我环顾一下四周。我已到了马达卡瓦罗斯大街，站在一家简陋的瓷器店门口，呼叫者是个灰白头发、衣衫褴褛的男人。

"小本多先生，"他哭着说，"我的儿子曼杜卡死了。"

"死了？"

"半小时前死的，明天下葬。我刚给您母亲捎去了口信，她就派人送来了鲜花，放在棺材上。我可怜的儿子！他该死，死了比活着强，可怜的孩子。尽管这样，我还是难过。他过的那是什么日子！……死的前一天还提到您，问您是否还在神学院……想看他一眼吗？请进，请进……"

我实在不想提及此事。但是，事出有因的过错总比无事生非强。我不想进去，不想见到曼杜卡，我甚至摆了个逃跑的姿势。这并非因为害怕，换个场合，我甚至会好奇地满口答应去看看。但当时我是那样高兴！刚刚离开情人就去看一具尸体……有许多事是不相容、不协调的，单这一条死亡消息已是莫大的扫兴。我的黄金梦完全失去了颜色和光泽，变得黯淡而难看，模糊不清。我想说有急事，但我的话绝不清晰，甚至不是人类的语言，因为老者已侧身给我让出了路。我既不想进去，也不想逃跑，于是便任凭身躯自由行动，它终于进去了。

我不想责怪呼唤我的人。对他来说，当时最重要的事莫过于儿子。但我也绝不自责，因为对我来说，最大的事是卡毕图。坏就坏在两件事在同一个下午撞了车，一个人的死干扰了另一个人的生活。这是全部的过错所在。如果我提前或推迟经过他的家门，如果曼杜卡能等几个小时再死，那就不会有悲伤的音符打断我心灵的旋律。为什么他非要在半小时前死去？任何时刻都可以死，如果他在晚六点或晚七点死去就再好不过了。

85 尸 体

我就带着这种混乱的思绪走进瓷器店。店铺是昏暗的，后面的住宅光线更少，窗户又关得严严的。在餐室的一角，死者的母亲在哭泣；在卧室门口，两个孩子咬着指头，惊恐地望着室内。尸体停放在床上，床……

最好还是放下笔，让我们走到窗前，冲淡一下这沉重的回忆。的确，景象是可怕的；死人、尸体，太可怕了……然而，外面却是另一番景象。那里的一切充满了生机，一只山羊在马车旁吃着草，小鸡沿街觅食，中央铁路上的火车嘶鸣，拖着浓烟驶过，棕榈树高耸入云，还有那光秃秃的教堂的钟楼。一个青年在胡同放着风筝，他也叫曼杜卡，他却没死。

另一个曼杜卡比此人大，稍大一点。死者可能有十八或十九岁；然而，十五也好，二十二也好，面目已难以显示其年龄，况且又被盖着……好了，总之他死了，他的亲属也死了。即使还幸存着一个，此时也不会感到难过和悲伤。总之，曼杜卡患了恶症，不比麻风差。他活着时就难看，死了使我感到可怕。当我看到邻居那可怜的身躯直挺在床上，恐惧之余我移开了目光。不知是什么无形的力量又将我的目光拉回。我只得屈从，望一眼，又望一眼，直到我断然走出卧室。

"他受了不少罪。"父亲叹息着。

"可怜的曼杜卡。"母亲啜泣说。

我说家里人在等我，我必须离开。我告辞。父亲问我是否肯赏光参加葬礼，我如实说不知道，要听母亲的安排。我匆匆转身，穿过店铺，总算到了街上。

86 爱吧，年轻人

两家相距不远，不到三分钟，我便回到家。我在走廊停住脚，平静一下急促的喘息。我努力忘却那具苍白、变形的尸体，那令人作呕、人人可以想象得到的场面。在短短的几分钟内，我把一切都从我的眼前驱赶走，我只想着另一个家、另一个生活，卡毕图那清秀、活泼的脸……爱吧，年轻人！特别是那些美丽、动人的姑娘，她们能隐恶扬善，她们是驱逐瘴气的芬芳，起死回生的……爱吧，年轻人！

87 马 车

我登上最后一级台阶，脑海中闪出一个念头，好像它在棚门前已久候多时。曼杜卡的父亲请我参加第二天葬仪的话又在我的耳边响起。我站在台阶上，沉思片刻。是的，我应该去，让母亲给我租辆车……

读者且勿以为我是去过车瘾，尽管我喜欢马车。小时候每当母亲串亲访友、赴约、做弥撒，如果下雨，我们就总是乘车。那是父亲的一辆旧车，母亲精心保存着。车夫原是我们的奴隶，他像马车一样老。每当我穿戴整齐，在门口等候母亲时，他总是笑着说：

"老若昂把少爷送去！"

而我几乎总是这样回答：

"若昂，赶慢点，慢慢走。"

"格罗丽亚太太不愿意！"

"听我的。"

显然，这是为了过车瘾，而不是为了招摇过市，因为待在车里，外面的东西什么也看不见。这是一辆过时双轮破车，又窄、又短，车前有两块可以左右分开的皮门帘，门帘的上部有一块玻璃，那是我张望外面的地方。

"坐好，小本多！"

"我再看看，妈妈。"

我很小，只有站着才能看得见外面。我把脸贴在玻璃上，看到脚蹬皮靴的车夫叉开双腿，站在左边骡子的后边，握着另一匹的缰绳，举着又粗又长的鞭子。一切都是那样别扭。靴子、鞭子、骡子，然而车夫总是兴高采烈，我也是。我望着两边闪过的住宅、商店，有的敞着门，有的关着，有的有人，有的无人。行人来来往往，有的从车前经过，或急促、或缓慢。当有人或牲口挡住去路，马车停下，那种场面更有意思。人们站在人行道或家门口望着马车，交头接耳，自然是评论车上的人。当我大些时，我想他们一定是在说："是马达卡瓦罗斯大街的那位太太，还有她的儿子小本多……"

母亲虽深居简出，但因每次外出总是乘它，这辆老马车也就在周围有了名。后来母亲不再用它，但也没有立即卖掉。只是因为保管费太贵，她才不得不松手。她保存那辆无用的马车完全出于感情因素，它使她想起父亲。父亲的遗物是父亲本人的一部分，体现着他整个纯朴的心灵。母亲对朋友们说她有怀古的嗜好，她始终不渝地遵循过去的风俗、习惯、意识；她有自己的历史博物馆，里面珍藏着用过的梳子、披肩、一八二四至一八二五年间的铜钱。她要把一切变得古老，包括她自己。我已说过，在这一点上，她往往不能如愿。

88 诚实的借口

不，我参加葬仪的念头并非出于重温马车的逍遥之乐，而是另有原因。这是因为，若第二天去公墓，我便可以不去神学院，可以再去看看卡毕图，同她多待一会儿。这才是真正的意图。怀念马车是次要的，上面讲的是主要和直接的。我可以借口看望古尔热小姐，重返伊瓦里多斯大街，重演上次的一切：古尔热忧心忡忡，卡毕图同我手挽手坐在长椅上，梳头……

"我去找母亲。"

我打开栅门。进门前，像刚刚听到死者父亲的话语一样，我耳边响起死者母亲的哀叹。我低声重复道：

"可怜的曼杜卡！"

89 拒　绝

母亲对我的要求深为不解。

"耽误一天课……"

我向母亲说明同曼杜卡的友谊，他们又很穷……所有我能想到的话都说尽了。茹丝蒂娜大姑持反对态度。

"您也认为他不该去？"母亲问她。

"我看不该去。我没见过他们有什么交往。"

茹丝蒂娜大姑胜利了。我向食客谈到此事时，他笑着说大姑的真实用意可能因为"我的光临"会过分抬举他们。不论原因是什么，我哑口无言。第二天，我想到那种原因，感到闷闷不乐。后来，我产生了一种异样感觉。

90 辩 论

第二天，当我路过死者的家门时，既没想进去，也没止步。如果说停了一会儿的话，也只是瞬间，比我说这句话的时间还要短。如果我没有记错的话，我甚至加快了脚步，生怕像前一天一样被叫住。既然不去参加葬仪，躲得远些更好。我走着，心中想着可怜鬼。

我们既不是朋友，也算不上很熟。友谊，在他的疾病与我的健康之间会有什么友谊？我们的关系短暂而平淡。细细想来，有过几次接触，是在两年以前，每次都是以辩论结束，内容是……内容简直令人难以置信，是关于克里米亚战争。

曼杜卡卧床在家，以看书消磨时光。每星期日下午，父亲给他穿上黑色针织背心，将他弄到店铺不显眼的地方，从那里可以窥视到一小段马路和过往的行人。这是他唯一的消遣。我正是在那里看到了他，并使我吃了一惊。疾病吞噬了他的肌肉，手指痉挛。当然，他的形象并不讨人喜欢。当时我十三四岁。第二次见到他时，我们谈起了正打得火热、占据着报刊重要位置的克里米亚战争，曼杜卡说盟军必胜，我表示反对。

"那就看吧。"他说，"除非正义失败，而这是不可能的。正义在盟国一边。"

"不，先生，俄国人有理。"

我们的依据无非是本市报刊转载的外电消息，当然也有各自的好恶。我一直是亲莫斯科的，我为俄国辩护，而曼杜卡却为盟国据理力争。第三个星期日，我又去进行了探讨。曼杜卡建议以书面形式交换论据，星期二或星期三我便收到两张纸，详细阐述了他维护盟国和土耳其完整的立场，最后以此预言结束：

"俄国人绝对打不进君士坦丁堡！"

我读完，立即着手反击。我所使用的论据早已忘却，在本世纪即将过去之时，我实无兴趣再回顾它。我只记得它是无懈可击的。我亲自将答复送给了他。我走进卧室，他正躺在床上，半盖着一床破被。或因我素爱辩论，或因其他莫名其妙的原因，我丝毫没感到病床和病人散发的令人作呕的气味，我交给他答复时的喜悦也是真实的。尽管曼杜卡的面目十分难看，那浮上脸颊的笑意掩盖了他身体的丑陋。他接过我的纸，并说容后答复。他那自信的表情任何语言也无法全部和真实地加以描述。他没有激动，也没吵嚷或做出任何动作。疾病也不允许他这样，但在了解我的答复之前，他已表现出强烈、坚定、深沉的信念，无限胜利的喜悦。他已备好了纸与笔，就在床边。几天后，我收到回信，我记不得是否有新鲜内容，但热情有增无减，结束是老样子：

"俄国人绝对打不进君士坦丁堡！"

我又做了批驳。辩论就这样激烈地延续了一个时期，互不相让，以全部力量与热情捍卫各自的顾主。曼杜卡比我更专注、更积极。我有各种各样的消遣，学习、娱乐、家庭、体育。而曼杜卡却不然，除了星期日下午那一段马路，他只有一场全市和全世界所关注而又无人同他探讨的战争。我偶尔成为他的对手，素喜舞文弄墨的他便全力以赴，辩论成了他的一剂救命新药。漫长而痛苦的时光此时变得短促而愉快，眼中的泪水消失了，如果他曾哭泣过的话。我在他的父母身上感到了这一变化。

"自从您送来了那些纸，您简直想象不到他成了什么样。"瓷器店掌柜在门口对我说，"他有说有笑，我刚把他写的东西给您送去，他就急着问有无回音，是否要拖很久，并要我询问过路的邮差。在等待答复期间，他反复阅读报纸，做摘录。一旦得到回信，便立即看，立即反驳。有时他忘了吃饭，或吃不下饭。我唯一请求您的是不要在午饭或晚饭时送信来……"

首先对此感到厌倦的是我。我开始拖延回答，后来便干脆不予理会。在我休战后，他还派人找过我两三次，但仍得不到回音。或许他也感到了厌倦，或许怕惹我生气，最后他也决然停止了论战。从第一次辩论到最后一次，他的结论只有一个：

"俄国人绝对打不进君士坦丁堡！"

俄国人的确没进去。当时没进去，后来没进去，现在仍没进去。这难道是个永恒的预言？俄国人永远也进不去？这是个难题。曼杜卡本人经过了三年的磨难才进入了坟墓，大自然的确像历史一样，从不同人开玩笑。他的生命如土耳其一样进行了顽抗。他最后失败了，只是因为缺少英法盟友，而绝非医药的原因。他终于死了，就如国家消亡一样。至于我们的论战，问题不是探讨土耳其是否要灭亡，因为死亡不会宽恕任何人，而是要知道俄国人是否有朝一日会进入君士坦丁堡。这是我那位躺在破烂不堪的被子下患重病的邻居所关心的问题。

91 令人欣慰的发现

当然，以上回忆不是在去神学院的路上进行的，而是现在，在恩热纽新区我的书房中。其实，我的这种回忆无非是要说明：我曾减轻过邻居曼杜卡的痛苦。细细想来，我发现不仅减轻了他的痛苦，甚至还给他带来过幸福。这是一个令人欣慰的发现。我永远不会忘记，我曾给予过一个可怜的灵魂两三个月的幸福，使他忘却了不幸和别的。这是我的生命中值得称道的事。如果在另一个世界对下意识的善行有某种奖励的话，这一行为足可弥补我的一两桩罪过。至于曼杜卡，我不相信他的反俄思想构成过错。如果是的话，他会因四十年前得到过两三个月的幸福而遭受惩罚。由此我得出一个结论（可惜为时已晚）：宁肯躺在床上独自呻吟，也不要对外界的事评头论足。

92 魔鬼并非像画的那样丑

我没有参加曼杜卡的葬礼。可能许多人都干过这种事，但与我无关。由于上文阐述的原因，此事却使我难过。每当想到我生活中的第一次辩论，想到他收到我的答辩并立即着手反驳时的喜悦——绝不是我乘车时的喜悦——时，我总有一种忧伤的感觉……但时光很快将这种怀念与回忆抹掉了。引起我忧伤的不仅是曼杜卡，还有另外两个人。一个是卡毕图，她的形象在当天夜里出现在我的梦中，另一个我在下章再做交代。本章的另一个用意是：如果某位读者阅读我的书时一定要付出超过其价值的精力，我希望他切莫忘记得出以下结论：魔鬼并非像画的那样丑。我的意思是……

我的意思是：马达卡瓦罗斯大街的邻居若权衡一下其反俄观点的后果，他那腐败的肌体会得到一种精神的安慰。当然，世上还有更大的安慰，其中之一是对过错麻木不仁。但是，神奇的大自然总是以制造矛盾为乐趣，对于丑恶和不幸一律报之以鲜花。或许只有这样的鲜花才最美。我的花匠曾说过，要使紫罗兰发出奇香，必须施以猪粪。我虽没试验过，但他的话该是真的。

93 朋友取代了死人

另一个要回忆的人是我的同学埃斯科巴尔，他在星期日十二点之前便来到马达卡瓦罗斯大街。他像久别重逢的亲人握住我的手，足有五分钟。

"能同我们一起吃晚饭吗，埃斯科巴尔？"

"我正是为此而来。"

母亲感谢他对我的关心，他对母亲说话时很客气，也很拘谨，前言不搭后语。读者知道，他平时并不这样，而是谈吐流利；当然，人们并非每时每刻都一个样。他的话可以概括为：他敬佩我的高尚品质和良好教养，神学院的人都很喜欢我，而这一切都是理所当然的。他强调我的教养，我的为人和上帝赐予我的"举世无双的善良母亲"……他的声音哽咽、颤抖。

全家都喜欢他。我尤其高兴，似乎埃斯科巴尔是我的一大发明。若泽·迪亚斯称赞的方式是两个形容词最高级，高斯麦大叔是连赢两局，茹丝蒂娜大姑竟也一时挑不出毛病。在第二个或第三个星期日时，她才对我们说我的朋友埃斯科巴尔爱管闲事，生了对警察眼睛，很厉害。

"他的眼睛就是这样。"我解释道。

"我也没说别的样。"

"是一双善于思考的眼睛。"高斯麦大叔评论道。

"这毫无疑问。"若泽·迪亚斯说，"但是，茹丝蒂娜大姑的话也不无道理。问题是两者并不矛盾，思考与好奇本是天生的一对。看起来好奇，也的确好奇，但是……"

"我看是个很正经的小伙子。"母亲说。

"完全正确！"若泽·迪亚斯从不和母亲唱反调。

当我向埃斯科巴尔讲起母亲对他的看法时（其他意见自然除外），他简直是受宠若惊。他表示感谢，说母亲过奖，并称赞母亲稳重、高贵、年轻、十分年轻……"她多大年纪？"

"四十。"我出于虚荣而含混地回答。

"不可能！"埃斯科巴尔惊呼，"四十！三十也不像。她太年轻，太漂亮。您这双天赐的眼睛不知像谁。像她，完全像。她寡居几年了？"

我向他讲述了我所知道的她与父亲的情况。他认真听着，提出一个又一个的问题，对省略和不清楚的部分寻根究底。关于庄园，我说已没有任何印象，很小就离开了。埃斯科巴尔说他三岁的事情他还记忆犹新，并向我讲了两三件。他还问为什么不回庄园。

"不，现在从不去。看，前面那个黑人，他就是庄园来的，叫托马斯。"

"少爷！"

我们是在花园，黑人正在干活。他走到我们面前，听候吩咐。

"他有了家。"我对埃斯科巴尔说，"玛丽亚在哪里？"

"是的，先生，她在舂米。"

"你还记得过去的庄园吗，托马斯？"

"是的，先生，记得。"

"好，去吧。"

我又指给他一个，另一个，还有一个，"这个叫佩德罗，那个叫若泽，另一个叫川达米昂……"

"所有的字母都有了。"埃斯科巴尔说。

的确，他们的名字的字母全不一样，此时我才注意到。我又继续介绍了一些奴隶，有的名字相同，以绰号或身体特征加以区别，如黑若昂、胖玛丽亚，有的以民族区别，如孟加拉佩德罗、莫桑比克安东尼奥……

"他们都待在家里？"

"不，有的要上街赚钱，有的出租。都在家不行。庄园的也没都来，大部分留在那里。"

"使我惊奇的是格罗丽亚太太很快适应了城市生活。城里的一切都狭小，而农村自然宽敞得多。"

"我也不清楚，好像是这样。母亲还有几处更大的住宅，但她说要死在这里。其他房屋都出租了。有几处大得很，像吉坦达大街的……"

"我见过，很漂亮。"

"在长河区、新城区、卡太特都有……"

"你不用发愁没地方住。"他亲切地笑着说。

我们向后院走去。路过洗衣池，他停住脚，望着洁净的石板，沉思了一会儿。我们继续前进。他为什么沉思，我记不清了。只记得他的想法奇特，我笑了，他也笑了。我的兴致感染了他；天是那样蓝，空气是那样清新，大自然似乎在同我们一起笑。世上美好的时刻莫过于此。埃斯科巴尔对我的见解由衷地表示赞同，他那含蓄而清新的语言令我激动。后来，我们又谈到精神与身体之美的结合，他再一次称母亲是位"双重天使"。

94 数学脑袋

我不想再多说，我已说得不少。他不仅善于奉承和思考，还善于迅速而准确地进行运算。他有个霍尔姆斯[1]的数学脑袋（2+2=4）。他心算加法乘法的速度令人难以想象。最使我头疼的除法对他也是易如反掌。他只要稍稍把眼一闭，头微微一抬，口中念念有词，好了！七位、十三位、二十位的数字也是如此。这一特长使他对数字产生了感情，寥寥的几个数字符号在他的眼中比葡萄牙文的二十五个字母更有生命力。

"有些字母是无用的，有些是可有可无的。"他说，"d 和 t 有什么不同？发音基本一样。b 和 p 也是如此，还有 s、c 和 z、k 和 a。这是书法中的繁琐哲学。但数字却不同。没有两个一样的数字，4 就是 4，7 就是 7，4 与 7 相加可以用 11 表示，多么有意思！11 的 2 倍是 22，22 的 22 倍是 484。最有趣的还是 0，它本身毫无意义，而它的作用却恰恰能使数字增加。一个 5 就是 5，后面放上两个 0，就成了 500，一文不值的东西陡然变成价值连城之物。字母就不是这样，用一个 p 和两个 p 表示 aprovo 意思是一样的。"

我受的是父母正统的教育，实在无法理解这种"异端邪说"。但是，我也无法进行驳斥。有一次，我流露出某些不同看法，他说我持有偏见，说数学的思维是无限的，是最容易掌握的。我可能被一个哲学问题或语言学问题所难住，但他却能在三分钟之内得出任何数字。

"例如……请您给我一个题，给我一堆我事先不知道也无法知道的

1　作者虚构的人物。

数字……例如，告诉我您母亲有几处房产，每处的租金，如果我在两分，不，一分钟内算不出总数，请把我绞死！"

我接受了挑战。第二个星期，我给了他一张纸，上面列着房产与房租的数字。埃斯科巴尔拿起纸，用眼扫了一下，记下了数字。我看着表，他的眼珠向上一翻，眼皮一合，嘟哝了一会儿……啊，快得简直像风！真是名不虚传，只用了半分钟，他便念道：

"每月一千零七十弥尔瑞斯。"

我目瞪口呆。房产不下九处，房租各异，从七十到一百八十。起码要费三到四分钟演算这一切，还离不开笔与纸。而埃斯科巴尔的心算却像玩一样。他得意地望着我，问我对不对。我从衣袋取出一片小纸，上面写着总数。我让他看，完全一样，不差分毫：一千零七十弥尔瑞斯。

"这说明数学的思维是最简明的，因而也是自然的。自然本身就是简明。艺术是混乱的。"

我的朋友的敏捷思维使我赞叹不已，我不禁拥抱了他。当时我们是在校园里，许多学生目睹了我们的激动。一个神父深表不满。

"谦虚，"他对我们说，"同激动是不相容的。你们完全可以用缓和的方式表示你们的敬意。"

埃斯科巴尔认为学生和神父是出于妒忌，并建议我们少接触。我打断他的话，表示反对。就是要他们妒忌，让他们难受。

"让他们嚼舌头去吧！"

"可是……"

"我们要比过去还要好。"

埃斯科巴尔暗暗握紧我的手。他的劲是那样大，使我们至今仍感到指头作疼。这当然是种想象，如果不是长时间连续写作所致的话。我们还是暂且将笔放一放……

95 教　皇

我与埃斯科巴尔已成为莫逆之交。若泽·迪亚斯不甘落后，过了一周，他对我说：

"你马上就要离开神学院。"

"什么？"

"明天再说，今天他们找我去打牌。明天，在卧室，或在花园，或在去做弥撒的路上，我全部告诉你。真是个神圣的想法。明天，小本多。"

"可靠吗？"

"完全可靠。"

第二天，他向我透露了秘密。说实在的，我开始真有些眼花缭乱。一个伟大的心灵出现在神学院学生的眼前。据他看来，母亲后悔把我送进神学院，想让我回来，但过去的许诺又无形地禁锢着她。必须切断这种牵扯，就如圣经有能力切断信徒的邪念一样。因此，他要同我去罗马谒见教皇，请求赦免……"怎么样？"

"我看很好。"我沉思了一会儿说，"是个好办法。"

"只能这样，小本多，只能这样！今天我就同格罗丽亚太太谈谈，把这一切告诉她。两个月后我们动身，或提前……"

"最好下星期日再谈，我还要再想一下……"

"噢，小本多！"食客打断我的话，"想什么？你打算怎么办……要我说出来？想糊弄老人？你是想找一个人商量。"

严格来说，是两个人：卡毕图与埃斯科巴尔。但我否认同任何人商量。还能是谁？院长？这种事当然不能告诉他。不，无论是院长还是教师，谁都不行。我只想考虑一周，下星期日做出答复。但我当时说他的想法不坏。

"不坏？"

"不坏。"

"那就这样定了。"

"去罗马不是开玩笑。"

"只要有张嘴，不愁到不了罗马。对我们来说，嘴就是钱。你自己可以任意挥霍，同我在一起可不行。两条裤子，三件衬衫，外加面包，就这些。圣保罗以传教度日，我要像他一样，但我不是去传教，而是去取经。我们带上大使和主教的信，带上致教长的信，带上托钵僧的信……我知道这样会招来闲话，会说我们舍近求远。别的不说，你想一下该有多神气！走进梵蒂冈，拜倒在教皇脚下乞求圣恩，牧师为你那无限慈祥、无限贤惠的母亲向上帝请求宽恕。请想一下那场面，你亲吻着圣父的脚，教皇仁慈地微笑着，俯身询问、倾听，宽恕了你，并为你祝福。天使望着你，圣母祝愿她的圣子小本多事事如意，祝愿你的爱是神圣的……"

好了，他的演说还没完，但本章却必须结束。他讲出了作为教徒和恋人的我那一片真情，我仿佛看到家中的母亲被宽恕的心灵，看到卡毕图心中荡漾着幸福。我与她们，他与我们的全部幸福的取得只是由于去罗马的一次短暂的旅行。我只在地理上，当然还有心灵上，知道罗马的位置，但此行与卡毕图意愿的距离我却无法估量。这是最重要的。若卡毕图觉得太远，我就不去；这需要听取她的意见，还有埃斯科巴尔，他会给我出好主意。

96 替　身

我向卡毕图谈了若泽·迪亚斯的打算。她认真地听完，伤心了起来。

"你一去，"她说，"就把我全忘了。"

"永远不会。"

"会的。都说欧洲漂亮极了，特别是意大利。歌唱家不都是从那里来的吗？你会忘记我，小本多。没有别的办法？格罗丽亚太太恨不得你立即离开神学院。"

"这是真的，但又被许诺捆绑着。"

卡毕图没想出好法子，也没接受原来的。在路上，她对我说，如果非要去罗马，要对她发誓六个月后一定回来。

"我发誓。"

"以上帝的名义？"

"以上帝和一切。我发誓六个月后回来。"

"若教皇不放你呢？"

"我给你捎信来。"

"你若撒谎呢？"

这句话大大地刺伤了我，我一时找不到反驳的话。卡毕图将此事当成了玩笑，她笑我，说我装腔作势。虽然她后来相信我会履行诺言，但仍不同意去罗马。她要想想办法，我也想想。

我回到神学院，把一切讲给了我的朋友埃斯科巴尔。他听得同她一样认真，听完后同她一样伤心。他平素那躲躲闪闪的目光像要将我吃掉。突然，我见他的面部泛起了光彩，一个主意产生了。我疑惑地听他说：

"不，小本多，不用这样。有更好的——不是更好，教皇是最神圣的——有可以得到同样效果的办法。"

"什么？"

"你母亲向上帝许了愿，让你当神父，对吗？那好，给她一个神父，但不是你。她完全可以找一个孤儿，替你上神学院，既有了神父，也不用你……"

"我懂了，懂了，是这样。"

"怎么样？"他说，"你去问一下书记，他会告诉你是否可以。如果你愿意，我去问也行。他若拿不准，就去问主教。"

我犹豫地说：

"是的，或许能行。履行了诺言，也有了神父。"

埃斯科巴尔说，经济问题好解决，我上神学院母亲也要花钱。一个孤儿不需要多大开销。他又提到我家的房租收入，一千零七十弥尔瑞斯，还有奴隶……

"别的都好办。"我说。

"我们一起走。"

"你也走？"

"我也走。我学完拉丁文就走。神学课也不上了；其实，拉丁文也没有用，对于一个商人，它有什么用？"

"高举这一标志，你将胜利！"我笑着说。我感到轻松愉快。啊！希望是快乐之源。埃斯科巴尔笑了，似乎对我的回答感到满意。然后，我们便陷入沉默之中，目光可能是茫然的。当我把目光从远方收回时，他仍在发怔。我又一次感谢他的计划，一个不能再好的计划。埃斯科巴尔十分高兴地听着。

"宗教和自由，"他严肃地说，"将再一次进行密切合作。"

97 离 校

一切按计划进行。起初母亲曾犹豫过，当卡布拉尔神父向她传达了主教的赞同意见后，她终于答应了。年底我离开了神学院。

当时我刚过十七岁……按理本书只算写到一半。然而，我缺乏经验，信笔写来，最精彩的部分还没讲，本书已接近尾声。下面的部分想我不能详述，一章就是一章，不添枝加叶，不无病呻吟，一切从简。有时，需要把几个月或几年的事情归纳到一页中，这样就不愁收不了尾。这一颇为残酷的出发点使我不得不忍痛省略我十七岁时的感受。不知读者是否有过十七岁，如果有的话，一定知道那个介于成人与孩子的年龄最大的特征是好奇。我就是十足的好奇者。食客这样说我，他说得不无道理。这一至高无上的品质给予我的益处我无法在此披露，我怕把文章拖长。作为受过神学院教育和母亲熏陶的我，在拘谨的心灵深处萌发了傲慢与冒险的幼芽。除了血统的原因外，街上或窗前的姑娘也不让我安宁。她们认为我漂亮，说我是美男子，有的甚至走到我的面前盯上几眼。傲慢是堕落的开始。

98 五 年

理智占了上风，我开始了学习。当我度过了十八、十九、二十、二十一、二十二岁后，我成了法学学士。

我周围的一切都变了。母亲开始衰老，可恶的白发越来越多。不过，她的头巾、衣着、无声的平底鞋依然如故。她已不能里里外外地忙碌。高斯麦大叔患了心脏病，已进入全休。茹丝蒂娜大姑只是老了些。若泽·迪亚斯也不例外，但还没老到不参加我的学位授受典礼。他同我以轻快和欢乐的步伐走下山坡，似乎学位是属于他的。卡毕图的母亲已经去世，父亲带着差一点送命的原职原位退了休。

埃斯科巴尔在里约热内卢的第一批咖啡店干了四年之后，便独自经营了。茹丝蒂娜大姑曾说他想向母亲求婚。如果确有其事，巨大的年龄差距是不容忽视的。他当时可能只不过想把母亲作为经商伙伴；事实上，在我的请求下，母亲向他提供过钱，作为初次经商的资本。手头一宽裕，他便还清了债，并且说："格罗丽亚太太谨小慎微，胸无大志。"

分别并未冷却我们的关系，他成了我与卡毕图的传信人。自从他见到卡毕图，便对我们的爱情大力撮合。他同桑莎的父亲建立的友谊密切了同卡毕图的联系，成了我们两人的好友。起初，卡毕图不愿求助于他，她宁愿找若泽·迪亚斯；但此人小时对我的尊敬令我生厌。埃斯科巴尔胜利了，卡毕图羞怯地交给了他第一封信，然后接着是第二封、第三封。结婚后，他仍未中断这种效劳。他结了婚——请猜猜同谁？——同善良的桑莎、卡毕图可算是姐妹的好友。有一次他甚至在给我的信中称她为"年轻的嫂嫂"。感情、亲缘、冒险和传奇由此产生了。

99　儿子长得像父亲

我获得学士学位后，回到家中，母亲高兴得几乎发狂。记得当我们母子拥抱时，若泽·迪亚斯朗诵了圣约翰的福音书：

"母亲，看你的儿子！儿子，看你的母亲！[1]"

母亲老泪横流地说：

"高斯麦兄弟，他长得像父亲，对吗？"

"对，有点像。眼睛、脸的轮廓。像父亲，只是更时髦些。"大叔开玩笑地说，"格罗丽亚大嫂，你看，不当神父不是很好吗？瞧这个花花公子还能当好神父？"

"我的替身怎么样？"

"还好。今年毕业。"大叔说，"你一定要参加他的圣职典礼，如果我的心脏先生允许，我也去。你要将他当作你灵魂的一部分，就像你自己接受圣职。"

"太对了！"母亲感慨地说，"你瞧，高斯麦兄弟，看他像不像我那死鬼。抬头，小本多，望着我。小时就像，长大了更像。嘴唇上的髭不大像……"

"是这样，格罗丽亚大嫂，唇髭是有点……总起来看还是很像。"

母亲吻着我，慈祥之态我实难描述。高斯麦大叔为讨好母亲，称我为律师。若泽·迪亚斯及全家所有的人，大姑、奴隶，还有来客、巴杜阿和她女儿，都把律师挂在嘴上。

1　见《圣经》故事，这是耶稣被钉在十字架上后对玛利亚和约翰说的话。

100 "你将是幸福的，小本多！"

　　回到卧室，我打开箱子，取出学士证书，幸福与胜利涌上心头。若泽·迪亚斯在一旁默默忙活着，我却想着婚礼与显赫的职业。我仿佛看到一个仙女飘然而下，柔声细语地对我说："你将是幸福的，小本多，你将是幸福的。"

　　"你怎么能不幸福？"若泽·迪亚斯直起身子，眼睛盯着我问。

　　"你听到了？"我也吃惊地直起腰。

　　"听到什么？"

　　"你听到有人说我将是幸福的？"

　　"有意思，是你自己在说……"

　　现在我仍敢发誓，那是仙女说的。当然，那是些从小说和诗歌中被驱逐出来的仙女，潜入到人的心灵说话。有一个仙女，她一定是苏格兰巫师的姐妹，就经常在我耳边清脆地说："你是未来的国王，麦克白！[1]""你将是幸福的，小本多！"其实，这无非是众所周知的陈词滥调。当我从惊愕中苏醒时，若泽·迪亚斯的演说已近尾声。

　　"……你一定是幸福的，也应该是幸福的，就像你应该得到这一张证书，而不是任何人的恩赐。你在各科取得的优异成绩便是证明。我已对你讲过教授们的交口称赞。另外，幸福不仅是荣誉，也是……好了，你对老若泽·迪亚斯不诚恳。可怜的若泽·迪亚斯是个无用之物，一个空腰果壳，一文不值。现在你有新朋友，埃斯科巴尔一伙……我不否认他是个十分出色的小伙子，能干、好丈夫。不过，老头子也懂得爱……"

　　"你说些什么呀？"

　　"还能是什么？谁不知道这些事？……那种邻居的友情该结束了，真是天赐良缘，她是个天使，十足的天使……请原谅，小本多，我只是强调那个姑娘的完美无缺。过去我错了，我把孩子的天真同个性混淆起来，我看不到这个淘气、目光深沉的姑娘是一个健康、甜美果实

1　见莎士比亚同名剧第一幕第三场。

的瑰丽花朵……为什么单单瞒着我？家里的人谁不赞成、同意？"

"妈妈也真同意？"

"那还用说？我们早已谈过，她曾好心地征求过我的意见。你可以问她，我的回答是多么明确又肯定。请你问她，我说世界上没有比她更好的媳妇，善良、持重、聪明、热情……一个好主妇。这就是我的话。母亲死后，她撑起了全部家务。巴杜阿已退休，他唯一的工作就是把退休金领回来。交给女儿，女儿分配钱财，买东西，安排各种开支；她什么都管，粮、衣服、油。去年你见过她；至于她的美貌，你比别人更清楚……"

"说真的，妈妈同你谈过我们的婚事？"

"没直接谈。她只问我卡毕图是否能做个好妻子，我在回答时提到媳妇。格罗丽亚太太没有反驳，而是笑了。"

"妈妈给我写信时经常提到卡毕图。你知道，他们处得很好，所以，茹丝蒂娜大姑越来越不高兴。她可能就要结婚了。"

"不知道？当然还是传说。若昂·达科斯塔律师几个月前失去了妻子，据说（还不太清楚，是书记告诉我的），据说两人都有意结束独身生活，成婚配对。其实也没什么，不值得大惊小怪。只是她觉得律师像根干柴棍……而她就是坟墓。"他笑着说，但又立即收敛了笑容，严肃地补充道，"我是说着玩……"

下面的话我没听清，我听到的只是心灵中的仙女那无声的语言："你将是幸福的，小本多！"卡毕图和埃斯科巴尔以不同的话语表达了同样的意思，他们的神情肯定了若泽·迪亚斯的话。几周后，当我请求母亲允许我结婚时，她不仅表示同意，并以她自己的话语向我祝福："你将是幸福的，我的孩子！"

101 天　堂

　　是的，我们在一瞬间得到了幸福。久等的读者还没清醒过来，已经进入一个新的阶段——我们结婚了。那是一八六五年三月的一个下午，天空阴云密布。我们登上蒂茹卡的山顶，那里有我们新婚的安乐窝。此时，天公收敛了雨意，撒下了满天星斗。有的星星我们已经很熟悉，有的却要几世纪之后才能被发现。除了这种天之盛意，圣彼得又为我们打开进入天堂的大门，并用手杖指点着我们，高声朗读使徒书信的诗章："愿女人服从丈夫……切莫迷恋那发辫上的首饰与金帕，而要把男人放在心中……你们，女人的丈夫，与她们同居吧，对她们以礼相待，把她们当作精致的花瓶，共同分享生活的乐趣……"接着，他示意天使，天使们唱起赞美歌。歌声是那样和谐，如果能在人间演唱，完全可以戳穿意大利歌唱家的谎言。词与曲算得上是珠联璧合，酷似瓦格纳的歌剧。然后，我们游历了那无垠空间的一部分。我不想做任何描写，人类的语言也缺乏那样多的形式。

　　到头来，这一切完全可能是一个梦。作为神学院的学生，到处听到拉丁语与圣经是很自然的。当然，卡毕图不懂圣经，也不懂拉丁语，她只能背诵这样几句话："我置身于久已向往之人的保护下。"至于圣彼得的诵文，她在第二天对我讲得好，说我是她唯一不能佩戴的金帕和首饰，而我却说我的妻子应得到世上最珍贵的金帕。

102 已婚女人

　　请想象一下只有钟摆而没有指针的钟吧，那是无法确定时间的。钟摆来摆去，却没有任何外部标志指示时间的流逝。在蒂茹卡的那个星期就是这样过的。

　　我们经常想到过去，回忆昔日的伤心和不幸成了我们的乐趣。但这仅是一种密切我们情感的方式。我们重温对爱情的漫长期待、少年时代的生活、本书开头几章谈到的告状。我们嘲笑若泽·迪亚斯千方百计拆散我们，到头来却只能庆祝我们的结合。我们几次想下山，但确定的日子不是阴雨绵绵，便是烈日当头。我们等待一个多云的天气，但却总也不来。

另外，我发觉卡毕图有些坐立不安。她表面同意再住些日子，但又不时地谈起父亲、我的母亲，说他们惦念我们，如此等等。后来，我们甚至为此搞得不愉快。我问她是否已经讨厌我。

"我？"

"好像。"

"你永远是个孩子。"说着，她双手捧住我的脸，将她的眼睛对贴在我的眼睛上，"我等了那么多年，刚过了七天我就会厌烦？不，小本多，我说的全是实话，他们一定很想念我们，我也真想看看爸爸。"

"那好，明天就走。"

"不，最好等个多云的天气。"她笑着说。

我对她的笑和她的话信以为真，但她仍是心猿意马，我们只好顶着太阳下了山。

她戴上象征着已婚女人帽子时的高兴劲儿，她将一只手伸给我、上车下车时的神情、在街上同我挽臂而行的姿势，这一切说明卡毕图的不安是为了显示一下她的新的生活。她不甘于婚后躲在安乐窝里，她需要外部世界。当我同她下了山，到了街上，她的一举一动给我的感觉是相同的。她想出种种借口同我外出散步，让别人注意、评论、羡慕。街上许多人好奇地回过头，有的停住脚，有的在问："他们是谁？"一位知情者解释道："这个是圣地亚哥先生，前几天同那位卡毕图小姐结了婚。他们俩自幼相爱，家住马达卡瓦罗斯大街，婚后乔迁在格罗丽亚海滨。"两人异口同声地说："真是个美妞！"

103 幸福之人其心也善

"美妞太庸俗!"但若泽·迪亚斯却说很好听。他是唯一一个上山探望我们的人,并带来了亲人的问候和他的祝福。他的祝福是名副其实的颂歌,为了节省纸张,恕我不能在此转述。总之,是令人陶醉的。一天,他将我们比作比翼鸟;鸟儿振翅高飞,直上蓝天,真是天高任鸟飞。我们谁也没笑,都被深深地打动了、感染了,忘掉了自从一八五八年那个下午起他所做的一切……幸福之人其心也善。

104 金字塔

若泽·迪亚斯将自己一分为二,一半给了我,另一半给了母亲。他在格罗丽亚和马达卡瓦罗斯交替着吃午饭和晚饭。一切都平平静静。婚后两年,除了遗憾地少个儿子,生活着实不错。当然,我失去了岳父,高斯麦大叔也不久于世,但母亲的身体还好,我们更是风华正茂。

我是几个富户的律师,诉讼接踵而至。埃斯科巴尔为我初次登庭帮助颇大;他说服一位名律师吸收我参加律师事务所,为我招徕顾主。这一切都是自愿的。

另外,我们两家的关系也是命中注定的。桑莎和卡毕图婚后仍保持着同窗的友情,埃斯科巴尔同我在神学院的关系也保持至今。他们住在安达莱大街,希望我们常去。我们难以满足他们的盛情,只在星期日去吃过几次晚饭。他们也来我们家吃过晚餐,但次数不多。我们一般去得很早,吃过午饭便动身,以多盘桓些时间;晚上九点、十点、十一点才告辞,不能再晚了。当我重新回忆起安达莱和格罗丽亚海滨的时光,我感到生活和生活以外的东西并非像金字塔那样坚硬。

埃斯科巴尔和桑莎生活得很幸福。他们有一个小女儿。有一段时间,我听说丈夫在剧场闹过一出风流戏,不知是同一个唱歌的还是跳舞的。即使是真的，也没弄成丑闻。桑莎谦逊，丈夫勤奋。有一天，我向埃斯科巴尔哀叹无子，他反驳说：

"没什么，老兄。什么时候想要，上帝会赐给你；如果不给你，那就是不舍得，让孩子留在天堂也好嘛。"

"孩子是生命的自然延续。"

如果真需要，以后再看。"

孩子仍然不来。卡毕图天天乞求，我也不止一次地祷告。现在已不是孩提时代，我必须像缴房租一样，预付代价了。

105 胳 膊

在其他方面，诸事如意。卡毕图生性活泼、好玩。最初我们去散步或看戏时，她总是高兴得像飞出樊笼的小鸟。她穿着朴素、大方。她也像其他姑娘那样喜欢首饰，但从不允许我为她买过多和过贵的。否则，她会伤心难过，直到我答应不再买任何首饰。但没过多久，我照买，她照收。

我们的生活是悠闲的。如果不同亲朋相聚，不去剧场，也不参加家庭晚会（这是极少的），我们便坐在寓所的窗前，欣赏大海、夜空、高山的轮廓、点点帆影和海滨流连忘返的游人。有时，我向卡毕图讲首都的历史，有时讲些天文学知识。我虽一知半解，她却听得聚精会神、津津有味，打瞌睡的时候也是有的。她原不会弹钢琴，婚后学会了，而且很快，并经常在友人家弹奏。在家时，我们以此为消遣；她也唱歌，但次数不多，即使唱也只唱几句。她的嗓子不好。她终于明白了最好不再唱歌，她真的不唱了。跳舞是她喜欢的，参加舞会时总要着意打扮一番。她的胳膊……她的胳膊值得费点笔墨。

她的胳膊很美。她第一次裸着双臂参加舞会时，我相信那是首都绝无仅有的，您的也难比上，亲爱的女读者；那是神奇的雕塑师用大理石制成的。我望着她那整个舞会最美的胳膊，深深地陶醉了。我话也懒得说，只是失神地望着，尽管那胳膊被燕尾服的青年紧紧挽着。第二次舞会情况就不同了；当我看到男人们贪婪地盯着她的胳膊，追逐着，甚至是乞求着时，当我看到她被黑色的臂膀挽着时，我感到羞辱、恼怒。第三次我没去，并得到了埃斯科巴尔的支持。我天真地向他诉说苦衷，他当即表示同意我的决定。

"桑希尼亚[1]也不去，要去也穿长袖，穿短袖不体统。"

"可不是！但不要声张，否则别人会说我们保守。卡毕图已经这样说我。"

我仍然把埃斯科巴尔的支持告诉了妻子。她笑着回答说桑希尼亚的胳膊不好看。但她还是爽快地让了步，没去舞会。后来她仍出席舞会，但用薄纱把胳臂半遮起来。我也说不清，似乎没遮住，却也没完全露着，好像是卡蒙斯笔下的薄纱[2]。

106 十个英镑

我好像在前面说过，也许没说，卡毕图很节俭。不只是钱，用过的东西，她也精心保管，留作纪念，或为了怀旧。譬如，一双鞋，她穿皮靴前穿过的最后一双平底、黑鞋带的布鞋，她将鞋带到我们家，过一段时间便从衣柜的抽屉里拿出来，连同其他古董，并说那是童年的一部分。具有同样嗜好的母亲爱听这种话，爱做这种事。

关于节省钱，只举一例足够了。事情发生在格罗丽亚海滨的寓所。读者知道，她上天文学课时往往思想开小差。有一次，她失神地望着大海，是那样全神贯注，我不禁生了气。

1　桑莎的爱称。
2　卡蒙斯的《卢济塔尼亚人之歌》中第二章第三十七节有这样的诗句：
　　薄薄的轻纱遮住了腿……

"你不听我说话，卡毕图。"

"我？我一心一意在听呵！"

"我讲的是什么？"

"你……你讲的是天狼星。"

"什么天狼星，卡毕图！二十分钟前讲的才是天狼星。"

"那……是火星。"她连忙改口。

是的，是火星；但她只听到了字音，未听其意。我严肃起来，我想出去。卡毕图发觉了我的意图，她无限温柔地拉起我的一只手，说她刚才是默算数字，因为缺少一笔钱怎么也想不起来。那是一笔用纸币换金币的账。起初，我以为是安慰我的借口，但过了一会儿，我也算了起来，并把纸铺在膝盖上，寻找她所说的差额。

"哪儿来的这些钱？"我问。

卡毕图微笑着，望着我。她说是我暴露了她的秘密。她起身，走到卧室，回来时手里拿着十个英镑——我每月给她的零用钱的节余。

"这么多？"

"不多，总共十个英镑。这是你的妻子几个月的节约。"说着她把钱币在手中弄得叮当作响。

"谁为你兑换的金币？"

"你的朋友埃斯科巴尔。"

"他怎么没对我说过？"

"今天刚换的。"

"他来过？"

"你回家前他刚走。我怕你不让我换，就没告诉你。"

我想花两倍的钱给她买件礼物，但她制止了我。她反而问我用那笔钱做些什么。

"钱是你的。"我回答。

"不。是我们的。"她纠正说。

"那你先存着。"

第二天，我在商店找到埃斯科巴尔，笑着谈起他们的秘密。埃斯科巴尔也笑了，他说正要去办公处找我谈谈此事。我们最近去安达莱作客时，嫂嫂（他仍这样称呼卡毕图）让他换点金币，并要他保密。

"我同桑希尼亚讲起此事时，"他说，"她十分惊讶，说'东西这么贵，卡毕图怎么能省下这么多钱？'我说：'我也不知道，亲爱的，我只知道她攒了十个英镑。'"

"看她能否也学会。"

"我不信。桑希尼亚既不挥霍，也不节俭。我给她的钱还够花，仅仅是够花。"

我思索了一会儿说：

"卡毕图真是个天使！"

埃斯科巴尔点头同意，但毫无感情，似乎觉得不应这样评价自己的妻子。亲爱的读者，您也会这样想，因为亲者的美德总使我们感到满足、骄傲、慰藉。

107　对大海的妒忌

若不是天文学，我绝不会这么早就发现卡毕图的十个英镑。但我并非因此才重提天文学，我的意图是要读者不要误解是老师的自尊心使我对卡毕图的走心不满和对大海产生妒忌。不，我的朋友。我抱怨的原因恰恰是在卡毕图的头脑中存在这种自尊心，而不是在她的头脑之外。心不在焉是种过错，而过错的等级是无限的，可能只有一半、三分之一、四分之一、十分之一。一个简单的眼色足可以反映一种回忆、一种联想。只言片语、一个手势、一声叹息，或一个更难以觉察的示意并不一定形成十恶不赦的大罪，也不是一种铁证。一个街头的陌生男人或女人会使我们把火星同天狼星混淆，而亲爱的读者也清楚，它们之间的距离和大小差距有多大。然而，天文学毕竟有这种混乱现象，这就是我惊愕、沉默、想离开大厅的原因。至于什么时候再转回大厅，只有上帝知道；可能十分钟后。十分钟后，我又回到大厅，在窗前或钢琴旁，继续中断的授课：

"火星距我们……"

常态的恢复只要这么短时间？是的，是这样短，总共十分钟。我的妒意来势迅猛，但瞬息即逝；迅猛时大有顷刻间摧毁万物之势，但同样在顷刻或更短的时间内又将天空、大地和星球恢复了原样。

事实上我对卡毕图更加体贴，而她也尽量表现得随和、温顺；黑夜更加明亮，上帝更加神圣。这一结果并不是十个英镑造成的，也不是她那众所周知的节俭精神，而是卡毕图终于发现了我对她的无微不至的关心。埃斯科巴尔同我更加心心相印，我们的互访与日俱增，谈话更加投机。

108　一个儿子

然而，这一切并未削弱我求子心切的心情。哪怕是个面黄肌瘦的不起眼的孩子，也总算一个儿子，一个亲生骨肉。我们每次去安达莱海滨，看到埃斯科巴尔和桑莎的女儿，我们总是羡慕不已。孩子的名字也叫卡毕图，为了同我的妻子有所区别，我们亲切地叫她小卡毕图。孩子胖胖的，爱说话，充满好奇，十分好玩。当父母的总爱把女儿的淘气和机灵挂在嘴上，而我们在回格罗丽亚的一路上，总是羡慕地叹息着，心都在乞求上天不要让我们继续叹息下去……

羡慕消失了，希望产生了。不久，希望之花结了果。孩子并不像我所乞求的，不瘦也不丑，而是个结实、漂亮的男孩。

当他出世时，我兴奋的心情实难描述。过去没有过，将来也不会有，哪怕是近似的。我眩晕，我发狂。走在街上，只是因为羞怯我才没有放声歌唱；而在家中，却是怕打扰正在恢复期中的卡毕图。但我毕竟没有晕倒，因为父母的身边有个圣徒。出门我想着孩子，回家望着他，盯着他，问他来自何方，问我为什么对他这样钟爱等诸如此类的蠢话。我每时每刻都充满了这种谵言妄语，几次在法庭上张口结舌。

卡毕图对孩子和我表示的温柔毋庸置疑。我们手拉手，不是欣赏着儿子，便是谈论我们自己、我们的过去和未来。喂奶是最神秘和令人心醉的时刻。当我看到儿子吸吮母亲的乳汁时，我不知说什么，也想不起说什么，因为任何语言都是无力的。大自然的那种结合哺育着一个原不存在的生命，而我们的命运注定他要存在于世，我们的信念和爱情使他来到世界。

请原谅我的啰唆。无须在此赘述我的母亲和最初几天一直陪着卡毕图的桑莎的关心备至。我本不想麻烦桑莎，她说这种事我不懂，而且卡毕图在婚前也去伊瓦里多斯大街照顾过她。

"不记得您还去找过她？"

"记得。不过，埃斯科巴尔……"

"我晚饭前来，夜里还回安达莱。八天后，一切都好了。看得出，您是第一次当父亲。"

"您也是。什么时候再来一个？"

我们在家中就是这样无拘无束。现在我已成为卡斯穆罗，不知是否还有那种诙谐的语言。不过，应该有。埃斯科巴尔真的同我们吃晚饭，夜里才回家。傍晚，我们走到海滨，或到大众公园。他算他的账，我做我的梦。我想象着儿子当医生、律师、商人，我送他上大学，干银行，甚至想让他作诗人。搞政治的可能值得商榷，但我确信他能成为演说家，伟大的演说家。

"完全可能。"埃斯科巴尔说，"谁能说他不会成为狄摩西尼？"

埃斯科巴尔不止一次发现了我的稚气。他有时问起孩子的未来，甚至说到两个孩子将来结婚的可能。这是友谊的表示，我紧握埃斯科巴尔的手。我虽没说话，但就地签署了条约。由于心脏的激烈跳动，语言显得迟钝、结巴、无力。我接受了建议，并说了这一目的，应给予他们相同的教育，让他们在友爱中一起度过童年。

我希望埃斯科巴尔做儿子的教父，而教母理应是我的母亲。但是，高斯麦大叔对第一个设想横加干涉，他对孩子慈爱地说：

"来，接受你的老教父的祝福。"

又转身对我说：

"我绝不让步。趁病魔还没把我吃掉，赶快安排洗礼。"

我偷偷将此事告诉埃斯科巴尔，并请他理解和原谅。他笑了笑，毫不介意。另外，他愿意洗礼午餐在他的花园举行。我们这样做了。我曾想推迟仪式，盼病魔先把高斯麦大叔吃掉，但疾病似乎更想折磨他，而不是吃掉他。别无他法，只得让孩子洗礼，给他取名叫厄则克耳，我想以此弥补对我们友情的损害。

109 独生子

前一章开头时，厄则克耳尚未出世，但结尾时，他已是一名基督天主教徒。在这一章，我的厄则克耳已经五岁，一个漂亮的小伙子，眼睛明亮而不安，像在追求所有的，或几乎所有的邻家姑娘。

现在，读者可以说他是独生子，无论是肯定的还是可疑的，无论活的还是死的，再也没见第二个，只有这唯一的一个。不难想象我们对他的疼爱，对他的关心；他的一次牙疼或其他毛病，哪怕是一次低烧，都能给我们带来恐慌。他就是一切。我们对他有求必应，满足一切。本不应该讲这些，但有的读者头脑刻板，什么也不理解，一定要把来龙去脉交代得清清楚楚。下面言归正传。

110 童年的性格

故事的结尾还要占用不少篇幅；有的生命虽然短促，但也要有始有终。

　　五六岁时的厄则克耳似乎与我在格罗丽亚海滨所想象的差别不大。的确，苗头性的一些特征已表现出来，如闲适和信教。这里的闲适是褒义词，指一个人善于思考和沉默寡言。他有时凝神沉思，使人想到童年时的母亲。他高兴起来时，会跑到邻家，让小姑娘们尝尝我给他买的糖果才是最好吃的。当然这是在他吃饱了以后，圣徒们也是在自己充分消化以后，才将教义向别人宣讲。埃斯科巴尔不愧是干练的商人，他认为孩子的主要用意是当邻居的小姑娘得到父母的糖果时，他也能同样得到一份。他对自己的想法也感到可笑，并对我声称将来要吸收厄则克耳入股。

　　他对音乐的喜好不亚于糖果，我对卡毕图说用钢琴弹奏一下马达卡瓦罗斯大街黑人小贩的叫卖歌给他听……

　　"我不记得。"

　　"别这么说，你忘了那个每天下午卖糖果的黑人？……"

　　"记得那个黑人，叫卖歌记不得了。"

　　"歌词也记不得？"

　　"记不得。"

　　亲爱的女读者，您若在阅读本书时稍稍留意的话，肯定会记得那首歌词，也肯定会对她如此健忘感到惊讶，因为您几位对儿时的声音是很熟悉的。忘掉一些是可能的，并非一切都能印在脑海里。卡毕图就是这样说的，我无言以对。然而，她万万也想不到，我跑去找来了旧笔记本。在圣保罗读书时，我请一位音乐教师记录了叫卖歌。他高兴地接受了请求（我只要唱一遍就行了），我一直将谱子保存着。我找到了它，打断了她正在弹奏的浪漫曲。我拿着小纸片，向她做了说明，她按动了键盘。

　　卡毕图感到歌曲别致，甚至很优美。她向儿子讲述了歌曲的来历，然后就边弹边唱起来。厄则克耳趁机要求我验证一下歌词，我给了他一点钱。

　　他装医生、军人、演员、舞蹈家。我从不教给他祈祷。他经常骑木马，腰上别着剑。街上过队伍，他会跑去看。这不足为奇，因为所有的孩子都这样。但不同的是他的眼神，我从未见过其他孩子对士兵合着鼓点的行进那样眼红。

"看，爸爸！快看！"

"看到了，孩子！"

"瞧指挥官！指挥官的马！看那当兵的！"

一天清早，他用手放在嘴上吹喇叭。我给他买了个金属小喇叭、铝制的士兵和几页战争场面的画片。他出神地看着，要我解释大炮零件、躺倒的士兵、高举利剑的士兵，他的全部注意被剑吸引了。一天（天真的年龄！），他不耐烦地问：

"可是，爸爸，他的剑怎么老不落下来？"

"我的儿子，这是画的。"

"他为什么要画自己呢？"

我笑他的无知，我解释说不是士兵在纸上画自己，而是雕刻者的作品，然后还要解释什么是雕刻家，什么是雕版：完全是卡毕图的好奇。

那就是他童年时代的特点，再谈一个例子，本章便可结束。一天，他在埃斯科巴尔的花园看到一只嘴里横咬着一只耗子的猫。猫不想放松口中的俘虏，却又不知逃向何方。厄则克耳不动声色，站住，蹲下，静静地观察起来。看到他那全神贯注的样子，我远远地问他看什么，他示意我不要出声。埃斯科巴尔的结论是：

"一定是猫逮住了耗子。耗子弄得我们家不得安宁。看看去。"

卡毕图也想看看儿子。我同他俩一起过去。果然是猫同耗子。区区小事，不足为奇。唯一的奇特之处是耗子还活着，腿还在动。我的儿子却被吸引了。当然，这一场面是短暂的；猫发现人越来越多，便想溜之大吉。儿子仍目不转睛，又做了个示意我们安静的手势，但当时已经静得不能再静。我曾经说他是个教徒，后来我否定了这一结论，现在我决定恢复它。不仅因为气氛是肃穆的，而且猫与耗子的动作颇似一种祭礼。唯一的动静是耗子发出的最后的微弱喘息。它的腿仍在盲目地抽动。我不耐烦地拍拍掌，让猫快跑掉。它逃走了。谁也没来得及制止我，厄则克耳失望极了。

"看您，爸爸！"

"怎么了？现在耗子已被吞到了肚里。"

"就是，可我想看看。"

卡毕图与埃斯科巴尔笑了，我也感到他可爱。

111 小插曲

我当时觉得他可爱，就是现在，虽经过了漫长的沧桑变迁，我也对耗子产生了某种同情，我仍不否认当时的感情。这样说绝非言不由衷，就如人们热爱大自然，大自然也需要这种爱，人们绝不会对大自然怀有成见或吹毛求疵。我爱耗子，同样也爱猫。我曾幻想让二者和平共处，但发现它们是不共戴天的。而实际上，一个啃我的书，另一个偷我的奶酪。我对它们也不是一味宽恕的，尽管我宽恕过一只在我最痛苦的时候打扰我休息的狗。事情是这样的。

那时厄则克耳刚刚出生，妈妈发烧，桑莎日夜陪伴着她，而三条狗彻夜在街上叫个不停。我找治安员，但就同去找亲爱的读者一样，他听听而已。于是，我决定结果它们。我买来毒药，吩咐做了三个肉丸子，亲自放上了毒药。我深夜上了街。已经凌晨一点，狗吵得病人和护理都无法入睡。当狗看到我，远远地躲开了，两只跑到弗拉明哥海滨，第三只却不肯走，似乎在等待什么。我吹着口哨，打着响指向它走去。那鬼东西仍在吠，但看到我的友好表示，叫声越来越小，最后完全沉默了。我继续前进，它迎着我来，慢慢地，不时摇摇尾巴，这是在嘲笑它的同伴。我取出毒丸子，想抛出一个。然而，它那奇特的微笑、温顺、信任或别的什么表情制止了我的行动。我不知所措，被怜悯所触动，我将丸子放入衣袋。读者或许认为是肉的香味使狗静了下来，我不否认。我想它的表情绝非虚伪，它在我的面前驯服了。因此，它得救了。

112 厄则克耳的模仿

厄则克耳不会干这种事。我想，他不会制作毒丸子，但也不会反对别人这样做。他要干的肯定是用石头对狗进行一次猛追猛打；当然，也可能是用棍子。卡毕图却喜欢那个未来的斗士。

"他不像我们那样喜欢安静。"卡毕图一天对我说，"爸爸年轻时就这样，是妈妈讲的。"

"是的，他绝不是懦夫。"我说，"我只发现他有个小小的毛病，喜欢模仿人。"

"怎么模仿？"

"模仿别人的表情、样子、姿势；他模仿茹丝蒂娜大姑，模仿若泽·迪亚斯，我还发现他走路像埃斯科巴尔，眼睛……"

卡毕图默默地望着我，最后说必须纠正他的毛病。现在她才发现儿子的确有这种癖好，但又觉得那是为模仿而模仿，许多大人物也模仿，但不能太过分……

"不要太难为他，以后慢慢纠正。"我说。

"当然，看看再说。你同别人生气时，也不是那样……"

"生气时是不那样，孩子的报复。"

"不管怎么说，我不喜欢他在家里模仿。"

"你那么大时喜欢我吗？"我拍她的脸蛋说。

卡毕图的回答是一个甜蜜的、不以为然的一笑。那种笑不可描述，只能借用画笔。然后，她伸开双臂，搭在我的肩头，那样妩媚，好像（昔日的形象！）一个花环。我也将手放在她的肩上，只可惜身边缺少一个雕塑家，将那一形象刻在大理石上，那将是一件杰作。对那栩栩如生的塑像，人们只知道作品，谁也想不到模特儿，流芳百世的是作品。不管他，我们自己知道自己足矣。

113 第三者的辩护

说到此，读者不禁要问，我这个醋意十足的人，此刻有了儿子，又过了那么多年，我对卡毕图是否仍有妒忌心理。是的，先生，仍然有；甚至微小的表情、只言片语的话、任何的不顺从也会使我难受。有时，她的冷淡就足以刺疼我的心。我对一切和任何人都怀有戒心。一个男性邻居，一个舞伴，总之，任何一个男人，少年或青年都使我充满恐惧和怀疑。当然，卡毕图喜欢出风头，而最好的出风头的方式，一位女士曾对我说，就是东张西望。否则，便无法发现别人在注视着自己。

说此话的女士看来是对我抱有好感，这自然是因为她频频送来的秋波没有得到我的热情回答。追逐我的目光不仅是她的，当然也不算多。我不想对此发表评论，我曾暗示过我尔后的，仅仅是尔后的遭遇。那时，无论多么漂亮的女人，也未能激起我对卡毕图那样的爱。我的母亲也不指望得到一半。卡毕图就是一切，一切的一切，我无时无刻不在想着她，我们一同去剧场，我记得只有两次没有她。一次是义演，另一次是彩排。她因病不能去，但坚持要我一个人去，当时也来不及通知埃斯科巴尔。我去了，但看完第一幕就回了家。在门口，我遇到埃斯科巴尔。

"我来告诉您一件事。"他说。

我告诉他，因为惦记卡毕图的病，我提前从剧场出来了。

"什么病？"埃斯科巴尔问。

"她说头和胃不舒服。"

"那我走了，我来是为那件查抄的事……"

指的是第三者的查抄，因为发生了一起重要事件。他在城里吃过晚饭，不把事情告诉我，他不想回家。现在，只有以后谈了……

"不。现在就谈。上楼吧，她可能好些了。她若不好，您再走。"

卡毕图好多了，甚至是完全好了。她说刚才是有点头疼，但夸大了病情，是想让我去散散心。她说话时并不高兴，这使我怀疑她是怕我担心而在撒谎。但她发誓说是千真万确。埃斯科巴尔笑着说：

"嫂嫂病得同您和我一样厉害。我们还是谈谈查抄的事吧。"

114 补充解释

在谈论查抄前，我们有必要解释一个已经解释过，但解释得不好的问题。读者记得（见第110章），我曾请圣保罗的一位音乐教师将马达卡瓦罗大街那个糖果小贩的叫卖歌记录下来。这本是一件微不足道的小事，无须占用一章的篇幅，更不用说两章了。但其中有些东西若不是令人愉快的，也是发人深省的。补充解释到此结束。

卡毕图和我曾发誓永不忘记那首叫卖歌。那时我们之间还充满了恩爱，只有圣明的立契官才能理解那种时刻的誓言，并将它写进了圣书。

"你敢发誓？"

"我发誓。"说着，她像演戏一样伸出手。

我趁机吻了她的手。当时我还在神学院，后来我便到了圣保罗。一天，我想回忆一下那首歌，但我已完全将它忘却了。绞尽脑汁，总算想了起来，我立即找到音乐家，他爽快地将谱子写在一片纸上。我这样做，只是为了不再违背誓言。读者应当相信，在格罗丽亚寓所的那天晚上，当我跑去找纸时，我真的已把词曲忘得一干二净。然而，我却装作忠实于誓言，这就是我的过错。健忘，人人都健忘。

当然，谁也不能保证一定能恪守誓言。那是未来之事！我们的政治宪法以简明的实际代替了誓言，其道德意义是极其深刻的。这样可以避免一个可怕的过错，因为不履行诺言总是不忠行为。然而，惧怕上帝甚于人者是不怕撒谎的，只要灵魂不进涤罪所，撒几次谎算不了什么。切莫将涤罪所同地狱混淆；地狱是永恒的沉沦，而涤罪所只是个当铺，以短期高利出租美德，期限可以延长。只要做上一两件不大不小的好事，便可将全部过错赎回。

115 疑虑重重

我们还是谈谈查抄的事……为什么要谈它呢？实际上，是件越讲越糊涂的事。埃斯科巴尔的话我都做了交代，总之，不值得一提。

"没有别的？"

"差不多就这些。"

"或许有点用。"

"需要补充一下现有的论据，但我们得先喝杯茶。"

"来不及了。"

"喝快点。"

我们匆匆地喝着茶。埃斯科巴尔向我投来不信任的目光，他似乎不愿让我了解事情的真相。这种猜忌有损我们之间的友谊。

他走之后，我对卡毕图讲了我的怀疑。她以特有的天赋一一予以解释，她的一个姿势，一个媚态足以驱散人类的忧伤。

"完全是为查抄的事。"她肯定地说，"他这么晚还来，一定是压力太大。"

"有理。"

话接话，我又谈起另一些怀疑，我简直像一口充满疑虑的井，疑念在我心中如青蛙似的叫个不停，使我夜不成寐。我对她说母亲好像近来对她有点冷淡和疏远。这时，卡毕图的善辩又起了作用。

"我不是早就说过，婆婆都一样。妈妈是妒忌你，过些日子就会好起来，又要想念你，像过去一样。她是想孙子……"

"我发现她对厄则克耳也很冷淡。我带他去时，她不像过去那样喜欢他。"

"说不定是病了？"

"明天我们去吃晚饭好吗？"

"好……不过……去吧。"

我们同老人吃过晚餐。现在我可以这样称呼她，尽管她的头发还未完全变白，脸色也尚滋润，但这毕竟是种五十岁的青春，暮年的青春，不过……她没有任何伤感，但在见到我们和当我们走时，她的眼里饱含着泪水。她很少说话，与往常差不多。若泽·迪亚斯谈到结婚、婚礼的盛况、欧洲、政治、顺势疗法；高斯麦大叔谈到自己的病，茹丝蒂娜大姑先是说东家道西家，当若泽·迪亚斯出去后，立即把话题转到他身上。

晚上，我们步行回家，又谈起我的疑虑。卡毕图劝我不要着急，婆婆就是这样，变化无常。她的话语充满了温存。从那以后她对我更加体贴。我每次回家，为了消除我的妒意，她不再站在窗前等我，而是在门后的台阶上；只要我登上台阶，就能看到我的朋友和妻子那甜蜜的脸蛋，像童年一样微笑着。有时，厄则克耳同她在一起。亲吻是我离家和进家时的习惯，他总是在我的脸上亲个没完没了。

116 人之子

我试图从若泽·迪亚斯那里了解一些母亲对卡毕图态度的变化。他十分惊讶。说不会有，也不应该有，他的耳朵里充满了对"品貌兼优的卡毕图"的赞语。

"现在，只要听到对她的夸奖，我也立即参加合唱。起初，我曾很难为情。我曾对你们的结合横加阻拦，要我再承认这是天赐良缘的确不容易。马达卡瓦罗斯大街的顽皮姑娘成了一位多么可敬的夫人！过去我对她缺乏了解，是因为她父亲。现在一切都好了。所以，先生，当格罗丽亚太太夸奖儿媳和亲家母时……"

"妈妈?"

"没错。"

"那么,为什么又很久不来我们家?"

"我想是关节炎又犯了。今年很冷……你想一想,她终日忙个不停,还能不累? 现在不得不同病魔缠身的兄弟待在家里……"

我想弄清这是否真是不来看望我们的原因,而不是自我们迁到马达卡瓦罗斯后对我们的冷淡。但从食客的亲切话语里,我什么也看不出。若泽·迪亚斯要看一下我们的"小先知"(他这样称呼厄则克耳),免不了又如往常一样祝福一番。这一次完全是按照圣经方式(后来我才知道,前一天晚上他翻阅了以西结书[1]),他问孩子:"这是怎么回事,人之子?""告诉我,人之子,你的玩具在哪里?""吃糖吗,人之子?"

"人之子是什么?"卡毕图不悦地问。

"是《圣经》用语。"

"我不喜欢。"她生硬地说。

"你说得对,卡毕图。"食客随声附和,"这种粗鲁庸俗的语言《圣经》中有的是。我这样叫他,只是变变花样……你好吗? 我的天使? 我的天使,学学我怎么走路?"

"不,"卡毕图打断他的话,"我要改掉他模仿别人的习惯。"

"他学得很好玩。当他学我的动作时,简直同我小时一模一样。有一次,他模仿了格罗丽亚太太的一个动作,学得那么像,她高兴得吻了他一下。来,我怎么走路的?"

"不要,厄则克耳,"我说,"妈妈不让。"

我也不喜欢他的毛病,有些动作,如埃斯科巴尔的手脚姿势,他已成了习惯。最近他甚至学会了埃斯科巴尔说话东张西望和一笑就低头的样子。卡毕图很生气,但孩子简直是个淘气鬼。我们刚刚转换了话题,他就跳到大厅中央,对若泽·迪亚斯说:

---

1 也译作厄则克耳书,《圣经·旧约》中的一卷,传说为先知厄则克耳所作。

"您这样走路。"

我们不禁笑了，我笑得最厉害。第一个板住面孔、斥责着把儿子叫到身边的是卡毕图。

"不准这样，听到了吗？"

117 密　友

埃斯科巴尔从安达莱大街迁到了弗拉明哥海滨。几天前我到过那里，想体察一下旧日的感情消失了还是仍在我的心中潜伏着。但我没弄清楚，因为当一个人极端困倦时，除了呼吸，和死人没有两样。我只有一丝呼吸，那呼吸或许是来自微波起伏的大海。我走过弗拉明哥，燃上一支雪茄，来到卡太特。我是沿着普林塞萨大街去的，那是一条古老的街道……啊，古老的街道！古老的房屋！古老的脚印！我们都是古老的。无须解释古老在此是贬义词，意味着陈旧、死亡。

房屋是老的，但面目依然。我不知道门牌号码是否同原来一样。我不想透露门牌，免得大家找上门去，寻根究底。埃斯科巴尔也不再住那里，而且已经离开了人世。他是不久前死的，死因容后再讲。在他生前我们是那样亲密无间，可以说我们是一家人，我是他家的人，他是我家的人，格罗丽亚和弗拉明哥海滨的一隅是我们的私有天地。我甚至想在马达卡瓦罗斯大街搞两幢只有一墙之隔的房屋。

有位葡萄牙文历史学家，可能是若泽·巴洛斯，曾借一位残暴的国王之口说过一句有趣的话。葡萄牙人建议国王在王宫旁修一座城堡，国王说亲密的朋友离得远些比近些好，以免像海水猛烈打岩石那样发生冲突。如果我怀疑这句并不真实的话出自国王之口，请作者的灵魂原谅我。多半是作家自己为了点缀文章而杜撰了那种话。他杜撰得不坏，而且很好，的确很好。我相信海水拍打岩石历来如此，可以追溯到奥德修斯或更早的时代。这种比喻并不确切，敌人为邻肯定是有的，朋友为邻者也绝非少见。历史学家忘记了一句格言（除非在他的时代还不存在）："人越远，心越远。"我们的心离得不能再近，我们的妻子也形影不离。我们或在我家，或在他家聊天、打牌或欣赏大海，度过了一个又一个夜晚。孩子们或在弗拉明哥，或在格罗丽亚处。

我感到我们的孩子将会走我和卡毕图的道路，大家都同意这一看法。桑莎甚至说孩子们长得也越来越像。我不同意：

"不，厄则克耳爱模仿别人。"

埃斯科巴尔赞同我的看法，有一次他暗示说在一起长大的孩子连模样也会一样。我只是动了动脑袋，当时我搞不清这是好还是坏。一切都是可能的。的确，他们很要好，他们完全会结合，但终未结合。

118 桑莎的手

亲爱的读者，没有不散场的戏。这是个古老的真理，再补充一点就更完善了：并非一切都能长久存在。相信第二部分的人可能不多，相反，一种空中楼阁持续的时间要比形成它的空气持续的时间还要长的念头难以在脑海中消失。但愿如此，让那些几乎是永恒之物永存吧。

我们的楼阁是牢固的，然而，一个星期日……前一天晚上我们在弗拉明哥度过，除了形影不离的两对夫妻，还有食客和茹丝蒂娜大姑。埃斯科巴尔在窗前对我说，第二天晚上去吃饭。一件有关家庭，有关四个人的事需要商量。

"有关四个人？要跳对舞？"

"不。你肯定猜不到，我也不会说。明天谈。"

我们在窗前说话时，桑莎目不转睛地盯着我们。丈夫一出去，她便过来问我们刚才谈的什么。我说是一件事，我也搞不清。她向我透露了计划，并要我保密：两年后去欧洲旅行。她说话时背朝里，好像要叹息。浪涛猛烈地冲击海岸。要涨潮了。

“我们一起去？”我问。

“一起去。”

桑莎抬起头，那样柔和地望着我，只是由于她同卡毕图的关系，我才没去吻她的前额。她的目光是热烈的、深情的，绝不是一般的友好情谊。那目光似乎有别的什么含义，但很快便离开窗口，我仍在那里沉思地望着大海。夜空是晴朗的。

我再次到钢琴边寻找桑莎的目光。四目相遇，久久对视，彼此都在等待对方将目光移开，但谁也没有这样做。两个拗种在街上迎头相撞，各不相让时的情景就是这样。胆怯把我们分开了，我把脸转向窗外。我开始回忆什么时候曾这样望过她，我惶惑了。可以肯定的是：我曾想过她一次，就如想到任何一个只有一面之交的美人。她或许猜到……或许那一闪之念点燃了我。若在过去，她可能会羞怯，会愤然避开我，而现在，一种不可压抑的力量……不可压抑——这个词犹如神父做弥撒时的祝福，人们接受了祝福，并在心中默诵着。

“明天海上会有风浪。”我身旁的埃斯科巴尔说。

“明天您下海？”

“更大、更大的风浪我也经历过。您无法想象波涛汹涌的大海多么有意思。但需要像我这样有好的游泳技术和足够的肺活量。”他拍拍自己的胳膊说，“瞧这胳膊，您摸摸看。”

我摸摸他的胳膊，就像摸着桑莎的一样。流露衷肠绝非易事，但我无法否认它，那就等于阉割真理。我不仅带着这种念头摸了他的胳膊，而且还感到了些别的。我感到他的比我的更粗壮有力，我妒忌，况且那是双善于游泳的胳膊。

临走时，我又深情地望了望女主人。她紧紧握着我的手，时间比平素长得多。

无论在当时还是现在，我都应当将桑莎的行动理解为对丈夫的计划的支持与感谢。可能这正是她的真正用意。但是，我却感到一股热流传遍全身，使我放弃了上述念头。我感到桑莎的手指被我握着，两双手紧紧地握着。我感到晕眩，我产生了邪念。这在时钟上仅是瞬间的事，当我将耳朵贴在钟上时，只听到美德与理智在走动。

"……一位十分动人的妇人。"若泽·迪亚斯结束了他的演说。

"十分动人！"我情不自禁地重复道，但又马上理智起来，打个圆场说，"真的，一个美妙的夜晚！"

"在那里，每个夜晚都是这样。"食客说，"外面就不然了，大海在咆哮，您听！"

大海在咆哮，就像刚才在主人家中听到的一样。潮水猛烈上涨，浪涛声传得很远。走在我们前面的卡毕图和茹丝蒂娜大姑在海滨的转弯处停住脚步，等待我们。四人谈论着，我却兴致不大。我无法忘掉桑莎的手和交换的目光，一个念头接着一个念头，魔鬼拨弄着上帝的时钟，指针交替地指示着我的堕落与自拔。若泽·迪亚斯在门口告辞，茹丝蒂娜大姑宿在我家。她要在第二天午后做过弥撒再回去。我躲进书房，待的时间比平时长得多。

埃斯科巴尔的像同母亲的像并挂在墙上，它似乎像本人一样在向我诉说什么我真诚地唾弃在弗拉明哥产生的冲动，驱散了我朋友之妻的形象。我是不义之人。另外，谁能肯定告别和以前的举止中有其他意图？这一切完全可能与我们的旅行有关。桑莎和卡毕图那样要好，旅行无疑会给她们带来更大的兴致，若说有某种男女私情，谁能说不会是夜与困倦产生的冲动？无故的悔恨不会长久。我以此解释桑莎的手，那温暖的，被我紧紧、紧紧握着的手，我们记忆犹新的手……

说实在的，在友谊与诱惑的搏斗中，我并不得力。胆怯或许是这一现象的另一原因。不仅上天给予我们美德，胆怯也是美德的泉源。例外不算，例外总是偶然的。但美德主要来自上天，胆怯也是来自上天，我们的一切均来自上天。因此，美德是胆怯的派生物，二者有着同样的血缘关系。我理应这样想，但起初我却感到茫然。不是追求，也不是倾心，可能是轻浮。还能是什么？二十分钟后，我仍是茫然，完全茫然。埃斯科巴尔的像似乎在同我谈话。看着他那坦然而朴实的样子，我摇摇头，回房睡觉了。

119 且慢，亲爱的！

亲爱的女读者，您打开本书，本想在尽情的歌舞之余得到休息，但看到我在深渊之畔徘徊不定，可能想把书立即合上。且慢，亲爱的！下面的内容就变了。

120 诉 讼

第二天清晨醒来，我已摆脱了前日的烦恼。那只不过是神经错乱。喝完咖啡，浏览一下报纸，我便开始处理诉讼。卡毕图和茹丝蒂娜大姑去拉帕教堂做九点的弥撒。我看着一份份的辩护，桑莎的形象完全消失了。辩护纯属捏造，令人难以容忍；无论从法律还是从道义上说，都是站不住脚的。打赢这场官司是轻而易举的。我拿起达洛兹和佩雷拉·索萨的著作……

我望了一眼埃斯科巴尔的像。那是一年前的照片，很是神气。他站着，穿着整齐的礼服，左手扶着椅背，右手插在胸前，目光凝视左前方，表情庄重而自然。赠言不是写在相片的背面，而是在下面，但相框太小，赠言露在了外面。赠言是：亲爱的本多惠存。挚友埃斯科巴尔摄于一八七〇年四月廿日。这几句话坚定了我对他的信赖，使我忘却了前日的联想。那时，我的视力尚好，坐在桌前看得清清楚楚。我又低头继续阅读诉讼。

121 灾 难

我正看得入神，听到台阶传来急促的脚步声。门铃响了，接着是拍门声、敲门声、喊叫声。我连忙出去。是桑莎的仆人，他慌张地说：

"快去……老爷游泳，老爷死了。"

就这几句话，或是有话我没听见。我穿好衣服，给卡毕图留了话，向弗拉明哥跑去。

路上，我猜测着消息的真实性。埃斯科巴尔像往常一样下了海，尽管波涛汹涌，他还是挟勇游到了深海，被风浪卷走，死了。营救的小船好不容易带回了尸体。

122 葬 礼

寡妇……恕我不描述寡妇的眼泪、我的眼泪以及其他人的眼泪。我十一点前后离开那里，卡毕图和茹丝蒂娜大姑在等我。一个沮丧发呆，另一个却仅仅默然无语。

"你们去陪一下可怜的桑莎，我来照管丧事。"

我们分头行事。我要把丧事搞得隆重些，参加的人也着实不少。海滨、大街、格罗丽亚广场停满了车辆，不少是私人的。许多人聚集在海滨，指着埃斯科巴尔淹没的地方，谈论着不幸的事件，等待着葬礼开始。若泽·迪亚斯听到人们谈论死者的生意，对死者的财产数字纷纷猜测，结论是债务不会多。对于埃斯科巴尔的品德，无不交口称赞。有人在评论里约·布兰库新内阁[1]。当时是一八七一年三月。那个日子是我永难忘怀的。

我准备为死者致悼词，草拟了短文，经食客过目。他认为悼文无论对死者还是对我都是恰如其分的。他拿着草稿，缓慢地朗诵着，掂量着每个字的分量，再一次表示同意。消息在弗拉明哥传开，几个熟人问我：

"我们能听听吗？"

1　即席尔瓦·帕拉尼奥斯（1819—1880），巴西政治家、外交家。

"只有四个字。"

话还要长一些。我之所以要写在纸上，是怕激动使我的即席讲话张口结舌。在一两个小时的马车行进中，我完全沉浸在对于神学院、我同埃斯科巴尔的关系、我们的相互关心、我们的友谊的回忆之中。这种友谊的产生、保持、发展，直到生命的突然打击把两个生死与共的朋友分开。我不时地擦拭着泪水。车夫冒昧地问我身体如何，三番五次，我始终不理他。他继续赶车。到了家，我把激动的心情写下来，那便是悼词。

123 潮汐似的眼神

出葬的时刻到了。桑莎向丈夫告别。她的绝望感染了所有的人。许多男人哭了，妇女更是无一例外。卡毕图搀扶着未亡人，好像只有她克制住了感情。她安慰女友，要她早点离开那里。现场是混乱的，混乱中的卡毕图凝视了一会儿尸体。她的目光是那样专注、那样深情，如果流出几滴无声的泪也不足为奇……

我立即止住泪水，望着卡毕图洒下的泪。她立即抹去眼泪偷偷看了一下在场的人。然后，又以加倍的温柔安慰桑莎，想把女友带走。但是，死尸似乎制止了她的脚步。有一阵子，她像死者之妻一样目不转睛地凝视着尸体，但却没有后者的啜泣和话语。她的眼睛睁得大大的，如外面海上的浪涛，像要将那清晨的游泳者卷走。

124 悼　词

"走吧，时候到了……"

是若泽·迪亚斯，他提醒我将棺木盖上。合上盖，我拾起一个环。最后一次哀哭。然而，当我走到门口时，我看到灿烂的阳光、无数的人和马车、脱帽的脑袋。我的心中产生了一种从未有过的冲动：把棺材、死人和一切掀翻在地。在车上，我要若泽·迪亚斯把嘴闭上。到了墓地，我不得不把家中的仪式重演一遍，解开捆绳，将灵柩放入墓穴。我的厌烦达到了顶点。安置好棺材，人们备好了石灰和铁锹。亲爱的读者，您一定了解那一切，您或许不止一次参加过葬礼，但您不知，任何您的朋友或其他陌生人也不可能知道当时我的窘态：所有的人一动不动地站着，伸长了耳朵，将目光投在我身上。在一阵死样的寂静后，有人开始低声询问，有人做手势，有人——若泽·迪亚斯对我耳语道：

"快，讲吧！"

他指的是悼词，大家都在等悼词。这是事先讲好了的。我机械地将手插入衣袋，扯出讲稿。我磕磕巴巴地念着，既不完整，也不连贯，又不清晰。我感到声音不是往外出，而是向里进，我的手颤抖着。这不仅是因为我的新奇感觉，还有悼词本身那对朋友的联想、内心深处的怀念、对他的品德及工作的赞颂。这是违心的话，我无法讲好。同时，我也担心人们会猜测到我的情绪，便竭力加以掩饰。我相信听的人不会多，但人们的表情是理解和赞同的。人们紧握我的手，表示慰问。有的说："很好！很好！好极了！"若泽·迪亚斯认为我的演说是动人的。一个男人，像是新闻记者，要带走草稿去付印。我只因心烦意乱，拒绝了那样一个微不足道的请求。

125 比 较

特洛伊王因为吻了杀害儿子的仇人的手而痛感自己是最不幸的

人[1]。荷马描写过此事，他不愧为杰出的诗人。尽管他采用的是诗歌体，但是诗歌，有时蹩脚的诗歌也能准确地记述一件事。请读者将我的处境同特洛伊王比较一下，我所赞扬的尸体受到那样一种目光的注视……没有一个荷马不会从我身上发现更好的、起码是相同的灵感。读者不要因为卡蒙斯所说的原因[2]而认为我们缺少荷马。不，先生，我们是缺少，这是无疑的，但这是因为特洛伊人想息事宁人。如果有眼泪，也在门后抹掉，以便见人时显得平静而自然。悼词首先是给人以悲痛，然后才是欢乐。一切都像阿喀琉斯没有杀死赫克托耳一样。

126 沉　思

一离开墓地，我就把讲稿撕碎，从车窗扔了出去。若泽·迪亚斯劝阻也无济于事。

"没有一点用。"我说，"彻底消灭，省得我以后发生动摇。没有用，没有一点用。"

若泽·迪亚斯一直表示反对，然后又对葬礼赞不绝口，最后对死者大唱颂歌，说他有个伟大的灵魂，热情、正直、亲切，十分亲切，无愧于上帝赐予他的十分贤惠的妻子……

我对他的演说置之不理，我陷入了沉思。我的思维是那样混乱、模糊，无法理出个头绪。我让车停在卡太特，我让若泽·迪亚斯把太太们接到家，我步行回去。

"这……"

"我要去看一个人。"

1　希腊英雄阿喀琉斯杀死赫克托耳，死者之父特洛伊王乞求对手归还儿子的尸体。
2　卡蒙斯在《卢济塔尼亚人之歌》中的第五歌第九十八节中有这样的诗句：
　　因为没有大自然，
　　就没有了维吉尔和荷马。

　　我这样做的目的是结束我的沉思，寻求一个合适的解决方案。马车要比腿快得多；不论走得快还是慢，我总可以自由地调节其节奏，以便使我有充分的思考时间。我比较着桑莎对我的态度和当天她的绝望表现，两者是矛盾的。未亡人的确是十分贤惠的，我的自负顿时烟消云散。若卡毕图遇到此事，会是怎样？我竭力回忆着她的眼神、她的态度；如果她有见不得人的心事，在众目睽睽之下她那种掩饰是自然的。由于马车的颠簸，若泽·迪亚斯的唠叨将我的思维和感觉搅作一团乱麻，此刻才逐渐有了次序和逻辑。我理智而平静地想着。我的结论是昔日的感情仍然使我困惑，使我像平时一样不知所措。

　　当得出这一结论时，我已到了家门口。我又转回身，踏上卡太特大街。是疑虑在折磨我，还是我以不回家折磨卡毕图？权当两种可能都有。我走了好长一段路，才算平静下来。我径直向家走去。面包店的时钟打了八点。

127　理发师

　　附近有位同我不太熟的理发师，喜欢四弦琴，而且弹得着实不坏。我从他的门前路过，听不出他在弹奏什么乐器。我站在人行道上，静静地听着（痛苦之心到处寻求安慰）。他看到了我，但并未中止弹奏。虽然才八点，又是星期日，但理发师却拒绝了一个又一个上门的热情顾客。他失掉了所有顾客，却未失掉一个音符。他在为我而演奏。这一结论使我坦然走到店门口，面对着他。内室的花布门帘被撩开，一个衣着鲜艳、头戴鲜花的棕色姑娘露了一下头。是理发师的妻子，她肯定在里面发现了我，她的露面无疑是感谢我对其夫的一番美意。假如我没弄错，她的目光无声地说出了这一切。此时，她的丈夫弹得更加起劲，不看妻子，也不看顾客。他的脸紧贴在乐器上，倾注出全部灵感，不停地弹着、弹着。

神圣的艺术！门前的人越聚越多，我转身朝家走去。我悄悄地跨进走廊，放轻脚步登上台阶。我永远不能忘记理发师的演奏，这或许是因为它与我生命中的一个危机时刻相关连，也或许是因为编辑人员可以从中得出这样一句不朽的格言：人们难以忘记，实际上是无法忘记自己的善良行为。可怜的理发师！那天晚上他失掉了两名顾客，失掉了第二天的面包，而这又仅仅为了一个过路的行人。此时可以设想，如果听众不是像我那样走开，而是继续留在门口欣赏音乐，同他的妻子调情，理发师会以更大的热情进行疯狂的演奏。神圣的艺术！

128 后事点滴

上文谈到，我轻轻登上台阶，推开虚掩着的栅门，发现茹丝蒂娜大姑和食客在临门的小客厅玩牌。卡毕图从沙发上站起来迎着我走来。她的面孔已变得平静而安详。其他人也停止了玩牌，大家又提起不幸事件和寡妇。卡毕图抱怨埃斯科巴尔太不当心，毫不掩饰女友的痛苦为她带来的伤心。我问她为什么不陪桑莎过夜。

"那里人很多。尽管这样，我还是一再坚持，但她不愿意。我让她最好来我们家过几天。"

"她也不愿意？"

"不愿意。"

"每天早晨一见大海她会难过。"若泽·迪亚斯说，"怎么会……"

"会过去的。世界上有过不去的事？"茹丝蒂娜大姑说。

我们围绕这个问题谈了起来，卡毕图出去看孩子是否睡觉了。她走到镜子前，那样从容不迫地整理着头发，若我们不是知道她自爱，一定会认为她在臭美。当她回到客厅时，眼睛是红的。她说，看到酣睡的儿子，想起了桑莎的女儿和寡妇的悲伤。她不顾有人在场，也不管有无用人，热烈同我拥抱，并说不要管她，首先要自我珍重。若泽·迪亚斯认为说得"好极了",又问卡毕图为什么不写诗。我趁机开了会儿玩笑,当晚就此结束。

第二天,我为撕掉悼词而追悔莫及。这并非为了去发表,但毕竟是对死者的留念。我想凭记忆重新写下,但仅仅是只言片语,连在一起毫无意义。我又想另起新篇,但这绝非易事,况且在墓地听过我讲话的人会说我弄虚作假。若去将丢在街上的纸片捡回来,也为时太晚,很可能早被风吹走了。

我开始寻找埃斯科巴尔的纪念品:书籍、一个铜墨水瓶、象牙手杖、一只小鸟、卡毕图的相册、两幅帕拉纳州的风景画,等等。他也保存着我的纪念品。我们交换礼物,相互馈赠,有时是逢年过节,有时无缘无故。想到这一切,我的眼睛又模糊了……当天的报纸来了,上面刊登了埃斯科巴尔遇难去世的消息,介绍了他的学历和经商情况,以及他的人品、对商业的兴趣、他的遗产、妻子、女儿。这是星期一的事。星期二公布了遗嘱,我被指定为第二遗嘱执行人,第一是他的妻子。除了一封单独给我的充满崇高情谊和敬意的信之外,没给我留下任何东西。卡毕图这次哭得很厉害,但很快便镇静下来。

遗嘱、财产清单,一切都像上面说的那样很快便告了结。不久。桑莎搬到了帕拉纳州的亲戚家。

129 致桑莎太太

桑莎太太,希望您不要读这本书。如果您已读到这里,下面的请勿再读。把书一合就行,最好是将它付之一炬,免得尔后动摇,重新打开。如果您不顾我的劝告,执意一读到底,责任就在您了。我不想以牙还牙。我对您的一切,包括那个周末的行动,都已经成为往事,而且往事同我都失去了幻想。但是,您不能不正视现实。不,我的朋友,请不要再读下去。您失去了丈夫和女儿,您会衰老下去,我也一样。这样最好，因为青春已逝。当我们有朝一日在天国的门口相遇时，我们已是两个新的生命，像两株新树，Come piante novelle, Rinovellate di novelle fronde。[1]

以下的话，请看但丁的著作。

130　一　天

一天，卡毕图问我为什么老是闷闷不乐、寡言少语。她建议我去欧洲、米纳斯州或佩特罗普利斯旅行，参加舞会。她有千万个医治忧郁症的药方。我不知如何回答，我拒绝了各种消遣方式。由于她一再坚持，我只得说工作不顺利。卡毕图笑着安慰我。什么顺利不顺利？一切会好起来，即使我们卖掉全部首饰和值钱之物，躲进小胡同栖身，又有什么关系！我们可以过一个平静的隐居生活。不用多久，我们便会重整旗鼓。她说这番话时的柔情使顽石也为之感动。尽管她这样，我还是冷冷地说什么也无须卖。我继续沉默、厌烦，她让我玩牌或下西洋棋，要么去散步，或到马达卡瓦罗斯大街串门。我拒绝接受一切，她便走到客厅，打开钢琴，弹奏起来。我趁机拿起帽子，出了门。

……请原谅，亲爱的读者，本章理应放在下一章的后面，因为下面会提到几周前，也就是桑莎走后两个月发生的一件事。详情见下章。在本书付印前可以将下一章提到前面，但重新编排页码很麻烦。姑且保持现状。从下面开始，一口气讲到底。另外这一章篇幅也不长。

---

[1]　"像新树再生了新叶。"——见《神曲·炼狱》第三十三篇倒数第二和第三句。

131 前一章的补充

说的是，我的生活复又变得甜蜜和平静起来。律师职业使我得到丰厚的收入，卡毕图越来越漂亮，厄则克耳也长大了。一八七二年到来。

"你发现厄则克耳的眼神有种特殊表情吗？"卡毕图问我，"我只见过两个人是这样，一个是我爸爸的朋友，另一个是死去的埃斯科巴尔。睁大眼，厄则克耳，向前看，对，看爸爸，眼珠不要动，对，对……"

刚吃过晚餐，我们都坐在桌前。那是卡毕图同儿子，儿子同卡毕图，或者同别人说笑的时间。母子感情很好，这毫无疑义，但他更喜欢我。我走近厄则克耳；卡毕图说得对，那是埃斯科尔的一双眼睛，但我并不觉得有特殊之处。人的眼神不过几种，许多人的相似也毫不为奇。厄则克耳被弄得糊里糊涂，惊恐地看看她，看看我。最后，扑到我的怀里。

"我们上街去，爸爸！"

"好，我的孩子。"

卡毕图并不理会我们，而是望着饭桌的另一端出神。我对她说，论好看，厄则克耳的眼睛像妈妈。她笑了，并连连摇头；那副表情我从未在其他女人身上发现过，这或许因为我对其他女人没有那么深的感情。人的价值取决于旁者的情感，所以在民间流传着这样一句谚语：情人眼中出美人。卡毕图有些世上绝无仅有的表情，这表情铭刻在我的心田。一见我的妻子和女友我就会迎上去，在她的脸上印满了吻，这是很好理解的。但是，这一现象对上一章和以下的部分并不是绝对需要的。我们还是回到厄则克耳的眼睛。

132 素描活了

不仅眼睛，而且其余的特征，面孔、身材，总之，从头到脚都逐渐定型。正如一幅素描画，经过艺术家的不断加工、润色，形象呈现在眼前，并且在笑、在动，似乎还在说话。于是，全家将它挂在墙上，以纪念不复存在的往事。然而现在却不然，往事复活了。习惯总是抗拒着事物的变化，但变化并不像演戏，而是像黎明的曙光。在渐渐出现的晨曦中，一切都若明若暗，后来便可在街上、在家中、在书房，无须将窗户打开便可阅读一封信。百叶窗射进的光线把字迹照得一清二楚。起初，我们只是走马观花地把信看了一部分，然后才详细阅读。当然，我感到恐惧。我将信塞进口袋，跑回家，关上门，窗户也不开，我甚至闭上了眼睛。当我重新睁开眼、打开信时，字迹一清二楚，事实也确凿无疑。

埃斯科巴尔就这样走出坟墓，走出神学院，走出弗拉明哥，同我并肩坐在桌前，在台阶迎接我，清晨在书房亲吻我，晚上请我为他祝福。我憎恶这一切，但我忍耐着、敷衍着，为了欺骗自己、欺骗别人。欺骗别人可以，欺骗自己却不可能，因为谁也不如自己更了解自己。当母亲和儿子不在我面前时，我感到巨大的绝望；我发誓结果他们，或一刀一个，或慢慢地让他们以死亡的时光分享这痛苦、绝望生命的分分秒秒。然而，当我回到家，看到台阶上等候我、呼唤我的生灵时，我被解除了武装，将复仇的念头一天天推迟着。

在那些阴郁的日子里，我同卡毕图之间发生的一切在此不必细说，因为它是那样琐碎和司空见惯。若要将它重提，不可能不带成见或厌烦。但主要的无法回避，那就是在我们之间掀起的风暴继续着，而且越来越大。在发现那一不幸的真理之前，风暴是短暂的，转瞬便是晴空万里，阳光灿烂，风平浪静。我们重新扯起船帆，向着宇宙间最美好的岛屿和海岸驶去。不久，一阵风又将一切粉碎，我们只得停止航行，等候海面重新平静下来。新的一次平静的到来尽管不会是完全的、立即的、持久的，但也绝不是漫长的、令人失望的。

我用了这么多的隐喻，它们无不与吞没了我的朋友和情敌埃斯科巴尔的大海和波涛相关，与卡毕图潮汐式的眼神有关。这样当我这个岸上之人讲述我那一段生活时，就会像水手讲述一次沉船。

　　我们之间只缺最后一个字，但我们彼此都能从对方的眼神中看到这个响亮而坚定的字。厄则克耳每次出现在我们的面前，只不过是加速我们的分离罢了。卡毕图建议把孩子送入寄宿学校，周末回家，但孩子不愿意。

　　"我要和爸爸一起去！爸爸一定同我一起去！"他大叫着。

　　一个星期一的早晨，我亲自送他去学校。学校坐落在拉帕大街，离我们的家不远。我拉着他的手步行而去，像当年护送埃斯科巴尔的灵柩。孩子一路不停地哭着，不停地提着各种问题，问我他是否能回家，什么时候回家，我是否去看他……

　　"我来。"

　　"爸爸不会来！"

　　"来。"

　　"您发誓，爸爸！"

　　"好的。"

　　"爸爸不想发誓！"

　　"我发誓。"

　　我把他送到学校。孩子的暂时离去并未使形势有所好转。卡毕图全部的怀柔艺术也未能丝毫改变这一状况。我的情绪越来越坏，而且新的局面给我带来了新的烦恼。厄则克耳同我的接触少了，但当他周末回家时，或由于他打乱了我的生活习惯，或由于几日不见给我的印象更为强烈，他在我的面前简直是个活生生的、活蹦乱跳的埃斯科巴尔。不久，甚至他的声音也变得与死者酷似。每逢周末，我尽量不在家吃晚饭，直到他入睡才回来。但是，我无法逃避星期日。当我在书房看报或审阅诉讼材料时，他总是吵着、叫着、笑着跑进来，充满了爱。孩子越来越爱我。而我，说实在的，感到一种难以掩饰的憎恶，无论对他，还是对别人。既然不能隐藏这一精神状态最好不见孩子，起码是少见为妙。我或借口工作关上书房的门，或到市区和郊外漫步，以驱散我那不可告人的苦衷。

133 念 头

一天——是个星期五——我感到无法继续忍受。我头脑里的一个邪念像鸟儿一样展开双翅,拍打着,即将起飞。我相信此事发生在星期五是偶然的,也可能是命中注定的。我从小就害怕这一天,在家常听到的是流传在乡间和古老的首都的歌谣,歌词无不说星期五是个倒霉的日子。不过,因为没查过历书,这一念头展翅欲飞很可能是出于对自由和生命的渴望。生命如此美好,即使死亡的念头对它也是无比留恋。亲爱的读者,现在您该明白我的意思了。请看下一章。

134 星期六这一天

这一念头终于脱壳而出。夜里,尽管我想将它驱散,但仍无法入睡。同时,我又感到这一夜是那样短促。当我觉得只有一两点时,天已大亮。我走出门,想把这一念头留在房中,但它却缠着我不放。外面也是昏暗的,翅膀仍在颤抖。我决定让念头起飞,它却像被牢牢地固定住。我将它放在眼前,外部的景物不但没被遮住,反而显得更清晰,只是比平素苍白,而且转瞬即逝。

我记不清那一天是怎样过的。只记得我写过几封信,买了种药。恕我不能透露药名,以免读者去品尝。实际上,药房已经倒闭,店主改行从事金融业,发了大财。当我在衣袋中摸到了死亡之神时,我的喜悦不亚于中了头奖,或者大大超过头奖,因为头奖的钱可能花光,而死是永不磨灭的。我到了母亲家中,以看望之名与她诀别。或者出于错觉,或者真情实况,我感到家中的一切都无限美好,母亲也不似往常那样忧伤,高斯麦大叔忘掉了心脏病,茹丝蒂娜大姑的话也多了。我平静地度过了一小时,开始将计划付诸行动。活着有什么意义?是要永远留在那个家中,还是将那一个小时紧紧抓在手中……

135 奥赛罗

我在街上吃过晚饭，便去了剧场。演的正是《奥赛罗》。我从未看过那出戏，也未读过原著。内容是知道的，我庆幸这一巧合。因为失掉一块手帕——仅仅是一块手帕！——摩尔人便勃然大怒。这使我联想到他和其他人种的心理状态，因为我不能不思考一块手帕就足以点燃奥赛罗的妒忌，酿成世界上最高尚的悲剧。手帕是丢了，现在需要床单作证；有时并没有床单，衬衫也行。这就是当看到摩尔人气得发抖，伊阿古血口喷人时，我的头脑中产生的模糊而混乱的想法。幕间休息时，我没有离开座位，我不想见到熟人。太太们大都留在包厢，男人们出去吸烟了。我心中暗想，她们之中，是否有些人的情夫已经躺在了墓穴中。这些离奇的念头在我的脑海中盘旋，直到帷幕徐徐升起。最后一幕说明，应该死的不是我，而是卡毕图。我听到苔丝德蒙娜的乞求，她那充满纯真爱情的话语；我看到摩尔人的狂怒，以及在观众热烈的掌声中给予她的死。

"无辜的人！"我沿街顺坡而下时自语，"如果她真有罪过，罪过大得像卡毕图，观众又将会怎样呢？摩尔人会如何处死她？一个枕头远远不够，需要血与火，熊熊的大火，将她完全吞没，化为灰烬，让风吹散，永远消失……"

我在街上徘徊了一夜。无疑，我是吃了夜宵。尽管微乎其微，但足以使我熬到天亮。我送走了黑夜的最后几点钟，迎来了黎明；送走了最后的行人，迎来了清道夫、第一批车辆、第一阵喧闹、第一缕晨光。新的一天代替了旧的一天，而我却一去不复返。我走过的路像是不翼而飞，我再也不能眺望格罗丽亚海滨、奥尔更斯山和圣克鲁斯古堡。行人不像往常那样多，但数量也不少；他们是去从事那日复一日的工作，而我却再也不用重复什么。

我走到家，慢慢打开门，悄悄走上台阶，一头钻进了书房。时钟打过六点。我从衣袋取出毒药，脱掉上衣，还写了一封信，最后一封，是致卡毕图的。以后再也没给她写过信。我想写上几句话，使她对我的死感到悔恨。我写了两稿，第一稿冗长而含混，我将它烧了。第二稿全面、清楚、简短。关于过去，关于我们的争吵和欢乐，我只字未提。我只讲了埃斯科巴尔，只讲了我死的原因。

136　一杯咖啡

我的计划只等一杯咖啡，将药溶解，喝掉。直到那时，我仍没有忘记我的罗曼史。记得加图自杀以前，曾反复阅读柏拉图的一本书。我手头没有柏拉图的书，但一本残缺不全的普鲁塔克关于这位著名罗马人的书足以供我消磨这短暂的时间，步他的后尘。我躺在沙发上，不仅是为了仿效他的死，也为了在我身上激发出像他那样的勇气，就如他的视死如归需要一种哲学家的感情。愚昧者的弱点之一便是不懂得最后使用这种药物。许多人也没用它，但却能傲然地了结残生。但我相信，如果能从有教益的书中找到合乎道德的可卡因，更多的人会用此结束自己的生命。但我不愿留下任何模仿他人的嫌疑，不愿死后人们在我的脚边发现普鲁塔克的书，也不愿报刊登载我穿着什么颜色的裤子死去的消息。在服毒前，我决定将书放回原处。

仆人送来咖啡。我站起身，放好书，走至放着咖啡的桌前。家中已经有了动静，是结束我自己的时候了。当我打开药包时，手发抖了，但我仍然鼓足勇气将它放入杯中。我开始搅拌，我感到目光散乱，想到了无辜的苔丝德蒙娜，前一天的戏剧变成今晨的现实。埃斯科巴尔的相片终于给了我最后的力量。他手扶椅背，眼望前方⋯⋯

"结束一切。"我想。

我端起杯子，想到是否等卡毕图和儿子去做弥撒时再喝更好。好，这样更好。决定后，我开始在书房踱步。走廊传来厄则克耳的声音。他跑进书房，叫着扑向我：

"爸爸！爸爸！"

亲爱的读者，这里有一个表情或动作恕我不能加以描写，因为我将它忘却了。但请您相信，它是美的，是悲伤的。的确，孩子的形象使我退缩，直到后背靠在书架上。厄则克耳抱住我的膝盖，踮起脚尖，想爬到我的身上，像平日那样亲吻我。他不停地拉着我、爬着：

"爸爸！爸爸！"

137　第二次冲动

如果我不看厄则克耳一眼，可能我就不会在此从事本书的写作了。因为我的第一个冲动是跑到桌前，将咖啡喝掉。我已经拿到了杯子，但这时孩子习惯地吻着我的手，他的目光和表情使我产生了另一个冲动。我实难将它说出来。不过，好，坦白一切，哪怕叫我杀人犯！我不否认，也不争辩：我的第二次冲动是罪恶的。我弯下身，问厄则克耳是否喝过咖啡。

"喝过了，爸爸；我要和妈妈去做弥撒。"

"再喝一点，就半杯。"

"爸爸喝什么？"

"我再要一杯。喝吧，快喝！"厄则克耳张开了口。我把杯子送至他的嘴边，我颤抖得差些把咖啡洒掉。如果他因为味道苦涩或咖啡凉而不喝，我决定灌进他的嘴里……但不知一种什么感情使我退却了，我把杯子放回桌上，发疯般吻着他的头。

"爸爸！爸爸！"厄则克耳叫着。

"不，不，我不是你的爸爸！"

138 卡毕图进来了

我一抬头，卡毕图已站在我的面前。这又是一次悬念，颇有戏剧性；但又像上面的一样，顺理成章，因为卡毕图同儿子要去做弥撒，而没有我她是不会去的。近来我们的谈话冷淡而简短，我很少看她一眼，但她却望着我，期待着。

这一次，不知是否我的眼睛出了问题，卡毕图的脸色似乎是苍白的。接着便是那种司空见惯的沉默，说它比一个世纪还长也毫不过分。在巨大的危机时刻，时间的概念就是这样。卡毕图镇定下来，让儿子出去，要我进行解释。

"没有什么好解释的。"我说。

"一切都需要解释。我不知道为什么你和厄则克耳在流泪，你们怎么了？"

"我没对你说过？"

卡毕图说她听到了哭声和说话声。我相信她听到了一切，但承认这一点，就等于失掉了维持现状与和解的希望。所以她矢口否认听到了什么，只承认看到了现象。我没对她讲咖啡的故事，只是重复了上一章的最后一句话。

"什么？"她装作没听懂。

"他不是我的儿子。"

卡毕图的惊愕是巨大的，继之而来的愤怒也丝毫不小。她的表演是那样煞有介事，即使法庭上的见证人也会相信三分。听说证人种类繁多，无不以价定级。我颇为怀疑，何况讲此话的人也打输了官司。不管是否有雇佣证人，我的证人是千真万确的，是大自然的产物，我不想对它进行怀疑。所以，我对卡毕图的话、她的表情、她的痛苦无动于衷，只是坚定地重复那句话，她终于软了下来，沉默了一会儿她对我说：

"我只能以诚挚的信念对待你的诬蔑。尽管你秉性多疑，可也从未表示出对我任何的不信任。哪儿来的这种念头？说呀！"见我沉默不语，她继续说，"把话都讲完，主要的都说了，余下的也不会太多。你为什么会这样想？说吧，亲爱的本多；说呀！说呀！你可以赶走我，但先要把话说清楚。"

"有些事是无法说的。"

"这倒可能。但你已经说出了一半，那就说到底。"

她已经坐在了桌前。她或许有点茫然，但态度不像是被告。我还是请她不要再问。

"不，亲爱的本多，要么你把话讲完，让我解释，如果你认为我可以解释的话；要么我立即要求分手：我不能再忍受！"

"分手是无疑的。"我反驳说，"我们最好心照不宣，默默地分手，各自带着自己的伤痕。如果太太还要继续坚持，我可以尽力而为，讲出一切。"

我并未讲出一切，只是不指名地暗示了她同埃斯科巴尔的暧昧。卡毕图不禁笑了起来，我的拙笔无法将那种笑在此加以描述。然后，她以嘲讽和忧伤的语气说：

"连死人也不放过！死人也逃不掉你的妒忌！"

她理理披肩，站起身。她叹息了一声，我相信她是叹息了。我只要求她一件事，即证实她的清白，我又不知以什么恰当的语言表达这一意思。

卡毕图厌恶地看了我一眼，低声说：

"我知道，这一切只是因为偶然的面目相似……只有上帝才能解释……可笑吗？也难怪。除了在神学院，你从不相信上帝；但我信……好，不说了，说多了对我们都不好。"

139　相　片

我几乎已经相信我是被巨大的错觉、神志恍惚所欺骗。但当厄则

克耳突然闯进，高叫着"妈妈！妈妈！该做弥撒了！"时，我的理智
又回到现实中。卡毕图和我不约而同地朝埃斯科巴尔的相片望了一眼，
然后对视一下。这一次，她的窘态成了内心的自白。二者如同一人。
实在不可思议。从相片看，幼年的埃斯科巴尔肯定就是我们的小厄则
克耳。但她一句话也没说，只是重复了上一章最后的话，便拉着儿子
去了教堂。

140 从教堂回来

只剩下我一人。我自然应该端起杯子，将咖啡喝下。然而，不，
亲爱的读者，我已失去了死的兴趣。死是一条出路，但我现在又找到
了另一条，它不但可以与第一条媲美，而且又不是一条绝路。另外，
如果她真有过失，也为她敞开了一扇赎罪的大门。我说的不是宽恕，
而是"赎罪"，也就是伸张正义。无论如何，我放弃了死的念头，等待
卡毕图回来。这一次她耽搁的时间比平日长，我怀疑她会到母亲家去。
她没去。

"我向上帝诉说了我的苦衷。"卡毕图从教堂回来对我说，"心灵告
诉我，我们的分离是不可避免的。我听候你的安排。"

她说这番话时的眼神是虚伪的，似乎在窥探一种拒绝或希望的表
情。她要利用我的软弱和我对怀疑的动摇不定。但她完全错了。难道
这些新的、强烈的印象会将我变作一个崭新的人？当时，我只是不动
声色而已。我说需要考虑一下，我决定以后再说。实际上，亲爱的读
者，一切都已考虑成熟和决定了。

此时，我想起了死去的古尔热的话，那是他在家中请我看与卡毕
图长得惟妙惟肖的他妻子的相片时说的。读者一定还记得，否则，就
请重新看一下那一章。第几章恕我不能相告，我也记不起来，但不会
太远。大意是有些相似是莫名其妙的……在尔后的日子里，厄则克耳

有时来到我的书房，他的长相与死者的酷似无疑，这也许是因为我过于神经质。另外，遥远而模糊的昔日趣事聊天、聚会、生活片段，总之，一切当时没有引起愚昧的我注意和使我产生妒忌的事都涌上了心头。我曾遇到他们默然无语地待在一起，我曾为他们的秘密感到可笑，她在梦中流露的话语；这一切疑问一股脑儿出现在我的眼前，杂乱无章，使我晕头转向……一次，我在街上偶尔看到两只燕子并排站在电线上，为什么不将它们消灭？我想象中的一双燕子也正在空中。亲亲密密，眉目传情，但他们又是那样小心谨慎，立即将目光移开，并转身向我，表现得热情又亲切。我对他们讲述了燕子的恋爱，他们也觉得满有意思。埃斯科巴尔宣称，燕子与其双双停在电线上，倒不如成为他的一顿美餐。"我从未尝过燕窝。"他说，"一定很好吃，否则中国人怎么那样喜欢。"我们便谈起了中国人及描写中国人的书籍。卡毕图却说不喜欢我们的话题，出去了。一切过去不足以为奇的事我都想了起来。

141 出 路

我们是这样处理的。我们一起到了欧洲，不是去消遣，也不是去游玩。目的地是瑞士。同我们一路结伴的里约格朗德市的一位女教师同卡毕图留在那里，为厄则克耳讲授母语，以便使他以后回国继续就学。一切安排妥当，我回到了巴西。

几个月之后，卡毕图开始给我写信。我的回信既冷淡，又简短。她在信中显得很谦恭，不但毫无怨言，有时是热情的，最后是充满了怀念。她要我去看望她，一年后我动身了。但我并未去见她，这样的旅行还有一次。回国后，熟人打听她的消息，我总是装作刚刚同她分别的样子回答他们的提问。这正是我旅行的目的——欺骗舆论。一天，终于……

142 一个圣徒

不言而喻，若泽·迪亚斯并未陪同我去欧洲旅行。并非他不想去，而是要与几乎瘫痪的高斯麦大叔和急剧衰老的母亲做伴。他也老了，但腰板还硬朗。每次送我上船时，他对我说的话语、挥动的手帕、饱含泪水的眼睛，无不使我动情。最后一次他不去送我。

"去吧……"

"去不了了。"

"害怕？"

"不，我去不了。再见吧，小本多，不知你还能否见到我。我该去另一个欧洲了，一个永恒的……"

但他没有立即去，首先登程的是我母亲。她到圣约翰的墓地寻找一块无名的葬身处，墓碑上只写着：一个圣徒。不过，这一墓碑却颇费了周折。石匠认为太奇特，公墓管理员请教本区牧师，此人思考了一会儿说圣徒是在教堂或天堂。

"请原谅，"我说，"我并不是说那里埋葬着一个真正圣徒，我只想以此说明死者生前所具有的美德。尽管如此，鉴于死者的美德之一是谦逊，我希望在她死后仍能保留这一美德，所以不写她的名字。"

"不过，姓名、籍贯、日期……"

"我一闭眼，谁还来关心什么日期、籍贯，连名字也无所谓。"

"也就是说，她是个圣洁的夫人，对吗？"

"完全对。如果卡布拉尔书记在世，也会同意我的想法。"

"我并非不同意您的想法，只是对这种形式拿不准。这么说，您认识书记？"

"认识。一个神父的楷模。"

"教规学家、拉丁文专家、虔诚、仁慈。"牧师说。

"同时也热爱社会。"我说，"在家常听说他喜欢下西洋棋。"

"卓越的天赋！"牧师感叹道，"导师的天赋！"

"那，您觉得……"

"既然没有其他用意，也不可能有其他用意，好吧，先生，就这样办……"

若泽·迪亚斯怀着巨大的伤感参加了这一交涉。当我们离开后，他大骂神父，说他谨小慎微。唯一可以原谅的是，无论他还是公墓的管理人员都不了解我的母亲。

"可惜他们不认识她，否则，他们会刻上'最圣洁的女人'。"

143 最后一个最高级

"最圣洁"并不是若泽·迪亚斯最后的一个最高级。尔后的一些不必一一在此赘述。最后的一个，也是最好、最甜蜜的一个终于来到了，使他的死变作生的一部分。他已同我住在一起。母亲留给了他一点遗产，他对我说，无论有无遗产，他都不离开我。也许，他还希望能为我送葬。他同卡毕图保持着联系，并向她要了一张厄则克耳的照片。但卡毕图却一拖再拖，最后他说除了青年学生的心意，再也不苛求什么。他还希望不要忘记告诉厄则克耳父亲和祖父有个老朋友，一个"秉承圣意热爱圣徒"的人。这是他对第三代的关心，但他却死在厄则克耳的前面。他病得很突然，我立即叫来顺势疗法医生。

"不，小本多，"他说，"对抗疗法就行，学校的医生不治病。青年时代我鼓吹过顺势疗法，那正成为往事。现在我仍坚持父母的信仰。对抗疗法是医学上的天主教……"

他挣扎了一阵后，安详地死了。临死前，他听说天气晴朗，要我们打开窗户。

"不，你会着凉。"

"怕什么？空气就是生命。"

我们打开窗。的确，天空碧蓝如洗。若泽·迪亚斯微微抬起头，向窗外望去。过了一会儿，他的头倒在了枕上，喃喃地说："美极了！"

这是他留在世界上的最后一句话。可怜的若泽·迪亚斯！为什么我要否认曾为他而哭泣过？

144 迟到的问题

我希望当我离开人世时，朋友们也为我这样哭泣。但是，这毕竟不可能。我已被人们忘却。我住得偏僻，又绝少出门。我并未真正将生命的两端联结起来。虽然恩热纽新区的房舍是马达卡瓦罗斯住宅的翻版，但它使我产生的怀旧并不是感情上的，而更多的是外形的比较和联想。

读者可能要问，我为什么要拆除旧居，又按原样建造新的。这是一个应该在本书的开始部分提出的问题，现答复如下。母亲死后，我想立即搬过去。首先，我花了几天时间进行详细考察。那个家对我已是陌生的。后院的乳香树、樱桃树、水井、旧了的水桶、洗衣池，一切对我无不是生疏的。我小时熟悉的木麻黄树依然如故，只是树干不像过去那样直，弯曲得像个问号。无疑，它对我这个不速之客感到惊奇。我环顾四周，寻找记忆中的东西。我没找到。此时，树上的枝叶似乎开始絮语，我却听不懂它说了些什么。好像是黎明的赞歌。在这清脆、悦耳的乐曲声中，同时也听到猪的呼噜声。绝妙的哲学讽刺。

一切都是陌生的、格格不入的。我决定将它除掉。迁到恩热纽新区后，我产生了将旧居复原的念头，并将我的意图告诉了建筑师。此事前文已有交代。

145 归 来

我已住进了新居。一天，我正准备穿衣吃午饭，收到一张名片，上面写着：

　　厄则克耳·阿·圣地亚哥

　　"来人还在吗？"我问仆人。

　　"在，先生，正等着。"

　　我没有立即出去。我有意让他在客厅等了十到十五分钟。我想应该表示出某种热情，跑出去拥抱他，问候他的母亲。我想，从他嘴里还不至听到她死亡或被埋葬的消息。然而，她已死了，长眠在古老的瑞士。我匆匆穿好衣服。走出卧室，我端起了父性的架子，表情介于温和与严厉之间，颇像堂卡斯穆罗。我走进客厅，看到一个青年背朝外，正欣赏墙上的马西尼萨画像。我放轻脚步，尽量不出声。然而，来客还是听到了动静，立即转过身。他凭照片的印象认出了我，向我跑来。我纹丝未动。站在我面前的正是我的朋友、圣约瑟神学院的年轻同窗，只是个头矮一些，身材瘦一些。面目完全一样，只是不如死者的红润。他的衣着自然要时髦得多，举止也并非一样，但整个形象与死者如同一人，是不折不扣的埃斯科巴尔——我妻子的情夫。这就是他的儿子。他为母亲穿着孝，我的衣服也是黑色。我们就座。

　　"爸爸同我们见到的照片没有什么变化。"他对我说。

　　声音也同埃斯科巴尔一样，只是带点法国腔。我说的确变化不大，接着便是一连串的询问，以减少我的话语，控制我的感情。然而，我的询问却使他兴奋起来，我的神学院的朋友渐渐从坟墓中复活了。在我面前的正是他，同样的微笑，对我怀着更大的敬意；总之，同他一样和蔼、可亲。他早就盼着看望我。母亲经常谈起我，对我赞不绝口，说我是世上最诚挚的人，是模范丈夫。

　　"她安详地死了。"他最后说。

　　"吃午饭吧。"

　　读者若认为这是一顿苦涩的午餐，那就错了。当然，起初有短暂的厌烦，我为厄则克耳不是我真正的儿子而痛苦，为他不能为我传宗接代而痛心。若他生来像母亲，我会相信他便是我的儿子，更何况我对他的印象是那样深，似乎他昨天才离开了我；他的童年、一言一行、进学校都历历在目……

"爸爸还记得送我进学校吗？"他笑着问。

"怎么能不记得？"

"学校在拉帕，我死都不肯去，爸爸连推带拉，我用小腿……噢，爸爸，谢谢。"

他欠身接过我递去的酒，呷了一口，继续吃饭。埃斯科巴尔吃饭也是这样，脸紧贴在盘子上。厄则克耳向我讲述了在欧洲的生活、学习，特别是考古，这是他的爱好。他津津有味地谈论古代社会，讲述埃及和它那悠久历史。他的数字概念很清楚，有着父亲的数学脑袋。我太熟悉那个父亲的形象，我不愿看到他复活。有时，我闭上眼睛，不看来客的表情，什么都不看。但魔鬼依然在说，在笑；死者在说，在笑。

我只好收留了他，装起了父亲。我不知他是否见过卡毕图无意带走的埃斯科巴尔的照片。我没想过此事；即使想到了，也不会去追究。厄则克耳像相信母亲那样相信我。如果若泽·迪亚斯在世，会认为他长得同我一模一样。茹丝蒂娜大姑想见他，由于正在生病，要我带他去。他也记得这位亲戚。我相信，她的目的无非是要证实她偶尔在孩子身上发现的相似之处是否在青年人身上还存在。这是她最后的快乐。但是，我没让她满意。

"她病得厉害。"我对要去看她的厄则克耳说，"任何激动都会送掉她的命。她好了我们再去。"

我们没去。几天后她死了。她安息在上帝身旁或其他什么地方。厄则克耳见她躺在棺材里的面容时，已无法认出来，也不可能认出来。年迈和死亡将她完全变作另一个人。在去墓地的路上，他记起了不少地方：某条街、某个塔楼、某段海滨。他无比高兴。每天晚上回家，他总是这样。他向我讲述他见到的某街、某地，使他惊异的是大都依然如故，像小时看到的一个样，似乎房屋永远是古老的。

六个月之后，厄则克耳要去希腊、埃及、巴勒斯坦进行科学考察，这是他与学友的约定。

"男的还是女的?"我笑着问。

他不好意思地笑了。他说女人追求时髦,讲求实际,从不会对三千年前的废墟产生兴趣。我答应提供经费,并给了他一部分急用钱。我心中暗想,父亲偷香窃玉,我却要为其子付考古费。在他染上麻风病之前……当头脑中闪过这一念头,我感到自己残酷、邪恶。我拉住青年人,想紧紧地拥抱他。但我退缩了。我望着他,似乎真的把他当作了儿子。他射向我的目光是柔和的、充满谢意的。

146 没有麻风病

麻风病倒没有,但热病却遍及人类居住的新旧大陆。十一个月后,厄则克耳死于伤寒。两位同学将他葬于耶路撒冷的郊外,并在墓前立了一块石碑,上面用希腊文刻着先知厄则克耳的话:你的一生完美无缺。两人给我寄来了希腊文和拉丁文的碑文、墓地草图、一份开支清单和剩余的钱。为了不再见他,我将付出三重代价。

我查阅了手边的《圣经》,以核对碑文是否正确。内容无误,只缺一部分:"从你形成之日起,你的一生是完美无缺的。"我停住笔自问:"厄则克耳形成于何日?"无人能回答。这是世上无数秘密中的一个新秘密。尽管如此,我高兴地吃过晚饭,去了剧场。

147 往事 展览

读者看到,尽管我的心灵伤痕累累,但它毕竟没有成为一朵无人置理的苍白、孤独的花。我丝毫没有改变它原来的色调。我最大限度地享受了生活的美好，新的女友取代了妻子，给予我安慰。但那不过是一时的任性而已。她们都像参观往事展览的观众，丢下我离去了，这或许是因为展览已使她们感到厌烦，也或许是大厅中失去了光线。只有一位观众有马车等候，车夫伺候。其余的就寒酸了：步行。阴天下雨时，我得去租一辆马车，将她们装上，热情告别，谆谆嘱咐。

"有目录吗？"

"有。明天见。"

"明天见。"谁也没有再回来。我在门口等着，跑到马路拐角张望，不时地看看表。空无一人，什么也看不见。若偶尔出现一位观众，我彬彬有礼地请她进去，让她看风景画、历史画、水彩画、粉画、漆画。最后她也累了，拿着目录走了……

148 好，后来呢？

为什么没有一个轻浮的女性使我忘却心中初恋的情人？或许谁也没有那潮汐的眼睛，吉卜赛女郎的睨视与捉摸不定的目光。但这还算不上本书的结尾，结尾应当弄清格罗丽亚海滨的卡毕图同马达卡瓦罗斯大街的卡毕图是不是一个人，是否偶尔的因素使她发生了变化。耶稣若知道我最初的妒意，他会重复其《传道书》第九章的话："不要妒忌你的女人，否则她会利用从你那里学到的手腕欺骗你。"我相信不会这样，您将会同意我的看法。您若记得年幼的卡毕图，您会发现两个卡毕图是一体，就如果壳包着果实。

好，不论结局如何，总而言之，归根结底，我的第一个女友和我的最好的男友，既然他们曾那样热恋、那样亲密，我愿他们最终的结合，对我最终的欺骗……人间算得了什么！我们还是回到"郊外的故事"吧。

译后记

巴西文学之父和巴西人心目中的"圣经"

　　巴西文学从十九世纪由自然主义发展到现实主义，巴西现实主义文学的杰出代表是马沙多·德·阿西斯。

　　阿西斯是巴西文学之父，他不仅在巴西文学界树立了独尊的地位，也以巴西的狄更斯和陀思妥耶夫斯基著称于世。

　　阿西斯出身卑贱，饱尝人间的艰辛；他在漫长的文学生涯中，孜孜不倦地探索人生最复杂的内心世界和社会矛盾。十九世纪的巴西奴隶制盛行，是巴西历史上最动荡的时期。作者所看到的社会是吃人的，充满了欺诈、虚伪、贪婪，整个"文明阶级"是一个钩心斗角、相互倾轧的旋涡，人与人之间的关系是一条赤裸裸的利害锁链。作者感到压抑、苦闷、愤懑，他只有拿起沉重的笔，抒发心中的凄楚、悲凉、失望和沮丧。失望、忧伤是阿西斯作品的基调，但这只不过是作者痛苦心灵的反映。在作者的笔下，社会如一个吞食人肉的磨盘，无论是穷人还是富人，平民还是贵族，无不最终被碾得粉碎，这就是著名的阿西斯之"希望的破灭"。社会的时弊点燃了作家心中人道主义的火花，然而他却看不到人类主宰命运的必然趋势。他对人生的态度是嘲弄的，消极的。他以巨大的艺术力量塑造的不朽的形象无不在野心的驱使下走上了希望破灭的道路。希望是麻醉，与其麻醉，不如失望。

　　阿西斯被公认为第一流的心理学大师，他不着眼于故事情节和景物描写，而将全部笔墨泼洒在细致入微的心理分析上。他将人物分解成无数细小的零件，逐一进行精雕细镂、加工、装配。每一个细枝末节，单独看来是微不足道、可有可无的，却是整体不可缺少的部分。有时信手写来，似乎离题万里，但当读完全书，回头细细品尝、咀嚼、回味时，才会发现那一条条的经络使活生生的人物跃然纸上；每一个人物如一座大厦，只有当放上最后一块砖时，才会发现那是一座精美的建筑，才会理解作者笔下每一句看来是戏语的深刻寓意。作者以幽默的语言、高度的艺术概括力，生动地刻画了中下层阶级在社会斗争中的内在本性、病态的心理和个性、精神状态的矛盾变化。他以深沉的笔触揭露、讽刺、鞭挞了人间的自私、虚荣、妒忌和世态炎凉，真实地描绘了十九世纪末巴西首都里约热内卢中下层的社会面貌及社会矛盾所带来的伤感。作家从不把人间的丑恶与肮脏赤裸裸地奉献给读者，而是轻轻地盖上一层薄薄的纱，似真似假，若明若暗，使读者思考、联想、探索。作家将万事的棱角统统磨去，轻描淡写，蜻蜓点水，将一切可恨、可憎、可悲、可怜之事置于笑谈之中，但那是一种苦涩的笑，饱含泪水的笑。

阿西斯行文简明、洗练、准确、幽默，为葡萄牙语的发展起了划时代的作用，他所赋予葡文词语的含义至今仍是最权威的标准，他的清新风格仍是人们推崇的楷模。

《布拉斯·库巴斯死后的回忆》（1881）、《金卡斯·博尔巴》（1890）和《堂卡斯穆罗》（1900）是阿西斯的三部曲，或叫"幻灭三部曲"，是阿西斯的代表作，也代表了巴西现实主义文学发展的最高峰，集中地反映了阿西斯的创作思想和艺术才华，是巴西人眼中的"圣经"。作品的字里行间展示着作家对拜金社会的鄙视，对下层人民的同情；作家笔下贵族社会的人物无不是畸形的、空虚的、颓废的、潦倒的，而生活在社会底层的小人物却充满了正义与良知，尽管他们的归宿也是悲惨的。

《布拉斯·库巴斯死后的回忆》哲理较强，寓意朦胧，是高级文职官员和学者们的"案头书"；《金卡斯·博尔巴》哲理部分少得多，故事性较强；《堂卡斯穆罗》最为通俗，情节颇为引人入胜，在巴西妇孺皆知。

"幻灭三部曲"是"阿学"的主要部分，巴西文学院在二十世纪五十年代就设立了专门的"阿学"研究机构，并陆续出版了评论三部曲的长篇专辑。在"阿学"的研究讨论中，作品中反映的悲观情绪是争论的中心，有的认为阿西斯是悲观的，因而是消极的，另一种（绝大多数）却认为他是"悲观的，但是真实的"。

阿西斯于 1839 年 1 月 21 日出生于里约热内卢的一个贫民家庭。他的教母是个富有的太太，贫富的鲜明对照在他幼小的心灵上刻下了深深的印记，对尔后他的文学生涯产生了巨大影响。

他只读过小学，后来当过教堂职员，从神父那里学到了初步的写作知识。在印刷厂当学徒期间，他有机会接触到大量新闻和文艺方面的资料，激发了他浓厚的创作兴趣，并发表了处女作——长诗《她》。后来他又当了校样员、记者，走上了文学创作的道路。

阿西斯的创作分为两个阶段，第一阶段是浪漫主义时期，主要作品有：诗集《蛹》《蛾与美洲女人》，短篇集《里约热内卢人的故事》《半夜的故事》，长篇小说《埃莱娜》《手与手套》和《加西娅太太》。

第二阶段是现实主义时期，他开始了以独特的短章节、短句型，跳跃和默说式的讲述，幽默和梦幻的语言刻画人物心理的创作，主要作品有：《布拉斯·库巴斯死后的回忆》《金卡斯·博尔巴》《堂卡斯穆罗》《伊萨吾和雅科》《埃里斯的日记》，短篇集《散页纸和无日期的故事》，诗集《西方人》。

阿西斯已成为巴西人民心中的圣人，巴西人民的骄傲。

译　者

图书在版编目（CIP）数据

幻灭三部曲 / （巴西）马沙多·德·阿西斯著；翁怡兰，李淑廉，井勤荪译 . —— 南京：江苏凤凰文艺出版社，2022.1（2023.7 重印）

ISBN 978-7-5594-6239-8

Ⅰ . ①幻… Ⅱ . ①马… ②翁… ③李… ④井… Ⅲ . ①长篇小说 – 小说集 – 巴西 – 近代 Ⅳ . ① I777.44

中国版本图书馆 CIP 数据核字 (2021) 第 172335 号

幻灭三部曲

［巴西］马沙多·德·阿西斯 著　翁怡兰　李淑廉　井勤荪 译

责任编辑	王　青	
特约编辑	赵　波	
装帧设计	陈威伸	
出版发行	江苏凤凰文艺出版社	
	南京市中央路 165 号，邮编：210009	
网　　址	http://www.jswenyi.com	
印　　刷	河北中科印刷科技发展有限公司	
开　　本	880 毫米 × 1194 毫米 1/32	
印　　张	18.25	
字　　数	525 千字	
版　　次	2022 年 1 月第 1 版	
印　　次	2023 年 7 月第 3 次印刷	
书　　号	ISBN 978-7-5594-6239-8	
定　　价	99.00 元	

江苏凤凰文艺版图书凡印刷、装订错误可随时向承印厂调换、联系电话 025-83280257